Napoléon

Correspondance de Napoléon I

Tome XXVIII

Napoléon

Correspondance de Napoléon I
Tome XXVIII

Réimpression inchangée de l'édition originale de 1869.

1ère édition 2022 | ISBN: 978-3-36820-561-4

Verlag (Éditeur): Outlook Verlag GmbH, Zeilweg 44, 60439 Frankfurt, Deutschland
Vertretungsberechtigt (Représentant autorisé): E. Roepke, Zeilweg 44, 60439 Frankfurt, Deutschland
Druck (Imprimerie): Books on Demand GmbH, In de Tarpen 42, 22848 Norderstedt, Deutschland

CORRESPONDANCE

DE

NAPOLÉON Ier

PUBLIÉE

PAR ORDRE DE L'EMPEREUR NAPOLÉON III

TOME XXVIII

PARIS

IMPRIMERIE IMPÉRIALE

M DCCC LXIX

CORRESPONDANCE

DE

NAPOLÉON IER

CORRESPONDANCE

DE

NAPOLÉON PREMIER.

ANNÉE 1815.

21681. — AU PEUPLE FRANÇAIS.

Golfe Jouan, 1ᵉʳ mars 1815.

Napoléon, par la grâce de Dieu et les constitutions de l'État, Empereur des Français, etc.

Français, la défection du duc de Castiglione livra Lyon sans défense à nos ennemis. L'armée dont je lui avais confié le commandement était, par le nombre de ses bataillons, la bravoure et le patriotisme des troupes qui la composaient, à même de battre le corps d'armée autrichien qui lui était opposé, et d'arriver sur les derrières de l'aile gauche de l'armée ennemie qui menaçait Paris.

Les victoires de Champaubert, de Montmirail, de Château-Thierry, de Vauchamp, de Mormans, de Montereau, de Craonne, de Reims, d'Arcis-sur-Aube et de Saint-Dizier, l'insurrection des braves paysans de la Lorraine, de la Champagne, de l'Alsace, de la Franche-Comté et de la Bourgogne, et la position que j'avais prise sur les derrières de l'armée ennemie en la séparant de ses magasins, de ses parcs de réserve, de ses convois et de tous ses équipages, l'avaient placée dans une situation désespérée. Les Français ne furent jamais sur le point d'être plus puissants, et l'élite de l'armée ennemie était perdue sans ressource, elle eût trouvé son tombeau dans ces vastes contrées qu'elle avait si impitoyablement saccagées, lorsque la trahison du duc de Raguse livra la capitale et désorganisa l'armée.

La conduite inattendue de ces deux généraux, qui trahirent à la fois leur patrie, leur prince et leur bienfaiteur, changea le destin de la guerre. La situation désastreuse de l'ennemi était telle, qu'à la fin de l'affaire qui eut lieu devant Paris il était sans munitions par la séparation de ses parcs de réserve.

Dans ces nouvelles et grandes circonstances, mon cœur fut déchiré; mais mon âme resta inébranlable. Je ne consultai que l'intérêt de la patrie; je m'exilai sur un rocher au milieu des mers : ma vie vous était et devait encore vous être utile. Je ne permis pas que le grand nombre de citoyens qui voulaient m'accompagner partageassent mon sort; je crus leur présence utile à la France, et je n'emmenai avec moi qu'une poignée de braves nécessaires à ma garde.

Élevé au trône par votre choix, tout ce qui a été fait sans vous est illégitime. Depuis vingt-cinq ans, la France a de nouveaux intérêts, de nouvelles institutions, une nouvelle gloire, qui ne peuvent être garantis que par un gouvernement national et par une dynastie née dans ces nouvelles circonstances. Un prince qui régnerait sur vous, qui serait assis sur mon trône par la force des mêmes armées qui ont ravagé notre territoire, chercherait en vain à s'étayer des principes du droit féodal; il ne pourrait assurer l'honneur et les droits que d'un petit nombre d'individus ennemis du peuple, qui, depuis vingt-cinq ans, les a condamnés dans toutes nos assemblées nationales. Votre tranquillité intérieure et votre considération extérieure seraient perdues à jamais.

Français, dans mon exil j'ai entendu vos plaintes et vos vœux : vous réclamiez ce gouvernement de votre choix, qui seul est légitime; vous accusiez mon long sommeil, vous me reprochiez de sacrifier à mon repos les grands intérêts de la patrie.

J'ai traversé les mers au milieu des périls de toute espèce; j'arrive parmi vous reprendre mes droits, qui sont les vôtres.

Tout ce que des individus ont fait, écrit ou dit depuis la prise de Paris, je l'ignorerai toujours; cela n'influera en rien sur le souvenir que je conserve des services importants qu'ils ont rendus, car il est des événements d'une telle nature, qu'ils sont au-dessus de l'organisation humaine.

Français, il n'est aucune nation, quelque petite qu'elle soit, qui n'ait eu le droit de se soustraire et ne se soit soustraite au déshonneur d'obéir à un prince imposé par un ennemi momentanément victorieux. Lorsque Charles VII rentra à Paris et renversa le trône éphémère de Henri VI, il reconnut tenir son trône de la vaillance de ses braves et non d'un prince régent d'Angleterre. C'est aussi à vous seuls et aux braves de l'armée que je fais et ferai toujours gloire de tout devoir.

NAPOLÉON.

D'après le placard primitif imprimé à Gap.

21682. — À L'ARMÉE.

Golfe Jouan, 1er mars 1815.

Soldats, nous n'avons pas été vaincus. Deux hommes sortis de nos rangs ont trahi nos lauriers, leur pays, leur prince, leur bienfaiteur.

Ceux que nous avons vus pendant vingt-cinq ans parcourir toute l'Europe pour nous susciter des ennemis, qui ont passé leur vie à combattre contre nous dans les rangs des armées étrangères, en maudissant notre belle France, prétendraient-ils commander et enchaîner nos aigles, eux qui n'ont jamais pu en soutenir les regards? Souffrirons-nous qu'ils héritent du fruit de nos glorieux travaux; qu'ils s'emparent de nos honneurs, de nos biens; qu'ils calomnient notre gloire? Si leur règne durait, tout serait perdu, même le souvenir de ces immortelles journées. Avec quel acharnement ils les dénaturent! Ils cherchent à empoisonner ce que le monde admire; et, s'il reste encore des défenseurs de notre gloire, c'est parmi ces mêmes ennemis que nous avons combattus sur le champ de bataille.

Soldats, dans mon exil j'ai entendu votre voix. Je suis arrivé à travers tous les obstacles et tous les périls.

Votre général, appelé au trône par le choix du peuple et élevé sur vos pavois, vous est rendu; venez le joindre.

Arrachez ces couleurs que la nation a proscrites, et qui, pendant vingt-cinq ans, servirent de ralliement à tous les ennemis de la France! Arborez cette cocarde tricolore; vous la portiez dans nos grandes journées!

Nous devons oublier que nous avons été les maîtres des nations; mais nous ne devons pas souffrir qu'aucune se mêle de nos affaires. Qui prétendrait être maître chez nous, qui en aurait le pouvoir?

Reprenez ces aigles que vous aviez à Ulm, à Austerlitz, à Iena, à Eylau, à Friedland, à Tudela, à Eckmühl, à Essling, à Wagram, à Smolensk, à la Moskova, à Lützen, à Wurschen, à Montmirail! Pensez-vous que cette poignée de Français aujourd'hui si arrogants puissent en soutenir la vue? Ils retourneront d'où ils viennent; et là, s'ils le veulent, ils régneront comme ils prétendent avoir régné pendant dix-neuf ans.

Vos rangs, vos biens, votre gloire, les biens, les rangs et la gloire de vos enfants, n'ont pas de plus grands ennemis que ces princes que les étrangers nous ont imposés : ils sont les ennemis de notre gloire, puisque le récit de tant d'actions héroïques qui ont illustré le peuple français combattant contre eux pour se soustraire à leur joug est leur condamnation.

Les vétérans des armées de Sambre-et-Meuse, du Rhin, d'Italie, d'Égypte, de l'Ouest, de la Grande Armée, sont tous humiliés; leurs honorables cicatrices sont flétries. Leurs succès seraient des crimes; ces braves seraient des rebelles, si, comme le prétendent les ennemis du peuple, les souverains légitimes étaient au milieu des armées étrangères. Les honneurs, les récompenses, leur affection, sont pour ceux qui les ont servis contre la patrie et contre nous.

Soldats, venez vous ranger sous les drapeaux de votre chef. Son existence ne se compose que de la vôtre; ses droits ne sont que ceux du peuple et les vôtres; son intérêt, son honneur et sa gloire ne sont autres que votre intérêt, votre honneur et votre gloire. La victoire marchera au pas de charge. L'aigle, avec les couleurs nationales, volera de clocher en clocher jusqu'aux tours de Notre-Dame. Alors vous pourrez montrer avec bonheur vos cicatrices. Alors vous pourrez vous vanter de ce que vous aurez fait : vous serez les libérateurs de la patrie! Dans votre vieillesse, entourés et considérés de vos concitoyens, ils vous entendront avec respect raconter vos hauts faits; vous pourrez dire avec orgueil : « Et moi aussi je faisais partie de cette Grande Armée qui est entrée deux fois dans les murs de Vienne, dans ceux de Rome, de Berlin, de Madrid, de Moscou, et qui a délivré Paris de la souillure que la trahison et la présence de l'ennemi y ont empreinte ! »

Honneur à ces braves soldats, la gloire de la patrie ! et honte éternelle aux Français criminels, dans quelque rang que la fortune les ait fait naître, qui combattirent vingt-cinq ans avec l'étranger pour déchirer le sein de la patrie !

NAPOLÉON.

D'après le placard primitif.

21683. — LA GARDE IMPÉRIALE
AUX GÉNÉRAUX, OFFICIERS ET SOLDATS DE L'ARMÉE[1].

Golfe Jouan, 1ᵉʳ mars 1815.

Soldats, Camarades, nous vous avons conservé votre Empereur, malgré les nombreuses embûches qu'on lui a tendues; nous vous le ramenons à travers les mers, au milieu de mille dangers. Nous avons abordé sur la terre sacrée de la patrie avec la cocarde nationale et l'aigle impériale. Foulez aux pieds la cocarde blanche, elle est le signe de la honte et du joug imposé par l'étranger et la trahison; nous aurions inutilement versé notre sang, si nous souffrions que les vaincus nous donnassent la loi !

Depuis le peu de mois que les Bourbons règnent, ils vous ont convaincus *qu'ils n'ont rien oublié ni rien appris*. Ils sont toujours gouvernés par des préjugés ennemis de nos droits et de ceux du peuple. Ceux qui ont porté les armes contre leur pays, contre nous, sont des héros ! Vous, vous êtes des rebelles, à qui l'on veut bien pardonner jusqu'à ce que l'on soit assez consolidé par la formation d'un corps d'armée d'émigrés, par l'introduction à Paris d'une garde suisse et par le remplacement successif de nouveaux officiers dans vos rangs ! Alors il faudra avoir porté les armes contre sa patrie pour pouvoir prétendre aux honneurs et aux récompenses; il faudra avoir une naissance conforme à leurs préjugés pour

---

[1] Proclamation attribuée à l'Empereur par Fleury de Chaboulon dans ses *Mémoires sur les Cent Jours*, etc. Elle n'a pas été désavouée par Napoléon dans ses annotations critiques sur cet ouvrage.

être officier; le soldat devra toujours rester soldat; le peuple aura les charges, et eux les honneurs.

Un Vioménil insulte au vainqueur de Zurich en le naturalisant français, lui qui avait besoin de trouver, dans la clémence de la loi, pardon et amnistie. Un Bruslart, chouan, sicaire de Georges, commande nos légions.

En attendant le moment où ils oseraient détruire la Légion d'honneur, ils l'ont donnée à tous les traîtres et l'ont prodiguée pour l'avilir. Ils lui ont ôté toutes les prérogatives politiques que nous avions gagnées au prix de notre sang.

Les 400 millions du domaine extraordinaire sur lesquels étaient assignées nos dotations, qui étaient le patrimoine de l'armée et le prix de nos succès, ils les ont fait porter en Angleterre.

Soldats de la grande nation, soldats du grand Napoléon, continuerez-vous à l'être d'un prince qui vingt ans fut l'ennemi de la France, et qui se vante de devoir son trône à un prince régent d'Angleterre?

Tout ce qui a été fait sans le consentement du peuple et le nôtre, et sans nous avoir consultés, est illégitime.

Soldats, la générale bat; nous marchons! Courez aux armes, venez nous joindre, joindre votre Empereur et nos aigles tricolores. Et si ces hommes, aujourd'hui si arrogants et qui ont toujours fui à l'aspect de nos armes, osent nous attendre, quelle plus belle occasion de verser notre sang et chanter l'hymne de la victoire!

Soldats des 7e, 8e et 19e divisions militaires, garnisons d'Antibes, de Toulon, de Marseille, officiers en retraite, vétérans de nos armées, vous êtes appelés à l'honneur de donner le premier exemple. Venez avec nous conquérir ce trône palladium de nos droits, et que la postérité dise un jour : Les étrangers, secondés par des traîtres, avaient imposé un joug honteux à la France; les braves se sont levés, et les ennemis du peuple, de l'armée, ont disparu et sont rentrés dans le néant.

Ont signé à l'original :

Le général de brigade baron CAMBRONNE, major du 1er régiment des chasseurs de la Garde; le lieutenant-colonel, chevalier MALLET; artillerie de la Garde, CORNUEL, RAOUL, capitaines; LANOUE, DEMONS, lieutenants; infanterie de la Garde, LOUBERS, LAMOURETTE, MOMPEZ, COMBES, capitaines; DEQUEUX, THIBAULT, CHAUMET, MALLET, lieutenants; chevau-légers de la Garde, le baron JERMANOWSKI, major; BALINSKI, SCHULTZ, capitaines.

Suivent les autres signatures des officiers, sous-officiers et soldats de la Garde.

A signé enfin le général de division, aide de camp de S. M. l'Empereur, aide-major général de la Garde, comte DROUOT.

Extrait du *Moniteur* du 21 mars 1815.

21684. — AUX HABITANTS DES HAUTES ET BASSES-ALPES.

Gap, 6 mars 1815.

Citoyens, j'ai été vivement touché de tous les sentiments que vous m'avez montrés. Vos vœux seront exaucés; la cause de la nation triomphera encore! Vous avez raison de m'appeler *votre Père*; je ne vis que pour l'honneur et le bonheur de la France. Mon retour dissipe toutes vos inquiétudes; il garantit la conservation de toutes les propriétés. L'égalité entre toutes les classes, et les droits dont vous jouissez depuis vingt-cinq ans, et après lesquels nos pères ont tant soupiré, forment aujourd'hui une partie de votre existence.

Dans toutes les circonstances où je pourrai me trouver, je me rappellerai toujours avec un vif intérêt tout ce que j'ai vu en traversant votre pays.

NAPOLÉON.

Extrait du *Journal du département du Rhône* du 13 mars 1815.

21685. — AUX HABITANTS DU DÉPARTEMENT DE L'ISÈRE.

Grenoble, 9 mars 1815.

Citoyens, lorsque, dans mon exil, j'appris tous les malheurs qui pesaient sur la nation, que tous les droits du peuple étaient méconnus, et qu'on me reprochait le repos dans lequel je vivais, je ne perdis pas un moment: je m'embarquai sur un frêle navire, je traversai les mers au milieu des vaisseaux de guerre des différentes nations, je débarquai sur le sol de la patrie, et je n'eus en vue que d'arriver avec la rapidité de l'aigle dans cette bonne ville de Grenoble, dont le patriotisme et l'attachement à ma personne m'étaient particulièrement connus.

Dauphinois, vous avez rempli mon attente.

J'ai supporté, non sans déchirement de cœur, mais sans abattement, les malheurs auxquels j'ai été en proie il y a un an. Le spectacle que m'a offert le peuple sur mon passage m'a vivement ému. Si quelques nuages avaient pu altérer la grande opinion que j'avais du peuple français, ce que j'ai vu m'a convaincu qu'il était toujours digne de ce nom de *grand peuple* dont je le saluai il y a plus de vingt ans.

Dauphinois, sur le point de quitter vos contrées pour me rendre dans ma bonne ville de Lyon, j'ai senti le besoin de vous exprimer toute l'estime que m'ont inspirée vos sentiments élevés. Mon cœur est tout plein des émotions que vous y avez fait naître; j'en conserverai toujours le souvenir.

NAPOLÉON.

Extrait du *Journal du département du Rhône* du 13 mars 1815.

21686. — DÉCRET.

Lyon, 13 mars 1815.

NAPOLÉON, etc.

Considérant que la chambre des Pairs est composée en partie des personnes qui ont porté les armes contre la France et qui ont intérêt au rétablissement des droits féodaux, à la destruction de l'égalité entre les différentes classes, à l'annulation des ventes des domaines nationaux, enfin à priver le peuple des droits qu'il a acquis par vingt-cinq ans de combats contre les ennemis de la gloire nationale;

Considérant que les pouvoirs des Députés au Corps législatif étaient expirés, et que dès lors la chambre des Communes n'a plus aucun caractère national;

Qu'une partie de cette chambre s'est rendue indigne de la confiance de la nation[1], en adhérant au rétablissement de la noblesse féodale abolie par les constitutions acceptées par le peuple, en faisant payer par la

---

[1] Le texte de ce décret publié à Lyon portait : *indigne de la nation*.

France des dettes contractées à l'étranger pour tramer des coalitions et soudoyer des armées contre le peuple français, en donnant aux Bourbons le titre de rois légitimes ; ce qui était déclarer rebelles le peuple français et les armées, proclamer seuls bons Français les émigrés qui ont déchiré pendant vingt-cinq ans le sein de la patrie, et violer tous les droits du peuple en consacrant le principe que la nation était faite pour le trône et non le trône pour la nation,

Nous avons décrété et décrétons ce qui suit :

Article premier. La chambre des Pairs est dissoute.

Art. 2. La chambre des Communes est dissoute.

Il est ordonné à chacun des membres convoqués et arrivés à Paris depuis le 7 mars dernier de retourner sans délai dans leur domicile.

Art. 3. Les colléges électoraux des départements de l'Empire seront réunis à Paris dans le courant du mois de mai prochain en *Assemblée extraordinaire du Champ de Mai*, afin de prendre les mesures convenables pour corriger et modifier nos constitutions, selon l'intérêt et la volonté de la nation ; et en même temps pour assister au couronnement de l'Impératrice, notre chère et bien-aimée épouse, et à celui de notre cher et bien-aimé fils.

Art. 4. Le grand maréchal, faisant fonctions de major général de la Grande Armée, est chargé de prendre les mesures nécessaires pour la publication du présent décret.

NAPOLÉON.

Extrait du *Moniteur* du 21 mars 1815.

21687. — AUX LYONNAIS.

Lyon, 13 mars 1815.

Lyonnais, au moment de quitter votre ville pour me rendre dans ma capitale, j'éprouve le besoin de vous faire connaître les sentiments que vous m'avez inspirés. Vous avez toujours été au premier rang dans mon affection. Sur le trône ou dans l'exil, vous m'avez toujours montré les mêmes sentiments. Ce caractère élevé, qui vous distingue spécialement, vous a mérité toute mon estime. Dans des moments plus tranquilles, je reviendrai pour m'occuper de vos besoins et de la prospérité de vos manufactures et de votre ville.

Lyonnais, je vous aime.

NAPOLÉON.

Extrait du *Journal du département du Rhône* du 16 mars 1815.

21688. — RÉPONSE DE L'EMPEREUR
A UNE DÉPUTATION DE LYONNAIS.

Lyon, 13 mars 1815.

Admis devant l'Empereur, l'un de nous a dit :

«Sire, d'un mouvement spontané les Lyonnais viennent offrir aux braves qui composent votre Garde ce guidon d'honneur et de la victoire[1]. Daignez l'agréer comme un tribut de notre admiration et de notre reconnaissance.»

Sa Majesté a répondu :

«Je le reçois avec plaisir, au nom de la Garde. Nous allons à Paris; ce sera celui que nous porterons, et nous nous rappellerons toujours que nous le tenons de nos bons habitants de Lyon, la seconde ville de l'Empire.»

L'un de nous, prenant la parole, a dit :

«Sire, il sera bien glorieux pour nous de songer que cette aigle sera toujours auprès de votre personne.»

L'Empereur a repris aussitôt :

«Elle sera toujours dans ma Garde.»

Extrait du *Journal du département du Rhône* du 16 mars 1815.

21689. — AU MARÉCHAL NEY, PRINCE DE LA MOSKOVA,
À LONS-LE-SAULNIER.

Lyon, le .. mars 1815[2].

Mon Cousin, mon major général vous expédie l'ordre de marche. Je ne doute pas qu'au moment où vous aurez appris mon arrivée à Lyon vous n'ayez fait reprendre à vos troupes le drapeau tricolore. Exécutez

---

[1] Une aigle portant ces mots : *Les Lyonnais à la Garde impériale.* — Mars 1815.
[2] Sans date de jour.

les ordres de Bertrand et venez me joindre à Chalon. Je vous recevrai comme le lendemain de la bataille de la Moskova.

NAPOLÉON.

Extrait des *Récits de la captivité*, etc. par le général de Montholon.

21690. — RELATION DE LA MARCHE DE NAPOLÉON
DE L'ÎLE D'ELBE A PARIS[1].

L'Empereur, instruit que le peuple en France avait perdu tous ses droits acquis par vingt-cinq années de combats et de victoires, et que l'armée était attaquée dans sa gloire, résolut de faire changer cet état de choses, de rétablir le trône impérial, qui seul pouvait garantir les droits de la nation, et de faire disparaître ce trône royal que le peuple avait proscrit comme ne garantissant que les intérêts d'un petit nombre d'individus.

Le 26 février, à cinq heures du soir, il s'embarqua sur un brick portant vingt-six canons, avec 400 hommes de sa Garde. Trois autres bâtiments qui se trouvaient dans le port, et qui furent saisis, reçurent 200 hommes d'infanterie, 100 chevau-légers polonais et le bataillon des flanqueurs, de 200 hommes.

Le vent était du sud et paraissait favorable. Le capitaine Chautard avait espoir qu'avant la pointe du jour l'île de Capraja serait doublée, et qu'on serait hors des croisières française et anglaise qui observaient de ce côté. Cet espoir fut déçu : on avait à peine doublé le cap Saint-André de l'île d'Elbe, que le vent mollit, la mer devint calme; à la pointe du jour, on n'avait fait que six lieues, et l'on était encore entre l'île de Capraja et l'île d'Elbe, en vue des croisières.

Le péril paraissait imminent. Plusieurs marins étaient d'opinion de retourner à Porto-Ferrajo. L'Empereur ordonna qu'on continuât la navigation, ayant pour ressource, en dernier événement, de s'emparer de la croisière française. Elle se composait de deux frégates et d'un brick; mais tout ce qu'on savait de l'attachement de l'équipage à la gloire nationale ne permettait pas de douter qu'ils arboreraient le pavillon tricolore et se rangeraient de notre côté.

Vers midi, le vent fraîchit un peu. A quatre heures après midi, on se trouva à la hauteur de Livourne. Une frégate paraissait à cinq lieues sous le vent; une autre était sur les côtes de Corse; et, de loin, un bâtiment de guerre venait droit, vent arrière, à la rencontre du brick. A six heures du soir, le brick que montait l'Empereur se croisa avec un brick qu'on reconnut être le *Zéphyre*, monté par le capitaine Andrieux, officier distingué autant par ses talents que par son véritable patriotisme. On proposa d'abord de parler au brick et de lui faire arborer le pavillon tricolore. Cependant l'Empereur donna ordre aux soldats de la Garde d'ôter leurs bonnets et de se cacher sous le pont, préférant passer à côté du brick

---

[1] Cette relation officielle du retour de l'île d'Elbe ne saurait être attribuée qu'à l'Empereur; c'est pour cette raison qu'on a cru devoir la reproduire ici; on y trouve d'ailleurs rapportées plusieurs de ses allocutions.

sans se laisser reconnaître, et se réservant le parti de le faire changer de pavillon si l'on était obligé d'y recourir. Les deux bricks passèrent bord à bord. Le lieutenant de vaisseau Taillade, officier de la marine française, était très-connu du capitaine Andrieux; et, dès qu'on fut à portée, on parlementa. On demanda au capitaine Andrieux s'il avait des commissions pour Gênes; on se fit quelques honnêtetés, et les deux bricks allant en sens contraire furent bientôt hors de vue, sans que le capitaine Andrieux se doutât de ce que portait ce frêle bâtiment!

Dans la nuit du 27 au 28, le vent continua de fraîchir. A la pointe du jour, on reconnut un bâtiment de 74, qui avait l'air de se diriger ou sur Saint-Florent ou sur la Sardaigne. On ne tarda pas à s'apercevoir que ce bâtiment ne s'occupait pas du brick.

Le 28, à sept heures du matin, on découvrit les côtes de Noli; à midi, Antibes. A trois heures, le 1er mars, on entra dans le golfe Jouan.

L'Empereur ordonna qu'un capitaine de la Garde, avec vingt-cinq hommes, débarquât avant la garnison du brick pour s'assurer de la batterie de côte, s'il en existait une. Ce capitaine conçut, de son chef, l'idée de faire changer la cocarde au bataillon qui était dans Antibes. Il se jeta imprudemment dans la place. L'officier qui y commandait pour le roi fit lever les ponts-levis et fermer les portes; sa troupe prit les armes, mais elle eut respect pour ces vieux soldats et pour leur cocarde qu'elle chérissait. Cependant l'opération du capitaine échoua, et ses hommes restèrent prisonniers dans Antibes.

A cinq heures après midi, le débarquement au golfe Jouan était achevé; on établit un bivouac au bord de la mer jusqu'au lever de la lune.

A onze heures du soir, l'Empereur se mit à la tête de cette poignée de braves au sort de laquelle étaient attachées de si grandes destinées. Il se rendit à Cannes, de là à Grasse, et, par Saint-Vallier, il arriva, dans la soirée du 2, au village de Séranon, ayant fait vingt lieues dans cette première journée. Le peuple de Cannes reçut l'Empereur avec des sentiments qui furent le premier présage du succès de l'entreprise.

Le 3, l'Empereur coucha à Barrême; le 4, il dîna à Digne. De Castellane à Digne, et dans tout le département des Basses-Alpes, les paysans, instruits de la marche de l'Empereur, accouraient de tous côtés sur la route et manifestaient leurs sentiments avec une énergie qui ne laissait plus de doutes.

Le 5, le général Cambronne, avec une avant-garde de 40 grenadiers, s'empara du pont et de la forteresse de Sisteron.

Le même jour, l'Empereur coucha à Gap avec 10 hommes à cheval et 40 grenadiers.

L'enthousiasme qu'inspirait la présence de l'Empereur aux habitants des Basses-Alpes, la haine qu'ils portaient à la noblesse, faisaient assez comprendre quel était le vœu général de la province du Dauphiné.

A deux heures après midi, le 6, l'Empereur partit de Gap, et la population de la ville tout entière était sur son passage.

A Saint-Bonnet, les habitants, voyant le petit nombre de sa troupe, eurent des craintes et proposèrent à l'Empereur de sonner le tocsin pour réunir les villages et l'accompagner en masse.

«Non, dit l'Empereur, vos sentiments me font connaître que je ne me suis pas trompé; ils sont pour moi un sûr garant des sentiments de mes soldats. Ceux que je rencontrerai se rangeront de mon côté; plus ils seront, plus mon succès sera assuré. Restez donc tranquilles chez vous.»

On avait imprimé à Gap plusieurs milliers des proclamations adressées par l'Empereur à l'armée et au peuple, et de celles des soldats de la Garde à leurs camarades. Ces proclamations se répandirent avec la rapidité de l'éclair dans tout le Dauphiné.

Le même jour, l'Empereur vint coucher à Corps. Les 40 hommes d'avant-garde du général Cambronne allèrent coucher jusqu'à la Mure. Ils se rencontrèrent avec l'avant-garde d'une division de 6,000 hommes de troupes de ligne qui venait de Grenoble pour arrêter leur marche. Le général Cambronne voulut parlementer avec les avant-postes. On lui répondit qu'il y avait défense de communiquer. Cependant cette avant-garde de la division de Grenoble recula de trois lieues et vint prendre position entre les lacs, au village de Laffrey.

L'Empereur, instruit de cette circonstance, se porta sur les lieux. Il trouva sur la ligne opposée un bataillon du 5e de ligne, une compagnie de sapeurs, une compagnie de mineurs, en tout, 7 ou 800 hommes. Il envoya son officier d'ordonnance, le chef d'escadron Roul, pour faire connaître à ces troupes la nouvelle de son arrivée; mais cet officier ne pouvait se faire entendre : on lui opposait toujours la défense qui avait été faite de communiquer. L'Empereur mit pied à terre et alla droit au bataillon, suivi de la Garde portant l'arme sous le bras. Il se fit reconnaître et dit que le premier soldat qui voudrait tuer son Empereur le pouvait. Le cri unanime de *Vive l'Empereur!* fut leur réponse. Ce brave régiment avait été sous les ordres de l'Empereur dès ses premières campagnes d'Italie. La Garde et les soldats s'embrassèrent. Les soldats du 5e arrachèrent sur-le-champ leurs cocardes et prirent, avec enthousiasme et la larme à l'œil, la cocarde tricolore. Lorsqu'ils furent rangés en bataille, l'Empereur leur dit :

«Je viens avec une poignée de braves, parce que je compte sur le peuple et sur vous. Le trône des Bourbons est illégitime, puisqu'il n'a pas été élevé par la nation : il est contraire à la volonté nationale, puisqu'il est contraire aux intérêts de notre pays, et qu'il n'existe que dans l'intérêt de quelques familles. Demandez à vos pères; interrogez tous ces habitants qui arrivent ici des environs : vous apprendrez de leur propre bouche la véritable situation des choses. Ils sont menacés du retour des dîmes, des priviléges, des droits féodaux et de tous les abus dont vos succès les avaient délivrés. N'est-il pas vrai, paysans?»

— «Oui, sire, répondent-ils tous d'un cri unanime; on voulait nous attacher à la terre. Vous venez, comme l'ange du Seigneur, pour nous sauver.»

Les braves du bataillon du 5ᵉ demandèrent à marcher des premiers sur la division qui couvrait Grenoble. On se mit en marche au milieu de la foule d'habitants, qui s'augmentait à chaque instant.

Vizille se distingua par son enthousiasme. « C'est ici qu'est née la Révolution! disaient ces braves gens. C'est nous qui, les premiers, avons osé réclamer les priviléges des hommes! C'est encore ici que ressuscite la liberté française et que la France recouvre son honneur et son indépendance! »

Quelque fatigué que fût l'Empereur, il voulut entrer le soir même dans Grenoble.

Entre Vizille et Grenoble, le jeune adjudant-major du 7ᵉ de ligne vint annoncer que le colonel Labédoyère, profondément navré du déshonneur qui couvrait la France et déterminé par les plus nobles sentiments, s'était détaché de la division de Grenoble et venait avec le régiment, au pas accéléré, à la rencontre de l'Empereur. Une demi-heure après, ce brave régiment vint doubler la force des troupes impériales; à neuf heures du soir, l'Empereur fit son entrée dans le faubourg de Saint-Joseph. On avait fait rentrer les troupes dans Grenoble, et les portes de la ville étaient fermées. Les remparts qui devaient défendre cette ville étaient couverts par le 3ᵉ régiment du génie, composé de 2,000 sapeurs, tous vieux soldats couverts d'honorables blessures; par le 4ᵉ d'artillerie de ligne, ce même régiment où, vingt-cinq ans auparavant, l'Empereur avait été fait capitaine; par les deux autres bataillons du 5ᵉ de ligne, par le 11ᵉ de ligne et les fidèles hussards du 4ᵉ. La garde nationale et la population entière de Grenoble étaient placées derrière la garnison, et tous faisaient retentir l'air des cris de *Vive l'Empereur!* On enfonça les portes, et, à dix heures du soir, l'Empereur entra dans Grenoble au milieu d'une armée et d'un peuple animés du plus vif enthousiasme.

Le lendemain, l'Empereur fut harangué par la municipalité et par toutes les autorités départementales. Les discours des chefs militaires et ceux des magistrats étaient unanimes. Tous disaient que des princes imposés par une force étrangère n'étaient pas des princes légitimes, et qu'on n'était tenu à aucun engagement envers des princes dont la nation ne voulait pas.

A deux heures, l'Empereur passa la revue des troupes au milieu de la population de tout le département, aux cris : *A bas les Bourbons! à bas les ennemis du peuple! vive l'Empereur, et un gouvernement de notre choix!*

La garnison de Grenoble, immédiatement après, se mit en marche forcée pour se porter sur Lyon.

Une remarque qui n'a pas échappé aux observateurs, c'est qu'en un clin d'œil ces 6,000 hommes se trouvèrent parés de la cocarde nationale, et chacun d'une cocarde vieille et usée, car, en quittant leur cocarde tricolore, ils l'avaient cachée au fond de leur sac; pas une ne fut achetée au petit Grenoble. « C'est la même, disaient-ils, en passant devant l'Empereur; c'est la même que nous portions à Austerlitz! Celle-ci, disaient d'autres, nous l'avions à Marengo! »

Le 9, l'Empereur coucha à Bourgoin. La foule et l'enthousiasme allaient, s'il est possible, en augmentant. « Il y a longtemps que nous vous attendions, disaient tous ces braves gens à l'Empereur. Vous voilà enfin arrivé pour délivrer la France de l'insolence de la noblesse, des prétentions des prêtres et de la honte du joug de l'étranger!»

De Grenoble à Lyon, la marche de l'Empereur ne fut qu'un triomphe. L'Empereur, fatigué, était dans sa calèche, allant toujours au pas, environné d'une foule de paysans chantant des chansons qui exprimaient toutes la noblesse des sentiments des braves Dauphinois.

«Ah! dit l'Empereur, je retrouve ici les sentiments qui, il y a vingt ans, me firent saluer la France du nom de *grande nation!* Oui, vous êtes encore la grande nation, et vous le serez toujours!»

Cependant le comte d'Artois, le duc d'Orléans et plusieurs maréchaux étaient arrivés à Lyon. L'argent avait été prodigué aux troupes, les promesses aux officiers. On voulait couper le pont de la Guillotière et le pont Morand. L'Empereur riait de ces ridicules préparatifs; il ne pouvait avoir de doutes sur les dispositions des Lyonnais, encore moins sur les dispositions des soldats. Cependant il avait donné ordre au général Bertrand de réunir des bateaux à Miribel, dans l'intention de passer dans la nuit et d'intercepter les routes de Moulins et de Mâcon au prince qui voulait lui interdire le passage du Rhône. A quatre heures, une reconnaissance du 4ᵉ de hussards arriva à la Guillotière et fut accueillie aux cris de *Vive l'Empereur!* par cette immense population d'un faubourg qui s'est toujours distingué par son attachement à la patrie. Le passage de Miribel fut contremandé, et l'Empereur se porta au galop sur Lyon, à la tête des troupes qui devaient lui en défendre l'entrée.

Le comte d'Artois avait tout fait pour s'assurer les troupes. Il ignorait que rien n'est possible en France quand on y est l'agent de l'étranger et qu'on n'est pas du côté de l'honneur national et de la cause du peuple. Passant devant le 13ᵉ régiment de dragons, il dit à un brave que des cicatrices et trois chevrons décoraient : «Allons, camarade, crie donc *Vive le roi!* — Non, Monsieur, répond ce brave dragon, aucun soldat ne combattra contre son père! Je ne puis vous répondre qu'en criant *Vive l'Empereur!* Le comte d'Artois monta en voiture et quitta Lyon escorté d'un seul gendarme.

A neuf heures du soir, l'Empereur traversa la Guillotière presque sans escorte, mais environné d'une immense population.

Le lendemain 11, il passa la revue de toute la division de Lyon, qui, le brave général Brayer à sa tête, se mit en marche pour avancer sur la capitale.

Les sentiments que pendant deux jours les habitants de cette grande ville et les paysans des environs témoignèrent à l'Empereur le touchèrent tellement, qu'il ne put leur exprimer ce qu'il sentait qu'en disant : *Lyonnais, je vous aime!* C'est pour la seconde fois que les acclamations de cette ville avaient été le présage des nouvelles destinées réservées à la France.

Le 13, à trois heures après midi, l'Empereur arriva à Villefranche, petite ville de 4,000 âmes, qui en renfermait en ce moment plus de 60,000. Il s'arrêta à l'hôtel de ville. Un grand nombre de militaires blessés lui furent présentés.

Il entra à Mâcon à sept heures du soir, toujours environné du peuple des cantons voisins. Il témoigna son étonnement aux Mâconnais du peu d'efforts qu'ils avaient faits dans la dernière guerre pour se défendre contre l'ennemi et soutenir l'honneur des Bourguignons : « Sire, pourquoi aviez-vous nommé un mauvais maire ? »

A Tournus, l'Empereur n'eut que des éloges à donner aux habitants pour la belle conduite et le patriotisme qui, dans ces mêmes circonstances, ont distingué Tournus, Chalon et Saint-Jean-de-Losne. A Chalon, qui pendant quarante jours a résisté aux forces de l'ennemi et défendu le passage de la Saône, l'Empereur s'est fait rendre compte de tous les traits de bravoure, et, ne pouvant se rendre à Saint-Jean-de-Losne, il a du moins envoyé la décoration de la Légion d'honneur au digne maire de cette ville. A cette occasion, l'Empereur s'écria :

« C'est pour vous, braves gens, que j'ai institué la Légion d'honneur, et non pour les émigrés pensionnés de nos ennemis ! »

L'Empereur reçut à Chalon la députation de la ville de Dijon, qui venait de chasser de son sein le préfet et le mauvais maire dont la conduite, dans la dernière campagne, a déshonoré Dijon et les Dijonnais. L'Empereur destitua ce maire, en nomma un autre, et confia le commandement de la division au brave général Devaux.

Le 15, l'Empereur vint coucher à Autun, et d'Autun il alla coucher, le 16, à Avallon. Il trouva sur cette route les mêmes sentiments que dans les montagnes du Dauphiné. Il rétablit dans leurs places tous les fonctionnaires qui avaient été destitués pour avoir concouru à la défense de la patrie contre l'étranger. Les habitants de Chassey étaient spécialement l'objet des persécutions d'un freluquet, sous-préfet à Semur, pour avoir pris les armes contre les ennemis de notre pays. L'Empereur a donné ordre à un brigadier de gendarmerie d'arrêter ce sous-préfet et de le conduire dans les prisons d'Avallon.

L'Empereur déjeuna, le 17, à Vermanton, et vint à Auxerre, où le préfet Gamot était resté fidèle à son poste. Le brave 14e avait foulé aux pieds la cocarde blanche. L'Empereur apprit que le 6e de lanciers avait également arboré la cocarde tricolore et se portait sur Montereau pour garder ce pont contre un détachement de gardes du corps qui voulait le faire sauter. Les jeunes gardes du corps, n'étant pas encore accoutumés aux coups de lance, prirent la fuite à l'aspect de ce corps, et on leur fit deux prisonniers.

A Auxerre, le comte Bertrand, major général, donna ordre qu'on réunît tous les bateaux pour embarquer l'armée, qui était déjà forte de quatre divisions, et la porter le soir même à Fossard, de manière à pouvoir arriver à une heure du matin à Fontainebleau.

Avant de partir d'Auxerre, l'Empereur fut rejoint par le prince de la Moskova. Ce maréchal avait fait arborer le drapeau tricolore dans tout son gouvernement.

L'Empereur arriva à Fontainebleau le 20, à quatre heures du matin ; à sept heures, il apprit que les Bourbons étaient partis de Paris et que la capitale était libre. Il partit sur-le-champ pour s'y rendre.

Il est entré aux Tuileries à neuf heures du soir, au moment où on l'attendait le moins.

Ainsi s'est terminée, sans répandre une goutte de sang, sans trouver aucun obstacle, cette légitime entreprise qui a rétabli la nation dans ses droits, dans sa gloire, et a effacé la souillure que la trahison et la présence de l'étranger avaient répandue sur la capitale; ainsi s'est vérifié ce passage de l'adresse de l'Empereur aux soldats, que *l'aigle, avec les couleurs nationales, volerait de clocher en clocher jusqu'aux tours de Notre-Dame.*

En dix-huit jours, le brave bataillon de la Garde avait franchi l'espace entre le golfe Jouan et Paris, espace qu'en temps ordinaire on met quarante-cinq jours à parcourir.

Arrivé aux portes de Paris, l'Empereur vit venir à sa rencontre l'armée tout entière, que commandait le duc de Berri. Officiers, soldats, généraux, infanterie légère, infanterie de ligne, lanciers, dragons, cuirassiers, artillerie, tous vinrent au-devant de leur général, que le choix du peuple et le vœu de l'armée avaient élevé à l'empire, et la cocarde tricolore fut arborée par chaque soldat, qui l'avait dans son sac. Tous foulèrent aux pieds cette cocarde blanche qui a été pendant vingt-cinq ans le signe de ralliement des ennemis de la France et du peuple.

Le 21, à une heure après midi, l'Empereur a passé la revue de toutes les troupes qui composaient l'armée de Paris. La capitale entière a été témoin des sentiments d'enthousiasme et d'attachement qui animaient ces braves soldats. Tous avaient reconquis leur patrie, tous étaient sortis d'oppression, tous avaient retrouvé dans les couleurs nationales le souvenir de tous les sentiments généreux qui ont toujours distingué la nation française!

Après que l'Empereur eut passé dans les rangs, toutes les troupes furent rangées en bataillons carrés.

« Soldats, dit l'Empereur, je suis venu avec 600 hommes en France, parce que je comptais sur l'amour du peuple et sur le souvenir des vieux soldats. Je n'ai pas été trompé dans mon attente. Soldats, je vous en remercie. La gloire de ce que nous venons de faire est toute au peuple et à vous: la mienne se réduit à vous avoir connus et appréciés.

« Soldats, le trône des Bourbons était illégitime, puisqu'il avait été relevé par des mains étrangères, puisqu'il avait été proscrit par le vœu de la nation exprimé par toutes nos assemblées nationales, puisque enfin il n'offrait de garantie qu'aux intérêts d'un petit nombre d'hommes arrogants, dont les prétentions sont opposées à nos droits. Soldats, le trône impérial peut seul garantir les droits du peuple, et surtout le premier de nos intérêts, celui de notre gloire.

« Soldats, nous allons marcher pour chasser du territoire ces princes auxiliaires de l'étranger: la nation non-seulement nous secondera de ses vœux, mais même suivra notre impulsion. Le peuple français et moi nous comptons sur vous. Nous ne voulons pas nous mêler des affaires des nations étrangères ; mais malheur à qui se mêlerait des nôtres ! »

Ce discours fut accueilli par les acclamations du peuple et des soldats.

Un instant après, le général Cambronne et des officiers de la Garde du bataillon de l'île d'Elbe parurent avec les anciennes aigles de la Garde.

L'Empereur reprit la parole et dit aux soldats :

« Voilà les officiers du bataillon qui m'a accompagné dans mon malheur ; ils sont tous mes amis. Ils étaient chers à mon cœur : toutes les fois que je les voyais, ils me représentaient les différents régiments de l'armée, car, dans ces six cents braves, il y a des hommes de tous les régiments ; tous me rappelaient ces grandes journées dont le souvenir est si cher, car tous sont couverts d'honorables cicatrices reçues à ces batailles mémorables. En les aimant, c'est vous tous, Soldats de l'armée française, que j'aimais ! Ils vous rapportent ces aigles : qu'elles vous servent de point de ralliement ! En les donnant à la Garde, je les donne à toute l'armée. La trahison et des circonstances malheureuses les avaient couvertes du crêpe funèbre ; mais, grâce au peuple français et à vous, elles reparaissent resplendissantes de toute leur gloire. Jurez qu'elles se trouveront toujours partout où l'intérêt de la patrie les appellera ! Que les traîtres et ceux qui voudraient envahir notre territoire n'en puissent jamais soutenir le regard ! »

— « Nous le jurons ! s'écrièrent avec enthousiasme tous les soldats. »

Extrait du *Moniteur* du 23 mars 1815.

21691. — A M. FOUCHÉ, DUC D'OTRANTE,

MINISTRE DE LA POLICE GÉNÉRALE, A PARIS.

Paris, 21 mars 1815.

Selon les premiers renseignements que j'ai reçus, le duc de Bourbon s'est rendu dans la Vendée, où il organise quelques chouans ; le duc d'Orléans s'est rendu à Besançon, et le roi, à ce qu'il paraît, est du côté de la Somme. Tâchez de recueillir des renseignements sur cet objet et faites-les-moi passer sur-le-champ. Envoyez des agents dans ces trois directions.

Remettez-moi demain une liste de tous les préfets qu'il faut remplacer de suite et la note de ceux qui pourraient les remplacer. Également pour les sous-préfets. Je parle de ceux qui sont tellement mauvais qu'ils ne peuvent pas rester un instant.

D'après la minute. Archives de l'Empire.

21692. — AU MARÉCHAL DAVOUT, PRINCE D'ECKMÜHL,
MINISTRE DE LA GUERRE, À PARIS.

Paris, 21 mars 1815.

Donnez ordre au comte de Lobau de prendre le commandement de la 1re division militaire et de toutes les troupes qui s'y trouvent. Appelez à d'autres fonctions le sieur Beurnonville, colonel du 1er régiment léger, et proposez-moi un bon colonel pour commander ce régiment. Si dans les autres régiments qui sont à Paris il y a de mauvais colonels, proposez-moi sur-le-champ leur remplacement. Proposez-moi également dans la matinée l'organisation de toute la 1re division militaire en officiers généraux, adjudants commandants et officiers d'état-major qui doivent y être employés. Mon intention serait, en général, de changer tous les généraux qui s'y trouvent, sauf à les envoyer dans les autres divisions militaires.

Faites connaître dans la matinée, par le télégraphe, 1° mon entrée à Paris; 2° votre nomination au ministère de la guerre. Aussitôt après la réception des deux nouvelles ci-dessus, faites connaître au commandant de la 16e division militaire que, le roi se dirigeant du côté de Calais et Montreuil, il ait à réunir ses troupes et à marcher dessus pour dissiper les rassemblements et reprendre les trésors que les agents du roi emportent avec eux et dont la perte serait notable pour l'Empire.

Recommandez-leur surtout de ne les laisser entrer dans aucune place forte, puisqu'ils pourraient les livrer à l'ennemi.

Expédiez cette nuit même des officiers de confiance, qui prendront une autre route que le roi, pour annoncer ce qui s'est passé à Paris et engager les garnisons et les généraux de la 16e division militaire à veiller à la conservation de leur frontière.

Expédiez également des courriers qui se rendront à Châlons-sur-Marne, à Mézières, en Lorraine et en Alsace, pour ordonner que toutes les troupes en marche s'arrêtent et fassent connaître le lieu où elles se trouvent.

Que la cocarde tricolore soit arborée partout, conformément à notre proclamation.

Enfin recommandez la plus grande surveillance pour la garde de mes places.

Le duc d'Albufera rentrera en Alsace s'il en était sorti, afin de veiller à la conservation de toutes les places et de vous faire connaître tous les mouvements de la frontière.

Donnez ordre que la Garde impériale et les dépôts, soit de chasseurs, soit de grenadiers, qui sont à Nancy et à Metz, se rendent à Paris; que les lanciers rouges qui sont à Orléans et les dragons de la Garde qui sont sur la Loire se rendent à Paris. Quant aux chasseurs qui sont dans le Nord, cet ordre doit être subordonné à la marche du roi, puisqu'il sera peut-être nécessaire de les réunir pour marcher contre.

Donnez ordre, par le télégraphe et par courrier extraordinaire, que le général Drouet, comte d'Erlon, soit sur-le-champ remis en liberté et rétabli dans le commandement de sa division. Chargez-le spécialement de l'exécution des mesures pour la poursuite des fuyards.

Il y a eu marche des troupes de la 14ᵉ et de la 15ᵉ division, ainsi que de la 20ᵉ et de la 22ᵉ. Faites dresser un état de tous ces mouvements, et provisoirement suspendez-les, jusqu'à ce qu'on sache quel était leur but.

Écrivez au prince d'Essling pour lui faire connaître les événements qui sont arrivés, et chargez-le de prendre des mesures pour faire exécuter mon décret sur la cocarde nationale, tant à Marseille que dans tout son commandement.

Proposez-moi tous les changements à faire dans le personnel des divisions militaires.

D'après la minute. Archives de l'Empire.

21693. — AU GÉNÉRAL CAULAINCOURT, DUC DE VICENCE,
MINISTRE DES AFFAIRES ÉTRANGÈRES, A PARIS.

Paris, 23 mars 1815.

Monsieur le Duc de Vicence, je désire avoir une analyse de toutes les dépêches de M. de Talleyrand et du roi contre le roi de Naples, afin de pouvoir la lui faire communiquer.

NAPOLÉON.

D'après la copie. Archives des affaires étrangères.

21694. — AU MARÉCHAL MONCEY, DUC DE CONEGLIANO,
A LILLE.

Paris, 23 mars 1815.

Mon Cousin, j'ai reçu votre lettre du 22. Je crois à la sincérité des sentiments que vous m'exprimez, car je connais depuis longtemps votre caractère. J'approuve que vous vous retiriez à votre campagne. Votre fils, que j'ai élevé dès son jeune âge, peut compter qu'il trouvera en moi un second père. Dans toutes les circonstances, vous pouvez compter sur mon désir de vous être utile et agréable.

D'après la minute. Archives de l'Empire.

21695. — A M. COLLIN, COMTE DE SUSSY,
PREMIER PRÉSIDENT DE LA COUR DES COMPTES, A PARIS.

Paris, 23 mars 1815.

J'ai reçu votre lettre du 23 mars. Ma confiance en vous est entière. J'hésite encore à rétablir ou à laisser supprimé le ministère du commerce. Les affaires urgentes se pressent avec tant de rapidité que je n'ai pas encore pu causer de cela avec vous. Dans tous les cas, je vous écris ces deux mots pour vous réitérer l'assurance de mon entière et absolue confiance.

D'après la minute. Archives de l'Empire.

21696. — AU GÉNÉRAL COMTE BERTRAND,
GRAND MARÉCHAL DU PALAIS, À PARIS.

Paris, 23 mars 1815.

Expédiez à l'île d'Elbe Bernotti. Chargez-le de nouvelles pour l'île d'Elbe. Il s'embarquera à Toulon. Écrivez à Lapi qu'on arbore le pavillon tricolore.

Faites revenir de mes effets tout ce qui en vaut la peine. J'attache de l'importance à mon cheval corse, s'il n'est pas malade et qu'il puisse revenir. La voiture de voyage, jaune, la grande voiture et deux de celles de parade valent la peine qu'on les ramène, ainsi que le linge de corps. Je fais présent de la bibliothèque à la ville, ainsi que de ma maison, qui servira de casino, où on laissera exister la bibliothèque.

D'après la minute. Archives de l'Empire.

21697. — AU VICE-AMIRAL DUC DECRÈS,
MINISTRE DE LA MARINE, À PARIS.

Paris, 23 mars 1815.

Monsieur le Duc Decrès, vous me proposez d'armer six vaisseaux et quatre frégates à Toulon. Je sais que la croisière de l'île d'Elbe et du Levant était extrêmement mal armée; elle n'avait pas, je crois, la moitié de ses équipages. Je pense qu'avant de donner aucun ordre il faut attendre les rapports de Toulon et considérer le budget du ministère de la marine.

Je n'ai jamais voulu désarmer mes vaisseaux pour accroître mes ressources sur terre; mais, puisque je trouve la marine désarmée, je veux faire tout ce qui est convenable pour diminuer les dépenses de la marine. Les finances me paraissent dans une grande pénurie.

NAPOLÉON.

D'après l'original comm. par Mme la duchesse Decrès.

21698. — AU VICE-AMIRAL DUC DECRÈS,
MINISTRE DE LA MARINE, À PARIS.

Paris, 23 mars 1815.

Monsieur le Duc Decrès, je désire que vous donniez ordre que les croisières de Corse et de l'île d'Elbe transportent en France les 3,000 hommes de troupes françaises qui sont en Corse, à l'exception d'un bataillon de 600 hommes qu'on transportera à Porto-Ferrajo, mon intention étant d'abandonner la Corse à ses propres forces. Donnez ordre que des bâtiments légers, frégates ou bricks, aillent souvent mouiller à Porto-Ferrajo. Je donne l'ordre à un officier d'ordonnance du pays de se rendre à Porto-Ferrajo. Donnez ordre à Toulon qu'on expédie une frégate pour porter cet officier et rapporter des dépêches du pays. Chargez cette frégate de rapporter tout ce qui existe encore des effets que j'ai laissés dans ce pays.

J'approuve tout ce que vous avez fait relativement à la ville de Marseille. Je pense que le capitaine de la frégate *la Fleur-de-Lys* doit être jugé par une commission militaire, s'il a passé à l'ennemi.

Les trois frégates, la corvette et les trois bricks peuvent servir à transporter les troupes de Corse à l'île d'Elbe et en France.

Je pense qu'il faut laisser à Ajaccio une frégate et un brick, à Bastia les trois bâtiments légers. Cette croisière sera donc composée d'une frégate, d'un brick et de trois bâtiments légers. Le commandant se servira de ces forces pour maintenir les communications de l'île d'Elbe avec la Corse, et il tiendra toujours à Porto-Ferrajo un des bâtiments de sa croisière. Invitez le commandant de la frégate à aller à Porto-Longone et à Porto-Ferrajo le plus souvent possible, pour me faire le rapport de tout ce qui se passe.

J'approuve ce que vous proposez pour la croisière du Levant. Recommandez une grande circonspection au commandant pour ne rien préjuger et ne pas faire croire que ce soit moi qui veuille déclarer la guerre.

NAPOLÉON.

D'après l'original comm. par Mme la duchesse Decrès.

21699. — AU VICE-AMIRAL DUC DECRÈS,

MINISTRE DE LA MARINE, À PARIS.

Paris, 23 mars 1815.

Aussitôt que vous aurez des renseignements sur Brest, Rochefort et Toulon, faites-les-moi connaître. Je ne puis encore donner aucun ordre sur les expéditions de Terre-Neuve. Un retard de dix jours ne peut pas donner lieu à un inconvénient sensible. Suspendez donc les départs et attendez dix jours.

Faites-moi aussi, pour mon instruction, une petite note qui me fasse connaître en détail ce dont il s'agit, car je suis assez ignorant sur ces affaires de pêcheries et sur ces établissements que je n'ai jamais possédés.

Les cent cinquante-huit pêcheurs peuvent également retarder leur départ de huit jours. L'Angleterre ne va pas tarder à se déclarer.

D'après la minute. Archives de l'Empire.

21700. — AU MARÉCHAL DAVOUT, PRINCE D'ECKMÜHL,

MINISTRE DE LA GUERRE, À PARIS.

Paris, 23 mars 1815.

Mon Cousin, le bataillon polonais qui est à Reims demande à entrer à mon service; je l'accepte. Chargez un général d'en former sur-le-champ un bataillon de six compagnies. Une fois que ce bataillon sera formé, il me semble qu'on pourrait l'envoyer à Sedan pour l'habiller et le mettre en état.

NAPOLÉON.

D'après la copie communiquée par Mme la maréchale princesse d'Eckmühl.

21701. — AU MARÉCHAL DAVOUT, PRINCE D'ECKMÜHL,

MINISTRE DE LA GUERRE, À PARIS.

Paris, 23 mars 1815.

Mon Cousin, j'ai donné le commandement de la Corse au général de Launay, et j'ai ordonné qu'on mît en arrestation le général Bruslart. Réitérez ces ordres. J'ai donné ordre que les 3 ou 4,000 hommes de troupes françaises qui sont en Corse reviennent à Toulon, et qu'il soit levé quatre bataillons corses pour la garde de l'île. Seront compris dans ces quatre bataillons les deux bataillons déjà levés par ordonnance du roi. Le général de Launay fera tous les changements nécessaires dans le personnel de ces bataillons, pour n'y avoir que des gens affectionnés et en écarter tous les individus de l'ancien parti anglais. Vous donnerez également l'ordre qu'on forme en Corse une gendarmerie composée, deux tiers de Corses et un tiers de Français. Cette gendarmerie sera de la même force qu'en 1813. L'excédant, en officiers et gendarmes, rentrera en France.

Faites demander au général Dalesme s'il veut retourner à l'île d'Elbe. Personne n'est plus propre que lui à commander cette île, qui ne laisse pas que d'être importante.

L'embarquement des troupes de Corse se fera par la marine. Le prince d'Essling se concertera avec l'amiral Ganteaume pour cet objet. Expédiez en Corse, comme porteur de vos ordres, un officier corse.

NAPOLÉON.

D'après l'original comm. par Mme la maréchale princesse d'Eckmühl.

21702. — AU MARÉCHAL DAVOUT, PRINCE D'ECKMÜHL,
MINISTRE DE LA GUERRE, À PARIS.

Paris, 23 mars 1815.

Mon Cousin, j'ai signé le décret que vous m'avez proposé pour les commandes de fusils. Je ne connais rien de plus urgent. Je désire que le modèle de 1777 soit pour les troupes de ligne, et que tout le n° 1 soit pour les gardes nationales. Serait-il possible de fabriquer 150,000 fusils n° 1, indépendamment des 150,000 du modèle de 1774? Cela ferait alors 400.000 fusils pour cette année. Faites-moi un rapport sur les moyens à prendre pour réparer les vieilles armes. Faites-moi connaître les emplacements, afin que je les rectifie. Il faut avoir constamment au moins 100,000 fusils à Vincennes et 100,000 fusils sur la Loire. Consultez le génie pour me faire connaître le poste sur la Loire où l'on pourrait mettre ces armes à l'abri d'un coup de main. Je désirerais que la manufacture de Tulle fût triplée. Je désirerais également tripler la manufacture de Versailles. Les événements de l'année passée font assez connaître la raison de ces dispositions.

Je ne vois aucune utilité à loger des troupes et des chevaux à Vincennes. Il faut que tout l'emplacement soit converti en magasins d'artillerie, à l'exception du logement à réserver pour un bataillon, qui me paraît suffisant pour la défense de ce poste.

NAPOLÉON.

D'après l'original comm. par Mme la maréchale princesse d'Eckmühl.

21703. — AU MARÉCHAL DAVOUT, PRINCE D'ECKMÜHL,
MINISTRE DE LA GUERRE, À PARIS.

Paris, 24 mars 1815, au matin.

Mon Cousin, vous n'avez envoyé à Rouen que le général Fressinet; il faudrait là un général qui eût plus de réputation. Donnez ordre au lieutenant général comte Lemarois de s'y rendre comme commandant supérieur; le général Fressinet sera sous ses ordres. Donnez-leur une instruction pour réunir les troupes sur la 15e division, non-seulement pour s'assurer du Havre, mais aussi pour avoir une colonne mobile pour agir selon les circonstances.

Il est fort à craindre que le général Chastel et les généraux que vous avez envoyés dans les places du Nord ne se fassent prendre par l'ennemi. Il faut recommander à ceux qui ne sont pas partis de faire attention à la route qu'ils prendront.

Je charge le grand maréchal de vous voir relativement à votre instruction sur la Vendée. Il faut tâcher de rallier et de prendre les troupes dans l'endroit où elles se trouvent. Il n'est pas probable que des corps puissent venir de Châteauroux à Alençon sans être débauchés. Il faut donc faire plusieurs colonnes sur le point où les routes se réunissent. Le point de Tours me paraîtrait convenable comme point central; mais il faut que les généraux marchent avec prudence.

NAPOLÉON.

D'après l'original comm. par Mme la maréchale princesse d'Eckmühl.

21704. — A M. MARET, DUC DE BASSANO,
MINISTRE SECRÉTAIRE D'ÉTAT, À PARIS.

Paris, 24 mars 1815.

Faites mettre dans le *Moniteur*, en tête, et faites-le répéter plusieurs jours de suite, que le *Moniteur* n'est plus le journal officiel; que le texte du *Bulletin des lois* est seul officiel.

D'après la minute. Archives de l'Empire.

21705. — AU MARÉCHAL DAVOUT, PRINCE D'ECKMÜHL,
MINISTRE DE LA GUERRE, À PARIS.

Paris, 25 mars 1815, huit heures et demie du matin.

Mon Cousin, je vous envoie l'extrait d'une lettre écrite de Poulainville par le général Exelmans.

Le général d'Aigremont a envoyé, dans la nuit du 24, un aide de camp avec une mission pour la Maison du roi.

Le duc d'Orléans, par lettre du 23, a dégagé le général Teste et les commandants sous ses ordres des obligations d'observer les ordres qui lui avaient été transmis.

Le comte d'Artois, le duc de Berri, le duc de Raguse, la Maison du roi étaient à Béthune, formant, avec des volontaires, 5 ou 6,000 hommes et douze bouches à feu.

Le général Teste a donné l'ordre d'arrêter les bouches à feu.

Le maréchal Macdonald a accompagné le roi jusqu'à Lille; on dit qu'il retourne à Paris.

Le général Razout est à Péronne.

Le général Exelmans est à Poulainville, continuant sa route sur Arras, avec le 6ᵉ de lanciers. Le général Huber a dû coucher à Amiens, venant d'Abbeville. Les dragons auront couché à l'Arbret.

NAPOLÉON.

D'après l'original comm. par Mᵐᵉ la maréchale princesse d'Eckmühl.

21706. — AU MARÉCHAL DAVOUT, PRINCE D'ECKMÜHL,
MINISTRE DE LA GUERRE, À PARIS.

Paris, 25 mars 1815.

Mon Cousin, comme j'ai besoin des troupes qui sont à Orléans pour les faire marcher sur-le-champ dans la même direction que le général Morand à la poursuite du duc de Bourbon, je désire que le général Pajol en prenne le commandement et qu'il parte sur-le-champ. Donnez-lui ordre de rassembler tous les régiments, et de renvoyer le colonel du 1er régiment de cuirassiers et le colonel et des officiers du 46e. Faites partir deux colonels pour les remplacer, choisis parmi ceux qui sont à Paris. Envoyez-y le général Guyot, qui a commandé le 1er régiment de cuirassiers, et un autre général de cavalerie. Faites revenir à Paris tous les généraux qui étaient employés dans cette division. Écrivez au général Pajol qu'il ait soin de prendre un général de division d'infanterie moins ancien que lui, qui sorte de la Garde, et choisi parmi ceux qui sont ici. Envoyez-lui un bon adjudant commandant et trois ou quatre officiers d'état-major, hommes sûrs, un colonel du 3e de hussards pour remplacer le colonel Moncey, et un autre colonel de cavalerie pour les besoins imprévus, mon intention étant que cette division soit entièrement régénérée. Envoyez-y également une batterie d'artillerie.

Faites dire au 46e que j'ai été surpris que le brave 50e[1] ait conservé si peu d'attachement pour moi, que je n'ai pas reconnu là les soldats qui se sont immortalisés à Gustädt. Faites témoigner ma satisfaction aux hussards et cuirassiers du 1er, qui ont forcé les portes de la ville d'Orléans pour venir me rejoindre et arboré la cocarde nationale.

Envoyez un bon général de brigade pour commander à Orléans et dans le département du Loiret. Faites-vous rendre compte de tous les généraux qui commandent les 20e, 21e et 12e divisions et dans les départements, et remplacez les mauvais par de bons généraux, qui seront sous les ordres du général Pajol, qui les fera installer. Écrivez au gé-

---

[1] Le 50e était devenu le 46e par suite du changement fait en 1814 aux numéros des régiments.

néral Pajol qu'aussitôt qu'il aura passé la revue des troupes et fait tous les remplacements nécessaires il vous en donne avis par un courrier extraordinaire. Qu'il vous fasse connaître si elles ont des cartouches et tout ce qui leur est nécessaire pour se mettre sur-le-champ à la poursuite du duc de Bourbon.

NAPOLÉON.

D'après l'original comm. par M™ la maréchale princesse d'Eckmühl.

21707. — AU MARÉCHAL DAVOUT, PRINCE D'ECKMÜHL,
MINISTRE DE LA GUERRE, À PARIS.

Paris, 25 mars 1815.

Mon Cousin, j'ai reçu votre lettre du 22 mars. J'approuve la formation d'un équipage de 150 bouches à feu, formant 650 voitures; mais je ne vois aucune nécessité de les enterrer à Vincennes, ni de se presser outre mesure; j'aime autant en avoir une partie à Vincennes et l'autre à Douai. J'ai amené avec moi une quarantaine de bouches à feu. Il y a eu aussi de grands mouvements d'artillerie pour former le camp que devait commander le comte d'Artois, et d'autres mouvements ordonnés quelque temps avant qu'on sût mon débarquement. Il est convenable que vous me présentiez un rapport général sur tous ces objets.

NAPOLÉON.

D'après l'original comm. par M™ la maréchale princesse d'Eckmühl.

21708. — ALLOCUTION À L'ARMÉE.

Palais des Tuileries, 25 mars 1815.

Au milieu de la revue, les officiers et les sous-officiers se sont formés en cercle, et l'Empereur, placé au centre, les a entretenus pendant longtemps.

«Grâce au peuple français et à vous, leur a-t-il dit, le trône impérial est rétabli; il est reconnu dans tout l'Empire, sans qu'une goutte de sang ait été versée. Le comte de Lille, le comte d'Artois, le duc de Berri, le duc d'Orléans ont passé la frontière du Nord et sont allés chercher un asile chez l'étranger. Le pavillon tricolore flotte sur les tours de Calais, de Dunkerque, de Lille, d'Arras, de Valenciennes, de Condé, etc.

Quelques bandes de chouans avaient cherché à se former dans le Poitou et dans la Vendée; l'opinion du peuple et la marche de quelques bataillons ont suffi pour les dissiper. Le duc de Bourbon, qui était venu fomenter des troubles dans ces provinces, s'est embarqué à Nantes. »

De vives acclamations ont interrompu l'Empereur.

« Qu'ils étaient insensés, a continué Sa Majesté, et qu'ils connaissaient mal la nation ceux qui croyaient que les Français consentiraient à recevoir un prince des mêmes mains qui avaient ravagé notre territoire et qui, à l'aide de la trahison, avaient un moment porté atteinte à nos lauriers! Le trône des Bourbons est incompatible avec les nouveaux intérêts, comme avec la gloire du peuple français. »

De nouvelles acclamations se sont fait entendre dans tous les rangs.

« Soldats, a repris l'Empereur, je veux donner devant vous un témoignage particulier de ma satisfaction à la brave garnison de Grenoble. Je le sais, tous les régiments français auraient agi comme elle. Je veux aussi témoigner ma reconnaissance à ce brave bataillon du 5ᵉ et à cette compagnie de mineurs qui, placés dans un défilé, vinrent en entier se ranger autour de leur Empereur, qui seul s'offrait à leurs coups. Ils ont bien mérité du peuple français, de moi et de vous-mêmes. »

Ici les acclamations ont redoublé et n'ont plus permis à l'Empereur que de dire ces mots :

« Soldats, vous serez constamment fidèles à la grande cause du peuple, à l'honneur français et à votre Empereur! »

Extrait du *Moniteur* du 26 mars 1815.

21709. — AU COMTE CARNOT,
MINISTRE DE L'INTÉRIEUR, À PARIS.

Paris, 25 mars 1815.

Monsieur le Comte Carnot, j'ai nommé à la préfecture de Maine-et-Loire le sieur Galeazzini, qui était commissaire général à l'île d'Elbe; il est de la Corse. C'est un homme très-fin et très-capable de suivre les intrigues qui pourraient se tramer dans l'Ouest. Il est à Paris, m'ayant accompagné depuis l'île d'Elbe. Voyez-le et recommandez-lui de surveiller de ce côté avec le zèle et l'intelligence que vous lui connaissez.

Il y a d'autres préfectures vacantes où l'on pourra nommer Leroy. Je crois qu'on a conservé Vaublanc; mais on dit qu'il s'est conduit tellement mal qu'il n'est plus possible de le laisser. Metz est, au surplus, une trop grande préfecture pour Leroy.

NAPOLÉON.

D'après la minute. Archives de l'Empire.

21710. — AU COMTE CARNOT,
MINISTRE DE L'INTÉRIEUR, À PARIS.

Paris, 25 mars 1815.

Mon intention est que les travaux commencent dans Paris à compter de lundi. Faites-moi un rapport, demain dimanche, sur les travaux qu'il conviendra de reprendre les premiers, en donnant la préférence à l'utilité. Comme les occupations de votre ministère sont trop nombreuses et trop urgentes pour que vous puissiez, d'ici à demain, vous mettre tout à fait au courant de cette partie, vous serez maître d'amener avec vous le maître des requêtes Bruyère, qui, ayant assisté à mes conseils d'administration, pourra me répondre et m'aider à reprendre le fil des travaux entrepris et que les dernières années ont interrompus.

Mon intention est que, 1° les travaux entrepris au compte de la ville de Paris sur les fonds provenant de la vente des maisons des hospices ou sur des fonds spéciaux se fassent à raison de 200,000 francs par mois, ce qui emploiera 1,800,000 francs pour le reste de l'année; 2° que les travaux à la charge des fonds généraux des ponts et chaussées de votre ministère et des fonds spéciaux déposés à la caisse d'amortissement emploient 100,000 francs par mois; et, comme j'ai destiné en outre un fonds de 100,000 francs par mois sur les fonds de la liste civile de la Couronne, cela fera l'emploi total de 400,000 francs par mois, qui redonneront une activité convenable aux travaux de Paris.

D'après la minute. Archives de l'Empire.

21711. — AU GÉNÉRAL COMTE DE MONTESQUIOU-FEZENSAC,
GRAND CHAMBELLAN, À PARIS.

Paris, 25 mars 1815.

Monsieur le Comte Montesquiou, mon intention est que la surintendance des théâtres soit exercée par vous. Vous vous occuperez le plus tôt possible du budget de cette année, s'il n'a pas été fait. Comme cela pourrait vous occasionner quelques dépenses de bureau, vous les porterez dans le budget.

NAPOLÉON.

D'après l'original comm. par M. le général comte de Montesquiou-Fezensac.

21712. — AU GÉNÉRAL COMTE BERTRAND,
GRAND MARÉCHAL DU PALAIS, À PARIS.

Paris, 25 mars 1815.

Monsieur le Comte Bertrand, il y a des conflits dans les emplois de ma Maison. Mon premier maître d'hôtel sera celui que j'avais à Porto-Ferrajo. Le sieur Dousseau sera mon chef de cuisine, le sieur Pierron mon chef d'office. Renvoyez les individus qui auraient des prétentions contraires. Présentez-moi une organisation simple de ma Maison. Je ne veux point de double emploi. Présentez-moi l'état des appointements portés aux anciens budgets, afin que je les fixe de nouveau comme il conviendra.

D'après la minute. Archives de l'Empire.

21713. — AU COMTE DE MONTALIVET,
INTENDANT GÉNÉRAL DE LA COURONNE, À PARIS.

Paris, 25 mars 1815.

Mon intention est de réintégrer dans leurs fonctions le sieur Denon, directeur général des musées; David, mon premier peintre; Desmazis, administrateur du garde-meuble; Fontaine, mon premier architecte; le baron Corvisart, mon premier médecin; le baron Boyer, mon premier chirurgien; le baron Dubois, accoucheur de l'Impératrice, et Deyeux, mon premier pharmacien.

D'après la minute. Archives de l'Empire.

21714. — AU COMTE DE MONTALIVET,
INTENDANT GÉNÉRAL DE LA COURONNE, À PARIS.

Paris, 25 mars 1815.

Mon intention est que toutes les maisons qui m'appartiennent dans le carré des Tuileries soient mises en démolition, notamment l'hôtel qu'occupait la secrétairerie d'état.

Je désire que demain, dimanche, vous me remettiez un rapport sur les ordres à donner pour faire cesser les travaux de Versailles et pour commencer les dépenses des travaux du Louvre et des autres établissements de la Couronne, à raison de 100,000 francs par mois, à compter d'avril. Les travaux reprendront lundi prochain.

D'après la minute. Archives de l'Empire.

21715. — RÉPONSE
A L'ADRESSE DES MINISTRES[1].

Palais des Tuileries, 26 mars 1815.

Les sentiments que vous m'exprimez sont les miens. *Tout à la nation et tout pour la France!* voilà ma devise.

Moi et ma famille, que ce grand peuple a élevés sur le trône des

---

[1] Dans leur Adresse à l'Empereur, les ministres s'exprimaient ainsi:

«Sire, la Providence, qui veille sur nos destinées, a rouvert à Votre Majesté le chemin de ce trône où vous avaient porté le choix libre du peuple et la reconnaissance nationale. La patrie relève son front majestueux; elle salue pour la seconde fois du nom de libérateur le prince qui détrôna l'anarchie, et dont l'existence peut seule aujourd'hui consolider nos institutions libérales.

«La plus juste des révolutions, celle qui devait rendre à l'homme sa dignité et tous ses droits politiques, a précipité du trône la dynastie des Bourbons; après vingt-cinq ans de troubles et de guerres, tous les efforts de l'étranger n'ont pu réveiller des affections éteintes ou tout à fait inconnues à la génération présente. La lutte des intérêts et des préjugés d'un petit nombre contre les lumières du siècle et les intérêts d'une grande nation est enfin terminée.

«Les destins sont accomplis; ce qui seul est légitime, la cause du peuple, a triomphé. Votre Majesté est rendue au vœu des Français; elle a ressaisi les rênes de l'état au milieu des bénédictions du peuple et de l'armée.

«La France, Sire, eu a pour garants sa volonté

Français, et qu'il y a maintenus malgré les vicissitudes et les tempêtes politiques, nous ne voulons, nous ne devons et nous ne pouvons jamais réclamer d'autres titres.

Extrait du *Moniteur* du 27 mars 1815.

21716. — RÉPONSE
A L'ADRESSE DU CONSEIL D'ÉTAT [1].

Palais des Tuileries, 26 mars 1815.

Les princes sont les premiers citoyens de l'état. Leur autorité est plus et ses plus chers intérêts; elle en a pour garant tout ce qu'a dit Votre Majesté au milieu des populations qui se pressaient sur son passage.

«Les Bourbons n'ont rien su oublier; leurs actions et leur conduite démentaient leurs paroles. Votre Majesté tiendra la sienne; elle ne se souviendra que des services rendus à la patrie; elle prouvera qu'à ses yeux et dans son cœur, quelles qu'aient été les opinions diverses et l'exaspération des partis, tous les citoyens sont égaux devant elle, comme ils le sont devant la loi.

«Votre Majesté veut aussi oublier que nous avons été les maîtres des nations qui nous entourent, pensée généreuse qui ajoute une autre gloire à tant de gloire acquise.

«Déjà Votre Majesté a tracé à ses ministres la route qu'ils doivent tenir; déjà elle a fait connaître à tous les peuples, par ses proclamations, les maximes d'après lesquelles elle veut que son Empire soit désormais gouverné. Point de guerre au dehors, si ce n'est pour repousser une injuste agression; point de réaction au dedans; point d'actes arbitraires; sûreté des propriétés; libre circulation de la pensée; tels sont les principes que vous avez consacrés.

«Heureux, Sire, ceux qui sont appelés à coopérer à tant d'actes sublimes. De tels bienfaits vous mériteront dans la postérité, c'est-à-dire lorsque le temps de l'adulation sera passé, le nom de *Père de la patrie*; ils seront garantis à nos enfants par l'auguste héritier que Votre Majesté s'apprête à couronner au Champ-de-Mai.»

Extrait du *Moniteur* du 27 mars 1815.

[1] Le Conseil d'état avait présenté à l'Empereur l'Adresse suivante :

«Sire, les membres de votre Conseil d'état ont pensé, au moment de leur première réunion, qu'il était de leur devoir de professer solennellement les principes qui dirigent leurs opinions et leur conduite.

«Ils viennent présenter à Votre Majesté la délibération qu'ils ont prise à l'unanimité, et vous prier d'agréer l'assurance de leur dévouement, de leur reconnaissance, de leur respect et de leur amour pour votre personne sacrée.

Extrait du registre des délibérations.

«Le Conseil d'état, en reprenant ses fonctions, croit devoir faire connaître les principes qui font la règle de ses opinions et de sa conduite.

«La souveraineté réside dans le peuple; il est la seule source légitime du pouvoir.

«En 1789, la nation reconquit ses droits, depuis longtemps usurpés ou méconnus.

«L'Assemblée nationale abolit la monarchie féodale, établit une monarchie constitutionnelle et le gouvernement représentatif.

«La résistance des Bourbons aux vœux du peuple amena leur chute et leur bannissement du territoire français.

«Deux fois le peuple consacra par ses votes la

ou moins étendue, selon l'intérêt des nations qu'ils gouvernent. La souveraineté elle-même n'est héréditaire que parce que l'intérêt des peuples l'exige. Hors de ces principes, je ne connais pas de légitimité.

nouvelle forme de gouvernement établie par ses représentants.

« En l'an VIII, Bonaparte, déjà couronné par la Victoire, se trouva porté au gouvernement par l'assentiment national; une constitution créa la magistrature consulaire.

« Le sénatus-consulte du 16 thermidor an X nomma Bonaparte consul à vie.

« Le sénatus-consulte du 28 floréal an XII conféra à Napoléon la dignité impériale et la rendit héréditaire dans sa famille.

« Ces trois actes solennels furent soumis à l'acceptation du peuple, qui les consacra par près de quatre millions de votes.

« Ainsi, pendant vingt-deux ans, les Bourbons avaient cessé de régner en France; ils y étaient oubliés par leurs contemporains, étrangers à nos lois, à nos institutions, à nos mœurs, à notre gloire; la génération actuelle ne les connaissait que par le souvenir de la guerre étrangère qu'ils avaient suscitée contre la patrie et des dissensions intestines qu'ils y avaient allumées.

« En 1814, la France fut envahie par les armées ennemies et la capitale occupée. L'étranger créa un prétendu gouvernement provisoire; il assembla la minorité des sénateurs et les força, contre leur mission et contre leur volonté, à détruire les constitutions existantes, à renverser le trône impérial et à rappeler la famille des Bourbons.

« Le Sénat, qui n'avait été institué que pour conserver les constitutions de l'Empire, reconnut lui-même qu'il n'avait point le pouvoir de les changer. Il décréta que le projet de constitution *qu'il avait préparé serait soumis à l'acceptation du peuple, et que Louis-Stanislas-Xavier serait proclamé Roi des Français aussitôt qu'il aurait accepté la constitution et juré de l'observer et de la faire observer.*

« L'abdication de l'Empereur Napoléon ne fut que le résultat de la situation malheureuse où la France et l'Empereur avaient été réduits par les événements de la guerre, par la trahison et par l'occupation de la capitale; l'abdication n'eut pour objet que d'éviter la guerre civile et l'effusion du sang français. Non consacré par le vœu du peuple, cet acte ne pouvait détruire le contrat solennel qui s'était formé entre lui et l'Empereur, et, quand Napoléon aurait pu abdiquer personnellement la couronne, il n'aurait pu sacrifier les droits de son fils, appelé à régner après lui.

« Cependant un Bourbon fut nommé lieutenant général du royaume et prit les rênes du gouvernement.

« Louis-Stanislas-Xavier arriva en France; il fit son entrée dans la capitale; il s'empara du trône, d'après l'ordre établi dans l'ancienne monarchie féodale.

« Il n'avait point accepté la constitution décrétée par le Sénat; il n'avait point juré de l'observer et de la faire observer; elle n'avait point été envoyée à l'acceptation du peuple; le peuple, subjugué par la présence des armées étrangères, ne pouvait pas même exprimer librement ni valablement son vœu.

« Sous leur protection, après avoir remercié un prince étranger de l'avoir fait remonter sur le trône, Louis-Stanislas-Xavier data le premier acte de son autorité de la dix-neuvième année de son règne, déclarant ainsi que les actes émanés de la volonté du peuple n'étaient que le produit d'une longue révolte; il accorda volontairement et par le libre exercice de son autorité royale une charte constitutionnelle appelée *ordonnance de réformation*; et pour toute sanction il la fit lire en présence d'un nouveau corps qu'il venait de créer et d'une réunion de députés qui n'était pas libre, qui ne l'accepta point, dont aucun n'avait caractère pour consentir à ce changement et

5.

J'ai renoncé aux idées du grand Empire, dont depuis quinze ans je n'avais encore que posé les bases. Désormais le bonheur et la consolidation de l'Empire français seront l'objet de toutes mes pensées.

Extrait du Moniteur du 27 mars 1815.

dont les deux cinquièmes n'avaient même plus le caractère de représentants.

«Tous ces actes sont donc illégaux. Faits en présence des armées ennemies et sous la domination étrangère, ils ne sont que l'ouvrage de la violence; ils sont essentiellement nuls et attentatoires à l'honneur, à la liberté et aux droits du peuple.

«Les adhésions données par des individus et par des fonctionnaires sans mission n'ont pu ni anéantir ni suppléer le consentement du peuple, exprimé par des votes solennellement provoqués et légalement émis.

«Si ces adhésions, ainsi que les serments, avaient jamais pu même être obligatoires pour ceux qui les ont faits, ils auraient cessé de l'être dès que le gouvernement qui les a reçus a cessé d'exister.

«La conduite des citoyens qui, sous ce gouvernement, ont servi l'état, ne peut être blâmée; ils sont même dignes d'éloges, ceux qui n'ont profité de leur position que pour défendre les intérêts nationaux et s'opposer à l'esprit de réaction et de contre-révolution qui désolait la France.

«Les Bourbons eux-mêmes avaient constamment violé leurs promesses; ils favorisèrent les prétentions de la noblesse fidèle; ils ébranlèrent les ventes des biens nationaux de toutes les origines; ils préparèrent le rétablissement des droits féodaux et des dîmes; ils menacèrent toutes les existences nouvelles; ils déclarèrent la guerre à toutes les opinions libérales; ils attaquèrent toutes les institutions que la France avait acquises au prix de son sang; aimant mieux humilier la nation que de s'unir à sa gloire, ils dépouillèrent la Légion d'honneur de sa dotation et de ses droits politiques, ils en prodiguèrent la décoration pour l'avilir; ils enlevèrent à l'armée

aux braves, leur solde, leurs grades et leurs honneurs pour les donner à des émigrés, à des chefs de révolte; ils voulurent enfin régner et opprimer le peuple par l'*émigration*.

«Profondément affectée de son humiliation et de ses malheurs, la France appelait de tous ses vœux son gouvernement national, la Dynastie liée à ses nouveaux intérêts, à ses nouvelles institutions.

«Lorsque l'Empereur approchait de la capitale, les Bourbons ont en vain voulu réparer, par des lois improvisées et des serments tardifs à leur charte constitutionnelle, les outrages faits à la nation et à l'armée. Le temps des illusions était passé, la confiance était aliénée pour jamais. Aucun bras ne s'est armé pour leur défense. La nation et l'armée ont volé au-devant de leur libérateur.

«L'Empereur, en remontant sur le trône où le peuple l'avait élevé, rétablit donc le peuple dans ses droits les plus sacrés. Il ne fait que rappeler à leur exécution les décrets des assemblées représentatives sanctionnées par la nation; il revient régner par le seul principe de légitimité que la France ait reconnu et consacré depuis vingt-cinq ans, et auquel toutes les autorités s'étaient liées par des serments dont la volonté du peuple aurait pu seule les dégager.

«L'Empereur est appelé à garantir de nouveau par des institutions, et il en a pris l'engagement dans ses proclamations à la nation et à l'armée, tous les principes libéraux, la liberté individuelle et l'égalité des droits, la liberté de la presse et l'abolition de la censure, la liberté des cultes, le vote des contributions et des lois par les représentants de la nation légalement élus, les propriétés nationales de toute origine, l'indépendance et l'inamovibilité des tribunaux, la

21717. — RÉPONSE
A L'ADRESSE DE LA COUR DE CASSATION.

Palais des Tuileries, 26 mars 1815.

Dans les premiers âges de la monarchie française, des peuplades guerrières s'emparèrent des Gaules. La souveraineté, sans doute, ne fut pas organisée dans l'intérêt des Gaulois, qui furent esclaves ou n'eurent aucuns droits politiques; mais elle le fut dans l'intérêt de la peuplade conquérante. Il n'a donc jamais été vrai de dire, dans aucune période de l'histoire, dans aucune nation, même en Orient, que les peuples existassent pour les rois : partout il a été consacré que les rois n'existaient que pour les peuples. Une dynastie, créée dans les circonstances qui ont créé tant de nouveaux intérêts, ayant intérêt au maintien de tous les droits et de toutes les propriétés, peut seule être naturelle et légitime, et avoir la confiance et la force, ces deux premiers caractères de tout gouvernement.

Extrait du *Moniteur* du 27 mars 1815.

21718. — RÉPONSE
A L'ADRESSE DE LA COUR DES COMPTES.

Palais des Tuileries, 26 mars 1815.

Ce qui distingue spécialement le trône impérial, c'est qu'il est élevé par la nation, qu'il est par conséquent naturel, et qu'il garantit tous les intérêts : c'est là le vrai caractère de la légitimité. L'intérêt impérial est de consolider tout ce qui existe et tout ce qui a été fait en France dans vingt-cinq années de révolution; il comprend tous les intérêts et surtout l'intérêt de la gloire de la nation, qui n'est pas le moindre de tous.

Extrait du *Moniteur* du 27 mars 1815.

responsabilité des ministres et de tous les agents du pouvoir.

« Pour mieux consacrer les droits et les obligations du peuple et du monarque, les institutions nationales doivent être revues dans une grande assemblée des représentants, déjà annoncée par l'Empereur.

« Jusqu'à la réunion de cette grande assemblée représentative, l'Empereur doit exercer et faire exercer, conformément aux constitutions et aux lois existantes, le pouvoir qu'elles lui ont délégué, qui n'a pu lui être enlevé, qu'il n'a pu abdiquer sans l'assentiment de la nation, que le vœu et l'intérêt général du peuple français lui font un devoir de reprendre. »

Extrait du *Moniteur* du 27 mars 1815.

21719. — RÉPONSE
A L'ADRESSE DE LA COUR IMPÉRIALE DE PARIS.

Palais des Tuileries, 26 mars 1815.

Tout ce qui est revenu avec les armées étrangères, tout ce qui a été fait sans consulter la nation, est nul. Les cours de Grenoble et de Lyon et tous les tribunaux de l'ordre judiciaire que j'ai rencontrés, lorsque le succès des événements était encore incertain, m'ont montré que ces principes étaient gravés dans le cœur de tous les Français.

Extrait du *Moniteur* du 27 mars 1815.

21720. — RÉPONSE
A L'ADRESSE DU CONSEIL MUNICIPAL DE PARIS.

Palais des Tuileries, 26 mars 1815.

J'agrée les sentiments de ma bonne ville de Paris. J'ai mis du prix à entrer dans ses murs à l'époque anniversaire du jour où, il y a quatre ans, tout le peuple de cette capitale me donna des témoignages si touchants de l'intérêt qu'il portait aux affections qui sont le plus près de mon cœur. J'ai dû pour cela devancer mon armée et venir seul me confier à cette garde nationale que j'ai créée, et qui a si parfaitement atteint le but de sa création. J'ambitionne de m'en conserver à moi-même le commandement.

J'ai ordonné la cessation des grands travaux de Versailles, dans l'intention de faire tout ce que les circonstances permettront pour achever les établissements commencés à Paris, qui doit être constamment le lieu de ma demeure et la capitale de l'Empire. Dans des temps plus tranquilles, j'achèverai Versailles, ce beau monument des arts, mais devenu aujourd'hui un objet accessoire.

Remerciez en mon nom le peuple de Paris de tous les témoignages d'affection qu'il me donne.

Extrait du *Moniteur* du 27 mars 1815.

21721. — AU MARÉCHAL DAVOUT, PRINCE D'ECKMÜHL,
MINISTRE DE LA GUERRE, À PARIS.

Paris, 26 mars 1815.

Mon Cousin, je pense qu'il faut donner l'ordre au général Morand de se rendre à Nantes avec les troupes venues d'Alençon, de Châteauroux et de la Loire, et de centraliser là une armée active, pour se porter partout où il serait nécessaire.

NAPOLÉON.

D'après l'original comm. par Mme la maréchale princesse d'Eckmühl.

21722. — AU MARÉCHAL DAVOUT, PRINCE D'ECKMÜHL,
MINISTRE DE LA GUERRE, À PARIS.

Paris, 26 mars 1815.

Mon Cousin, il faut envoyer sur-le-champ M. Denniée, intendant général de la maison militaire du roi, et les autres employés du même service, au-devant de la maison du roi, qui demande à se soumettre, afin d'en recevoir les chevaux, les armes et l'équipement, etc. Vous sentez l'importance de conserver tout ce matériel.

NAPOLÉON.

D'après l'original comm. par Mme la maréchale princesse d'Eckmühl.

21723. — AU MARÉCHAL DAVOUT, PRINCE D'ECKMÜHL,
MINISTRE DE LA GUERRE, À PARIS.

Paris, 26 mars 1815.

Mon Cousin, actuellement que tous les mouvements de l'Est et du Nord sont terminés, il faut former des corps d'observation.

Le 1er sera composé de tous les corps qui sont dans la 16e division. A cet effet, le 1er et le 2e bataillon de tous ces régiments se réuniront au camp. Le 3e bataillon seul et le dépôt resteront dans les places. Vous donnerez au comte d'Erlon l'autorisation de faire les changements qu'il jugera convenables dans les commandants et officiers des gardes nationales. Ce corps d'observation se réunira à Lille.

Le 2ᵉ sera commandé par le général Reille, et composé de l'infanterie et de la cavalerie qu'il a avec lui; il se réunira à Valenciennes et Maubeuge.

Faites-moi connaître combien de divisions de cavalerie et d'infanterie on pourrait ainsi former dans le Nord.

Il faudra successivement renforcer ces deux corps d'observation par les 3ᵉˢ bataillons, aussitôt qu'ils auront été complétés par le rappel des semestriers et des congés illimités, ainsi que par les anciens soldats qui rejoindront.

Le 3ᵉ corps d'observation sera formé des troupes qui sont à Châlons et dans la 2ᵉ division militaire. Le duc de Plaisance en conservera provisoirement le commandement; on y enverra un officier plus habile, aussitôt qu'il sera nécessaire. Ce corps se réunira à Mézières.

Le 4ᵉ corps se composera de tout ce qui est dans les 3ᵉ et 4ᵉ divisions militaires. On laissera les 3ᵉˢ bataillons et les gardes nationales dans les places. Le général Gérard commandera ce corps, qui se réunira à Thionville.

Le 5ᵉ corps sera composé de tout ce qui se trouve dans les places d'Alsace. Le duc d'Albuféra le commandera; il le réunira près de Strasbourg, ne laissant que les 3ᵉˢ bataillons et les dépôts dans les places avec les gardes nationales. Donnez-lui l'autorisation de changer dans la garde nationale tous les officiers qui ne seraient pas sûrs.

Le 6ᵉ corps sera réuni près de Chambéry, pour couvrir les Alpes. On y enverra les régiments qui sont dans les 7ᵉ et 8ᵉ divisions. Le général Dessaix les commandera.

Le 7ᵉ corps observera les Pyrénées; il sera composé de tous les régiments qui sont de ce côté. Le général Clausel le commandera.

Enfin il y aura un corps de réserve de l'intérieur, qui formera le 8ᵉ corps et sera réuni autour de Paris. Il sera commandé par le comte de Lobau.

Faites-moi former cet état des différents corps, afin d'en arrêter définitivement l'organisation.

Réunissez aussi un comité de défense sous la présidence du général Dejean, qui y appellera les officiers du génie qui connaissent le mieux les différentes frontières, pour déterminer les positions convenables où doivent être placés les différents corps d'observation, en répartissant la surveillance des débouchés des frontières entre les différents corps.

NAPOLÉON.

D'après l'original comm. par Mme la maréchale princesse d'Eckmühl.

21724. — A M. FONTAINE,
PREMIER ARCHITECTE DE L'EMPEREUR, À PARIS.

Paris, 26 mars 1815, au soir.

J'ai ordonné à l'intendant de la Couronne de me faire un rapport sur les travaux à faire; mais, comme mon intention est de ne pas perdre un moment, je vous autorise à remettre dès demain en activité les ateliers de la nouvelle galerie et les travaux extérieurs du Louvre. Employez les ouvriers nécessaires pour dépenser 200,000 francs, indépendamment de ceux que vous mettrez à la démolition des maisons qui m'appartiennent sur le Carrousel. S'il était possible, je désirerais même démolir mes écuries; mais est-il possible de les remplacer?

D'après la minute. Archives de l'Empire.

21725. — AU COMTE CARNOT,
MINISTRE DE L'INTÉRIEUR, À PARIS.

Paris, 26 mars 1815.

Monsieur le Comte Carnot, je recevrai dimanche prochain l'Université en même temps que l'Institut. Je désire donc que l'Université soit promptement organisée. Présentez-moi un projet de décret pour la rétablir telle qu'elle était organisée l'année dernière[1]. Proposez-moi, en même temps, les personnes que je dois nommer pour cette réorganisation. Écartez-en celles qui, telles que le sieur de Bonald, ont énoncé des principes obscurs, propres à égarer l'opinion et à corrompre la jeunesse. Je désirerais que vous pussiez me remettre ce travail mercredi prochain.

NAPOLÉON.

D'après la copie. Archives de l'Empire.

[1] Voir *le Moniteur* du 1er avril.

21726. — AU VICE-AMIRAL DUC DECRÈS,
MINISTRE DE LA MARINE, À PARIS.

Paris, 27 mars 1815.

Monsieur le Duc Decrès, faites-moi connaître ce que Brest, Rochefort, Toulon, Cherbourg et les autres établissements maritimes peuvent m'offrir en troupes, en équipages, en ouvriers des arsenaux pour la défense de ces villes.

Concertez-vous avec le ministre de la guerre pour me présenter le commandant d'armes ou le gouverneur à envoyer dans ces grands établissements.

Il est nécessaire que le général de terre qu'on enverra ait la confiance des troupes de terre et des marins, afin que les administrations concourent d'un bon accord à toutes les opérations que les circonstances pourraient exiger.

NAPOLÉON.

D'après l'original comm. par M⁻ᵉ la duchesse Decrès.

21727. — A M. GAUDIN, DUC DE GAËTE,
MINISTRE DES FINANCES, À PARIS.

Paris, 27 mars 1815.

Monsieur le Duc de Gaëte, on a destitué plusieurs receveurs généraux et beaucoup de receveurs particuliers. On a destitué également en Bourgogne un grand nombre d'agents forestiers, parce qu'ils s'étaient armés pour repousser l'invasion de l'ennemi. On a enfin fait de nombreux changements dans toutes les administrations de finances. Mon intention est de remettre en place tous les employés destitués, contre lesquels il n'y aura pas eu de reproches fondés, et notamment les militaires.

Je désire que vous me fassiez incessamment un rapport sur tous les changements qui ont eu lieu.

NAPOLÉON.

D'après la copie. Archives de l'Empire.

21728. — AU COMTE CARNOT,
MINISTRE DE L'INTÉRIEUR, À PARIS.

Paris, 27 mars 1815.

Monsieur le Comte Carnot, ayant remis les gardes nationales dans votre ministère, il est indispensable que vous formiez sur-le-champ un bureau, dirigé par un officier supérieur, pour prendre connaissance de tout ce qui a été fait relativement aux gardes nationales, et faire, sans délai, tous les changements convenables dans les chefs. Mon intention est d'organiser la garde nationale dans toutes les parties de l'Empire, mais surtout dans les bonnes provinces, en Dauphiné, en Franche-Comté, en Alsace, en Lorraine, dans les Vosges, dans les 3e et 4e divisions militaires, dans la 2e, dans la Champagne, dans la Picardie et dans les départements du Nord. Il faut qu'une partie soit armée et puisse servir et protéger le territoire; mais il faut la faire commander par des officiers réformés, ou par des personnes sur le patriotisme desquelles on n'ait aucun doute. Cette opération est si importante, qu'aussitôt qu'il sera possible je désire avoir votre rapport sur l'organisation de votre bureau des gardes nationales, qui sera chargé de tous les détails et des nominations à tous les emplois.

Je pense qu'en attendant vous devez autoriser le comte d'Erlon à opérer dans la 16e division tous les changements d'officiers qu'il croira utiles et qui seraient urgents. Donnez la même autorisation au duc d'Albufera, pour l'Alsace; au général Gérard, pour les 3e et 4e divisions; au duc de Plaisance, pour la 2e; au prince d'Essling, pour la 8e; au général Lasalcette, pour la 7e; au général Dessaix, pour la 19e; au général Lemarois, pour les 15e et 14e; au général Caffarelli, pour la 13e; au général Morand, pour la 12e; au général Clausel, pour les 11e et 21e, et au général Pajol, pour la 22e. Je n'ai pas encore de renseignements clairs sur ce qui se passe à Nîmes, c'est-à-dire dans les 9e et 10e divisions; mais vous pouvez donner au général Delaborde, qui est là, l'autorisation nécessaire pour de semblables changements. En leur donnant ce pouvoir, faites une circulaire pour leur faire connaître qu'on doit placer, de préférence, les officiers réformés ou qui ont servi, et ôter tous ceux qui, par leurs intérêts ou leurs opinions, seraient contraires à la cause nationale. Cette opération est urgente et doit se faire sans délai.

Pour que cette opération marche d'ensemble, il faut que toutes les autorités soient épurées; mais ce travail serait trop long s'il fallait attendre qu'il partit de Paris. Je pense qu'il faudrait, par une circulaire, autoriser les préfets à suspendre les sous-préfets, les maires et autres autorités qui ne seraient pas attachés au gouvernement impérial. Mandez aussi aux préfets de vous faire connaître tous les déplacements qui ont eu lieu dans les diverses administrations ou régies de leurs départements, et surtout dans les eaux et forêts, d'où l'on a ôté de bons citoyens pour placer des émigrés. Vous autoriserez, en conséquence, les préfets à se concerter avec le général commandant la division, pour rectifier les déplacements qui auraient eu lieu dans les administrations de leurs départements, en haine d'opinions politiques, etc. Ils pourront déplacer, à cet effet, ceux qui auraient été nommés depuis le 1er avril 1814, et rétablir ceux qui seraient dans le cas de reprendre leur place. Vous leur ferez connaître que cette latitude extraordinaire de pouvoirs que vous leur donnez après avoir pris mes ordres ne doit être que pour quinze jours, à dater de la réception de votre lettre. Faites part aux généraux commandant les divisions de cette décision. Vous aurez soin, aussitôt que vous serez instruit des déplacements, de m'en rendre compte sur-le-champ, pour que je confirme ou rapporte les mesures provisoires que les préfets auraient prises.

NAPOLÉON.

D'après la copie. Archives de l'Empire.

21729. — AU MARÉCHAL DAVOUT, PRINCE D'ECKMÜHL,
MINISTRE DE LA GUERRE, À PARIS.

Paris, 27 mars 1815.

Mon Cousin, mon intention est que vous me présentiez un plan pour mettre à l'abri d'un coup de main les places de la Fère, Soissons et de

Château-Thierry. Il faudrait que ces trois places, et surtout la Fère, fussent en état de défense dans trente ou quarante jours.

NAPOLÉON.

D'après l'original comm. par Mme la maréchale princesse d'Eckmühl.

21730. — AU MARÉCHAL DAVOUT, PRINCE D'ECKMÜHL,
MINISTRE DE LA GUERRE, À PARIS.

Paris, 27 mars 1815.

Mon Cousin, il paraît que le duc d'Angoulême était le 23 en avant d'Avignon, couvrant la Provence. Je suppose que les événements de Paris leur feront sentir la nécessité de s'en aller. Cependant, comme il a derrière lui l'Espagne, il serait nécessaire de se préparer à dissiper ce rassemblement. Faites-moi connaître les troupes qu'il y a en Languedoc et en Provence, et qui les commande; joignez-y l'état des troupes qui sont sur la rive gauche de la Loire, en y comprenant Orléans, afin d'organiser tout cela et de pacifier tout le Midi. Le général Clausel, qui est de ce côté, commandera le corps d'observation qu'il sera nécessaire de former du côté des Pyrénées.

NAPOLÉON.

D'après l'original comm. par Mme la maréchale princesse d'Eckmühl.

21731. — AU MARÉCHAL DAVOUT, PRINCE D'ECKMÜHL,
MINISTRE DE LA GUERRE, À PARIS.

Paris, 27 mars 1815.

Mon Cousin, il y a en France quarante-huit escadrons de cuirassiers; je désire en former trois divisions d'observation. Présentez-moi un projet d'organisation de ces trois divisions, et indiquez-moi le lieu où sont les régiments, pour les former. J'ai soixante escadrons de dragons; je désire également en former quatre divisions de réserve, ce qui ferait sept divisions de réserve, formant plus de cent escadrons. On attacherait une batterie d'artillerie légère à chaque division.

Je voudrais spécialement réunir ces deux armes en Flandre et en Alsace.

Les lanciers, les hussards et les chasseurs seraient attachés aux différents corps dont je vous ai ordonné la formation ce matin; mais les sept divisions de cavalerie seraient sous les ordres de trois généraux supérieurs de cavalerie. Il entrait, je crois, dans les moyens de votre budget, d'acheter 7 ou 8,000 chevaux; je pense qu'il faudrait donner suite à cet achat, afin d'avoir ces divisions en état. Présentez-moi le travail.

J'ai dicté hier, à un de vos chefs de division, des ordres pour rappeler les militaires en semestre et en congés illimités. Il paraît que la différence consiste en ce que les semestriers étaient soldés et que les congés illimités ne l'étaient pas. Il faut que l'une et l'autre classe rejoigne ses drapeaux, afin de pouvoir compléter les 3es et 4es bataillons. Les officiers à la demi-solde serviront à former les 5es bataillons, qu'on cherchera ensuite à compléter.

J'ai également ordonné la formation de douze régiments de jeune Garde. Présentez-moi une circulaire pour rappeler tous les vieux militaires qui ne sont ni en semestre ni en congé, pour entrer dans cette formation. Le surplus que cet appel donnera, on l'emploiera pour les 4es et 5es bataillons. Par ce moyen, l'armée arrivera à un premier état respectable.

Mon intention est que chaque division d'infanterie ait une batterie d'artillerie à pied et, indépendamment de ce, quelques batteries de réserve de 12.

NAPOLÉON.

D'après l'original comm. par Mme la maréchale princesse d'Eckmühl.

21732. — AU MARÉCHAL DAVOUT, PRINCE D'ECKMÜHL,

MINISTRE DE LA GUERRE, À PARIS.

Paris, 27 mars 1815.

Mon Cousin, donnez ordre que tous les fusils qui se trouvent dans les manufactures d'armes soient dirigés sans délai sur Vincennes, et qu'à compter de ce jour tous les produits reçoivent la même destination. Sous le nom de Vincennes, je comprends la Fère, qui en est la succursale. Faites venir de Corse à Toulon les 5,900 fusils qui se trouvent à Bastia: ces armes seront réparées dans les ateliers de Toulon. Le ministre de la marine a l'ordre d'expédier un bâtiment pour les transporter de Bastia à Toulon.

Faites venir à Paris les fusils à réparer qui se trouvent à Montpellier, 14,600; à Perpignan, 20,600; à Toulouse, 13,800; à Bayonne, 17,200; total, 66,200. Faites disposer à Paris, Versailles et la Fère des ateliers pour réparer promptement ces 66,200 fusils. Comme ils proviennent du désarmement des troupes, ils doivent avoir besoin de peu de réparations; on pourra en réparer 2,000 par jour. Ces fusils arriveront successivement à Paris, et, en attendant leur arrivée, on fera les réparations des 4,000 qui sont en magasin.

Ainsi, avant quarante jours, on aura à Paris : fusils réparés, 70,000; existants ou en route, 30,000; existants dans les manufactures ou fabriqués, jusqu'au 1ᵉʳ mai, 20,000; fabrication de mai, 24,000; total, 144,000. Si l'on ajoute à ce nombre la fabrication des sept derniers mois, à raison de 24,000 par mois, 168,000, on aura 312,000 pour le nombre total des fusils qui existeront à Paris à la fin de l'année.

Dans les grandes places du Nord et dans les grands établissements maritimes, faites monter des ateliers pour les réparations d'armes. Si l'on a besoin du Grand-Commun de Versailles pour l'établissement de ces ateliers, je le ferai rendre. Faites établir un atelier à Lyon, et faites-y transporter le tiers des fusils qui sont à Grenoble, afin d'avoir 30,000 fusils à Lyon. Comme il n'y a à Auxonne ni armes à réparer ni armes neuves, faites-y transporter 10,000 fusils de Grenoble, moitié en état, moitié à réparer, de sorte que les 61,000 fusils de Grenoble seront répartis ainsi qu'il suit : à Auxonne, 10,000; à Lyon, 25,000; à Valence, 5,000; à Grenoble, 21,000; total, 61,000.

A Mézières il y a 24,000 fusils : faites-en transporter 10,000 à Soissons. A Strasbourg il y a 23,000 fusils neufs : faites-en transporter 10,000 à Phalsbourg. Il restera encore à Strasbourg 13,000 fusils neufs, plus 8,000 à réparer, qui le seront en moins de quarante jours, ce qui donnera 21,000 fusils. Il n'y a à Metz que 3,500 fusils; il y en a 17,400 à réparer; donnez ordre que ces réparations soient faites promptement. C'est à Metz qu'il aurait fallu 10,000 fusils neufs.

Faites monter à Paris des ateliers pour monter 400 fusils par jour, avec des pièces de rechange. Cela donnera du travail à la ville; faites venir des canons de tous côtés et faites monter un atelier de platines en cuivre. Faites voir si l'on peut avoir en Angleterre ou eu Suisse 100,000 fusils; vous pouvez en faire acheter jusqu'à 200,000.

Napoléon.

D'après l'original comm. par Mme la maréchale princesse d'Eckmühl.

21733. — AU MARÉCHAL DAVOUT, PRINCE D'ECKMÜHL,
MINISTRE DE LA GUERRE, À PARIS.

Paris, 27 mars 1815.

Mon Cousin, je désire avoir l'état de situation des divisions qui composent les 1er, 2e, 3e et 6e corps. C'est avec cette armée (hormis la division de Belfort) que j'agirai. J'y réunirai ma Garde, et je parviendrai à avoir dans mes mains une force mobile de 80,000 hommes.

Je suppose que vous avez donné des instructions pour que, en cas d'événements imprévus, les généraux Reille et d'Erlon se retirent derrière la Sambre, et que vous avez mandé au général Vandamme de porter ses troupes sur Rocroy et sur Mézières. Il est important aussi, comme je vous l'ai fait connaître, que le 6e corps se réunisse promptement à Laon.

L'armée du Nord sera la principale armée; c'est donc sur celle-là que vous devez porter votre attention. Veillez à ce qu'il y ait des cartouches et des coups de canon à Soissons, à Guise, à Avesnes, à Paris; il en faut aussi à Maubeuge, Condé, Valenciennes, Landrecies, Philippeville. Il faut enfin tout prévoir et n'omettre aucune précaution.

Un bon ordonnateur, un payeur général, un général d'artillerie, un directeur du parc, un général du génie paraissent indispensables pour cette armée, dont le grand quartier sera probablement porté à Soissons.

Donnez des ordres à tous les corps de retirer leurs troupes des places et d'y faire rentrer les gardes nationales. Que ces troupes soient mises dans de bons cantonnements, en ayant soin de placer sur les derrières les parcs, les munitions, etc. Je pense que les Alsaciens doivent être maintenant dans les places. Donnez au général Rapp des instructions pour qu'il réunisse ces diverses divisions. Comme il serait possible que nos communications avec Strasbourg fussent interceptées, c'est principalement dans cette ville qu'il ne faut laisser que le nécessaire, pour pouvoir, si les circonstances l'exigeaient, replier notre artillerie et nos dépôts sur Vitry, Soissons, la Fère et Paris.

Faites-moi faire une note de ce qui s'est passé dans les autres campagnes. Dites-moi quel a été le résultat des opérations combinées des armées de la Moselle et du Rhin, quelle position l'une et l'autre de ces armées ont dû prendre pour se trouver en mesure de se combiner.

Je suppose que vous avez donné des ordres pour le fort de Vauban et pour les redoutes sur le Rhin.

La division qui se rend à Belfort ne fera point partie du 6° corps, mais d'un corps d'observation du Jura qui sera commandé, ainsi que la 6° division militaire, par le général Lecourbe. Il faut donc lui adresser des ordres et lui envoyer un officier du génie pour les retranchements à faire dans le Jura.

Envoyez-moi le plan sur les moyens de fortifier les hauteurs de Lyon. Il serait nécessaire d'y établir quelques redoutes. Cette ville, étant placée entre deux rivières, pourrait être mise facilement en état de défense. Je crois même qu'il doit y avoir une enceinte. Ne serait-il point convenable aussi d'établir, au pont de la Guillotière, du côté du faubourg, d'abord une barrière, ensuite une bonne et solide porte de deux pieds d'épaisseur, appuyée à de bonnes murailles et garnie de deux bons contre-forts, ce qui la mettrait à l'abri de toute attaque de troupes légères, et même de quelques pièces de campagne? Lorsque l'attaque deviendrait sérieuse, on aurait alors la ressource de couper le pont.

Je suppose que vous avez donné des ordres pour les travaux de Grenoble.

NAPOLÉON.

D'après l'original communiqué par Mme la maréchale princesse d'Eckmühl.

21734. — AU MARÉCHAL NEY, PRINCE DE LA MOSKOVA,
EN MISSION, À LILLE.

Paris, 27 mars 1815.

J'ai reçu votre lettre du 25 mars à onze heures du matin. Le comte d'Erlon doit être installé dans son commandement. Le général Reille et le général Exelmans, qui est sous ses ordres, doivent être en marche pour renforcer les places du Nord. Parcourez toute la ligne depuis Lille jusqu'à Landau, et envoyez-moi votre rapport et vos observations. Envoyez-moi des notes sur les commandants militaires et sur les officiers d'état-major. Quant à ceux qui sont des nôtres, dites-moi votre opinion sur leur habileté. Donnez-moi les mêmes renseignements, 1° sur les colonels et officiers de troupes, indiquez-moi ceux qu'il faudrait changer comme mal choisis; 2° sur les préfets, sous-préfets et maires qu'il serait urgent de remplacer; 3° sur la force des gardes nationales, sur leur armement et sur les chefs qu'il serait important de changer. Enfin jetez un coup d'œil sur l'armement et l'approvisionnement des places. Revenez après cela à Paris. Je désire que vous m'envoyiez votre rapport de chaque place où vous passez. Prenez aussi sur votre route des renseignements, et recueillez toutes les nouvelles qui courent sur la position qu'occupent les troupes belges, hanovriennes et autres qui nous seraient opposées, ainsi que sur leurs mouvements.

D'après la minute. Archives de l'Empire.

21735. — AU MARÉCHAL SUCHET, DUC D'ALBUFERA,
COMMANDANT LA 5ᵉ DIVISION MILITAIRE, À STRASBOURG.

Paris, 27 mars 1815.

Mon Cousin, j'ai reçu votre lettre du 24 mars. Vous savez l'estime que je vous ai toujours portée depuis le siége de Toulon. J'ai vu avec plaisir la conduite patriotique que vous avez tenue dans ces dernières circonstances. Je vous verrai avec plaisir à Paris, pour vous renouveler l'expression de mes sentiments.

D'après la minute. Archives de l'Empire.

21736. — AU CAPITAINE DUMOULIN,
OFFICIER D'ORDONNANCE DE L'EMPEREUR, À PARIS.

Paris, 27 mars 1815.

Rendez-vous à Chartres; vous me ferez connaître le nombre de troupes qui s'y trouvent, celles qui en sont parties, l'esprit qui règne parmi elles et les habitants, les noms des sous-préfets, des maires, par qui ils ont été nommés, et généralement tout ce qu'il est important de savoir pour mon service. De là, vous vous rendrez à Orléans, à Blois, à Tours, à Angers, à Napoléonville, à la Rochelle, à Bordeaux, pour remplir la même mission; vous m'écrirez de chaque ville en grand détail. Vous me donnerez tous les renseignements que vous pourrez avoir sur le duc d'Angoulême et sur le nombre de troupes qu'il a avec lui. Vous prendrez note de tous les préfets qui sont arrivés. Comme officier d'ordonnance, vous pourrez voir les généraux commandant les divisions, les préfets, les maires, officiers de gendarmerie, etc. mais sans exiger rien d'eux en vertu de vos ordres. Ce n'est qu'en parlant avec eux que vous pourrez faire vos observations et connaître l'opinion.

Vous enverrez vos dépêches par la poste, à moins qu'elles ne soient très-pressées.

D'après la minute. Archives de l'Empire.

Même lettre à l'officier d'ordonnance Saint-Yon, envoyé en mission dans les départements de l'Est et du Nord.

21737. — DÉCRET[1].

Palais des Tuileries, 28 mars 1815.

Article premier. L'Empereur appelle tous les sous-officiers et soldats qui ont quitté l'armée, par quelque raison que ce soit, à rejoindre leurs corps et à courir à la défense de la patrie. Il leur donne la promesse spéciale que, aussitôt que la paix actuelle sera consolidée, ceux qui auront rejoint en conséquence du présent décret seront les premiers qui obtiendront des congés pour rentrer dans leurs foyers.

[1] La minute de ce décret est, en plusieurs endroits, modifiée et corrigée de la main de l'Empereur.

Art. 2. Tous les sous-officiers et soldats qui ont servi dans la vieille Garde, infanterie, cavalerie et artillerie, ainsi que dans la jeune Garde, et qui sont maintenant chez eux par congé ou par permission autre que par semestre, rejoindront à Paris pour reprendre leurs rangs. Ceux des sous-officiers et soldats appartenant à d'autres corps seront tenus de les rejoindre dans les lieux indiqués par le tableau ci-joint. Toutefois ils seront les maîtres, s'ils ont servi plus de trois ans dans un autre corps et s'ils le préfèrent, de le rejoindre.

Art. 3. Les militaires compris dans l'article précédent qui seront jugés susceptibles de la réforme ou d'être libérés du service recevront leur congé absolu.

Art. 4. Il sera créé six régiments de tirailleurs et six régiments de voltigeurs de la jeune Garde Impériale. Ces douze régiments seront organisés à Paris par le lieutenant général comte Drouot. A cet effet, les autres soldats en congé illimité qui réuniront les qualités requises seront dirigés sur Paris, pour entrer dans la composition de ces régiments, conformément au tableau ci-joint.

Art. 5. Dans chaque régiment d'infanterie, les deux premiers bataillons seront complétés par le 3e; dans chaque régiment de troupes à cheval, les trois premiers escadrons seront complétés par le 4e. Les 3es bataillons et les 4es escadrons seront ensuite portés à leur complet par les hommes rappelés en vertu des articles 1 et 2 du présent décret. L'excédant de ces hommes sera employé successivement à former un 4e bataillon (dont le cadre en officiers, sous-officiers et soldats, sera complété sans délai) dans chaque régiment d'infanterie, et un 5e escadron dans chaque régiment de troupes à cheval (dont le cadre sera complété en officiers et sous-officiers sans délai).

Art. 6. Il sera créé un cadre, en officiers, d'un 5e bataillon. Ce cadre sera complété en sous-officiers et soldats, lorsque notre ministre de la guerre l'ordonnera. Les 3es, 4es et 5es bataillons resteront jusqu'à nouvel ordre au dépôt. Les 1ers et 2es bataillons seront seuls mis en activité de service.

Art. 7. Tous les officiers qui ne seront point compris dans les cadres organisés en vertu des articles précédents resteront en congé dans leurs domiciles, où ils continueront à recevoir la solde d'activité de leur grade, comme disponibles, jusqu'à ce qu'il leur soit donné une destination.

Art. 8. Au moyen des dispositions du présent décret, l'ordonnance du 9 mars, qui avait prescrit la formation de bataillons départementaux et d'autres corps, sous diverses dénominations, demeure abrogée et de nul effet.

Art. 9. Notre ministre de la guerre est chargé de l'exécution du présent décret.

NAPOLÉON.

D'après la minute. Archives de l'Empire.

21738. — AU MARÉCHAL DAVOUT, PRINCE D'ECKMÜHL,
MINISTRE DE LA GUERRE, À PARIS.

Paris, 28 mars 1815.

Mon Cousin, en attendant que vous m'ayez remis le travail pour la formation des différents corps, il est urgent que vous donniez ordre au général Reille de s'avancer sur Valenciennes et au comte d'Erlon de réunir son corps sur Lille; bien entendu que les troupes ne seront pas placées d'une manière hostile, et que Reille occupera Valenciennes, Maubeuge et autres débouchés.

NAPOLÉON.

D'après l'original comm. par Mme la maréchale princesse d'Eckmühl.

21739. — AU GÉNÉRAL CAULAINCOURT, DUC DE VICENCE,
MINISTRE DES AFFAIRES ÉTRANGÈRES, À PARIS.

Paris, 28 mars 1815.

Monsieur le Duc de Vicence, je désire que vous chargiez Bignon de faire une histoire du congrès de Vienne. On imprimerait à la suite toutes les pièces et les extraits convenables des dépêches de Talleyrand. Cet ouvrage peut être utile, en faisant voir l'avidité et l'injustice de l'étranger. Toutefois ce n'est que quand il sera fait qu'on pourra voir s'il convient d'imprimer.

J'attache aussi beaucoup d'importance à faire faire l'histoire de tous les traités de mon règne, tels que ceux de Campo-Formio, Lunéville, Amiens, Presbourg, Tilsit, Vienne et de toutes les affaires de Bayonne, avec les pièces originales, mes lettres et les réponses des souverains. Ce travail me semble tenir de près à l'histoire et à la gloire de la nation et à la mienne, puisqu'il doit placer ces événements sous leur vrai point vue. Quant aux affaires de Bayonne, on pourrait s'adresser au roi de Naples, pour avoir aussi toutes les lettres et les pièces des princes qu'il a reçues dans le temps.

Présentez-moi un homme capable, qui pourrait être chargé de ce travail.

Il est nécessaire que vous envoyiez tous les jours au *Moniteur* des articles, datés de différents pays, pour faire connaître ce qui se passe; par exemple, les différends de la Suède avec le Danemark pour la Poméranie; les différends avec la Saxe, avec la Bavière, avec le prince d'Orange, qui ne veut pas céder les états de sa Maison en Allemagne, etc. Il faut ainsi alimenter la curiosité publique, en rédigeant les articles dans un bon sens, qui mette au jour l'avidité de toutes les puissances.

NAPOLÉON.

D'après la copie. Archives des affaires étrangères.

21740. — AU MARÉCHAL DAVOUT, PRINCE D'ECKMÜHL,
MINISTRE DE LA GUERRE, À PARIS.

Paris, 29 mars 1815.

Mon Cousin, il faut mander au général Morand que, la Bretagne, Nantes, Angers et les bords de la Loire étant assurés, il est nécessaire qu'il se porte avec des forces convenables sur l'extrémité de la 12e division et sur les confins de la 11e, afin de soutenir le général Clausel et de terminer les affaires depuis la Dordogne jusqu'aux Pyrénées. Il serait nécessaire aussi qu'il dirigeât une autre colonne de troupes, formée de celles qui sont le plus à portée, sur Toulouse, afin de terminer également dans cette partie du Midi. Aussitôt qu'il s'apercevrait que les affaires sont terminées, il arrêterait le mouvement de ses troupes. Cependant il faut agir et pacifier tant qu'on n'aura pas la certitude que le mouvement est apaisé.

NAPOLÉON.

D'après l'original comm. par M⁻ la maréchale princesse d'Eckmühl.

21741. — AU MARÉCHAL DAVOUT, PRINCE D'ECKMÜHL,
MINISTRE DE LA GUERRE, À PARIS.

Paris, 29 mars 1815.

Mon Cousin, j'ai reçu votre état de situation des régiments de cavalerie au 1ᵉʳ mars. Notre cavalerie ne me paraît pas dans une situation satisfaisante. J'aurais désiré avoir l'état des hommes qui composent chaque régiment et l'état des selles. Si on n'a pas perdu les selles, il devrait y en avoir une grande quantité.

Sur les 3 ou 4,000 chevaux provenant de la Maison du roi, il faut en faire donner :

1,000 à la Garde, savoir : 210 aux grenadiers, afin de les porter à 800; 240 aux dragons, afin de les porter à 800; 200 aux chasseurs, afin de les porter à 800; 230 aux lanciers rouges, afin de les porter à 800; 120 à la gendarmerie d'élite;

610 aux carabiniers, savoir : 306 au 1ᵉʳ régiment et 304 au 2ᵉ;

1,390 aux cuirassiers, savoir : 20 au 1ᵉʳ régiment, 40 au 2ᵉ, 180 au 3ᵉ, 180 au 4ᵉ, 270 au 5ᵉ, 50 au 6ᵉ, 180 au 7ᵉ, 40 au 8ᵉ, 60 au 9ᵉ, 40 au 10ᵉ, 230 au 11ᵉ, 100 au 12ᵉ.

Total, 3,000 chevaux.

Donnez l'ordre positif au 2ᵉ régiment, qui est à Sarrelouis; au 6ᵉ, qui est à Strasbourg; au 7ᵉ, qui est à Abbeville; au 9ᵉ, qui est à Colmar; au 10ᵉ, qui est à Schlestadt; au 11ᵉ, qui est à Thionville, et au 12ᵉ, qui est à Lille, de compléter dans l'espace de dix jours l'achat de leurs chevaux.

Par ce moyen, tous les régiments de grosse cavalerie seront portés à 500 chevaux, sans faire plus ou moins d'achats.

Il faut aussi prendre des mesures pour que les marchés de 954 chevaux, que les régiments de dragons ont passés, soient sur-le-champ réalisés, ainsi que pour les 332 chevaux de lanciers, les 515 de chasseurs et les 258 de hussards; ce qui fait les 3,239 qui étaient portés au budget de 1815.

Je désire porter tous les régiments de dragons à 500 chevaux, tous ceux de lanciers à 600, tous ceux de hussards à 600. Vous me ferez connaître le nombre d'hommes existant actuellement, et, s'il y avait des régiments qui n'eussent pas les 700 hommes nécessaires pour avoir 600 chevaux, on les verserait de l'un dans l'autre.

Quant au meilleur moyen de se procurer les chevaux qu'il faudra, je pense qu'il faut laisser subsister les marchés et établir à Versailles un dépôt où les régiments enverront leurs hommes à pied et où l'on payera comptant et à prix fixe les chevaux que les cultivateurs amèneront. Cette méthode m'a déjà réussi et dispensé des intermédiaires entre les paysans et le gouvernement.

J'aurai donc 4 régiments de la Garde, 3,200; 14 régiments de grosse cavalerie, 7,000; 15 régiments de dragons, 7,500; 6 régiments de lanciers, 3,600; 15 régiments de chasseurs, 9,000, et 7 régiments de hussards, 4,200.

RÉCAPITULATION. — Cavalerie de la Garde, 3,200; grosse cavalerie, 14,500; cavalerie légère, 16,800; total, 34,500 chevaux.

Faites-moi connaître la dépense que cela occasionnera.

NAPOLÉON.

D'après l'original comm. par Mme la maréchale princesse d'Eckmühl.

21742. — A M. FOUCHÉ, DUC D'OTRANTE,
MINISTRE DE LA POLICE GÉNÉRALE, À PARIS.

Paris, 29 mars 1815.

Je vous envoie une note. Faites sur-le-champ mettre le séquestre et prenez des mesures pour récupérer ces tableaux. Ils appartenaient au prince Joseph; je les avais fait venir d'Espagne; et, s'ils ont une si grande valeur qu'on dit, ils pourraient être fort utiles pour faire un fonds pour ces pauvres réfugiés espagnols.

D'après la minute. Archives de l'Empire.

21743. — DÉCRET.

Palais des Tuileries, 29 mars 1815.

Article premier. A dater du présent décret, la traite des noirs est abolie.

Il ne sera accordé aucune expédition pour ce commerce, ni dans les ports de France, ni dans ceux de nos colonies.

Art. 2. Il ne pourra être introduit, pour être vendu dans nos colonies, aucun noir provenant de la traite, soit française, soit étrangère.

Art. 3. La contravention au présent décret sera punie de la confiscation du bâtiment et de la cargaison, laquelle sera prononcée par nos cours et tribunaux.

Art. 4. Néanmoins les armateurs qui auraient fait partir, avant la publication du présent décret, des expéditions pour la traite, pourront en vendre le produit dans nos colonies.

Art. 5. Nos ministres sont chargés de l'exécution du présent décret.

Napoléon.

Extrait du *Moniteur* du 30 mars 1815.

21744. — AU VICE-AMIRAL DUC DECRÈS,
MINISTRE DE LA MARINE, À PARIS.

Paris, 30 mars 1815.

Monsieur le Duc Decrès, la goëlette napolitaine qui arrive à Toulon vient pour avoir des nouvelles; c'est une opération concertée. Expédiez trois officiers adroits, vingt-quatre heures l'un après l'autre, avec une copie chiffrée de la lettre que vous remettra le ministre des affaires étrangères. Ils remettront cette lettre, ainsi que *le Moniteur* depuis le 20 jusqu'à ce jour, au commandant de la goëlette. Expédiez un de ces officiers par Gap, un par Arles et l'autre par la droite ligne. Il faut que ce soient des gens du pays. Renvoyez au ministre des relations extérieures la correspondance relative à Monaco. Enfin réitérez, autant qu'il sera nécessaire, l'envoi d'officiers pour porter vos lettres, des nouvelles et des journaux sur Toulon. Envoyez-en aussi du côté de Bayonne.

D'après la minute. Archives de l'Empire.

21745. — A JOACHIM NAPOLÉON, ROI DE NAPLES[1],

À NAPLES.

Je suis arrivé. J'ai traversé la France. L'armée, le peuple, les campagnes, les villes sont venus au-devant de moi. Je suis entré le 20 mars dans Paris à la tête du camp d'Essonne, sur lequel le roi comptait. Il s'est retiré à Lille, où il est arrivé le 23. Le 24, voyant que la garnison refusait l'entrée de la ville à sa Maison, et qu'il était sur le point d'être prisonnier, il s'est retiré en Angleterre; toute sa famille en a fait autant.

Toute la France, hormis Marseille, dont je n'ai pas encore de nouvelles, a arboré les couleurs nationales. Tout est à l'enthousiasme. Les vieux soldats courent en foule à leurs drapeaux, et les campagnes sont décidées à tous les sacrifices.

J'ai une armée en Flandre, une en Alsace, une dans l'intérieur, une qui se forme dans le Dauphiné.

Jusqu'à cette heure, je suis en paix avec tout le monde.

Je vous soutiendrai de toutes mes forces. Je compte sur vous. Aussitôt que Marseille aura arboré la cocarde tricolore, envoyez de vos bâtiments pour que nous puissions correspondre, car je crains bien que la correspondance par l'Italie ne devienne difficile. Envoyez-moi un ministre, je vous en enverrai un sur une frégate dans peu.

NAPOLÉON.

D'après l'original comm. par M. le baron Ernouf.

21746. — AU MARÉCHAL DAVOUT, PRINCE D'ECKMÜHL,

MINISTRE DE LA GUERRE, À PARIS.

Paris, 30 mars 1815.

Mon Cousin, j'ai donné le commandement de la 14e division au général Morand. Dites-lui de réunir le 40e régiment de ligne, qui est à Rochefort; le 61e, qui est à Nantes; le 71e, qui est à la Rochelle, ainsi que

---

[1] Cette lettre est tout entière de la main de l'Empereur. — [2] Sans date; présumée de la fin de mars.

toute la cavalerie qui se trouve dans la division et une batterie d'artillerie. Qu'il se mette à la tête de ces troupes et qu'il s'approche de Bordeaux, afin de faire la réunion des troupes, d'en chasser la duchesse d'Angoulême et de faciliter le mouvement du général Clausel. Le général Clausel, aussitôt qu'il sera maître de sa division, mettra en état la ville de Bayonne. Si le général Morand apprend en route que la duchesse est partie et que le général Clausel est maître de Bordeaux, il se dirigera du côté de Toulouse pour dissiper les rassemblements, se réunir à la division de Nimes et arrêter le duc d'Angoulême. Pendant ce mouvement, le lieutenant général Morand donnera le commandement à un bon général de brigade. Mandez-lui qu'il peut évacuer Alençon. Recommandez au général Morand de mettre de la promptitude dans l'exécution de ces opérations. Qu'aussitôt que Bordeaux sera soumis il en laisse le commandement au général Clausel et se combine avec lui.

Prévenez le général Dessaix, qui commande à Lyon, de faire marcher deux pièces d'artillerie, 300 hommes de cavalerie et 400 d'infanterie au pont de la Drôme. Si les Marseillais s'avançaient, qu'il organise un millier d'hommes à Lyon et à Valence pour renforcer sa colonne.

Recommandez au général Lasalcette de maintenir libre le Dauphiné, et donnez-lui une colonne d'infanterie et de cavalerie, qu'il placera à Gap avec les gardes nationaux du Dauphiné.

Envoyez plusieurs Provençaux au prince d'Essling pour l'instruire que des forces considérables marcheront sur Nimes et sur Toulouse, et qu'il est temps qu'il rassemble ses troupes et qu'il montre un peu d'énergie.

Vous investirez le général Morand d'un pouvoir extraordinaire pour commander les quatre colonnes mobiles qui agiront sur le pays entre la Loire et le Midi.

Vous lui ferez connaître qu'il est autorisé à employer les officiers du pays, réformés ou à la suite.

Vous lui enverrez un millier d'exemplaires du *Moniteur* depuis le 20 mars jusqu'à ce jour, afin qu'il les répande partout, à Laval, la Flèche et Tours.

Mandez-lui qu'il peut laisser à Angers une colonne mobile composée d'un régiment de cavalerie, d'un régiment d'infanterie et de deux pièces d'artillerie, s'il en a, pour se porter, selon les circonstances, sur la rive droite ou sur la rive gauche de la Loire ; qu'il peut en former une autre de la même force dans le cœur de la Vendée ; qu'il réunisse le reste de ses troupes pour se porter sur Toulouse et sur Nimes et en chasser le duc d'Angoulême.

Ainsi il aura quatre colonnes. La première sera composée d'un régiment de cavalerie et d'un régiment d'infanterie, pour se porter sur la rive droite ou la rive gauche de la Loire. La deuxième, composée également d'un régiment d'infanterie et d'un régiment de cavalerie, commandée par un général de brigade qu'il désignera, se rendra dans le centre de la Vendée. La troisième, formée des trois régiments de Nantes, Rochefort, la Rochelle, et de la cavalerie, ralliera le régiment qui se trouve à Blaye et favorisera la soumission de Bordeaux. La quatrième, qui sera commandée, sous les ordres du général Morand, par un lieutenant général que vous désignerez, se réunira du côté de Limoges et se portera sur Nimes et Toulouse par des mouvements combinés.

Vous lui ferez connaître qu'il est autorisé à chasser les préfets et les sous-préfets et à les remplacer provisoirement, lorsque ce seront des hommes sur lesquels il y aura des doutes ; qu'il faut qu'il expédie une estafette tous les jours et qu'il tâche de se mettre en communication avec le général Merle, qui est à Nimes.

Envoyez-lui l'état des troupes qui se trouvent de ce côté et de celles qui marchent avec le général Clausel sur Bordeaux.

Dites-lui qu'il est même autorisé à faire des proclamations.

NAPOLÉON.

P. S. Envoyez au général Morand le maréchal de camp de gendarmerie Buquet, avec autorité sur la gendarmerie des pays que doit parcourir le général Morand.

D'après l'original comm. par Mme la maréchale princesse d'Eckmühl.

21747. — AU MARÉCHAL DAVOUT, PRINCE D'ECKMÜHL,
MINISTRE DE LA GUERRE, À PARIS.

Paris, 30 mars 1815.

Mon Cousin, le corps du général Reille, qui se composera de cinq divisions et de près de 30,000 hommes, est formé. Il manque un régiment à la 5e division, qui est celle du général Dufour. Dans la 3e division de cavalerie de ce même corps, on a compris le 4e de cuirassiers : ce régiment doit en être ôté, tous les cuirassiers étant réunis à part. Donnez des ordres pour que le quartier général de ce corps soit à Valenciennes, et que les divisions soient placées à Valenciennes, Maubeuge et autres débouchés.

Donnez ordre que le 1er corps d'observation soit formé sans délai et composé de quatre divisions, chacune de quatre régiments, conformément à votre état. Nommez quatre généraux de division et huit généraux de brigade pour commander; envoyez-y les adjudants généraux nécessaires et attachez à chaque division une batterie d'artillerie. Faites former deux divisions de cavalerie légère, chacune de quatre régiments, comme dans votre état. Cependant la 2e division n'aura que deux régiments de dragons, le 12e de cuirassiers devant être ôté. Chaque division aura une batterie d'artillerie légère. Le général Drouet, comte d'Erlon, qui commande ce 1er corps, le réunira autour de Lille et couvrira les débouchés de la frontière, depuis le lieu où finissent les cantonnements du général Reille jusqu'à l'extrémité de la gauche.

La 1re division de ce 1er corps portera le n° 1; la 2e, le n° 2; la 3e, le n° 3; et la 4e, le n° 4. La 1re division de cavalerie de ce corps portera le n° 1; la 2e, le n° 2.

Les cinq divisions du 2e corps porteront les n°^s 5, 6, 7, 8 et 9. Les trois divisions de cavalerie porteront les n°^s 3, 4 et 5.

Le 3e corps sera composé de deux divisions d'infanterie, qui porteront les n°^s 10 et 11. Envoyez-y les généraux de division et de brigade nécessaires. Le duc de Plaisance le commandera provisoirement. Chaque division se composera de trois régiments, comme dans votre état, jusqu'à ce qu'on puisse la renforcer d'un quatrième. La division de cavalerie portera le n° 6 et aura une batterie d'artillerie à cheval. Ce corps se réunira à Mézières et garnira la frontière, depuis la droite du général Reille jusqu'au 4ᵉ corps.

Le 4ᵉ corps sera commandé par le général Gérard, à qui vous donnerez sur-le-champ ordre de s'y rendre. Il aura le commandement des 3ᵉ et 4ᵉ divisions militaires; ce corps sera composé de trois divisions qui porteront les nᵒˢ 12, 13 et 14. Le quartier général sera d'abord à Metz, et le corps s'étendra sur toute la frontière, depuis le 3ᵉ corps jusqu'à l'Alsace. Aussitôt qu'il sera possible, on renforcera chaque division d'un régiment, afin de les porter toutes à quatre régiments. Chaque division aura une batterie d'artillerie à pied. La division de cavalerie, qui sera la 7ᵉ, sera composée de quatre régiments de dragons et d'une batterie d'artillerie à cheval, les cuirassiers et carabiniers ne devant pas y être compris.

Le 5ᵉ corps formera trois divisions, qui seront complétées, aussitôt que faire se pourra, à quatre régiments. Ces divisions porteront les nᵒˢ 15, 16 et 17; chacune aura une batterie d'artillerie. Le général Rapp commandera ce corps et le réunira à Strasbourg. Il aura en même temps le commandement de toute la 5ᵉ division militaire. Il sera formé deux divisions de cavalerie, chacune de quatre régiments de cavalerie légère, ou de dragons; les cuirassiers ne devront pas compter dans cette formation. Chaque division aura une batterie d'artillerie à cheval. Ces deux divisions de cavalerie porteront les nᵒˢ 8 et 9.

Par ce moyen, j'aurai dix-sept divisions d'infanterie avec dix-sept batteries d'artillerie à pied et neuf divisions de cavalerie avec neuf batteries d'artillerie à cheval, sur mes frontières du Nord et du Rhin.

Si vous n'aviez pas, dans la 5ᵉ division militaire, de quoi former la 2ᵉ division de cavalerie, vous pourriez me proposer de prendre dans ce qui est autour de Paris, et trouver ainsi le moyen de compléter tout à quatre régiments.

Écrivez aux dépôts pour qu'on mette en marche, aussitôt qu'ils seront habillés et armés, tous les hommes disponibles pour renforcer les deux premiers bataillons, et pour qu'on forme les 3ᵉˢ bataillons partout où il sera possible d'en former trois ; enfin dirigez tous ces détachements sur les lieux où les bataillons vont être placés dans l'armée active. Il serait convenable que chaque bataillon eût au moins 500 hommes; et, aussitôt que le 3ᵉ bataillon pourra être porté à 400 hommes, il faudra le faire partir pour rejoindre le régiment.

Vous formerez trois divisions de réserve de cuirassiers. Mon intention est de mettre à leur tête trois généraux de division, de premier ordre, qui aient déjà eu des commandements généraux de cavalerie. Nommez le général Milhaud pour commander la 1ʳᵉ, qui se réunira à Douai et sera sous les ordres du comte d'Erlon; elle se composera des 1ᵉʳ, 4ᵉ, 7ᵉ et 12ᵉ de cuirassiers. Désignez deux généraux de brigade distingués pour les commander, et attachez-y une batterie d'artillerie à cheval.

Le 2ᵉ division de cuirassiers se réunira du côté de Metz; elle se composera du 2ᵉ et du 3ᵉ de cuirassiers et de la brigade des carabiniers; proposez-moi un commandant pour cette division. Elle sera sous les ordres du général Girard. Elle aura également une batterie d'artillerie à cheval.

La 3ᵉ division se réunira en Alsace. Les 5ᵉ, 6ᵉ, 9ᵉ et 10ᵉ régiments la composeront.

Il faudrait encore former une 4ᵉ division de cavalerie près de Metz; le 8ᵉ et le 11ᵉ régiment de cuirassiers en feront partie. Vous y mettrez le 1ᵉʳ régiment de dragons et un autre régiment de dragons, qui sera le plus beau que vous puissiez tirer de ceux qui sont autour de Paris.

Ce travail fait, vous me ferez connaître ce qui reste de régiments de cavalerie légère et de dragons, mon intention étant d'en former successivement des divisions de réserve, mais au fur et à mesure qu'on pourra les remplacer dans les divisions actives.

Vous donnerez le mouvement à toutes ces troupes. Vous ferez connaître aux généraux que rien ne montre que des hostilités doivent avoir lieu; qu'ils peuvent donc tenir commodément leurs troupes dans des cantonnements, mais qu'il n'en faut pas moins prendre d'avance des mesures pour s'organiser.

Écrivez au ministre de l'intérieur pour lui faire connaître la quantité de gardes nationales qu'il faut enfermer dans les places pour rendre disponibles les troupes qui s'y trouvent.

Le duc d'Albufera restera à Paris, disponible pour, selon les circonstances, commander plusieurs corps.

Écrivez des circulaires aux préfets pour qu'ils se concertent avec les généraux et commandants des corps, afin de monter tous les hommes à pied que nous avons. Assurez l'argent pour que le marché des 3,000 chevaux se réalise sans délai.

Je pense que, si vous faites partir de Paris des chevaux et du personnel du train, il faut laisser le matériel, puisque vous devez le trouver à Douai, à Metz et à Strasbourg.

Proposez-moi actuellement la formation du 6ᵉ corps ou corps de réserve, qui se réunira à Paris. Il le faudrait au moins de trois divisions, qu'on porterait à douze régiments; mais, quand il ne se composerait d'abord que de neuf, ce serait un bon fonds, et on l'augmenterait ensuite par des troupes de l'intérieur. Il faudrait aussi y attacher une division de cavalerie légère et une de dragons, qui prendraient les nᵒˢ 10 et 11.

NAPOLÉON.

D'après l'original comm. par Mᵐᵉ la maréchale princesse d'Eckmühl.

21748. — AU MARÉCHAL DAVOUT, PRINCE D'ECKMÜHL,
MINISTRE DE LA GUERRE, À PARIS.

Paris, 30 mars 1815, onze heures du soir.

Mon Cousin, il est très-surprenant qu'on n'ait retiré de la Maison du roi que 500 chevaux; demandez des comptes au général Lauriston et rendez-l'en responsable.

Il faut de suite renvoyer les Cent-Suisses dans leur pays et leur donner des feuilles de route, sans qu'ils passent par Paris. Ordonnez aux grenadiers à cheval de se rendre à Beauvais. Ordonnez au général Guyot de prendre les bons et de s'emparer des armes et des chevaux de ceux qui ne lui paraîtront pas dignes d'entrer dans la Garde. Vous donnerez l'ordre aux maires, aux préfets et aux sous-préfets, etc. d'arrêter partout les hommes des compagnies rouges de la Maison du roi, quels qu'il soient, de prendre leurs armes et leurs chevaux, et de diriger sur Paris les chevaux et les armes. Cette opération se fera, qu'ils soient en route ou chez eux, et sans avoir égard si les chevaux ont été fournis par eux ou par le roi.

Donnez aussi l'ordre de faire le dépouillement des officiers de la Maison du roi, et que tous ceux qui seraient dangereux soient mis en arrestation. Vos circulaires devront avoir leur exécution par la voie de la gendarmerie, par celle des commandants de place, des commissaires des guerres, des maires, des sous-préfets et des préfets. Vous voudrez bien ordonner au comte d'Erlon de faire faire des patrouilles dans tous les lieux où pourraient se trouver des hommes de la Maison du roi, afin de faire prendre leurs chevaux et de les faire désarmer.

Enfin vous devrez faire remplacer le général d'Aigremont, qui est à Amiens et qui doit y avoir été mis par le roi. Vous y enverrez à sa place un bon général. Il y a, en général, beaucoup de plaintes sur un grand nombre d'officiers qui avaient été placés par le roi; remplacez ceux qui sont mauvais et changez de lieu les autres.

Faites-vous rendre compte aussi des hommes qui commandent les départements et les divisions militaires, afin de déplacer ceux qui se seraient prononcés pour le roi; il en est de même pour les commandants de places importantes.

NAPOLÉON.

D'après l'original comm. par Mme la maréchale princesse d'Eckmühl.

21749. — AU MARÉCHAL DAVOUT, PRINCE D'ECKMÜHL,
MINISTRE DE LA GUERRE, À PARIS.

Paris, 30 mars 1815, onze heures du soir.

Mon Cousin, faites partir le général Grouchy pour la 7ᵉ et la 19ᵉ division, dont il aura le commandement supérieur, et investissez-le des pouvoirs nécessaires pour prendre les gardes nationales et les diriger sur les points du territoire de la 7ᵉ et de la 19ᵉ division qu'elles doivent garder. Faites partir le général Piré et deux généraux de brigade dont les opinions soient bien prononcées, pour que le général Grouchy puisse les placer selon les circonstances. Il serait convenable qu'ils partissent dans la nuit.

NAPOLÉON.

P. S. Envoyez à Lyon le général Radet, avec mission pour la gendarmerie des 7e, 8e et 19e divisions militaires.

<small>D'après l'original comm. par Mme la maréchale princesse d'Eckmühl.</small>

21750. — AU MARÉCHAL DAVOUT, PRINCE D'ECKMÜHL,
MINISTRE DE LA GUERRE, À PARIS.

Paris, 31 mars 1815.

Mon Cousin, donnez ordre que tous les déserteurs piémontais qui arrivent à Grenoble ou sur les frontières soient dirigés sur Chalon. Nommez les officiers nécessaires pour en former d'abord un bataillon, et, quand le premier sera organisé, vous nommerez d'autres officiers pour le second. Donnez connaissance de cette disposition aux commissaires des guerres.

NAPOLÉON.

<small>D'après l'original comm. par Mme la maréchale princesse d'Eckmühl.</small>

21751. — A M. GAUDIN, DUC DE GAËTE,
MINISTRE DES FINANCES, À PARIS.

Paris, 31 mars 1815.

Quand pourrez-vous me faire connaître la situation financière, en suivant votre méthode, de tous les exercices arriérés, et en partant de votre dernier compte que nous avions arrêté, mais qui n'a pas été publié au Corps législatif?

<small>D'après la minute. Archives de l'Empire.</small>

21752. — A M. GAUDIN, DUC DE GAËTE,
MINISTRE DES FINANCES, À PARIS.

Paris, 31 mars 1815.

Il y aura besoin de 1,500,000 francs en Alsace pour approvisionner les places fortes, et peut-être d'autant dans le Nord. Cette avance de 3 millions, prise sur le courant et en argent comptant, serait difficile pour le trésor; est-ce que vous ne pourriez pas disposer de traites et de rescriptions de ventes de bois? On m'assure qu'il y en a pour 7 millions dans la caisse de Strasbourg. Présentez-moi un décret là-dessus.

<small>D'après la minute. Archives de l'Empire.</small>

21753. — A FRANÇOIS Ier, EMPEREUR D'AUTRICHE,
À VIENNE.

Paris, 1er avril 1815.

Monsieur mon Frère et très-cher Beau-Père, au moment où la Providence me ramène dans la capitale de mes états, le plus vif de mes vœux est d'y revoir bientôt les objets de mes plus douces affections, mon épouse et mon fils. Comme la longue séparation que les circonstances ont nécessitée m'a fait éprouver le sentiment le plus pénible qui ait jamais affecté mon cœur, une réunion si désirée ne tarde pas moins à l'impatience de la vertueuse princesse dont Votre Majesté a uni la destinée à la mienne. Si la dignité de la conduite de l'Impératrice, pendant le temps de mes malheurs, n'a pu qu'accroître la tendresse de Votre Majesté pour une fille qui lui était déjà si chère, vous comprendrez, Sire, combien je dois désirer de voir hâter le moment où je pourrai lui témoigner ma vive reconnaissance. Tout mon bonheur sera de la voir de nouveau recevoir les hommages d'une nation aimante qui, aujourd'hui plus que jamais, saura la chérir et apprécier ses vertus.

Mes efforts tendent uniquement à consolider ce trône que l'amour de mes peuples m'a conservé et rendu, et à le léguer un jour, affermi sur d'inébranlables fondements, à l'enfant que Votre Majesté a entouré de ses bontés paternelles.

La durée de la paix étant essentiellement nécessaire pour atteindre ce but important et sacré, je n'ai rien de plus à cœur que de la maintenir avec toutes les puissances, mais je mets un prix particulier à la conserver avec Votre Majesté.

Je désire que l'Impératrice vienne par Strasbourg, les ordres étant donnés sur cette ligne pour sa réception dans l'intérieur de mes états. Je connais trop les principes de Votre Majesté, je sais trop quelle valeur elle attache à ses affections de famille, pour n'avoir pas l'heureuse confiance qu'elle sera empressée, quelles que puissent être d'ailleurs les dispositions de son cabinet et de sa politique, de concourir à accélérer l'instant de la réunion d'une femme avec son mari et d'un fils avec son père.

Je désire que Votre Majesté me permette de saisir cette circonstance pour lui réitérer l'assurance des sentiments d'estime, d'amitié et de parfaite considération avec lesquels je suis, de Votre Majesté Impériale, le bon Frère et Gendre.

NAPOLÉON.

D'après la copie comm. par le gouvernement de S. M. l'Empereur d'Autriche.

21754. — AU MARÉCHAL DAVOUT, PRINCE D'ECKMÜHL,
MINISTRE DE LA GUERRE, À PARIS.

Paris, 2 avril 1815.

Mon Cousin, je vous ai fait connaître mon intention de centraliser à Versailles toute l'opération des remontes, et je vous en ai dit la raison. Réunissez vos chefs de division pour que tout soit également préparé dans la même hypothèse; ils ont l'expérience de l'année passée.

Je ne me prépare qu'à la défensive. Il est donc convenable que, si l'ennemi voulait nous attaquer, tout fût disposé pour réunir nos munitions et notre artillerie sur Paris, pour faire venir tous les dépôts des places fortes entre Paris et la Loire, enfin pour que, dans ce cas, aucun dépôt ne se trouve renfermé dans les places. Tous les dépôts, tant d'infanterie que de cavalerie, tous les magasins d'artillerie, tous les magasins d'habillement et autres nécessaires au matériel de l'armée, doivent pouvoir être réunis du côté de Paris. J'espère que cela ne sera pas nécessaire; mais il faut que les ordres soient dressés d'avance pour que, le moment arrivé, chaque dépôt se mette en marche.

Quelle est la situation de l'habillement des corps? S'il y a de grandes fournitures à faire, je désire savoir quelle quantité sera fournie à chaque division et quand cette fourniture y arrivera. Il est probable que, par le décret qui appelle les anciens militaires, l'armée va être augmentée de plus de 100,000 hommes. Il est donc nécessaire d'avoir les moyens d'habillement.

NAPOLÉON.

D'après l'original comm. par Mᵐᵉ la maréchale princesse d'Eckmühl.

21755. — AU MARÉCHAL DAVOUT, PRINCE D'ECKMÜHL,
MINISTRE DE LA GUERRE, À PARIS.

Paris, 2 avril 1815.

Mon Cousin, on a fait aux mousquets et aux pistolets quelques changements qui ralentissent la fabrication. Je pense que vous devez ordonner qu'on cesse de fabriquer des pistolets, afin d'accélérer la fabrication des fusils. Faites faire des baïonnettes dans les coutelleries, telles que Langres et Moulins, etc.

Présentez un projet de décret pour créer sur-le-champ des machines pour pouvoir fabriquer des platines. Dites-moi si elles existent toujours à Roanne. Je préférerais qu'elles fussent placées entre Roanne et Paris. Cependant, si vous y trouviez de l'avantage, adoptez Roanne.

Je désire connaître la quantité de pièces de rechange, canons, platines, etc.

Faites remettre en activité tous les ateliers à Paris et ordonnez la fabrication des platines de cuivre, conformément au modèle que j'ai adopté l'année dernière.

Songez que, dans la situation actuelle, le salut de l'état est dans la quantité de fusils dont nous pourrons nous armer.

Faites-moi remettre, deux fois par semaine, un rapport sur la situation de la fabrication et réparation des armes.

Il faut prendre des mesures pour encourager les manufacturiers d'armes à faire de grands approvisionnements d'acier.

NAPOLÉON.

D'après l'original comm. par Mᵐᵉ la maréchale princesse d'Eckmühl.

21756. — AU MARÉCHAL DAVOUT, PRINCE D'ECKMÜHL,
MINISTRE DE LA GUERRE, À PARIS.

Paris, 2 avril 1815.

Mon Cousin, en attendant que le général Bourcier arrive à Paris, chargez le général Roussel d'aller dès demain prendre le commandement du dépôt de Versailles. Nommez quatre officiers supérieurs et quatre officiers inférieurs pour être attachés à ce dépôt. Faites mettre un million à sa disposition; ordonnez que, comme l'année passée, il fasse des circulaires aux préfets et fasse imprimer des affiches, pour faire connaître partout que ceux qui veulent vendre des chevaux peuvent les conduire au dépôt, où on les achètera à un prix fixe et comptant. Ce moyen nous a déjà réussi et nous procurera encore assez promptement les quantités qui nous sont nécessaires. Autorisez la Garde à cheval à acheter 500 chevaux, savoir : 123 pour les grenadiers, 94 pour les dragons, 115 pour les chasseurs, 168 pour les lanciers.

Le général Bourcier, et, en attendant son arrivée, le général Roussel, sera autorisé à acheter à Versailles 944 chevaux pour les cuirassiers, et vous donnerez ordre aux quatorze régiments de grosse cavalerie d'envoyer 944 hommes à Versailles pour prendre ces chevaux. Faites venir de Mézières, de Givet et de Paris à Versailles les 900 selles qui sont nécessaires. Par ce moyen, le général Roussel aura à Versailles 900 cuirassiers que les régiments lui enverront, 900 chevaux de grosse cavalerie qu'il achètera et 900 selles qui arriveront à Versailles.

Les dragons ont besoin de 787 chevaux. Donnez ordre aux différents régiments de dragons d'envoyer à Versailles les 787 hommes, et que de Givet, de Mézières et de Paris on fournisse à Versailles les 787 selles. Par ce moyen, le général Roussel aura 787 dragons à monter, 787 chevaux de dragons qu'il achètera et 787 selles qu'on lui enverra.

Donnez ordre que 1.084 hommes soient dirigés des différents régiments de lanciers sur Versailles; qu'on y envoie 139 selles et qu'on mette en confection à Paris le complément de selles qui manque. Par ce moyen, le général Roussel aura 1,000 lanciers, 1,000 chevaux de lanciers qu'il achètera et 1,000 selles de lanciers.

Donnez ordre que les quinze régiments de chasseurs envoient à Versailles 2,633 hommes; faites expédier de Givet et de Mézières sur Versailles 2,633 selles, afin que le général Roussel ait tout ce qu'il lui faut.

Donnez ordre que les régiments de hussards envoient 1,152 hommes à Versailles, et que le général Roussel achète les chevaux nécessaires pour les monter. Dirigez aussi sur Versailles la quantité de selles nécessaire.

Ainsi le général Bourcier achètera à Versailles : 900 chevaux de grosse cavalerie, 787 chevaux de dragons, 1,084 chevaux de lanciers, 2,633 chevaux de chasseurs, 1,152 chevaux de hussards; en tout 6,556 chevaux. Ce qui exige à Versailles la réunion de plus de 6,500 hommes et de 6,500 selles.

L'effectif de notre cavalerie sera donc de 36,000 chevaux, sans y comprendre la Garde. Écrivez aux colonels et aux préfets pour que, sous huit jours, les 3,200 chevaux pour lesquels il y a des marchés soient fournis.

Il peut vous paraître extraordinaire que je centralise cette opération à Versailles; mais, ne voulant pas faire la guerre et étant simplement sur la défensive, il faut prévoir le cas où les alliés nous attaqueraient. Ils pourraient le faire sous un mois, et, dans ce cas, tous les dépôts devraient sortir des places fortes et se centraliser entre Paris et la Loire.

Il reste la question de l'habillement. Faites-moi connaître la situation de l'habillement des régiments de cavalerie; ont-ils les draps qui leur sont nécessaires pour habiller les hommes à envoyer à Versailles? S'ils ne les ont pas, l'habillement de ces hommes se ferait à Paris, et ils arriveraient à peu près nus.

Quant à l'armement, faites diriger sur Paris les sabres et les pistolets nécessaires.

Il faut que les selles qui sont à Paris soient transportées à Versailles. Vous pouvez mettre à la disposition du général Roussel le Grand-Commun.

En fixant le prix des chevaux et en les payant comptant aux cultivateurs, on gagne la commission des fournisseurs. Recommandez aux commandants des dépôts, s'ils acceptaient des chevaux qui n'eussent pas toutes les qualités prescrites, mais qui leur paraîtraient cependant propres au service, de diminuer quelque chose sur le prix. Recommandez-leur surtout de ne pas recevoir de chevaux qui n'aient jeté leur gourme et qui ne puissent, quinze jours après, entrer en campagne.

NAPOLÉON.

D'après l'original comm. par Mme la maréchale princesse d'Eckmühl.

21757. — AU MARÉCHAL DAVOUT, PRINCE D'ECKMÜHL,
MINISTRE DE LA GUERRE, À PARIS.

Paris, 2 avril 1815.

Mon Cousin, le général Gérard n'a point, au 4e corps, assez de cavalerie. Je désire que vous y réunissiez le 1er, le 4e et le 6e de hussards, et le 8e de chasseurs. Ces régiments sont à Paris, et le 8e de chasseurs, le 4e et le 6e de hussards, que j'ai vus, pourraient partir de suite. Le 1er de hussards ne partirait que lorsque j'en aurais passé la revue. Cette division prendrait le n° 7.

Le 4e, le 6e, le 10e et le 13e de dragons formeraient une 5e division de réserve à Metz. Ainsi le général Gérard aurait trois divisions d'infanterie et une de cavalerie, et trois divisions de cavalerie de réserve.

NAPOLÉON.

D'après l'original comm. par Mme la maréchale princesse d'Eckmühl.

21758. — AU MARÉCHAL DAVOUT, PRINCE D'ECKMÜHL,
MINISTRE DE LA GUERRE, À PARIS.

Paris, 2 avril 1815.

Mon Cousin, j'ai ordonné tout ce qui est relatif au mouvement de l'artillerie à Paris. Je pense qu'il faudrait renvoyer à Grenoble un des deux bataillons du génie qui sont arrivés de cette ville à Paris, et garder l'autre bataillon à Paris. Un bataillon du génie est suffisant à Grenoble pour les Alpes, puisque dans aucun cas je n'ai le projet de passer les Alpes.

Présentez-moi un projet d'organisation du génie pour l'armée. Il faut d'abord mettre des officiers du génie dans toutes les places; il en faut à chaque division d'infanterie. Il faut une compagnie de sapeurs à chaque division; il faut aussi, à chaque division, un officier supérieur d'artillerie : que tout cela se rende aux divisions. Cette distribution faite, vous me ferez connaître ce qui restera disponible pour les parc, quand je formerai l'armée. Il faut conserver à Paris cinq ou six compagnies de sapeurs; ce seront celles du 3e régiment.

NAPOLÉON.

D'après l'original comm. par Mme la maréchale princesse d'Eckmühl.

21759. — AU GÉNÉRAL CAULAINCOURT, DUC DE VICENCE,
MINISTRE DES AFFAIRES ÉTRANGÈRES, À PARIS.

Paris, 3 avril 1815.

Je suppose que vous avez déjà envoyé des agents secrets à la Suède pour nous la rallier. Je suppose que vous en avez envoyé aussi à Naples, et à la Haye, auprès du prince d'Orange, et enfin auprès des divers princes d'Allemagne, du roi de Saxe et des cantons suisses qui nous sont restés attachés.

La multiplicité de mes affaires ne me permet point d'entrer dans tous ces détails; c'est à vous de vous en occuper avec soin et sans délai, afin que les cours de Bavière, de Wurtemberg, de Bade, les princes de Hesse-Darmstadt, de Nassau, et la Saxe pour l'Allemagne, la Suède et le Danemark pour le Nord, les cours de Naples, de Toscane et de Rome pour l'Italie, et enfin l'Espagne et le Portugal, aient connaissance, par des insinuations multipliées et par des agents secrets, de mes intentions et de mes bonnes dispositions à leur égard. Vous pourriez consulter les agents que j'ai eus auprès de ces diverses puissances. L'Espagne est très-importante. Faites-moi des lettres que vous enverriez de ma part, et par vos agents, à tous ces divers princes, et faites-en aussi que vous enverriez de la vôtre à leurs ministres des relations extérieures.

D'après la minute. Archives de l'Empire.

21760. — AU GÉNÉRAL CAULAINCOURT, DUC DE VICENCE,
MINISTRE DES AFFAIRES ÉTRANGÈRES, À PARIS.

Paris, 3 avril 1815.

Monsieur le Duc de Vicence, vous voudrez bien donner des ordres à Strasbourg, au préfet et au général, pour qu'ils demandent au général et aux autorités civiles de l'autre côté pourquoi on ne laisse pas passer les courriers du cabinet. La guerre ayant pour objet d'amener la paix, interrompre les communications, c'est agir contre le droit des gens. Faites envoyer quelqu'un à Bade, et écrivez au ministre combien cette conduite est surprenante; demandez-lui si nous sommes en guerre ou en paix.

NAPOLÉON.

D'après la copie. Archives des affaires étrangères.

21761. — A M. GAUDIN, DUC DE GAËTE,
MINISTRE DES FINANCES, À PARIS.

Paris, 3 avril 1815.

Monsieur le Duc de Gaëte, je désire que demain nous ayons notre premier travail avec le comte Mollien, afin que vous me mettiez au fait de la situation des finances, dont je n'ai aucune idée. Vous ne devez pas vous dissimuler que, dans la circonstance actuelle, l'accroissement que je suis obligé de donner à l'armée exigera un supplément de 100 millions. Calculez donc notre budget pour la guerre sur le pied de 400 millions. Je pense que tous les autres budgets pourront être diminués, vu que les ministres se sont fait accorder beaucoup plus qu'ils n'auraient réellement besoin. Faites-moi connaître, 1° le budget de 1814 et la situation des recettes et dépenses, ainsi que la situation du trésor au 1er janvier 1815; 2° le budget de 1815, en recettes et dépenses, tel qu'il avait été présenté; 3° enfin les ressources de toute espèce que vous pouvez m'offrir pour faire face aux besoins présents de la guerre; car l'armée, qui était à peine de 150,000 hommes, sera portée sous peu de jours à 300,000.

NAPOLÉON.

D'après la copie. Archives des finances.

21762. — A M. GAUDIN, DUC DE GAËTE,
MINISTRE DES FINANCES, À PARIS.

Paris, 3 avril 1815.

J'ai lu avec attention votre rapport du 2 avril avec le projet de décret qui s'y trouve joint. Je ne puis rien statuer sur les finances avant d'en avoir pris connaissance, et, comme demain j'ai avec vous un premier travail, ce sera l'affaire de deux ou trois séances; un retard de huit jours ne peut être d'aucun inconvénient. Je vois par votre décret que, indépendamment des ressources des biens de la caisse d'amortissement restitués par mon décret de Lyon, vous avez encore en réserve le produit des coupes et ventes des forêts et le produit des biens communaux. Je vous prie de me faire un livret des budgets, états des finances, lois et règlements qui ont eu lieu en 1813 et 1814.

D'après la minute. Archives de l'Empire.

21763. — A M. GAUDIN, DUC DE GAËTE,
MINISTRE DES FINANCES, À PARIS.

Paris, 3 avril 1815.

J'ai reçu votre rapport du 31 mars. Je donnerai 150,000 francs de pension à la duchesse de Bourbon. Remettez-moi l'état des biens que la duchesse d'Orléans laissera au Domaine, l'état détaillé de ses dettes et leur nature, et l'état des ventes de bois, en constatant que les bois sont coupés et les coupes régulières. Si je laisse à la duchesse d'Orléans la jouissance de ses traites, je ne veux payer sa pension qu'à dater du 1er janvier 1816. Je pense qu'il y aurait de l'inconvénient à ce qu'elle restât à Paris; elle pourra se retirer dans la Bourgogne, la Lorraine ou sur la Loire. Si le château de Navarre, qui appartient au prince Eugène, lui convient, on pourrait le lui offrir. Je désire que vous me présentiez ce travail mercredi, au conseil des ministres.

Il serait convenable que vous me présentiez sur tous les biens de la famille des Bourbons, hors la liste civile, un travail général qui me fasse connaître les biens qui appartiennent à chaque branche, ce qu'ils ont rapporté cette année, le montant des traites pour coupes de bois et dont le bois est encore dans la forêt, par conséquent sous le séquestre, l'état des dettes et celui des meubles qu'ils ont laissés, afin qu'un seul décret règle les affaires des différentes branches, assure le payement des dettes et concilie tous les différends.

D'après la minute. Archives de l'Empire.

21764. — A M. GAUDIN, DUC DE GAËTE,
MINISTRE DES FINANCES, À PARIS.

Paris, 3 avril 1815.

De grandes ventes de bois ont eu lieu dans différents départements. Les acquéreurs sont inquiets et, en conséquence, ils ne continuent pas exactement leurs payements. D'un autre côté, les préfets et l'enregistrement ne continuent pas les ventes. Je désire que, par une circulaire, vous fassiez connaître aux préfets et à l'enregistrement que toutes les ventes faites des forêts sont confirmées et que les payements doivent s'opérer sans aucun retard. Les ventes des bois et forêts doivent continuer à avoir lieu comme ci-devant, jusqu'à ce que vous ayez contremandé cette mesure, si elle n'entrait pas dans les plans de finances dont vous réunissez les éléments et que vous soumettrez à mon approbation. Recommandez, en attendant, qu'on donne à ces ventes la plus grande activité.

D'après la minute. Archives de l'Empire.

21765. — AU MARÉCHAL DAVOUT, PRINCE D'ECKMÜHL,
MINISTRE DE LA GUERRE, À PARIS.

Paris, 3 avril 1815.

Mon Cousin, le 6ᵉ corps sera composé de la manière suivante, savoir : de la 18ᵉ division d'infanterie, commandée par le général Girard, qui partira demain de Paris pour Belfort, comme je l'ai déjà mandé, et qui sera composée des 5ᵉ, 14ᵉ, 20ᵉ et 24ᵉ régiments; de la 19ᵉ division, qui sera commandée par le général Brayer et composée des 7ᵉ, 72ᵉ, 11ᵉ et 27ᵉ régiments (cette division restera à Paris); de la 20ᵉ division, qui sera composée des 5ᵉ léger, 88ᵉ, 44ᵉ et 40ᵉ (cette division devra se réunir à

Paris; vous ne la ferez venir que quand on le pourra sans inconvénient); de la 21ᵉ division; le 15ᵉ de ligne, le 26ᵉ, le 61ᵉ et le 8ᵉ léger formeront cette 21ᵉ division, qui se réunira entre la Loire et la Dordogne; elle restera là jusqu'à nouvel ordre.

Ce corps sera sous les ordres du comte de Lobau; il sera ainsi composé de seize régiments.

Le 2ᵉ et le 3ᵉ de hussards formeront une brigade de la 9ᵉ division de cavalerie; ils partiront aussitôt après que je les aurai vus pour se rendre à Belfort, où ils seront censés détachés de la 9ᵉ division et sous les ordres du général Girard. Le 13ᵉ de chasseurs fera partie de la 9ᵉ division et se rendra en Alsace.

Il sera formé une 5ᵉ division de réserve composée des 2ᵉ, 7ᵉ, 12ᵉ et 9ᵉ de dragons; cette division se réunira à Paris et sous les ordres du comte de Lobau. Donnez ordre au 9ᵉ de dragons de revenir à Paris sur-le-champ.

Le 13ᵉ de dragons ira compléter la 4ᵉ division de réserve. Vous pourriez le faire partir demain.

Le 35ᵉ régiment d'infanterie se rendra en Alsace et fera partie de la 15ᵉ division.

Le 41ᵉ se rendra au 4ᵉ corps et fera partie de la 14ᵉ division. Le 46ᵉ se rendra au 4ᵉ corps et fera également partie de la 14ᵉ division.

Le 6ᵉ léger se rendra en Alsace et fera partie de la 17ᵉ division.

Le 45ᵉ recevra sur-le-champ l'ordre de retourner et de se rendre au 4ᵉ corps, où il fera partie de la 13ᵉ division.

Le 75ᵉ fera partie de la 10ᵉ division.

Le 74ᵉ fera partie de la 11ᵉ division.

Le 73ᵉ fera partie de la 4ᵉ division.

Le 65ᵉ se rendra en Flandre et fera partie de la 9ᵉ division.

Par ce moyen, toutes les divisions seront à quatre régiments.

Vous laisserez au général Morand et aux généraux qui commandent sur la Loire toute la latitude convenable pour ces mouvements.

8ᵉ corps. — Le 13ᵉ de ligne, le 63ᵉ, le 10ᵉ de ligne, le 69ᵉ, le 70ᵉ, le 3ᵉ léger, le 78ᵉ, le 56ᵉ et le 62ᵉ formeront trois divisions, qui composeront le corps d'observation des Pyrénées ou le 8ᵉ corps, que le général Clausel commandera.

Les 3ᵉ, 14ᵉ et 15ᵉ de chasseurs formeront une 10ᵉ division de cavalerie légère et feront partie du corps d'observation des Pyrénées, sous les ordres du général Clausel.

7ᵉ corps. — Le 49ᵉ, le 39ᵉ, le 6ᵉ de ligne, le 58ᵉ, le 83ᵉ, le 87ᵉ, le 82ᵉ, le 48ᵉ, le 16ᵉ formeront trois divisions qui composeront le 7ᵉ corps. Présentez-moi la formation et le lieu de réunion de ces trois divisions. Vous réitérerez l'ordre que les trois régiments qui sont en Corse repassent à Toulon; ils feront partie du corps d'observation des Alpes.

Pour la cavalerie de l'armée des Alpes, il sera attaché au 7ᵉ corps les 3ᵉ et 4ᵉ escadrons du 4ᵉ de hussards, dont le dépôt est à Vienne; les 3ᵉ et 4ᵉ escadrons du 13ᵉ de dragons, dont le dépôt est à Lyon; et le 10ᵉ de chasseurs, dont le dépôt viendra à Avignon et dont le régiment quittera les Pyrénées pour se porter sur le Rhône.

Ainsi j'aurai : au 1ᵉʳ corps, quatre divisions d'infanterie ou seize régiments; au 2ᵉ corps, cinq divisions ou vingt régiments; au 3ᵉ corps, deux divisions ou huit régiments; au 4ᵉ corps, trois divisions ou douze régiments; au 5ᵉ corps, trois divisions ou douze régiments; au 6ᵉ corps, quatre divisions ou seize régiments; au 7ᵉ corps, quatre divisions ou douze régiments; au 8ᵉ corps, trois divisions ou neuf régiments: total, vingt-huit divisions ou cent cinq régiments, ce qui emploie la totalité des régiments de France.

Il faudrait organiser de plus cinq régiments étrangers. Le premier régiment étranger se composera des déserteurs piémontais et italiens; il se réunira à Chalon-sur-Saône. Le second se composera des Suisses, qu'on pourra réunir du côté d'Amiens. Les Polonais formeront le troisième, qu'on réunira à Soissons. Le quatrième régiment se composera d'Allemands, qu'on réunira sur la Loire, du côté de Tours. Enfin le cinquième se composera de Belges, qu'on réunira sur la Somme, à Amiens.

Je pense qu'il faudrait préparer des cadres en officiers pour ces cinq régiments et les envoyer dans les différents lieux de réunion indiqués. Vous avons beaucoup d'officiers français qui ont servi en Italie : formezen le cadre du régiment des Piémontais. Les officiers suisses qui nous restent formeront le cadre du régiment suisse. Les officiers polonais que nous avons ici formeront le cadre du régiment polonais, et, en cas d'insuffisance, vous y placeriez de préférence des officiers français qui ont été longtemps en Pologne. Enfin vous prendrez des officiers flamands pour former les cadres du régiment belge, et des officiers de l'Alsace et des bords du Rhin pour les cadres des régiments allemands. Les Polonais seront habillés à la polonaise, les Suisses en rouge, les Belges avec l'uniforme actuel des régiments belges, et les Piémontais en bleu, que je suppose être la couleur de l'uniforme piémontais, afin de pouvoir utiliser les déserteurs avec l'habit sous lequel ils viendront. Présentez-moi un projet de décret pour la formation de ces cinq régiments étrangers.

Faites-moi connaître s'il reste quelques régiments de cavalerie dont je n'aie pas disposé. Il faudrait un régiment de cavalerie légère pour compléter la division des Alpes. J'ai formé neuf divisions de cavalerie légère aux armées du Nord et du Rhin. Ces divisions, à quatre régiments chacune, feraient trente-six régiments; mais je n'ai que vingt-sept régiments de cavalerie légère; sur ces vingt-sept, quatre sont employés dans le Midi, c'est-à-dire aux Alpes et aux Pyrénées; il ne me reste donc que vingt-trois régiments : ainsi le déficit est de treize régiments. Mais j'ai formé cinq divisions de réserve de cuirassiers et de dragons, qui n'emploient que vingt régiments; or j'ai vingt-neuf régiments de grosse cavalerie; c'est donc neuf plus qu'il ne faut, ce qui réduit le déficit, pour l'organisation de la cavalerie légère, à quatre régiments. Il faudra donc que l'organisation des neuf divisions de cavalerie légère comprenne neuf régiments de dragons. Je pense qu'il faut placer les dragons en brigades, en attachant quatre brigades à quatre divisions de cavalerie et le régiment de dragons restant à une cinquième division. Des neuf divisions de cavalerie légère, cinq seront à quatre régiments et quatre à trois régiments. Je pense que vingt-sept régiments de cavalerie légère ne sont pas assez; il faudrait en former trois autres, et alors il n'y aurait plus qu'une division qui ne serait composée que de trois régiments.

Ayant ainsi éclairci mes idées sur les régiments de cavalerie qui doivent rester dans le Midi, je pense qu'il conviendrait que le 4e de hussards, le 13e de dragons, les 3e, 14e, 15e et 10e chasseurs, ce qui fait six régiments, n'envoyassent personne à Versailles, et que vous donnassiez l'autorisation à ces régiments, qui ont leurs dépôts loin des frontières, de compléter eux-mêmes leurs remontes à un prix fixe. Il serait nécessaire aussi de les autoriser à faire faire leurs selles, pour éviter le transport dispendieux des selles que nous avons dans le Nord. Ce qui est relatif à ces régiments sera donc une modification apportée à ce que je vous ai écrit hier pour le dépôt de Versailles.

NAPOLÉON.

D'après l'original comm. par Mme la maréchale princesse d'Eckmühl.

21766. — AU MARÉCHAL DAVOUT, PRINCE D'ECKMÜHL,
MINISTRE DE LA GUERRE, À PARIS.

Paris, 3 avril 1815, huit heures du soir.

Mon Cousin, vous trouverez ci-jointe une dépêche télégraphique. Donnez ordre à la division Girard, qui devait partir demain pour se rendre du côté de Belfort, de partir avant le jour, pour se rendre en poste à Lyon. Au lieu du 5e de ligne, vous y mettrez le 7e, et le 5e restera à Paris. Faites connaître au général Girard ce dont il s'agit, afin qu'il mène avec lui deux bons généraux de brigade, de ceux dont il peut être sûr.

Il est nécessaire de faire partir sur-le-champ deux commissaires des guerres pour parcourir la route, afin que des voitures soient prêtes. Il suffit que la troupe les prenne à Essonne. Donnez ordre également au bataillon d'artillerie du 4e régiment, qui doit être parti aujourd'hui pour Lyon, et qui doit être ce soir à Essonne, de prendre la poste pour arriver plus tôt à Lyon. Donnez le même ordre au bataillon de sapeurs que j'avais ordonné qu'on renvoyât sur Lyon. Comme jusqu'à Fontainebleau la route de Moulins et celle de Bourgogne sont la même, vous pourrez faire passer une colonne par Melun et l'autre par Essonne. Faites préparer des relais pour ces deux routes. Envoyez un de vos aides de camp à franc étrier pour annoncer ces troupes, qui doivent arriver à Lyon en quatre jours. Cet officier continuera sa route jusqu'à Grenoble, pour ordonner au général la Salcette de manœuvrer pour garantir Lyon.

Envoyez un courrier au général Morand, pour qu'il presse sa marche sur Nîmes, par sa colonne de gauche.

Faites venir le général Brayer; qu'il parte dans la nuit pour se rendre en poste à Lyon. Ayant commandé dans cette ville, il en connaît les dispositions. Il prendra le commandement de la ville. Grouchy disposera alors de Dessaix pour le porter en avant.

Il est nécessaire que les deux commissaires des guerres que vous enverrez par les deux routes aient avec eux de l'argent. Il faut que les troupes parcourent quatre étapes par vingt-quatre heures.

Retardez le départ du 4ᵉ de hussards et du 13ᵉ de dragons. Faites partir en poste le major du 4ᵉ de hussards, qui est un officier sûr, pour se mettre à la tête des escadrons qui sont à Lyon, et faites choix d'un officier du 13ᵉ, que Brayer désignera, pour se mettre à la tête de la partie du 13ᵉ qui est à Lyon.

Prescrivez au général Grouchy de faire mettre à pied tous les gardes d'honneur de Lyon, pour procurer des chevaux aux hommes à pied de ces deux régiments.

NAPOLÉON.

D'après l'original communiqué par Mᵐᵉ la maréchale princesse d'Eckmühl.

21767. — AU GÉNÉRAL COMTE ANDRÉOSSY,
PRÉSIDENT DE LA SECTION DE LA GUERRE AU CONSEIL D'ÉTAT.

Paris, 3 avril 1815, au soir.

Je vous envoie un rapport et un projet de décret sur les gardes nationales. Je vous envoie aussi un projet de tableau et un travail fait par Allent, qui était à la tête de la garde nationale.

Je désire que vous réunissiez les sections de la guerre et de l'intérieur, afin de me proposer un projet définitif dans le plus court délai possible.

Pour organiser les gardes nationales de France, je voudrais que toutes les gardes nationales eussent pour uniforme une blouse gauloise bleue, qui ne coûterait que 10 ou 12 francs; il y aurait une broderie pour les officiers. Les chasseurs et grenadiers qui auraient le moyen de s'habiller en gardes nationaux, et les officiers qui voudraient porter un habit en seraient les maîtres; mais la blouse serait l'uniforme général; et cela coûterait peu de chose.

Je voudrais obtenir trois buts :

1° Organiser toutes les populations des frontières sous leurs officiers, de manière qu'elles puissent défendre leurs propriétés. Nos départements de France sont, l'un portant l'autre, de 300,000 habitants. Je voudrais, dans un département de 300,000 habitants, avoir 30,000 gardes nationaux, ce qui ferait quarante-deux bataillons de 720 hommes, à six compagnies, et chaque compagnie de 120 hommes, officiers compris. Ces quarante-deux bataillons seraient divisés en autant de légions qu'il y a de sous-préfectures, et il y aurait, par sous-préfecture, un colonel nommé par moi. Ces quarante-deux bataillons fourniraient leurs compagnies de grenadiers et de chasseurs, ce qui ferait quatre-vingt-quatre compagnies; ces quatre-vingt-quatre compagnies auraient un effectif de 10,000 hommes et un présent sous les armes de près de 8,000. On réunirait les compagnies de grenadiers et de chasseurs en bataillons de six compagnies, de sorte que ces quatre-vingt-quatre compagnies formeraient quatorze bataillons.

Le département du Nord, qui a une population égale à deux départements, aurait ainsi 60,000 hommes de garde nationale, et vingt-huit bataillons ou 20,000 hommes de chasseurs et de grenadiers. Le gouvernement appellerait, selon les circonstances, ou seulement les grenadiers, ou seulement les chasseurs, ou les grenadiers et les chasseurs, pour les mettre en activité. Si l'on avait besoin seulement de 10,000 hommes, on n'appellerait que les grenadiers, ce qui ferait quatorze bataillons qu'on solderait comme les troupes de ligne et qu'on mettrait dans les places fortes. Si les circonstances devenaient plus urgentes, on appellerait les chasseurs, ce qui doublerait les forces, et alors le département du Nord aurait 20,000 hommes pour sa défense. Si les circonstances enfin devenaient encore plus urgentes, on appellerait le reste de la garde nationale, et on aurait les quatre-vingt-quatre bataillons ou

60,000 hommes pour aider les troupes de ligne à la défense du département.

Je pense que, pour la régularité du travail, il ne faudrait point entrer dans toutes les différences de population, mais comprendre les grands départements pour deux départements, les autres pour un et demi, les autres pour un, et enfin d'autres pour un demi. Ainsi les départements qui seraient classés pour un demi ne fourniraient que vingt-quatre bataillons; ceux qui le seraient pour l'unité en fourniraient quarante-deux; pour un et demi, soixante, et ceux qui seraient classés pour deux, quatre-vingts. On ajouterait dans le travail quatre bataillons de plus ou de moins, selon que la population approcherait de 600,000 ou surpasserait de beaucoup ce nombre.

La garde nationale de toutes les places fortes serait mise de suite en activité. Ainsi celle de Lille, que je suppose de 6,000 hommes et qui ne devrait avoir que 1,000 grenadiers, 1,000 chasseurs et 4,000 hommes de basses compagnies, aurait tout de suite ses 6,000 hommes en activité, formant huit à dix bataillons; de même pour Dunkerque, Calais, Boulogne et toutes les places de la Flandre. On ferait entrer en outre dans nos places les quatorze bataillons de grenadiers et les quatorze de chasseurs, ce qui donnerait deux espèces de garde nationale dans la ville: garde nationale sédentaire de la ville (grenadiers, chasseurs et basses compagnies), et grenadiers et chasseurs des campagnes.

Pour faire cette organisation, il faudrait, après avoir posé les principes, dresser un tableau qui fît connaître le nombre des bataillons que chaque sous-préfecture peut fournir. Ensuite un conseiller de sous-préfecture, un officier de gendarmerie et un officier supérieur, nommés par le général de division et le sous-préfet, formeraient un comité pour procéder à cette formation. La garde nationale se formerait par commune et canton; il y aurait de plus par département un comité supérieur nommé par le général de division, le préfet ou le conseiller de préfecture qu'il déléguerait et le capitaine de gendarmerie. Les propositions d'officiers seraient faites par les comités de formation de sous-préfectures et approuvées par le comité du département. Par ce moyen, on aurait autant de corps de garde nationale que de sous-préfectures. Les chefs de bataillon et officiers au-dessous de ce grade seraient seuls nommés par les comités, me réservant de nommer directement, par le canal du ministre de l'intérieur, les généraux ou colonels qui devront commander la réunion des bataillons de sous-préfectures ou des places.

Les éléments une fois formés, ce serait l'affaire d'une heure de donner, selon les localités, la formation la plus convenable à l'état-major de la garde nationale de chaque sous-préfecture.

Il serait convenable de poser, aujourd'hui ou demain, les principes, et de soumettre aussitôt le décret à ma signature.

Vous vous occuperez de suite de former les tableaux, d'abord du Nord et, immédiatement après, des deux départements de l'Alsace, ensuite des départements frontières de la Meuse et des Ardennes, et successivement, jour par jour, des gardes nationales dans les 16e, 5e, 2e, 3e, 4e, 6e, 7e et 18e divisions militaires. Ce travail fait, nous formerons ou continuerons les tableaux pour le reste de la France, c'est-à-dire pour les 14e, 15e, 1re et 19e divisions, etc.

La proportion d'un dixième de la population paraît être trop forte aux ministres. Paris, dont on peut évaluer la population à 500,000 habitants, a 25,000 gardes nationales, ce qui n'en est que le vingtième; mais, si cela est nécessaire, on pourrait en avoir le double, 50,000 hommes, sans difficulté; j'en ai vu 60,000 au 13 vendémiaire.

2° La formation une fois faite, il faudra s'occuper de l'armement. Il serait à souhaiter qu'il appartînt aux citoyens, comme seul moyen d'avoir des armes soignées. Il faudrait exiger que tout particulier qui paye près de 50 francs de contributions payât en proportion. Ceux qui seront appelés à concourir avec les troupes de ligne pour la défense des places fortes et des postes importants des frontières seraient armés de fusils de calibre. Les basses compagnies sédentaires s'armeraient de fusils de chasse. A cela il faut joindre un projet de décret qui autorise tous les citoyens à être armés, et qui rapporte les lois contraires à cette disposition.

3° L'équipement est le troisième objet : en adoptant que l'uniforme consistera en une blouse bleue, par-dessus laquelle on mettrait une giberne noire, chacun pourrait se procurer cette blouse, il y aurait uniformité, et l'habillement coûterait peu de chose; on aurait de plus l'avantage que cette blouse, étant de toile de coton, n'enlèverait pas le coutil à l'habillement des troupes. En adoptant la giberne noire, cela éviterait encore d'être en concurrence avec la ligne. Ceux qui voudraient avoir un habit de garde nationale sous la blouse, pour le porter hors du service, en seraient les maîtres, et ils le feraient faire à leurs frais.

Appelez à la section de l'intérieur et de la guerre le général Dumas. qui, je crois, s'est déjà occupé de cela.

Je n'ai pas besoin de vous faire sentir combien cet objet est urgent.

J'attache une grande importance à ce que le décret de principe et l'organisation du département du Nord et des deux départements de l'Alsace puissent être faits demain.

D'après la minute. Archives de l'Empire.

21768. — INSTRUCTIONS POUR LE GÉNÉRAL BARON CORBINEAU.

Paris, 3 avril 1815, au soir.

Corbineau partira sur-le-champ pour Lyon, où il arrivera le plus vite possible, pour annoncer que quatre régiments, les 7e, 14e, 20e et 24e, arrivent en poste par les routes du Bourbonnais et de la Bourgogne. Si les événements qui se passent rendaient inutile que ces troupes marchassent si rapidement, le général Grouchy leur enverrait des ordres pour s'arrêter.

A son arrivée à Lyon, Corbineau ira chez le préfet et chez le maire, pour que les gardes nationales de Lyon envoient des détachements au secours des Dauphinois. Il restera à Lyon pour seconder de toutes ses forces le général Grouchy. Il annoncera la prochaine arrivée du général Brayer pour prendre le commandement de la place de Lyon. Son caractère le disposera à rendre des services, soit en portant des ordres aux gardes nationales du Dauphiné, soit en se rendant où il y aurait des troupes dans le voisinage pour les réunir. Il m'écrira tous les jours et restera là pour rendre tous les services qu'exigeront les circonstances. Il excitera les généraux, les autorités, les gardes nationales à faire leur devoir et à mettre un terme à cette insurrection de la minorité contre une si grande majorité.

C'est le général Girard qui commande les troupes qui se rendent en poste à Lyon. Si les circonstances étaient urgentes, le général Corbineau pourrait requérir les gardes nationales de Bourgogne et du département de l'Ain de venir dans Lyon repousser les Marseillais.

<small>D'après la minute. Archives de l'Empire.</small>

21769. — LETTRE CIRCULAIRE AUX SOUVERAINS.

Paris, 4 avril 1815.

Monsieur mon Frère, vous aurez appris, dans le cours du mois dernier, mon retour sur les côtes de France, mon entrée à Paris et le départ de la famille des Bourbons. La véritable nature de ces événements doit maintenant être connue de Votre Majesté. Ils sont l'ouvrage d'une irrésistible puissance, l'ouvrage de la volonté unanime d'une grande nation qui connaît ses devoirs et ses droits. La dynastie que la force avait rendue au peuple français n'était plus faite pour lui : les Bourbons n'ont voulu s'associer ni à ses sentiments ni à ses mœurs ; la France a dû se séparer d'eux. Sa voix appelait un libérateur. L'attente, qui m'avait décidé au plus grand des sacrifices, avait été trompée. Je suis venu, et du point où j'ai touché le rivage l'amour de mes peuples m'a porté jusqu'au sein de ma capitale.

Le premier besoin de mon cœur est de payer tant d'affection par le maintien d'une honorable tranquillité. Le rétablissement du trône impérial était nécessaire au bonheur des Français. Ma plus douce pensée est de le rendre en même temps utile à l'affermissement du repos de l'Europe. Assez de gloire a illustré tour à tour les drapeaux des diverses nations ; les vicissitudes du sort ont assez fait succéder de grands revers à de grands succès. Une plus belle arène est aujourd'hui ouverte aux souverains, et je suis le premier à y descendre. Après avoir présenté au monde le spectacle de grands combats, il sera plus doux de ne connaître désormais d'autre rivalité que celle des avantages de la paix, d'autre lutte que la lutte sainte de la félicité des peuples. La France se plaît à proclamer avec franchise ce noble but de tous ses vœux. Jalouse de son indépendance, le principe invariable de sa politique sera le respect le plus absolu de l'indépendance des autres nations.

Si tels sont, comme j'en ai l'heureuse confiance, les sentiments personnels de Votre Majesté, le calme général est assuré pour longtemps, et la justice, assise aux confins des divers états, suffira seule pour en garder les frontières.

Je saisis avec empressement cette occasion pour vous renouveler les sentiments de la sincère estime et de la parfaite amitié avec lesquels je suis,

Monsieur mon Frère,
Votre bon Frère,

NAPOLÉON.

D'après la minute originale. Archives des affaires étrangères.

21770. — AU VICE-AMIRAL DUC DECRÈS,
MINISTRE DE LA MARINE, À PARIS.

Paris, 5 avril 1815.

Monsieur le Duc Decrès, je vous envoie un rapport sur les colonies; examinez-le. Proposez-moi de nouvelles nominations pour la Guadeloupe et la Martinique. On assure que les troupes sont très-bonnes. Je désirerais que vous fissiez ouvrir des négociations avec Saint-Domingue sur les principes que j'ai développés au conseil. Il n'y a pas un moment à perdre pour me proposer le renouvellement des agents des colonies, dans la double hypothèse de la paix ou de la guerre.

NAPOLÉON.

D'après l'original comm. par M™ la duchesse Decrès.

21771. — AU MARÉCHAL DAVOUT, PRINCE D'ECKMÜHL,
MINISTRE DE LA GUERRE, À PARIS.

Paris, 5 avril 1815.

Mon Cousin, l'occupation de Bordeaux va influer sur celle de Toulouse. Ordonnez à Morand de se diriger en avant sur cette ville pour y installer le général Maurice Mathieu, auquel vous avez donné le commandement de la 10ᵉ division. Ordonnez-lui de se porter également sur la 9ᵉ division pour y installer le général qui doit la commander, et enfin sur Pont-Saint-Esprit pour seconder l'opération sur Marseille. Chargez-le de donner un régiment de cavalerie au général Clausel, qui paraît en avoir besoin. Commandez au général Clausel de faire des mouvements de petites colonnes pour favoriser la soumission de Toulouse.

NAPOLÉON.

D'après l'original comm. par Mᵐᵉ la maréchale princesse d'Eckmühl.

21772. — A M. MARET, DUC DE BASSANO,
MINISTRE SECRÉTAIRE D'ÉTAT, À PARIS.

Paris, 5 avril 1815.

Faites savoir à Lyon, par le télégraphe, que nous sommes entrés à Bordeaux, qui a arboré le pavillon tricolore, ainsi que toute la Dordogne jusqu'aux Pyrénées. La duchesse d'Angoulême s'est embarquée le 1ᵉʳ avril, à huit heures du soir.

D'après la minute. Archives de l'Empire.

21773. — AU MARÉCHAL DAVOUT, PRINCE D'ECKMÜHL,
MINISTRE DE LA GUERRE, À PARIS.

Paris, 6 avril 1815.

Mon Cousin, je vous renvoie tout le dossier relatif aux places de la Fère, de Soissons et de Château-Thierry. J'ai tant d'occupations, que je n'ai pas le temps d'entrer dans ces détails, et je ne puis que m'en rapporter au génie.

NAPOLÉON.

D'après l'original comm. par Mᵐᵉ la maréchale princesse d'Eckmühl.

21774. — AU VICE-AMIRAL DUC DECRÈS,
MINISTRE DE LA MARINE, À PARIS.

Paris, 6 avril 1815.

Monsieur le Duc Decrès, faites-moi connaître dans quelle situation sont les îles Saint-Marcouf, et envoyez des ordres à la marine, à Cherbourg, pour qu'on les mette en bon état. Vous savez quels embarras ces îles nous ont donnés avant la paix d'Amiens.

NAPOLÉON.

D'après l'original comm. par Mme la duchesse Decrès.

21775. — AU COMTE CARNOT,
MINISTRE DE L'INTÉRIEUR, À PARIS.

Paris, 6 avril 1815.

Monsieur le Comte Carnot, le ministre de la police m'a communiqué une lettre du préfet de Lyon, qui m'indique la nécessité de faire des changements dans la municipalité et dans l'état-major de la garde nationale de cette ville, si les insurgés approchaient davantage. Quoique je reçoive des nouvelles que la marche des troupes de Grenoble et de celles de Lyon les ait forcés de se retirer, il est cependant nécessaire d'y faire les changements indiqués, afin que les autorités municipales et la garde nationale soient à la hauteur de l'opinion du peuple. Donnez-en l'ordre positif à Rœderer[1]. Ôtez le maire, si cela est nécessaire. Bien que le danger paraisse passé, comme, par la suite, d'autres circonstances pourraient se présenter, il faut que Lyon nous offre toute la force de sa population. Vous ordonnerez au préfet d'augmenter la garde nationale et de la porter au moins à 10,000 hommes. Recommandez-lui spécialement d'organiser la garde nationale du faubourg de la Guillotière et des autres faubourgs. Qu'il organise aussi deux compagnies de canonniers. Il est convenable de tenir à la tête de cette garde nationale un général en activité. J'y ai envoyé le général Brayer; mais, s'il me devenait nécessaire, je le remplacerais par un autre. La même opération doit être faite dans toutes les villes de la 19e division militaire. Écrivez dans ce sens à Thibaudeau et à Marchant pour Dijon. Qu'ils utilisent leur mission en purgeant les municipalités et en organisant les gardes nationales sur le principe du dixième de la population.

NAPOLÉON.

D'après la copie. Archives de l'Empire.

[1] Commissaire extraordinaire.

21776. — AU COMTE DEFERMON,
PRÉSIDENT DE LA SECTION DES FINANCES AU CONSEIL D'ÉTAT, A PARIS.

Paris, 6 avril 1815.

Monsieur le Comte Defermon, je vous ai nommé directeur de la caisse de l'extraordinaire, dont le décret que je viens de rendre vous fera connaître l'objet. Les fonds de cette caisse se composent de la recette des jeux et de toutes les recettes éventuelles qui n'ont pas été comprises dans le budget, telles que journaux, etc.

Le titre deuxième de mon décret vous fait connaître la manière de procéder pour secourir les habitants des départements de la Champagne, de la Lorraine et de l'Alsace, dont les maisons ont été détruites par les événements de la guerre. Je désire que vous placiez en premier ordre les villes de Nogent, de Méry, d'Arcis-sur-Aube, comme celles à qui les secours sont plus nécessaires.

Le titre troisième est relatif aux donataires des trois dernières classes, au secours desquels il est pressant de venir.

Vous voudrez bien me rendre compte tous les mois des opérations de la caisse de l'extraordinaire, de ses recettes et des distributions à faire entre les donataires.

NAPOLÉON.

D'après la minute. Archives de l'Empire.

21777. — AU GÉNÉRAL CAULAINCOURT, DUC DE VICENCE,
MINISTRE DES AFFAIRES ÉTRANGÈRES, A PARIS.

Paris, 7 avril 1815.

Monsieur le Duc de Vicence, je désire que vous me fassiez un rapport qui sera lu au conseil des ministres samedi et imprimé dimanche dans le Moniteur. Ce rapport fera connaître les relations que nous avons eues avec l'Angleterre et ses réponses; les relations que nous avons eues avec la Suisse et ses réponses; ce que nous savons sur les projets des alliés; nos relations avec le roi de Naples, les avantages qui doivent en résulter.

et ce que nous savons sur ses opérations. Ce rapport doit être clair et vrai. Il doit être rédigé dans deux buts :

Le premier, de mettre la nation au fait de la situation des choses en insinuant ce que nous avons appris des dispositions de l'ennemi et du projet qu'il avait de partager et d'affaiblir la France. Vous ne manquerez pas de faire observer que nous avons imprimé tous leurs actes, tandis qu'ils n'ont imprimé aucun des nôtres; que les puissances qui veulent nous faire la guerre ne peuvent y parvenir qu'en trompant les peuples sur notre véritable situation; que nous ne voulons tromper personne, et que nous voulons faire connaître toute la vérité.

Le second but sera de faire connaître qu'on se plaît à nous représenter, comme les hommes de 93, dans l'anarchie la plus complète; que ce n'a pas été une des moindres raisons qui nous ont engagé à fonder, par un quatrième plébiscite, une véritable liberté sans anarchie, telle qu'il la faut pour le bonheur intérieur de la nation et sans alarmer aucune puissance.

Vous sentez l'importance de ce rapport dans ce double but; travaillez-y de manière qu'il puisse paraître dimanche dans *le Moniteur*[1].

NAPOLÉON.

D'après la copie. Archives des affaires étrangères.

21778. — AU MARÉCHAL DAVOUT, PRINCE D'ECKMÜHL,
MINISTRE DE LA GUERRE, À PARIS.

Paris, 8 avril 1815.

Mon Cousin, j'approuve que les deux bataillons du 73e partent pour Lille; que les deux bataillons du 65e, qui sont avec le général Morand, partent pour Mézières, pour faire partie de la 10e division d'infanterie; que le 74e parte sur-le-champ de Brest pour se rendre à la 11e division, que les deux bataillons du 45e, qui sont avec le général Morand, partent sur-le-champ pour se rendre à Metz; que les 41e et 46e régiments partent lundi prochain pour se diriger sur Metz; que les deux bataillons

[1] Ce rapport a été publié dans *le Moniteur* du 14 avril 1815.

du 35ᵉ partent lundi pour se rendre en Alsace. Au lieu des deux bataillons du 6ᵉ léger qui devaient se rendre en Alsace pour faire partie de la 17ᵉ division au 5ᵉ corps, vous prendrez deux bataillons des régiments qui étaient en Provence. J'approuve que le 61ᵉ régiment fasse partie de la 9ᵉ division, et le 72ᵉ de la 12ᵉ, et qu'ils partent sur-le-champ.

Les quatre régiments qui sont en marche pour Lyon formeront un corps d'observation des Alpes, en Provence. Ils seront remplacés par quatre régiments de ceux qui sont dans le Midi, excepté le 10ᵉ régiment de ligne, qui paraît avoir besoin de revenir dans le Nord. Il sera nécessaire que ces régiments composant la 18ᵉ division viennent se réunir à Belfort.

Le général Morand réunira la 21ᵉ division dans l'endroit qu'il jugera le plus convenable.

Le général Grouchy aura le commandement du 7ᵉ corps et du corps d'observation des Alpes. Deux divisions actives se réuniront à Chambéry et à Grenoble, et l'autre en Provence.

Le général Clausel commandera le corps d'observation des Pyrénées. Une division sera réunie du côté de Toulouse, une du côté de Bayonne et la troisième dans l'intervalle.

Le 4ᵉ de hussards et le 13ᵉ de dragons feront partie du corps du général Grouchy, avec un des quatre régiments de cavalerie légère qui sont dans le Languedoc, celui qui a le plus besoin de changer de pays. Les trois autres régiments resteront au corps d'observation du général Clausel.

J'approuve que le 6ᵉ de dragons parte lundi pour Metz, et que le 11ᵉ fasse partie de la 5ᵉ division. J'approuve que le 9ᵉ de dragons vienne joindre le 6ᵉ à Paris.

J'approuve que les trois régiments qui forment la 9ᵉ division de cavalerie partent lundi pour se rendre à Belfort; que le 1ᵉʳ de hussards parte pour la 7ᵉ division; qu'on envoie le 3ᵉ de dragons à la 5ᵉ division, et le 3ᵉ de hussards à la 2ᵉ division. Je désire avoir, le plus tôt possible, l'état de tous les officiers généraux, des généraux d'artillerie.

des officiers d'état-major, etc. qui seront employés à ces différentes divisions.

NAPOLÉON.

D'après l'original comm. par Mme la maréchale princesse d'Eckmühl.

21779. — ALLOCUTION A L'ARMÉE[1].

Paris, 9 avril 1815.

« Soldats! je viens d'avoir la nouvelle que le pavillon tricolore est arboré à Toulouse, à Montpellier et dans tout le Midi. Les commandants et les garnisons de Perpignan et de Bayonne avaient annoncé formellement qu'ils n'obéiraient point aux ordres, donnés par le duc d'Angoulême, de livrer ces places aux Espagnols, qui d'ailleurs ont fait connaître, depuis, qu'ils ne voulaient pas se mêler de nos affaires. Le drapeau blanc ne flotte plus que dans la seule ville de Marseille. Mais, avant la fin de cette semaine, le peuple de cette grande cité, opprimé par les violences du parti royaliste, aura repris tous ses droits. De si grands et de si prompts résultats sont dus au patriotisme qui anime toute la nation et aux souvenirs que vous avez conservés de moi. Si, pendant une année, de malheureuses circonstances nous ont obligés de quitter la cocarde tricolore, elle était toujours dans nos cœurs. Elle redevient aujourd'hui notre signe de ralliement; nous ne la quitterons qu'avec la vie. »

« L'Empereur a été interrompu par ces mots répétés par toutes les bouches : Oui, nous le jurons! »

« Soldats! Nous ne voulons pas nous mêler des affaires des autres nations; mais malheur à ceux qui voudraient se mêler des nôtres, nous traiter comme Gênes ou comme Genève, et nous imposer des lois autres que celles que la nation veut! Ils trouveraient sur nos frontières les héros de Marengo, d'Austerlitz, d'Iena; ils y trouveraient le peuple entier, et, s'ils ont 600,000 hommes, nous leur en opposerons deux millions.

« J'approuve que pour vous rallier vous ayez fait des drapeaux tricolores. Ce ne sera qu'au Champ-de-Mai, et en présence de la nation assemblée,

---

[1] Cette allocution fut prononcée par l'Empereur dans une revue au Carrousel.

que je vous rendrai ces aigles qui si souvent furent illustrées par votre valeur et virent fuir les ennemis de la France.

« Soldats! le peuple français et moi nous comptons sur vous; comptez aussi sur le peuple et sur moi. »

Extrait du Moniteur du 10 avril 1815.

21780. — AU COMTE DE MONTALIVET,
INTENDANT DE LA COURONNE, À PARIS.

Paris, 9 avril 1815.

Témoignez ma satisfaction à Vernet pour son beau tableau de la bataille de Marengo. Je crois que ce tableau a été commandé par moi et qu'il m'appartient. Faites donner à Vernet une gratification de 6,000 fr.

D'après la minute. Archives de l'Empire.

21781. — AU VICE-AMIRAL DUC DECRÈS,
MINISTRE DE LA MARINE, À PARIS.

Paris, 9 avril 1815, huit heures du soir.

Monsieur le Duc Decrès, faites sortir sur-le-champ de Brest le préfet maritime. Remplacez-le par un homme sûr, qui commandera la marine et les marins. En général, dans la crise actuelle, il ne faut envoyer ou conserver que des hommes sur lesquels on puisse entièrement compter, tels que Cosmao, Violette, Troude, et qui aient de la réputation et de l'ascendant sur les gens de mer. Faites-en partir un aussi pour commander Dunkerque, où les marins sont mauvais. Qu'il parte dans la nuit. Faites sortir de Brest le commandant de place.

D'après la copie. Archives de la marine.

21782. — AU MARÉCHAL DAVOUT, PRINCE D'ECKMÜHL,
MINISTRE DE LA GUERRE, À PARIS.

Paris, 9 avril 1815, huit heures du soir.

Mon Cousin, faites partir cette nuit un lieutenant général ou un maréchal de camp, capable et ferme, pour commander Dunkerque. Écrivez au comte d'Erlon et recommandez-lui de veiller sans cesse sur Dunkerque;

tous les efforts des émigrés et de l'ennemi se portent sur cette ville, où ils voudraient opérer un mouvement pour s'en emparer. Faites partir aussi 50 gendarmes à pied de Paris, bien connus et bien choisis. Ils se rendront par les voitures publiques à Dunkerque. Si vous avez un bon inspecteur ou colonel, faites-le partir également.

NAPOLÉON.

D'après l'original comm. par Mme la maréchale princesse d'Eckmühl.

21783. — AU VICE-AMIRAL DUC DECRÈS,
MINISTRE DE LA MARINE, À PARIS.

Paris, 10 avril 1815.

Monsieur le Duc Decrès, je vois par les nouvelles que je reçois que Marseille arborera aujourd'hui ou demain la cocarde tricolore.

Je désire que vous envoyiez à Porto-Ferrajo une frégate pour y prendre Madame. Elle s'informera des nouvelles de la princesse Pauline, qui doit être à Viareggio, près de Lucques, et l'embarquera si elle y est.

Expédiez un aviso pour Naples, avec les copies de toutes les lettres qu'a écrites le ministre des relations extérieures. Vous pouvez vous-même faire une collection de tous les numéros du *Moniteur* depuis le 20 mars jusqu'à cette époque, et les envoyer, avec une lettre, au roi de Naples, pour lui faire connaître l'heureux état des affaires en France.

NAPOLÉON.

D'après l'original comm. par Mme la duchesse Decrès.

21784. — AU GÉNÉRAL CAULAINCOURT, DUC DE VICENCE,
MINISTRE DES AFFAIRES ÉTRANGÈRES, À PARIS.

Paris, 10 avril 1815.

Monsieur le Duc de Vicence, Marseille est soumise; il est donc nécessaire que vous fassiez partir sur-le-champ un chargé d'affaires pour Constantinople, et un ministre pour Naples. Si cela convenait au général Belliard, il serait très-propre à cette mission.

NAPOLÉON.

D'après la copie. Archives des affaires étrangères.

21785. — AU MARÉCHAL DAVOUT, PRINCE D'ECKMÜHL,
MINISTRE DE LA GUERRE, À PARIS.

Paris, 10 avril 1815.

Mon Cousin, je viens d'appeler près de 100,000 gardes nationaux, grenadiers et chasseurs, pour garnir nos frontières. Une partie viendront armés, et vous devez donner ordre aux préfets de leur procurer toutes les armes dont on pourra disposer dans le pays. Il serait nécessaire de disposer, en faveur de l'autre partie, des armes qui sont à réparer. On finirait de les réparer dans les places fortes, pendant même que les places seraient bloquées, si la guerre avait lieu avant que ces réparations fussent terminées.

NAPOLÉON.

D'après l'original comm. par M⁰⁰ la maréchale princesse d'Eckmühl.

21786. — AU MARÉCHAL DAVOUT, PRINCE D'ECKMÜHL,
MINISTRE DE LA GUERRE, À PARIS.

Paris, 10 avril 1815.

Mon Cousin, donnez ordre au général Dalesme de partir pour se rendre à Toulon et de là à l'île d'Elbe, dont il sera gouverneur. Il aura sous ses ordres le général de brigade Lapi. Envoyez à ce dernier ses lettres de service, et témoignez-lui ma satisfaction pour la conduite qu'il a tenue, lui et les habitants de l'île, dans les dernières circonstances. Le général Dalesme aura tous les pouvoirs civils et militaires dans l'île. Il recevra de la Corse un bataillon de 5 à 600 hommes. Il embarquera à Toulon une compagnie d'artillerie, complétée à 120 hommes, et un bataillon de 600 hommes des troupes qui sont à Toulon; de sorte qu'il aura pour la défense de l'île un bataillon des troupes qui sont à Toulon, 500 hommes; un bataillon corse, 500 hommes; une compagnie d'artillerie, 120 hommes; le bataillon franc de l'île, 500 hommes; les gardes nationales, 200 hommes; total, 1,820 hommes.

Donnez ordre au général Dalesme de vous désigner un chef de bataillon d'artillerie et un capitaine du génie, qu'on pourrait envoyer à

Porto-Ferrajo. Donnez-lui ordre également de désarmer entièrement Porto-Longone et de le mettre hors de service. Laisser seulement six pièces de canon au fort Focardo et six autres pièces sur affûts marins, pour la défense de la côte.

Vous direz au général Dalesme qu'il vienne me parler avant son départ.

NAPOLÉON.

D'après l'original comm. par M°° la maréchale princesse d'Eckmühl.

21787. — AU MARÉCHAL DAVOUT, PRINCE D'ECKMÜHL,
MINISTRE DE LA GUERRE, À PARIS.

Paris, 10 avril 1815.

Mon Cousin, je désire qu'il soit établi sur-le-champ trois comités de défense pour les frontières du Nord, depuis Dunkerque jusqu'à l'Alsace : en première ligne, pour la défense de Landau à Huningue; en deuxième ligne, pour la défense des Vosges, et en troisième ligne, pour celle des montagnes du Jura et des frontières des Alpes. Les généraux Dejean, Marescot et un autre général présideront ces comités. Ils indiqueront aussi les points et les débouchés des frontières qu'il faudrait faire occuper par les grenadiers et chasseurs de la garde nationale. Tout cela est de la plus grande urgence; il faut s'en occuper sans délai.

NAPOLÉON.

D'après l'original comm. par M°° la maréchale princesse d'Eckmühl.

21788. — AU MARÉCHAL DAVOUT, PRINCE D'ECKMÜHL,
MINISTRE DE LA GUERRE, À PARIS.

Paris, 10 avril 1815.

Mon Cousin, donnez ordre au prince d'Essling de se rendre à Paris. Donnez le même ordre au général Corsin. Il faut un général pour commander à Marseille et dans les Bouches-du-Rhône; il en faut un pour Toulon et le Var; il en faut un pour les Basses-Alpes; ce qui fait trois maréchaux de camp. Il faut, en outre, un lieutenant général pour commander la division, indépendamment du général Grouchy, qui commandera supérieurement. Il est nécessaire de changer tous les officiers qui sont à Antibes[1]; de mettre de bons commandants d'armes à Marseille, à Antibes et à Toulon et autres postes, en envoyant des officiers de Paris, qui portent dans ces places un nouvel esprit.

NAPOLÉON.

D'après l'original comm. par Mme la maréchale princesse d'Eckmühl.

21789. — AU MARÉCHAL DAVOUT, PRINCE D'ECKMÜHL,
MINISTRE DE LA GUERRE, À PARIS.

Paris, 10 avril 1815.

Mon Cousin, je pense que le lieutenant général que vous avez à envoyer dans le Nord, pour y organiser les gardes nationales de la 16e division, y compris celles des départements de l'Aisne et de la Somme, pourrait être le général Sebastiani. Donnez-lui l'ordre de s'y rendre avec le nombre de maréchaux de camp nécessaire pour qu'il y en ait un dans chaque arrondissement. Voilà plus de 200 chefs de bataillon, plus de 200 capitaines, un grand nombre de lieutenants généraux, de maréchaux de camp, de colonels et de majors qui vont être employés dans cette organisation des gardes nationales. Prenez de préférence tout ce qui est à Paris; et que tout cela, parti avant le 12, soit rendu avant le 15. Que les bataillons de gardes nationales soient sur pied avant le 25. Désignez les places fortes de chaque division où doivent se réunir les bataillons de grenadiers et chasseurs, en réunissant tous ceux d'une même légion, district ou sous-préfecture, dans un même lieu. Par ce moyen, avant le 1er mai, toutes nos places fortes du Nord, de la Meuse, de l'Alsace, de la Franche-Comté et des Alpes auront une grande quantité de troupes; et un grand nombre de généraux et d'officiers se trouveront là, dans les sous-préfectures, pour réunir les basses compagnies de la garde nationale au moment d'une invasion, et les placer où il sera nécessaire. Ainsi nos troupes deviendront entièrement disponibles.

NAPOLÉON.

D'après l'original comm. par Mme la maréchale princesse d'Eckmühl.

---

[1] A Antibes se trouvait encore le colonel Cuneo d'Ornano, commandant de la place, qui avait fait prisonniers les 25 hommes détachés du bataillon de l'île d'Elbe, au moment du débarquement au golfe Jouan. Voir la pièce n° 21690, page 12.

21790. — AU MARÉCHAL DAVOUT, PRINCE D'ECKMÜHL,
MINISTRE DE LA GUERRE, À PARIS.

Paris, 10 avril 1815.

Mon Cousin, vous effacerez de la liste des maréchaux le prince de Neuchâtel, le duc de Raguse, le duc de Bellune, le maréchal Pérignon, le duc de Castiglione, le duc de Valmy. En conséquence, faites connaître au maréchal Pérignon qu'il peut rester à sa campagne et qu'il est inutile qu'il vienne à Paris. Vous me présenterez un travail pour accorder une pension, en forme de retraite, à ceux de ces maréchaux qui n'ont pas de fortune. Vous me ferez connaître ce qu'ils ont et ce qu'ils tiennent du domaine extraordinaire.

NAPOLÉON.

D'après l'original comm. par Mme la maréchale princesse d'Eckmuhl.

21791. — AU MARÉCHAL DAVOUT, PRINCE D'ECKMÜHL,
MINISTRE DE LA GUERRE, À PARIS.

Paris, 10 avril 1815.

Mon Cousin, vous devez envoyer à la police le nom de tous les officiers de la Maison du roi qui prêtent le serment. Tous ceux qui ont servi avec nous et qui n'ont marqué par aucun acte extérieur, tous ceux enfin qui ont le cœur pour moi resteront à Paris, et même vous les emploierez sans faire attention s'ils sortent de la Maison du roi ou non.

NAPOLÉON.

D'après l'original comm. par Mme la maréchale princesse d'Eckmuhl.

21792. — AU MARÉCHAL DAVOUT, PRINCE D'ECKMÜHL,
MINISTRE DE LA GUERRE, À PARIS.

Paris, 10 avril 1815.

Mon Cousin, faites publier sur nos frontières, depuis Lille jusqu'à Ladnau, que tous les anciens soldats de la rive gauche du Rhin et de la Belgique qui ont servi sous nos aigles seront admis de nouveau à servir et dirigés sur les régiments qu'on forme pour les recevoir. On pourrait répandre cet avis par des petits billets imprimés, et l'on aurait bientôt 8 ou 10,000 anciens soldats. Il faut faire la même chose sur la frontière des Alpes pour nos anciens soldats de Piémont et d'Italie.

NAPOLÉON.

D'après l'original comm. par Mme la maréchale princesse d'Eckmühl.

21793. — AU COMTE CARNOT,
MINISTRE DE L'INTÉRIEUR, À PARIS.

Paris, 10 avril 1815.

Monsieur le Comte Carnot, il paraît que toute la Provence arborera aujourd'hui ou demain la cocarde tricolore; ainsi on peut regarder l'insurrection du Midi comme terminée.

Envoyez un auditeur qui s'embarquera à Toulon pour la Corse et portera des pouvoirs au préfet. Ordonnez la dissolution de la junte extraordinaire que j'avais organisée. Faites connaître, par une proclamation, qu'ayant ordonné que toutes les troupes reviennent en France je compte sur le patriotisme des habitants pour défendre la Corse. Donnez l'autorisation au général de Launay et au préfet d'organiser les gardes nationales selon les habitudes et les coutumes du pays, de manière que dans chaque circonstance elles puissent se porter sur tous les points qui seraient menacés.

Vous annoncerez que le duc de Padoue va se rendre en Corse chargé de pouvoirs extraordinaires. Faites-le venir pour lui faire part de mes intentions. Il devra être prêt à partir dans trois ou quatre jours. Vous lui ferez ses instructions : il organisera la garde nationale et destituera tous les employés nommés par le roi, qu'il renverra sur-le-champ en France; il formera un bataillon de 500 hommes, tous Corses, qui sera envoyé à Porto-Ferrajo pour la défense de l'île d'Elbe, sous les ordres du général Dalesme, gouverneur. Enfin je lui donne l'autorisation de distribuer six croix d'officier de la Légion d'honneur et trente croix de légionnaire à ceux des habitants qui se seraient le plus distingués lorsque le pavillon tricolore a été arboré. Il ne sera conservé dans les emplois que les Français que j'avais nommés avant le 1er avril 1814. Il pourra cependant laisser quelques-uns des habitants de la Corse nommés par le roi. Il renverra en France tous les employés français qui se seraient mal comportés.

NAPOLÉON.

D'après l'original. Archives de l'Empire.

21794. — AU MARÉCHAL DAVOUT, PRINCE D'ECKMÜHL,
MINISTRE DE LA GUERRE, À PARIS.

Paris, 11 avril 1815.

Mon Cousin, je désire que vous me présentiez demain le nombre de places que nous avons sur la frontière du Nord, le nombre d'hommes que donnera la garde nationale sédentaire de ces places et la distribution à faire, entre ces places, des bataillons de grenadiers que j'ai organisés pour le Nord par mon décret d'hier. Faites-moi connaître aussi les positions importantes à garder sur cette frontière, soit passages de rivières, soit lignes de canaux, soit débouchés de forêts, et quel accroissement il serait nécessaire de donner aux bataillons de grenadiers des villes voisines pour occuper tous ces postes. Il y a aussi dans le Nord un système d'inondation qu'il faut me faire connaître.

Je vous prie aussi de me faire le même rapport pour la 2e division ou la frontière de la Meuse : quelles places avons-nous à occuper? quelle force présente leur garde nationale sédentaire? quelle est la distribution qu'il convient de faire entre ces places des bataillons de grenadiers et de chasseurs que je viens de lever? quels sont les ponts, les passages de rivières et autres postes qu'il convient d'occuper?

Je vous fais la même demande pour les 3e et 4e divisions. J'y forme quarante-deux bataillons de grenadiers et de chasseurs; une partie doit être pour la frontière, l'autre doit prendre position dans les défilés des Vosges qu'on doit retrancher.

Quelle sera la distribution des trente-cinq bataillons de la 5e division?

Les seize bataillons de la 6e doivent fournir des garnisons aux places fortes, et le reste doit occuper les défilés du Jura.

Enfin comment emploiera-t-on les quarante-deux bataillons de la

7ᵉ division qui doivent occuper les places des Alpes et les cols ou défilés des montagnes?

Je désire d'abord avoir un rapport général pour savoir si toutes ces gardes nationales sont nécessaires sur la partie de la frontière qui leur est affectée.

Vous me présenterez également demain la formation des trois commissions de défense. Il est nécessaire qu'elles s'occupent, avec la plus grande activité, à reconnaître toutes les positions et à prescrire toutes les fortifications de campagne qu'il est nécessaire d'élever. Il doit y avoir beaucoup de travaux de cette espèce à faire sur le Rhin; il doit y en avoir beaucoup à faire sur les Alpes, sur les Vosges et sur le Jura.

Présentez-moi demain, dans le conseil des ministres, l'état de tous les lieutenants généraux, maréchaux de camp, chefs de bataillons et capitaines qui vont aller organiser ces bataillons, afin que le 1ᵉʳ mai toutes ces gardes nationales soient rendues dans les places fortes où elles doivent se réunir.

Faites-moi connaître si vous avez suffisamment d'armes pour armer toutes ces gardes nationales.

NAPOLÉON.

D'après l'original comm. par Mᵐᵉ la maréchale princesse d'Eckmühl.

21795. — AU MARÉCHAL DAVOUT, PRINCE D'ECKMÜHL,
MINISTRE DE LA GUERRE, À PARIS.

Paris, 11 avril 1815.

Mon Cousin, je vous envoie les observations du général Drouot sur le rapport de votre bureau d'artillerie. Les fusils n° 1 doivent être spécialement pour les gardes nationaux. Les fusils trop courts peuvent cependant rendre beaucoup de services. Il faut avoir égard à ces observations, car, dans les circonstances où nous nous trouvons, la fabrication des armes est le premier moyen de salut de l'état. Vous ne m'avez pas encore remis un état de situation des travaux; il me semble que cela va bien lentement. Il faut calculer comme si l'ennemi devait nous déclarer la guerre à peu près du 1ᵉʳ au 15 mai. A-t-on établi dans toutes les places fortes des ateliers pour réparer les armes des gardes nationaux?

NAPOLÉON.

D'après l'original comm. par Mme la maréchale princesse d'Eckmühl.

21796. — AU GÉNÉRAL COMTE GROUCHY,

COMMANDANT LE 7ᵉ CORPS, À PONT-SAINT-ESPRIT.

Paris, 11 avril 1815.

Monsieur le Comte Grouchy, l'ordonnance du roi en date du 6 mars et la déclaration signée le 13 à Vienne par ses ministres pouvaient m'autoriser à traiter le duc d'Angoulême comme cette ordonnance et cette déclaration voulaient qu'on traitât moi et ma famille. Mais, constant dans les dispositions qui m'avaient porté à ordonner que les membres de la famille des Bourbons pussent sortir librement de France, mon intention est que vous donniez des ordres pour que le duc d'Angoulême soit conduit à Cette, où il sera embarqué, et que vous veilliez à sa sûreté et à écarter de lui tout mauvais traitement.

Vous aurez soin seulement de retirer les fonds qui ont été enlevés des caisses publiques et de demander au duc d'Angoulême qu'il s'oblige à la restitution des diamants de la Couronne, qui sont la propriété de la nation. Vous lui ferez connaître en même temps les dispositions des lois des assemblées nationales, qui ont été renouvelées et qui s'appliquent aux membres de la famille des Bourbons qui entreraient sur le territoire français.

Vous remercierez en mon nom les gardes nationales du patriotisme et du zèle qu'elles ont fait éclater, et de l'attachement qu'elles m'ont montré dans ces circonstances importantes.

NAPOLÉON.

Extrait du *Moniteur* du 12 avril 1815.

21797. — NOTE DICTÉE EN CONSEIL DES MINISTRES.

Paris, 12 avril 1815.

Le ministre de l'intérieur réunira le comte de Sussy, le comte Chaptal et M. Ferrier, directeur général des douanes, pour examiner la question des entrepôts et des ports francs.

Il faudra d'abord bien établir les différences qui se trouvent entre les ports francs de Marseille et de Gênes, et les entrepôts réels, tels qu'ils existent dans plusieurs de nos ports.

Ces différences bien constatées, on traitera la question de savoir s'il est convenable de convertir la plupart de nos entrepôts réels en ports francs semblables à celui qui existait à Gênes.

Si cette question était décidée par l'affirmative, le port franc de Marseille, tel qu'il a été rétabli par l'ordonnance du roi, se trouverait détruit; il serait constitué comme celui de Gênes, et nous aurions trois ou quatre ports francs en France.

Il convient de s'appliquer dans l'organisation des ports francs à simplifier les formalités, à éviter les lenteurs, afin que les versements des caboteurs ou de tous autres bâtiments puissent se faire avec le plus de célérité et le moins de formalités possible. Le but qu'il importe d'atteindre est que toutes les espèces d'expéditions n'éprouvent pas plus de retard qu'elles n'en éprouvaient, soit sous le régime antérieur à la Révolution, soit sous le régime de la dernière ordonnance du roi.

Si la discussion conduit à ce résultat, qui est en ce moment considéré comme hypothétique, il faudra, dans un rapport d'apparat, exposer les inconvénients qui résulteraient du système ancien ou du système récent pour les fabriques de France, pour celles même de Marseille, et spécialement pour la ville qui, placée pour ainsi dire hors de France, éprouverait des gênes sensibles dans son commerce avec l'intérieur. Le danger pour nos manufactures, en général, est d'une évidence palpable, puisqu'il résulte de l'impossibilité de repousser la contrebande des marchandises étrangères du même genre que les nôtres.

L'entrepôt réel, dans le temps où il fut accordé à un grand nombre de ports de France, fut considéré comme un bienfait. Marseille n'en jugea pas ainsi, parce qu'elle compara les avantages de son entrepôt réel avec ceux du port franc de Gênes, et il faut reconnaître aujourd'hui que le régime du port franc de Gênes est beaucoup plus favorable au commerce. Dans le port franc de Gênes, les négociants avaient la faculté de manipuler à leur gré leurs marchandises; dans l'entrepôt réel, on ne pouvait pas toucher à un ballot sans le concours des agents des douanes. Les douaniers n'entraient pas dans le port franc de Gênes; ils surveillaient, ils agissaient à toute heure dans l'entrepôt réel de Marseille. Dans l'un, ils ne gardaient que les portes extérieures; dans l'autre, ils exerçaient la surveillance sur les marchandises dans quelque lieu qu'elles fussent placées. Les différences sont essentielles.

On aura donc, en résultat, à examiner si le port franc tel qu'il existait à Gênes, et qui semble devoir satisfaire tous les intérêts, répondra aux vœux de la ville de Marseille. On pourrait établir des ports francs organisés de la même manière à Bayonne, à Bordeaux, à Nantes, à Dunkerque, etc.

D'après la minute. Archives de l'Empire.

21798. — AU MARÉCHAL DAVOUT, PRINCE D'ECKMÜHL,
MINISTRE DE LA GUERRE, À PARIS.

Paris, 13 avril 1815.

Mon Cousin, j'ai reçu votre lettre du 12 de ce mois, dans laquelle vous me faites connaître que vous manquez d'armuriers. Cependant le préfet de police m'a rendu compte qu'un grand nombre d'ouvriers s'est rendu aux ateliers et y a été refusé. Il faudrait, dans ces circonstances, aider un peu et commander un grand nombre de bois de fusils dans le faubourg Saint-Antoine. Les ouvriers se procureraient le noyer, et, dans le cas où ce bois manquerait, on pourrait en employer un autre. On m'assure également que beaucoup de pièces de rechange pourraient être faites par des ouvriers chez eux. Il faudrait donner le plus d'extension possible à ces ateliers.

Voici nos besoins d'armes: la Garde va être augmentée de 20,000 hommes; la ligne va être augmentée de 100,000 vieux soldats qui arrivent; enfin les 200 bataillons de gardes nationales, ou 120,000 hommes; ce serait donc 240,000 fusils qu'il nous faudrait avant le 15 mai. Je suppose que toute l'infanterie actuelle est armée.

Si vous avez contremandé les pistolets et les carabines, et si les réparations vont avec une activité convenable, les ateliers doivent pouvoir nous fournir cette quantité d'armes vers la mi-mai.

Il y aura aussi quelques gardes nationales à former.

NAPOLÉON.

D'après l'original comm. par Mme la maréchale princesse d'Eckmühl.

21799. — AU PRINCE CAMBACÉRÈS,
CHARGÉ DU PORTEFEUILLE DE LA JUSTICE, À PARIS.

Paris, 14 avril 1815.

Mon Cousin, je désire que vous fassiez, pour le prochain conseil des ministres, un rapport sur la situation des émigrés. J'apprends qu'il s'en forme des rassemblements en différents endroits. Beaucoup de ces individus jouissent encore de leurs biens en France. Il est nécessaire de prendre des mesures pour les réprimer, car, s'ils s'aperçoivent qu'on ne fait rien pour empêcher leurs rassemblements, ils augmenteront, et déjà ils ont plutôt augmenté que diminué.

NAPOLÉON.

D'après la copie comm. par M. le duc de Cambacérès.

21800. — AU COMTE CARNOT,
MINISTRE DE L'INTÉRIEUR, À PARIS.

Paris, 14 avril 1815.

Monsieur le Comte Carnot, je vous renvoie un rapport du ministre de la guerre, du 13. Je ne veux point de régiment provincial en Corse, mais quatre bataillons de chasseurs organisés comme l'infanterie légère. Le ministre de la guerre enverra des instructions pour leur habillement, pour cette année; et, jusqu'à ce qu'on y ait envoyé des draps du continent, ils seront habillés avec des draps du pays. Les officiers à demi-solde seront, la plupart, employés en France, dans le royaume de Naples ou en Italie.

Il est sans exemple que j'aie autorisé un général à donner autant de décorations de la Légion d'honneur qu'il le voudrait. Il est également inconvenant, quant à la comptabilité, qu'aucun individu ait le droit illimité de tirer sur le trésor national. Recommandez au gouverneur d'agir avec modération; qu'il laisse marcher l'administration selon la forme accoutumée; qu'il ne fasse rien d'extraordinaire, à moins que ce ne soit indispensable; qu'il ne change même personne de place, que dans le cas où la sûreté du pays l'exigerait; qu'il ne change également rien au séjour actuel des autorités. Il est nécessaire qu'il corresponde fréquemment avec le général Dalesme, gouverneur de l'île d'Elbe, afin de se porter mutuellement les secours que les circonstances exigeraient.

NAPOLÉON.

D'après la copie. Archives de l'Empire.

21801. — AU COMTE MOLLIEN,
MINISTRE DU TRÉSOR PUBLIC, À PARIS.

Paris, 14 avril 1815.

Monsieur le Comte Mollien, les rentes en 5 pour 100 consolidés sont dues à la princesse Borghese, à la princesse Élisa et aux princes de ma Maison comme à tous les autres particuliers : elles doivent leur être payées; cela ne peut faire une question.

Les 500,000 francs de rente du prince Louis Napoléon lui ont été donnés contre des biens de la Hollande, cédés à la caisse d'amortissement. Il faut vous faire remettre le compte de cette caisse. Si elle a vendu tous les biens, il n'y a aucun doute que les 500,000 francs n'appartiennent au prince Louis-Napoléon et ne doivent lui être payés. Si, au contraire, elle n'a vendu qu'une partie de ces biens, on doit compter de clerc à maître, et restituer à la caisse d'amortissement ce qui lui revient et réduire la rente selon le montant des biens vendus.

Quant aux apanages, il n'est rien dû aux princes depuis le 1er avril 1814 jusqu'au 20 mars 1815, si ce n'est ce qui leur a été alloué par le traité de Fontainebleau; vous devrez en faire faire le décompte. Depuis le 20 mars jusqu'à la fin de 1815, je réglerai l'apanage des princes de ma Maison. Enfin, pour l'arriéré jusqu'au 1er avril 1815, on doit payer ce qui leur est dû. Dressez-en des états, et vous me les soumettrez.

NAPOLÉON.

D'après l'original comm. par Mme la comtesse Mollien.

21802. — AU COMTE MOLLIEN,
MINISTRE DU TRÉSOR PUBLIC, À PARIS.

Paris, 14 avril 1815.

Monsieur le Comte Mollien, indépendamment des pensions pour la maison d'Espagne, il y en avait encore pour la maison de Carignan, pour le roi de Piémont et pour plusieurs princes de la rive gauche du Rhin; il y en avait, je crois, pour la duchesse d'Orléans. Il faudrait me faire un rapport sur tout cela.

NAPOLÉON.

D'après l'original comm. par Mme la comtesse Mollien.

21803. — AU COMTE MOLLIEN,
MINISTRE DU TRÉSOR PUBLIC, À PARIS.

Paris, 16 avril 1815.

Monsieur le Comte Mollien, je vous renvoie votre rapport sur les biens des communes. Je vois qu'il vous reste à recouvrer 31 millions. Il faudrait les faire figurer dans votre *en-caisse*, ou au moins *pour mémoire*, comme effets de commerce, en indiquant à quelles époques ils seront disponibles. Il faudrait aussi que le relevé en fût fait par département. Ainsi nos ressources se composent de 80 millions de ventes de domaines des communes, de 300 millions du crédit donné sur les ventes des bois, et enfin des centimes extraordinaires de guerre. Je désirerais avoir une idée de ces centimes. Vous les évaluez à 60 millions; nos ressources extraordinaires s'élèveraient donc à 440 millions pour solder l'arriéré.

Cet arriéré se composerait, 1° de l'arriéré de tous les ministères dans lequel se trouveraient comprises toutes les fournitures faites pour le compte de la guerre, pour l'approvisionnement des places ou autres, et dont les bons doivent être soldés par compensation; 2° de toutes les dettes qu'ont contractées les villes pour faire face aux charges qui leur ont été imposées par l'ennemi. Le ministre des finances doit déjà avoir demandé aux différents ministres l'état de leur arriéré pour l'examiner. Le ministre de l'intérieur doit avoir l'état de tout ce qui est dû à chaque département pour fournitures faites au gouvernement, avec l'indication de ce qui a déjà été compensé et de ce qui reste à solder. Enfin il doit avoir également l'état des réclamations que font les villes pour fournitures faites à l'ennemi, et l'on doit connaître la partie qui a été compensée avec les recettes des impositions de guerre, et ce qui reste à solder. Pour savoir le parti qu'il y a à prendre, il faut avoir tous ces états. Il est nécessaire de bien établir, par département, à combien se montent les centimes de guerre; combien il a été recouvré en argent, combien en bons; combien il reste à recouvrer, et combien il reste de bons de compensation à solder. Il est nécessaire aussi de connaître, département par département, la quantité de bois mis en vente; ce qui est déjà rentré au trésor en argent, et ce qui doit rentrer, année par année. Nous aurons alors tous les éléments pour arriver promptement à une liquidation; car mon intention serait, par un seul décret, de solder tout ce que je dois aux départements et de terminer ainsi cette affaire. Nous pourrons finir cette opération au conseil qui aura lieu lundi à deux heures après midi.

NAPOLÉON.

D'après l'original comm. par M⁻ la comtesse Mollien.

21804. — A M. GAUDIN, DUC DE GAËTE,
MINISTRE DES FINANCES, À PARIS.

Paris, 14 avril 1815.

Lundi prochain, à deux heures, je tiendrai un conseil des finances qui achèvera de me faire connaître notre situation. Voyez Mollien pour réunir tous les renseignements. Nous aviserons aux moyens d'arriver au budget. Vous devez avoir demandé aux ministres l'état de leur arriéré. Demandez-leur leur budget de 1814 et celui de 1815.

D'après la minute. Archives de l'Empire.

21805. — A M. GAUDIN, DUC DE GAËTE,
MINISTRE DES FINANCES, À PARIS.

Paris, 14 avril 1815.

Vous avez parlé hier de notes sur Mme d'Orléans et Mme de Bourbon. Je vous ai chargé d'un travail, pour mercredi prochain, sur ces princesses. Mais je crois que, sans parler de leurs dettes, on peut d'abord régler leur pension et désigner leur résidence.

D'après la minute. Archives de l'Empire.

21806. — A M. GAUDIN, DUC DE GAËTE,
MINISTRE DES FINANCES, À PARIS.

Paris, 14 avril 1815.

Usez de tous vos moyens pour remettre en grande activité la vente des biens des communes. Il paraît qu'il y en a encore pour 52 millions.

D'après la minute. Archives de l'Empire.

21807. — AU MARÉCHAL DAVOUT, PRINCE D'ECKMÜHL,
MINISTRE DE LA GUERRE, À PARIS.

Paris, 14 avril 1815.

Mon Cousin, il faut avoir trois équipages de ponts : en Flandre, pour les rivières de la Flandre; à Metz, pour les rivières de la Moselle, de la Meuse et de la Meurthe; à Strasbourg, pour le Rhin. Faites-moi connaître ce que vous avez en équipages de ponts, en personnel de pontonniers, et pressez l'organisation de ce service.

NAPOLÉON.

D'après l'original, comm. par Mme la maréchale princesse d'Eckmühl.

21808. — AU VICE-AMIRAL DUC DECRÈS,
MINISTRE DE LA MARINE, À PARIS.

Paris, 14 avril 1815.

Monsieur le Duc Decrès, votre budget a été réglé pour 1815, je crois, à 70 millions. Faites-moi connaître ce que vous pouvez faire avec cette somme. Si nous avions la guerre, il serait nécessaire d'armer une partie quelconque de nos escadres, tant pour conserver les traditions de la mer que pour en imposer un peu à l'ennemi et donner du pain à nos matelots. Faites-moi connaître la portion de nos escadres à Toulon, à Brest, etc. que vous pouvez armer avec les ressources de votre budget. Faites-moi connaître également le parti que vous pouvez tirer des hommes de la marine pour la défense de Cherbourg, de Brest, de Dunkerque, de Lorient, de Rochefort et de Toulon. Il est nécessaire que vous adoptiez un système où tous les officiers de vaisseau, et ceux d'artillerie qu'on ne pourrait pas embarquer et que la marine paye, fussent employés pour la défense de nos côtes et de nos établissements de mer.

NAPOLÉON.

D'après l'original comm. par Mᵐᵉ la duchesse Decrès.

21809. — NOTE POUR LE MINISTRE DES AFFAIRES ÉTRANGÈRES.

Paris, 15 avril 1815.

L'Empereur demande sur le roi de Naples un rapport qui embrasse tous les événements de la dernière campagne (de 1814), le mal qu'il a fait alors à la France.

L'Empereur n'a reçu de lui aucune marque d'intérêt et pas même de souvenir à l'île d'Elbe. Il n'était pas de la dignité de l'Empereur malheureux d'aller au-devant de lui.

Le palais de Naples était meublé des effets les plus précieux que l'Empereur avait placés dans son palais de Rome.

La seule communication que l'Empereur ait eue avec le roi de Naples a été, en partant de l'île d'Elbe, pour le prier de recevoir Madame Mère.

Parler du congrès, en favorisant le roi de Naples autant que possible.

Faire sentir qu'il voulait s'emparer de l'Italie; qu'il a attaqué le 22 les Autrichiens, quand il ignorait absolument la position de l'Empereur. Cela prouve plus que toute chose qu'il n'y avait aucun accord entre eux.

Ses proclamations au nom de Joachim ont fait demander à Bologne et à l'Italie si leur roi légitime était mort. Cette conduite impolitique a paralysé le mouvement national de l'Italie, dont les principaux habitants, fidèles au fond du cœur à l'Empereur, n'ont pu voir qu'avec regret cette levée de boucliers. Le roi de Naples n'ayant pu donner aucune explication satisfaisante, ayant même montré de la haine aux Italiens qui avaient résisté à ses séductions en 1814, l'opinion de l'Italie ne l'a point secondé, et il s'est perdu.

Les agents de l'Autriche se sont emparés de l'incertitude des esprits, du peu de disposition qu'on montrait pour le roi de Naples, et s'en sont fait des moyens contre lui.

Ce rapport doit être fait dans toute la vérité. Il doit contenir quelques rapprochements sur la conduite injuste de l'Angleterre et de l'Autriche envers le roi de Naples.

Si ce rapport, fait pour le conseil des ministres, était dans le cas d'être imprimé, on en retrancherait les choses personnelles qu'il conviendrait de retrancher par égard pour le roi.

D'après la copie. Archives des affaires étrangères.

21810. — AU MARÉCHAL DAVOUT, PRINCE D'ECKMÜHL,
MINISTRE DE LA GUERRE, À PARIS.

Paris, 15 avril 1815.

Mon Cousin, les quatorze régiments de cuirassiers et de carabiniers doivent avoir 7,000 chevaux. Ils en ont 3,900 ; ils doivent en recevoir, par l'effet des marchés, 1,100 : il leur en manque donc 2,000. Mon intention est qu'ils soient fournis par la gendarmerie. Les quinze régiments de dragons doivent avoir 7,500 chevaux. Ils en ont 5,800 ; ils doivent en recevoir, par les marchés, 950 : il leur en manque donc 750. Je veux qu'on porte ces régiments à 600 chevaux, au lieu de 500 ; il faudrait donc alors, pour les quinze régiments, 9,000 chevaux, et il leur en manquerait 2,250, qui leur seraient également fournis par la gendarmerie. Ainsi la gendarmerie livrerait en tout 4,250 chevaux. Les gendarmes seront tenus d'être remontés dans l'espace de quinze jours.

Cette opération se ferait de la manière suivante. Vous répartiriez ces 4,250 chevaux entre toutes les légions. La première légion, par exemple, qui est forte de 660 chevaux, serait taxée à 260; 130 de ces chevaux seraient envoyés au 4ᵉ de cuirassiers, qui est à Évreux, et l'on aurait ainsi 130 hommes montés, qui pourraient se rendre aux escadrons de guerre; les autres 130 chevaux seraient donnés au 1ᵉʳ de dragons, qui est à Laon, et 130 hommes se trouveraient également montés sur-le-champ. La 15ᵉ légion, du département du Nord, est forte de 480 chevaux : elle pourrait être taxée à 200, dont 100 pour le 10ᵉ de cuirassiers, à Lille, et 100 pour le 15ᵉ de dragons, à Arras, et ainsi de suite. Les colonels et majors qui doivent tirer des chevaux de la gendarmerie iraient les choisir en en passant la revue. Les grands seraient pour les cuirassiers; les autres pour les dragons. Cette mesure nous procurerait, en peu de jours, plus de 4,000 chevaux, et porterait la grosse cavalerie à 15,000 chevaux.

La cavalerie légère, moyennant les 5,800 chevaux qui doivent être réunis au dépôt de Versailles, serait de 16,800 chevaux, les régiments étant de 600 chevaux; mais je pense qu'il faut les mettre à 800, ce qui porterait la cavalerie légère à 22,000 chevaux. La plupart des régiments ont les hommes et les selles. Ce serait donc environ 6,000 chevaux à répartir sur tous les départements où se trouve la cavalerie légère. Il faudrait les payer sur-le-champ.

L'effectif de la grosse cavalerie serait donc de 15,000 chevaux, celui de la cavalerie légère de 22,000; total, 37,000. La grosse cavalerie serait complétée par les chevaux pour lesquels on a des marchés et par ceux qui doivent être livrés par la gendarmerie. La cavalerie légère serait complétée par les chevaux pour lesquels il y a des marchés, par les 5,800 chevaux qui doivent être réunis au dépôt de Versailles, enfin par les 6,000 chevaux qui seraient fournis par les départements. Ce n'est que par l'ensemble de tous ces moyens qu'on pourrait avoir de la cavalerie, et il faut s'en occuper sans perdre de temps.

NAPOLÉON.

D'après l'original, comm. par Mᵐᵉ la maréchale princesse d'Eckmuhl.

21811. — AU MARÉCHAL DAVOUT, PRINCE D'ECKMÜHL,
MINISTRE DE LA GUERRE, À PARIS.

Paris, 15 avril 1815.

Mon Cousin, voilà quinze jours de perdus : les ateliers d'armes ne vont pas; il faut faire travailler à domicile. Il y a, à Paris, autant d'appareilleurs et d'ébénistes qu'il en faut; donnez-leur les canons, baïonnettes, baguettes et platines, et faites un prix avec eux pour qu'ils montent chez eux les fusils.

La proposition que vous faites en premier n'a pas besoin de mon consentement : il serait ridicule de penser qu'un pauvre colonel d'artillerie puisse seul mener une machine comme celle-ci; ce n'est pas un major, c'est vingt officiers qu'il faut lui donner pour le seconder. J'avais cru que votre bureau d'artillerie avait commencé par là. Que le colonel Cotty reste à la tête de cette opération; donnez-lui quatre majors, quatre chefs de bataillon, huit capitaines, seize lieutenants; que ces officiers d'artillerie, dont vous ne manquez pas, soient sans cesse à organiser les ateliers, à recevoir, à vérifier, à préparer des locaux, à requérir les ouvriers, les machines, les matériaux, tout ce qui est nécessaire. Encore une fois, on n'a encore rien fait. Tous ces officiers d'artillerie que vous attacherez ainsi à l'atelier de Paris et à celui de Versailles seront sous votre main pour être envoyés en mission partout où il sera nécessaire, pour activer le mouvement des armes portatives, faire marcher les convois, et, si l'ennemi s'avançait, faire évacuer les ateliers de Maubeuge et de Charleville sur Paris; enfin pour faire des inspections tous les huit jours dans toutes les manufactures, afin qu'on expédie sur Paris aussitôt qu'il y aura 500 fusils de prêts. Je suis cependant instruit qu'il y en a en ce moment un plus grand nombre à Maubeuge; la guerre pourrait éclater, et ces fusils, renfermés dans des places frontières, ne seraient d'aucune utilité. Ne m'écrivez plus; prenez toutes les mesures qui sont nécessaires, et rendez-moi compte seulement deux fois par semaine de ce que vous aurez ainsi ordonné. Vous sentez bien que vous n'avez pas besoin de mon autorisation pour employer 20 ou 30 officiers. Si le choix des locaux était un obstacle, prenez les casernes; on pourra cantonner les troupes ou les loger plus loin; prenez les abattoirs, prenez des églises, les anciennes salles de spectacle, etc. Mais pour tout cela il faut de l'activité et du monde. Chargez un bon quartier-maître d'artillerie ou un bon commissaire des guerres de la comptabilité des ateliers. Il est fâcheux que tout cela n'ait pas été fait il y a vingt jours. Le salut de l'état est attaché aux fusils, puisqu'avec les dispositions actuelles de la nation, si nous avions un million de fusils, nous les emploierions sur-le-champ. Il faut nous monter, par jour, plusieurs milliers de fusils; vous avez près de 100,000 canons; cela ferait donc, dans cinquante jours, 100,000 fusils de plus que vous auriez.

Si les locaux de Versailles ne vous sont pas nécessaires, faites-les préparer pour recevoir les ouvriers de Maubeuge. Écrivez à l'entrepreneur, au général d'artillerie, au commandant de la place, au commandant de la division, qu'aux premières hostilités toute la manufacture de Maubeuge ait à s'en venir à Versailles. Ordonnez à l'entrepreneur de tenir en arrière, dans les places, ses magasins et matériaux précieux, et de préparer toutes ses mesures pour pouvoir les transporter.

NAPOLÉON.

D'après l'original comm. par M⁻ la maréchale princesse d'Eckmühl.

21812. — AU COMTE CARNOT,

MINISTRE DE L'INTÉRIEUR, À PARIS.

Paris, 15 avril 1815.

Monsieur le Comte Carnot, dans le travail d'aujourd'hui, j'ai ordonné que M. le baron de Lameth partît sans délai pour Toulouse. Il vient de me représenter que c'est lui qui, en 1790, a fait la motion pour la suppression des parlements, et il désire, en conséquence, n'être pas envoyé dans une ville parlementaire. Cette raison me paraît bonne. Je désire donc que vous envoyiez dès demain le baron Lameth à Amiens, où il a à s'occuper de l'organisation des gardes nationales. Le baron Himbert-Flégny n'est pas assez fort pour Toulouse; proposez-moi, sans délai, un mouvement dans les préfets pour remplir le poste de Toulouse et pour placer le baron Himbert.

NAPOLÉON.

D'après l'original. Archives de l'Empire.

21813. — AU MARÉCHAL DAVOUT, PRINCE D'ECKMÜHL,
MINISTRE DE LA GUERRE, À PARIS.

Paris, 16 avril 1815.

Mon Cousin, je vous envoie une dépêche télégraphique qui annonce que le drapeau tricolore flotte à Marseille. Donnez l'ordre qu'à midi il soit tiré cent coups de canon aux Invalides. Vous ferez imprimer la dépêche télégraphique sur-le-champ, et vous la ferez répandre avec profusion. Vous enverrez l'ordre à Lille et à Strasbourg qu'on fasse tirer cent coups de canon dans ces deux villes et sur toutes les places de nos frontières. Vous donnerez le même ordre à Brest pour cette ville et pour toutes les places de la côte.

NAPOLÉON.

D'après l'original commun. par Mme la maréchale princesse d'Eckmuhl.

21814. — ALLOCUTION À LA GARDE NATIONALE DE PARIS.

Palais des Tuileries, 16 avril 1815.

Soldats de la garde nationale de Paris, je suis bien aise de vous voir. Je vous ai formés, il y a quinze mois, pour le maintien de la tranquillité publique dans la capitale et pour sa sûreté. Vous avez rempli mon attente. Vous avez versé votre sang pour la défense de Paris; et, si des troupes ennemies sont entrées dans vos murs, la faute n'en est pas à vous, mais à la trahison, et surtout à la fatalité qui s'est attachée à nos affaires dans ces malheureuses circonstances.

Le trône royal ne convenait pas à la France : il ne donnait aucune sûreté au peuple sur ses intérêts les plus précieux; il nous avait été imposé par l'étranger. S'il eût existé, il eût été un monument de honte et de malheur. Je suis arrivé, armé de toute la force du peuple et de l'armée, pour faire disparaître cette tache et rendre tout leur éclat à l'honneur et à la gloire de la France.

Soldats de la garde nationale, ce matin même le télégraphe de Lyon m'a appris que le drapeau tricolore flotte à Antibes et à Marseille. Cent coups de canon, tirés sur toutes nos frontières, apprendront à l'étranger que nos dissensions civiles sont terminées; je dis les étrangers, parce que nous ne connaissons pas encore d'ennemis. S'ils rassemblent leurs troupes, nous rassemblons les nôtres. Nos armées sont toutes composées de braves qui se sont signalés dans plusieurs batailles et qui présenteront à l'étranger une frontière de fer, tandis que de nombreux bataillons de grenadiers et de chasseurs de gardes nationales garantiront nos frontières. Je ne me mêlerai point des affaires des autres nations : malheur aux gouvernements qui se mêleraient des nôtres! Des revers ont retrempé le caractère du peuple français; il a repris cette jeunesse, cette vigueur qui, il y a vingt ans, étonnaient l'Europe.

Soldats, vous avez été forcés d'arborer des couleurs proscrites par la nation; mais les couleurs nationales étaient dans vos cœurs. Vous jurez de les prendre toujours pour signe de ralliement et de défendre ce trône impérial, seule et naturelle garantie de nos droits! Vous jurez de ne jamais souffrir que des étrangers, chez lesquels nous avons paru plusieurs fois en maîtres, se mêlent de nos constitutions et de notre gouvernement! Vous jurez enfin de tout sacrifier à l'honneur et à l'indépendance de la France!

Nous le jurons! tel a été le cri unanime de toute la garde nationale.

Extrait du *Moniteur* du 17 avril 1815.

21815. — AU MARÉCHAL DAVOUT, PRINCE D'ECKMÜHL,
MINISTRE DE LA GUERRE, À PARIS.

Paris, 16 avril 1815.

Mon Cousin, donnez ordre au général Lecourbe de se rendre à Belfort pour y prendre le commandement des six divisions d'infanterie qui se réunissent là. La cavalerie sera sous ses ordres. Pressez la marche des troupes qui doivent se rendre à Belfort.

Donnez ordre au général Dessaix de se rendre à Chambéry, pour prendre le commandement de la division qui se réunit sur ce point. Donnez de nouveaux ordres pour les trois divisions qui doivent composer le corps des Alpes; qu'une se réunisse à Chambéry, une à Grenoble et l'autre en Provence. Donnez ordre que la division de cavalerie se porte sur la ligne, à Chambéry. Donnez ordre, à Grenoble, qu'on prépare toute l'artillerie du corps d'armée. Donnez ordre, par une estafette extraordinaire, au général qui commande à Lyon de diriger la division Girard sur Chambéry ou Grenoble, si elle est encore à Lyon. La division Dessaix se réunira à Chambéry, et les troupes qui doivent sortir de Provence pour cette division se mettront en grande marche.

Les troupes qui viennent de Corse resteront en Provence et formeront la division de Provence.

Le général Grouchy portera, aussitôt qu'il pourra, son quartier général à Chambéry. Le général Brayer prendra le commandement des gardes nationales de Lyon et de la 19e division.

Enfin donnez l'ordre au maréchal Brune de se rendre à Marseille et dans la 8e division : il aura le gouvernement de la Provence.

La réunion à Chambéry de forces composées d'infanterie, de cavalerie et d'artillerie est indispensable, ainsi que la présence d'un corps de troupes à Belfort, tant pour agir moralement sur la Suisse que pour aider à ce qui se passe en Italie.

NAPOLÉON.

D'après l'original comm. par M⁽ᵐᵉ⁾ la maréchale princesse d'Eckmühl.

21816. — A M. GAUDIN, DUC DE GAÈTE,

MINISTRE DES FINANCES, À PARIS.

Paris, 16 avril 1815.

Monsieur le Duc de Gaète, j'ai consenti avec peine à remettre le travail à jeudi. Je pense qu'il faudrait toujours avoir un travail demain pour voir où nous en sommes. Tous les services de la guerre ne marchent pas, parce que l'arriéré arrête tout. Nous prendrons toujours quelque détermination. Venez donc demain à trois heures avec Mollien.

NAPOLÉON.

P. S. L'affaire de la garde nationale est très-importante.

D'après la copie Archives des finances.

21817. — AU COMTE BIGOT DE PRÉAMENEU,
MINISTRE DES CULTES, À PARIS.

Paris, 17 avril 1815.

Monsieur le Comte Bigot de Préameneu, puisque l'évêque de Vannes a donné sa démission, quel inconvénient y aurait-il à l'accepter? Cet homme était mauvais, il suffirait de veiller à ce que le chapitre donnât ses pouvoirs à un homme bien intentionné.

NAPOLÉON.

D'après l'original comm. par Mme la baronne de Nougarède de Fayet.

21818. — AU VICE-AMIRAL DUC DECRÈS,
MINISTRE DE LA MARINE, À PARIS.

Paris, 17 avril 1815.

Monsieur le Duc Decrès, je vous renvoie la lettre du contre-amiral Lhermite; faites-en faire des extraits pour *le Moniteur*. Je pense qu'il est nécessaire que vous mettiez en commission une escadre de cinq vaisseaux de guerre et trois frégates, en faisant cependant le moins de frais possible. Vous devez ôter l'amiral Dumanoir de Toulon. Faites-moi connaître à qui on pourrait confier le commandement de cette escadre.

Il serait important de demander des dépêches au ministre des relations extérieures et de faire partir un aviso pour Constantinople, afin d'apprendre à Ruffin ce qui se passe. Cet aviso passerait par Naples, et porterait à la reine des lettres du prince Joseph, de la princesse Hortense et des numéros du *Moniteur* depuis le 20 mars. Envoyez à la Reine un capitaine de frégate jeune et de distinction, qui lui porterait des nouvelles et reviendrait sur un autre bâtiment. L'aviso continuera sa route. Envoyez également un brick à Alger, Tunis et Maroc, afin de donner des nouvelles de ce qui se passe. Prévenez-en le ministre des relations extérieures pour qu'il écrive. Prévenez-le également que dans huit jours vous ferez partir un autre bâtiment pour porter des nouvelles aux agents en Afrique.

NAPOLÉON.

D'après l'original comm. par Mme la duchesse Decrès.

21819. — AU MARÉCHAL DAVOUT, PRINCE D'ECKMÜHL,
MINISTRE DE LA GUERRE, À PARIS.

Paris, 17 avril 1815.

Mon Cousin, donnez ordre que les 24ᵉ et 20ᵉ régiments se rendent à Chambéry avec le général Girard, c'est-à-dire le 7ᵉ et le 14ᵉ; qu'on prenne des mesures pour cantonner ces troupes au 1ᵉʳ mai; qu'on leur fournisse douze pièces d'artillerie de Grenoble et une compagnie de sapeurs; que le général Girard se tienne ainsi en avant de Chambéry; que le 4ᵉ de hussards, le 13ᵉ de dragons et le 10ᵉ de chasseurs rejoignent cette armée sous les ordres d'un général de division de cavalerie et de deux généraux de brigade; que le général Dessaix réunisse sa division à Grenoble, de manière qu'au 1ᵉʳ mai elle puisse venir camper ou se cantonner en avant de Chambéry; on donnera deux autres batteries d'artillerie au général Dessaix; que le général Grouchy porte son quartier général à Chambéry: il aura là sous ses ordres huit régiments d'infanterie et trois de cavalerie; que les huit régiments qui composeront ces deux divisions soient portés chacun à quatre bataillons, ce qui fera trente-deux bataillons, ou seize bataillons par division; qu'on complète d'abord les bataillons à 600 hommes et ensuite à 840; qu'une compagnie d'artillerie légère du régiment qui est à Valence soit attachée à ce corps d'armée. Le corps du général Grouchy ou le 7ᵉ d'observation sera donc ainsi composé de deux divisions d'infanterie, formant trente-deux bataillons ou 25,000 hommes, de trois régiments de cavalerie, qui seront portés chacun à 600 chevaux, ce qui fera 1,800 chevaux, de trente pièces de canon et de deux compagnies de sapeurs, avec leurs outils.

Ce corps de ligne sera augmenté de seize bataillons de grenadiers ou chasseurs, à prendre sur les quarante-deux du Dauphiné, lesquels seize bataillons seront cantonnés autour du fort Barreaux, commandés par le lieutenant général Chabert et deux maréchaux de camp, et ayant douze pièces de canon. Ils pourront être employés activement jusqu'à la limite des montagnes, c'est-à-dire jusqu'au mont Cenis. Les vingt-six autres bataillons seront distribués de la manière suivante : un bataillon au fort Barreaux, huit bataillons à Briançon, six bataillons à Mont-Lyon[1], quatre bataillons à Colmars, sept bataillons à Grenoble; total, vingt-six. Les bataillons de Briançon, de Mont-Lyon et de Colmars seront dans chaque place sous les ordres d'un maréchal de camp. Aussitôt que ces trois divisions seront formées, elles occuperont les crêtes qui dominent les Alpes et les cols que notre comité de défense désignera, afin d'obliger l'ennemi à nous opposer un pareil nombre de forces.

Il sera formé, en Provence, un 9ᵉ corps, qui sera composé de trois divisions; chaque division sera forte de trois régiments. A cet effet, vous ordonnerez que deux régiments de ceux qui étaient destinés au corps des Pyrénées, où il paraît que nous n'avons rien à craindre, se portent dans la 8ᵉ division. La 3ᵉ division sera composée de douze bataillons de grenadiers de gardes nationales. On attachera à ce corps un régiment de cavalerie qui sera également retiré du corps des Pyrénées. Le maréchal Brune commandera le 9ᵉ corps, en même temps qu'il sera gouverneur de la Provence. On lui organisera, à Antibes ou à Toulon, le matériel de quatre batteries à pied, c'est-à-dire trente-deux pièces de canon, et il y sera attaché le personnel convenable.

Le général Grouchy, que je viens de faire maréchal de France, prendra des mesures pour faire déserter les Piémontais, et il menacera de se porter sur le mont Cenis, cette diversion devenant utile au roi de Naples, qui paraît décidément être aux mains avec l'Autriche.

NAPOLÉON.

D'après l'original comm. par Mᵐᵉ la maréchale princesse d'Eckmühl.

21820. — AU PRINCE CAMBACÉRÈS,

CHARGÉ DU PORTEFEUILLE DE LA JUSTICE, À PARIS.

Paris, 18 avril 1815.

Mon Cousin, je désire que vous m'apportiez demain, au conseil, un rapport avec votre opinion sur les objets suivants :

1° Un grand nombre d'individus refusent le serment; par exemple,

[1] Mont-Dauphin.

le sieur Dambray. Que faut-il faire à l'égard de leurs personnes et de leurs biens?

2° Un grand nombre de Français ont suivi le comte de Lille; par exemple, le maréchal Bellune, les généraux Bordesoulle et Maison. On leur a fait des insinuations pour rentrer; ils ont répondu qu'ils ne reviendraient qu'à la tête de 500,000 hommes. Des agents civils sont dans le même cas; par exemple, le comte de Scey, ancien préfet du Doubs, qui donne des ordres dans ce département en se qualifiant de commandant pour le roi. D'autres individus sont en Espagne. Comment doit-on agir sur leurs personnes et sur leurs biens?

3° Des agents employés à l'étranger, rappelés par le duc de Vicence, ont déclaré vouloir continuer à porter la cocarde blanche et à servir le comte de Lille : comment agira-t-on sur leurs personnes et sur leurs biens?

Après avoir discuté ces questions, proposez-moi des mesures effectives et conformes à ce qu'exigent la loi de l'état et les circonstances.

NAPOLÉON.

D'après la copie comm. par M. le duc de Cambacérès.

21821. — AU MARÉCHAL DAVOUT, PRINCE D'ECKMÜHL,
MINISTRE DE LA GUERRE, À PARIS.

Paris, 18 avril 1815.

Mon Cousin, je reçois votre lettre du 17 avril. Donnez des ordres sur-le-champ à tous les généraux commandant les divisions militaires pour qu'ils fassent passer, par les maréchaux de camp commandant leurs départements, des revues des 3es, 4es et 5e bataillons des corps qui sont dans la division, et qu'ils fassent sur-le-champ partir, avec le 3e bataillon, tout ce qui sera disponible, savoir : s'il y a plus de 400 hommes, on fera partir tout le 3e bataillon, en ayant soin que le cadre soit bien complet; s'il n'y a que 200 hommes, on fera partir trois compagnies, et, aussitôt qu'on aura les 200 autres, on fera partir les trois dernières compagnies. Ces bataillons ou demi-bataillons se mettront en marche pour se diriger sur le lieu où sont leurs bataillons de guerre. Vous comprenez que mon but est de grossir le plus tôt possible l'armée active. Vous donnerez ordre également que ces maréchaux de camp passent la revue des dépôts de cavalerie et fassent partir tous les hommes qu'il y aurait aux dépôts, montés et en bon état, jusqu'à la concurrence de ce qui est nécessaire pour compléter les escadrons de guerre à 150 chevaux ou le régiment à 450 cavaliers. Ainsi il n'y aurait que 10 hommes, il faut qu'ils les envoient. Si, au contraire, les trois escadrons de guerre sont à 450 hommes, les maréchaux de camp ne feront partir du 4º escadron que des compagnies fortes au moins de 60 hommes; ils attendront, s'il le faut, qu'une compagnie ait atteint ce nombre pour la faire partir; mais je pense qu'il y a bien peu de régiments qui aient ce nombre de 450 hommes à l'armée, et qu'ainsi tout ce qui est disponible dans les dépôts pourra partir; ce qui augmentera de 12 à 1,500 chevaux notre cavalerie active. Vous ordonnerez aux généraux de division et maréchaux de camp de renouveler cette opération tous les huit jours, afin de faire partir chaque semaine des détachements pour renforcer l'armée active.

NAPOLÉON.

D'après l'original commu. par Mme la maréchale princesse d'Eckmühl.

21822. — AU MARÉCHAL DAVOUT, PRINCE D'ECKMÜHL,
MINISTRE DE LA GUERRE, À PARIS.

Paris, 18 avril 1815.

Mon Cousin, donnez ordre à Lemarois de faire partir sur-le-champ les deux régiments qui sont au Havre et ceux de Cherbourg. Les dépôts, les bons citoyens de la Normandie et les troupes de marine suffiront d'abord pour garder ces places, et d'ailleurs ils vont recevoir le décret sur les gardes nationales; mais il est important que nos troupes soient sur les frontières. Actuellement que le Midi est pacifié, donnez l'ordre positif que tous les régiments qui se trouvent de ce côté se rendent à la destination que je leur ai donnée. Tous les régiments qui, sans se détourner de plus de trente lieues, peuvent passer par Paris, vous les ferez passer par cette ville. Donnez des ordres pour que, aussitôt que les 3es bataillons des régiments seront complétés à plus de 400 hommes, on les mette en marche pour rejoindre les deux premiers; faites-moi connaître à quels bataillons vous donnerez ces ordres. Toutes les nouvelles d'Espagne sont telles, qu'il n'y a absolument rien à craindre sur cette frontière, et je pense que les 3es ou 4es bataillons seront suffisants. Faites-moi connaître où se trouvent actuellement les régiments qui sont sur la frontière des Pyrénées, infanterie et cavalerie. Je pense qu'un régiment de cavalerie à Toulouse et un à Bordeaux sont suffisants, d'autant plus que les 4es et 5es escadrons des six régiments dont les dépôts sont dans le Midi seront bientôt en état de rendre des services. Je pense également que six régiments d'infanterie suffiront, d'autant plus que nous les renforcerons des 3es et 4es bataillons des douze régiments dont les dépôts sont de ce côté; il restera donc six régiments disponibles. J'en ai déjà envoyé deux en Provence. Je pense qu'il est convenable que vous me proposiez de réunir provisoirement les quatre autres à Avignon, ainsi que le régiment de cavalerie qui deviendra disponible. Cette division sera là en réserve, et j'attendrai que les circonstances se décident pour lui donner une destination. Il faudrait qu'à Toulouse on préparât pour cette division douze pièces de canon.

En résumé, les douze régiments des Pyrénées seront employés de la manière suivante : deux se rendront en Provence, au 9e corps, ainsi qu'un régiment de cavalerie; trois seront placés à Bordeaux, Bayonne, Saint-Jean-Pied-de-Port, Pau, etc. avec un régiment de cavalerie et douze pièces de canon. Ces régiments formeront des garnisons et surveilleront les frontières. On pourra y joindre les 3es et 4es bataillons de tous les régiments qui sont dans le Midi. Cela fera une première division. Une autre division sera formée de trois régiments placés à Montpellier, Toulouse, Bellegarde, etc. avec un régiment de cavalerie et douze pièces de canon. La 3e division se réunira à Avignon; elle sera composée de quatre régiments, d'un régiment de cavalerie et de douze pièces de canon. Toutes ces troupes, même la division d'Avignon, feront toujours partie du corps des Pyrénées; mais cette division d'Avignon sera toute prête à se porter sur les Alpes, si les circonstances le rendaient nécessaire. Il n'y a que ce que vous enverrez en Provence qui ne comptera plus dans le corps des Pyrénées.

NAPOLÉON.

D'après l'original comm. par M⁰⁰ la maréchale princesse d'Eckmühl.

21823. — AU MARÉCHAL DAVOUT, PRINCE D'ECKMÜHL,
MINISTRE DE LA GUERRE, À PARIS.

Paris, 18 avril 1815.

Mon Cousin, j'ai reçu votre rapport du 16; il était inutile de fournir aucuns fonds pour acheter des selles aux six régiments qui sont au delà de la Loire; il n'est aucun régiment de cavalerie qui n'ait en magasin 2 ou 300 selles. Je sais qu'il existe à Metz, et dans plusieurs autres places, de grands magasins d'effets d'équipement provenant des régiments supprimés. Je vois avec peine que le ministère de la guerre n'a aucun renseignement là-dessus. Il faut que les chefs de division fassent faire des recherches à cet égard, et vous verrez que nous avons, en habillements de cavalerie, plus de ressources que vous ne pensez.

L'état des selles que vous m'avez remis n'est pas exact; les régiments ont beaucoup plus de selles qu'ils n'ont d'hommes et de chevaux.

Quant à la remonte, vous ne m'avez pas compris. Dans la lettre détaillée que je vous ai écrite à cet égard, je vous disais que les colonels devaient s'adresser aux préfets pour avoir des chevaux, s'ils n'en peuvent trouver par des marchés, en leur donnant l'argent qu'ils avaient en caisse pour cela. Cette opération devrait être faite en huit jours. Le général Bourcier passant des marchés avec les fournisseurs pour 6,000. 4,000 étant fournis par la gendarmerie, voilà 13,000 chevaux par ces trois moyens. Indépendamment de cela, on s'en procurera 8,000 dans les départements; nous aurons alors 20 à 21,000 chevaux.

Je désire que tous les régiments de dragons soient complétés à 600 chevaux. Il faut aussi augmenter la cavalerie légère. Il est hors de doute que les régiments de cavalerie vont recevoir beaucoup d'hommes, puisqu'il y a bien 10,000 hommes de cavalerie en congé. Il est donc probable que chaque régiment recevra 2 ou 300 hommes. Il faut pourvoir à leur habillement. A cet effet, mon intention est d'utiliser tous les habits qui sont en magasin, provenant des régiments qui ont été supprimés ; on choisira ceux qui approcheront le plus de l'uniforme des régiments.

Vous n'avez pas besoin de faire faire des selles ; je suis instruit qu'il y en a, à Paris, un grand nombre chez les marchands. Mettez à la disposition des régiments de cavalerie de la Garde les fonds qu'ils doivent avoir pour leur remonte.

Il résulte de l'état d'effectif que vous m'avez remis que les régiments de cavalerie doivent avoir 40,600 hommes, qu'ils n'en ont que 37,700, qu'il manque 3,932 et qu'il y en aura 1,000 de trop, excédant le complet. Je pense que vous devez laisser les régiments dans l'état où ils se trouvent, parce que ceux qui n'ont pas leur complet ne tarderont pas à l'avoir, au moyen des anciens soldats qui rentreront, et, si plus tard il se trouvait des régiments qui ne l'aient pas, vous y pourvoiriez. Mon intention est d'avoir 30,000 chevaux de cavalerie légère. Aussitôt que vous aurez les situations au 1er avril, je désire que vous me les remettiez, afin que je parte de là pour porter quelques régiments au delà de leur complet. Il n'est pas strictement nécessaire que tous les régiments soient égaux ; il faut profiter des circonstances, et l'espèce de passion qu'on a en général pour les hussards en rendra le recrutement très-facile. Pour augmenter les chevaux : par exemple, le 4e de hussards a 960 hommes ; ordonnez qu'il se procure, au lieu de 600 chevaux, 300 de plus ; le 15e de chasseurs a 830 hommes : accordez-lui 200 chevaux de plus. Successivement, je veux porter ma cavalerie légère à 1,000 chevaux par régiment.

NAPOLÉON.

D'après l'original comm. par Mme la maréchale princesse d'Eckmühl.

21824. — AU MARÉCHAL DAVOUT, PRINCE D'ECKMÜHL,
MINISTRE DE LA GUERRE, À PARIS.

Paris, 18 avril 1815.

Mon Cousin, j'ai destitué les généraux Souham, Dupont, Dessoles, Maison, Edmond Périgord, d'Aultanne, Monnier, Loverdo, Curto, Briche, Leclerc, etc. Mon intention est que ces généraux soient effacés des contrôles, des pensions de retraite, ou de réforme, ou même d'activité qu'ils auraient obtenues.

NAPOLÉON.

D'après l'original comm. par M™° la maréchale princesse d'Eckmuhl.

21825. — AU MARÉCHAL MASSÉNA, PRINCE D'ESSLING,
À MARSEILLE.

Paris, 18 avril 1815.

J'ai reçu votre lettre du 13 et celle du 14 avril. J'ai vu votre proclamation avec plaisir.

Je vous remercie d'avoir conservé Toulon et Antibes, et surtout Toulon. J'ai frémi à l'article de votre lettre où j'ai vu l'ordre que vous aviez reçu du duc d'Angoulême de livrer ce dépôt précieux aux Anglais. Dans le premier moment, j'ai envoyé le maréchal Brune commander dans la 8e division.

Je désire beaucoup vous voir. Si l'état de votre santé ne vous rend pas propre à autre chose qu'à retourner dans le Midi, je vous y renverrai de Paris.

D'après la minute. Archives de l'Empire.

21826. — NOTE POUR LE MINISTRE DES AFFAIRES ÉTRANGÈRES.

Paris, 19 avril 1815.

M. Bandus doit partir sur-le-champ pour se rendre au golfe Jouan.

Il dira au roi de Naples que Sa Majesté désire qu'il choisisse une campagne agréable entre Grenoble et Sisteron pour y habiter jusqu'à l'arrivée de la reine et jusqu'à ce que les nouvelles de Naples soient arrêtées.

Il lui témoignera en termes honnêtes et réservés les regrets que l'Empereur éprouve de ce que le roi a attaqué sans aucun concert, sans traité, sans aucune mesure prise pour pouvoir instruire les fidèles sujets d'Italie de ce qu'ils devaient faire, ni les diriger dans le sens de l'intérêt commun.

Le roi a décidé l'année dernière du sort de la France en paralysant l'armée d'Italie, puisqu'il en est résulté une différence de 60.000 hommes à notre désavantage.

Il est peu convenable que le roi vienne à Paris.

La reine doit y venir avant lui, afin que le public s'accoutume à sa disgrâce.

M. Baudus le consolera et l'assurera que l'Empereur oublie tous ses torts, quelque graves qu'ils soient, pour ne voir que ses malheurs. Mais il désire ne le voir venir à Paris que lorsque tout ce qui le concerne sera arrêté.

M. Baudus est chargé de cette mission de confiance, parce qu'on sait qu'il est très-agréable au roi. Il correspondra directement avec le ministre. Il peut tout dire sur la conduite privée et politique du roi.

M. Baudus, agent de l'Empereur, doit lui faire sentir :

Que, si l'Empereur avait voulu qu'il entrât en Italie, il lui aurait fait connaître ses intelligences;

Que des proclamations datées de Paris auraient produit un tout autre effet;

Qu'il a perdu la France en 1814; en 1815 il l'a compromise et s'est perdu lui-même;

Que sa conduite en 1814 l'a perdu dans l'esprit des Italiens, parce qu'ils ont vu qu'il abandonnait la cause de l'Empereur.

D'après la copie. Archives des affaires étrangères.

21827. — AU COMTE CARNOT,
MINISTRE DE L'INTÉRIEUR, À PARIS.

Paris, 20 avril 1815.

Monsieur le Comte Carnot, je désire que vous m'apportiez ce soir, avec votre opinion, la rédaction définitive d'un projet de décret qui contiendrait les dispositions suivantes :

Tous les maires, adjoints et membres des conseils des communes cesseront leurs fonctions au 1er mai.

Les préfets présenteront sur-le-champ, en remplacement, des maires, adjoints et conseillers des communes, qui aient la confiance du peuple.

Ces présentations seront faites par les préfets à des commissaires extraordinaires qui seront envoyés dans chaque division militaire.

Les commissaires extraordinaires se présenteront ensuite dans chaque chef-lieu de département, et nommeront tous les maires, adjoints et conseillers de commune, d'arrondissement et de département.

Il y a, je crois, vingt-deux divisions militaires; déjà plusieurs commissaires extraordinaires s'y trouvent. Présentez-moi, pour compléter la liste de ces commissaires extraordinaires, des conseillers d'état, quelques anciens sénateurs, comme Pontécoulant, Boissy d'Anglas; quelques membres de l'ancienne chambre, comme Bedoch. Par ce moyen, chaque division aura un commissaire.

Il faut que ces commissaires puissent partir demain, car ce renouvellement de tous les maires est de la plus haute importance.

Dans un autre projet de décret, je désire que vous me proposiez les dispositions suivantes :

Tous les officiers et commandants des gardes nationales cesseront leurs fonctions au 1ᵉʳ mai. Les préfets présenteront sur-le-champ à nos commissaires extraordinaires les nominations à faire en remplacement.

Voyez s'il faudrait prendre la même mesure pour les juges de paix. Il peut y avoir des plaintes contre les juges de paix, mais je ne pense pas qu'en général cette classe soit dans le sens du parti royaliste.

Je crois qu'à la prompte exécution de ces mesures est attaché le salut public.

Préparez-moi les instructions pour les commissaires.

Même opération sur les sous-préfets. Vous me proposerez un troisième projet de décret pour que les commissaires les renouvellent tous.

Mes commissaires ne s'arrêteront pas là. Ils feront une enquête sur les administrations et régies, sur les payeurs, percepteurs, officiers forestiers, employés de l'enregistrement, enfin sur tous ceux qui occupent des places à ma nomination. Ils ôteront sur-le-champ tous ceux qui ont des dispositions opposées et dont le salut public commande le remplacement.

Les commissaires feront prêter serment aux nouvelles municipalités et au nouveau corps d'officiers des gardes nationales, et reviendront sur-le-champ à Paris, où ils vous rapporteront toutes les nominations qu'ils auront faites. Vous ferez ensuite régulariser par ma signature tout ce qui en aura besoin.

NAPOLÉON.

D'après l'original. Archives de l'Empire.

21828. — AU MARÉCHAL DAVOUT, PRINCE D'ECKMÜHL,

MINISTRE DE LA GUERRE, À PARIS.

Paris, 20 avril 1815.

Mon Cousin, ne composez le comité de défense que des généraux Dejean, Marescot, Rogniat et du colonel Bernard. Ces quatre officiers suffisent : à eux quatre, ils doivent connaître toute la France. Ils appelleront tous les officiers du génie qui connaissent plus particulièrement des localités. Le travail que je demande est entièrement du ressort du génie. Je désigne Bernard, parce que, étant dans mon cabinet topographique, il sera plus à même de demander ce dont j'aurai besoin. Je désire qu'on me fasse une description des frontières, des places fortes, des inondations. On s'occupera d'abord de la frontière du Nord et de tous les ouvrages de campagne à faire au Nord et sur le Rhin ; en seconde ligne, sur la Somme et dans les Vosges ; enfin sur le Jura et les Alpes.

NAPOLÉON.

D'après l'original commis par Mme la maréchale princesse d'Eckmühl.

21829. — AU MARÉCHAL DAVOUT, PRINCE D'ECKMÜHL,

MINISTRE DE LA GUERRE, À PARIS.

Paris, 20 avril 1815.

Mon Cousin, donnez ordre qu'on arme, qu'on fortifie, qu'on approvisionne, enfin qu'on mette à l'abri d'un coup de main Langres.

Faites-moi connaître la situation de Laon.

NAPOLÉON.

D'après l'original commis par Mme la maréchale princesse d'Eckmühl.

21830. — NOTE.

Paris, 21 avril 1815.

Le décret proposé[1] paraît bien conçu, mais il est inutile, puisqu'il n'ajoute rien à la législation existante; il n'est, en réalité, qu'un ordre du ministre de la justice.

L'Empereur juge convenable que les ministres de l'intérieur, des affaires étrangères, de la police, de la guerre et de la marine envoient au ministre de la justice la note des individus qui sont dans le cas d'être poursuivis, avec les rapports, pièces ou renseignements qui autorisent cette disposition à leur égard. Ainsi le ministre de la guerre enverra les pièces relatives aux généraux Maison, Bordesoulle et de Bellune; le ministre de l'intérieur, celles qui concernent le sieur Scey[2]; et le ministre des affaires étrangères, la déclaration faite par le sieur de Talleyrand, ministre en Suisse, de rester dans cette qualité au service de Louis XVIII.

Le ministre de la justice, en conséquence de ces communications, ordonnera aux procureurs généraux de faire poursuivre.

Il est important de mettre en mouvement quelques affaires de ce genre, afin de fixer le vague qui existe encore dans les idées sur cette sorte de délit. On aura soin de faire faire mention dans les papiers publics du commencement des procédures.

D'après l'original. Archives des affaires étrangères.

21831. — DÉCRET.

Palais de l'Élysée, 22 avril 1815.

ARTICLE PREMIER. Il sera organisé un ou plusieurs corps francs dans chacun des départements frontières de l'Empire.

Ces corps francs porteront le nom de leur département, et, dans les départements où il y en aura plusieurs, ils se distingueront par le numéro d'ordre de leur formation.

---

[1] « Projet de décret, présenté par le prince Cambacérès, ministre de la justice, relatif aux mesures à prendre à l'égard des généraux qui ont suivi Louis XVIII et des personnes qui prétendent exercer son autorité. » (Note de l'original.)

[2] Ex-préfet du Doubs.

Art. 2. Les individus qui auront les qualités nécessaires pour lever un corps franc s'adresseront au ministre de la guerre ou au préfet. Le préfet, après s'être concerté avec le commandant du département et le commandant de la gendarmerie, enverra au ministre de la guerre son rapport sur les services, l'expérience et la capacité de l'officier qui aura demandé à lever un corps franc, ainsi que sur l'influence dont il jouit dans le département.

Art. 3. Les officiers admis à lever un corps franc seront brevetés par nous. L'officier breveté par nous pour lever un corps franc pourra donner des commissions de capitaines, lieutenants, sous-lieutenants et sous-officiers. Il enrôlera des hommes de bonne volonté, soit parmi les gardes nationales qui ne font pas partie des compagnies actives, soit parmi les soldats en retraite, soit parmi les gardes forestiers et autres employés, sous quelque titre que ce soit; bien entendu que ceux-ci ne pourront être distraits de leurs fonctions qu'au moment où le département serait envahi.

Art. 4. L'infanterie et la cavalerie de ces corps seront organisées comme l'infanterie et la cavalerie des troupes légères.

Ces corps ne seront tenus à aucun uniforme régulier.

Le maximum de leur formation sera de 1,000 hommes pour l'infanterie et de 300 pour la cavalerie.

L'infanterie sera armée indifféremment de fusils de guerre et de fusils de chasse. La cavalerie, étant de l'arme des lanciers, aura une lance sans banderole.

Art. 5. Les corps francs s'armeront, s'équiperont et se monteront à leurs frais. Ils ne recevront aucune solde ni de guerre ni de paix; ils auront droit aux vivres de campagne, mais seulement au moment de la guerre.

Art. 6. Les corps francs pourront avoir deux pièces de canon de 3 ou de 4, et dans ce cas le matériel leur sera fourni de nos arsenaux.

Ils seront toujours tenus d'avoir avec eux de la poudre et des balles pour 600 coups.

Art. 7. Si l'ennemi venait à entrer dans un de nos départements, les corps francs se placeraient sur ses derrières pour intercepter ses convois, ses courriers, ses officiers d'ordonnance et aides de camp, et tous ses hommes isolés. Ils bivouaqueront toujours dans les bois, dans les lieux escarpés ou sous la protection des places fortes.

Art. 8. Tout ce que les corps francs prendront sur l'ennemi sera de bonne prise et à leur profit. Les canons, caissons et effets militaires seront achetés par l'état au prix des trois quarts de la valeur. Chaque prisonnier fait à l'ennemi, qu'ils remettront à la gendarmerie ou au dépôt dans les places fortes, leur sera payé 30 francs.

Il leur sera payé : 100 francs pour chaque lieutenant ou sous-lieutenant qu'ils prendront; 200 francs pour un capitaine; 500 francs pour un chef de bataillon ou major; 1,000 francs pour un colonel; 2,000 francs pour un général ou maréchal de camp; 4,000 francs pour un lieutenant général.

Les prisonniers qu'ils feront sur les officiers civils à la suite de l'armée ennemie leur seront payés suivant l'assimilation du grade.

Tous trésors, bagages, qu'ils prendront leur appartiendront.

Tout aide de camp, officier d'ordonnance, courrier ou porteur d'ordres de l'armée ennemie, qu'ils prendront leur seront payés à raison de 2,000 francs.

La répartition de ces sommes et profits sera faite d'après un règlement que dressera notre ministre de la guerre sur les principes de partage adoptés pour les armements en course dans la guerre maritime.

Art. 9. Il pourra être également formé des corps francs dans les départements de l'intérieur.

Ils ne sortiront de leurs départements qu'au moment où les hostilités éclateraient, et ils pourront se diriger sur la frontière de leur choix, en prenant les ordres du ministre de la guerre.

Art. 10. Nos ministres de la guerre et de l'intérieur sont chargés de l'exécution du présent décret.

Napoléon.

D'après la copie communiquée par M. le comte Daru.

21832. — AU COMTE CARNOT,
MINISTRE DE L'INTÉRIEUR, À PARIS.

Paris, 22 avril 1815.

Monsieur le Comte Carnot, vous recevrez un décret par lequel j'ordonne la formation de deux régiments de lanciers de gardes nationales dans les départements du Haut-Rhin et du Bas-Rhin. Écrivez à Metz, à Nancy, à Épinal, dans les 3e, 2e, 4e, 6e, 7e et 19e divisions, pour savoir s'il serait possible de former dans chacune un régiment de 600 lanciers. On réunirait plusieurs divisions militaires, s'il le fallait, pour former un régiment. Les hommes devraient s'équiper et se monter à leurs frais. Écrivez aussi dans l'Aisne, dans la Somme, dans le Nord, dans les départements des 15e et 14e divisions. Si cette mesure pouvait se généraliser, elle nous offrirait de grands avantages, puisqu'elle fournirait une masse de cavalerie suffisante pour mettre les départements à l'abri des troupes légères.

NAPOLÉON.

D'après l'original. Archives de l'Empire.

21833. — AU MARÉCHAL DAVOUT, PRINCE D'ECKMÜHL,
MINISTRE DE LA GUERRE, À PARIS.

Paris, 22 avril 1815.

Mon Cousin, à l'assemblée du mois de mai qui aura lieu vers le 25 mai, mon intention est de donner des aigles à tous les régiments. Voyez à faire faire ces aigles sans délai. Il faudra faire inscrire sur chaque aigle les batailles où s'est trouvé le régiment. Faites-moi connaître s'il serait possible de rendre à chaque régiment son numéro. Je ne tiens pas à suivre exactement une série de numéros, mais je trouve que c'est un grand malheur que d'avoir ôté aux régiments le numéro sous lequel ils ont été cités dans les bulletins de la Grande Armée. Remettez-moi un état qui me fasse voir si cela peut être rétabli sans inconvénient.

NAPOLÉON.

D'après l'original comm. par Mme la maréchale princesse d'Eckmühl.

21834. — AU MARÉCHAL DAVOUT, PRINCE D'ECKMÜHL,
MINISTRE DE LA GUERRE, À PARIS.

Paris, 29 avril 1815.

Mon Cousin, Château-Thierry, Vitry et la Fère seront promptement mis à l'abri d'un coup de main. Il est donc urgent que vous y envoyiez sur-le-champ un commandant d'armes, un officier du génie et un officier d'artillerie, et que vous donniez ordre d'armer ces places, afin qu'elles soient à l'abri d'un coup de main au 15 mai.

NAPOLÉON.

D'après l'original comm. par Mᵐᵉ la maréchale princesse d'Eckmühl.

21835. — AU MARÉCHAL DAVOUT, PRINCE D'ECKMÜHL,
MINISTRE DE LA GUERRE, À PARIS.

Paris, 29 avril 1815.

Mon Cousin, je reçois votre lettre sur le parc de Sampigny. Je vois que nous avons 900 voitures et 3,000 harnais. Je pense que ce parc est très-mal placé à Sampigny. L'inconvénient que cet emplacement nous offre aujourd'hui, il nous l'offrira toujours. Il faudrait choisir sur la Loire un point au milieu d'une grande forêt, et dans cette hypothèse faites-moi connaître si Orléans conviendrait, ou sur la Seine, entre Saint-Germain et Rouen, un point situé au milieu des bois. Faites faire des recherches dans l'une et l'autre direction.

Je vous autorise à faire évacuer tout ce qui ne peut pas être réparé et mis en état pour le 15 mai, et à laisser tout ce qui pourra servir à cette époque.

Je vois que nous avons quatre régiments du train des équipages militaires, chacun de huit compagnies, chaque compagnie de 40 voitures, ce qui ferait 1,300 voitures. Il sera difficile de pouvoir organiser à Sampigny, d'ici au 15 mai, ce nombre de voitures. Je pense qu'il faudrait d'abord organiser quatre régiments à quatre compagnies, ce qui ferait seize compagnies ou 640 voitures.

Il faut près de 2,000 hommes pour ces seize compagnies; il en existe

1,000; c'est donc 1,000 hommes à avoir, et il est à espérer qu'on pourra les avoir d'ici au 15 mai.

Il faudra à peu près 3,000 chevaux; il en existe 300; 1,800 doivent être fournis; c'est donc 900 chevaux à acheter. Je vous autorise à faire cet achat.

Il faut 640 voitures; il y en a 240 à Strasbourg et à Paris, et il est probable que, sur les 900 voitures qui sont à Sampigny, 400 seront en état d'ici au 15 mai.

Il faut 3,000 harnais; ils existent.

Ainsi faites organiser à Sampigny seize compagnies, 640 voitures, 3,000 chevaux, 3,000 harnais, et dirigez tout le reste, voitures, matériel, harnais, sur le point que vous me proposerez sur la Loire ou sur la Seine.

640 voitures peuvent être suffisantes pour le premier moment. Il n'est donc question que d'acheter 900 chevaux; faites-les acheter autour de Sampigny. Faites-moi connaître quand on pourra faire partir une compagnie pour le 1er, pour le 2e, pour le 3e, pour le 4e et le 5e corps. Il serait urgent que ces compagnies partissent. Les voitures qui sont à Strasbourg peuvent être destinées au 5e et au 6e corps. Celles qui sont à Paris pourront être données au 6e.

NAPOLÉON.

D'après l'original comm. par Mme la maréchale princesse d'Eckmühl.

21836. — AU VICE-AMIRAL DUC DECRÈS,
MINISTRE DE LA MARINE, À PARIS.

Paris, 22 avril 1815.

Monsieur le Duc Decrès, j'ai reçu votre rapport du 15. Il me semble que d'ici au mois de septembre on ne peut penser à rien faire pour la marine. Je crois même que les ordres que j'ai donnés pour mes cinq vaisseaux à Toulon, s'ils doivent exiger beaucoup d'argent, pourraient être considérés comme non avenus.

Je croyais que vous étiez porté pour 70 millions au budget, mais il paraît que vous n'y êtes que pour 50. Je désirerais que ces 50 millions fussent employés au profit de l'armée de terre et de la défense de l'état. Tant que la crise ne sera pas passée, il est de peu d'importance de n'avoir pas de vaisseaux armés; mais je ne puis pas laisser sans emploi une si grande quantité de braves officiers. Mon projet est donc de lever 60 à 80,000 hommes sur mes côtes et d'y employer tous les officiers de marine et tous les officiers du génie maritime comme officiers, tous les ouvriers qui se présenteront et tous les anciens matelots comme soldats. Voilà donc une organisation de forces qui ne me coûterait que pour les soldats, mais qui ne me coûterait rien pour les officiers. Tous ces hommes enrégimentés seraient bien d'une autre importance que les gardes nationales.

Présentez-moi donc un projet de décret pour réduire vos dépenses sur les 50 millions au moins qu'il est possible, d'ici au mois de septembre, et pour lever :

1° 4 ou 5,000 ouvriers, qui seront formés en bataillons séparés, consacrés à la défense des ports, à l'exception de ceux qui viendraient aider à l'armée et qu'on placerait à la suite des parcs;

2° Pour compléter le corps d'artillerie au moins à 10 ou 12,000 hommes, de manière qu'on puisse le faire marcher à la défense des frontières;

3° Pour lever quarante à soixante bataillons d'équipages, chaque bataillon de six compagnies et chaque compagnie de 120 hommes, ayant pour officiers et sous-officiers des officiers et sous-officiers de marine. Deux bataillons d'équipages formeraient un régiment; un régiment serait commandé par un capitaine de vaisseau ou par un contre-amiral.

J'aurais ainsi vingt à vingt-cinq régiments dont la moitié pourrait être appelée à une armée de réserve, ce qui m'offrirait d'immenses avantages.

60,000 hommes ne doivent pas coûter plus de 30 millions; et comme la moitié (la dépense des officiers) est déjà comprise dans la dépense actuelle, cela ne ferait pas une dépense extraordinaire de plus de 12 à 20 millions.

Présentez-moi donc demain un projet pour former de bons bataillons d'ouvriers, de bons bataillons de canonniers et de bons bataillons d'équipages, en rappelant tout ce qui est au service de la marine. Cela sera d'autant plus avantageux que, la grande crise passée, nous aurons tous ces hommes sous la main pour leur faire monter nos vaisseaux.

Dans vos états de la marine, je ne vois pas le nombre d'hommes que vous soldez, soit comme canonniers, soit comme ouvriers, soit comme équipages. Remettez-moi cet état comparé avec ce que vous aviez au mois de mars 1814, en déduisant ce que nous avons perdu avec la Hollande, la Belgique et Gênes.

Faites-moi connaître la solde qu'il faudra donner à ces soldats pour être équitable; mais il me semble qu'y compris l'habillement cela ne s'éloigne guère du taux de l'armée de terre.

D'après l'original non signé comm. par Mme la duchesse Decrès.

21837. — AU VICE-AMIRAL DUC DECRÈS,
MINISTRE DE LA MARINE, À PARIS.

Paris, 22 avril 1815.

Monsieur le Duc Decrès, prenez les mesures nécessaires pour la Guadeloupe, la Martinique et Saint-Domingue, conformément aux ordres que je vous ai donnés.

Il ne s'agit pas de m'écrire, il s'agit de faire partir. Marchez de l'avant; tout cela devrait être fait.

NAPOLÉON.

D'après l'original comm. par Mme la duchesse Decrès.

21838. — AU PRINCE JOSEPH,
À PARIS.

Paris, 22 avril 1815.

Mon Frère, je vous envoie un projet de constitution, pour vous seul. Si vous avez quelques observations à me faire, vous me les apporterez ce soir.

NAPOLÉON.

D'après l'original comm. par le Cabinet de S. M. l'Empereur.

21839. — ACTE ADDITIONNEL
AUX CONSTITUTIONS DE L'EMPIRE.

Napoléon, par la grâce de Dieu et les constitutions, Empereur des Français, à tous présents et à venir, salut.

Depuis que nous avons été appelé, il y a quinze années, par le vœu de la France, au gouvernement de l'état, nous avons cherché à perfectionner, à diverses époques, les formes constitutionnelles, suivant les besoins et les désirs de la nation, et en profitant des leçons de l'expérience.

Les constitutions de l'Empire se sont ainsi formées d'une série d'actes qui ont été revêtus de l'acceptation du peuple.

Nous avions alors pour but d'organiser un grand système fédératif européen, que nous avions adopté comme conforme à l'esprit du siècle et favorable aux progrès de la civilisation. Pour parvenir à le compléter et à lui donner toute l'étendue et toute la stabilité dont il était susceptible, nous avions ajourné l'établissement de plusieurs institutions intérieures plus spécialement destinées à protéger la liberté des citoyens. Notre but n'est plus désormais que d'accroître la prospérité de la France par l'affermissement de la liberté publique. De là résulte la nécessité de plusieurs modifications importantes dans les constitutions, sénatus-consultes et autres actes qui régissent cet Empire.

A ces causes, voulant, d'un côté, conserver du passé ce qu'il y a de bon et de salutaire, et, de l'autre, rendre les constitutions de notre Empire conformes en tout aux vœux et aux besoins nationaux, ainsi qu'à l'état de paix que nous désirons maintenir avec l'Europe, nous avons résolu de proposer au peuple une suite de dispositions tendant à modifier et perfectionner ces actes constitutionnels, à entourer les droits des citoyens de toutes leurs garanties, à donner au système représentatif toute son extension, à investir les corps intermédiaires de la considération et du pouvoir désirables; en un mot, à combiner le plus haut point de liberté politique et de sûreté individuelle avec la force et la centralisation nécessaires pour faire respecter par l'étranger l'indépendance du peuple français et la dignité de notre couronne.

En conséquence, les articles suivants, formant un acte supplémentaire aux constitutions de l'Empire, seront soumis à l'acceptation libre et solennelle de tous les citoyens dans toute l'étendue de la France.

TITRE PREMIER.
DISPOSITIONS GÉNÉRALES.

ARTICLE PREMIER. Les constitutions de l'Empire, nommément l'acte constitutionnel du 22 frimaire an VIII, les sénatus-consultes des 14 et 16 thermidor an X, et celui du 28 floréal an XII, seront modifiés par les dispositions qui suivent. Toutes leurs autres dispositions sont confirmées et maintenues.

ART. 2. Le pouvoir législatif est exercé par l'Empereur et par deux chambres.

ART. 3. La première chambre, nommée *Chambre des Pairs*, est héréditaire.

ART. 4. L'Empereur en nomme les membres, qui sont irrévocables, eux et leurs descendants mâles, d'aîné en aîné, en ligne directe.

Le nombre des Pairs est illimité.

L'adoption ne transmet point la dignité de Pair à celui qui en est l'objet.

Les Pairs prennent séance à vingt et un ans, mais n'ont voix délibérative qu'à vingt-cinq.

ART. 5. La chambre des Pairs est présidée par l'archichancelier de l'Empire, ou, dans le cas prévu par l'article 51 du sénatus-consulte du 28 floréal an XII, par un des membres de cette chambre désigné spécialement par l'Empereur.

ART. 6. Les membres de la Famille Impériale, dans l'ordre de l'hérédité, sont Pairs de droit.

Ils siégent après le président.

Ils prennent séance à dix-huit ans, mais n'ont voix délibérative qu'à vingt et un.

Art. 7. La seconde chambre, nommée *Chambre des Représentants*, est élue par le peuple.

Art. 8. Les membres de cette chambre sont au nombre de six cent vingt-neuf.

Ils doivent être âgés de vingt-cinq ans au moins.

Art. 9. Le président de la chambre des Représentants est nommé par la chambre, à l'ouverture de la première session. Il reste en fonctions jusqu'au renouvellement de la chambre.

Sa nomination est soumise à l'approbation de l'Empereur.

Art. 10. La chambre des Représentants vérifie les pouvoirs de ses membres et prononce sur la validité des élections contestées.

Art. 11. Les membres de la chambre des Représentants reçoivent pour frais de voyage, et durant la session, l'indemnité décrétée par l'Assemblée constituante.

Art. 12. Ils sont indéfiniment rééligibles.

Art. 13. La chambre des Représentants est renouvelée de droit, en entier, tous les cinq ans.

Art. 14. Aucun membre de l'une ou de l'autre chambre ne peut être arrêté, sauf le cas de flagrant délit, ni poursuivi en matière criminelle ou correctionnelle, pendant les sessions, qu'en vertu d'une résolution de la chambre dont il fait partie.

Art. 15. Aucun ne peut être arrêté ni détenu pour dettes, à partir de la convocation, ni quarante jours après la session.

Art. 16. Les Pairs sont jugés par leur chambre, en matière criminelle ou correctionnelle, dans les formes qui seront réglées par la loi.

Art. 17. La qualité de Pair et de Représentant est compatible avec toutes les fonctions publiques, hors celles de comptables.

Toutefois les préfets et sous-préfets ne sont pas éligibles par le collége électoral du département ou de l'arrondissement qu'ils administrent.

Art. 18. L'Empereur envoie dans les chambres des ministres d'état et des conseillers d'état, qui y siégent et prennent part aux discussions, mais qui n'ont voix délibérative que dans le cas où ils sont membres de la chambre comme Pairs ou élus du peuple.

Art. 19. Les ministres qui sont membres de la chambre des Pairs ou de celle des Représentants, ou qui siégent par mission du Gouvernement, donnent aux chambres les éclaircissements qui sont jugés nécessaires, quand leur publicité ne compromet pas l'intérêt de l'état.

Art. 20. Les séances des deux chambres sont publiques.

Elles peuvent néanmoins se former en comité secret : la chambre des Pairs, sur la demande de dix membres; celle des Représentants, sur la demande de vingt-cinq. Le Gouvernement peut également requérir des comités secrets pour des communications à faire.

Dans tous les cas, les délibérations et les votes ne peuvent avoir lieu qu'en séance publique.

Art. 21. L'Empereur peut proroger, ajourner et dissoudre la chambre des Représentants.

La proclamation qui prononce la dissolution convoque les collèges électoraux pour une élection nouvelle, et indique la réunion des Représentants dans six mois au plus tard.

Art. 22. Durant l'intervalle des sessions de la chambre des Représentants, ou en cas de dissolution de cette chambre, la chambre des Pairs ne peut s'assembler.

Art. 23. Le Gouvernement a la proposition de la loi. Les chambres peuvent proposer des amendements; si ces amendements ne sont pas adoptés par le Gouvernement, les chambres sont tenues de voter sur la loi telle qu'elle a été proposée.

Art. 24. Les chambres ont la faculté d'inviter le Gouvernement à proposer une loi sur un objet déterminé, et de rédiger ce qu'il leur paraît convenable d'insérer dans la loi. Cette demande peut être faite par chacune des deux chambres.

Art. 25. Lorsqu'une rédaction est adoptée dans l'une des deux chambres, elle est portée à l'autre; et, si elle y est approuvée, elle est portée à l'Empereur.

Art. 26. Aucun discours écrit, excepté les rapports des commissions, les rapports des ministres sur les lois qui sont présentées et les comptes qui sont rendus, ne peut être lu dans l'une ou l'autre des deux chambres.

TITRE II.
DES COLLÉGES ÉLECTORAUX ET DU MODE D'ÉLECTION.

Art. 27. Les colléges électoraux de département et d'arrondissement sont maintenus, conformément au sénatus-consulte du 16 thermidor an x, sauf les modifications qui suivent.

Art. 28. Les assemblées de canton rempliront chaque année, par des élections annuelles, toutes les vacances dans les colléges électoraux.

Art. 29. A dater de l'an 1816, un membre de la chambre des Pairs, désigné par l'Empereur, sera président à vie et inamovible de chaque collége électoral de département.

Art. 30. A dater de la même époque, le collége électoral de chaque département nommera, parmi les membres de chaque collége d'arrondissement, le président et deux vice-présidents. A cet effet, l'assemblée du collége de département précédera de quinze jours celle du collége d'arrondissement.

Art. 31. Les colléges de département et d'arrondissement nommeront le nombre de Représentants établi pour chacun par l'acte et le tableau ci-annexés[1].

Art. 32. Les Représentants peuvent être choisis indifféremment dans toute l'étendue de la France.

Chaque collége de département ou d'arrondissement qui choisira un Représentant hors du département ou de l'arrondissement, nommera un suppléant qui sera pris nécessairement dans le département ou l'arrondissement.

Art. 33. L'industrie et la propriété manufacturière et commerciale auront une représentation spéciale.

L'élection des Représentants commerciaux et manufacturiers sera faite par le collége électoral de département, sur une liste d'éligibles dressée par les chambres de commerce et les chambres consultatives réunies, suivant l'acte et le tableau ci-annexés[2].

---

[1] et [2] Voir le *Bulletin des Lois*, n° 19.

TITRE III.
DE LA LOI DE L'IMPÔT.

Art. 34. L'impôt général direct, soit foncier, soit mobilier, n'est voté que pour un an. Les impôts indirects peuvent être votés pour plusieurs années.

Dans le cas de dissolution de la chambre des Représentants, les impositions votées dans la session précédente sont continuées jusqu'à la nouvelle réunion de la chambre.

Art. 35. Aucun impôt direct ou indirect, en argent ou en nature, ne peut être perçu, aucun emprunt ne peut avoir lieu, aucune inscription de créance au grand livre de la dette publique ne peut être faite, aucun domaine ne peut être aliéné ni échangé, aucune levée d'hommes pour l'armée ne peut être ordonnée, aucune portion du territoire ne peut être échangée, qu'en vertu d'une loi.

Art. 36. Toute proposition d'impôt, d'emprunt ou de levée d'hommes ne peut être faite qu'à la chambre des Représentants.

Art. 37. C'est aussi à la chambre des Représentants qu'est porté d'abord, 1° le budget général de l'état, contenant l'aperçu des recettes et la proposition des fonds assignés pour l'année à chaque département du ministère ; 2° le compte des recettes et dépenses de l'année ou des années précédentes.

TITRE IV.
DES MINISTRES ET DE LA RESPONSABILITÉ.

Art. 38. Tous les actes du Gouvernement doivent être contre-signés par un ministre ayant département.

Art. 39. Les ministres sont responsables des actes du Gouvernement signés par eux, ainsi que de l'exécution des lois.

Art. 40. Ils peuvent être accusés par la chambre des Représentants, et ils sont jugés par celle des Pairs.

Art. 41. Tout ministre, tout commandant d'armée de terre ou de mer peut être accusé par la chambre des Représentants et jugé par la chambre des Pairs pour avoir compromis la sûreté ou l'honneur de la nation.

Art. 42. La chambre des Pairs, en ce cas, exerce, soit pour caractériser le délit, soit pour infliger la peine, un pouvoir discrétionnaire.

Art. 43. Avant de prononcer la mise en accusation d'un ministre, la chambre des Représentants doit déclarer qu'il y a lieu à examiner la proposition d'accusation.

Art. 44. Cette déclaration ne peut se faire qu'après le rapport d'une commission de soixante membres tirés au sort. Cette commission ne fait son rapport que dix jours au plus tôt après sa nomination.

Art. 45. Quand la chambre a déclaré qu'il y a lieu à examen, elle peut appeler le ministre dans son sein pour lui demander des explications. Cet appel ne peut avoir lieu que dix jours après le rapport de la commission.

Art. 46. Dans tout autre cas, les ministres ayant département ne peuvent être appelés ni mandés par les chambres.

Art. 47. Lorsque la chambre des Représentants a déclaré qu'il y a lieu à examen contre un ministre, il est formé une nouvelle commission de soixante membres tirés au sort, comme la première, et il est fait par cette commission un nouveau rapport sur la mise en accusation. Cette commission ne fait son rapport que dix jours après sa nomination.

Art. 48. La mise en accusation ne peut être prononcée que dix jours après la lecture et la distribution du rapport.

Art. 49. L'accusation étant prononcée, la chambre des Représentants nomme cinq commissaires, pris dans son sein, pour poursuivre l'accusation devant la chambre des Pairs.

Art. 50. L'article 75 du titre VIII de l'acte constitutionnel du 22 frimaire an VIII, portant que les agents du Gouvernement ne peuvent être poursuivis qu'en vertu d'une décision du Conseil d'état, sera modifié par une loi.

TITRE V.
DU POUVOIR JUDICIAIRE.

Art. 51. L'Empereur nomme tous les juges. Ils sont inamovibles et à vie, dès l'instant de leur nomination, sauf la nomination des juges de paix et des juges de commerce, qui aura lieu comme par le passé.

Les juges actuels nommés par l'Empereur, aux termes du sénatus-consulte du 12 octobre 1807, et qu'il jugera convenable de conserver, recevront des provisions à vie avant le 1er janvier prochain.

Art. 52. L'institution des jurés est maintenue.

Art. 53. Les débats en matière criminelle sont publics.

Art. 54. Les délits militaires seuls sont du ressort des tribunaux militaires.

Art. 55. Tous les autres délits, même commis par les militaires, sont de la compétence des tribunaux civils.

Art. 56. Tous les crimes et délits qui étaient attribués à la haute cour impériale, et dont le jugement n'est pas réservé par le présent acte à la chambre des Pairs, seront portés devant les tribunaux ordinaires.

Art. 57. L'Empereur a le droit de faire grâce, même en matière correctionnelle, et d'accorder des amnisties.

Art. 58. Les interprétations des lois, demandées par la Cour de cassation, seront données dans la forme d'une loi.

TITRE VI.
DROITS DES CITOYENS.

Art. 59. Les Français sont égaux devant la loi, soit pour la contribution aux impôts et charges publiques, soit pour l'admission aux emplois civils et militaires.

Art. 60. Nul ne peut, sous aucun prétexte, être distrait des juges qui lui sont assignés par la loi.

Art. 61. Nul ne peut être poursuivi, arrêté, détenu ni exilé que dans les cas prévus par la loi et suivant les formes prescrites.

Art. 62. La liberté des cultes est garantie à tous.

Art. 63. Toutes les propriétés possédées ou acquises en vertu des lois et toutes les créances sur l'état sont inviolables.

Art. 64. Tout citoyen a le droit d'imprimer et de publier ses pensées, en les signant, sans aucune censure préalable, sauf la responsabilité légale, après la publication, par jugement par jurés, quand même il n'y aurait lieu qu'à l'application d'une peine correctionnelle.

Art. 65. Le droit de pétition est assuré à tous les citoyens.

Toute pétition est individuelle.

Ces pétitions peuvent être adressées, soit au Gouvernement, soit aux deux chambres; néanmoins ces dernières même doivent porter l'intitulé: *A Sa Majesté l'Empereur.*

Elles seront présentées aux chambres sous la garantie d'un membre qui recommande la pétition. Elles sont lues publiquement, et, si la chambre les prend en considération, elles sont portées à l'Empereur par le président.

Art. 66. Aucune place, aucune partie du territoire ne peut être déclarée en état de siége que dans le cas d'invasion de la part d'une force étrangère ou de troubles civils.

Dans le premier cas, la déclaration est faite par un acte du Gouvernement.

Dans le second cas, elle ne peut l'être que par la loi.

Toutefois, si, le cas arrivant, les chambres ne sont pas assemblées, l'acte du Gouvernement déclarant l'état de siége doit être converti en une proposition de loi dans les quinze premiers jours de la réunion des chambres.

Art. 67. Le peuple français déclare que, dans la délégation qu'il a faite et qu'il fait de ses pouvoirs, il n'a pas entendu et n'entend pas donner le droit de proposer le rétablissement des Bourbons ou d'aucun prince de cette famille sur le trône, même en cas d'extinction de la dynastie impériale, ni le droit de rétablir, soit l'ancienne noblesse féodale, soit les droits féodaux et seigneuriaux, soit les dîmes, soit aucun culte privilégié et dominant, ni la faculté de porter aucune atteinte à l'irrévocabilité de la vente des domaines nationaux. Il interdit formellement au Gouvernement, aux chambres et aux citoyens toute proposition à cet égard.

Donné à Paris le 22 avril 1815.

NAPOLÉON.

Extrait du *Bulletin des Lois* du 23 avril 1815, n° 19.

21840. — AU COMTE CARNOT,
MINISTRE DE L'INTÉRIEUR, À PARIS.

Paris, 24 avril 1815.

Monsieur le Comte Carnot, il serait convenable d'ordonner, dans chaque département, que l'on fabrique une certaine quantité de piques. Faites-en arrêter le modèle. Cela servirait à défaut de fusils et de faux.

NAPOLÉON.

D'après l'original. Archives de l'Empire.

21841. — AU MARÉCHAL DAVOUT, PRINCE D'ECKMÜHL,
MINISTRE DE LA GUERRE, À PARIS.

Paris, 24 avril 1815.

Mon Cousin, réitérez l'ordre de faire partir le 73e de Cherbourg, le 74e de Brest, le 65e, le 45e, le 11e de dragons, le 9e et le 3e de dragons, le 71e et le 67e; supprimez les séjours, et, quand les étapes seront petites et qu'ils pourront les doubler, autorisez-les à le faire. Le 67e, qui est à Vannes, n'arriverait que le 21 mai; c'est bien tard; il faut accélérer le mouvement de ces troupes et défendre que, sous quelque prétexte que ce soit, on le retarde.

Réitérez les ordres pour que le 6e de ligne, le 48e, le 58e et le 83e accélèrent leur mouvement sur Belfort, et que, sous aucun prétexte, personne ne les retienne.

Réitérez également les ordres au 5e léger, au 88e, au 10e, au 44e, qui doivent former la 20e division, pour qu'ils accélèrent leur mouvement sur Paris. Faites-moi connaître quand la 21e division, c'est-à-dire le 8e léger, le 15e de ligne, le 26e, le 61e seront arrivés sur la Loire; quand la 6e division de réserve sera complétée.

J'ai vu hier le 1er de hussards; pour quel corps est-il destiné? Il pourrait partir demain pour s'y rendre.

Je vous prie de me faire faire un rapport général sur la composition des neuf corps: que cet état, en forme de livret, comprenne la situation des différents corps au 15 avril, indique les généraux qui commandent toutes les divisions, le nom de tous les régiments et leur force, l'endroit où ils se trouvaient au 15 avril, le jour où ils seront tous rendus aux corps, l'artillerie et le génie des corps, le matériel de l'artillerie, ce qu'il doit y avoir et ce qui manque, quel arsenal doit le fournir et quand cela sera arrivé, la composition des administrations, quand chaque corps d'armée aura une compagnie d'équipages. J'attends cet état pour donner des ordres militaires et commencer à établir un plan de campagne.

Il faut avoir à Paris 300 pièces de canon pour l'artillerie; avoir un double approvisionnement et plusieurs millions de cartouches. Ces 300 pièces de canon seront destinées, à tous événements, à la défense de Paris, et indépendamment du parc de Vincennes, qui est destiné à augmenter l'artillerie de l'armée.

Je pense qu'il faudrait donner des ordres pour faire recruter pour les équipages du train.

NAPOLÉON.

D'après l'original comm. par Mme la maréchale princesse d'Eckmühl.

21842. — AU MARÉCHAL DAVOUT, PRINCE D'ECKMÜHL,
MINISTRE DE LA GUERRE, À PARIS.

Paris, 24 avril 1815.

Mon Cousin, j'ai signé hier un décret sur les corps francs. Je vous prie de me faire savoir si vous avez quelques observations à y faire. Mon intention est de le faire insérer au *Moniteur*, si vous ne le croyez susceptible d'aucune correction.

NAPOLÉON.

D'après l'original comm. par Mme la maréchale princesse d'Eckmühl.

21843. — AU GÉNÉRAL BARON DEJEAN,
AIDE DE CAMP DE L'EMPEREUR, À PARIS.

Paris, 24 avril 1815.

Rendez-vous à Beauvais. Vous y verrez le préfet et vous me ferez connaitre la situation du département. A-t-on commencé à organiser la garde nationale? Combien a-t-on de fusils? A-t-on changé les autorités municipales? Combien de vieux soldats dans le département? Les dépôts de cavalerie se remontent-ils? Vous me ferez un rapport de cette ville.

De là vous irez à Abbeville. Vous verrez la situation de cette place, où en est l'armement. Vous me ferez connaître l'esprit de la ville et de la garnison, et également si on a organisé la garde nationale.

De même à Amiens. Vous verrez quelle est la situation de la citadelle.

Vous irez ensuite à Montreuil, à Boulogne, à Calais et à Dunkerque, et vous m'enverrez un rapport pareil de chacune de ces places. Vous verrez dans les places maritimes la situation de la marine, soit en bâtiments de guerre, soit en bâtiments de commerce, et en détail le matériel de la marine.

Vous me parlerez des commandants de place et des officiers qui sont à la tête de l'artillerie et du génie. Dites-moi si on travaille avec activité à mettre ces places en état.

Vous parcourrez de là toute la frontière jusqu'à Landau.

Vous me ferez connaître dans quelle situation est le corps du général d'Erlon, la force des divisions, les généraux qui commandent, la composition de l'artillerie, du génie, de l'administration et des ambulances, enfin tout ce qui constitue l'armée. Faites-moi connaître aussi comment sont placés le corps du général d'Erlon et celui du général Reille.

A Douai, faites-moi connaître quand toute l'artillerie nécessaire à ces corps sera formée et ce qu'il y a actuellement.

Enfin je vous prie de me faire connaître l'état des ateliers d'armes qui doivent être dans toutes les places fortes pour réparer les fusils et les mettre en état.

Partout où vous trouverez des dépôts, vous me ferez connaître la situation des cadres des 3e, 4e et 5e bataillons, le nombre des vieux soldats qui ont rejoint, et quand on espère pouvoir envoyer de nouveaux renforts à l'armée.

On m'a beaucoup parlé de désertions. Vous prendrez l'état exact de toutes les désertions à l'ennemi, corps par corps, que vous m'enverrez.

Prenez aussi des renseignements sur la force des armées étrangères qui sont vis-à-vis, et sur les positions qu'elles occupent. Vous m'écrirez de toutes les places.

Engagez d'Erlon et Reille à presser de tous leurs efforts la formation de l'artillerie.

D'après la minute Archives de l'Empire.

21844. — AU MARÉCHAL DAVOUT, PRINCE D'ECKMÜHL,
MINISTRE DE LA GUERRE, À PARIS.

Paris, 26 avril 1815.

Mon Cousin, faites connaître au maréchal duc d'Albufera, s'il est encore à Lyon, qu'il faut qu'il y reste. S'il en est parti, expédiez-lui une estafette pour l'y rappeler. Je donne définitivement à ce maréchal le commandement de l'armée des Alpes, qui comprendra les 7e et 19e divisions militaires. Il portera son quartier général à Chambéry.

Faites connaître au maréchal Grouchy qu'aussitôt qu'il sera remplacé par le duc d'Albufera il revienne à Paris.

Pressez la levée des gardes nationales du Dauphiné et de la 6e division militaire.

NAPOLÉON.

D'après l'original comm. par Mme la maréchale princesse d'Eckmühl.

21845. — AU MARÉCHAL DAVOUT, PRINCE D'ECKMÜHL,
MINISTRE DE LA GUERRE, À PARIS.

Paris, 27 avril 1815.

Mon Cousin, donnez l'ordre au général Reille de porter son quartier général à Avesnes, de placer une division à Maubeuge et en avant de la ville dans les villages, de bien reconnaître toutes les positions de Maubeuge et de la frontière, de faire mettre dans le meilleur état de défense la place de Maubeuge, de s'assurer de deux ponts sur la Sambre, de bien visiter toute la frontière jusqu'à Philippeville afin de la connaître parfaitement, de faire fournir les travailleurs qui seront nécessaires pour Maubeuge, Bavay, Beaumont et pour les têtes de pont sur la Sambre. Il réunira ses cinq divisions derrière la Sambre, à l'exception de la division qui, comme je viens de le dire, sera cantonnée à Maubeuge et en avant.

Donnez ordre au général Drouet, comte d'Erlon, de porter son quartier général à Valenciennes, de reconnaître le camp de Maulde et le camp de Famars, et de réunir toutes ses troupes entre Condé et Valenciennes, dans les cantonnements à portée de ces deux places. Il laissera une division à Lille, jusqu'à ce que les gardes nationales soient levées pour occuper cette place. Il retirera ses troupes de Calais, de Dunkerque et de Boulogne aussitôt que cela sera possible.

Vous donnerez ordre à la 19e division de partir le 1er mai avec sa batterie d'artillerie, avec ses généraux de division et de brigade, et de se rendre à Laon, où cette division se cantonnera dans la ville et dans les villages environnants. Donnez cette division au général Simmer. Donnez le même ordre à la 6e division de réserve de cavalerie, qui partira également avec sa batterie. Vous aurez soin d'ordonner que chaque soldat ait ses cartouches, ses deux paires de souliers dans le sac, et que les cavaliers aient des fers de rechange. Le général Piré commandera ces deux divisions, qui se cantonneront aux environs de Laon. Je verrai ces deux divisions avec leur artillerie, les sapeurs, le génie de ces divisions, le 1er mai, à huit heures, aux Champs-Élysées. Ils auront leur pain et partiront de là pour faire leur étape.

Pressez l'arrivée de la 20e division; que sous aucun prétexte on ne retarde aucun des régiments qui la composent; qu'ils ne fassent pas de séjours et qu'ils doublent l'étape quand l'étape est petite.

Faites-moi connaître quand la 21e division arrivera à Orléans.

Donnez ordre au 1er de hussards de faire halte à Laon, où il se joindra à la 6e division de cavalerie et sera sous les ordres du général Piré.

Donnez ordre au général Vandamme de réunir son corps entre Rocroy et Mézières. La 10e division se réunira à Rocroy, la 11e division se réunira entre Mézières et Rocroy; le parc, entre Mézières et Rocroy. La 6e division de cavalerie se réunira également entre Mézières et Rocroy.

Vous donnerez ordre au comte d'Erlon et au général Reille, en cas d'événements imprévus, de prendre position derrière la Sambre. Le général Vandamme, sur le premier avis qu'il recevra du commencement des hostilités, s'approcherait de la même position pour appuyer la droite du camp établi derrière la Sambre, et, par ce mouvement, ces trois corps se trouveraient réunis. Le général Piré, sur l'avis d'une attaque, marcherait sur Guise, ce qui compléterait la réunion des quatre corps d'armée.

Donnez ordre qu'on forme des magasins à Avesnes pour 100,000 hommes et pour 20,000 chevaux pendant dix jours. Proposez-moi un ordonnateur qui se rendra sur-le-champ à Avesnes pour y diriger en chef l'administration de ces armées. Il prendra des mesures pour que Maubeuge, Avesnes, Capelle, Cambrai, Bavay et tous les points environnants fournissent l'approvisionnement dont je viens de vous indiquer les bases. Il faut établir des magasins par échelons, qui viennent sur Guise, Laon, Soissons, etc. Je n'ai pas besoin de dire qu'il faut des farines et réunir des moyens puissants.

Assurez-vous que les trois corps aient chacun leur ambulance. Faites partir pour Laon six compagnies d'équipages militaires pour faire le service des vivres.

Le général Ruty commandera l'artillerie; faites-le partir.

Qu'il y ait à Avesnes, Guise, Soissons, Maubeuge, Landrecies, Valenciennes, Condé, Philippeville, toutes les cartouches et munitions nécessaires pour l'approvisionnement de ces places.

Pressez l'organisation des gardes nationales de la 2ᵉ division, qui doivent tenir garnison dans les places de la Meuse, afin que toutes les troupes deviennent sur-le-champ disponibles. Ces gardes nationales s'habilleront et s'arrangeront successivement dans les places.

NAPOLÉON.

D'après l'original comm. par Mᵐᵉ la maréchale princesse d'Eckmühl.

21846. — AU MARÉCHAL DAVOUT, PRINCE D'ECKMÜHL,
MINISTRE DE LA GUERRE, À PARIS.

Paris, 27 avril 1815.

Mon Cousin, j'ai lu avec attention votre rapport du 26 avril sur l'artillerie. Vous me présentez la formation de trente-trois batteries à pied pour les neuf corps : mais le 7ᵉ corps, au lieu de six batteries, ne doit en avoir que trois; le 9ᵉ, au lieu de quatre batteries, ne doit en avoir que deux. C'est donc cinq batteries de trop; et, au lieu de trente-trois, il n'en faut plus que vingt-huit; ce qui, avec les deux de la jeune Garde, fait trente.

Les vingt batteries du parc de réserve de Vincennes ne seront servies que par l'École polytechnique, par un bataillon d'artillerie de marine qui arrive à Paris, et par des compagnies d'équipages de marins qui s'y rendent également. C'est donc vingt compagnies qui deviennent disponibles. Cet équipage de réserve n'a pas besoin de trois batteries d'artillerie à cheval. Ainsi c'est trois autres compagnies disponibles, et je n'ai plus besoin que de vingt et une compagnies d'artillerie légère. Le 8ᵉ corps n'a besoin que d'une batterie de réserve; il en est de même du 7ᵉ. Ainsi, au lieu de vingt-neuf batteries, je pourrais donc en ôter six (y compris les quatre du parc de Vincennes), et je n'aurais plus besoin que de vingt-trois batteries. Il ne faudra donc que cinquante-trois compagnies à pied, au lieu de quatre-vingts; il restera donc vingt-sept compagnies pour les parcs.

Sur les soixante et dix compagnies que vous avez destinées pour les côtes et pour les places, vous pouvez en retirer quatre pour Soissons, Château-Thierry, Vitry et Laon; l'artillerie de marine remplacera ces quatre compagnies. Ainsi on aura du personnel pour servir encore quelques nouvelles batteries.

Appliquez le même raisonnement au train. L'équipage de réserve de Vincennes, étant spécialement destiné à défendre Paris, n'a besoin que de quelques attelages. Le reste, on se le procurerait par des réquisitions faites au moment. Ainsi, comme au lieu de 856 bouches à feu il n'y en a besoin que de 600 attelées, il suffira de 12,000 chevaux. Nous en avons 12,600; ainsi nous avons le compte.

NAPOLÉON.

D'après l'original comm. par Mᵐᵉ la maréchale princesse d'Eckmühl.

21847. — AU MARÉCHAL DAVOUT, PRINCE D'ECKMÜHL,
MINISTRE DE LA GUERRE, À PARIS.

Paris, 27 avril 1815.

Mon Cousin, faites mettre en état le camp retranché de Maubeuge, en palissadant les ouvrages avancés, les deux réduits et successivement le reste. L'artillerie le fera armer de manière qu'il y ait le plus tôt possible le nombre de pièces nécessaire.

Les approvisionnements de bouche pour Maubeuge seront de 10,000 hommes.

Faites construire à Avesnes six fours de plus.

Faites partir de suite tous les officiers d'artillerie et du génie nécessaires aux places frontières.

Maubeuge étant une place importante, au lieu d'un maréchal de camp, il faut y mettre un lieutenant général et deux maréchaux de camp, mon intention étant d'y mettre dix bataillons de la garde nationale.

NAPOLÉON.

D'après l'original comm. par Mᵐᵉ la maréchale princesse d'Eckmühl.

21848. — AU MARÉCHAL DAVOUT, PRINCE D'ECKMÜHL,
MINISTRE DE LA GUERRE, À PARIS.

Paris, 27 avril 1815.

Mon Cousin, donnez l'ordre au 4ᵉ de hussards de faire partir trois ou quatre escadrons. Il en fera partir quatre, s'il a 600 hommes; trois, s'il n'en a que 450. Ces troupes se dirigeront sur Dijon. Vous me ferez connaître le jour où elles seront arrivées, et je leur donnerai une destination ultérieure.

La division de cavalerie de l'armée des Alpes ne sera plus composée que du 13ᵉ de dragons, du 15ᵉ de chasseurs et des escadrons restant du 4ᵉ de hussards. Cela me paraît suffisant pour un pays aussi difficile que la Savoie.

Je vous avais mandé de faire venir des troupes du corps d'observation des Pyrénées pour prendre position à Pont-Saint-Esprit, s'il y avait de la sûreté du côté de l'Espagne. Faites-moi connaître ce que vous avez fait. Il faut sur-le-champ donner l'ordre d'occuper Pont-Saint-Esprit et de l'armer. Envoyez-y deux compagnies de vétérans que vous tirerez du centre, un bon commandant et des officiers très-sûrs.

Je suppose que vous avez déjà donné des ordres pour l'armement de Sisteron, et que vous y avez placé un bon commandant. Mettez-y 200 vétérans venant de bons pays.

Ces deux points sont l'un et l'autre très-importants pour nos affaires intérieures.

Prenez des mesures efficaces pour que les petits forts de Lyon, du côté de la Suisse, soient mis en état de défense. Faites-y faire des redoutes, afin que ces forts puissent jouer tout leur jeu. Envoyez-y des officiers dévoués.

Je vous ai donné l'ordre de faire faire des travaux à Langres. Je suppose qu'on y remue déjà la terre et que les pièces vont être mises en batterie.

Ordonnez la mise en état d'Auxonne et chargez le général qui commande le département et les officiers du génie et de l'artillerie de visiter les ponts qui se trouvent sur la Saône, pour les mettre à l'abri des troupes légères ennemies. Il faut à Auxonne de l'artillerie, pour en donner à la garde nationale, qui sera chargée de défendre tous les débouchés. Cette artillerie n'a pas besoin d'être attelée; des attelages de réquisitions suffiront.

Ordonnez aussi la formation d'artillerie de garde nationale à Dijon, Saint-Jean-de-Losne, Chalon, Mâcon, Tournus et Villefranche; que partout on soit en état de défense.

Indépendamment du général Veaux, qui se ressent de ses blessures et qu'il faut laisser dans cette division, dont il est le patriarche, il faudrait y envoyer un général de division pour la défense de la Saône. Il se servira des maréchaux de camp et des officiers que vous avez dû envoyer sur ces points, pour les gardes nationales sédentaires.

NAPOLÉON.

D'après l'original comm. par Mme la maréchale princesse d'Eckmühl.

21849. — AU MARÉCHAL DAVOUT, PRINCE D'ECKMÜHL,
MINISTRE DE LA GUERRE, A PARIS.

Paris, 27 avril 1815.

Mon Cousin, donnez les ordres les plus positifs pour que, le 3 mai, les quatre batteries du 1er corps partent de Douai, ainsi que les trois batteries du 2e corps, et rejoignent les généraux Reille et d'Erlon aux lieux qu'ils auront choisis, derrière Avesnes et Valenciennes, pour placer leurs camps de réserve. Le général d'Erlon se trouvera avoir cinquante pièces de canon et le général Reille soixante.

Pressez l'organisation de l'artillerie du 3e corps, et faites recruter, dans Paris et les départements, des hommes pour le train d'artillerie. Écrivez au général Gérard et aux préfets de Metz et de Nancy pour leur en faire sentir l'importance, et qu'ils concourent de tous leurs moyens à la levée des hommes et des chevaux, afin que, le 5 mai, ce corps ait ses huit batteries attelées. Donnez ordre, par le télégraphe, que les quatre batteries attelées sortent de Metz et soient dirigées sur le corps d'observation de Gérard, qui les placera au lieu qu'il aura choisi pour son quartier général.

Mon intention étant que les gardes nationales soient placées dans les places, toutes les troupes qui s'y trouvent doivent être disponibles et cantonnées, en ayant derrière elles leur parc, etc.

Écrivez la même chose à Rapp, ainsi qu'à l'ordonnateur de Strasbourg et de Colmar.

Donnez l'ordre que tout l'équipage du 6e corps et de la cavalerie de réserve, ainsi que les batteries, partent le 30, avec les divisions qui sont à Paris. J'en passerai la revue aux Champs-Élysées.

NAPOLÉON.

D'après l'original comm. par Mme la maréchale princesse d'Eckmühl.

21850. — AU VICE-AMIRAL DUC DECRÈS,
MINISTRE DE LA MARINE, A PARIS.

Paris, 27 avril 1815.

Monsieur le Duc Decrès, donnez ordre qu'on mette sous les ordres du commandant de la 13ᵉ division militaire un bataillon d'artillerie de marine qu'on tirera soit de Lorient, soit de Brest, pour suppléer aux troupes de ligne, former une colonne mobile et réprimer les chouans. Donnez ordre que de même on fournisse de Rochefort environ 300 hommes d'artillerie de marine, pour former une colonne mobile destinée à maintenir l'ordre dans la Vendée.

NAPOLÉON.

D'après l'original comm. par Mᵐᵉ la duchesse Decrès.

21851. — AU GÉNÉRAL COMTE BERTRAND,
GRAND MARÉCHAL DU PALAIS, À PARIS.

Paris, 27 avril 1815.

Je désire que vous fassiez partir pour Compiègne un service de guerre de ma Maison, contenant un lit, une petite argenterie de campagne, deux brigades de chevaux de selle, une voiture de campagne, une petite tente, et enfin tout ce qui est nécessaire pour faire la guerre. Tout cela devra partir le 30 pour se rendre à Compiègne, où cela sera arrivé le 1ᵉʳ mai.

On fera partir, avec un bon officier et 40 gendarmes d'élite, un escadron de lanciers rouges de 120 hommes, un escadron de chasseurs de 120 hommes et un officier supérieur qui commandera le tout. Vous ferez également partir un ou deux chevaux de chaque aide de camp et officier d'ordonnance.

D'après la minute. Archives de l'Empire.

21852. — AU MARÉCHAL DAVOUT, PRINCE D'ECKMÜHL,
MINISTRE DE LA GUERRE, À PARIS.

Paris, 29 avril 1815.

Mon Cousin, il serait convenable d'envoyer le duc de Trévise en mission extraordinaire dans le Nord, et de lui adjoindre un officier du génie et un officier d'artillerie. Il parcourrait, depuis Calais, toute notre double ligne de places fortes jusqu'à Landau. Il se ferait rendre compte de tout et prendrait toutes les mesures que prescrivent les circonstances pour compléter le système de défense des places, assurer leurs approvisionnements, accélérer les travaux du génie et de l'artillerie, et opérer tous les déplacements nécessaires dans les commandants de place, officiers, adjudants, gardes-magasins. Enfin il serait chargé de faire tout ce qui est convenable pour mettre nos places dans la meilleure situation possible. Il passerait la revue des gardes nationales; il rallierait tout le monde au devoir; il ferait même des proclamations, et, comme un des premiers habitants des départements du Nord, il stimulerait le zèle de ses concitoyens et leur patriotisme. Parlez-en au duc de Trévise et présentez-moi, demain dimanche, au conseil, un projet de décret là-dessus.

NAPOLÉON.

D'après l'original comm. par Mme la maréchale princesse d'Eckmühl.

21853. — NOTES DICTÉES EN CONSEIL DES FINANCES.

Paris, 29 avril 1815.

PREMIÈRE NOTE.

Il sera formé par notre ministre de l'intérieur un état qui présentera par département :

1° Le montant des réclamations et demandes en indemnités formées par chaque département pour les réquisitions en vivres, fourrages, voitures, transports, fournitures, et pour pertes de tout genre supportées par chaque département, lequel montant paraît s'élever à 118 millions;

2° Le montant des compensations dont a profité chaque département par l'admission des bons de réquisition en payement des centimes extraordinaires de 1813 et 1814, et par les ordonnances royales de dégrèvement rendues en sa faveur, lesquelles compensations doivent s'élever à 76 millions;

3° Le montant de ce qui est encore réclamé par les départements pour solde de leurs demandes en indemnités, et qui doit être de 42 millions;

4° La réduction probable qui doit avoir lieu sur ces demandes, comparativement aux réductions qu'ont déjà éprouvées, par l'effet d'une liquidation exacte, les demandes antérieures;

5° Le restant à recouvrer sur les centimes extraordinaires de 1813 et 1814, lequel restant est évalué à 35 millions;

6° Ce que le recouvrement de ce qui est dû par chaque département sur cette somme laissera disponible, déduction faite de ce qui lui reste dû à titre d'indemnité;

7° Ce qui resterait dû à chaque département, pour son indemnité relative aux réquisitions, au delà de ce qu'il resterait devoir pour compléter le payement de sa contribution aux centimes extraordinaires de 1813 et 1814.

DEUXIÈME NOTE.

1° Notre ministre de l'intérieur rendra compte samedi prochain des réclamations faites par les départements et communes pour être indemnisés des réquisitions qu'ils ont souffertes en 1813 et 1814.

2° La première partie de son rapport fera connaître le montant des réquisitions faites par les ordonnateurs français pour le service des troupes françaises, et qui ne seraient pas encore soldées.

La seconde partie indiquera le montant des fournitures faites à l'ennemi.

Le ministre fera distinguer, pour ces deux espèces de réquisitions, ce qui a été liquidé et se trouve compensé, en vertu d'ordonnances royales, sur les centimes extraordinaires de 1813 et 1814, et ce qu'il est encore possible de compenser sur la portion des mêmes centimes extraordinaires qui restent à recouvrer.

En cas d'insuffisance, il proposera les moyens de pourvoir aux moyens de solder toutes les dettes, soit par des constitutions de rentes sur les fonds libres des revenus des communes, soit par toute autre mesure que nous pourrons adopter, après avoir pris connaissance des motifs des réclamations.

3° Notre ministre de l'intérieur nous remettra également l'état des maisons particulières brûlées et détruites par suite de l'invasion de l'ennemi. Il sera pourvu à leur reconstruction par la délivrance qui sera faite aux propriétaires des bois de charpente nécessaires, qui seront pris à cet effet dans les forêts de l'état, jusqu'à concurrence de la quantité nécessaire pour chaque reconstruction. Il sera fait estimation de la valeur des bois ainsi délivrés à chaque propriétaire des maisons qui auraient été détruites; ces bois ne pourront être employés par eux qu'à les réparer, sous la surveillance des autorités locales.

Le ministre de l'intérieur fera évaluer en argent la partie des réparations qui devra employer d'autres matériaux que du bois de charpente.

D'après la minute. Archives de l'Empire.

21854. — DÉCRET[1].

Palais de l'Élysée, 30 avril 1815.

NAPOLÉON, par la grâce de Dieu et les Constitutions, Empereur des Français,

En convoquant les électeurs des colléges en assemblée du Champ-de-Mai, nous comptions constituer chaque assemblée électorale de département en bureaux séparés, composer ensuite une commission commune à toutes, et, dans l'espace de quelques mois, arriver au grand but objet de nos pensées.

Nous croyions alors en avoir le temps et le loisir, puisque, notre intention étant de maintenir la paix avec nos voisins, nous étions résigné à souscrire à tous les sacrifices qui déjà avaient pesé sur la France.

La guerre civile du Midi à peine terminée, nous acquîmes la certitude des dispositions hostiles des puissances étrangères, et dès lors il fallut prévoir la guerre et s'y préparer.

Dans ces nouvelles occurrences, nous n'avions que l'alternative de prolonger la dictature dont nous nous trouvons investi par les circonstances et par la confiance du peuple, ou d'abréger les formes que nous nous étions proposé de suivre pour la rédaction de l'Acte constitutionnel. L'intérêt de la France nous a prescrit d'adopter ce second parti. Nous avons présenté à l'acceptation du peuple un Acte qui, à la fois, garantit

[1] Hormis quelques modifications introduites au moment de la publication, ce décret est tout entier de la main de l'Empereur.

ses libertés et ses droits, et met la monarchie à l'abri de tout danger de subversion. Cet Acte détermine le mode de la formation de la loi, et dès lors contient en lui-même le principe de toute amélioration qui serait conforme aux vœux de la nation; interdisant cependant toute discussion sur un certain nombre de points fondamentaux déterminés, qui sont irrévocablement fixés.

Nous aurions voulu aussi attendre l'acceptation du peuple avant d'ordonner la réunion des colléges et de faire procéder à la nomination des députés : mais, également maîtrisé par les circonstances, le plus haut intérêt de l'état nous fait la loi de nous environner le plus promptement possible des corps nationaux.

A ces causes, nous avons décrété et décrétons ce qui suit :

ARTICLE PREMIER. Quatre jours après la publication du présent décret au chef-lieu du département, les électeurs des colléges de département et d'arrondissement se réuniront en assemblée électorale au chef-lieu de chaque département et de chaque arrondissement.

Le préfet, pour le département, les sous-préfets, pour les arrondissements, indiqueront le jour précis, l'heure et le lieu de l'assemblée par des circulaires et par une proclamation qui sera répandue avec la plus grande célérité dans tous les cantons et communes.

ART. 2. Pour cette année, à l'ouverture de l'assemblée, le plus ancien d'âge présidera; le plus jeune fera les fonctions de secrétaire; les trois plus âgés après le président seront scrutateurs. Chaque assemblée, ainsi organisée provisoirement, nommera son président; elle nommera aussi deux secrétaires et trois scrutateurs. Ces choix se feront à la majorité absolue.

ART. 3. On procédera ensuite aux élections des députés à la chambre des Représentants, conformément à l'Acte envoyé pour être présenté à l'acceptation du peuple et inséré au *Bulletin des lois*, n° 19, le 23 avril courant.

ART. 4. Les préfets des villes chefs-lieux d'arrondissements commerciaux convoqueront, à la réception du présent, la chambre de commerce et les chambres consultatives, pour faire former les listes de candidats sur lesquelles les représentants de l'industrie commerciale et manufacturière doivent être élus par les colléges électoraux appelés à les nommer conformément à l'acte joint à celui énoncé en l'article précédent.

Art. 5. Les députés nommés par les assemblées électorales se rendront à Paris pour assister à l'assemblée du Champ-de-Mai et pouvoir composer la chambre des Représentants, que nous nous proposons de convoquer après la proclamation de l'acceptation de l'Acte constitutionnel.

Art. 6. Nos ministres sont chargés de l'exécution du présent décret.

NAPOLÉON.

Extrait du *Bulletin des lois* du 1er mai 1815, n° 24.

21855. — DÉCRET.

Palais de l'Élysée, 30 avril 1815.

Article premier. Il sera formé quatre armées et trois corps d'observation.

Art. 2. La première, sous le titre d'*Armée du Nord*, comprendra le territoire des 16e et 2e divisions militaires.

Elle sera composée des 1er, 2e, 3e et 6e corps et de trois divisions de réserve de cavalerie.

Toutes les places de la 16e et de la 2e division militaire seront occupées par les bataillons de grenadiers et chasseurs des gardes nationales.

Il y aura, en outre, plusieurs divisions de réserve de grenadiers et chasseurs de gardes nationales pour aider aux opérations de l'armée.

Art. 3. La seconde armée, sous le titre d'*Armée de la Moselle*, sera composée du 4e corps.

Elle comprendra le territoire des 3e et 4e divisions militaires. Toutes les places seront occupées par des bataillons de grenadiers et chasseurs des gardes nationales.

Il y aura, en outre, un corps de gardes nationales de réserve pour concourir aux opérations de l'armée.

Art. 4. La troisième armée sera l'*Armée du Rhin*.

Elle sera composée du 5e corps et de bataillons de chasseurs et de grenadiers des gardes nationales, qui occuperont les places fortes et formeront des réserves de gardes nationales pour aider aux opérations de l'armée.

Art. 5. Le 1er corps d'observation sera celui du Jura. Ce corps sera chargé de la garde des débouchés qui existent sur cette ligne de frontière depuis Belfort jusqu'auprès de Genève. Les places de Belfort, de Langres, de Montbéliard, et tout le territoire de la 6e division militaire, feront partie de son arrondissement.

Ce corps sera composé de la division de Belfort et des grenadiers et chasseurs des 6e et 18e divisions militaires.

Art. 6. La quatrième armée sera l'*Armée des Alpes*. Elle sera composée du 7e corps et comprendra le territoire des 7e et 19e divisions militaires.

Toutes les places seront occupées par des bataillons de chasseurs et grenadiers; et il y aura, en outre, un corps de réserve de gardes nationales pour opérer dans les montagnes.

Art. 7. Le 2e corps d'observation sera placé sur le Var. Il comprendra le territoire de la 8e division militaire et sera chargé de la défense du Var.

Art. 8. Le 3e corps d'observation sera celui des Pyrénées. Il sera chargé de la défense des Pyrénées.

Art. 9. Le ministre de la guerre nommera sur-le-champ l'état-major de chaque armée.

Il organisera les services du génie et de l'artillerie qu'il est urgent d'y attacher.

Enfin il fera rédiger par le comité de défense, pour chaque armée, une instruction sur la portion du territoire qu'elle est chargée de défendre.

Art. 10. Notre ministre de la guerre est chargé de l'exécution du présent décret. Il sera communiqué aux ministres de l'intérieur, de la police et du trésor.

Napoléon.

D'après l'ampliation. Dépôt de la guerre.

21856. — AU MARÉCHAL DAVOUT, PRINCE D'ECKMÜHL,
MINISTRE DE LA GUERRE, À PARIS.

Paris, 30 avril 1815.

Mon Cousin, si nous avons la guerre, et que je sois obligé de partir, mon intention est de vous laisser à Paris, ministre de la guerre, gouverneur de Paris et commandant en chef des gardes nationales, des levées en masse et des troupes de ligne qui se trouveraient dans la ville. Je n'ai point encore le projet de partir, et je ne suppose pas que l'ennemi nous attaque de tout le mois de mai. Cependant je désire que vous vous occupiez dès à présent de mettre la ville en état.

Vous aurez à Paris trente batteries de canons, de huit pièces chacune, qui seront au parc de Vincennes, ayant double approvisionnement.

Cette artillerie n'aura pas de personnel, ni d'attelages, ni de charretiers. Elle sera servie par un bataillon d'artillerie de marine, que j'ai mandé au ministre de la marine de diriger sur Paris, et qui servira six batteries; deux batteries seront servies par l'École polytechnique; deux batteries seront servies par l'École d'Alfort; deux batteries seront servies par l'École de Saint-Cyr; quatre batteries seront servies par les Invalides; six batteries seront servies par l'artillerie de ligne, et huit batteries seront servies par des équipages de matelots que j'ai ordonné au ministre de la marine de diriger sur Paris; total, trente batteries.

Il y aura des redoutes sur toutes les hauteurs de Paris pour contenir cette artillerie, et, au moment, on prendra dans la ville les attelages nécessaires pour les batteries mobiles.

Désignez un général d'artillerie pour être directeur du parc, et tout l'état-major d'artillerie nécessaire pour diriger ces trente batteries.

Désignez aussi un officier général du génie. Il ne faut prendre ni Rogniat, ni Haxo, ni Marescot, qui seront nécessaires pour les armées.

Votre troupe d'infanterie se composera de 30,000 gardes nationaux, de 20,000 hommes des levées en masse, de 20,000 hommes de troupes de marine, et enfin de 20,000 hommes que donneront les dépôts des régiments qui doivent se grouper sur Paris: ce qui fera plus de 90,000 hommes.

NAPOLÉON.

D'après l'original comm. par Mme la maréchale princesse d'Eckmühl.

21857. — AU MARÉCHAL DAVOUT, PRINCE D'ECKMÜHL,
MINISTRE DE LA GUERRE, À PARIS.

Paris, 30 avril 1815.

Mon Cousin, j'ai lu le mémoire du comité de défense. Il est indispensable de mettre Montbéliard à l'abri d'un coup de main, et que vous fassiez armer et mettre en état, sous peu de jours, Pierre-Châtel, Salins, le passage des Échelles, le fort de l'Écluse. Cela me paraît de la plus haute importance. Je suppose que vous vous en êtes occupé. Envoyez des officiers du génie et d'artillerie, avec les commandants que vous destinez pour ces forts, pour ne pas perdre une minute. Je vous ai écrit pour le château de Pont-Saint-Esprit et Sisteron. Il faut qu'avant le 10 ou 15 mai tous ces forts soient en état de défense et approvisionnés pour trois mois. Envoyez-y des compagnies de vétérans que vous pourrez tirer des places où vont se rendre les gardes nationales. Mettez aussi dans tous ces forts des escouades d'artillerie. Dans l'état de distribution des gardes nationales, il y a pour chacun de ces forts des bataillons de grenadiers et de chasseurs, qui seront aidés par ces escouades d'artillerie et par ces compagnies de vétérans. Il est de ces forts qu'il faut protéger par des redoutes sur des hauteurs ou par des abatis. Faites faire ces travaux et donnez ordre au commandant de la division territoriale ou du département de se rendre sur les lieux, et de ne pas bouger que tout ne soit en état.

Je dois vous avoir écrit pour les fortifications à faire à chacun des passages des Vosges. Je suppose que vous avez donné tous les ordres, et que le général Gérard veille à ce que tout s'exécute exactement. Tous les officiers du génie de son corps doivent y être employés. On doit requérir tous les paysans qui sont nécessaires, et faire travailler avec activité.

Il est probable que la Suisse sera neutre; mais les alliés pourraient violer son territoire: il faut donc s'occuper de retrancher toutes les gorges du Jura. Le général Haxo connaît mieux que personne les défilés de ces montagnes. Des retranchements et des redoutes pourraient être inutiles, si nous employions là de bonnes troupes; mais, comme nous ferons défendre le Jura par les gardes nationales des 6e et 18e divisions, qui ne sont flanquées à droite que par les chasseurs et grenadiers de la 19e division, il faut les appuyer sur des ouvrages et faire fortifier toutes les gorges.

Il est indispensable qu'il y ait à Besançon des pièces de campagne et quelques pièces de montagne sur affûts de traîneau, qu'on puisse donner aux gardes nationales qui défendront les défilés.

NAPOLÉON.

D'après l'original comm. par Mme la maréchale princesse d'Eckmühl.

21858. — AU MARÉCHAL DAVOUT, PRINCE D'ECKMÜHL,
MINISTRE DE LA GUERRE, À PARIS.

Paris, 1er mai 1815.

Mon Cousin, donnez ordre qu'on fasse transporter demain à l'École polytechnique un obusier, une pièce de 6 et une pièce de 12, et que toute l'École soit exercée à la manœuvre, de manière à pouvoir servir seize pièces de canon ou deux batteries. Aussitôt qu'ils sauront parfaitement la manœuvre des pièces de campagne, même les manœuvres de force, vous les ferez aller deux fois par semaine, le mercredi et le vendredi, à Vincennes, où ils s'exerceront au polygone à tirer au boulet.

NAPOLÉON.

D'après l'original comm. par Mme la maréchale princesse d'Eckmühl.

21859. — AU MARÉCHAL DAVOUT, PRINCE D'ECKMÜHL,
MINISTRE DE LA GUERRE, À PARIS.

Paris, 1er mai 1815.

Mon Cousin, si la batterie de Saint-Cyr est désarmée, donnez ordre qu'on y envoie demain six pièces de canon et qu'on forme dans l'École quatre compagnies, composées des plus grands, qu'on exercera à la manœuvre, afin qu'elles puissent servir quatre batteries, chacune de huit pièces de canon.

Donnez ordre également qu'à l'École d'Alfort on organise deux compagnies, pouvant servir chacune huit pièces de canon; qu'on y fasse l'exercice des pièces et que les élèves aillent ensuite tirer au polygone de Vincennes.

Donnez le même ordre pour l'École vétérinaire de Lyon.

NAPOLÉON.

D'après l'original comm. par M⁻ la maréchale princesse d'Eckmühl.

21860. — AU MARÉCHAL DAVOUT, PRINCE D'ECKMÜHL,
MINISTRE DE LA GUERRE, À PARIS.

Paris, 1ᵉʳ mai 1815.

Mon Cousin, je vous ai envoyé l'état de distribution des bataillons de grenadiers et de chasseurs des gardes nationales mises en réquisition jusqu'à ce jour. Il en résulte que l'armée du Nord, qui emploie en tout ou en partie ce que la 1ʳᵉ, la 2ᵉ, la 14ᵉ, la 15ᵉ et la 16ᵉ division fournissent, aura cent cinq bataillons de garnison.

Si, dans les départements où la levée est difficile, il y avait quelque déficit, on pourrait tirer de la deuxième ligne de quoi y suppléer. Ainsi, par exemple, le Calvados fournit cinq bataillons à Abbeville; Seine-et-Marne en fournit quatre à Meaux; l'Oise en fournit deux à Amiens : s'il y avait urgence, on pourrait tirer de ces différentes garnisons pour envoyer sur les points de l'extrême frontière où il y aurait déficit.

La garnison importante de Lille se trouve, d'après cet état, formée de sept bataillons de l'Aisne, qui sont bons, de quatre de la Seine-Inférieure, qui sont également bons, et de la garde sédentaire de la place.

Indépendamment de cent cinq bataillons de garnison, l'armée du Nord aura une division de réserve de grenadiers de gardes nationales, qui prendra le nom de *1ʳᵉ division de réserve de grenadiers de gardes nationales*. Cette division se réunira à Sainte-Menehould et sera commandée par un lieutenant général, deux maréchaux de camp et cinq colonels ou majors en second, que vous enverrez pour commander chaque régiment, que l'on composera de deux bataillons. On organisera, pour cette division, à Sainte-Menehould, une batterie de huit pièces de canon. Vous ferez comprendre la 1re division de réserve des gardes nationales dans l'état de situation du 6e corps, qui est la réserve de l'armée du Nord.

L'armée de la Moselle aura quarante-deux bataillons de gardes nationales, dont trente-deux tiendront garnison dans les places et dix formeront une division de réserve, qui portera le nom de *2e division de réserve des grenadiers de gardes nationales*. Cette division sera commandée par un lieutenant général, deux maréchaux de camp et cinq colonels ou majors. Elle aura également une batterie d'artillerie. Le général en chef de l'armée de la Moselle se servira de cette division, qui doit se réunir à Nancy, spécialement pour défendre les Vosges et appuyer ses mouvements. Mettez à la tête de cette division des généraux qui connaissent les Vosges.

L'armée du Rhin aura trente-cinq bataillons, dont vingt-neuf dans les places et six de réserve. Un lieutenant général, deux maréchaux de camp, trois majors ou colonels commanderont ces bataillons. La réserve aura une batterie; elle se réunira à Colmar et sera sous les ordres du général commandant la 5e division militaire.

Le corps d'observation du Jura aura quarante-six bataillons, dont vingt-deux dans la garnison et vingt-quatre en réserve. Ces vingt-quatre bataillons formeront deux divisions de réserve qui se réuniront, l'une à Vesoul et l'autre en avant de Besançon. Deux lieutenants généraux, quatre maréchaux de camp et douze colonels, majors ou lieutenants-colonels commanderont ces deux divisions, qui prendront les noms de *3e et 4e division de réserve de gardes nationales*. Elles seront spécialement chargées de la défense du Jura et de celle du débouché de Belfort. Si la Suisse reste neutre ou que l'ennemi ne viole pas sa neutralité, ces vingt-quatre bataillons se réuniront à Belfort, pour appuyer la droite des Vosges, couvrir le débouché de Belfort et tout le haut Rhin.

L'armée des Alpes aura cinquante-six bataillons, dont quatorze en garnison et quarante-deux en réserve. Ces quarante-deux bataillons de réserve formeront trois divisions, savoir : la 5ᵉ, la 6ᵉ division de réserve de gardes nationales, qui seront composées des vingt-quatre bataillons de la 7ᵉ division militaire; la 7ᵉ division de réserve de gardes nationales, qui sera composée des quatorze bataillons de la 19ᵉ division militaire. Ces trois divisions seront placées sous les ordres du général en chef de l'armée des Alpes : une au fort Barraux, une à Valence, et la 7ᵉ, avec les bataillons de la 19ᵉ division militaire, dans une position entre le fort de l'Écluse et Lyon, pour couvrir cette dernière ville contre une colonne ennemie qui viendrait de Genève. Il faut donc envoyer trois lieutenants généraux, six maréchaux de camp et vingt et un colonels ou majors, pour commander ces gardes nationales. Il faut également leur organiser des batteries.

Il faut donner pour instruction aux généraux commandant dans le Nord que les garnisons des places puissent se réunir et former des divisions actives, qui prennent position en avant des lignes. Cela doit s'appliquer à toutes les grandes garnisons. Metz, par exemple, qui a une excellente garde nationale, peut former ses grenadiers et chasseurs en une division de réserve, pour aller au secours de l'armée active, assurer les convois, etc. Il est donc nécessaire que les généraux en chef connaissent bien les troupes qui doivent composer les garnisons.

Vous devez donner des ordres pour que les grenadiers et chasseurs se rendent dans leurs garnisons respectives sans armes et sans leur habillement; et prenez des mesures pour que les armes et l'habillement leur soient fournis dans ces garnisons. Si, en exécution des ordres du ministre de l'intérieur, les préfets ont pris des mesures pour les habiller, il faut qu'ils leur envoient des habits. En attendant, ils s'exerceront et rendront les troupes de ligne disponibles. Il est important que, du 10 au 15 mai, toutes les places soient occupées par les gardes nationales, et que les troupes de l'armée, se réunissant dans les camps, deviennent mobiles.

Cela fait, en tout, deux cent quatre-vingt-quatorze bataillons, sans y comprendre les garnisons de la 13ᵉ et de la 14ᵉ division. Sur ces deux cent quatre-vingt-quatorze bataillons, quatre-vingt-douze sont réunis en divisions de réserve et deux cent deux forment la garnison des places.

Chaque régiment de garde nationale sera composé de deux bataillons.

Le colonel ou major, le chef de bataillon, les adjudants-majors seront tirés des troupes de ligne.

Ayez soin d'envoyer en Alsace des généraux et officiers qui parlent allemand.

NAPOLÉON.

D'après l'original comm. par Mme la maréchale princesse d'Eckmühl.

21861. — AU MARÉCHAL DAVOUT, PRINCE D'ECKMÜHL,
MINISTRE DE LA GUERRE, À PARIS.

Paris, 1er mai 1815.

Mon Cousin, vous devez faire connaître aux généraux commandant en chef les armées du Nord, de la Moselle, du Rhin, des Alpes et le corps d'observation du Jura, le système que j'ai adopté pour la défense du territoire. Leurs armées se composent de troupes actives et de troupes de garnison. Les garnisons sont toutes composées de bataillons de grenadiers et de chasseurs de gardes nationales et de la garde nationale sédentaire de la place. L'armée active se compose des troupes de ligne de toutes armes, des divisions de réserve des gardes nationales, des corps francs ou de partisans et de la levée en masse.

Je ne dirai rien ici de l'organisation des troupes de ligne qui doivent être sous leurs ordres.

Pour l'armée du Nord, il y a plusieurs chefs de corps d'armée qui ont chacun plusieurs divisions sous leur commandement. L'armée de la Moselle se compose de trois divisions d'infanterie déjà organisées, qu'il faut successivement renforcer, afin que chaque régiment ait ses quatre bataillons à l'armée. Il faut renforcer de même les régiments de l'armée du Rhin et ceux de l'armée des Alpes. Le commandant du corps du Jura aura la division d'infanterie qui est actuellement à Belfort.

La garde nationale active se compose d'une division de réserve pour le Nord, d'une division pour l'armée de la Moselle, d'une division pour l'armée du Rhin, de deux divisions pour le corps d'observation du Jura et de trois pour l'armée des Alpes.

Chaque général commandant en chef doit encourager la formation des corps de partisans dans son commandement. Il doit leur désigner les forêts, les ravins et les directions où ils doivent manœuvrer pour intercepter la ligne de communication, les convois et les courriers de l'ennemi. Vous devez faire imprimer le décret sur la formation des corps francs[1] et l'envoyer aux généraux et aux préfets, sans pour cela le faire insérer dans tout son contenu au *Moniteur*.

Les divisions de réserve de gardes nationales sont sous les ordres des lieutenants généraux. Les gardes nationales dans les garnisons sont sous les ordres des gouverneurs de place. Les partisans sont détachés et sous les ordres de ceux qui commandent les corps francs.

Les généraux commandants d'armée sont maîtres de donner la correspondance et la direction des corps francs aux lieutenants généraux des ailes, aux commandants des départements ou aux commandants des places sur lesquelles ces corps doivent s'appuyer. Mais il est important de ne pas les distraire de leur service et de leur laisser l'indépendance nécessaire dans leurs mouvements.

La levée en masse se compose de l'organisation de la garde nationale, de tous les gardes forestiers, de toute la gendarmerie et de tous les bons citoyens et employés qui voudraient s'y joindre. Elle doit être organisée par département et être sous les ordres d'un maréchal de camp, soit de celui qui est chargé de l'organisation des gardes nationales, soit de celui qui commande le département. Cette levée en masse doit se réunir au son du tocsin, et les généraux commandants en chef des armées doivent indiquer les points de ralliement qu'elle doit occuper en masse, tels que les défilés des ponts, les gorges des montagnes, ou lui donner des rendez-vous un jour d'affaire pour venir soutenir l'armée et tomber sur les flancs et les derrières de l'ennemi. Les généraux en chef seront les maîtres de charger un général de l'état-major de toute la correspondance et de la direction des levées en masse. Dans chaque département, le gé-

---

[1] Voir le décret n° 21831.

néral en chef indiquera les ponts, défilés et villes fermées que les levées en masse doivent plus spécialement défendre. Il doit donner des ordres pour que les habitants travaillent sur-le-champ à mettre en état de défense leur ville, leurs portes, leurs ponts par des barrières, des palissades ou des têtes de pont, selon les localités; de sorte que la cavalerie légère ennemie, les officiers porteurs d'ordres, les convois, les fourrageurs ennemis ne puissent se répandre nulle part. Le grand nombre de places fortes que nous avons sur la ligne du Nord, les défilés qui sont sur la droite, les grandes forêts d'alentour, comme celle de Mormal et autres, sont propices aux mouvements des partisans et des corps francs, et même pourraient servir de retraite à une portion de la levée en masse. Les gorges des Ardennes, la forêt de l'Argonne, les différentes lignes de rivières et un grand nombre de petites places fermées, qui sont à l'abri des incursions des troupes légères, doivent servir de points d'appui aux levées en masse pour la défense du pays. La défense du passage du Rhin, la défense des Vosges, celles des gorges de la Franche-Comté, les défilés du Jura et tous les défilés des Alpes sont extrêmement favorables aux opérations des autres armées.

Il sera nécessaire que les généraux en chef fassent connaître par des circulaires aux villes de leur commandement que sera réputée lâche et traître envers la patrie toute ville qui ne se défendrait pas contre des troupes légères, qui obéirait à des réquisitions ou se soumettrait à des sommations que l'ennemi n'aurait pas appuyées par des forces supérieures en infanterie; qu'en conséquence, chaque ville doit réparer ses portes, son enceinte, la défense de ses ponts, afin que la gloire acquise par les villes de Chalon, de Saint-Jean-de-Losne et de Tournus soit partagée par toutes les villes de France, et que l'exemple donné par Dijon et Mâcon ne se renouvelle plus.

Je pense qu'une circulaire bien faite, que vous-même vous adresseriez aux préfets et aux maires des villes, serait utile. Vous leur ferez sentir d'abord combien du succès de cette guerre, si elle a lieu, dépendent le salut de la France et son indépendance; combien notre cause est juste et sainte; que j'ai une forte armée que je commanderai moi-même, et que nous battrons l'ennemi; mais combien il est nécessaire que partout on soit prêt à concourir à la défense de l'honneur de la nation, et que partout l'ennemi ne trouve qu'obstacles et des Français animés par le plus pur patriotisme.

Des officiers du génie devront parcourir les localités et donner leurs avis.

Le comité de défense donnera des instructions pour défendre en deuxième ligne la Somme, la Meuse, les Vosges, la Saône et le Rhône.

Ces travaux faits, il nous restera à organiser, dans les meilleures provinces du centre, une quarantaine de bataillons pour occuper Bordeaux, Toulouse, les principaux débouchés de la Loire, Nantes, et contenir les malveillants qui voudraient exciter la guerre civile.

Il restera aussi à s'occuper du corps d'observation du Var et de celui des Pyrénées. Mais il ne faut pas perdre un moment pour organiser les armées du Nord, de la Moselle, du Rhin, du Jura et des Alpes.

Ainsi il y aura pour chaque armée un général en chef, un adjudant général, qui correspondra avec les partisans et en aura la direction, et un général qui correspondra avec les commandants de département pour les levées en masse et qui en aura la direction. Les généraux en chef seront l'âme de tout.

Je n'ai pas nommé de général en chef pour le Nord, parce que je me réserve ce commandement; mais vous chargerez le comte d'Erlon de faire l'organisation dans la 16ᵉ division militaire, et le général Vandamme dans la Meuse et les Ardennes.

NAPOLÉON.

D'après l'original comm. par Mᵐᵉ la maréchale princesse d'Eckmuhl

21862. — AU MARÉCHAL DAVOUT, PRINCE D'ECKMÜHL,
MINISTRE DE LA GUERRE, À PARIS.

Paris, 1ᵉʳ mai 1815.

Mon Cousin, vous donnerez l'ordre au général Haxo et au général Rogniat, accompagnés d'un colonel du génie et de deux capitaines, de se rendre demain sur les hauteurs de Montmartre, d'y tracer quatre redoutes de 60 à 80 toises de côté intérieur et battant les différents débouchés de la montagne. Le colonel et les deux capitaines seront chargés de la suite des travaux. Dès demain ces deux généraux feront placer les jalons. Dès mardi, le colonel et les officiers du génie monteront les ateliers et mettront 50 travailleurs à chaque redoute, de sorte qu'avant jeudi il y ait là 1,000 ouvriers qui travaillent. Mardi les généraux continueront de visiter des hauteurs; ils feront placer les jalons sur celles de Ménilmontant pour le tracé de tous les ouvrages qu'ils jugeront indispensable d'occuper. Ils ne perdront pas de vue que mon but est de favoriser des troupes inexpérimentées et de les mettre en état de tenir contre de vieilles troupes. Quand ils auront tracé les ouvrages de Ménilmontant et de Belleville, ils suivront, par Saint-Denis et autres points, la reconnaissance des positions à fortifier pour compléter la défense de Paris.

J'ai deux buts, l'un de faire voir que nous ne nous dissimulons pas le danger, l'autre de profiter du moment pour avoir ces ouvrages, qui, si nous avons la paix, se trouveront faits et pourront, dans de différentes circonstances, être utiles.

Vous autoriserez cette commission à se faire aider par un détachement de l'École polytechnique.

NAPOLÉON.

D'après l'original comm. par Mme la maréchale princesse d'Eckmühl.

21863. — AU MARÉCHAL DAVOUT, PRINCE D'ECKMÜHL,
MINISTRE DE LA GUERRE, À PARIS.

Paris, 9 mai 1815.

Mon Cousin, je vous ai mandé que je voulais trente batteries d'artillerie sans attelages ni personnel, pour le service de la défense de Paris. Mon intention est que vous fassiez sur-le-champ disposer un parc de dix batteries pour défendre Lyon; il n'y aura également ni personnel ni attelages. Ces batteries auront un double approvisionnement. Nommez un général pour commander cette artillerie, qui sera servie, 1° par un bataillon d'artillerie de marine de Toulon, qui servira six batteries;

2° par la compagnie de l'École vétérinaire, qui servira deux batteries; et par deux compagnies de gardes nationales qu'on formera et qui serviront les deux autres batteries. La compagnie d'ouvriers militaires qui sera attachée à l'armée des Alpes pourra travailler aussi aux fortifications de Lyon.

Les troupes chargées de défendre la ville consisteront dans la division des grenadiers et chasseurs de la 19° division militaire, qui se réunissent d'abord du côté du fort de l'Écluse, et se reploieraient sur Lyon; dans 8 ou 9,000 hommes de gardes nationales sédentaires de Lyon et des faubourgs; enfin dans les dépôts de troupes de ligne et détachements qui arriveraient de l'armée des Alpes.

Le général Curial, qui commande la division, commanderait cette place. Il faut lui donner un maréchal de camp actif et vigoureux, comme commandant d'armes, et lui organiser le service du génie et de l'artillerie, afin que tout cela ait l'ensemble et l'activité nécessaires.

Les dix batteries doivent être suffisantes pour défendre cette ville. Dans ce nombre, il est indispensable qu'il y ait au moins trente à quarante pièces de 12; et, quand les ouvrages seront plus avancés, il sera nécessaire d'y envoyer huit ou dix pièces de siége pour tirer d'un bord de la rivière à l'autre.

Je suppose que vous avez donné des ordres pour l'armement et la mise en état de Grenoble.

NAPOLÉON.

D'après l'original comm. par Mme la maréchale princesse d'Eckmühl.

21864. — AU MARÉCHAL DAVOUT, PRINCE D'ECKMÜHL,
MINISTRE DE LA GUERRE, À PARIS.

Paris, 2 mai 1815.

Mon Cousin, je vois, par votre rapport du 29 avril, que vous n'avez pas fait venir de troupes du corps d'observation des Pyrénées pour occuper Pont-Saint-Esprit: cela étant, je désire que vous donniez ordre au 62° régiment de ligne de se rendre à Napoléonville, chef-lieu de la Vendée, pour pourvoir à la sûreté et protéger les départements de l'Ouest.

ce qui permettra le départ des régiments qui sont retenus dans la Vendée et qui sont nécessaires au 6e corps.

Prévenez le général Clausel que j'ai ordonné la formation de bataillons de grenadiers et de chasseurs de la garde nationale, qui se rendront à Bayonne, à Pau, Saint-Jean-Pied-de-Port, Perpignan, Blaye et toutes les places frontières des Pyrénées, ce qui rendra disponible sa troupe de ligne. Donnez-lui ordre de former de ces bataillons des corps pour protéger les frontières des Pyrénées. Il sera attaché un régiment de cavalerie à chacun de ces corps.

NAPOLÉON.

D'après l'original comm. par Mme la maréchale princesse d'Eckmühl.

21865. — AU MARÉCHAL DAVOUT, PRINCE D'ECKMÜHL,
MINISTRE DE LA GUERRE, À PARIS.

Paris, 2 mai 1815.

Mon Cousin, je viens de lire l'avis du comité sur la défense de Lyon. La mesure que vous avez prise d'envoyer le général Montfort n'est pas suffisante. Ordonnez qu'on fasse un pont-levis au pont de la Guillotière; faites renforcer par une barrière le débouché du pont. Faites faire une tête de pont au pont des Brotteaux, afin d'avoir un point de ce côté pour l'offensive. Ordonnez la mise en état de l'enceinte, sur les hauteurs entre la Saône et le Rhône; faites établir plusieurs redoutes sur ces hauteurs, une, entre autres, en avant de la côte qui domine le Rhône; on y appuierait une flèche qu'on construirait sur le chemin de halage, ce qui la joindrait au Rhône et protégerait les palissades dont on garnirait le rempart qui arrive au fleuve. Ces ouvrages ne sont pas d'une grande difficulté. Ordonnez que l'armement ait lieu en même temps. Il est nécessaire que ce soit fait avant le 20 mai. L'armement n'empêche pas de travailler en même temps à la mise en état des ouvrages.

C'est déjà un grand résultat que de mettre Lyon à l'abri de la manière que j'ai déterminée ci-dessus; mais ce succès ne saurait être complet si l'on n'occupe également la rive droite de la Saône. Ordonnez donc qu'on y construise des redoutes : une qui remplace Pierre-Encise, ferme la ville de ce côté et la sépare du faubourg; l'autre qui couvre les hauteurs qui dominent le quartier Saint-Jean. Donnez ordre qu'une partie des sapeurs et des officiers du génie de l'armée des Alpes, ainsi que les officiers d'artillerie destinés à Toulon, se rendent dans la place sans délai.

On peut à la fois mettre en état le pont de la Guillotière, établir un second pont-levis au pont des Brotteaux, travailler à la tête de pont des Brotteaux, à la réparation de l'enceinte entre la Saône et le Rhône, et aux deux redoutes les plus importantes; l'une, comme je l'ai dit ci-dessus, en avant du côté du Rhône, de manière à appuyer une flèche qui longe le fleuve; l'autre du côté de la Saône, qui défende une flèche appuyée à la rivière. Il est nécessaire qu'au 5 mai les travaux soient en activité.

Pendant ce temps on reconnaîtra les hauteurs de Fourvières, sur la rive droite de la Saône, et on soumettra les projets des ouvrages au comité des fortifications.

Il sera nécessaire d'établir une barrière au pont de Perrache, afin qu'on soit maître de ne le couper qu'à la dernière extrémité.

NAPOLÉON.

D'après l'original comm. par Mme la maréchale princesse d'Eckmühl.

21866. — AU MARÉCHAL DAVOUT, PRINCE D'ECKMÜHL,
MINISTRE DE LA GUERRE, À PARIS.

Paris, 2 mai 1815.

Mon Cousin, écrivez de nouveau pour que les gardes nationales se rendent en toute diligence dans les places fortes, afin que le 10 mai il n'y ait plus un bataillon de troupes de ligne dans nos places, et qu'à cette époque tous les corps soient cantonnés; ou, s'il en reste encore dans les places, qu'ils n'y fassent aucun service, qu'ils soient entièrement disponibles; que les chevaux de peloton soient achetés, les ambulances organisées, et que chaque général ait toujours à l'avance, pour son corps d'armée, six jours de pain, qui se renouvellera par la consommation de chaque jour; de sorte qu'au premier ordre de départ le soldat emporte avec lui six jours de pain.

NAPOLÉON.

D'après l'original comm. par Mme la maréchale princesse d'Eckmühl.

21867. — AU MARÉCHAL DAVOUT, PRINCE D'ECKMÜHL,
MINISTRE DE LA GUERRE, À PARIS.

Paris, 2 mai 1815.

Mon Cousin, je vois, par le rapport du général Neigre, qu'il y a à Vincennes des pièces de 3, de 4, de 6, de 8 et de 12, et des obusiers de deux calibres, ce qui fait sept calibres différents. Je pense qu'il serait plus convenable, pour la défense de Paris, de n'avoir que des pièces de 12, de 6 et des obusiers d'un seul calibre. Comme vous avez un équipage à Lyon, on pourrait n'y mettre que des pièces de 8 et de 4. Enfin, si le bureau d'artillerie persiste à conserver ces deux calibres, il faudrait mettre le 8 et le 4 sur la rive gauche de la Seine, et avoir un parc séparé qui pourrait être placé aux Invalides et qui n'aurait rien de commun avec la rive droite, où seraient les principales forces, et qui n'aurait que des pièces de 12, de 6 et des obusiers d'un seul calibre.

Portez la plus grande attention à faire organiser et à accélérer par tous les moyens possibles les défenses commencées.

NAPOLÉON.

D'après l'original commun. par Mme la maréchale princesse d'Eckmühl.

21868. — AU COMTE CARNOT,
MINISTRE DE L'INTÉRIEUR, À PARIS.

Paris, 2 mai 1815.

Monsieur le Comte Carnot, vous m'avez présenté hier un travail sur la garde nationale de Paris. Les choix sont d'une grande importance. Je pense qu'il faut les faire examiner confidentiellement par une commission composée d'hommes chauds et qui connaissent Paris. On consultera ensuite les comtes Réal, Dubois et Regnaud de Saint-Jean-d'Angély, qui pourront ajouter des notes utiles. De cette façon on fera de bons choix, qui mettront à même de s'assurer l'opinion de cette grande cité.

NAPOLÉON.

D'après l'original. Archives de l'Empire.

21869. — AU GÉNÉRAL COMTE DEJEAN,
PREMIER INSPECTEUR GÉNÉRAL DU GÉNIE, À PARIS.

Paris, 2 mai 1815.

J'ai pris un décret qui met à votre disposition une somme de 500,000 francs pour les travaux des fortifications à faire aux environs de Paris. Tout le bois dont vous aurez besoin vous sera fourni des forêts du Domaine ou de celles de la Couronne. Prenez des mesures pour qu'il y ait demain 200 ouvriers employés aux travaux sur Montmartre, et, successivement, je désire que le nombre en soit porté à 4 ou 5,000. Je suppose que les ouvrages ont été jalonnés hier. Aussitôt que vous le pourrez, remettez-moi le plan de Montmartre, avec les ouvrages que vous vous proposez d'y faire; il faut qu'ils soient fortement palissadés: on pourrait même établir quelques blockhaus, si cela est jugé nécessaire.

Je suppose que dans la nuit le décret sera au ministère de la guerre; procurez-vous-le demain matin de bonne heure.

D'après la minute. Archives de l'Empire.

21870. — AU MARÉCHAL DAVOUT, PRINCE D'ECKMÜHL,
MINISTRE DE LA GUERRE, À PARIS.

Paris, 3 mai 1815.

Mon Cousin, vous trouverez ci-joints les vrais numéros qui étaient sous les aigles. Le fondeur à qui ils avaient été donnés pour être fondus vient de m'en faire hommage. Cela est précieux. Faites-les placer sous les aigles, et indemnisez le fondeur.

NAPOLÉON.

D'après l'original communiqué par Mme la maréchale princesse d'Eckmühl.

21871. — AU MARÉCHAL DAVOUT, PRINCE D'ECKMÜHL,
MINISTRE DE LA GUERRE, À PARIS.

Paris, 3 mai 1815.

Mon Cousin, vous pouvez donner l'ordre de tendre les inondations dans le Nord, partout où ces inondations ne feraient pas de dégâts;

mais, partout où elles pourraient produire une perte de 3,000 francs, il n'en faut faire aucune. Il faut que le comte d'Erlon ne donne l'ordre de les tendre que lorsque le premier coup de fusil aurait été tiré; mais, dans la situation actuelle des choses, il n'est pas impossible qu'on ne puisse gagner la récolte, et, après la récolte, l'inondation ne ferait plus de mal.

NAPOLÉON.

D'après l'original comm. par Mme la maréchale princesse d'Eckmuhl.

21872. — AU MARÉCHAL DAVOUT, PRINCE D'ECKMÜHL,
MINISTRE DE LA GUERRE, À PARIS.

Paris, 3 mai 1815.

Mon Cousin, je réponds à votre rapport du 27 avril. Faites votre répartition des 8,000 chevaux entre les différents départements. J'ordonnerai qu'on les paye en bons admissibles en payement des biens des communes et des forêts.

Je pense que l'approvisionnement de siége pour trois mois est suffisant; faites-moi connaître à combien cette dépense se montera, ainsi que celle pour la réquisition des chevaux.

Je voudrais prendre sur-le-champ des mesures pour ces deux fournitures. Faites-moi connaître l'argent que vous avez avancé. Il faudrait éviter les réquisitions pour le service de l'armée; il me semble que c'est facile; les consommations consistent en pain, eau-de-vie, légumes, fourrages et viande: le pain, l'eau-de-vie, les légumes, les fourrages sont fournis par le munitionnaire; il est tenu d'avoir trois mois d'avance; or la consommation de l'armée au 1er mai était pour 250,000 hommes et 40,000 chevaux : a-t-il pour 250,000 hommes et 40,000 chevaux pendant trois mois? Le munitionnaire général est tenu, à la fin de février, d'avoir pour six mois. Je pense qu'il faudrait traiter avec lui pour que, au lieu de février, il soit tenu d'avoir cette réserve à la fin de mai; alors on aurait pourvu à tout. En cas de réquisition, comme cela doit nécessairement avoir lieu, les munitionnaires seraient tenus de les payer, conformément à la circulaire qu'ils ont faite. Ils seraient également tenus des constructions extraordinaires de fours et de fournir les boulangers et employés nécessaires dans toutes les divisions de l'armée. Il s'agirait donc de s'assurer, 1° que le munitionnaire avait, au 1er mai, pour 250,000 hommes et 40,000 chevaux pendant trois mois, etc. 2° qu'une partie de cela était dans les places fortes, comme magasin journalier.

Dans cet état de choses, les approvisionnements de siège, déjà formés pour trois mois, se trouveraient assurés pour six mois en pain, fourrages, eau-de-vie et légumes. Le reste des trois mois serait réparti dans les différentes divisions militaires, pour le besoin des troupes.

Si vous exigez du munitionnaire qu'il fasse des magasins de réserve depuis Paris jusqu'à Meaux, Soissons, Laon, Guise et Avesnes, qu'il en fasse à Vitry, à Langres, à Strasbourg, à Metz; il les prendra sur les trois mois qu'il va être obligé d'avoir pour porter son avance à six mois. Vous vous procurerez facilement de cette manière une réserve de 23 millions de rations et 4 millions de fourrages. Il n'est donc plus question que d'obtenir du munitionnaire d'accéler son approvisionnement pour six mois, en réalisant aujourd'hui ce qu'il ne devait réaliser qu'en février.

Il me semble que cet arrangement doit lui être avantageux, puisque le blé est à meilleur prix aujourd'hui qu'il ne le sera en février. Cependant, comme il serait possible qu'il n'eût pas les fonds suffisants, je ne vois pas de difficulté à lui accorder un crédit de quelques millions sur les receveurs généraux, crédit qui se réaliserait, un million en juin, un million en juillet, un en août; et, si vous jugiez devoir lui avancer quatre millions, le dernier million serait réalisable sur septembre. La retenue de cette avance se ferait par un sixième chaque mois, à commencer en avril. Par ce moyen, le trésor ne serait pas constitué en avance réelle, le munitionnaire serait suffisamment garanti en ayant une avance de crédit, les services seraient assurés partout, on pourrait faire des magasins de réserve autant qu'on voudrait, puisqu'on aurait une réserve d'approvisionnement portée à six mois, et pourtant toutes nos places fortes se trouveraient aussi approvisionnées pour six mois. Alors l'armée vivrait sans réquisitions; il n'y aurait que le premier approvisionnement des places, pour trois mois, qui se serait fait par réquisition. On n'aurait plus qu'à s'occuper de la viande; ce qui va être le sujet d'une autre lettre.

NAPOLÉON.

D'après l'original comm. par Mme la maréchale princesse d'Eckmuhl.

21873. — AU MARÉCHAL DAVOUT, PRINCE D'ECKMÜHL,
MINISTRE DE LA GUERRE, À PARIS.

Paris, 3 mai 1815.

Mon Cousin, j'ai lu le rapport du 30 avril sur le service des vivres-viande. Les prix me paraissent excessifs et les conditions onéreuses. Une avance de 1,900,000 francs, qui n'est réalisable qu'en dix-neuf mois, est inadmissible. Quand on paye au fournisseur les cinq sixièmes comptant, il doit pourvoir à tout. L'échelle de proportion qu'on veut régler pour les prix, sur la quantité d'hommes à nourrir, n'est pas applicable à un territoire étendu et varié comme celui de la France. Le Var et le Jura n'ont aucun rapport entre eux; le territoire d'Alsace n'a aucun rapport avec celui de la Flandre; il en est de même de ce dernier territoire avec les Pyrénées; 27 centimes est un prix excessif.

Je pense qu'il serait convenable, puisque nous avons une grande entreprise, de réunir le service des vivres-viande à celui des vivres-pain: cela diminuera le nombre des agents. Cela fera une grande administration à laquelle il sera plus facile de maintenir un grand crédit. On opérerait alors pour les vivres-viande comme on opère avec elle pour les vivres-pain. On lui donnerait les cinq sixièmes de son service; et, si elle avait besoin de quelques avances, on ne lui ferait qu'une simple avance de crédit, qui pourrait s'élever à 1,800,000 francs, payables en juin, juillet, août, et qu'on retiendrait sur son service par mois, soit par tiers, soit par sixième. Ce simple crédit serait suffisant au munitionnaire pour se former un plus grand crédit. Si M. Montessuy n'a aucun fonds ni aucune avance, il est difficile qu'il puisse être chargé d'un grand service.

NAPOLÉON.

D'après l'original comm. par Mme la maréchale princesse d'Eckmuhl.

21874. — AU MARÉCHAL DAVOUT, PRINCE D'ECKMÜHL,
MINISTRE DE LA GUERRE, À PARIS.

Paris, 3 mai 1815.

Mon Cousin, je pense qu'il est indispensable de lever 120,000 hommes sur la conscription de 1815; mais qu'il serait utile de retarder encore quelques jours, jusqu'à ce que l'opération des anciens militaires soit plus avancée. Je pense aussi qu'il faudrait faire cette levée partiellement. Mais il est indispensable d'avoir une réserve pour nourrir la guerre.

Il est probable que nous ne retirerons pas plus de 100,000 hommes de l'appel des vieux militaires; ce qui complétera tout au plus les 2es et 3es bataillons. Les cadres des 4es et 5es bataillons resteront donc libres : je voudrais les destiner à recevoir la conscription de 1815.

Lorsque cette conscription rejoindra, les opérations militaires seront en train et notre territoire peut-être entamé sur quelques points. Le plus prudent me paraît de réunir cette conscription, 1° à Lyon, pour le Dauphiné et la Provence; on ferait venir à Lyon un nombre de cadres de bataillons nécessaire, et on y formerait un établissement d'habillement; 2° à Bordeaux ou toute autre ville voisine, pour les 11e et 20e divisions militaires; 3° à Toulouse, pour les 10e et 9e divisions militaires, et enfin à Paris, pour tout le reste de la France.

Il serait donc formé quatre armées de réserve : une à Paris, une à Lyon, une à Bordeaux et une à Toulouse. L'armée de réserve de Lyon serait composée d'autant de 4es bataillons qu'on pourrait tirer de conscrits des 8e, 7e et 19e divisions militaires; l'armée de réserve de Toulouse, d'autant de 4es bataillons qu'on pourrait tirer de conscrits des 9e et 10e divisions; l'armée de réserve de Bordeaux, d'autant de 4es bataillons qu'on pourrait tirer de conscrits des 11e et 20e divisions; enfin celle de Paris, d'autant de 4es bataillons qu'on pourrait tirer de conscrits des 1re, 2e, 3e, 4e, 5e, 6e, 12e, 13e, 14e, 15e et 16e divisions militaires.

Il serait formé quatre ateliers d'habillement dans chacune de ces quatre grandes villes, pour habiller ces quatre armées.

Faites-moi donc un projet qui me fasse connaître, 1° le nombre de bataillons dont pourra être composée chaque armée, 2° les corps qui les fourniront. On en formerait autant de divisions qu'il y aurait de fois douze bataillons.

NAPOLÉON.

D'après l'original comm. par Mme la maréchale princesse d'Eckmühl.

21875. — AU VICE-AMIRAL DUC DECRÈS,
MINISTRE DE LA MARINE, À PARIS.

Paris, 3 mai 1815.

Je ne conçois rien à la lettre que vous m'écrivez aujourd'hui. Je vous ai déclaré que je ne voulais pas faire d'appel. Voilà quinze jours de perdus bien malheureusement. Avec cette manière il est impossible de réussir à rien. Comment n'avez-vous pas déjà nommé les capitaines de vaisseau qui doivent commander les régiments, les capitaines de frégate qui doivent commander les bataillons, et les lieutenants de vaisseau qui doivent commander les compagnies? Et comment n'avez-vous pas déjà envoyé ces officiers en recrutement pour presser la réunion des marins? Comment n'avez-vous pas expédié une circulaire pour réunir tous ces hommes? Faites-le dans la journée. Je croyais que depuis longtemps c'était fait.

NAPOLÉON.

D'après la minute. Archives de l'Empire.

21876. — AU GÉNÉRAL COMTE BERTRAND,
GRAND MARÉCHAL DU PALAIS, À PARIS.

Paris, 5 mai 1815.

Je viens d'arrêter le budget des théâtres. Il y a un article assez fort pour location de loges, et je crois avoir fait des fonds pour la même dépense au budget de ma Maison; vérifiez s'il y a double emploi. Je donne dans le budget de ma Maison 200,000 francs à des musiciens, à des chanteurs, etc. Il faudrait que dans les distributions que vous faites il n'y eût pas de doubles emplois.

Vous trouverez ci-joint l'état des gratifications à payer pour le reste de l'année aux acteurs.

D'après la minute. Archives de l'Empire.

21877. — AU MARÉCHAL DAVOUT, PRINCE D'ECKMÜHL,
MINISTRE DE LA GUERRE, À PARIS.

Paris, 7 mai 1815.

Mon Cousin, je reçois l'état des chevaux qui doivent être remis par la gendarmerie. Je vois que les 150 du 2ᵉ régiment de carabiniers et les 315 du 1ᵉʳ, qui doivent être livrés le 12 et le 14, seront obligés de se rendre à Lunéville, pour revenir ensuite à Laon. Je perds quinze jours. Je désire que ces deux détachements soient montés et équipés à Paris et à Versailles, qu'on leur donne des selles de la gendarmerie et qu'ils soient dirigés de suite sur Laon. Si les habillements leur manquent, qu'on les leur procure également à Paris. Par ce moyen, j'aurai à l'armée, avant le 20 mai, 450 hommes que je n'aurais pas eus avant le 10 juin par la marche qu'on avait prise.

Je dis la même chose du 2ᵉ de cuirassiers, du 3ᵉ et du 1ᵉʳ de dragons, auxquels il doit être remis 200 chevaux le 10 mai. Ils peuvent être équipés et montés à Blois et à Tours.

Je dis la même chose du 3ᵉ de cuirassiers, du 8ᵉ de dragons, qu'on peut faire partir de Chartres, où ils doivent recevoir 250 chevaux.

Il en est encore de même du 4ᵉ de cuirassiers, des 12ᵉ et 15ᵉ de dragons, auxquels on doit fournir, à Rouen, 400 chevaux. Le 12ᵉ de dragons peut envoyer 139 hommes à Bourges, pour y recevoir les 139 chevaux qui lui manquent, et ainsi de suite.

Vous devez avoir soin de faire fournir par la gendarmerie toutes les selles dont on peut avoir besoin. Presque partout vous devez être encore à temps de donner à cet égard les ordres nécessaires.

En résumé, il faut que les chevaux qui doivent être remis soient menés directement aux escadrons de guerre, lorsque les dépôts seront éloignés de plus de cinq jours de marche, et il faut alors que les hommes et les effets d'habillement reçoivent sur-le-champ la même direction.

NAPOLÉON.

P. S. Il aurait fallu, pour que votre état fût parfait, qu'il indiquât les lieux où se trouvent les escadrons de guerre que doivent rejoindre les détachements; faites-le refaire, et, lorsque vous l'aurez sous les yeux, expédiez à tous les régiments et dépôts les ordres nécessaires pour que les détachements ne fassent point de fausses marches, et que, dans les cas que je viens d'indiquer, ils se rendent en droite ligne aux escadrons de guerre.

<small>D'après l'original comm. par Mme la maréchale princesse d'Eckmuhl.</small>

21878. — AU GÉNÉRAL COMTE BERTRAND,
GRAND MARÉCHAL DU PALAIS, À PARIS.

Paris, 7 mai 1815.

Je n'entends que plaintes de la part des personnes qui viennent de l'île d'Elbe; cela fait le plus mauvais effet. J'avais l'habitude de m'en rapporter pour ces sortes de grâces au grand maréchal; et, comme vous connaissez individuellement les personnes dont il s'agit, je n'aurais pas supposé que vous missiez du retard à vous occuper d'elles. Prenez ce qui est nécessaire dans ma cassette. Ne donnez au grand aumônier ce qui est mis à sa disposition pour secours qu'à dater du 1er mai. Employez vous-même les 10,000 francs du grand aumônier pour avril et les 10,000 francs qui sont à votre disposition pour le même mois, ce qui fera 20,000 francs; de manière que tous les individus arrivés avec moi de l'île d'Elbe soient le plus promptement secourus, et que tout le monde soit content.

<small>D'après la minute. Archives de l'Empire.</small>

21879. — AU MARÉCHAL DAVOUT, PRINCE D'ECKMÜHL,
MINISTRE DE LA GUERRE, À PARIS.

Paris, 9 mai 1815.

Mon Cousin, je vous renvoie les états du général Rapp. Vous lui ferez connaître que mon intention est qu'il ne reste pas un seul homme de troupes de ligne dans nos places fortes, qui doivent être abandonnées aux gardes nationales d'élite et aux gardes nationales sédentaires. Je suppose que vous me proposez un gouverneur pour Strasbourg et pour toutes les places de l'Alsace. Il doit y avoir à Strasbourg un commandant d'armes, un maréchal de camp commandant des gardes nationales sédentaires et deux maréchaux de camp commandant les deux brigades d'élite de grenadiers de garde nationale. Indépendamment de ce, il doit y avoir des officiers d'artillerie commandants et des officiers commandant le génie. Les seules troupes de ligne qu'on puisse garder dans les places sont celles d'artillerie, mais dans le nombre déterminé par votre bureau d'artillerie, de manière que cela ne nuise en rien à l'armée du Rhin. Toutes les troupes étant ainsi réunies au corps d'armée, mon intention est que la surveillance du Rhin, depuis Huningue jusqu'à Strasbourg, et depuis Strasbourg jusqu'aux lignes de Wissembourg, soit donnée aux gardes nationales qui font partie des garnisons. Les places se concerteront entre elles pour que leurs détachements puissent se croiser. On construira quelques redoutes, on crénellera quelques maisons, pour mettre le rivage à l'abri du passage de l'ennemi. Il doit y avoir dans les places des pièces de campagne qui seront attelées, dans le moment, par des chevaux de la ville ou des environs et que des charretiers du pays conduiront. On pourra, de cette façon, les conduire aux postes les plus importants. Le général Rapp doit ordonner la construction de ces ouvrages de campagne et de ces redoutes. Le quartier général doit se porter entre Strasbourg et Landau; toutes les divisions doivent être cantonnées aux environs des lignes de Wissembourg et de la Lauter, sans qu'aucun homme de cavalerie ni d'infanterie reste dans les places. On doit accélérer dans les dépôts, l'armement et l'équipement de tous les hommes qui arrivent, et en augmenter sans délai les bataillons actifs. Au moment où les hostilités commenceraient, mais à ce moment seulement, les dépôts devront se diriger sur l'intérieur, conformément à ma lettre d'hier. Tous les officiers et soldats réformés ou jouissant de la solde de retraite doivent être réunis dans les places fortes, à moins qu'ils ne soient employés dans la levée en masse, et, dans ces places, ils serviront comme instructeurs et soutiendront le zèle des gardes nationales par leur expérience. Enfin il est convenable que les états-majors aient un nombre surabondant d'officiers. Je pense donc que le général Rapp doit, avant le 12 mai, avoir 20,000 hommes aux lignes de Haguenau. Il se mettra en correspondance avec le général Gérard, qui réunira ses troupes dans la position qu'il jugera la plus convenable, près de Longwy, ou de Thionville, ou de Sarrebruck. Ces deux généraux correspondront entre eux par Bitche, en assurant tous leurs moyens de communication. Le général Gérard recevra le même ordre de faire évacuer par les troupes de ligne toutes les places fortes, en n'y laissant que le personnel d'artillerie que vous aurez désigné.

Les gardes nationales sédentaires et d'élite doivent seules former les garnisons des places; les dépôts resteront jusqu'au dernier moment dans les places. On y accélérera les confections et on augmentera les troupes actives par tous les moyens possibles. On complétera d'abord les deux premiers bataillons à 500 hommes; après cela, on complétera le 3e bataillon également à 500 hommes. Quand on aura ainsi complété les trois premiers bataillons à 1,500 hommes, on s'occupera ensuite de les compléter chacun à 600 hommes. Les cadres du 4e bataillon et les dépôts, au moment de la déclaration de guerre, sortiraient des places pour se rendre dans l'intérieur, conformément à la lettre que je vous ai écrite. Il ne faut donc pas que, pour la garde des grandes places, on affaiblisse d'un seul homme les troupes de ligne.

Quant aux officiers et soldats réformés, on prendra, pour les places de la Moselle, les mêmes mesures que pour les places du Rhin. Vous donnerez ordre qu'on fasse atteler deux batteries de huit pièces de garde nationale par des chevaux et des charretiers du pays; ces batteries seront attachées, l'une à la division de Colmar et l'autre à la division de réserve de la Moselle, qui se réunit à Nancy. Le général Lecourbe doit réunir tout son corps d'armée au camp devant Belfort, de manière à être protégé par la place, en occupant une bonne position. C'est là que toutes les gardes nationales qui ne sont pas destinées à la défense des places de la 6ᵉ division doivent se réunir, même les divisions qui se réunissent à Besançon et Vesoul, si la Suisse reste neutre. Le général Lecourbe doit faire faire quelques redoutes pour protéger son camp, de manière à couvrir tout à fait cette trouée. Sur sa gauche se trouvera la division de réserve qui est à Nancy et qui doit garder les Vosges. Si, au contraire, la neutralité de la Suisse était violée, ou si elle se déclarait contre nous, une forte partie de ces gardes nationales devrait défendre le Jura.

Vous devez donner les mêmes ordres au général Vandamme, et j'espère que, du 10 au 15, il n'aura plus un seul homme dans les garnisons, qu'elles seront toutes abandonnées à la garde des gardes nationales d'élite et des gardes nationales sédentaires. Le général Vandamme doit réunir son corps, comme je l'ai déjà prescrit, du côté de Rocroy et de Philippeville. Vous lui ferez connaître qu'il fait partie de l'armée du Nord; qu'il doit pouvoir s'y réunir sur la Sambre, où je me trouverai probablement moi-même, afin d'agir avec de grandes masses. Il faut presser le départ des gardes nationales dans les 1ʳᵉ et 15ᵉ divisions, afin d'occuper toutes les places du Nord, et que, du 10 au 15, si cela est possible, nous n'ayons plus un seul homme de troupes de ligne dans les places du Nord, hormis les dépôts qui recevront l'ordre de se rendre successivement sur la Somme. Il faut que les généraux, le comte d'Erlon pour le Nord, le général Vandamme, le général Gérard pour l'armée de la Moselle, le général Rapp pour l'armée du Rhin, fassent faire des revues par leurs aides de camp et pressent de tous leurs moyens l'arrivée des soldats; que ceux-ci rejoignent et augmentent les corps. Pourvu qu'ils aient un fusil, une capote et une tournure militaire quelconque, cela est suffisant. Le principal est d'accroître le nombre et la force de nos bataillons.

Donnez la même instruction générale aux généraux commandant le corps d'observation du Jura et l'armée des Alpes.

Je ne saurais trop vous recommander la mise en état de défense de Lyon, de Grenoble et de tous les petits forts qui défendent les débouchés de la Suisse. Le général Lecourbe et le commandant de l'armée des Alpes doivent, chacun de son côté, envoyer des officiers d'état-major pour presser la mise en état de leurs places.

Je vous recommande qu'il y ait un chef de bataillon de ligne pour chaque bataillon de gardes nationales en activité, un major ou colonel pour chaque régiment de gardes nationales de deux bataillons, un maréchal de camp pour chaque brigade de deux régiments de gardes nationales, et enfin un maréchal de camp pour commander les gardes nationales sédentaires dans les villes des frontières qui ont plus de 2,000 habitants organisés en garde nationale, et seulement un colonel dans les places fortes dont la garde sédentaire serait au-dessous de ce nombre.

Dans une autre dépêche, je vous ferai connaître ce que doivent faire les généraux commandant les divisions militaires, ainsi que les maréchaux de camp sous leurs ordres, pour ne pas être renfermés dans les places.

Vérifiez si partout il y a des gouverneurs, des officiers d'artillerie, des officiers du génie, et le nombre d'officiers de ligne nécessaire pour les places.

NAPOLÉON.

D'après l'original comm. par Mᵐᵉ la maréchale princesse d'Eckmühl.

21880. — AU MARÉCHAL DAVOUT, PRINCE D'ECKMÜHL,

MINISTRE DE LA GUERRE, À PARIS.

Paris, 9 mai 1815.

Mon Cousin, donnez ordre aux généraux qui commandent la division de réserve de la Moselle, qui se réunit à Nancy, et celle du Nord, qui se réunit à Sainte-Menehould, de prendre tout de suite des mesures pour fortifier les passages des Vosges et de l'Argonne.

NAPOLÉON.

D'après l'original comm. par Mᵐᵉ la maréchale princesse d'Eckmühl.

21881. — AU MARÉCHAL DAVOUT, PRINCE D'ECKMÜHL,
MINISTRE DE LA GUERRE, À PARIS.

Paris, 9 mai 1815.

Mon Cousin, il y a, dans la 16e division, le 20e de dragons qui a 300 chevaux et pas d'hommes, d'autres qui ont des hommes et pas de chevaux, d'autres qui ont des selles et pas d'habits, d'autres enfin qui ont des habits et pas de selles. Je désirerais qu'un officier général de cavalerie qui se trouverait déjà sur les lieux reçût de vous la mission spéciale de parcourir ces dépôts, avec pouvoir de disposer des chevaux d'excédant en faveur des dépôts de même arme qui auraient des hommes habillés non montés; de prendre des selles où il y en aurait de trop pour en donner à ceux qui en manqueraient; enfin de placer les habits où sont les besoins : tout cela dans le but de rendre un plus grand nombre d'hommes disponibles pour les escadrons de guerre. On partira du principe que c'est aux régiments qui ont des hommes qu'on devra remettre les chevaux et les selles d'excédant, vu qu'il y aurait de l'inconvénient à changer les hommes de corps.

Cette première opération faite, il serait utile de faire un dépôt central de tous les dépôts de la 16e division, sans attendre les mouvements de l'ennemi. Ce dépôt central serait bien à Amiens. Le même officier général qui se rendrait aux dépôts correspondrait avec le général Bourcier pour activer le départ du plus grand nombre d'hommes possible.

La même opération pourrait être faite par les soins du général Rapp dans la 5e division, dont il ferait parcourir les dépôts par un officier général. Elle pourrait se faire également dans les 3e et 4e divisions. Enfin le général Bourcier pourrait la faire dans la 1re division. Le but serait toujours le même, avoir, en cinq ou six jours, un plus grand nombre d'hommes disponibles, ce qui est la grande affaire.

L'on pourrait peut-être aussi réunir sur Nancy tous les dépôts de la 5e division, une fois que cette opération serait faite; ce qui dégagerait nos places d'Alsace; et, aux premières hostilités, ce dépôt de Nancy s'approcherait de l'Aube.

Chargez les généraux qui commandent les régiments de cavalerie de seconder ces mesures de tous leurs efforts, afin d'avoir le plus tôt possible un plus grand nombre d'hommes prêts.

NAPOLÉON.

D'après l'original comm. par Mme la maréchale princesse d'Eckmühl.

21882. — AU MARÉCHAL DAVOUT, PRINCE D'ECKMÜHL,
MINISTRE DE LA GUERRE, À PARIS.

Paris, 9 mai 1815.

Mon Cousin, dans le moment actuel, je pense qu'il est convenable de ne rien changer à l'organisation des armées. Il est mieux de s'en tenir à ce qui est fait que de détacher les Vosges de leur division militaire pour les mettre dans l'armée du Rhin; si cela est jugé nécessaire, car il y a du pour et du contre, cela pourra se faire plus tard. Il est des cas où les Vosges sont la retraite de l'armée du Rhin; mais il en est d'autres où les Vosges menacent les derrières de l'armée de la Moselle. J'attends donc que la nature de la guerre qu'on devra faire soit mieux déterminée. La même chose devra se faire pour la forêt de l'Argonne.

Mais il est important que, pour l'une et l'autre de ces deux positions, il y ait deux lieutenants généraux et quatre maréchaux de camp qui commandent les divisions de réserve de gardes nationales, et qu'il y ait avec eux des officiers du génie et de l'artillerie, et qu'ils soient chargés de reconnaître et de fortifier tous les défilés. J'ai cru que cela était fait depuis longtemps; il n'y a donc pas un moment à perdre.

Il faut également un général pour commander la division de réserve de Colmar, et deux lieutenants généraux et le nombre de maréchaux de camp nécessaire pour commander les réserves de Vesoul et de Besançon, et enfin également les généraux nécessaires pour commander celles de Lyon, de Valence et le fort Barraux.

Il est urgent que ces généraux se rendent à leurs postes, et que les généraux de la Moselle, du Rhin, du corps d'observation du Jura et de l'armée des Alpes sachent ce dont ils sont chargés.

Je croyais avoir nommé ces généraux; s'ils ne l'étaient pas, le général

Flahault m'apporterait les décrets à signer. Prenez des généraux qui sont à Paris.

Il est nécessaire que le général Gérard veille lui-même à la mise en état des Vosges; le général Vandamme, à la mise en état de l'Argonne; le général Rapp, aux redoutes et points fortifiés à établir le long du Rhin; et le général Lecourbe, à Belfort et à tous les passages du Jura, et surtout à la mise en état, armement, approvisionnement et commandement des places fortes de la 6e division.

Enfin il faut également que le général des Alpes surveille la mise en état des places fortes et toutes les positions à prendre pour couvrir Lyon du côté de la Suisse, la mise en état de la ville importante de Lyon et les fortifications de campagne à établir sur les cols des Alpes.

Je pense que le général des Alpes doit être aussi chargé de surveiller la mise en état, l'armement, l'approvisionnement et le commandement de la forteresse de Sisteron.

C'est donc une instruction particulière qu'on doit faire rédiger pour chacun de ces généraux; ils chargeront de l'exécution les généraux commandant les réserves, chargés de la défense de ces différents points, et les officiers du génie qui y sont attachés.

Le général Flahault s'assurera que les places fortes du Rhin, du Nord et des 6e et 7e divisions ont leurs commandants.

D'après l'original non signé commu. par Mme la maréchale princesse d'Eckmühl.

21883. — AU MARÉCHAL DAVOUT, PRINCE D'ECKMÜHL,
MINISTRE DE LA GUERRE, À PARIS.

Paris, 9 mai 1815.

Mon Cousin, le 6 mai il n'y avait encore que quatre bouches à feu à Château-Thierry. Faites-moi connaître quel est l'armement de Château-Thierry, Soissons, Vitry, Laon, Langres, et de quel côté on fait venir les pièces. Si l'on avait besoin de quelques secours, on pourrait faire venir des pièces en fer de la marine.

NAPOLÉON.

D'après l'original commu. par Mme la maréchale princesse d'Eckmühl.

21884. — AU MARÉCHAL DAVOUT, PRINCE D'ECKMÜHL,
MINISTRE DE LA GUERRE, À PARIS.

Paris, 9 mai 1815.

Mon Cousin, j'accorde une paire de souliers en gratification à chacun des sous-officiers et soldats du 14ᵉ régiment de ligne.

NAPOLÉON.

D'après l'original comm. par Mme la maréchale princesse d'Eckmühl.

21885. — AU MARÉCHAL DAVOUT, PRINCE D'ECKMÜHL,
MINISTRE DE LA GUERRE, À PARIS.

Paris, 9 mai 1815.

Mon Cousin, il me vient des plaintes de tous côtés, soit de la 5ᵉ division, soit de la 19ᵉ, enfin de partout, que les régiments n'ont pas d'argent et que les nombreux détachements qui arrivent aux corps ne peuvent pas être habillés. Prenez des mesures pour leur faire passer vos ordonnances. Le trésor m'assure que toutes celles qui seront dans la limite de la distribution de mai seront payées comptant.

NAPOLÉON.

D'après l'original comm. par Mme la maréchale princesse d'Eckmühl.

21886. — AU COMTE MOLLIEN,
MINISTRE DU TRÉSOR PUBLIC, À PARIS.

Paris, 9 mai 1815.

Monsieur le Comte Mollien, il est du plus haut intérêt que tous les fonds que vous devez donner aux corps pour l'habillement leur soient soldés dans les huit jours. J'ai 100,000 hommes dont je ne puis tirer aucun parti, faute de fonds pour les habiller et les équiper. Les destins de la France sont là; occupez-vous-en jour et nuit, et prenez des mesures pour que ces fonds soient assurés sur-le-champ.

NAPOLÉON.

D'après l'original comm. par Mme la comtesse Mollien.

21887. — AU MARÉCHAL DAVOUT, PRINCE D'ECKMÜHL,
MINISTRE DE LA GUERRE, À PARIS.

Paris, 10 mai 1815.

Mon Cousin, j'ai 350 fusils à Montreuil, 1,100 à Dunkerque, 11,686 à Lille, 5,791 à Douai; la majeure partie est en réparation, mais le travail languit, faute d'argent. Faites les fonds nécessaires pour que la mise en état de ces armes n'éprouve aucun retard.

Il manque au 2ᵉ corps une batterie d'artillerie légère et une à la réserve de cavalerie; le matériel est prêt; mais il manque des chevaux: il faut y pourvoir, et, de plus, faire les fonds pour que les deux compagnies destinées à servir ces batteries soient montées au complet; elles n'ont que 30 chevaux en ce moment.

Il manque des cordages pour les équipages de pont qui se préparent à Douai.

L'officier du génie en chef à Abbeville n'a pas de capacité; en outre, il se trouve dans sa ville natale, ce qui ne convient pas; faites-le remplacer. L'officier d'artillerie est également d'Abbeville : changez-le. Il n'y a que deux officiers du génie à Douai, ce qui n'est pas suffisant; envoyez-en un troisième.

Montreuil exige des réparations; donnez des ordres et faites des fonds pour les travaux les plus urgents. Abbeville est dans le même cas. La plupart des places du Nord manquent des bois nécessaires pour les travaux de défense; il faut assurer cette partie du service et subvenir du moins aux besoins les plus pressants.

NAPOLÉON.

D'après l'original comm. par Mᵐᵉ la maréchale princesse d'Eckmühl.

21888. — AU MARÉCHAL DAVOUT, PRINCE D'ECKMÜHL,
MINISTRE DE LA GUERRE, À PARIS.

Paris, 10 mai 1815.

Mon Cousin, indépendamment des trois cents bouches à feu des équipages de campagne, je pense qu'il est nécessaire d'avoir à Paris trois cents bouches à feu en fer. J'écris au ministre de la marine de nous en envoyer du Havre cent de 24, cent de 12 et cent de 6, avec un approvisionnement de 300 coups par pièce, dont 50 coups de mitraille, et tous les détails de l'armement nécessaires, tels que leviers, coins, etc. Je lui demande en outre 100 affûts marins. Il sera formé, sur l'emplacement des Invalides, un parc où toutes ces pièces et approvisionnements seront déposés. Vous en donnerez la direction au général Sugny. La marine continuera à en avoir la comptabilité. Les transports, ainsi que les dépenses du magasin des Invalides seront à ses frais. Les trois cents bouches à feu en fer seront destinées partie pour Paris et partie pour les autres places de l'intérieur, telles que Soissons, Reims, Vitry, Laon, Château-Thierry, Langres, etc.

J'ordonne également au ministre de la marine de diriger sur Lyon cent pièces en fer, dont trente pièces de 24, trente pièces de 12 et quarante pièces de 6, avec le même approvisionnement à 300 coups par pièce, et des affûts marins. Ce parc viendra des côtes de la Méditerranée et remontera le Rhône. Il sera pris des mesures pour que ce soit le plus promptement possible.

La marine aura également la direction du parc de Lyon et sera chargée de la comptabilité de ce matériel et des transports.

Ces bouches à feu serviront à la défense de Lyon. On pourra en tirer des pièces de 6 pour la garde du pont de Saône. Il serait utile alors d'avoir une vingtaine d'affûts bâtards, mais à grands rouages, à peu près comme affûts de campagne, pour les pièces de 6.

Une trentaine de pareils affûts seraient utiles pour l'équipage de Paris.

On confierait ces pièces, de préférence, aux gardes nationales et aux postes le long des rivières.

NAPOLÉON.

D'après l'original comm. par M⁻ᵉ la maréchale princesse d'Eckmühl.

21889. — AU COMTE CARNOT,
MINISTRE DE L'INTÉRIEUR, À PARIS.

Paris, 10 mai 1815.

Présentez-moi un décret qui nomme Charles Lameth[1] conseiller d'état, Quinette préfet de la Somme, et André Dumont préfet du Pas-de-Calais; qui appelle Delaitre à d'autres fonctions, et nomme Ramel à la préfecture de Seine-et-Oise. Roujoux ne connaît pas assez le Nord, il sera destiné à une autre préfecture. Les départements de la Somme et du Pas-de-Calais ont besoin d'hommes qui connaissent parfaitement le Nord et qui ne puissent pas être trompés. Girardin sera rappelé auprès du prince Joseph comme premier écuyer; il faut quelqu'un de très-fort pour le remplacer à Rouen. Faites connaître au préfet du Calvados qu'on remarque qu'il ne marche pas, qu'il est trop homme de société, qu'on ne voit pas paraître d'adresse à son département, qu'il ne fait rien imprimer pour éclairer et remuer l'esprit public, que ce n'est pas ainsi qu'on sert la patrie.

Écrivez aux préfets du Nord pour leur faire sentir la nécessité d'opposer des écrits aux écrits, et de faire bien connaître que la cause dont il s'agit aujourd'hui est celle du peuple contre les nobles, des paysans contre les seigneurs, et des Français contre l'étranger. Il faut partout faire un appel à l'honneur et au patriotisme du peuple.

Le préfet de Chartres va mal; Roujoux serait beaucoup meilleur pour cette préfecture; appelez celui qui y est à d'autres fonctions.

NAPOLÉON.

D'après la minute. Archives de l'Empire.

21890. — A M. FOUCHÉ, DUC D'OTRANTE,
MINISTRE DE LA POLICE GÉNÉRALE, À PARIS.

Paris, 11 mai 1815.

Puisque l'on a perdu Maubreuil, je désirerais avoir un rapport de vous

---

[1] Les différents textes de cette lettre portent tous : *Charles Lameth*; il s'agit ici du baron Alexandre de Lameth.

qui me fit connaître toute cette affaire, et que je ferais imprimer dans le *Moniteur* avec toutes les pièces[1]; et il y en a beaucoup, tant à la préfecture de police que chez le juge instructeur et chez le ministre de la guerre. Il faudrait y joindre le projet d'assassinat de ce misérable commissaire en Corse[2].

D'après la minute. Archives de l'Empire.

21891. — AU GÉNÉRAL CAFFARELLI,
AIDE DE CAMP DE L'EMPEREUR, À PARIS.

Paris, 11 mai 1815.

Votre rapport ne répond pas du tout à la mission dont je vous ai chargé; vous me remettez bien un état d'ordonnance des 2 millions envoyés dans les différentes divisions militaires, mais ces 2 millions n'en font pas 15 ou 16 que j'ai accordés pour l'habillement. Il faut donc que vous retourniez dans les bureaux pour m'en rapporter l'état de distribution des fonds de l'habillement pour 1815, indiquant tous les crédits qui ont été accordés depuis janvier jusques et y compris la distribution de mai. Vous me remettrez l'état des crédits tant par corps que par division militaire, afin que des mesures soient prises au trésor pour les solder sans délai.

Vous me parlez de quelques plaintes qui auraient été reçues pour des non-payements : il y a autant de plaintes que de corps.

Je ne suis pas plus satisfait du rapport que vous me faites de votre visite aux ateliers. Ce rapport ne dit pas pourquoi on fait de si mauvaises vestes. Si on n'a pas de draps pour les habits, on en a pour les vestes et pour les culottes.

Enfin cette mission si importante n'est pas remplie.

D'après la minute. Archives de l'Empire.

[1] Cette impression n'a pas eu lieu. (Voir, sur l'affaire Maubreuil, le récit publié dans les *Mémoires du roi Jérôme*, etc. t. VI, pages 391 et suivantes.)
[2] Le général Bruslart. (Voir pièce n° 21701.)

21892. — AU MARÉCHAL DAVOUT, PRINCE D'ECKMÜHL,
MINISTRE DE LA GUERRE, À PARIS.

Paris, 12 mai 1815.

Mon Cousin, je n'approuve pas le projet de faire des ouvrages pour s'opposer au bombardement de Lyon. Le Rhône est une trop belle défense pour qu'on cherche à pousser la défense plus loin. J'approuve qu'on emploie 4,000 ouvriers aux fortifications de Lyon. Il faut mettre en état les remparts, comme seconde enceinte, entre la Saône et le Rhône; mais j'approuve qu'on pousse des redoutes en avant et qu'on fasse des ouvrages sur le plateau de Montessuy. La ville de Lyon ne peut pas fournir de fonds. Faites pousser ces travaux avec une grande activité.

NAPOLÉON.

D'après l'original comm. par Mme la maréchale princesse d'Eckmühl.

21893. — AU MARÉCHAL DAVOUT, PRINCE D'ECKMÜHL,
MINISTRE DE LA GUERRE, À PARIS.

Paris, 12 mai 1815.

Mon Cousin, écrivez au gouverneur des Invalides pour lui témoigner ma satisfaction sur la bonne tenue de cette maison. Donnez des ordres pour que les Invalides jouissent de la gratification que je suis dans l'usage de leur accorder toutes les fois que je les visite. Prenez pour base ce qui a été fait la dernière fois. Mon intention est que vous me fassiez un rapport pour me proposer d'annuler l'ordonnance royale qui a changé la dotation et l'administration des Invalides, et de rétablir les choses telles qu'elles étaient.

NAPOLÉON.

D'après l'original comm. par Mme la maréchale princesse d'Eckmühl.

21894. — AU MARÉCHAL DAVOUT, PRINCE D'ECKMÜHL,
MINISTRE DE LA GUERRE, À PARIS.

Paris, 12 mai 1815.

Mon Cousin, je vous prie de me faire un rapport pour me faire connaître si vous avez la quantité d'officiers qu'exige la formation des bataillons de gardes nationales. J'ai levé, je crois, quatre cents bataillons; cela exige 200 majors, 400 chefs de bataillon et 400 capitaines-adjudants. Je viens de lever pour Paris vingt-quatre bataillons, qui exigent 1 lieutenant général (ce sera le général Darricau), 6 maréchaux de camp (employez à cette destination les plus dévoués), 12 colonels, 24 chefs de bataillon et environ 500 capitaines, lieutenants et sous-lieutenants. Ne mettez pas là de jeunes gens, mais beaucoup de vieux officiers.

Je compte lever douze bataillons semblables à Lyon, destinés à la défense de cette grande ville; ce qui emploiera encore un nombre d'officiers égal à la moitié du nombre que je viens de calculer pour Paris.

Combien vous restera-t-il encore d'officiers non employés, les cadres des 4es, 5es et 6es bataillons de la ligne étant formés? S'il reste des officiers, il sera bon d'en attacher à toutes les places fortes, de manière que les commandants puissent en mettre dans les bataillons de gardes nationales pour remplacer les officiers qui seraient mauvais, et donner un peu de mouvement et d'esprit à ces bataillons.

NAPOLÉON.

D'après l'original comm. par Mme la maréchale princesse d'Eckmühl.

21895. — AU MARÉCHAL DAVOUT, PRINCE D'ECKMÜHL,
MINISTRE DE LA GUERRE, À PARIS.

Paris, 12 mai 1815.

Mon Cousin, il y a aujourd'hui, dans les divisions militaires des frontières, des lieutenants généraux commandant les divisions territoriales, des lieutenants généraux commandant les gardes nationales mises en activité, et enfin des gouverneurs dans toutes les places. Les gouverneurs de toutes les places, les lieutenants généraux commandant les divisions, les lieutenants généraux commandant les gardes nationales doivent être sous les ordres du commandant en chef de l'armée dans le territoire de laquelle ils se trouvent, savoir : ceux de la 5e division, sous les ordres du commandant de l'armée du Rhin; ceux de la 3e et de la 4e division, sous les ordres du commandant de l'armée de la Moselle; ceux de la 2e et de la 16e, y compris la Somme et l'Aisne, sous les ordres du commandant de l'armée du Nord; la 6e division, sous le commandant du corps d'observation du Jura; la 7e et la 19e, sous le commandant en chef de l'armée des Alpes; la 8e, sous le commandant du corps d'observation du Var; la 11e, la 9e et la 10e, sous le commandant du corps d'observation des Pyrénées.

Vous devez leur donner l'instruction suivante :

Les lieutenants généraux commandant les divisions militaires ne s'enfermeront pas dans les places, qui doivent toutes avoir leur commandant : mais ils sont destinés, avec les maréchaux de camp commandant les départements, les officiers de gendarmerie, les officiers forestiers, les administrations départementales, etc. à se tenir toujours dans l'enceinte de la division militaire, en prenant une position qui leur sera désignée par le général en chef, de manière à tenir le plus longtemps possible le territoire et à rester à portée de donner des ordres pour l'organisation des levées en masse, pour les évacuations de dépôts, enfin de prendre toutes les mesures convenables pour insurger la population et présenter le plus d'obstacles à l'ennemi. Ainsi, par exemple, le général commandant la 5e division militaire tiendra tant qu'il sera possible son quartier général dans la 5e division, en conservant tout ce qui lui restera de moyens pour défendre le pays et pour veiller à la défense de la seconde ligne. Il en sera de même des généraux commandant la 16e division, la 2e, la 3e et la 4e. Ces généraux doivent toujours sortir des places qui seraient bloquées et se porter sur d'autres places ou d'autres points qui ne sont pas menacés, pour y continuer de recevoir le rapport des autres places, réunir autour d'eux les préfets, aviser aux moyens de défense, faire enfin le plus de mal possible à l'ennemi. S'ils étaient forcés de quitter le territoire de la division, ils devraient du moins se tenir dans des positions à portée pour être toujours en mesure d'y faire passer leurs ordres.

Les lieutenants généraux chargés du commandement des bataillons d'élite des gardes nationales ne doivent pas non plus se laisser renfermer dans des places; mais ils doivent rester jusqu'au dernier moment, pour soigner l'armement et l'habillement des gardes nationales, et, s'ils sont obligés de s'en aller, ils peuvent se porter aux divisions de réserve de gardes nationales, partager avec le commandant de la division territoriale le commandement de la levée en masse, ou se retirer auprès du général commandant en chef l'armée.

Les maréchaux de camp chargés du commandement des gardes nationales dans les départements se trouveront les commandants naturels des levées en masse. Les généraux commandant les gardes nationales doivent, en outre, avoir des instructions spéciales du commandant en chef de l'armée sur les points à retrancher, à mettre en état de défense et à garder dans leur arrondissement.

Donnez cette première instruction; faites-moi connaître les objections qu'on y fera et les questions auxquelles elle donnera lieu.

Écrivez au général commandant la division de réserve de Colmar de presser l'achèvement des ouvrages de campagne ordonnés le long du Rhin; au commandant de la division de Nancy de s'occuper des retranchements à faire dans les passages des Vosges; au commandant de la division de Sainte-Menehould de veiller sur les retranchements à faire dans les défilés de l'Argonne; enfin aux commandants des divisions de Vesoul et de Besançon, qui sont sous les ordres du général commandant le corps d'observation du Jura, pour les ouvrages à faire de leur côté et pour la formation du camp de Belfort.

Il est nécessaire que les généraux commandant les armées tiennent des conseils avec les généraux commandant les divisions territoriales, avec les généraux commandant les divisions de réserve des gardes nationales, enfin avec les généraux chargés de l'organisation des gardes nationales, pour que chacun sache bien ce qu'il doit faire en cas d'invasion. Les officiers du génie et de l'artillerie devront assister à ces conseils pour assurer le concours de leur arme dans l'exécution des mesures de défense qui seront arrêtées. Les préfets seront également appelés dans ces conseils.

On ordonnera aux villes qui ont une enceinte de faire des retranchements et de se mettre en mesure de ne pas recevoir la loi des troupes légères.

Excitez le zèle des généraux; qu'ils prévoient tous les cas, et que d'avance chacun sache ce qu'il peut faire pour arrêter l'ennemi.

NAPOLÉON.

D'après l'original comm. par Mme la maréchale princesse d'Eckmühl.

21896. — AU MARÉCHAL DAVOUT, PRINCE D'ECKMÜHL,
MINISTRE DE LA GUERRE, À PARIS.

Paris, 12 mai 1815.

Mon Cousin, écrivez au maréchal Brune et au général Delaborde de laisser filer les troupes pour leur destination. Faites connaître au général Delaborde qu'il doit avoir reçu 300 hommes des canonniers de marine de Rochefort; qu'il doit recevoir un des sept régiments destinés à la frontière des Pyrénées; qu'il doit recevoir 500 gendarmes, dont la moitié est partie et l'autre moitié partira demain en poste; qu'avec cela il doit former des colonnes mobiles et dissiper les bandes; qu'enfin il faut faire un appel, s'il est nécessaire, aux confédérés de Nantes, mais qu'il est indispensable de laisser filer les régiments pour l'armée.

Donnez ordre au duc de Padoue, en Corse, de faire partir sur-le-champ et sans aucun retard, sous quelque prétexte que ce soit, les régiments qui sont dans cette île. Donnez ordre au maréchal Brune d'expédier un aviso pour porter votre lettre et d'en charger un officier qui restera dans l'île jusqu'à ce que les régiments partent. Envoyez des explications au duc de Padoue : que, sous aucun prétexte, il ne retienne rien, hormis la compagnie d'artillerie qui a été désignée; que, si même on peut former en Corse deux bataillons de volontaires de 5 à 600 hommes, ayant des officiers qui aient déjà servi en France, il les expédie sur Toulon; mais que les régiments français doivent déjà être en Provence, et que le moindre retard dans l'exécution de vos ordres aurait des conséquences funestes.

Le maréchal Brune doit déjà avoir trois régiments de cavalerie et trois régiments d'infanterie. Il est bien important que tous les régiments qui doivent arriver de Bretagne et de l'Ouest arrivent promptement.

Le plus grand malheur que nous ayons à craindre, c'est d'être trop faibles du côté du Nord et d'éprouver d'abord un échec.

J'attends l'état que je vous ai demandé pour faire le travail de l'armée du Nord. Il paraît que les seize régiments qui la composent sont bien faibles et ont bien peu de moyens de s'augmenter. C'est ce qui me porterait à réunir les seize dépôts sur la Somme et à faire, dans les meilleurs départements, un appel de 24 à 30,000 hommes de la conscription de 1815, pour renforcer ces régiments. Il faudrait écrire à Lemarois, à Vedel et au préfet Girardin, de former des colonnes mobiles de 25 gendarmes et de 100 hommes d'infanterie pour faire rejoindre les anciens militaires. Le général Vedel peut prendre cette infanterie à Cherbourg; peut-être que ces militaires partiraient plus facilement, si on les destinait pour la jeune Garde. Écrivez au préfet et au commandant du département de la Somme pour qu'on fasse également des colonnes mobiles pour faire rejoindre les militaires. Peut-être faudrait-il changer la direction de ceux du Nord, du Pas-de-Calais et les envoyer sur Paris, pour la jeune Garde; mais cela augmenterait le déficit des seize régiments du 1er corps, qui doivent se recruter dans ces départements.

Il faudrait donner ordre aussi au général commandant la 1re division de faire faire des colonnes mobiles et même d'employer la voie des garnisaires pour faire rejoindre. Il faudrait nommer un officier général qui fût à la tête du recrutement et eût la correspondance, comme l'avait jadis le général d'Hastrel.

J'ai augmenté la jeune Garde de quatre autres régiments, ce qui la portera à seize régiments, devant former à peu près 20,000 hommes. Faites aussi connaître si, par le rappel des anciens militaires, vous espérez qu'on puisse obtenir ce nombre d'hommes.

Écrivez au général commandant la 13e division militaire que j'ai mis tous les militaires de la Bretagne dans les régiments qui ont leurs dépôts dans cette province; qu'ainsi il doit y avoir moins de difficultés pour les faire rejoindre.

Le 7e de ligne, qui est à Grenoble, a déjà 1,000 hommes à son dépôt; ainsi ce régiment devrait être très-beau. Un appel de la conscription de 1815, dans le Dauphiné, auprès des régiments qui sont à l'armée des Alpes, pourrait compléter promptement ces huit régiments et les porter chacun à 3,000 hommes. Il me semble que l'appel de la conscription de 1815 pourrait se faire de la même manière qu'on a rappelé les anciens militaires. Je vous ai déjà écrit sur cet objet.

Moyennant les fonds que j'ai accordés pour l'habillement par la distribution de mai, les corps doivent avoir tout l'argent dont ils ont besoin. J'ai déjà demandé la note des ordonnances distribuées pour assurer leur payement.

Donnez ordre que le dépôt du 10e, qui est à Perpignan, se mette en marche pour se rapprocher de Paris.

Le général Fririon est, je crois, chargé de tous les dépôts de la 1re division; écrivez-lui de les parcourir, afin d'activer l'organisation des 3es, 4es et 5es bataillons, ainsi que l'équipement des hommes.

NAPOLÉON.

D'après l'original comm. par Mme la maréchale princesse d'Eckmühl.

21897. — AU MARÉCHAL DAVOUT, PRINCE D'ECKMÜHL,
MINISTRE DE LA GUERRE, À PARIS.

Paris, 12 mai 1815.

Mon Cousin, je vous prie de m'envoyer la situation des corps d'armée, en donnant aux régiments les numéros qu'ils avaient en 1813 et qui viennent de leur être rendus. Cet état présentera les corps par armée, par corps d'armée et par division. Une colonne indiquera, pour chaque régiment, le lieu où est le dépôt et les départements qui doivent fournir de vieux soldats à ce dépôt. Je désire avoir cet état demain.

Je désire avoir après-demain les mêmes situations, par division militaire et par ordre numérique, où tous les corps soient inscrits sous leur numéro *impérial*. Dans les états que j'ai actuellement sous les yeux, les corps sont mentionnés, ici sous leur numéro *royal*, là sous leur numéro *impérial*, et il en résulte une confusion qui ne me permet de faire aucun travail. Je suis donc très-pressé d'avoir les états que je vous demande.

NAPOLÉON.

D'après l'original comm. par Mme la maréchale princesse d'Eckmühl.

21898. — AU COMTE CARNOT,
MINISTRE DE L'INTÉRIEUR, À PARIS.

Paris, 12 mai 1815.

Monsieur le Comte Carnot, le commissaire extraordinaire Bedoch me fait de justes observations sur le département de la Marne, qui a ordre de lever quatorze bataillons de gardes nationales et qui déjà en a fourni dix. Le département de la Marne est porté, au tableau que le Conseil d'état a placé à la suite du décret du 10 avril, pour quarante-deux bataillons, ce qui fait quatre-vingt-quatre compagnies de grenadiers et de chasseurs, ou quatorze bataillons d'élite. Mais le département de la Meuse n'est porté que pour vingt et un bataillons, ce qui fait quarante-deux compagnies de grenadiers et chasseurs, ou sept bataillons. Or on ne conçoit pas comment la Meuse, qui a une population de 284,000 individus, n'est portée que pour vingt et un bataillons, quand la Marne, qui a 311,000 individus, c'est-à-dire 27,000 seulement de plus, est portée pour quarante-deux bataillons. Il est indispensable que vous donniez sur-le-champ ordre au préfet de la Marne de ne pas aller au delà du nombre de dix bataillons d'élite qu'il a fournis, et que vous me proposiez de faire sur la Meuse et les Ardennes une augmentation équivalente à cette réduction.

En général, il faudrait refaire la colonne du nombre de bataillons que doivent avoir les départements. J'ai levé en France trois mille bataillons de gardes nationales, ce qui, sur 26 millions d'habitants, fait trois bataillons pour 26,000 habitants. Dans cette proportion, le département de la Marne, ayant 300,000 habitants, n'aurait dû avoir que trente-six bataillons au lieu de quarante-deux. Ces trente-six bataillons n'auraient fait que soixante et douze compagnies de chasseurs et de grenadiers, c'est-à-dire douze bataillons d'élite au lieu de quatorze.

Le département des Ardennes, qui a une population de 275,000 individus, aurait dû avoir trente bataillons au lieu de vingt et un, et dès lors dix bataillons de grenadiers et chasseurs; on ne lui en a demandé que sept; il peut donc en fournir encore deux.

Le département de la Meuse, ayant 284,000 habitants, aurait dû avoir trente et un bataillons, ce qui fait soixante-deux compagnies d'élite ou dix bataillons à marcher; on ne lui en a demandé que sept : on peut donc encore lui en demander au moins deux. Ainsi la Meuse et les Ardennes peuvent fournir, chaque département, deux bataillons de plus, en compensation de ce qui serait diminué sur le contingent de la Marne.

Je vous prie donc de faire rectifier la colonne de ce tableau imprimé indiquant le nombre des bataillons de gardes nationales que chaque département doit avoir, et de rectifier ensuite le nombre de bataillons d'élite à organiser, ce nombre ayant été réglé dans le premier état qui lui sert de base.

Le département de l'Aisne est également susceptible d'une rectification. Ce département, qui a 432,000 habitants, n'est porté que pour quarante-deux bataillons comme la Meuse, qui n'a que 311,000 habitants: il est évident que l'Aisne devrait avoir cinquante et un bataillons au lieu de quarante-deux; et, comme dans ce département je n'ai pris que les compagnies de grenadiers, cela devrait faire cinquante et une compagnies, ou huit bataillons au lieu de sept. Si j'avais demandé, dans ce département, les compagnies de chasseurs, cela aurait fait seize bataillons d'élite.

Je vous prie de faire suivre cet examen sur tous les autres départements; et, pour tous ceux que cette rectification fera reconnaître en état de fournir un bataillon d'élite de plus, mon intention est de le demander.

Vous remarquerez, dans l'état imprimé, qu'on a oublié le département des Pyrénées-Orientales.

NAPOLÉON.

D'après l'original comm. par Mme la maréchale princesse d'Eckmuhl.

21899. — AU GÉNÉRAL SAVARY, DUC DE ROVIGO,
PREMIER INSPECTEUR GÉNÉRAL DE LA GENDARMERIE, À PARIS.

Paris, 12 mai 1815.

Monsieur le Duc de Rovigo, je désirerais que, dans ce moment-ci, il parût un petit récit de ce qui s'est passé à Austerlitz avec l'empereur

Alexandre, lorsqu'il fut coupé par Davout; on y joindrait la copie signée du petit billet qu'il écrivit au crayon et qui doit être aux archives de la Secrétairerie d'état[1]. Comme personne n'est plus à même que vous de

RAPPORT DU MARÉCHAL DAVOUT
AU MINISTRE DE LA GUERRE.

«Monsieur le Maréchal, j'ai l'honneur de rendre compte à Votre Excellence que, rendu aujourd'hui en avant de Josephsdorf, avec les divisions Friant et Gudin et la cavalerie des généraux Klein et Bourcier, je me dirigeais sur Goding, lorsque le colonel comte de Walmoden est venu m'apporter un billet du général Merveldt, qui annonçait un armistice de vingt-quatre heures et une entrevue de S. M. l'empereur d'Allemagne avec notre auguste souverain. Le général Merveldt, désirant en conférer avec moi, j'ai été le voir. Je lui ai observé que son billet ne m'était pas suffisant, devant être naturellement en garde contre ces petites ruses de guerre; je lui ai cité Steyer, et je lui ai déclaré vouloir cette assurance, par écrit, de l'empereur Alexandre. M. de Merveldt s'est retiré en m'assurant que sous peu je serais satisfait à cet égard et que tous mes doutes seraient levés.

«A peine rendu à mon quartier général, le premier aide de camp de S. M. l'empereur de Russie, accompagné du comte de Walmoden, m'a apporté la lettre dont j'adresse copie à Votre Excellence, ainsi que du billet de S. M. l'empereur de Russie, écrit au crayon. Devant croire alors à la conférence et à la suspension d'armes, je me suis arrêté et ai pris position à Josephsdorf.

«J'ai répondu au général Koutousof que je ferais suspendre les hostilités jusqu'à six heures du matin, et que, pour éviter même toute erreur ou surprise, on se préviendrait une heure d'avance de la reprise des hostilités.

«J'ai la certitude que l'empereur Alexandre est établi à Holitsch, sur la rive gauche de la March. Un régiment que j'avais détaché sur Mikultschitz y a fait une vingtaine de prisonniers; mais comme il y existait un camp russe de 20 à 26,000 hommes, le général Gautier, commandant ce détachement, a cru prudent de se retirer à une demi-lieue.

«La division Friant occupe Josephsdorf et Pruschaneck; la division Gudin est placée dans les bois situés sur la rive gauche du ruisseau qui passe près de Josephsdorf. La division Klein est à Neudorf, et celle du général Bourcier à Josephsdorf; la cavalerie légère du 3ᵉ corps d'armée sur tout le front de la ligne.

«Salut et respect.

«Le maréchal Davout.

«Quartier général de Josephsdorf, 13 frimaire an XIV (4 décembre 1805).»

PIÈCES JOINTES
AU RAPPORT DU MARÉCHAL DAVOUT

I.

«M. le colonel comte de Walmoden ira avec un trompette vers le général français commandant la 3ᵉ division du corps d'armée, et lui dira qu'il existe un armistice de paix aujourd'hui six heures du matin, jusqu'à demain six heures du matin, S. M. l'empereur d'Allemagne étant en conférence avec S. M. l'Empereur des Français pour la paix à Urschitz.

«Par ordre de S. M. l'empereur de Russie.

«Merveldt, lieutenant général.

«5 décembre 1805.»

II.

AU MARÉCHAL DAVOUT.

«Monsieur le Maréchal, S. M. l'empereur, mon auguste maître, n'étant pas ici, je viens de lui expédier un exprès pour lui demander l'assurance, par écrit, qu'une trêve vient d'être arrêtée entre l'armée française et celle que je commande. En attendant, je vous engage ici ma parole d'honneur que l'armistice conclu pour faire ce récit, faites-le avec le plus de détails possible. Ce sera un bon article non signé pour le *Journal de l'Empire*.

NAPOLÉON.

D'après la copie. Dépôt de la guerre.

21900. — AU MARÉCHAL DAVOUT, PRINCE D'ECKMÜHL,
MINISTRE DE LA GUERRE, À PARIS.

Paris, 13 mai 1815.

Mon Cousin, il paraît que nous avons huit compagnies de pontonniers : laissez-en une à Strasbourg pour l'armée du Rhin, une à Metz à la disposition du général commandant l'armée de la Moselle, et ordonnez aux six autres de se rendre à Douai, à Paris et à Laon. Ces six compagnies, commandées par le meilleur officier de pontonniers que vous ayez, seront attachées à l'équipage de ponts de l'armée du Nord.

vingt-quatre heures commence dès six heures du matin, et que l'empereur d'Allemagne, après en être convenu avec mon auguste maître, est allé sur le chemin d'ici à Austerlitz s'aboucher avec le vôtre. Je m'empresse donc d'en prévenir Votre Excellence, en la priant de vouloir bien suspendre les hostilités jusqu'à l'échéance du terme fixé, et je lui offre en même temps l'assurance de ma haute considération.

« Le commandant en chef des armées combinées de LL. MM. II. de Russie et d'Allemagne.

« KOUTOUSOF. »

« Iserling, ce 22 novembre (4 décembre) 1805. »

« P. S. Je prends sur moi de transmettre à Votre Excellence, dans deux heures et demie, tout au plus tard, l'assurance susmentionnée de mon auguste maître.

« KOUTOUSOF. »

III.
BILLET DE L'EMPEREUR ALEXANDRE.

« Le général Merveldt est autorisé à dire au maréchal Davout, de ma part, que l'armistice de vingt-quatre heures a été conclu pour l'entrevue que les deux chefs suprêmes de leurs nations ont aujourd'hui ensemble à Urschitz.

« ALEXANDRE. »

D'après la copie. Dépôt de la guerre.

Comme on vient de le voir par les pièces qui précèdent, les généraux russes, pour arrêter la poursuite du maréchal Davout, affirmaient qu'il y avait un armistice de vingt-quatre heures entre les armées de France et de Russie, et, à l'appui de leur affirmation, ils apportaient le billet de l'empereur Alexandre. Or, au 4 décembre, l'armistice invoqué n'existait pas avec l'armée russe, mais avec l'armée autrichienne seulement ; l'empereur de Russie ne pouvait pas avoir adhéré à l'armistice définitif qui se négociait au moment même, et dont il ignorait encore les conditions ; cette adhésion ne fut donnée au général Savary que dans la nuit du 4 au 5 décembre.

Le billet au crayon de l'empereur Alexandre était gardé à la Secrétairerie d'état ; il disparut en 1814.

Le *Journal de l'Empire* ne contient pas le récit demandé par Napoléon, mais on peut lire ce que Bignon dit de cet épisode dans son *Histoire de France*, etc. tome IV, pages 458 et suivantes.

Votre rapport du 10 mai, sur les équipages de pontons, me paraît un peu vague; vous ne faites pas connaître le nombre de chevaux d'artillerie qu'il faut pour atteler ces pontons ni quand ils seront attelés; vous me dites que les haquets et les pontons sont réunis à Lille, la Fère et Saint-Omer; que vous faites organiser à Paris un équipage de même force que celui de Douai; répondez plus catégoriquement : quelle est la largeur des canaux de Condé, de l'Escaut du côté de Mons, de la Sambre du côté de Charleroi, du canal de Bruges, de celui de Bruxelles, et enfin de la Meuse du côté de Maestricht? combien nous faut-il de pontons pour faire un pont sur chacune de ces rivières? combien ai-je de pontons sur haquets, prêts à partir à Paris? combien en ai-je à Douai, à Saint-Omer, à Lille? quand pourront-ils être réunis dans une position entre Avesnes et Laon? combien faudra-t-il de compagnies pour le service de ces pontons?

NAPOLÉON.

D'après l'original comm. par Mme la maréchale princesse d'Eckmuhl.

21901. — AU COMTE MOLLIEN,
MINISTRE DU TRÉSOR PUBLIC, À PARIS.

Paris, 13 mai 1815.

Monsieur le Comte Mollien, nous sommes au 13 mai; il est indispensable que, mercredi 17, vous m'apportiez la distribution de juin, qui doit toujours être faite dix jours avant la fin du mois, sans quoi tous les services souffrent. Demandez donc aux ministres les éléments de la distribution de juin, afin que vous puissiez me la remettre le 17 au soir, et qu'expédiée avant le 20 elle soit connue dix jours à l'avance.

J'ai autorisé le ministre de la guerre à ordonnancer pour les travaux de l'artillerie, et par avance sur la distribution de juin, jusqu'à concurrence de deux millions, que vous payerez d'urgence et que vous comprendrez dans la distribution que je vous demande.

NAPOLÉON.

D'après l'original comm. par Mme la comtesse Mollien.

21902. — A M. FOUCHÉ, DUC D'OTRANTE,
MINISTRE DE LA POLICE GÉNÉRALE, À PARIS.

Paris, 13 mai 1815.

Il paraît qu'à Dijon les nobles ont refusé de répondre à l'appel pour la formation de la garde nationale. Faites-moi un rapport pour savoir comment on doit agir contre eux.

D'après la minute. Archives de l'Empire.

21903. — AU MARÉCHAL DAVOUT, PRINCE D'ECKMÜHL,
MINISTRE DE LA GUERRE, À PARIS.

Paris, 14 mai 1815.

Mon Cousin, donnez ordre que la 1re division de la jeune Garde, composée du 1er de voltigeurs et du 1er de tirailleurs, commandée par le lieutenant général Barrois et par le général de brigade Chartrand, parte après-demain mardi pour se rendre à Compiègne. Prenez des mesures pour que les 2es régiments de tirailleurs et de voltigeurs puissent partir jeudi 18, sous les ordres d'un autre général de brigade. Les trois batteries d'artillerie que j'ai vues aujourd'hui à la revue partiront également mardi. Faites partir aussi, avec la division Barrois, quatre ambulances de la Garde, avec leur personnel en administration et chirurgiens. Ces troupes seront cantonnées de manière à pouvoir facilement se réunir par bataillon, par régiment et travailler à leur instruction.

Donnez des ordres pour que l'artillerie soit repeinte et complétée en pièces de rechange, conformément à l'ordonnance, et que les quatre ambulances se composent de dix caissons garnis de tout ce qui est nécessaire.

Donnez des ordres pour que tous les régiments de vieille et jeune Garde qui seront formés aient leur ambulance de peloton. Il est nécessaire que chaque homme, en partant d'ici, ait ses 40 cartouches.

Donnez ordre au 10e régiment de partir mardi pour rejoindre sa division du côté de Laon. Autorisez le comte de Lobau à porter une de ses divisions d'infanterie du côté de Guise, pour ménager Laon.

Donnez ordre que trois autres batteries, une à cheval et deux à pied, soient prêtes à partir avec les régiments qui partiront jeudi.

Faites-moi connaître quand le 4e régiment de la division du corps de réserve sera arrivé à Paris, et quand je puis compter qu'arrivera la 3e division. Écrivez aux généraux pour qu'on ne retienne pas ces corps en route.

NAPOLÉON.

D'après l'original comm. par Mme la maréchale princesse d'Eckmühl.

21904. — AU MARÉCHAL DAVOUT, PRINCE D'ECKMÜHL,
MINISTRE DE LA GUERRE, À PARIS.

Paris, 14 mai 1815.

Mon Cousin, les batteries de réserve sont actuellement de quatre pièces de 12 et de deux obusiers. Il faudrait les porter à six pièces de 12 et deux obusiers, ainsi que les batteries à pied. Toutes les batteries, tant à pied qu'à cheval, seraient alors composées de même.

NAPOLÉON.

D'après l'original comm. par Mme la maréchale princesse d'Eckmühl.

21905. — RÉPONSE
A L'ADRESSE DU COLLÉGE ÉLECTORAL DE SEINE-ET-OISE [1].

Palais des Tuileries, 14 mai 1815.

Monsieur le Président et Messieurs les Députés du Collége électoral

ADRESSE
PRÉSENTÉE PAR LE PRINCE LEBRUN,
Président de la députation.

«Sire, le Collége électoral de Seine-et-Oise vient exprimer à Votre Majesté ce qu'il a senti dans les jours de douleur, ce qu'il sent dans les jours d'espérance.

«De grands malheurs nous ont accablés; le plus grand sans doute fut cet exil volontaire que vous crûtes devoir au salut de la patrie.

«Des armées étrangères au milieu de nous, des puissances étrangères nous commandant la paix dans Paris! Nous ne sentions point nos pertes, nous ne regrettions point les conquêtes de la République ni les vôtres, mais la gloire!.... Sans gloire est-il d'existence pour des Français? Sans elle, la paix même, toute désirée qu'elle était, fut amère pour nous. Elle ne nous donnait ni sécurité dans le présent ni garantie pour l'avenir.

«Bientôt un gouvernement qui aurait voulu recréer le passé, que tourmentaient les inquiétudes et qu'agitaient les passions de ceux qui l'obsédaient, ne nous apporta que des craintes sans espoir. Un voile affreux s'étendit sur la France. La guerre civile fut appelée par ceux de Seine-et-Oise, je vous remercie des sentiments que vous m'exprimez au nom de votre Collége. Nous voulons tous la paix, et nous sommes tous prêts à la guerre. La nation, à aucune époque de son histoire, n'a montré plus d'unanimité et plus d'énergie. En cas de guerre, tout nous présage d'heureux succès. Cependant les circonstances sont graves. J'attends beaucoup du patriotisme et des lumières des Chambres. J'ai appris avec plaisir les sentiments qui ont animé votre assemblée et les choix qu'elle a faits.

Extrait du *Moniteur* du 15 mai 1815.

21906. — RÉPONSE
A L'ADRESSE DES FÉDÉRÉS DES FAUBOURGS SAINT-ANTOINE ET SAINT-MARCEAU [1].

Paris, 14 mai 1815.

Soldats fédérés des faubourgs Saint-Antoine et Saint-Marceau, je suis

mêmes qui devaient en être les victimes. Tout périssait quand vous reparûtes.

«Vous reparûtes affranchi, par l'inexécution des traités, des liens que vous vous étiez imposés. Au bruit de votre retour, et surtout à la connaissance de vos sentiments et de vos pensées, l'espérance rentra dans nos cœurs. Vos larmes coulèrent sur cette France humiliée, abattue. Vous pleurâtes au souvenir des affections privées que vous aviez cachées sous le voile de la puissance, que les malheurs des temps avaient froissées, et que votre bonté se hâta de rassurer.

«Vous avez eu le courage de regretter des exploits qui avaient inquiété la France et trop alarmé les étrangers. Vous avez senti que les nations n'étaient grandes, n'étaient puissantes que quand elles étaient libres, et vous appelez cette liberté pure qui fut la trop courte idole de notre révolution, et cette égalité des droits, tant calomniée, qui sera toujours la mère des vertus publiques et de la prospérité. Vous avez ôté les chaînes à la pensée; vous n'avez redouté ni les discussions des Représentants du peuple ni la publicité des délibérations d'une chambre des

Pairs; vous nous avez rendu nos élections dans toute leur latitude. Aussi la France s'est ranimée à votre voix; tout a repris une nouvelle vie, une nouvelle vigueur; tout s'arme pour défendre la patrie, si elle est attaquée. Mais vous avez aussi proclamé l'inviolabilité des traités, et la justice, comme la force, veille à la garde de nos frontières.

«Sans doute les puissances étrangères mesurent en ce moment leur situation et la nôtre; sans doute notre retour au principe d'une liberté pure et d'une sage politique reformera ces liens fraternels qui unirent les autres peuples aux intérêts de notre révolution naissante; nous osons donc encore espérer la paix, et nous ne craignons pas la guerre.

«Jouissez, Sire, d'une situation qui est votre ouvrage. Après avoir été le plus grand des conquérants, soyez le plus pacifique des souverains; votre gloire l'exige et notre bonheur vous le demande.»

Extrait du *Moniteur* du 15 mai 1815.

[1] Sur la demande des Fédérés des faubourgs Saint-Antoine et Saint-Marceau, l'Empereur les

revenu seul parce que je comptais sur le peuple des villes, les habitants des campagnes et les soldats de l'armée, dont je connaissais l'attachement à l'honneur national. Vous avez justifié ma confiance. J'accepte votre offre. Je vous donnerai des armes. Je vous donnerai pour vous guider des officiers couverts d'honorables blessures, et accoutumés à voir fuir l'ennemi devant eux. Vos bras robustes et faits aux plus pénibles travaux sont plus propres que tous autres au maniement des armes. Quant au courage, vous êtes Français. Vous serez les éclaireurs de la garde nationale. Je serai sans inquiétude pour la capitale, lorsque, la garde nationale et vous, vous serez chargés de sa défense; et s'il est vrai que les étrangers persistent dans le projet impie d'attenter à notre indépendance et à notre honneur, je pourrai profiter de la victoire sans être arrêté par aucune sollicitude. Soldats fédérés, s'il est des hommes nés dans les hautes classes de la société qui aient déshonoré le nom français, l'amour de la patrie et le sentiment de l'honneur national se sont conservés tout entiers dans le peuple des villes, les habitants des campagnes et les sol-

reçut, le 14 mai, dans la cour des Tuileries, au nombre de 12 à 15,000. Une députation de ces fédérés lut à l'Empereur l'adresse suivante :

« Sire, nous avons reçu les Bourbons avec indifférence et froideur, parce qu'ils étaient devenus étrangers à la France, et que nous n'aimons pas les rois imposés par l'ennemi.

« Nous vous avons accueilli avec enthousiasme, parce que vous êtes l'homme de la nation, le défenseur de la patrie, et que nous attendons de vous une glorieuse indépendance et une sage liberté. Vous nous assurez ces deux biens précieux; vous consacrerez à jamais les droits du peuple; vous régnerez par la constitution et les lois. Nous venons vous offrir nos bras, notre courage et notre sang pour le salut de la capitale.

« Ah! Sire, que n'avions-nous des armes au moment où les rois étrangers, enhardis par la trahison, s'avancèrent jusque sous les murs de Paris! Avec quelle ardeur nous aurions imité le dévouement de cette brave garde nationale, réduite à prendre conseil d'elle-même, et à courir, sans

direction, au-devant du péril! Notre commune résistance vous aurait donné le temps d'arriver pour délivrer la capitale et détruire l'ennemi. Nous sentions cette vérité; nous vous appelions de tous nos vœux, et nous versions des larmes de rage en voyant nos bras inutiles à la cause commune. Sire, des esclaves auraient béni l'occasion d'échapper au devoir et au danger de servir leur pays, des hommes libres regarderaient comme le dernier des outrages de n'être pas appelés à l'honneur de défendre leur patrie et leur prince.

« La plupart d'entre nous ont fait sous vos ordres la guerre de la liberté et celle de la gloire; nous sommes presque tous d'anciens défenseurs de la patrie; la patrie doit remettre avec confiance des armes à ceux qui ont versé leur sang pour elle. Donnez-nous, Sire, des armes en son nom; nous jurons entre vos mains de ne combattre que pour sa cause et la vôtre. Nous ne sommes les instruments d'aucun parti, les agents d'aucune faction. Nous avons entendu l'appel de la patrie, nous accourons à la voix de notre souverain; c'est dire dats de l'armée. Je suis bien aise de vous voir. J'ai confiance en vous. Vive la nation!

Extrait du *Moniteur* du 16 mai 1815.

21907. — DÉCRET.

Paris, 13 mai 1815.

ARTICLE PREMIER. Il sera formé vingt-quatre bataillons de tirailleurs de fédérés de notre bonne ville de Paris.

ART. 2. Ces bataillons seront composés des habitants et ouvriers de Paris et de la banlieue qui ne font pas partie de la garde nationale de Paris et voudront se faire inscrire pour la défense de la capitale et pour le service des ouvrages sur les hauteurs au moment où le besoin le requerrait.

ART. 3. Ces vingt-quatre bataillons formeront six brigades; deux bataillons formeront un régiment, et quatre bataillons formeront une brigade.

assez ce que la nation doit attendre de nous. Citoyens, nous obéissons à nos magistrats et aux lois; soldats, nous obéirons à nos chefs. Nous ne voulons que conserver l'honneur national et rendre impossible l'entrée de l'ennemi dans cette capitale, si elle pouvait être menacée d'un nouvel affront. Vainqueurs par notre courage et votre génie, nous reprendrons avec joie nos travaux, et nous serons d'autant plus paisibles, que nous aurons obtenu, pour prix de vingt-cinq ans de sacrifices, une constitution, la liberté et un monarque de notre choix.

«Sire, vous triompherez; vous dissiperez encore une fois la ligue de nos ennemis; nous en avons pour garants la justice de notre cause, le courage des Français, et les vœux même des nations de l'Europe. Sans doute, elles ne voudront pas prêter un imprudent appui à des rois conjurés contre l'indépendance et les droits les plus sacrés d'un peuple généreux; ces nations veulent comme nous la liberté qu'on leur a promise. Autrefois jalouses ou même irritées de l'éclat de notre gloire, le nouveau traité d'alliance fait au nom de la liberté entre vous et les Français nous a déjà réconciliés avec elles. Notre cause devient la leur, notre exemple devient pour elles un grand sujet d'espérance. Ainsi, au lieu de nous combattre avec acharnement, elles joindront leurs vœux aux vœux de la France, elles s'intéresseront à nos succès; et, dans la balance des destinées, les nations pèsent plus que les rois.

«Sire, vous triompherez; nous jouissons d'avance d'une victoire si légitime et du repos glorieux et durable qui en sera le fruit. Oui, Sire, nous en avons l'assurance, quand nos ennemis vaincus auront renoncé au chimérique espoir de nous dicter la loi, vous aimerez la paix comme vous aimez la gloire. Nous vous devrons la liberté avec le bonheur; et la France, prête à combattre aujourd'hui tout entière, s'il le faut, vous chérira comme un bon roi, après vous avoir admiré comme le plus grand des guerriers.

«Vive la nation! Vive la liberté! Vive l'Empereur!»

Chaque bataillon sera composé de six compagnies, avec le même nombre d'officiers que dans la ligne; les compagnies seront de 120 hommes; ce qui portera la force de chaque bataillon à 720 hommes.

Art. 4. Un lieutenant général et six maréchaux de camp seront chargés de l'inspection et du commandement des bataillons de Paris.

Les colonels, lieutenants-colonels et officiers de ces bataillons seront pris parmi les officiers en activité dans les troupes de ligne. Les maréchaux de camp, colonels et officiers demeureront dans l'arrondissement où sera la population destinée à remplir les cadres placés sous leurs ordres.

Art. 5. On désignera d'avance à chaque brigade les hauteurs et fortifications qu'elle aura à défendre.

Art. 6. Les contrôles par compagnies seront exactement tenus.

Les sous-officiers seront nommés parmi les volontaires et par eux. On nommera de préférence ceux qui ont déjà servi.

Art. 7. Tous les dimanches, les capitaines réuniront leur compagnie et feront l'appel.

Art. 8. Chaque compagnie aura deux tambours aux frais de la ville de Paris.

Art. 9. Il y aura en magasin un nombre de fusils suffisant pour armer ces vingt-quatre bataillons. Il y aura aussi la quantité suffisante de gibernes. La buffleterie sera noire.

Art. 10. Nos ministres de l'intérieur, de la police et de la guerre sont chargés de l'exécution du présent décret.

NAPOLÉON.

D'après l'ampliation. Dépôt de la guerre.

21908. — AU MARÉCHAL DAVOUT, PRINCE D'ECKMÜHL,

MINISTRE DE LA GUERRE, À PARIS.

Paris, 15 mai 1815.

Mon Cousin, je suppose que vous avez donné des ordres pour la mise en état des places de la Somme. Je désire que le général Rogniat, avec un officier d'artillerie, parte demain pour visiter Abbeville, Amiens, Ham et Péronne, et tous les postes intermédiaires. Ils seront accompagnés par les généraux commandant les départements. Ils reconnaîtront tous les ponts qu'il faudrait garder ou couper. Le génie du 2ᵉ corps enverra un officier pour mettre en état Saint-Quentin. Il se concertera avec le général, le sous-préfet et le maire pour que la place soit mise à l'abri de la cavalerie légère.

Donnez ordre au génie du 6ᵉ corps de mettre sur-le-champ Laon en état. Faites-y diriger de l'artillerie, de manière que le 10 juin cette ville soit en état de défense et à l'abri d'un coup de main.

Le général commandant le département de l'Aisne se concertera avec le préfet pour réunir de la levée en masse en nombre suffisant pour garder Laon en cas d'événement.

Le 6ᵉ corps enverra un officier du génie qui se rendra à Reims pour faire travailler aux portes et mettre la ville à l'abri d'un coup de main et de la troupe légère.

On pourra fournir aux habitants quelques pièces de canon, aussitôt qu'on verra qu'ils sont disposés à se défendre.

NAPOLÉON.

D'après l'original comm. par Mᵐᵉ la maréchale princesse d'Eckmühl.

21909. — AU MARÉCHAL DAVOUT, PRINCE D'ECKMÜHL,

MINISTRE DE LA GUERRE, À PARIS.

Paris, 15 mai 1815.

Mon Cousin, faites connaître au général Delaborde que 600 gendarmes d'élite, formant six compagnies à pied, se rendent en poste pour le rejoindre; que quatre compagnies sont déjà parties de Versailles, et qu'on lui en enverra jusqu'à douze; que le 43ᵉ doit rester tout entier à sa disposition dans la Vendée; qu'il doit employer aussi les gardes nationales et les confédérés; mais qu'il faut laisser partir les troupes de ligne; qu'elles sont nécessaires aux frontières; qu'une victoire dans le Nord fera plus pour le calme intérieur que des troupes qu'on laisserait dans l'Ouest: que j'ai besoin de réunir toutes mes troupes pour arriver à ce résultat; que je n'en excepte que le 43ᵉ.

NAPOLÉON.

D'après l'original comm. par Mᵐᵉ la maréchale princesse d'Eckmühl.

21910. — AU MARÉCHAL DAVOUT, PRINCE D'ECKMÜHL,
MINISTRE DE LA GUERRE, À PARIS.

Paris, 15 mai 1815.

Mon Cousin, les états de la cavalerie que j'ai sous les yeux sont du 1er mars. Remettez-moi une situation du personnel, des chevaux et du harnachement au 1er mai. Vous devez connaître actuellement le résultat de la livraison des 4,000 chevaux de gendarmerie. Une partie n'a pas été reçue par la grosse cavalerie et ira au profit de la cavalerie légère. J'ai levé aussi 8,000 chevaux dans les départements. Votre correspondance vous dit-elle ce qu'on peut espérer à cet égard? Proposez-moi de lever 4,000 autres chevaux sur la gendarmerie, en prenant sur les parties qui n'ont pas encore fourni. Ces 4,000 chevaux pourront être dirigés sur Versailles, Troyes, Beauvais, où sont les trois dépôts centraux; bien entendu que les cinq ou six régiments qui sont à Lyon et dans le Midi recevront directement les chevaux de Lyon et des départements voisins.

L'existant au 1er mars était de 20,000 chevaux. Cela ferait donc, depuis le 1er mars, les augmentations suivantes : reçu d'après les marchés, 3,000 chevaux; Maison du roi (pour mémoire, parce que je crois qu'elle n'a rien produit); première levée sur la gendarmerie, 4,000; appel dans les départements, 8,000; marchés du dépôt de Versailles, 7,000; deuxième levée, que je fais faire sur la gendarmerie, 4,000; total, 26,000 chevaux. Ce qui fait 46,000 chevaux, sans y comprendre la Garde.

Les hommes n'étaient, au 1er mars, que 39,000; mais probablement, du 1er mars au 15 mai, ils auront reçu plus de 6,000 hommes; total, 45,000 hommes.

Nous avions 26,000 harnachements, sans y comprendre la Garde; 2,600 autres devaient être reçus par d'autres corps, ce qui faisait 28,600 environ. Il y en avait 6,000 dans les magasins, et enfin la gendarmerie fournissait ses chevaux avec selles et brides.

Présentez-moi un projet de décret pour ordonner cette nouvelle fourniture de chevaux par la gendarmerie.

NAPOLÉON.

D'après l'original comm. par Mme la maréchale princesse d'Eckmühl.

21911. — AU MARÉCHAL DAVOUT, PRINCE D'ECKMÜHL,
MINISTRE DE LA GUERRE, À PARIS.

Paris, 15 mai 1815.

Mon Cousin, comme les lieutenants généraux commandant les divisions militaires et les lieutenants généraux commandant l'organisation des gardes nationales ne doivent pas s'enfermer dans les places, le général Molitor doit être chargé, aussitôt que le pays sera menacé, de réunir toutes les levées en masse du Haut-Rhin; la division de gardes nationales de Colmar sera à cet effet à sa disposition. Le général Desbureaux aura les mêmes instructions pour le département du Bas-Rhin. L'un et l'autre, dans le cas où ils seraient obligés de quitter l'Alsace, se concentreraient pour la défense des gorges des Vosges, où ils se réuniraient au général qui commande la division de réserve de Nancy et les 3ᵉ et 4ᵉ divisions, qui arriveraient pour le renforcer. Le général Molitor se concerterait avec le général Lecourbe, qui est à Belfort. Il est donc nécessaire que chacun sache bien le rôle qu'il a à remplir. Le général Lecourbe pourrait envoyer sa cavalerie sur Huningue, pour observer les bords du Rhin et les débouchés de Bâle. Le général Vandamme, le lieutenant général commandant la 2ᵉ division, le lieutenant général commandant la réserve de Sainte-Menehould, se concerteront pour les mesures à prendre, par chacun, pour la défense de tous les ponts de la Meuse et des débouchés qui vont sur la Marne. Cela est dans l'hypothèse que le général Vandamme, avec son corps d'armée, sortirait de ce pays. Il est donc nécessaire que j'aie le plus tôt possible le résultat des conseils qui seront tenus, à Strasbourg, entre les généraux Rapp, Molitor, Desbureaux et Lecourbe; car, si la Suisse est neutre, il est possible que je mette tout le Haut-Rhin sous les ordres du général Lecourbe.

Il est nécessaire que je connaisse aussi les dispositions du conseil qui sera tenu entre le général Gérard, le général commandant les 3e et 4e divisions et le général commandant les gardes nationales de Nancy; enfin les dispositions du conseil que tiendra le général Vandamme.

Ce sera après l'arrivée de ces procès-verbaux que vous présenterez à ma signature l'instruction pour chaque lieutenant général.

NAPOLÉON.

D'après l'original comm. par Mme la maréchale princesse d'Eckmuhl.

21912. — AU PRINCE LEBRUN,
À PARIS.

Paris, 15 mai 1815.

J'ai reçu votre lettre; je ne vous dissimulerai pas que je ne vous considérais plus comme architrésorier, parce que vous avez accepté du gouvernement royal une place inférieure dans la chambre des Pairs. Mais j'ai trouvé tant d'affection et de sentiments de cœur dans l'adresse d'hier[1] et la manière dont vous l'avez dite, que je ne puis vous rien refuser, et que j'éprouve une vive satisfaction d'oublier entièrement des torts que vous pouvez avoir eus pendant mon absence. Je vais vous faire expédier le brevet d'architrésorier; il vous est dû, car vous l'avez reconquis.

D'après la minute. Archives de l'Empire.

21913. — A M. FOUCHÉ, DUC D'OTRANTE,
MINISTRE DE LA POLICE GÉNÉRALE, À PARIS.

Paris, 15 mai 1815.

Faites une bonne proclamation aux départements de la Vendée, qui leur fasse sentir qu'on veut les égarer et les perdre, tout ce qu'ils me doivent de reconnaissance et combien on les trompe. Cette proclamation serait affichée dans tous les départements de l'Ouest. Parlez aussi aux chefs; ils vous connaissent tous, et ont eu tous affaire à vous. Je pense que cette proclamation, que vous pourriez faire sous la forme d'une circulaire aux préfets, aux administrateurs, aux maires et aux curés de ces départements, serait utile.

D'après la minute. Archives de l'Empire.

[1] Note de la pièce n° 21905.

21914. — AU MARÉCHAL DAVOUT, PRINCE D'ECKMÜHL,
MINISTRE DE LA GUERRE, À PARIS.

Paris, 16 mai 1815.

Mon Cousin, avez-vous ordonné la formation des hôpitaux dans les places et sur la ligne d'évacuation par Soissons? Cela est de la plus haute importance.

NAPOLÉON.

D'après l'original comm. par Mme la maréchale princesse d'Eckmühl.

21915. — AU MARÉCHAL DAVOUT, PRINCE D'ECKMÜHL,
MINISTRE DE LA GUERRE, À PARIS.

Paris, 16 mai 1815.

Mon Cousin, je vous envoie un rapport du général Dejean sur les services des vivres dans le Nord. Il paraît que ce service est bien mal fait, surtout pour le pain. La guerre va avoir lieu, et le soldat ne pourra pas entrer en campagne avec quatre jours de pain. Il est urgent de prendre un parti. Vous devez savoir ce que les munitionnaires veulent ou peuvent faire. Il faut prendre un parti dans la journée. J'attends votre rapport.

Il me paraît que vous avez deux partis à prendre : conserver l'entreprise, si vous avez confiance; mais faire des magasins extraordinaires au compte de l'armée, en ne lui faisant aucune avance; à cet effet, considérer les 1,800,000 francs que l'entrepreneur a reçus pour avances comme s'ils lui avaient été donnés pour le service de mai, et envoyer des fonds sur-le-champ à l'intendant pour faire des magasins à Soissons, Laon et Avesnes; il ne serait touché à ces magasins qu'en cas de guerre; mais, si vous n'avez aucune confiance dans l'entreprise, la dissoudre et former une régie. Présentez-moi un prompt rapport, car notre situation est honteuse, n'ayant pas quatre jours de pain, dans un pays où l'on ne manque de rien. Il n'y a que vous qui puissiez savoir si l'entrepreneur vous a manqué de parole et si l'on peut se fier à ce qu'il dit.

Je ne conçois pas que l'armée du Nord puisse rester dans la position où elle est, ni pourquoi l'entrepreneur laisse ainsi dégarni un service aussi important.

Je vous envoie aussi une lettre de Piré, qui crie misère de son côté. Il y a de l'absurdité ou de la malveillance. Il faut prendre un parti dans la journée.

NAPOLÉON.

D'après l'original comm. par Mme la maréchale princesse d'Eckmühl.

21916. — AU MARÉCHAL DAVOUT, PRINCE D'ECKMÜHL,
MINISTRE DE LA GUERRE, À PARIS.

Paris, 16 mai 1815.

Mon Cousin, ordonnez au général Lecourbe de faire venir à Belfort la division de gardes nationales qui est à Vesoul. Elle campera aux environs de cette place, de manière à être protégée par les fortifications. Alors il pourra placer ses troupes de ligne à portée de Huningue, se mettre en communication avec la garnison de cette place et porter des détachements de cavalerie le long du Rhin jusqu'à Neuf-Brisach. La position d'Altkirch me paraît être convenable pour placer son infanterie et son quartier général. Son artillerie mobile pourrait être placée à sa portée, aux passages du Rhin, où elle paraîtrait nécessaire.

La division de réserve qui est à Besançon prendra position sur le mont Jura.

Donnez ordre au duc d'Albufera de choisir un emplacement pour placer la division de réserve de Lyon aux débouchés de Genève, de manière à se mettre en communication avec la division de réserve de Besançon, qui gardera les débouchés du mont Jura, et à couvrir Lyon.

Faites part de ces dispositions au général Lecourbe, qui doit veiller à ce que le fort de l'Écluse soit en bon état et en faire augmenter les fortifications.

Instruisez aussi le général Rapp des ordres que vous donnez au général Lecourbe.

NAPOLÉON.

D'après l'original comm. par Mme la maréchale princesse d'Eckmühl.

21917. — AU MARÉCHAL DAVOUT, PRINCE D'ECKMÜHL,
MINISTRE DE LA GUERRE, À PARIS.

Paris, 16 mai 1815.

Mon Cousin, un seul maréchal de camp suffit pour la place de Maubeuge. Quand je voulais un lieutenant général et deux maréchaux de camp pour cette place, c'est que je voulais garder le camp retranché. Depuis, j'ai changé d'idée, et il a été convenu qu'on mettrait seulement en état les redoutes du camp retranché.

NAPOLÉON.

D'après l'original comm. par Mme la maréchale princesse d'Eckmühl.

21918. — NOTE.

Paris, 16 mai 1815.

Le major général ne donnera des ordres qu'à l'armée du Nord, à moins qu'il ne mentionne qu'il transmet un ordre spécial de l'Empereur présent à l'armée.

Toutes les fois que l'Empereur ne sera point présent à l'armée, le major général ne donnera des ordres qu'à l'armée du Nord.

L'intendant général ne dirigera que l'administration de l'armée du Nord. Si, par un décret, les armées de la Moselle et du Rhin venaient à être supprimées et réunies à l'armée du Nord, elles rentreraient sous l'administration de l'intendant général; mais jusque-là elles doivent en être séparées.

Chacune de ces armées doit avoir un ordonnateur en chef, qui corresponde avec le ministre de la guerre directement, et un payeur, qui corresponde avec le ministre du trésor.

L'ordre sera donné aux officiers de santé en chef, au payeur et à toutes les administrations de l'armée du Nord de se rendre à Laon. Ils devront partir dans la journée de demain. L'ordonnateur en chef de l'armée du Nord devra s'y rendre aussi.

L'intendant général se rendra à Soissons et y fera un marché pour un achat de farines, à placer : 8,000 quintaux, poids de marc, à Soissons,

5,000 à Guise, 1,000 à Maubeuge, 1,000 à Philippeville, 500 à Avesnes, 500 à Laon.

Il verra s'il est avantageux de faire des achats du côté de Guise et d'Avesnes, ou s'il est préférable de les faire en totalité à Soissons.

Il fera un rapport tendant à faire connaître quelle perte il y aurait à envoyer des farines de Paris à Soissons, pour former un approvisionnement de réserve de 20,000 quintaux poids de marc.

L'intendant général fera également un achat de 2,000 quintaux de riz, poids de marc; 2,000 quintaux de sel, poids de marc; 2 millions de rations d'eau-de-vie, et de l'avoine pour 20,000 chevaux pendant vingt jours.

Le riz, le sel, l'eau-de-vie seront répartis dans la même proportion que les farines.

L'avoine sera répartie entre Avesnes et Laon.

Le ministre de la guerre écrira par le télégraphe au comte Maret de se rendre sur-le-champ à Paris.

D'après la copie comm. par M. le comte Daru.

21919. — AU MARÉCHAL DAVOUT, PRINCE D'ECKMÜHL,
MINISTRE DE LA GUERRE, À PARIS.

Paris, 17 mai 1815.

Mon Cousin, il y a à Douai 30 pontons et 10 bateaux; cet équipage me paraît suffisant. Il faut, pour atteler ces 40 voitures, 200 à 250 chevaux; faites-les atteler sans délai, non pas par des chevaux de réquisition, mais par de bons chevaux d'artillerie. Mettez-y cinq compagnies de pontonniers, et faites-les venir un peu derrière le parc de réserve du général Reille.

Vous garderez l'ancienne compagnie de Vincennes, et vous ferez mettre en état le parc de Vincennes : s'il en était besoin, on attellerait plus tard ce parc avec des chevaux d'artillerie ou même avec des chevaux de réquisition.

NAPOLÉON.

D'après l'original comm. par Mme la maréchale princesse d'Eckmühl.

21920. — AU GÉNÉRAL COMTE DROUOT,
AIDE-MAJOR DE LA GARDE IMPÉRIALE, À PARIS.

Paris, 17 mai 1815.

Faites partir un cadre de régiment de tirailleurs de la jeune Garde pour Rouen; faites-en partir un pour Amiens. Ces cadres doivent être, avant de partir, bien habillés et bien armés.

Donnez ordre à l'ordonnateur d'envoyer un commissaire dans chacune de ces deux villes pour y établir un atelier d'habillement, de manière à avoir avec promptitude, dans l'une et l'autre place, de quoi habiller et équiper 2,000 hommes. Cela soulagera d'autant les ateliers de Paris.

Ces cadres feront des détachements dans les départements de la Normandie et de la Picardie, et prendront tous les moyens pour recruter des volontaires et attirer les militaires retirés dans ces départements. Vous aurez soin d'y envoyer d'abord 500 fusils, et, au fur et à mesure des besoins, d'envoyer ce qui sera nécessaire pour ces deux régiments, qui doivent se compléter dans les localités.

Faites-moi connaître s'il ne serait pas convenable aussi d'envoyer un cadre à Orléans, pour attirer également les militaires. On pourrait aussi en envoyer un en Bourgogne.

Il faut que vous donniez aux chefs des instructions pour qu'on batte la caisse, qu'on promène les drapeaux, qu'on fasse des affiches, que les hommes qu'on enverra dans les communes prennent enfin tous les moyens possibles de recruter.

Le régiment qui est à Amiens enverra à Saint-Quentin, auprès des ouvriers des fabriques.

Il y avait à Lyon un bataillon de volontaires que le général Brayer avait formé pour la jeune Garde : pourquoi ce bataillon n'est-il pas arrivé? Parlez-en au général Brayer.

Je vous ai dit plusieurs fois qu'il fallait que les chefs de la jeune Garde fissent afficher et se donnassent quelque mouvement pour recruter dans Paris. Vous n'avez pas fait ce que je vous ai indiqué à cet égard; faites-le.

Envoyez des officiers dans les différentes mairies; faites-les annoncer par la musique et les tambours, et qu'on fasse tout ce qui convient pour exciter l'enthousiasme des jeunes gens.

D'après la minute. Archives de l'Empire.

21921. — NOTE POUR LE MINISTRE DE LA POLICE,
DICTÉE EN CONSEIL DES MINISTRES.

Paris, 17 mai 1815.

Le ministre de la police remettra le plus tôt possible un rapport sur la mise en état de siége de Marseille, sur le désarmement de la garde nationale. Il proposera des mandats à décerner en exécution de la Constitution de l'an VIII, et motivés dans ce sens contre un certain nombre d'hommes marquants. Il ordonnera qu'aussitôt après leur arrestation un magistrat soit commis pour procéder à l'information judiciaire.

Le ministre de la guerre, ou celui de l'intérieur, fera un rapport sur la 9e division militaire et la nécessité de comprimer le parti qui organise ouvertement la guerre civile. Ce rapport sera ensuite renvoyé par l'Empereur au ministre de la police, qui proposera de décerner les mandats nécessaires.

Le ministre de la police fera un rapport sur les passe-ports, tendant au rétablissement de la législation préexistante, à la nécessité d'empêcher la sortie des hommes qui vont renforcer le noyau de conspirateurs formé à l'étranger, et l'entrée des agents de toute espèce qui pénètrent en France.

Il y a des mesures à prendre pour rendre responsables les douaniers, dont le service peut être très-utile, et les officiers de gendarmerie.

Le ministre de la police enverra un homme intelligent, connaissant la Vendée, au général Delaborde, qui tiendra un conseil avec cette personne et le colonel Noirot, pour désigner une vingtaine des individus dont la présence serait le plus dangereuse dans le pays et qu'il conviendrait d'arrêter ou de mettre en surveillance.

Le ministre proposera en même temps un projet de décret pour donner au général Delaborde des pouvoirs de haute police. Il convient que ces pouvoirs soient définis dans le projet.

<small>D'après la minute. Archives de l'Empire.</small>

21922. — NOTE DICTÉE EN CONSEIL DES MINISTRES.

Paris, 18 mai 1815.

Le projet proposé par M. le comte Chaptal produirait un effet contraire à celui qu'il a eu en vue.

Il n'y a pas de doute que l'Angleterre ne viole la neutralité des Américains et celle des autres puissances neutres, parce que tel est le résultat fondamental de ses lois maritimes, qui avaient armé contre elle les Américains, et qui paraissent n'avoir pas été un sujet de discussion dans les négociations de Gand; c'est un point dont il faut d'abord s'assurer.

Si l'Angleterre met en vigueur le système maritime qu'elle appelle *ses droits*, que fera la France? Le projet proposé par M. Chaptal préjuge la décision sur cet important objet, puisqu'il porte que la France usera de représailles. Cependant cette décision n'est point une chose simple, et, en la préjugeant, on dit au commerce de France qu'il ne pourra pas se faire avec les neutres; ce qu'il est au moins inutile de dire puisqu'on ne le sait pas, et ce qui produirait l'effet opposé aux vues de M. Chaptal.

Il faudrait donc aborder franchement la question, et dire que, quand même l'Angleterre voudrait de nouveau l'application de ses arrêts du conseil aux neutres, la France reconnaîtrait toujours comme neutres les bâtiments dénationalisés. Cela serait sans doute agréable au commerce et mènerait au but que M. Chaptal veut atteindre par des moyens tout différents de celui-ci. Mais comment dire une telle chose avant de connaître quelle application l'Angleterre voudra faire de son code maritime? Ce serait aller au-devant de toutes les chances, désintéresser les Américains dans la question, et prendre des engagements dangereux en favorisant d'avance la tendance de l'Angleterre à accroître ses prétendus droits maritimes dans chaque guerre. On ne pourrait donc adopter dans le projet de M. Chaptal que la disposition de l'article 4; d'où il résulterait qu'en cas de guerre la mesure de l'embargo n'aurait aucun effet rétroactif, en ce sens que tous les bâtiments chargés auraient la liberté de sortir, et que toutes les expéditions commencées pourraient être achevées.

Pour rendre plus sensible le raisonnement établi plus haut, on peut faire l'hypothèse que l'Angleterre déclarerait qu'aucun bâtiment américain chargé de marchandises pour les ports de France ne pourrait exporter aucune denrée ou marchandise de nos ports, et serait tenu de les quitter sur son lest, pour aller prendre sa cargaison de retour à Londres; qu'elle ne laisserait entrer dans les ports de France aucun bâtiment qui, au préalable, n'eût mouillé en Angleterre et ne fût venu lui payer un droit déterminé sur les marchandises composant son chargement; qu'enfin l'Angleterre imposerait telles autres obligations dont le germe se trouve dans les arrêts du conseil. Nous nous ôterions, par une déclaration qui serait un acte de soumission fait d'avance, tout moyen de pourvoir à nos intérêts.

Ce serait donc une déclaration honteuse, qui rendrait faciles les arrangements de l'Amérique avec l'Angleterre, et qui serait une excitation donnée par nous-mêmes à l'Angleterre d'abuser de sa supériorité.

Le projet de M. Chaptal n'a donc point abordé la question, ou plutôt il la décide d'une manière désespérante pour le commerce, puisqu'il statue positivement que l'Empereur remettra en vigueur ses décrets de Milan, si les Anglais renouvellent leurs arrêts du conseil de 1807.

Sa Majesté juge convenable que ces observations soient renvoyées à son ministre des affaires étrangères, qu'elle invite à lui faire connaître :

1° Si dans le traité de Paris il y a quelques stipulations relatives au droit maritime de l'Angleterre;

2° S'il y a quelques dispositions sur cette matière dans le traité de paix négocié à Gand entre l'Angleterre et l'Amérique;

3° Si, dans l'intervalle qui s'est écoulé entre le traité de Paris et la paix entre ce pays et l'Amérique, il y a eu, de la part du conseil du roi, tel procédé d'où il puisse résulter que le blocus sur le papier a été reconnu;

4° Enfin la réponse qui doit avoir été faite par le ministre de France à la déclaration par laquelle l'Angleterre notifiait que l'Amérique était bloquée.

D'après la minute. Archives de l'Empire.

21923. — A M. FOUCHÉ, DUC D'OTRANTE,
MINISTRE DE LA POLICE GÉNÉRALE, À PARIS.

Paris, 18 mai 1815.

Monsieur le Duc d'Otrante, s'il est vrai que M. Lavalette, de Toulouse, ait été nommé par le duc d'Angoulême inspecteur de toutes les gardes nationales du Midi, et qu'il ait donné des sommes considérables pour le gouvernement du prince d'Angoulême à Toulouse, vous lui ferez donner ordre de se rendre en surveillance dans une petite ville de Bourgogne. Autorisez le préfet, le général commandant à Toulouse, le commandant de la gendarmerie et votre lieutenant de police à s'entendre là-dessus. Autorisez-les, en général, à faire arrêter à Toulouse, à Montpellier, à Montauban, etc. les individus qui seraient gravement soupçonnés de machiner le rétablissement des Bourbons et l'explosion de la guerre civile; et, pour tous ceux contre lesquels il n'y aurait pas de préventions aussi fortes, mais qu'il serait cependant dangereux de laisser dans le pays, autorisez leur envoi en surveillance dans la 18ᵉ division.

Ordonnez les mêmes mesures pour Bordeaux, Perpignan, le Calvados, la Seine-Inférieure et Boulogne. Ces mesures me paraissent urgentes : arrestation de quelques-uns des principaux et exil de ceux du deuxième ordre dans les bons départements. Étendez ces mesures à Clermont-Ferrand.

Ordonnez qu'on envoie dans l'Yonne les gens qui seraient fortement suspects d'agir activement pour faire éclater la guerre en France.

Il ne faut donner aucun passe-port pour les nobles qui vont en Angleterre.

D'après la minute Archives de l'Empire

21924. — AU PRINCE JOSEPH,
À PARIS.

Paris, 19 mai 1815.

Mon Frère, je suis dans l'intention de composer la chambre des Pairs et d'en nommer d'abord quatre-vingts membres. Désirant m'aider des lumières des personnes qui ont ma confiance, je vous invite à me remettre dimanche une liste de cent vingt personnes que vous choisirez comme si vous étiez chargé de cette nomination.

S'il en est parmi elles que je ne connaisse pas, vous voudrez bien joindre des notes à leurs noms. Ce travail restera secret entre moi et vous. Je n'ai pas besoin de vous dire qu'il est inutile qu'on sache que je vous l'ai demandé.

J'ai adressé une lettre semblable à tous mes ministres et à d'autres personnes dans l'opinion et dans les sentiments desquelles je me confie[1].

NAPOLÉON.

D'après l'original comm. par le cabinet de S. M. l'Empereur.

21925. — AU COMTE CARNOT,
MINISTRE DE L'INTÉRIEUR, À PARIS.

Paris, 19 mai 1815.

Monsieur le Comte Carnot, j'ai fait connaître au ministre de la police que je désirais qu'il ordonnât au rédacteur qu'il a attaché au *Journal général de France* de prendre désormais vos ordres pour la direction de ce journal. Mon intention est que vous donniez à cette feuille une couleur prononcée et qui réponde à la fureur des attaques des ennemis du gouvernement.

NAPOLÉON.

D'après l'original. Archives de l'Empire.

[1] Même lettre aux ministres, au général Bertrand et au comte de Montesquiou-Fezensac.

21926. — AU MARÉCHAL DAVOUT, PRINCE D'ECKMÜHL,
MINISTRE DE LA GUERRE, À PARIS.

Paris, 19 mai 1815.

Mon Cousin, qu'est-ce que le général Fournier que vous avez envoyé à Marseille pour commander la garde nationale? Il serait nécessaire que vous prissiez mes ordres avant de disposer des différents officiers généraux. Qu'est-ce que le général Corsin que vous avez envoyé à l'armée du Nord? Est-ce celui qui était à Antibes? Je n'ai rien signé qui autorise cette disposition.

NAPOLÉON.

D'après l'original comm. par Mme la maréchale princesse d'Eckmühl.

21927. — AU MARÉCHAL DAVOUT, PRINCE D'ECKMÜHL,
MINISTRE DE LA GUERRE, À PARIS.

Paris, 20 mai 1815.

Mon Cousin, chargez l'ordonnateur de la 23e division de faire acheter des draps dans le pays, au meilleur marché possible, ainsi que des effets de petit équipement.

Faites mettre quelques fonds à la disposition du génie et de l'artillerie en Corse, pour leurs dépenses; il faut peu de chose. A cette occasion, je dois remarquer que la Corse n'a aucun système de défense. Mon intention est qu'on ne fasse aucune espèce de dépense aux places d'Ajaccio, de Bonifacio, de Bastia, de Corte. Il faut concentrer toutes les dépenses sur la ville de Calvi pour la mettre en état. C'est à Calvi qu'il faut former un approvisionnement de siége, que tous les fusils de l'île doivent être transportés; que toute l'artillerie inutile des différentes parties de l'île soit retirée sur Calvi, pour mettre cette place en meilleur état. Il faut donner pour instruction, en cas de débarquement de l'ennemi en Corse, qu'après avoir défendu le terrain pied à pied, c'est à Calvi qu'on doit se renfermer et se défendre à toute outrance, parce que c'est par Calvi qu'on sera secouru. Il est donc nécessaire que cette place soit bien approvisionnée en canons et en affûts, ainsi qu'en munitions de guerre.

Deux pièces de canon suffisent à Corte, douze suffisent à Ajaccio, quinze ou vingt à Bastia, et douze à Bonifacio. Tout le reste, si cela devient nécessaire, doit être centralisé sur Calvi.

Je préférerais à Calvi la ville d'Ajaccio, et c'est, je pense, sur Ajaccio qu'à l'avenir il faudra centraliser la défense de l'île; mais ce ne peut être cette année, puisque les travaux à faire exigeront deux ou trois ans et 5 ou 600,000 francs de dépense.

Le système du génie en Corse actuellement est absurde. Tout le matériel est répandu dans cinq places, dont aucune, Calvi excepté, n'est tenable. Bonifacio est tenable; mais sa situation relativement à la France le rend hors de considération.

En résumé, donnez ordre au génie, à l'artillerie, au commandant et à l'ordonnateur de tout préparer pour que, après avoir défendu l'île, on défende Calvi, et qu'on y réunisse tous les moyens devenus inutiles dans les autres places. Faites faire le projet de 3 ou 400,000 francs d'ouvrages, à faire en plusieurs années, pour occuper les hauteurs d'Ajaccio, de manière que cette ville et son port deviennent centre de la défense de l'île. Le port d'Ajaccio peut recevoir des escadres. Saint-Florent est la seule ville qui, après Ajaccio, puisse offrir cet avantage; mais Saint-Florent n'est qu'un petit bourg, et l'air y est malsain.

NAPOLÉON.

D'après l'original comm. par M°° la maréchale princesse d'Eckmühl.

21928. — AU MARÉCHAL DAVOUT, PRINCE D'ECKMÜHL,
MINISTRE DE LA GUERRE, A PARIS.

Paris, 20 mai 1815.

Mon Cousin, donnez l'ordre au maréchal Brune, aussitôt que les 9°, 35° et le 14° léger seront arrivés, d'en passer la revue de rigueur et d'en ôter tous les officiers qui auraient émigré ou qui n'auraient pas fait la guerre avec nous. Proposez-moi trois colonels pour remplacer les trois colonels de ces régiments, et deux majors pour remplacer le major du 35° et celui du 14° léger. Il y a aussi plusieurs chefs de bataillon et capitaines à remplacer dans ces régiments. Témoignez ma satisfaction au général

Simon. Faites-moi connaître l'ancienneté de ses services, pour voir s'il y a lieu à le faire lieutenant général.

Faites connaître aux maréchaux de camp Casalta et Moroni, en Corse, qu'ils sont mis en activité de service et vont être employés dans la 23e division. Présentez-moi le plus tôt possible l'organisation des officiers de gendarmerie dans la 23e division. Le directeur d'artillerie qui est en Corse est mauvais; changez-le; faites-le rentrer en France et remplacez-le par un officier sûr. Il serait convenable d'y envoyer de préférence un officier qui ait servi plusieurs années en Italie et qui soit familier avec la langue.

NAPOLÉON.

D'après l'original comm. par Mme la maréchale princesse d'Eckmuhl.

21929. — AU MARÉCHAL DAVOUT, PRINCE D'ECKMÜHL,
MINISTRE DE LA GUERRE, À PARIS.

Paris, 20 mai 1815.

Mon Cousin, j'ai reçu votre rapport, du 18 mai, sur la nécessité de faire l'appel de la conscription de 1815. Je désire que vous me remettiez le détail de ce que cette conscription produira par département. Mon intention n'est pas de faire un appel général. Je n'appellerai d'abord que celle des 1re, 2e, 3e, 4e, 5e, 6e, 7e, 19e, 21e divisions, ensuite celle des 9e, 10e et 11e. La conscription de la 7e division sera employée à recruter les régiments du corps d'observation du Var et les régiments de l'armée des Alpes. Le tiers des hommes de la 19e division militaire sera envoyé aux régiments qui sont dans la 18e et dans la 6e division. Ceux de la 1re serviront au recrutement des régiments de l'armée du Nord, et ainsi de suite.

Chacune de ces conscriptions fournira un tiers de ses hommes pour la jeune Garde.

NAPOLÉON.

D'après l'original comm. par Mme la maréchale princesse d'Eckmuhl.

21930. — AU MARÉCHAL DAVOUT, PRINCE D'ECKMÜHL,
MINISTRE DE LA GUERRE, À PARIS.

Paris, 20 mai 1815.

Mon Cousin, j'ai reçu votre rapport du 18 mai. Les objets les plus urgents dont vous avez à vous occuper sont : 1° présenter un compte clair et détaillé des exercices arriérés et de l'année 1814; 2° établir le budget motivé pour 1815. Le budget que vous m'avez présenté n'est pas assez motivé. Il est tout simple que les Chambres voudront connaître l'emploi de l'argent qu'on leur demandera. Faites bien connaître la différence de la situation entre le 1er mai et le 1er juin et tout ce qui a été fait pendant deux mois.

Vous devrez faire travailler aux modifications à faire au Code pénal militaire d'après la Constitution.

NAPOLÉON.

D'après l'original comm. par M™ la maréchale princesse d'Eckmühl.

21931. — AU MARÉCHAL DAVOUT, PRINCE D'ECKMÜHL,
MINISTRE DE LA GUERRE, À PARIS

Paris, 20 mai 1815.

Mon Cousin, je pense qu'il serait possible d'employer des officiers du génie espagnols, soit à la suite des armées, soit dans les places.

NAPOLÉON.

D'après l'original comm. par M™ la maréchale princesse d'Eckmühl.

21932. — AU MARÉCHAL DAVOUT, PRINCE D'ECKMÜHL,
MINISTRE DE LA GUERRE, À PARIS.

Paris, 20 mai 1815.

Mon Cousin, faites-moi connaître quand on pourra tirer des bataillons espagnols, piémontais, belges, polonais et autres étrangers, pour les mettre en ligne.

NAPOLÉON.

D'après l'original comm. par M™ la maréchale princesse d'Eckmühl.

21933. — AU MARÉCHAL DAVOUT, PRINCE D'ECKMÜHL,
MINISTRE DE LA GUERRE, A PARIS.

Paris, 20 mai 1815.

Mon Cousin, je ne puis être que mécontent de la proposition que vous me faites d'employer pour les équipages militaires une partie des 1,500 chevaux qui étaient destinés pour la jeune Garde. L'artillerie a également soustrait 500 chevaux qui étaient destinés pour la Garde; de sorte que nous sommes moins avancés que jamais. Cependant il me semble que la Garde doit être la première servie, puisqu'elle a une artillerie d'élite attachée à des troupes d'élite, et qu'il est indispensable que j'aie au 5 juin les cent quarante-quatre pièces de la jeune Garde. Ne touchez donc en rien à toutes les dispositions qui ont été faites pour la Garde, qui passe avant tout.

J'approuve que le pont se rende à Guise; mais ne prenez pour cela aucun des moyens destinés à la Garde.

NAPOLÉON.

D'après l'original comm. par Mme la maréchale princesse d'Eckmühl.

21934. — AU VICE-AMIRAL DUC DECRÈS,
MINISTRE DE LA MARINE, A PARIS.

Paris, 20 mai 1815.

Monsieur le Duc Decrès, du moment que les pièces de canon sont chargées au Havre, elles doivent sur-le-champ filer sur Paris. Ainsi les affûts et les canons qui étaient chargés au Havre le 16 devraient déjà être à moitié chemin de Paris.

Organisez vos parcs de la marine aux Invalides.

NAPOLÉON.

D'après l'original comm. par Mme la duchesse Decrès.

21935. — AU VICE-AMIRAL DUC DECRÈS,
MINISTRE DE LA MARINE, A PARIS.

Paris, 20 mai 1815.

Monsieur le Duc Decrès, la marine s'est bien trouvée des exportations de la Corse. Je sens que la situation de votre département ne vous permet pas de grandes dépenses; cependant je pense qu'il serait convenable de ne pas laisser tomber ces exportations et de continuer à faire venir les bois de cette île, qui formeront successivement un approvisionnement à Toulon et entretiendront un mouvement utile dans le pays.

NAPOLÉON.

D'après l'original comm. par Mᵐᵉ la duchesse Decrès.

21936. — A M. FOUCHÉ, DUC D'OTRANTE,
MINISTRE DE LA POLICE GÉNÉRALE, À PARIS.

Paris, 10 mai 1815.

Monsieur le Duc d'Otrante, je pense que les mesures prises hier pour l'Ouest ne sont pas suffisantes. Je vous ai envoyé un rapport du ministre de la guerre. Présentez-moi un projet de décret qui contienne les mesures suivantes : 1° l'institution d'une commission militaire pour juger ceux qui sont pris les armes à la main; 2° le pouvoir à donner au général Delaborde d'exiler de la Vendée et d'envoyer en surveillance tous les hommes qui lui paraîtront dangereux; 3° l'organisation des gardes nationales dans toutes les villes, et le commandement de ces gardes nationales donné à des officiers de la ligne; 4° une proclamation à faire par le général Delaborde pour ordonner à tout noble ou tout individu ayant émigré, qui n'aurait pas de domicile dans les départements de la Loire-Inférieure et des Deux-Sèvres, de quitter sur-le-champ le territoire, sous peine, s'il est pris d'ici à quinze jours, d'être arrêté comme fauteur de la guerre civile et traité comme tel. On m'assure qu'un grand nombre de nobles se sont rendus dans la Vendée. Recommandez à toutes les autorités des pays voisins, et surtout à vos commissaires, de ne laisser s'introduire aucun individu suspect dans la Vendée.

NAPOLÉON.

D'après l'original comm. par M. Charavay.

21937. — AU MARÉCHAL SUCHET, DUC D'ALBUFERA,

COMMANDANT L'ARMÉE DES ALPES, À LYON.

Paris, 20 mai 1815.

Je reçois votre lettre de Lyon du 16 mai. Vous avez à votre corps d'armée huit régiments qui se recrutent dans l'Isère, Seine-et-Marne, la Haute-Loire, les Hautes-Alpes, les Vosges, l'Ardèche et la Drôme. En activant le départ des anciens soldats dans les départements des 7e et 19e divisions militaires qui sont sous votre commandement, vous porterez facilement chacun des régiments qui doivent les recevoir à 2,400 hommes d'infanterie; ce qui, joint aux divisions de gardes nationales d'élite que vous aurez le temps de bien habiller et bien armer (et qui vous seront d'un bon service non-seulement dans les garnisons, mais dans tout le pays difficile des Alpes), vous mettra dans la main un bon corps d'armée. Vous devez être suffisamment muni d'artillerie, et vos deux régiments de cavalerie doivent être portés chacun à 1,000 hommes.

Le 6e de ligne a ordre de partir de Marseille aussitôt que les trois régiments qui sont en Corse seront débarqués.

Ne croyez pas à la nouvelle des 60,000 hommes du général Frimont.

Le corps d'observation du Var aura, avant que les hostilités commencent, 12 à 20,000 hommes. Le corps d'observation du Jura observe et contient la Suisse. J'ai donné des ordres pour que le 43e régiment ait les secours d'argent que vous demandez; la Drôme peut facilement le porter au complet.

Je vous recommande beaucoup de faire pousser avec activité les travaux de Lyon. Il est nécessaire qu'au 10 juin il y ait des pièces en batterie aux ouvrages entre Saône et Rhône, à la Guillotière et au pont des Brotteaux. Voyez aussi ce qu'il faut pour nous assurer le pont de Perrache. J'ai donné des ordres pour que les travaux de la couronne à Perrache fussent repris. Vous pouvez faire concourir ces travaux à la défense du pont. Quoique Pont-Saint-Esprit ne vous regarde pas, faites-vous assurer s'il est bien et fortement occupé, ainsi que la petite place de Sisteron.

D'après la minute. Archives de l'Empire.

21938. — AU GÉNÉRAL COMTE RAPP,

COMMANDANT L'ARMÉE DU RHIN, À STRASBOURG.

Paris, 20 mai 1815.

Je reçois votre lettre du 18 mai. J'ai accordé 13 millions pour l'habillement dans la distribution de mai. Des ordonnances pour des sommes considérables ont été envoyées à chaque corps de votre armée. Assurez-vous qu'elles soient soldées. Je ne saurais m'accoutumer à l'idée que vous ne puissiez avoir de disponibles que 2,200 hommes, quand la force des dépôts est de 4,000 hommes. Appelez à vous le 3ᵉ bataillon du 18ᵉ, le 3ᵉ du 39ᵉ, le 3ᵉ du 57ᵉ, le 3ᵉ du 7ᵉ léger, le 4ᵉ du 10ᵉ léger; ce qui vous formera un régiment à quatre bataillons, quatre à trois bataillons et quatre à deux bataillons, ou vingt-quatre bataillons. Poussez l'habillement; l'argent est en expédition et ne manquera pas.

La situation que vous m'avez envoyée de votre cavalerie n'est pas bien faite. Comment le 6ᵉ de cuirassiers n'a-t-il que ses 3ᵉ et 4ᵉ escadrons au dépôt, qu'est donc devenu son 5ᵉ escadron? Même observation pour le 19ᵉ de dragons. Vous avez 1,787 hommes et seulement 497 chevaux; mais vous ne me faites pas connaître combien d'hommes il y a en détachement pour prendre les chevaux des gendarmes; combien il y en a en remonte au dépôt de Versailles; combien le régiment doit recevoir de chevaux par suite des marchés qu'il a passés; combien les départements doivent en fournir. Si vous y mettez l'activité convenable, vous devez, sur ces 1,700 hommes, en avoir bientôt 15 à 1,600 montés, qui, joints à ceux qui composent aujourd'hui les escadrons, porteront votre cavalerie à près de 4,000 hommes. Vous voyez cela trop légèrement. Levez les obstacles par vous-même. Voyez les dépôts et augmentez votre armée.

Montez un espionnage pour savoir ce qui se passe au delà du Rhin et principalement à Mayence. Parcourez la ligne jusqu'à Bitche et de Bitche à Thionville, et connaissez bien tous les débouchés des Vosges.

D'après la minute. Archives de l'Empire.

21939. — AU MARÉCHAL DAVOUT, PRINCE D'ECKMÜHL,
MINISTRE DE LA GUERRE, À PARIS.

Paris, 21 mai 1815.

Mon Cousin, vous ne m'avez pas rendu compte de l'arrivée à Toulon du 14ᵉ d'infanterie légère, qui était en Corse. Il est arrivé le 11; c'est aujourd'hui le 21, et cependant je ne l'ai appris que par le ministre de la marine. Remettez-moi le rapport que vous avez dû recevoir sur cet objet.

Le ministre de la marine m'annonce qu'un bataillon du 9ᵉ, qui est en Corse, doit être envoyé dans l'île d'Elbe, et qu'un bataillon du 16ᵉ doit partir le 15 de Toulon pour Porto-Ferrajo, ce qui formerait deux bataillons. Si cela était, vous rappelleriez l'un de ces bataillons; je veux qu'il n'en reste qu'un.

Il faut réitérer l'ordre formel de faire revenir les troupes françaises qui sont en Corse, hormis une ou deux compagnies de canonniers. Si le duc de Padoue peut former deux bataillons corses de 600 hommes, qu'il les fasse partir pour Toulon; vous donneriez des ordres pour qu'ils soient armés.

Les paysans de la Corse sont habillés d'une manière assez baroque: il faudra leur faire fournir des capotes et des bonnets de police, pour qu'ils aient la tournure de troupes du continent.

Recommandez au maréchal Brune de passer la revue du régiment qui vient d'arriver de Corse et d'en ôter tout ce qui est mauvais.

NAPOLÉON.

D'après l'original comm. par Mᵐᵉ la maréchale princesse d'Eckmühl.

21940. — AU MARÉCHAL DAVOUT, PRINCE D'ECKMÜHL,
MINISTRE DE LA GUERRE, À PARIS.

Paris, 21 mai 1815.

Mon Cousin, faites connaître au duc de Padoue, en Corse, que je désire avoir 500 Corses pour servir dans la jeune Garde. Il est nécessaire qu'ils soient âgés de plus de vingt ans. Je désire également en avoir 300 pour la vieille Garde. Il faudrait qu'ils eussent quatre années au moins de service, soit dans les troupes françaises, dans celles du royaume d'Italie ou dans celles du roi de Naples. Au fur et à mesure que le duc de Padoue pourra former un détachement de 100 hommes, il l'enverra à Toulon. Vous donnerez des ordres pour qu'il leur soit fourni des capotes et des bonnets de police, et qu'ils soient dirigés sur Paris.

NAPOLÉON.

D'après l'original comm. par Mme la maréchale princesse d'Eckmühl.

21941. — AU MARÉCHAL DAVOUT, PRINCE D'ECKMÜHL,
MINISTRE DE LA GUERRE, À PARIS.

Paris, 21 mai 1815.

Mon Cousin, les fusils étrangers qui sont à Lyon sont en bon état; il faut les garder; on sera toujours à même de les donner, si les circonstances l'exigeaient. Ces fusils une fois donnés, il ne serait pas possible de les ravoir, si l'on en avait besoin. Je pense qu'il faut réunir à Lyon 9,000 fusils à réparer et des pièces de rechange; que vous devez établir un atelier qui sera formé des ébénistes et des ouvriers de la ville, de manière que ces 9,000 fusils soient en état dans l'espace de deux mois. Ils feront un fonds d'arsenal destiné à armer la population au dernier moment. Une fois cet atelier organisé, on pourra l'alimenter par des pièces de rechange provenant des démolitions des armes qui seront portées comme étant à démolir.

NAPOLÉON.

D'après l'original comm. par Mme la maréchale princesse d'Eckmühl.

21942. — AU MARÉCHAL DAVOUT, PRINCE D'ECKMÜHL,
MINISTRE DE LA GUERRE, À PARIS.

Paris, 21 mai 1815.

Mon Cousin, j'approuve que le duc de Dalmatie reçoive le traitement de 40,000 francs comme maréchal d'Empire et de 40,000 francs comme général en chef. J'approuve qu'il lui soit donné 6,000 francs par mois pour dépenses d'état-major et frais de bureau, et 20,000 francs pour frais de poste, que vous renouvellerez au fur et à mesure que ces 20,000 francs seront consommés. Quant à la première mise, il faut en agir comme on en agissait avec le prince de Neuchâtel.

NAPOLÉON.

D'après l'original comm. par Mme la maréchale princesse d'Eckmuhl.

21943. — AU COMTE CARNOT,
MINISTRE DE L'INTÉRIEUR, À PARIS.

Paris, 21 mai 1815.

Écrivez aux préfets qu'ils sont autorisés à organiser les compagnies de réserve sur le même pied qu'en 1814, s'ils peuvent le faire par une retenue sur les revenus des villes de leurs départements, ou par des économies sur les centimes. Ils pourront provisoirement nommer les officiers pour les commander.

D'après la minute. Archives de l'Empire.

21944. — AU GÉNÉRAL CORBINEAU,
AIDE DE CAMP DE L'EMPEREUR, À PARIS.

Paris, 21 mai 1815.

Partez sur-le-champ pour Angers. Vous vous concerterez avec le général Delaborde, dont vous serez le bras droit. Tâchez de réunir le 15e, le 26e et le bataillon de 500 gendarmes; ce qui vous fera une colonne de 2,500 hommes d'infanterie. Vous pourrez réunir 300 ou 400 hommes des dépôts de cavalerie qui sont sur la Loire. Avec cela marchez sur les insurgés; faites raser les maisons de la Rochejacquelein, et tâchez de frapper un grand coup. Le général Charpentier pourra faire sortir de Nantes plusieurs bataillons de fédérés et le bataillon de la marine. Expédiez une estafette au général Clausel, qui enverra une colonne de Bordeaux, qui se réunira à celle de la Rochelle, s'il est nécessaire. Faites organiser quelques pièces de canon pour appuyer vos colonnes.

Ma première pensée a été de vous donner le commandement en chef de la Vendée; mais, comme j'aurai besoin de vous pour la grande guerre, je ne vous y laisserai qu'une vingtaine de jours, et j'enverrai un général pour vous remplacer.

D'après la minute. Archives de l'Empire.

21945. — NOTES DICTÉES EN CONSEIL DES MINISTRES.

Paris, 21 mai 1815.

On ne peut pas se dissimuler que la guerre civile éclate réellement dans la Vendée, et qu'il n'y a point à différer pour prendre des mesures militaires et organiser une armée pour combattre la rébellion; mais ce n'est pas de ce côté seul qu'il faut porter l'attention. Si des mesures n'étaient pas prises dans la Normandie, on y verrait bientôt se développer les trames qui y sont ourdies en secret contre la tranquillité publique. Il est reconnu que beaucoup d'hommes mal intentionnés sortent de la capitale pour se porter dans ce pays. Le commissaire extraordinaire qui avait été envoyé à Lyon a rapporté que dans cette ville la police municipale a été dans le cas, depuis quelques semaines, de délivrer chaque jour un nombre fort considérable de passe-ports à des personnes qui vont dans le Midi. La police locale de Poitiers assure qu'un grand nombre des partisans des Bourbons partent chaque jour pour aller se joindre à la rébellion qui s'organise dans la Vendée. Ces divers renseignements donnent lieu de reconnaître qu'il existe un ordre de choses dangereux et auquel il est urgent de porter remède. En conséquence, Sa Majesté ordonne que les ministres de la police générale, de la guerre et de l'intérieur se réuniront pour faire en commun un rapport sur la situation des différentes parties de la France où la tranquillité publique est menacée. Ils proposeront les mesures qu'ils croiront qu'il convient d'adopter, et ils examineront celles qui vont être indiquées ci-après; ils les discuteront, et ils rédigeront un projet de décret qui sera présenté, dans le plus bref délai, à l'Empereur, avec le rapport des trois ministres.

Les mesures indiquées par Sa Majesté sont les suivantes :

Former dans la Normandie, les départements du Nord, du Pas-de-

Calais et de la Somme, les quatre départements de la Bretagne, le département de la Gironde, les départements des 8°, 9° et 10° divisions : 1° un comité de trois membres, par département, qui procéderont par procès-verbaux signés chaque jour, et qui auront le droit de faire arrêter les hommes prévenus d'être les principaux agents des trames contre la tranquillité publique et la sûreté de l'état, et d'éloigner ceux qui seront connus comme agissant par leur influence contre les intérêts du Gouvernement; ce comité enverra chaque jour expédition de son procès-verbal au ministre de la police et à la commission de haute police dont il s'agit ci-après; 2° une commission de haute police, par division militaire, siégeant au chef-lieu de la division; cette commission sera composée du général commandant la division, ou, s'il y a lieu, par un lieutenant général, désigné *ad hoc*, du procureur général et du préfet du chef-lieu; elle exercera les fonctions de la haute police; elle correspondra avec les comités des départements de la division, afin de les éclairer et de mettre de l'activité dans leurs opérations; la commission de haute police aura le droit de suspendre les maires, les sous-préfets et les agents des différentes administrations.

On enverra à ces commissions l'examen de la question de savoir si l'on désarmera la garde nationale de Bordeaux, de Toulouse, de Montauban et d'autres villes où cette mesure serait dans le cas d'avoir lieu; elle devrait être méditée et concertée de manière que le désarmement, s'il est ordonné, se fasse sans donner lieu à des voies de fait et à l'effusion du sang.

Les ministres désignés ci-dessus proposeront les membres qu'ils croiront les plus propres à composer soit les comités, soit les commissions dont il s'agit. Ils enverront au ministre des affaires étrangères les renseignements que leur fournissent leurs correspondances, et qui prouvent que l'Angleterre, soit par les envois d'armes, de munitions et d'artillerie, soit par le débarquement d'anciens chefs chouans et vendéens, excite le soulèvement des pays et commet ainsi de graves hostilités.

Le ministre de la guerre donnera des ordres pour faire évacuer et remettre à la disposition du ministre de la police le donjon de Vincennes;

de son côté, le ministre de la police fera remettre ce donjon dans l'état où il était.

D'après la copie. Archives de l'Empire.

21946. — AU MARÉCHAL DAVOUT, PRINCE D'ECKMÜHL,
MINISTRE DE LA GUERRE, À PARIS.

Paris, 22 mai 1815.

Mon Cousin, envoyez un officier du génie et un officier d'artillerie à Dijon, pour concerter ce qu'il y a à faire à cette place pour la mettre à l'abri d'un coup de main. Y a-t-il un bon fossé, un parapet? J'ai idée qu'il y a une bonne enceinte; il ne faudrait que l'armer et défendre les portes. Si le parapet est démoli, on pourrait le rétablir sur-le-champ, en commençant par les bastions.

NAPOLÉON.

D'après l'original comm. par Mme la maréchale princesse d'Eckmuhl.

21947. — AU MARÉCHAL DAVOUT, PRINCE D'ECKMÜHL,
MINISTRE DE LA GUERRE, À PARIS.

Paris, 22 mai 1815.

Mon Cousin, j'approuve que vous fassiez présent à la commune de Tournus de 100 fusils et de 2 pièces de canon, que vous ferez venir d'Auxonne.

Faites ramasser tous les fusils de chasse que vous pourrez avoir, et donnez-en aux habitants de l'Alsace, de la Lorraine, du Jura, des Vosges et à ceux des bords de la Saône.

NAPOLÉON.

D'après l'original comm. par Mme la maréchale princesse d'Eckmuhl.

21948. — AU MARÉCHAL DAVOUT, PRINCE D'ECKMÜHL,
MINISTRE DE LA GUERRE, À PARIS.

Paris, 22 mai 1815.

Mon Cousin, je vous ai fait connaître hier, par le major général, que je désirais qu'il fût formé une armée de la Loire, commandée par le général Lamarque. Envoyez-y un général d'artillerie et un général du génie, qui partiront dans la journée pour se rendre à Angers, avec quelques officiers d'artillerie et du génie. Aussitôt que le général Lamarque sera arrivé, vous organiserez son état-major. En attendant, le général Delaborde conservera le commandement.

Je vous ai fait connaître qu'il était nécessaire d'armer le château de Nantes et d'y nommer un gouverneur; envoyez-y le général Hogendorp : faites-le partir dans la journée.

Faites mettre en état de défense les châteaux d'Angers et de Saumur; envoyez-y l'artillerie et les munitions de guerre nécessaires. L'artillerie aura besoin d'un matériel assez considérable pour l'armement de ces châteaux et pour les divisions actives.

Gardes nationales. — La garde nationale de Nantes sera complétée à 4,000 hommes. Dirigez des armes pour les armer. Organisez à Nantes un atelier de réparation et faites-y parvenir 5,000 fusils en réparation, tirés de toutes les parties de la Bretagne.

Gendarmerie. — Je vous ai prescrit de faire un appel de 800 gendarmes à cheval et 2,000 gendarmes à pied. On formera trois escadrons des gendarmes à cheval et quatre bataillons des gendarmes à pied. Chaque bataillon sera composé de quatre compagnies de 125 hommes chacune. Les trois escadrons de gendarmerie à cheval seront réunis à Angers, à Poitiers et à Niort. Les quatre bataillons de gendarmerie à pied seront réunis de la manière suivante : à Angers, le 1er et le 2e bataillon, composés des compagnies parties de Versailles; à Poitiers, le 3e bataillon, et le 4e bataillon, à Niort. Ces deux bataillons seront formés des gendarmes des départements. Il est nécessaire que ces bataillons aient un colonel et les chefs de bataillon et officiers nécessaires. Les 100 gendarmes de Paris qui sont dans l'Ouest seront affectés à la place d'Angers et au service du quartier général. Les dix lieutenances mobiles de gendarmerie à pied formeront un bataillon de quatre compagnies, qui sera le 5e bataillon et se réunira à Saumur. Il sera complété à 500 hommes. Envoyez-y un chef de bataillon et tous les officiers nécessaires. Il sera donc nécessaire que le 1er et le 2e bataillon, qui ont été organisés à Versailles, à six compagnies, soient formés à quatre, afin qu'ils aient la même composition que les autres bataillons.

Je vous ai mandé d'envoyer des maréchaux de camp pour commander les départements de la Loire-Inférieure, de la Mayenne, de la Sarthe, de Maine-et-Loire, de la Vendée, des Deux-Sèvres, de la Haute-Vienne et de la Charente-Inférieure, indépendamment du général Travot et d'un autre jeune lieutenant général, que vous ferez partir pour remplacer le général Corbineau, lorsqu'il sera obligé de revenir à Paris. Le major général a dû vous dire qu'il était indispensable que le général Clausel fût prévenu des mouvements de la Vendée, afin qu'il envoie une forte colonne pour s'approcher de Niort et se joindre à la colonne de la Rochelle et de Rochefort et contenir les insurgés de ce côté.

Il y aura donc, 1° à Angers, une division de gardes nationales, commandée par un lieutenant général, ayant une batterie de canons, deux bataillons de gendarmerie à pied et un escadron de gendarmerie à cheval; 2° à Poitiers, une division de gardes nationales de la 21° division militaire, un bataillon de gendarmerie à pied, un escadron de gendarmerie à cheval; 3° à Niort, la colonne du général Clausel, la colonne venant de la Rochelle, un escadron de gendarmerie à cheval et un bataillon de gendarmerie à pied; 4° à Saumur, un bataillon de gendarmerie à pied. Le général Charpentier, qui est à Nantes, dirigera les troupes dont il pourra disposer, de manière à comprimer les rebelles, savoir : un détachement de gardes nationales, trois bataillons de fédérés, un bataillon du 65°, et tout ce que pourront fournir les dépôts et les 3ᵉˢ et 4ᵉˢ bataillons disponibles dans la 13° division militaire, qui, au lieu de venir à Paris, seront réunis à Nantes. Il sera nécessaire alors d'y organiser un atelier d'habillement pour 2,000 habits complets. Il faudra également, au lieu de les envoyer à Paris, réunir à Angers tous les 3ᵉˢ bataillons des régiments qui sont dans la 22° division militaire, à mesure qu'ils seront complétés; faites-m'en connaître l'état; réunir également à Poitiers tous les dépôts qui sont dans la 21° division, et à Napoléonville tous ceux de la 12°; m'en faire l'état. Le 15°, le 26° et le 25° formeront une colonne active, qui sera successivement renforcée par les autres troupes.

Écrivez à tous les généraux qui commandent les divisions et les départements de presser l'organisation des bataillons, la remonte de la cavalerie, et de diriger les hommes sur les trois points d'Angers, Poitiers et Niort. Il serait utile de renforcer les corps qui sont à Napoléonville, point central d'où l'on doit partir pour réprimer les rebelles.

NAPOLÉON.

D'après l'original comm. par M⁰⁰ la maréchale princesse d'Eckmühl.

21949. — AU MARÉCHAL DAVOUT, PRINCE D'ECKMÜHL,
MINISTRE DE LA GUERRE, À PARIS.

Paris, 22 mai 1815.

Mon Cousin, je vous ai mandé qu'il fallait mettre en état de défense, à Marseille, le fort Saint-Nicolas et le fort Saint-Jean, ou au moins l'un de ces forts, s'il n'était pas possible de les mettre tous les deux. Il est urgent de retirer du fort Saint-Nicolas les 100,000 kilogrammes de poudre et les 500,000 cartouches qui s'y trouvent au delà des besoins. Il faut les évacuer sur Toulon; et, si Toulon en est suffisamment approvisionné, on les dirigera sur Lyon. Il est très-important que des moyens aussi considérables ne soient pas laissés dans une ville d'un aussi mauvais esprit que Marseille. Il y a dans cette ville 4,000 hommes de gardes nationales bien armés et beaucoup de compagnies royales. Il faut écrire au maréchal Brune d'exécuter mes ordres, et que les hommes de ces compagnies soient dirigés sur Lyon, pour y entrer en ligne dans nos armées. La garde nationale doit être désarmée, et il faut qu'il en forme une nouvelle, composée des patriotes et du peuple. On l'armera jusqu'à concurrence de 1,500 ou de 2,000 hommes.

NAPOLÉON.

D'après l'original comm. par M⁰⁰ la maréchale princesse d'Eckmühl.

21950. — AU MARÉCHAL DAVOUT, PRINCE D'ECKMÜHL,
MINISTRE DE LA GUERRE, À PARIS.

Paris, 22 mai 1815.

Mon Cousin, faites-moi connaître la situation de Montreuil. On me mande que cette place n'est point armée, qu'elle n'a point l'ordre de l'être, qu'elle n'est pas à l'abri d'un coup de main, et qu'il ne s'y trouve que 1,200 kilogrammes de poudre.

On me mande qu'il y a des fusils à réparer à Dunkerque, mais qu'on ne travaille point aux réparations.

On me mande, à la date du 6 mai, qu'il y a à Lille mille soixante bouches à feu : cela est évidemment trop. Faites-moi connaître de quels calibres et de quelle matière sont ces bouches à feu. On pourrait en retirer une grande partie et les faire revenir sur les places de la Somme et sur Paris.

On me mande que, le 10 mai, on n'avait point formé de compagnie de canonniers à Landrecies : ordonnez qu'on en forme de suite.

On me mande de Maubeuge, le 13 mai, que la manufacture d'armes peut fabriquer par mois 2,900 fusils et en réparer 1,100, total 4,000; et qu'elle pourrait porter ses produits au delà, si les ouvriers étaient payés, mais il paraît qu'ils ne le sont pas exactement. Faites-moi connaître quand il sera opportun de les faire évacuer, soit sur Paris, soit sur la Fère. Ne serait-il point sage de commencer dès ce moment l'évacuation sur la Fère? Quelle indemnité doit-on donner aux ouvriers pour leur déplacement? Combien sont-ils? Enfin quel est le matériel?

On demande à Charlemont trente-trois pièces de canon pour compléter l'armement : faites-les diriger de Lille.

On pense qu'il serait convenable d'employer le général Charbonnier comme commandant d'armes de Givet.

Au 15 mai, le bataillon de la garde nationale de la Marne, qui est à Rocroy, n'avait que 200 fusils : il faut lui en faire donner.

On me mande que la fabrique d'armes de Charleville fait 4,900 fusils par mois, et peut, en outre, en réparer 2,000, mais que les ouvriers ne sont pas payés du mois d'avril et du courant de mai; il paraît que l'entrepreneur a de très-mauvaises affaires.

Il manque à Mézières douze bouches à feu. Il y a dans l'arsenal 2,000 fusils en état et 9,000 fusils étrangers, dont 2,000 sont susceptibles de faciles réparations. Ce nombre de fusils est beaucoup trop fort;

il faut les employer aux besoins de l'armée, ou en retirer une partie. Le bataillon suisse qui est à Mézières manque d'habillement et d'équipement : faites-moi connaître d'où cela vient.

Il existe à Saint-Omer cent deux pièces de 24, quatre-vingt-dix de 4, vingt mortiers de 12 pouces, quinze de 8, qui ne sont point nécessaires à l'approvisionnement : faites refluer cela sur Paris.

Le 8 mai, Ardres n'était point à l'abri d'un coup de main ; il n'y avait que 2,000 kilogrammes de poudre et point d'approvisionnements de bouche.

Il y a quatre cent trente-deux bouches à feu à Douai : ne pourrait-on pas en retirer quelques-unes? Le travail des réparations de fusils va lentement. Il y en avait 1,400 à réparer ; combien en répare-t-on par jour?

Dans toutes les places du Nord il manque des affûts ; il me semble qu'on pourrait en construire ; remettez-moi un rapport sur cet objet. Je préfère qu'il soit construit une partie des affûts dans les places ; la construction se continuerait au moins pendant leur blocus.

NAPOLÉON.

D'après l'original comm. par Mᵐᵉ la maréchale princesse d'Eckmühl.

21951. — AU MARÉCHAL DAVOUT, PRINCE D'ECKMÜHL,
MINISTRE DE LA GUERRE, À PARIS.

Paris, 22 mai 1815.

Mon Cousin, j'ai reçu le rapport du duc de Padoue. Faites-lui connaître qu'il ne faut pas envoyer un bataillon du 35ᵉ à l'île d'Elbe, puisqu'un bataillon du 15ᵉ est parti de Toulon pour cette destination, et que le 35ᵉ doit rentrer en France. Si ce bataillon était parti pour l'île d'Elbe, donnez-lui l'ordre de le faire revenir sur-le-champ, et donnez le même ordre au général Dalesme, qui, vingt-quatre heures après la réception de votre lettre, devra le faire rembarquer pour revenir en France. Ce bataillon viendra débarquer à Toulon ou à Antibes, selon les vents.

Témoignez ma satisfaction à la junte, pour la conduite qu'elle a tenue. Témoignez également ma satisfaction au général Simon, qui restera en Corse comme lieutenant général.

J'ai ordonné l'arrestation du général Bruni ; faites mettre les scellés sur ses papiers, et faites-lui faire une déclaration des fonds qu'il a pris et de l'emploi qu'il en a fait.

Écrivez au duc de Padoue que, sous quelque prétexte que ce soit, on ne retarde le passage des troupes qui doivent revenir en France.

NAPOLÉON.

D'après l'original comm. par Mme la maréchale princesse d'Eckmühl.

21952. — AU MARÉCHAL DAVOUT, PRINCE D'ECKMÜHL,
MINISTRE DE LA GUERRE, À PARIS.

Paris, 22 mai 1815.

Mon Cousin, faites connaître au maréchal Brune que je suppose qu'il profitera des troupes qu'il a à sa disposition pour désarmer Marseille et organiser un régiment de gardes nationales de 1,500 hommes, composé de patriotes. Il fera arrêter une trentaine des principaux royalistes, tels que d'Albertas, Bouthillier[1], etc. qu'il fera conduire au fort Lamalgue. Une centaine d'autres seront envoyés aux forts de la Garde, Saint-Nicolas et Saint-Jean, ou en surveillance dans les départements du Dauphiné. Il fera entièrement désarmer les royalistes, afin que les armes soient toutes entre les mains des patriotes. Il laissera le commandement et la police de la ville au général Verdier, qui commande le département. Le préfet organisera les compagnies départementales, qui seront aux frais de la ville. On changera les officiers de gendarmerie qui ne sont pas sûrs, et on augmentera la gendarmerie, que l'on placera à Marseille. Enfin on essayera de former des fédérations de tous les patriotes, et de les faire fédérer avec Toulon. On se donnera du mouvement pour secouer l'esprit public; on répandra des proclamations, et on ordonnera à tous les nobles et à tous les individus qui ont fait partie des bataillons royaux de sortir de la ville, sous peine d'être arrêtés et traités comme suspects. Enfin le général Verdier établira une police très-sévère.

Ordonnez au maréchal Brune, à la réception de votre lettre, de commencer à former le corps d'observation du Var. Il sera composé de deux

[1] Le marquis d'Albertas, ex-préfet du département des Bouches-du-Rhône; le comte de Bouthillier, ex-préfet du département du Var. Le comte de Bouthillier était déjà au fort Lamalgue.

divisions, de trois régiments chacune, de 20 pièces de canon et de deux escadrons du 14º. Il fera border le Var par des postes et établira son camp entre le Var et Antibes, afin d'en imposer à l'ennemi et de le forcer à diviser ses forces. Il répandra des proclamations dans le comté de Nice, afin d'attirer des déserteurs, dont il formera un régiment à Toulon.

Le maréchal Brune pourra rester encore quelque temps à Marseille avec la garnison; mais vous devrez lui annoncer qu'il faut que, le 8 juin, il ait son quartier général à Antibes, et que ses six régiments soient réunis entre Antibes et le Var avec le 14º et vingt pièces de canon.

NAPOLÉON.

D'après l'original comm. par Mme la maréchale princesse d'Eckmühl.

21953. — AU MARÉCHAL DAVOUT, PRINCE D'ECKMÜHL,
MINISTRE DE LA GUERRE, À PARIS.

Paris, 22 mai 1815.

Mon Cousin, je vous renvoie les lettres du général Delaborde, du 20. Expédiez-lui une estafette extraordinaire pour lui faire connaître que je désire qu'il tienne le 15º, le 26º et le 27º régiment, et toutes ses troupes, réunis en avant d'Angers; que, tant que les Vendéens verront ses troupes en position de se diriger sur Napoléon et sur leurs habitations, ils n'iront pas ailleurs; et que ce qui a prolongé la guerre de la Vendée, c'est de s'être disséminé; qu'il tienne donc toutes ses troupes réunies.

Je suppose qu'il a déjà de l'artillerie de campagne, qu'il a retirée de Nantes. Faites néanmoins partir sur-le-champ, de l'endroit le plus près, deux batteries à pied que vous lui enverrez; qu'elles marchent en toute diligence. Envoyez en poste deux officiers d'artillerie et un officier de génie à Saumur. Envoyez-y aussi de l'artillerie de l'endroit le plus près où vous en avez.

Il est probable que, si le général Delaborde réunit sous les ordres du général Corbineau le 15º, le 26º et le 27º, tout ce que les dépôts peuvent lui offrir de cavalerie, les gendarmes à pied et à cheval qu'on lui envoie de Paris, ce qui se trouve dans les départements et six pièces d'artillerie, il sera à même de se mettre en communication avec le général

Travot et de le dégager. Envoyez en poste au général Delaborde des officiers d'état-major, deux ou trois adjudants commandants et colonels, et huit ou dix capitaines, hommes d'élan et d'une bravoure reconnue.

Indépendamment d'une batterie d'artillerie, qu'on fera partir de Rennes, faites-lui envoyer d'ici une ou deux batteries d'artillerie en poste. Je suppose que vous avez expédié des ordres à tous les généraux ; prenez de ceux qui sont à Paris.

Donnez ordre aux deux régiments de la jeune Garde qui sont ici prêts à partir de se mettre en route sous les ordres du lieutenant général Brayer et d'un général de brigade. Ils partiront à deux heures du matin, voyageront en poste, et ils doivent arriver en trois ou quatre jours. Qu'une batterie de six pièces de canon et une compagnie d'artillerie les suivent. Ce mouvement se fera également en poste. Un chef d'escadron d'artillerie se rendra d'avance à Angers pour y organiser les attelages. Les harnais seront envoyés d'ici en poste. Faites partir également en poste le 3ᵉ bataillon du 14ᵉ, qui est à Orléans. De sorte que, d'ici à quatre jours, le général Brayer pourra se trouver là avec ses deux régiments de la jeune Garde et le bataillon du 14ᵉ.

Envoyez le général Pajol visiter les dépôts sur la Loire. Il fera verser d'un régiment sur un autre, de manière à mettre sur-le-champ en activité tout ce qui est disponible.

Aussitôt que vous aurez reçu cette lettre, faites partir un commissaire des guerres, avec de l'argent, pour préparer les voitures qui porteront les deux régiments de la jeune Garde. En partant d'ici à deux heures du matin, cette troupe peut arriver à Versailles avant le jour ; il faut qu'elle trouve là des voitures pour aller plus loin. Ces deux régiments n'étant qu'à 2,000 hommes n'ont besoin que de 120 voitures par relais ; pour un régiment, il n'en faudra que 60. Il faudrait les faire partir par deux routes différentes, si cela se peut sans allonger la distance ; ou bien les faire partir à six heures d'intervalle, pour que les relais qui auront mené le 1ᵉʳ régiment puissent rafraîchir en attendant le 2ᵉ régiment et le conduire. Ce n'est qu'à Versailles qu'il est nécessaire d'avoir un nombre double de voitures.

Il sera peut-être plus expéditif que vous envoyiez six autres pièces de canon en poste à Saumur, à moins que vous ne soyez bien sûr d'en avoir de plus près.

NAPOLÉON.

D'après l'original comm. par Mme la maréchale princesse d'Eckmuhl.

21954. — AU MARÉCHAL SOULT, DUC DE DALMATIE,
MAJOR GÉNÉRAL, À PARIS.

Paris, 22 mai 1815.

Mon Cousin, demandez six ingénieurs des ponts et chaussées qui connaissent dans le plus grand détail toutes les routes et les localités des départements de la Belgique et de la rive gauche du Rhin; attachez-les à la suite de l'état-major général.

D'après la minute. Archives de l'Empire.

21955. — AU MARÉCHAL SOULT, DUC DE DALMATIE,
MAJOR GÉNÉRAL, À PARIS.

Paris, 22 mai 1815.

Mon Cousin, faites connaître au général Vandamme que son emplacement sous Chimay démasque trop son mouvement; que de Rocroy, par Couvin, il ne se trouve qu'à six lieues de Philippeville. Si je prenais l'offensive par la gauche, le centre se trouverait à Philippeville, tandis que la gauche se trouverait à Maubeuge. Il faut donc que la route de Rocroy à Philippeville soit libre, et le poste de Marienbourg l'assure parfaitement. Il faudra, le plus tôt possible, faire remplacer la cavalerie qui se trouve de Bouillon à Charlemont par des partisans et par des gardes nationales montées pour servir comme cavaliers en partisans.

D'après la minute. Archives de l'Empire.

21956. — AU MARÉCHAL SOULT, DUC DE DALMATIE,
MAJOR GÉNÉRAL, À PARIS.

Paris, 22 mai 1815.

Mon Cousin, faites dresser une instruction pour que le commandement de la 16ᵉ division, en cas de guerre et que Lille soit menacée, se porte entre Lille et Dunkerque, afin de veiller à ce que tous les obstacles soient mis à profit pour la défense du pays.

D'après la minute. Archives de l'Empire.

21957. — AU COMTE CARNOT,
MINISTRE DE L'INTÉRIEUR, À PARIS.

Paris, 22 mai 1815.

Monsieur le Comte Carnot, la garde nationale de Lille n'est point encore organisée. Donnez l'ordre au général Lapoype de l'organiser et d'y mettre des hommes du peuple. Si cette organisation souffrait des difficultés, dites-lui de former du peuple de Lille plusieurs corps ou bataillons de tirailleurs.

NAPOLÉON.

D'après l'original. Archives de l'Empire.

21958. — AU COMTE CARNOT,
MINISTRE DE L'INTÉRIEUR, À PARIS.

Paris, 22 mai 1815.

Monsieur le Comte Carnot, je vous envoie une réponse du général Drouot et des officiers d'artillerie au mémoire que vous m'avez communiqué. Au fait, si l'auteur pouvait se charger, à un prix convenu et sans débaucher les ouvriers de nos ateliers, de monter 300 fusils par jour, moyennant qu'on lui fournirait les baïonnettes, baguettes, canons, platines et les bois bruts, ce serait un service qu'il rendrait. Alors, opérant pour son compte et responsable des armes, il pourrait mettre en pratique la forme d'administration qu'il propose; nous avons des pièces de rechange pour monter 150,000 fusils. Nous avons, en outre, 150,000 fusils à réparer et à mettre en état. Voilà donc de quoi faire 300,000 fusils. Jusqu'à présent, nous n'avons pu réparer que 600 fusils par jour et n'en monter que 300; il faudrait donc plus d'une année pour monter nos pièces de rechange, et plus de six mois pour réparer nos 150,000 fusils. Si l'auteur du mémoire pouvait se charger de nous monter 60,000 armes à raison de 3 ou 400 par jour, nous aurions nos 300,000 fusils en moins de six mois. Les platines existent. L'artillerie s'occupe actuellement d'une machine qui fournira 1,000 platines par jour. Les ateliers pourront diriger leurs efforts sur d'autres pièces, les canons en profiteront. Ce qui importe actuellement, c'est d'avoir nos 300,000 armes disponibles dans le plus court délai. Pourquoi l'auteur n'entreprendrait-il pas un marché, puisqu'il connaît la matière et qu'il peut disposer de beaucoup d'ouvriers à Paris?

NAPOLÉON.

D'après l'original. Archives de l'Empire.

21959. — DÉCRET.

Paris, 22 mai 1815.

NAPOLÉON, par la grâce de Dieu et les constitutions de l'Empire, Empereur des Français,

Voulant donner une preuve particulière de notre satisfaction aux communes de Chalon-sur-Saône, Tournus et Saint-Jean-de-Losne, pour la conduite qu'elles ont tenue pendant la campagne de 1814, nous avons décrété et décrétons ce qui suit :

ARTICLE PREMIER. L'aigle de la Légion d'honneur fera partie des armes de ces villes.

ART. 2. Nos ministres de la guerre, de l'intérieur, et notre grand chancelier de la Légion d'honneur, sont chargés de l'exécution du présent décret.

NAPOLÉON.

Extrait du *Bulletin des lois* du 25 mai 1815, n° 31.

21960. — AU MARÉCHAL DAVOUT, PRINCE D'ECKMÜHL,

MINISTRE DE LA GUERRE, À PARIS.

Paris, 23 mai 1815.

Mon Cousin, il est contre toutes les règles que le trésor paye aucune solde pour un nouveau corps sans un décret spécial. Je n'ai donc jamais pu penser, parce que ce n'était jamais arrivé, que vous pussiez m'engager dans une dépense de 40 millions, sans que cela ait été médité et ensuite arrêté par un décret. J'avais approuvé le principe de la mesure que vous aviez proposée; mais vous procédez à l'exécution de manière à nous jeter dans un chaos, car généraux, adjudants commandants, colonels, viendraient inonder nos places. Faites exécuter mon dernier décret sans délai. La difficulté ne peut donc tomber que sur les traitements de réforme; et, d'abord, les généraux, les colonels et les lieutenants-colonels ne sont pas dans ce cas, car, sur les 15,000, je n'en prends que 1,200. Les soldats doivent d'abord jouir du traitement d'activité. L'autre question sera traitée dans son temps; mais il y aurait de la témérité, dans la pénurie de nos finances, qui est telle que nos services les plus indispensables, même la solde d'activité, peuvent manquer d'un moment à l'autre, à s'engager dans des dépenses inutiles. Quand vous me présentez les bases d'un projet tout nouveau, l'adoption du principe n'est qu'une autorisation pour me proposer de revêtir l'exécution de formes légales. Ordonnez donc l'exécution de mon décret, qui seul peut nous faire connaître à quoi nous nous engageons.

Il est aussi de principe que jamais on ne dispose d'un officier général sans mon approbation. Je me vois ainsi obligé de recommencer tout le travail des divisions actives, où l'on a mis des généraux qui ne peuvent me convenir.

Les bureaux de la guerre ont également oublié tous les principes, en vous faisant délivrer des ordonnances pour des crédits qui n'étaient pas compris dans la distribution mensuelle. Cela ruine le crédit de la trésorerie et est contraire à l'usage de tous les temps; quand je dis de tous les temps, je ne parle pas du gouvernement royal, dont je ne connais pas la marche en détail, mais c'est contraire à l'ordre qui a été observé dans les finances depuis le Directoire. Il faut donc régulariser cela. Portez dans les demandes de crédit pour juin tout ce que vous avez ordonnancé au delà de vos crédits mensuels, et désormais n'ordonnancez plus rien que jusqu'à concurrence du crédit du mois, sans quoi vous entraveriez le service, vous annuleriez vos ordonnances, et nous ne pourrions plus nous comprendre. Il entre dans la responsabilité du trésor que, quarante jours après que vos ordonnances ont été délivrées en conséquence des crédits mensuels, elles soient soldées; mais, si vous ordonnancez au delà des limites de ce crédit, tout devient chaos. Quand j'accorde un crédit mensuel, je le base sur les ressources et sur les recettes; le ministre du trésor est convenu qu'il a ces moyens, et dès lors il doit pourvoir aux dépenses qui y sont proportionnées.

Un autre article dont j'ai à vous entretenir, c'est celui des remontes. Vous avez fait des fonds à différents régiments qui devaient acheter : mais les régiments n'achètent pas; c'est donc un crédit qui reste mort. Également vous avez fait un marché pour deux millions, et vous avez fait un crédit en conséquence : cependant ces marchés ne se remplissent pas; c'est encore un crédit mort.

Le trésor est la base de tout, et je ne puis avoir action sur le trésor qu'autant que vous vous conformez aux règles et que vous ménagez le plus possible les fonds. Cela est tellement vrai, qu'il était d'usage que les ordonnances rappelassent non-seulement le crédit du budget, mais le crédit mensuel auxquelles elles s'appliquaient. Il me semble que les bureaux de la guerre ont oublié les formes qui ont été en vigueur pendant tant d'années.

NAPOLÉON.

D'après l'original comm. par Mme la maréchale princesse d'Eckmühl.

21961. — AU MARÉCHAL DAVOUT, PRINCE D'ECKMÜHL,
MINISTRE DE LA GUERRE, À PARIS.

Paris, 23 mai 1815.

Mon Cousin, dans l'état des remontes, je ne vois le dépôt de Versailles porté que pour 2,800 chevaux : cependant il doit fournir 7,000 chevaux, plus 1,000 chevaux de trait; ce qui fait 8,000. Vous portez zéro aux cuirassiers et dragons : cependant le dépôt de Versailles doit fournir 1,000 chevaux à chaque arme; et il en a déjà fourni aux carabiniers.

Les remontes n'avancent pas. Personne n'est à la tête de notre cavalerie, et je vois que, depuis le mois de mars, la cavalerie n'a fait d'autres progrès que ceux résultant des chevaux pris à la gendarmerie.

Cet objet est de la plus haute importance. Il faut autoriser les corps qui sont portés pour les 2,000 chevaux à envoyer des officiers de recrutement et à acheter des chevaux un à un. Le général Bourcier veut y mettre trop de lenteur et de méthode. Il faut qu'il envoie des officiers en remonte, dans les départements, pour acheter des chevaux. Il doit seulement leur prescrire de ne pas dépasser les prix du fournisseur. Il faut enfin résilier les marchés qui ne s'exécutent pas, ce qui rendra des ressources disponibles.

Il faudrait quelqu'un à la tête de vos bureaux de la cavalerie. L'artillerie et le génie ne vont bien que parce qu'ils sont dirigés par des généraux de l'arme, qui savent les détails et s'occupent de la pensée de cette partie. Je pense que le général Préval serait très-bien à la tête de tous les bureaux de la cavalerie. Vous le remplacerez facilement par un aide de camp ou par un colonel dans la direction du dépôt de Beauvais. Il y a beaucoup de faux mouvements.

Il est urgent de faire faire une commande de 2,000 chevaux de gendarmerie dans les départements autres que ceux qui composent les 11e, 9e, 10e, 8e, 7e et 19e divisions militaires, et de faire, dans ces six divisions, un appel particulier pour les cinq régiments qui sont affectés à ces localités. Vous pourrez charger le maréchal Suchet, le général Clausel et le maréchal Brune de réunir les chefs de la gendarmerie de leurs départements et de se concerter avec eux pour faire un appel des chevaux de gendarmes, proportionnellement à ce qu'ils peuvent fournir, de manière à arriver à compléter promptement ces corps.

La cavalerie ne va d'aucune manière. C'est tous les jours que les commandants des dépôts doivent vous envoyer un état abrégé de tout ce qu'ils reçoivent, afin que les bureaux puissent connaître la situation des hommes, des chevaux et des selles. Il y a dans cette partie bien de l'apathie; c'est pourquoi nous n'avons pas encore de cavalerie.

NAPOLÉON.

D'après l'original comm. par Mme la maréchale princesse d'Eckmühl.

21962. — AU MARÉCHAL DAVOUT, PRINCE D'ECKMÜHL,
MINISTRE DE LA GUERRE, À PARIS.

Paris, 23 mai 1815.

Mon Cousin, je suppose que le bataillon du 14ᵉ, qui doit se rendre d'Orléans à Angers en poste, se sera embarqué sur la Loire à Orléans. Les deux bataillons de la Garde qui partent aujourd'hui de Versailles auront probablement leurs relais sur la route de Chartres et de Vendôme. Ils joindront la Loire à Tours. Il faut qu'à Tours des bateaux soient prêts et qu'ils puissent s'y embarquer pour descendre la Loire jusqu'à Angers. Envoyez un officier à Versailles pour voir s'il serait encore temps de les faire passer de Chartres à Orléans, où ils s'embarqueraient, ce qui coûterait moins et serait plus tôt fait. Cependant, si les relais de Chartres à Tours étaient commandés, il faudrait les laisser filer.

Envoyez aussi un officier à Orléans pour savoir si l'embarquement va bien et combien il faut pour la navigation d'Orléans à Angers, afin que, si nous avons encore quelques troupes à y envoyer, nous puissions profiter de la Loire.

NAPOLÉON.

D'après l'original comm. par Mᵐᵉ la maréchale princesse d'Eckmühl.

21963. — AU MARÉCHAL DAVOUT, PRINCE D'ECKMÜHL,
MINISTRE DE LA GUERRE, À PARIS.

Paris, 24 mai 1815.

Mon Cousin, vous ne m'avez encore proposé aucun général pour commander dans la Vendée, dans les Deux-Sèvres, dans la Loire-Inférieure et dans les autres départements où il n'y en a pas; cette opération cependant est bien importante.

J'apprends que le général Chambarlhac est allé commander à Dijon; cette disposition ne m'a pas été soumise. Il est de principe pourtant qu'un général ne peut pas recevoir une destination sans mon approbation; on ne donne le commandement d'une division militaire ou d'un département que par un décret.

Je vois dans un journal une lettre que je vous ai écrite : c'est, depuis que je suis au gouvernement, la première fois que je vois pareille chose. J'apprends que vous envoyez aux journaux des extraits de mes lettres et de celles des généraux : c'est contraire à tous les principes et même à la décence. Il est désormais nécessaire que mes lettres ne soient connues que de vous, et qu'il n'en soit expédié aucun extrait à vos correspondants, ni même à vos bureaux. Votre prédécesseur gardait mes lettres dans les tiroirs de son bureau, et faisait faire dans son cabinet l'extrait des ordres auxquels elles donnaient lieu.

NAPOLÉON.

D'après l'original comm. par Mme la maréchale princesse d'Eckmühl.

21964. — AU MARÉCHAL DAVOUT, PRINCE D'ECKMÜHL,
MINISTRE DE LA GUERRE, À PARIS.

Paris, 24 mai 1815.

Mon Cousin, donnez ordre que le général Loverdo soit jugé, comme ayant, de sa propre main, tué un maire du Dauphiné.

NAPOLÉON.

D'après l'original comm. par Mme la maréchale princesse d'Eckmühl.

21965. — AU MARÉCHAL DAVOUT, PRINCE D'ECKMÜHL,
MINISTRE DE LA GUERRE, À PARIS.

Paris, 24 mai 1815.

Mon Cousin, je vous renvoie les lettres de la Vendée. Apportez aujourd'hui au conseil l'état de toutes les mesures prises pour réprimer ces mouvements, des généraux qui y ont été envoyés, et des ressources que présentent les localités. Ajoutez-y les nouvelles que vous avez de la formation des bataillons qui s'organisent à Poitiers. Si vous pensez qu'il soit utile d'envoyer 200 chevaux tout harnachés à Angers, vu les retards qu'on aurait à s'en procurer sur les lieux, je n'y vois pas d'inconvénient.

NAPOLÉON.

D'après l'original comm. par Mme la maréchale princesse d'Eckmühl.

21966. — AU MARÉCHAL DAVOUT, PRINCE D'ECKMÜHL,
MINISTRE DE LA GUERRE, À PARIS.

Paris, 24 mai 1815.

Mon Cousin, je reçois votre lettre relative au régiment étranger. Il ne paraît pas qu'il ait été fait aucunes dispositions pour l'habillement de ce régiment. Faites donc ces dispositions, pour que les habits soient confectionnés aussitôt que les hommes arriveront.

Je n'approuve pas qu'on envoie à Chambéry le cadre d'un bataillon du 31e léger. Il peut y avoir de l'inconvénient à employer aussi promptement des déserteurs contre le pays d'où ils viennent. Cela donnerait trop d'avantages à l'ennemi pour l'espionnage. Il vaut mieux laisser ce régiment à Chalon, où on s'en servira selon les circonstances.

NAPOLÉON.

D'après l'original commu. par Mme la maréchale princesse d'Eckmühl.

21967. — NOTE POUR LE MINISTRE DE LA MARINE.

Paris, 25 mai 1815.

Faire un plan de campagne appliqué aux moyens actuels et au budget. Comme nous ne sommes pas dans le cas de faire de la dépense, on pourrait prendre, pour l'armement des bâtiments légers, dans les magasins des vaisseaux de ligne, en évitant de détruire des objets d'un échantillon supérieur pour les remplacer par un échantillon inférieur, ce qui serait une sorte de dilapidation.

Revoir les règlements sur la course, afin de laisser aux équipages la part qu'on prenait pour les Invalides, de mieux régler la répartition des parts entre les officiers et les hommes de l'équipage, enfin d'éviter que l'administration intervienne dans ces partages. Mais, en laissant la libre disposition de la totalité des prises aux équipages, il faut cependant prendre des précautions pour empêcher que certaines personnes s'enrichissent aux dépens des autres.

D'après la minute. Archives de l'Empire.

21968. — AU MARÉCHAL DAVOUT, PRINCE D'ECKMÜHL,
MINISTRE DE LA GUERRE, À PARIS.

Paris, 25 mai 1815.

Mon Cousin, je reçois votre lettre relative à la formation d'une compagnie de flanqueurs à Mâcon. Cette compagnie est composée de jeunes gens qui vont être de la conscription; il serait plus convenable de les incorporer dans un régiment de ligne, s'ils veulent être payés. Si, au contraire, ils ne demandent pas à être payés, il faut qu'ils entrent dans les partisans et dans les bataillons de gardes nationales d'élite. Mais il faut prendre garde de tarir la source des enrôlements volontaires par la formation de petits corps qui coûteront beaucoup au trésor et qui ne seront d'aucune utilité.

NAPOLÉON.

D'après l'original comm. par M⁽ᵐᵉ⁾ la maréchale princesse d'Eckmühl.

21969. — AU MARÉCHAL DAVOUT, PRINCE D'ECKMÜHL,
MINISTRE DE LA GUERRE, À PARIS.

Paris, 25 mai 1815.

Mon Cousin, je reçois votre lettre de ce jour. Réunissez à Dunkerque les militaires retraités que vous faites partir de Paris. Il serait fâcheux que la capitale se dégarnît trop de militaires, car la population, sur laquelle il faut que je puisse compter, peut avoir besoin de leur secours. Il ne faut pas non plus qu'on les force, car il s'agit ici d'un moyen d'esprit public, et, s'ils étaient mécontents, ils ne vaudraient plus rien. On me dit qu'à Paris on est trop rigoureux sur cela.

NAPOLÉON.

D'après l'original comm. par M⁽ᵐᵉ⁾ la maréchale princesse d'Eckmühl.

21970. — AU MARÉCHAL DAVOUT, PRINCE D'ECKMÜHL,
MINISTRE DE LA GUERRE, À PARIS.

Paris, 25 mai 1815.

Mon Cousin, j'approuve que vous fassiez caserner les hommes du corps franc de Paris et que vous leur fassiez donner les vivres. Je désire également que vous fassiez sur-le-champ un appel, pour le 1er juin, à tous les corps francs des 5e, 3e, 4e, 16e et 1re divisions. Les corps francs se réuniront au chef-lieu de leur département. Les généraux leur donneront des ordres sur les positions qu'ils doivent occuper. Le général Rapp pourra placer ceux de l'Alsace le long du Rhin; le général Gérard, ceux de la Moselle aux différents débouchés de la Sarre. Ces troupes auront les vivres de campagne comme les autres. S'il se forme des corps francs en Normandie, dirigez-les sur les places de la Somme. Le général Vandamme placera ceux de la 2e division en avant de Charlemont et des différentes places. Enfin ceux que vous avez dans la 1re division se réuniront au chef-lieu de leur département pour y prendre une organisation définitive. Quand celui de Paris sera-t-il prêt? Il faudrait fixer Noyon pour son point de réunion.

NAPOLÉON.

P. S. Le général Lecourbe désignera, à portée du Jura et du débouché des Vosges, le lieu où ses partisans doivent se réunir.

<small>D'après l'original comm. par Mme la maréchale princesse d'Eckmühl.</small>

21971. — AU MARÉCHAL DAVOUT, PRINCE D'ECKMÜHL,
MINISTRE DE LA GUERRE, À PARIS.

Paris, 26 mai 1815.

Mon Cousin, vous me proposez un projet de décret pour mettre à votre disposition 7 millions pour l'approvisionnement des places. Cette marche est contraire aux formes et nous embarrasserait. Il suffit que ces 7 millions soient portés dans la distribution du mois, et c'est ce que je viens de faire. Les approvisionnements de siége sont censés monter à 11 millions. Vous n'avez encore eu, dans les distributions du mois, que 4 millions : il vous faut donc 7 millions.

Vous ne devez jamais donner d'ordonnance sans crédit mensuel; ce serait une chose funeste au crédit et ne ferait qu'ajouter aux difficultés. D'ailleurs, ce ne serait plus une ordonnance, car les ordonnances sont affectées sur des ressources que le trésor a reconnues, et sur lesquelles il a pris engagement. Or une ordonnance qui n'est pas comprise dans le crédit mensuel n'est entrée dans aucune équation, et, par conséquent, n'est rien du tout, ou n'est tout au plus qu'un certificat de crédit.

NAPOLÉON.

D'après l'original comm. par M⁰⁰ la maréchale princesse d'Eckmühl.

21972. — AU MARÉCHAL DAVOUT, PRINCE D'ECKMÜHL,
MINISTRE DE LA GUERRE, À PARIS.

Paris, 27 mai 1815.

Mon Cousin, vous me dites qu'il se trouve à Toulon 4,000 fusils rognés, de 30 à 36 pouces. Ces fusils sont bons pour la levée en masse. Ordonnez qu'il en soit livré 1,000 au département de l'Isère, 1,000 au département de l'Ain, que 1,000 soient envoyés en Corse pour armer les nouveaux bataillons.

Faites revenir les 650 fusils de chasse qui sont à Douai, les 650 qui sont à Toulouse, les 7,400 de la Rochelle et les 2,000 de Cherbourg; total, 10,700. Faites-en donner 2,000 aux Vosges, 2,000 aux Ardennes, 2,000 au Bas-Rhin, 2,000 au Haut-Rhin, 2,000 aux montagnes du Jura. Les paysans sauront bien les arranger. Il faut faire rechercher tous ces fusils de chasse. Ce qui ne sera pas bon pour l'artillerie sera bon pour les paysans.

NAPOLÉON.

D'après l'original comm. par M⁰⁰ la maréchale princesse d'Eckmühl.

21973. — AU MARÉCHAL DAVOUT, PRINCE D'ECKMÜHL,
MINISTRE DE LA GUERRE, À PARIS.

Paris, 27 mai 1815.

Mon Cousin, vous avez à Paris deux lieutenants généraux, l'un qui commande la garde nationale, l'autre qui commande les tirailleurs. Le général Hulin commandera la place. Il faudrait avoir un bon général pour commander la division à Paris, qui prendrait vos ordres pour tout ce qui est relatif à la défense de Meaux, de Melun, de Nogent, de Montereau-Faut-Yonne, de Château-Thierry, Sens, et, en général, de toutes les avenues de Paris, et qui pourrait s'y porter, selon les circonstances, sans déranger en rien l'organisation de Paris.

A Paris, la garde nationale est organisée; les bataillons de tirailleurs s'organisent : il faut maintenant organiser dans les deux sous-préfectures de la Seine une bonne défense; nommer les officiers et savoir le nombre d'hommes que chaque village doit fournir.

GÉNIE.

Il est nécessaire que, lundi prochain, les travaux soient commencés à Saint-Denis, pour établir les fortifications de la place et les batteries. Donnez ordre qu'on travaille également lundi aux deux flèches qui seront établies sur les grandes routes qui traversent le canal Saint-Denis, afin que ces flèches soient finies dans la semaine. Je désirerais que, lundi prochain, les ouvrages de l'embouchure du canal Saint-Denis dans le bassin de l'Ourcq fussent tracés et commencés. Comme sur les hauteurs de la rive gauche les ouvrages ne sont pas tracés, il serait convenable de faire des traverses fermées par des palissades, à chaque barrière sur ce côté de la rivière.

ARTILLERIE.

Donnez ordre que, lundi prochain, huit pièces d'artillerie, savoir, deux pièces de 12, quatre pièces de 6 et deux obusiers, soient transportés à Montmartre; qu'une compagnie d'artillerie y soit casernée: qu'un chef de bataillon soit nommé commandant de Montmartre; qu'un capitaine et un lieutenant lui soient donnés pour adjudants; qu'un officier de marine commande l'artillerie; qu'il soit choisi à Montmartre trois petits magasins, dans les lieux les plus à l'abri; qu'il y soit déposé des cartouches et deux cents coups à tirer par pièce. La compagnie et l'officier d'artillerie travailleront à arranger les plates-formes, les merlons, les magasins, et à mettre tout leur service en état. Le général d'artillerie et le général Haxo choisiront l'emplacement des magasins. Il serait convenable qu'il y eût aussi dans ces magasins des artifices et tout ce qui est nécessaire pour éclairer les remparts, au besoin les avenues, la nuit.

Donnez ordre que lundi les généraux du génie et de l'artillerie divisent en trois parties les ouvrages qui sont depuis la couronne de Belleville jusqu'à Charenton ; qu'il soit choisi des magasins à portée et qu'on y place trois batteries d'artillerie, chacune de huit pièces, savoir : deux de 12, quatre de 6 et deux obusiers, avec seulement deux compagnies d'artillerie de marine, qui seront destinées à servir ces trois batteries. Nommez également trois officiers pour commander chacun le tiers de ces ouvrages. Les compagnies d'artillerie soigneront les magasins et commenceront à arranger les plates-formes pour mettre les pièces en batterie.

Il est nécessaire que vous nommiez un colonel ou chef de bataillon pour commander la place de Saint-Denis, et qu'une compagnie d'artillerie de marine s'y rende avec huit pièces de canon et y travaille à l'établissement des batteries. Le commandant prendra le commandement de la garde nationale, non-seulement de Saint-Denis, mais des villages voisins, de manière à réunir, en cas d'alarme, sans rien tirer de Paris, 1,500 à 2,000 hommes de la sous-préfecture de Saint-Denis.

Donnez ordre qu'il soit formé aux Invalides deux compagnies de canonniers, qui s'exerceront de manière que, le 10 juin, elles puissent aller, l'une, caserner à Montmartre avec huit autres pièces de canon, et la seconde, s'établir dans la couronne, du côté de Belleville.

Je crois que trois grands chemins traversent le canal, depuis le bassin de l'Ourcq jusqu'à son embouchure à Saint-Denis ; on mettra, dès lundi 5 juin, des canons à chacune de ces routes et quatre pièces à l'embouchure du canal, du côté de l'Ourcq.

D'ici au 5 juin, il sera placé quatre pièces de canon à la redoute de la barrière du Trône, entre Vincennes et Paris.

Ainsi ces dispositions feront un premier emploi d'une batterie à Saint-Denis, d'une batterie le long du canal Saint-Denis, d'une batterie à Montmartre, de trois batteries dans les ouvrages de Belleville, d'une batterie dans les ouvrages de Montreuil et d'une batterie dans les ouvrages de la barrière du Trône ; total, huit batteries ou soixante-quatre pièces. Je désire voir toutes ces pièces en position, que les ouvrages soient faits ou non, et avec leurs magasins établis mardi, 6 juin, pour en passer la revue.

Voyez si on ne pourrait pas former aux Invalides quatre compagnies de canonniers, qu'on exercerait sur-le-champ au canon. Je désire que ce mouvement commence lundi prochain 29 mai, et soit achevé, comme je viens de le dire, au 5 juin, parce que je voudrais que cela se fît avant les hostilités, afin que, l'opération se continuant ensuite jusqu'au 15 juin, il n'en résulte aucune inquiétude ni commotion dans l'opinion.

Faites-moi connaître quand les pièces de la marine du Havre arriveront.

Donnez ordre au général Hulin, commandant la place, au général Durosnel, commandant la garde nationale, au général Darricau, commandant les tirailleurs, et aux généraux d'artillerie et du génie, de se réunir et de dresser procès-verbal de l'armement qu'on doit établir sur chaque point, de régler ainsi l'emplacement de toute l'artillerie, et enfin d'arrêter la distribution des légions et des tirailleurs entre les postes qu'ils doivent défendre.

Donnez ordre également que, le lundi 5 juin, les pièces d'artillerie de 8 et de 4 soient réunies sur l'emplacement des Invalides, où on établira le parc de ces pièces irrégulières.

Je pense que la première opération de l'armement doit être de placer, à chaque saillant, des pièces de gros calibre, supérieur à celui de 12 et sur affût marin ; ensuite de placer, sur les flancs, des pièces de 6 de siége, sur affût marin ou autre ; enfin de disposer des batteries mobiles de campagne, qu'on puisse porter le long de chaque ligne. Montmartre est à peu près à l'abri de toute attaque, de sorte que je pense qu'une batterie mobile de huit pièces y sera suffisante, avec une trentaine de pièces de siége. On n'y a besoin d'artillerie que pour battre dans la plaine et protéger des troupes qui se rallieraient sur la hauteur. Il n'en est pas de même des ouvrages de la butte Chaumont et de Ménilmontant. Ces ouvrages, qui ont 2,000 toises de développement, sont faibles en beaucoup de points. On ne pourra les bien défendre que par de l'artillerie.

Il faut que tous les saillants et même les flancs soient armés de pièces de siége ; qu'on ait, en outre, six batteries ou quarante-huit pièces de canon mobiles, qui puissent se porter sur les points qui seraient plus sérieusement attaqués. Saint-Denis doit avoir besoin au moins de vingt pièces de siége et de deux batteries mobiles. Indépendamment de l'artillerie qui sera placée dans toutes les redoutes, et qui sera de l'artillerie de siége, ou toute autre, on a besoin, pour parcourir la ligne du canal, au moins de quatre batteries. Indépendamment de l'armement de toutes les redoutes, depuis Charonne jusqu'à la Seine, qui seront armées avec de l'artillerie de siége, il faut aussi quatre batteries pour parcourir cette ligne. Cela fera donc l'emploi de dix-sept batteries mobiles ou environ cent trente-six pièces de canon. Il faut, après cela, deux pièces de campagne à chaque barrière. Sur la rive gauche, il faudra aussi deux pièces de campagne à chaque barrière, mais on y mettra des pièces de 4 du parc des Invalides. Nous avons, à Vincennes, cent cinquante pièces de campagne sans affût : il faut s'en procurer, en faire venir des ports et autres lieux où il y en a, ou en mettre sur-le-champ en construction à Paris.

DÉFENSE DU TERRITOIRE QUI COUVRE PARIS.

La défense de Meaux, de Melun, la tête de pont à établir à Trilport, la défense de Château-Thierry, de Nogent, de Montereau, d'Arcis-sur-Aube, doivent être sous votre commandement immédiat et sous les ordres du lieutenant général de la division. Chargez une commission d'officiers d'artillerie et du génie d'établir sur-le-champ la défense de ces différents points. Il faudra un commandant à Meaux, et de l'artillerie. La sous-préfecture de Meaux fournira, sur la levée en masse, 3 ou 4,000 hommes, pour tenir garnison quand l'alarme sera sonnée dans les environs. Le pont de Nogent est de la plus haute importance. La sous-préfecture y fournira 3,000 hommes de sa levée en masse. Celle de Montereau en fournira autant pour la défense de son pont. La même chose aura lieu pour Sens. La sous-préfecture d'Arcis-sur-Aube fournira également 3,000 hommes de sa levée en masse pour la défense des redoutes qui seront construites sur ce point important. Il est donc nécessaire de faire former d'avance des compagnies d'artillerie de gardes nationales à Meaux, à Nogent, à Sens, à Montereau, etc. et d'envoyer le plus tôt possible un obusier et deux pièces dans chacun de ces endroits, pour que ces canonniers puissent s'exercer aux manœuvres.

Je désire que les plans qui seront arrêtés pour la défense de Meaux, de Nogent, de Montereau, de Melun, d'Arcis-sur-Aube, etc. me soient remis.

NAPOLÉON.

D'après l'original comm. par Mme la maréchale princesse d'Eckmühl.

21974. — AU MARÉCHAL DAVOUT, PRINCE D'ECKMÜHL

MINISTRE DE LA GUERRE, À PARIS.

Paris, 27 mai 1815.

Mon Cousin, le ministre de la marine a un grand nombre d'officiers qui sont inutiles et qui pourtant sont payés. Je désire qu'ils soient mis à votre disposition, et que vous les placiez dans toutes les places fortes, à la suite des parcs et dans toutes les villes qu'on met à l'abri d'un coup de main.

NAPOLÉON.

D'après l'original comm. par Mme la maréchale princesse d'Eckmühl.

21975. — AU MARÉCHAL DAVOUT, PRINCE D'ECKMÜHL,

MINISTRE DE LA GUERRE, À PARIS.

Paris, 27 mai 1815.

Mon Cousin, il est probable que la Garde va bientôt partir; il ne restera alors plus de troupes à Paris. Il est donc important que le 1er juin, au plus tard, les maréchaux de camp, colonels, chefs de bataillon, capitaines, lieutenants et sous-lieutenants des bataillons de tirailleurs de la garde nationale soient nommés; que les contrôles soient faits, et que l'on nomme les sous-officiers. Il est nécessaire qu'ils se réunissent pour cela le 2 ou le 3 juin. Il est nécessaire que tous les officiers aillent dans les quartiers pour que les hommes les connaissent, et qu'on puisse faire le premier appel aux environs du 5 juin.

NAPOLÉON.

D'après l'original comm. par Mme la maréchale princesse d'Eckmühl.

21976. — AU MARÉCHAL DAVOUT, PRINCE D'ECKMÜHL,
MINISTRE DE LA GUERRE, À PARIS.

Paris, 27 mai 1815.

Mon Cousin, le 26 mai il y avait à Tours 500 Espagnols, dont 52 officiers, composant le 6° régiment étranger; ils manquaient de tout et ne pouvaient pas être utilisés : est-ce que vous n'avez pas donné des ordonnances pour les payer et faire que ces 500 hommes puissent être sur-le-champ utilisés?

NAPOLÉON.

D'après l'original comm. par Mme la maréchale princesse d'Eckmühl.

21977. — AU MARÉCHAL DAVOUT, PRINCE D'ECKMÜHL,
MINISTRE DE LA GUERRE, À PARIS.

Paris, 27 mai 1815.

Mon Cousin, il y a des officiers du génie et des officiers d'artillerie espagnols : on peut s'y fier; attachez-en à la place de Lyon, à la place de Paris, et envoyez les hommes les plus sûrs à l'armée du général Clausel. Ils seront mis à la suite et jouiront du même traitement que les Français.

NAPOLÉON.

D'après l'original comm. par Mme la maréchale princesse d'Eckmühl.

21978. — CIRCULAIRE
AUX
PRINCES, MINISTRES ET GRANDS OFFICIERS DE LA COURONNE.

Paris, 27 mai 1815.

Les membres des Colléges électoraux et les députés à la chambre des Représentants arrivent à Paris. Je désire que vous en receviez un certain nombre chaque jour, et que votre maison leur soit ouverte tous les soirs.

D'après la minute. Archives de l'Empire.

21979. — AU COMTE CARNOT,
MINISTRE DE L'INTÉRIEUR, À PARIS.

Paris, 27 mai 1815.

Monsieur le Comte Carnot, écrivez au général Lamarque, commandant en chef l'armée de la Loire, que je lui confie le pouvoir de destituer les sous-préfets, les maires, commandants et officiers de la garde nationale, receveurs d'arrondissement, directeurs de contributions, agents de l'enregistrement, officiers forestiers, et généralement tous les employés d'administration dont il aurait à se plaindre; que je n'en excepte que les préfets, lieutenants généraux de police, payeurs des divisions et receveurs de département; que, s'il avait des sujets de mécontentement contre ceux-ci, il ait soin de vous en informer par courrier extraordinaire : vous m'en rendrez compte sur-le-champ pour que j'avise aux destitutions et remplacements nécessaires; mais que, pour tous autres, il peut les destituer et les remplacer par des hommes sûrs.

NAPOLÉON.

D'après l'original. Archives de l'Empire.

21980. — AU MARÉCHAL DAVOUT, PRINCE D'ECKMÜHL,
MINISTRE DE LA GUERRE, À PARIS.

Paris, 28 mai 1815.

Mon Cousin, il y a cent quatre bataillons, destinés pour les places du Nord, qui formeraient un complet de 54,000 hommes pour la garnison des places de première ligne. En général, ce nombre est trop considérable. Si tous les bataillons du Nord, du Pas-de-Calais et de la Seine-Inférieure rejoignaient, il y aurait trop de monde dans les places, surtout au Quesnoy, à Landrecies, Avesnes et Maubeuge; mais la Seine-Inférieure ne fournira que sept bataillons, dont trois pour Dunkerque, trois pour les places de la Somme et un pour le Havre. On peut toujours porter le Nord pour quatorze bataillons; mais il n'en fournira pas sept. Ce sera beaucoup si on en tire autant du Pas-de-Calais. Cela fera donc une diminution de vingt et un bataillons, ou de 15,000 hommes; ce qui, joint à l'incomplet auquel il faut s'attendre dans la plupart des autres bataillons, ne donnera plus que le nombre strictement nécessaire. Toutefois écrivez au général Frère, commandant la 16° division, de parcourir ses places et d'agir d'après les principes suivants.

Il faut qu'il y ait, au 5 juin : à Dunkerque, au moins 4,000 hommes; à Lille, au moins 6,000; à Condé, 2,500; à Valenciennes, 3,500: à Landrecies, 1,500; au Quesnoy, 1,500; à Avesnes, 1,500; à Maubeuge, 2,000; à Douai, 3,000; à Bouchain, 500; total, 26,000 hommes.

Il faut également, à la même époque : à Gravelines, au moins 500 hommes; à Calais, 1,500; à Saint-Omer, 1,500; à Aire, au moins 500; à Béthune, 500; à Arras, 1,500; à Boulogne, 500; à Hesdin, 500; total, 7,000 hommes.

C'est donc au moins 33,000 hommes qu'il faut avoir, au 5 juin, dans ces différentes places, indépendamment de la garde nationale sédentaire.

Si donc, par une raison quelconque, il y avait plus dans une place et moins dans une autre, le général Frère serait autorisé à faire les changements convenables, pour qu'au 5 juin les choses se trouvent au moins dans l'état que je viens d'indiquer.

Vous chargerez le général commandant les places de la Somme de faire les dispositions convenables pour avoir, au 10 juin : à Abbeville, 1,500 hommes; à Doullens, 500; à Péronne, 500; à Ham, 500; à Soissons, 1,000; à la Fère, 500; total, 4,500 hommes.

Bien entendu que, s'il peut y en avoir davantage, tant dans les places de première que dans celles de deuxième et troisième ligne, cela vaudra mieux. Cependant, comme je suis pressé de voir les places de première ligne, surtout Dunkerque, munies de leurs garnisons, vous ordonnerez sur-le-champ que, outre les trois bataillons de l'Aube qui sont déjà destinés à Dunkerque, trois bataillons de la Seine-Inférieure, le bataillon de Seine-et-Marne qui est à Boulogne, celui d'Eure-et-Loir qui est à Soissons, et celui du Loiret qui est à la Fère, partent sans délai pour se rendre à Dunkerque; ce qui complétera sur-le-champ la garnison de cette place à dix bataillons, formant 5 ou 6,000 hommes. Il faut qu'il y ait à Dunkerque des armes pour compléter l'armement de ces 5,000 hommes, de manière qu'au 5 juin cette place puisse être investie.

Pour augmenter les autres garnisons, dirigez le bataillon de Seine-et-Oise qui est à Ham, sur Douai; les deux bataillons des Ardennes qui sont à Maubeuge, à Lille; et enfin que le bureau d'artillerie prenne les mesures convenables pour qu'au 5 juin toutes ces places soient garnies des fusils nécessaires.

Vous donnerez ordre que, le 1er ou le 3 juin, le comte d'Erlon retire toutes les troupes qu'il a dans les places, afin que son corps soit tout à fait mobile.

Vous remplacerez les bataillons que je retire de Soissons, de Ham et des autres places, par des bataillons qui seront fournis plus tard. Je suppose que chacun de ces bataillons a un chef de bataillon tiré de la ligne, et que, réunis par deux bataillons, ils ont un colonel ou un major pour commandant; enfin qu'il y a à Dunkerque, indépendamment du gouverneur, le nombre suffisant de généraux et d'officiers supérieurs pour commander une aussi forte garnison.

NAPOLÉON.

D'après l'original comm. par Mme la maréchale princesse d'Eckmühl.

21981. — AU MARÉCHAL DAVOUT, PRINCE D'ECKMÜHL,
MINISTRE DE LA GUERRE, À PARIS.

Paris, 29 mai 1815.

Mon Cousin, le général Clausel se plaint du mauvais état des officiers espagnols. Depuis longtemps il a été arrêté qu'ils jouiraient d'un traitement plus fort; je ne sais pas si vous m'avez présenté un projet de décret afin que le trésor reconnaisse cette décision. Je ne sais pas non plus si vous avez donné des ordres pour que tous vinssent à Tours, et si vous avez pris des mesures pour les habiller dans cette ville.

NAPOLÉON.

D'après l'original comm. par Mme la maréchale princesse d'Eckmühl.

21982. — AU MARÉCHAL DAVOUT, PRINCE D'ECKMÜHL,
MINISTRE DE LA GUERRE, À PARIS.

Paris, 29 mai 1815.

Mon Cousin, il me vient de tous côtés des réclamations de personnes sensées sur les difficultés que fait le général Bourcier pour la réception des chevaux. Il a refusé les chevaux de neuf ou dix ans; il les refuse s'ils ont un demi-pouce plus bas que l'ordonnance; de sorte qu'on croit que, sans cette difficulté, il aurait le double de ce qu'il a. Il faudrait s'entendre avec lui à ce sujet, car nos besoins sont urgents, et un cheval de dix ans, bien conformé, vaut encore mieux pour nous qu'un cheval de cinq ans.

NAPOLÉON.

D'après l'original comm. par M⁰⁰ la maréchale princesse d'Eckmühl.

21983. — AU MARÉCHAL DAVOUT, PRINCE D'ECKMÜHL,
MINISTRE DE LA GUERRE, À PARIS.

Paris, 29 mai 1815.

Mon Cousin, il est convenu que l'artillerie de la marine vient par eau, qu'elle ne coûtera rien à la guerre, et que la marine est chargée de la conduire et d'organiser son parc aux Invalides. La confection des munitions et affûts sera également aux frais de la marine.

Je vous ai déjà écrit qu'il y avait à Douai et à Lille une grande quantité d'artillerie inutile. Tirez de ces deux places tout ce qui est nécessaire pour armer Laon, Soissons, Vitry, Langres, etc. Il y a également une grande quantité d'artillerie à Toulouse; elle y est inutile, et je pense qu'il serait bon d'en diriger partie sur Lyon et partie sur la Loire, à Orléans et à Amboise. Par ce moyen, il se trouverait réuni autour de Paris toute espèce de moyens d'artillerie; faites-moi un rapport là-dessus.

NAPOLÉON.

D'après l'original comm. par M⁰⁰ la maréchale princesse d'Eckmühl.

21984. — AU MARÉCHAL DAVOUT, PRINCE D'ECKMÜHL,
MINISTRE DE LA GUERRE, À PARIS.

Paris, 29 mai 1815.

Mon Cousin, je ne pense pas qu'il faille habiller les fédérés des faubourgs. Cela nous conduirait à des dépenses énormes et sans but d'utilité. Je ne pense pas non plus qu'il faille leur donner des fusils, puisque je vois que les gardes nationales d'élite, dans les places fortes, n'en ont pas; que la guerre peut être déclarée et les places investies, et que mes garnisons ne sont qu'à moitié armées.

NAPOLÉON.

D'après l'original comm. par Mme la maréchale princesse d'Eckmühl.

21985. — AU MARÉCHAL DAVOUT, PRINCE D'ECKMÜHL,
MINISTRE DE LA GUERRE, À PARIS.

Paris, 29 mai 1815.

Mon Cousin, j'apprends, par une dépêche télégraphique, que vous faites débarquer à Saint-Malo l'artillerie de la marine qui devait venir par mer. Le transport de ces mauvaises pièces de fer coûtera, par la voie de terre, plus qu'elles ne valent. Vous avez pour principe d'administration que l'argent n'est rien, tandis qu'au contraire, dans les circonstances où nous sommes, l'argent est tout.

Si la levée des cinquante-cinq bataillons ne peut pas avoir lieu, laissez-la aller.

La solde va manquer partout, et on ne pourra pas satisfaire aux dépenses les plus urgentes du ministère. J'avais ordonné que la marine ferait tous les frais de ces transports d'artillerie sur son budget; au lieu de cela, vous vous en chargez. Aussi l'artillerie demande-t-elle des millions pour son service.

NAPOLÉON.

D'après l'original comm. par Mme la maréchale princesse d'Eckmühl.

21986. — AU MARÉCHAL DAVOUT, PRINCE D'ECKMÜHL,
MINISTRE DE LA GUERRE, À PARIS.

Paris, 29 mai 1815.

Mon Cousin, il résulte de l'avis du Conseil d'état que vous devez considérer les conscrits de 1815 comme en congé, et que vous devez les rappeler. D'après l'état que vous m'avez remis, 85,000 ont déjà servi et 37,000 sont des départements les meilleurs et les mieux disposés. Cela ne peut donc pas faire une affaire. Mais, sur les 85,000 déjà appelés, il y en aura beaucoup à ôter, tels que ceux de la Vendée, de la Sarthe, et enfin de tous les départements où nous n'avons pas rappelé les vieux militaires et qui, dans le moment actuel, ont une opinion douteuse. Remettez-m'en l'état. Il faudra les rappeler plus tard. Mais nous devons trouver tout de suite, sur la masse, une ressource de 80 à 90,000 hommes. Faites-moi le décret qui ordonne cet appel, et présentez-m'en la répartition entre les différents régiments, en partant du principe que donne le lieu où sont les dépôts. Il en faudra appeler 30,000 pour la jeune Garde.

NAPOLÉON.

D'après l'original comm. par Mme la maréchale princesse d'Eckmühl.

21987. — AU MARÉCHAL DAVOUT, PRINCE D'ECKMÜHL,
MINISTRE DE LA GUERRE, À PARIS.

Paris, 29 mai 1815.

Mon Cousin, les cinq batteries que j'ai passées en revue hier partiront demain 30 pour Compiègne. J'ai remarqué que plusieurs caissons n'avaient pas leur petite boîte à graisse, ni toutes leurs pièces de rechange, comme le veut l'ordonnance. Beaucoup n'avaient pas leur prolonge de rechange. Ordonnez que tout cela soit complété. Donnez des ordres pour que, le 3 ou le 4 juin, je puisse voir les quatre autres batteries de la vieille Garde.

NAPOLÉON.

D'après l'original comm. par Mme la maréchale princesse d'Eckmühl.

21988. — AU MARÉCHAL DAVOUT, PRINCE D'ECKMÜHL,
MINISTRE DE LA GUERRE, À PARIS.

Paris, 29 mai 1815.

Mon Cousin, il ne faut faire partir aucun détachement de la gendarmerie de Paris pour l'armée : cette gendarmerie, étant soldée par la ville de Paris, doit être gardée pour son service, et ne peut être employée au dehors que momentanément et pour une excursion de quelques jours; mais un service fixe à l'armée serait contraire au principe de sa création.

NAPOLÉON.

D'après l'original comm. par Mme la maréchale princesse d'Eckmühl.

21989. — AU MARÉCHAL DAVOUT, PRINCE D'ECKMÜHL,
MINISTRE DE LA GUERRE, À PARIS.

Paris, 29 mai 1815.

Mon Cousin, le 1er, le 5e et le 7e de hussards ont beaucoup de monde; les colonels, que j'ai vus ce matin, m'ont dit qu'ils auraient bientôt 2,000 hommes. Mon intention est que vous donniez des ordres pour qu'aucun de ces régiments ne reçoive plus d'hommes qu'il ne lui en revient; qu'on ne monte, cette année, aucun homme, s'il n'a servi déjà, et que tous les volontaires soient dirigés sur l'infanterie, aux dépôts les plus voisins. Ils seront sur-le-champ habillés, et accroîtront d'autant notre infanterie. Quant aux hommes qui ont servi dans la cavalerie et qui excèdent le complet, on les enverra sur des régiments de cuirassiers, de dragons ou de chasseurs.

Ainsi cette lettre contient deux principes : 1° je ne veux monter, cette année, aucun homme qui n'ait servi dans la cavalerie; 2° donner sur-le-champ des ordres pour que tous les régiments de cavalerie qui ont des hommes au-dessus de leur complet envoient à l'infanterie les hommes qui ont servi dans l'infanterie, et aux cuirassiers, dragons et chasseurs les hommes qui ont servi dans la cavalerie. Par exemple, Beauvais contient le 12e et le 20e de dragons; ces deux régiments pourraient fournir

300 chevaux, s'ils avaient des hommes : donnez donc des ordres pour que les régiments qui sont à Beauvais, ou qui y arrivent, fournissent ces hommes. Faites aussi envoyer des hommes aux dépôts de cuirassiers et de dragons qui sont les plus faibles.

Cependant il me paraît nécessaire de ne refuser aucuns volontaires, et, quelques jours après, de les diriger, comme il est dit ci-dessus.

NAPOLÉON.

D'après l'original comm. par Mme la maréchale princesse d'Eckmühl.

21990. — AU VICE-AMIRAL DUC DECRÈS,
MINISTRE DE LA MARINE, À PARIS.

Paris, 29 mai 1815.

Monsieur le Duc Decrès, je vous renvoie votre dépêche de Toulon. Il est nécessaire que vous fassiez un rapport, pour le ministre des relations extérieures, de ce qui est arrivé à *la Melpomène*, à *la Dryade*, à d'autres bâtiments et aux débarquements qui ont jeté des agents et des fusils sur nos côtes[1].

NAPOLÉON.

D'après l'original comm. par Mme la duchesse Decrès.

21991. — AU MARÉCHAL DAVOUT, PRINCE D'ECKMÜHL,
MINISTRE DE LA GUERRE, À PARIS.

Paris, 30 mai 1815.

Mon Cousin, plusieurs régiments de cuirassiers ont des hommes montés à leurs dépôts; ils retardent de les envoyer aux régiments pour raison de défaut de cuirasses : faites-leur connaître que ce n'est pas une raison; que vous dirigerez l'envoi des cuirasses sur les escadrons de guerre; que les hommes qu'ils ont disponibles ne doivent pas perdre un moment pour rejoindre les escadrons de guerre, puisqu'on peut se battre sans cuirasse. Je crois que le 11e régiment est dans ce cas.

Il y a aussi des corps où c'est le manque de sabres qui retarde les

---

[1] Voir la note de la pièce 22007 et le n° 22023.

départs ; écrivez également que cela ne doit pas empêcher les hommes de partir, et que vous faites adresser les sabres aux escadrons de guerre.

En général, il serait nécessaire que vous fissiez une circulaire à cet égard. L'ennemi peut nous attaquer d'un moment à l'autre, et il est nécessaire d'avoir le plus de monde que nous pourrons à l'armée.

NAPOLÉON.

D'après l'original comm. par Mme la maréchale princesse d'Eckmuhl.

21992. — AU MARÉCHAL DAVOUT, PRINCE D'ECKMÜHL,
MINISTRE DE LA GUERRE, À PARIS.

Paris, 30 mai 1815.

Mon Cousin, faites-moi connaître si l'artillerie est arrivée à Lyon. Donnez des ordres pour qu'avant le 5 juin on mette en batterie huit pièces de canon à la tête du pont Morand, quatre au pont de la Guillotière, quatre à l'extrémité de Perrache, près du pont, ce qui fera deux batteries; deux batteries, ou seize pièces, dans les redoutes entre Saône et Rhône, et deux batteries, ou seize pièces, sur la vieille enceinte; ce qui sera l'emploi de six batteries ou quarante-huit pièces. Qu'on choisisse des magasins à portée des batteries. Enfin qu'on nomme des officiers d'artillerie et commandants pour tous ces forts. Recommandez qu'aussitôt que les pièces de siége seront arrivées on commence à en placer aux saillants.

NAPOLÉON.

D'après l'original comm. par Mme la maréchale princesse d'Eckmuhl.

21993. — AU VICE-AMIRAL DUC DECRÈS,
MINISTRE DE LA MARINE, À PARIS.

Paris, 30 mai 1815.

Monsieur le Duc Decrès, j'ai porté dans la distribution de juin 300,000 francs pour les colonies, dont 250,000 pour l'île d'Elbe. Faites-y passer le plus tôt possible une gabare chargée de farine, en quantité suffisante pour nourrir 12,000 habitants pendant deux mois. Donnez ordre au gouverneur de mettre ces farines en vente à un prix tel que vous y perdiez le moins possible, en venant toutefois au secours des habitants. Le produit de cette vente servira d'autant pour les dépenses de la colonie.

NAPOLÉON.

D'après l'original comm. par Mme la duchesse Decrès.

21994. — AU GÉNÉRAL COMTE DROUOT,
AIDE-MAJOR DE LA GARDE IMPÉRIALE, À PARIS.

Paris, 30 mai 1815.

Monsieur le Comte Drouot, il faut préparer le départ de la Garde pour le 5 juin, pour tout délai. Faites-moi connaître quelle sera la force des quatre régiments de la division de chasseurs et de la division de grenadiers, ce qui fera huit bataillons par division; qui commandera; quelle artillerie y sera attachée; qui restera à Paris pour commander les dépôts. Je désire que deux régiments de jeune Garde puissent partir également le 5 juin pour rejoindre les deux régiments qui sont déjà à Compiègne. Vous prendrez dans les tirailleurs et voltigeurs tout ce qui est disponible pour mettre ces régiments au complet.

Je compte ainsi avoir sous les armes au moins 8,000 hommes de vieille Garde et 4,000 de jeune Garde; total, 12,000 hommes d'infanterie.

Les lanciers rouges formeront deux régiments: chaque régiment, de quatre escadrons; aussitôt qu'il sera possible, on en formera trois régiments, ce qui fera douze escadrons.

Les chasseurs auront la même organisation; les dragons formeront deux régiments; les grenadiers à cheval formeront également deux régiments. On composera ainsi deux divisions de cavalerie, une de cavalerie légère et l'autre de grosse cavalerie.

Toutes les administrations et les équipages du train doivent partir le même jour 5. Faites-moi connaître la situation des ambulances, des boulangers, et la destination définitive de l'artillerie.

Il y aura probablement une bataille bientôt. Je n'ai pas besoin de vous faire sentir de quelle importance extrême il sera pour nous d'avoir nos batteries de 12. Concertez-vous avec Évain, et voyez à prendre toutes les mesures pour que les quatre batteries de vieille Garde qui restent à partir puissent partir, au plus tard, le 5 juin. Voyez s'il sera possible d'avoir une batterie à cheval de jeune Garde.

NAPOLÉON.

D'après l'original. Dépôt de la guerre.

21995. — NOTE POUR LA DÉFENSE DE PARIS.

Paris, 30 mai 1815.

Je calcule, pour les ouvrages qui défendent Paris, un homme par toise, un autre homme de réserve pour les points les plus menacés et les plus à la convenance de l'ennemi, et un homme de réserve dans la ville. Ce qui ferait, l'enceinte étant de 12,000 toises, 36,000 hommes, dont 12,000 de service dans les ouvrages, 12,000 en réserve pour secourir les ouvrages, et 12,000 dans la ville.

Je pense que, sur la rive qui ne serait pas menacée, un demi-homme ou un tiers d'homme serait suffisant : on peut supposer que quelques hommes de cavalerie s'étendent sur les deux rives, mais il est impossible que 150,000 hommes viennent se placer partout.

L'enceinte, s'il n'y avait aucun obstacle, serait de 24,000 toises; mais Haxo calculera de combien elle serait ici : il faut dépasser la Marne, Saint-Denis, Charenton, Vincennes, ce qui pourrait faire peut-être une circonférence de 40,000 toises. Il faudra donc supposer qu'avec une armée de 150,000 hommes l'ennemi se divisera en trois ou quatre corps pour bloquer Paris.

J'ai toujours vu le génie, dans le tracé des ouvrages de campagne, faire ses plates-formes de manière que l'ingénieur désigne par là les emplacements pour le canon. C'est une fausse mesure d'envisager ainsi l'armement : il faut que l'on puisse mettre du canon autant que l'ouvrage peut en contenir, d'après le principe que l'on se bat à coups de canon comme on se bat à coups de poing. Je voudrais donc que les ouvrages de campagne eussent une batterie continue, de manière à pouvoir mettre sur une face douze à quinze pièces de canon.

D'après la copie. Dépôt de la guerre.

21996. — NOTE POUR LE DUC DE VICENCE.

Paris, .. mai 1815[1].

Il est possible que la Chambre fasse une motion pour le Roi de Rome tendant à faire ressortir l'horreur que doit inspirer la conduite de l'Autriche. Cela serait d'un bon effet.

Meneval doit faire un rapport daté du lendemain de son arrivée. Il tracera, depuis Orléans jusqu'à l'époque de son départ de Vienne, la conduite tenue par l'Autriche et les autres puissances à l'égard de l'Impératrice : la violation du traité de Fontainebleau, puisqu'on l'a arrachée, ainsi que son fils, à l'Empereur; il fera ressortir l'indignation que montra à cet égard, à Vienne, sa grand'mère, la reine de Sicile. Il doit appuyer particulièrement sur la séparation du Prince Impérial de sa mère, sur celle avec Mme de Montesquiou, sur ses larmes en la quittant, sur les craintes de Mme de Montesquiou relatives à la sûreté, à l'existence du jeune prince. Il traitera ce dernier point avec la mesure convenable.

Il parlera de la douleur qu'a éprouvée l'Impératrice lorsqu'on l'arracha à l'Empereur. Elle a été trente jours sans dormir lors de l'embarquement de Sa Majesté. Il appuiera sur ce que l'Impératrice est réellement prisonnière, puisqu'on ne lui a pas permis d'écrire à l'Empereur, et qu'on lui a même fait donner sa parole d'honneur de ne jamais lui écrire un mot.

Meneval encadrera dans ce rapport tous les détails qu'il a donnés à l'Empereur, et qui sont de nature à y trouver place et peuvent donner à ce rapport de la couleur.

D'après la copie. Archives des affaires étrangères.

21997. — DISCOURS DE L'EMPEREUR
AUX DÉPUTÉS DES COLLÉGES ÉLECTORAUX.

Champ-de-Mars, 1er juin 1815.

Messieurs les Électeurs des Colléges de département et d'arrondisse-

---

[1] Sans date de jour.

ment, Messieurs les députés des armées de terre et de mer au Champ de Mai,

Empereur, consul, soldat, je tiens tout du peuple. Dans la prospérité, dans l'adversité, sur le champ de bataille, au conseil, sur le trône, dans l'exil, la France a été l'objet unique et constant de mes pensées et de mes actions.

Comme ce roi d'Athènes, je me suis sacrifié pour mon peuple, dans l'espoir de voir se réaliser la promesse donnée de conserver à la France son intégrité naturelle, ses honneurs et ses droits.

L'indignation de voir ces droits sacrés, acquis par vingt-cinq années de victoires, méconnus et perdus à jamais, le cri de l'honneur français flétri, les vœux de la nation m'ont ramené sur ce trône, qui m'est cher parce qu'il est le palladium de l'indépendance, de l'honneur et des droits du peuple.

Français, en traversant, au milieu de l'allégresse publique, les diverses provinces de l'Empire, pour arriver dans ma capitale, j'ai dû compter sur une longue paix : les nations sont liées par les traités conclus par leurs gouvernements, quels qu'ils soient.

Ma pensée se portait alors tout entière sur les moyens de fonder notre liberté par une constitution conforme à la volonté et à l'intérêt du peuple. J'ai convoqué le Champ de Mai.

Je ne tardai pas à apprendre que les princes qui ont méconnu tous les principes, froissé l'opinion et les plus chers intérêts de tant de peuples, veulent nous faire la guerre. Ils méditent d'accroître le royaume des Pays-Bas et de lui donner pour barrière toutes nos places frontières du Nord, et de concilier les différends qui les divisent encore en se partageant la Lorraine et l'Alsace.

Il a fallu se préparer à la guerre.

Cependant, devant courir personnellement les hasards des combats, ma première sollicitude a dû être de constituer sans retard la nation.

Le peuple a accepté l'Acte que je lui ai présenté.

Français, lorsque nous aurons repoussé ces injustes agressions, et que l'Europe sera convaincue de ce qu'on doit aux droits et à l'indépendance de vingt-huit millions de Français, une loi solennelle, faite dans les formes voulues par l'Acte constitutionnel, réunira les différentes dispositions de nos constitutions, aujourd'hui éparses.

Français, vous allez retourner dans vos départements. Dites aux citoyens que les circonstances sont grandes; qu'avec de l'union, de l'énergie et de la persévérance, nous sortirons victorieux de cette lutte d'un grand peuple contre ses oppresseurs; que les générations à venir scruteront sévèrement notre conduite; qu'une nation a tout perdu quand elle a perdu l'indépendance. Dites-leur que les rois étrangers que j'ai élevés sur le trône, ou qui me doivent la conservation de leur couronne, qui tous, au temps de ma prospérité, ont brigué mon alliance et la protection du peuple français, dirigent aujourd'hui tous leurs coups contre ma personne. Si je ne voyais que c'est à la patrie qu'ils en veulent, je mettrais à leur merci cette existence contre laquelle ils se montrent si acharnés. Mais dites aussi aux citoyens que, tant que les Français me conserveront les sentiments d'amour dont ils me donnent tant de preuves, cette rage de nos ennemis sera impuissante.

Français, ma volonté est celle du peuple, mes droits sont les siens; mon honneur, ma gloire, mon bonheur, ne peuvent être autres que l'honneur, la gloire et le bonheur de la France!

Alors l'archevêque de Bourges, premier aumônier, faisant les fonctions de grand aumônier, s'est approché du trône, a présenté à genoux les saints Évangiles à l'Empereur, qui a prêté serment en ces termes :

« Je jure d'observer et de faire observer les constitutions de l'Empire. »

Le prince archichancelier, s'avançant au pied du trône, a prononcé, le premier, le serment d'obéissance aux constitutions et de fidélité à l'Empereur.

L'assemblée a répété d'une voix unanime : *Nous le jurons!*.....

.... L'Empereur, ayant quitté le manteau impérial, s'est levé de son trône, s'est avancé sur les premières marches: les tambours ont battu un ban, et Sa Majesté a parlé en ces termes :

« Soldats de la Garde nationale de l'Empire, soldats des troupes de terre et de mer, je vous confie l'aigle impériale aux couleurs nationales: vous jurez de la défendre au prix de votre sang contre les ennemis de la patrie et de ce trône! Vous jurez qu'elle sera toujours votre signe de ralliement! Vous le jurez! »

Les cris universellement prolongés : Nous le jurons! ont retenti dans l'enceinte.....
Les troupes ont marché par bataillons et par escadrons et ont environné le trône. L'Empereur a dit :

« Soldats de la Garde nationale de Paris, soldats de la Garde impériale, je vous confie l'aigle impériale aux couleurs nationales. Vous jurez de périr, s'il le faut, pour la défendre contre les ennemis de la patrie et du trône! (*Nous le jurons!*) Vous jurez de ne jamais reconnaître d'autre signe de ralliement! (*Nous le jurons!*)

» Vous, soldats de la Garde nationale de Paris, vous jurez de ne jamais souffrir que l'étranger souille de nouveau la capitale de la grande nation. C'est à votre bravoure que je la confierai! (*Nous le jurons!*)

» Et vous, soldats de la Garde impériale, vous jurez de vous surpasser vous-mêmes dans la campagne qui va s'ouvrir, et de mourir tous plutôt que de souffrir que les étrangers viennent dicter la loi à la patrie! » (*Nous le jurons!*)

Extrait du *Moniteur* du 2 juin 1815.

21998. — AU PRINCE JOSEPH.

Paris, 2 juin 1815.

Mon Frère, ayant résolu de réunir la chambre des Pairs samedi prochain à trois heures, dans le lieu que nous avons désigné pour ses séances, notre intention est que vous vous y trouviez, en qualité de prince français, et que vous y preniez séance, pour contribuer de votre influence à tout ce qui peut être utile au bien de l'État et à la consolidation de notre autorité impériale.

NAPOLÉON.

D'après l'original comm. par le cabinet de S. M. l'Empereur.

21999. — AU MARÉCHAL DAVOUT, PRINCE D'ECKMÜHL,
MINISTRE DE LA GUERRE, À PARIS.

Paris, 3 juin 1815.

Mon Cousin, donnez ordre que tous les régiments de cuirassiers envoient tout ce qu'ils ont de disponible à l'armée, quand même ils n'auraient pas de cuirasses. Les cuirasses ne sont pas indispensables pour faire la guerre, et, quand ils seront à l'armée, ils recevront des cuirasses de Paris.

NAPOLÉON.

D'après l'original comm. par Mme la maréchale princesse d'Eckmühl.

22000. — AU MARÉCHAL DAVOUT, PRINCE D'ECKMÜHL,
MINISTRE DE LA GUERRE, À PARIS.

Paris, 3 juin 1815.

Mon Cousin, donnez ordre au duc d'Albufera d'envoyer 3,000 gardes nationaux du Dauphiné à Marseille. Écrivez-lui de pousser les fédérés du Dauphiné et de Lyon à se fédérer avec Marseille, et au maréchal Brune de pousser les patriotes de Marseille à se fédérer avec Toulon, Grenoble, Lyon, Tarascon, Arles et le Var.

NAPOLÉON.

D'après l'original comm. par Mme la maréchale princesse d'Eckmühl.

22001. — AU MARÉCHAL DAVOUT, PRINCE D'ECKMÜHL,
MINISTRE DE LA GUERRE, À PARIS.

Paris, 3 juin 1815.

Mon Cousin, je vois par l'état de la marine qu'il y a déjà d'arrivé cent cinquante pièces de canon à Rouen, et que soixante et dix pièces sont parties le 29 de Rouen pour Paris; parmi celles-là, il y en a trente de 8. Ceci me porterait à penser qu'il ne faudrait avoir aucun caisson de 8 et employer les pièces de 8, quoique sur affûts de campagne, comme pièces de siége, et avoir les boulets et les gargousses en magasin, comme cela se ferait pour des pièces de siége; il faudrait employer de même les pièces de 4; de manière qu'on n'aurait, de pièces roulantes dans Paris, que du 6, du 12 et des obusiers. Les autres calibres employés dans une position fixe auraient leurs munitions dans les magasins, et, dès lors, il ne pourrait y avoir de confusion.

Je désire que des mesures soient prises pour que, le jour même de l'arrivée de ces soixante et dix pièces, elles soient portées aux batteries qui seront établies. On les placera d'abord sur affûts marins et successivement sur affûts de place et de côte, aussitôt qu'on en aura.

Je désire que vous me remettiez, avant le 6, l'état de l'armement de Paris sur les deux rives, en distinguant l'artillerie de fer, l'artillerie de campagne, avec l'emplacement et un état de la réserve.

Il faudrait aussi commencer bientôt le tracé des ouvrages sur la rive gauche.

NAPOLÉON.

D'après l'original comm. par Mme la maréchale princesse d'Eckmühl.

22002. — AU MARÉCHAL DAVOUT, PRINCE D'ECKMÜHL,
MINISTRE DE LA GUERRE, À PARIS.

Paris, 3 juin 1815.

Mon Cousin, le prince Jérôme sera employé à l'armée comme lieutenant général. Donnez-lui ordre de partir de Paris pour aller prendre le commandement de la 6e division, sous les ordres du général Reille. Il doit s'y rendre de suite.

Donnez ordre au baron Girard de prendre le commandement de la 7e division. Il est nécessaire qu'il y soit rendu le 7. Il remplacera le général Lamarque, qui a reçu une autre destination.

Donnez ordre au général Duhesme d'aller prendre le commandement de la 11e division, en place du général Lemoine, que vous emploierez dans le commandement d'une division militaire ou d'une place.

Donnez ordre au général Guilleminot de se rendre au quartier général, où il sera employé auprès du major général. Donnez ordre au général Revest de se rendre au 3e corps, pour y remplir les fonctions de chef d'état-major.

Donnez ordre aux généraux Mouton-Duvernet et Berthezène de se rendre au quartier général de l'armée du Nord. Envoyez-y également les généraux Gruyer, qui commande dans la Haute-Saône; Baille de Saint-Pol, qui commande dans la Lozère; Veiland, Jeannet, Raymond et Deschamps. Envoyez de même, au quartier général de l'armée de la Moselle et à celui de l'armée du Rhin, deux maréchaux de camp de plus que n'en comporte l'organisation; qu'ils s'y rendent le plus tôt possible.

NAPOLÉON.

D'après l'original comm. par Mme la maréchale princesse d'Eckmühl.

22003. — AU MARÉCHAL DAVOUT, PRINCE D'ECKMÜHL,
MINISTRE DE LA GUERRE, À PARIS.

Paris, 3 juin 1815.

Mon Cousin, vous trouverez ci-jointe la copie des ordres que je donne pour la cavalerie de l'armée. Le maréchal Grouchy la commandera en chef. Donnez-lui un chef d'état-major et un général d'artillerie. Tous les généraux à la suite seront à sa disposition. Donnez ordre au maréchal Grouchy d'être le 5 à Laon, d'y passer la revue de ses régiments, de pourvoir à leur organisation et de faire distribuer des cartouches, afin que, le 10, on puisse entrer en campagne.

NAPOLÉON.

D'après l'original comm. par Mme la maréchale princesse d'Eckmühl.

22004. — AU MARÉCHAL SOULT, DUC DE DALMATIE,
MAJOR GÉNÉRAL, À PARIS.

Paris, 3 juin 1815.

Mon Cousin, la cavalerie de l'armée sera commandée conformément à l'état ci-joint. Expédiez en conséquence tous les ordres. Indépendamment de ce, vous mettrez à la suite des différents corps d'armée les généraux Curely, Girardin, Gautherin, Lion et d'Aigremont; ils seront sous les ordres des généraux commandant les corps de cavalerie; et le maréchal Grouchy, commandant en chef de la cavalerie, les emploiera selon les circonstances.

Les généraux Bron, Bessières, d'Haugéranville, Montbrun, Delapointe, Wolff, Letellier, seront à la disposition du ministre de la guerre pour commander des dépôts et faire des inspections, ainsi que les généraux Fresia, Pully, Laboussaye et Lagrange.

Il est nécessaire qu'il soit attaché un commissaire des guerres et un officier supérieur d'artillerie à chacun des corps de cavalerie, et qu'indépendamment de ce il y ait un général d'artillerie attaché au maréchal Grouchy pour commander l'artillerie de la cavalerie.

Donnez ordre au maréchal Grouchy de partir au plus tard le 5, pour se rendre à Laon, y organiser et passer la revue de tous ses régiments, les mettre en état d'entrer en campagne, écrire aux dépôts pour qu'ils se hâtent d'accroître les escadrons de guerre, s'assurer que tous les hommes sont armés et leur faire distribuer des cartouches.

NAPOLÉON.

D'après l'original comm par Mme la maréchale princesse d'Eckmühl

22005. — AU MARÉCHAL SOULT, DUC DE DALMATIE,
MAJOR GÉNÉRAL, À PARIS.

Paris, 3 juin 1815.

Remettez-moi un projet de mouvement pour le corps du général Gérard ou de la Moselle, en le masquant le plus possible à l'ennemi, pour que ce corps se porte sur Philippeville. Il faudrait qu'il y fût rendu le 12, en marchant le plus vite possible. Vous me ferez connaître qui commandera alors à Metz et à Nancy. Vous donnerez sur-le-champ l'ordre d'interrompre les communications, et l'on renforcera tous les postes, Thionville, Longwy, Metz, etc.

Faites-moi connaître la situation de la garde nationale de Nancy, et si cette division est dans le cas de marcher pour couvrir Metz et remplacer la division de la Moselle. L'ennemi nous menaçant sérieusement du côté de Metz, cette division s'appuierait sur les Vosges, qui appuieraient la gauche du général Rapp.

Ma Garde sera toute rendue à Soissons le 10, et peut-être le 13 à Avesnes; il faut donc que le 6° corps parte le 9 pour se porter sur Avesnes.

Remettez-moi un croquis où la marche des colonnes soit tracée, et qui marque les jours où le 1er, le 2e, le 3e, le 6e corps et celui de la Moselle se mettront en mouvement, et les positions que, le 13, ces corps, ainsi que la Garde et la réserve de cavalerie, devront occuper, et la force que j'aurai alors en infanterie, cavalerie et artillerie.

Remettez-moi un état général de la situation des corps d'armée du Nord, de la Moselle, du Rhin et du Jura, ainsi que l'organisation de toutes les divisions de réserve de la garde nationale, et la composition de toutes les garnisons.

D'après la minute. Archives de l'Empire.

22006. — AU GÉNÉRAL COMTE DROUOT,
AIDE-MAJOR DE LA GARDE IMPÉRIALE, À PARIS.

Paris, 3 juin 1815.

Vous ferez partir demain 4, et au plus tard, pour tout délai, après-demain 5 au matin, les quatre batteries de la vieille Garde, les batteries de la jeune Garde, tout ce qui reste des équipages militaires, les administrations de la Garde, la compagnie des sapeurs, la compagnie des marins, les quatre compagnies d'ouvriers de la marine, la compagnie des boulangers et les autres ouvriers de la Garde, lesquels se rendront à Soissons par Dammartin.

Vous donnerez ordre à tout ce qu'il y a de la Garde à Compiègne, jeune Garde, artillerie, cavalerie, de se rendre également à Soissons.

Vous ferez partir aussi, lundi 5, pour se rendre à Soissons : le 1er régiment de lanciers, fort de quatre escadrons et faisant au moins 400 chevaux, le 1er et le 2e régiment de chasseurs, chacun fort de 400 chevaux, ce qui fera le fond de la 1re division; le 1er régiment de dragons et le 1er régiment de grenadiers à cheval, chacun de quatre escadrons; total de cette première colonne, cinq régiments ou 2,000 chevaux.

Vous ferez partir aussi 60 gendarmes, de manière à compléter, avec les 40 qui sont à l'armée, le nombre de 100.

Vous ferez partir, mardi 6, le 2e régiment de lanciers rouges, le

3ᵉ de chasseurs, le 2ᵉ de dragons et le 2ᵉ de grenadiers, ce qui fera 1,600 chevaux qui se rendront également à Soissons. Ces colonnes iront à Soissons en trois jours, de manière à y être le 8 ou le 9.

Vous donnerez ordre également que les trois régiments de lanciers et les 1ᵉʳ et 2ᵉ de chasseurs, chacun fort de 400 hommes, partent le plus tôt possible; et vous vous assurerez que des mesures sont prises pour que cela ne puisse pas tarder.

Tous ces détachements de la Garde prendront la route de Dammartin.

Vous ferez partir, également lundi, les 3ᵉ et 4ᵉ de chasseurs à pied; mardi, les 3ᵉ et 4ᵉ de grenadiers à pied; mercredi, les deux 4ᵉˢ régiments de grenadiers et chasseurs avec les deux 3ᵉˢ régiments de voltigeurs et tirailleurs, et vous prendrez mes ordres mercredi pour le départ, jeudi, des deux 1ᵉʳˢ régiments de grenadiers et de chasseurs, de sorte que, le 10, toute la Garde, artillerie, infanterie, cavalerie, équipages militaires, génie et administrations, se trouve réunie à Soissons.

Vous donnerez des ordres pour que, le 10, toute la Garde ait quatre jours de pain biscuité, et que ses caissons ordinaires et auxiliaires soient chargés de pain; enfin qu'à cette époque elle présente un corps formé de trois divisions d'infanterie, de deux divisions de cavalerie et d'une réserve d'artillerie. Toutes les ambulances, toute l'artillerie et les différents détachements seront à leurs postes.

Vous demanderez à l'artillerie une compagnie de pontonniers pour l'attacher aux marins et aux sapeurs de la Garde. Ayez un bon officier de pontonniers.

D'après la minute. Archives de l'Empire.

22007. — AU VICE-AMIRAL DUC DECRÈS,
MINISTRE DE LA MARINE, À PARIS.

Paris, 3 juin 1815.

Il est nécessaire que vous fassiez un rapport sur toutes les insultes que les Anglais ont faites du côté de la mer depuis mon débarquement.

Il faut que vous fassiez un très-grand détail de toute l'affaire de *la Melpomène* [1].

D'après la minute. Archives de l'Empire.

22008. — AU COMTE CARNOT,
MINISTRE DE L'INTÉRIEUR, À PARIS.

Paris, 3 juin 1815.

Monsieur le Comte Carnot, je vous envoie un rapport que le duc de Padoue m'adresse directement. Vous devez lui mander que je ne puis comprendre comment les dépenses de la Corse doivent monter à 400,000 francs par mois, aujourd'hui qu'il n'y a plus de troupes de ligne en Corse et que les dépenses de la guerre se réduisent à la gendarmerie et aux bataillons du pays qu'il lèvera, mais qui ne sont pas encore levés; qu'il faut faire un budget et avoir pour règle de diminuer la dépense en renvoyant sur le continent tous les officiers d'état-major et autres qui seraient inutiles; qu'il doit aussi réduire la gendarmerie à ce qu'elle a toujours été, en renvoyant en France la plus grande partie de ce qui s'y trouve de natifs du continent; que je crois qu'on en a envoyé beaucoup de France dont on se méfiait alors; que je désirerais qu'il en formât des compagnies de 100 hommes qu'on dirigerait sur Marseille, où ces mêmes hommes seront utiles; qu'il peut ainsi diminuer de beaucoup ses dépenses; qu'il doit bien penser que, dans la situation actuelle des affaires de l'Empire, le service de la Corse devra se suffire à lui-même; qu'il doit régler les dépenses sur ce principe.

NAPOLÉON.

D'après l'original. Archives de l'Empire.

22009. — AU MARÉCHAL DAVOUT, PRINCE D'ECKMÜHL,
MINISTRE DE LA GUERRE, À PARIS.

Paris, 5 juin 1815.

Mon Cousin, je pense qu'il faut envoyer le général Dulauloy à Lyon.

[1] La frégate *la Melpomène*, envoyée en Italie pour y prendre Madame Mère, avait été attaquée, le 29 avril 1815, par les Anglais, sans qu'il y eût eu déclaration de guerre. La mission confiée à cette frégate fut remplie par *la Dryade*. (Voir le *Moniteur* du 17 juin 1815.)

comme gouverneur et pour avoir la haute main et présider à tous les préparatifs de défense.

Donnez-lui les instructions suivantes :

1° Activer les travaux des fortifications et leur armement, de manière à avoir cent pièces de canon en batterie et une cinquantaine de pièces en réserve ;

2° Armer et organiser la garde nationale, de manière à avoir 10,000 hommes avec les faubourgs; la composer d'hommes sûrs; y nommer des lieutenants généraux, des maréchaux de camp, et assez d'officiers ayant fait la guerre et capables de bien commander;

3° Avoir un dépôt de munitions suffisant pour un long siége;

4° Diriger les fortifications de manière à fortifier d'abord la tête de pont des Brotteaux, les barrières et pont-levis de la Guillotière, le pont de Perrache, les hauteurs entre Saône et Rhône et les hauteurs de la rive droite de la Saône; prolonger ensuite la défense en couvrant la Guillotière par des ouvrages avancés, de manière que, si on était forcé d'abandonner le faubourg, on fût couvert par le Rhône.

NAPOLÉON.

D'après l'original comm. par Mme la maréchale princesse d'Eckmühl.

22010. — AU MARÉCHAL DAVOUT, PRINCE D'ECKMÜHL,

MINISTRE DE LA GUERRE, À PARIS.

Paris, 5 juin 1815.

Mon Cousin, indépendamment de 3,200 canonniers qui se trouvent à Paris, conformément à votre lettre du 4 juin, il faudrait tirer 3 ou 400 hommes des différents lycées de Paris, en choisissant les jeunes gens d'un âge supérieur à dix-sept ans.

Je ne pense pas qu'il faille faire des compagnies de canonniers de fédérés, ni de gardes nationales.

Il faudrait écrire au ministre de l'intérieur pour voir si l'on ne pourrait pas faire six compagnies de canonniers de 100 hommes chacune, composées de jeunes gens de l'École de médecine; ce qui ferait 600 hommes de l'École de médecine, 400 hommes des lycées, total 1,000 hommes, et porterait l'artillerie à 4,200 hommes, ce qui est suffisant. Les écoles pourraient donner aussi quelques canonniers à Lyon.

Le calcul que vous faites de 5 hommes par batterie est trop fort. On fera à Paris comme dans toutes les places, où on détache une partie de l'infanterie pour aider aux pièces.

NAPOLÉON.

D'après l'original comm. par Mme la maréchale princesse d'Eckmühl.

22011. — AU MARÉCHAL DAVOUT, PRINCE D'ECKMÜHL,
MINISTRE DE LA GUERRE, À PARIS.

Paris, 5 juin 1815.

Mon Cousin, j'ai pris un décret pour fixer les aides de camp du prince Jérôme. Vous verrez que mon intention est qu'il ne garde avec lui aucun des officiers westphaliens qui l'ont accompagné. Il n'aura qu'un Allemand, qui fera auprès de lui les fonctions d'écuyer. Aussitôt que vous aurez les états de service de ces officiers, vous pourrez les employer dans leurs grades.

NAPOLÉON.

D'après l'original comm. par Mme la maréchale princesse d'Eckmühl.

22012. — AU MARÉCHAL DAVOUT, PRINCE D'ECKMÜHL,
MINISTRE DE LA GUERRE, À PARIS.

Paris, 6 juin 1815.

Mon Cousin, il est arrivé ou il arrivera 300 officiers du royaume d'Italie. Il faut avant tout leur donner du pain et les traiter comme étant en activité. Vous pourrez en mettre à la disposition du maréchal Brune, dans le Midi, et du général Dulauloy, à Lyon; vous pourrez aussi en faire venir à Paris. Ce sont tous hommes sûrs et condamnés à mort par l'Autriche.

NAPOLÉON.

D'après l'original comm. par Mme la maréchale princesse d'Eckmühl.

22013. — AU MARÉCHAL DAVOUT, PRINCE D'ECKMÜHL,
MINISTRE DE LA GUERRE, À PARIS.

Paris, 6 juin 1815.

Mon Cousin, donnez des ordres sur-le-champ, par le télégraphe et par estafette, au bataillon des Volontaires lyonnais qui était destiné pour la jeune Garde, et qui demande à grands cris qu'on lui tienne cette promesse, de se rendre sur-le-champ à Paris; il brûlera toutes les étapes. Autorisez le commandant à admettre les jeunes gens qui voudront y entrer. Ce bataillon a 250 hommes qui ont été dans le Puy-de-Dôme; ils doivent rejoindre sur-le-champ leur bataillon et le suivre à Paris.

NAPOLÉON.

D'après l'original comm. par Mme la maréchale princesse d'Eckmühl.

22014. — AU MARÉCHAL DAVOUT, PRINCE D'ECKMÜHL,
MINISTRE DE LA GUERRE, À PARIS.

Paris, 6 juin 1815.

Mon Cousin, donnez des ordres et prenez des mesures pour qu'au 12 juin il y ait à Paris, en position aux différents ouvrages et aux différentes barrières, au moins deux cents pièces de canon. Faites-moi connaître quand le premier convoi des pièces de la marine arrivera.

NAPOLÉON.

D'après l'original comm. par Mme la maréchale princesse d'Eckmühl.

22015. — AU MARÉCHAL DAVOUT, PRINCE D'ECKMÜHL,
MINISTRE DE LA GUERRE, À PARIS.

Paris, 6 juin 1815.

Mon Cousin, j'apprends qu'il y a à Lyon 5,000 fusils à réparer : faites-les remettre à la garde nationale de Lyon. Ordonnez qu'on établisse auprès de cette garde un atelier de réparation; on prendra les frais sur le produit de la vente de ces fusils.

Il n'y avait le 1er juin à Lyon que cinquante bouches à feu sur affûts :

ordonnez qu'on mette en construction dans cette ville des affûts de côte et de place.

Il n'y avait que 10,000 kilogrammes de poudre et 300,000 cartouches : faites augmenter cet approvisionnement.

J'ai déjà autorisé qu'on travaillât à fortifier le faubourg de la Guillotière; bien entendu que la chute de ce faubourg n'influera en rien sur la défense de la place. Faites faire à Lyon de nouveaux fonds pour les travaux des fortifications, afin qu'on ne manque pas d'argent.

NAPOLÉON.

D'après l'original comm. par Mme la maréchale princesse d'Eckmühl.

22016. — AU MARÉCHAL DAVOUT, PRINCE D'ECKMÜHL,
MINISTRE DE LA GUERRE, À PARIS.

Paris, 6 juin 1815.

Mon Cousin, il est important que le général Gazan parte demain pour son commandement de la Somme; qu'il visite toutes ses places, reconnaisse tous les ponts, et mette tout en bon état de défense, afin qu'Abbeville, Amiens, Péronne, Ham et Saint-Quentin se trouvent à l'abri, et que tous les passages soient gardés et à l'abri de la cavalerie légère.

NAPOLÉON.

D'après l'original comm. par Mme la maréchale princesse d'Eckmühl.

22017. — AU MARÉCHAL DAVOUT, PRINCE D'ECKMÜHL,
MINISTRE DE LA GUERRE, À PARIS.

Paris, 6 juin 1815.

Mon Cousin, donnez ordre au duc d'Albufera qu'au 10 juin il ait commencé la formation de son camp entre Genève et Lyon, pour couvrir cette grande ville du côté de la Suisse; ce qui a pour but aussi de menacer la Suisse. Ce camp appuiera la droite du corps du Jura. Il sera composé des bataillons d'élite de la 19e division. Le maréchal duc d'Albufera n'a pas encore fait connaître la position qu'il a choisie.

Il faut qu'on fasse sortir les bataillons de Lyon et qu'on les dirige sur la position; qu'au 20 juin la batterie d'artillerie s'y trouve. Faites-moi connaître le lieutenant général qui doit commander cette division; qu'il y soit rendu le 10 avec les maréchaux de camp; qu'il ait une avant-garde tout à fait sur la frontière de la Suisse, et que la présence de ce camp fasse déjà diversion pour la défense de toute la frontière du Jura.

Il est également nécessaire que, du 10 au 15, le duc d'Albufera ait ses troupes réunies en avant de Chambéry, fasse retrancher la position de Montmélian, que je crois la plus avantageuse, et qu'il fasse connaître la position des deux divisions de gardes nationales du Dauphiné et de ses deux divisions de ligne. En occupant une position couverte de retranchements et bien appuyée sur ses flancs, dans laquelle il pourrait appeler la division de Lyon, dans le cas où il n'y aurait rien à craindre de la Suisse, il doit pouvoir braver l'effort des Autrichiens, dont l'infanterie est si médiocre. Une colonne de gardes nationaux et de troupes des garnisons pourrait de Briançon, par les montagnes, inquiéter toutes les vallées jusqu'au mont Cenis.

NAPOLÉON.

D'après l'original comm. par Mme la maréchale princesse d'Eckmühl.

22018. — AU MARÉCHAL DAVOUT, PRINCE D'ECKMÜHL,
MINISTRE DE LA GUERRE, À PARIS.

Paris, 6 juin 1815.

Mon Cousin, donnez ordre qu'au 10 juin les travaux sur la rive droite de la Saône et sur les hauteurs de Lyon soient tracés, et que le 25 juin il y ait déjà des pièces en batterie sur les hauteurs. Ordonnez que toute l'artillerie de Lyon soit en batterie, du 15 au 20 juin, et que les batteries soient approvisionnées.

NAPOLÉON.

D'après l'original comm. par Mme la maréchale princesse d'Eckmühl.

22019. — AU MARÉCHAL DAVOUT, PRINCE D'ECKMÜHL,
MINISTRE DE LA GUERRE, À PARIS.

Paris, 6 juin 1815.

Mon Cousin, prenez des mesures pour qu'au 15 juin il y ait des canons à tous les ponts de la Saône, et qu'on ait retranché et mis en état et à l'abri de la cavalerie ennemie les ponts de la Saône.

NAPOLÉON.

D'après l'original comm. par Mme la maréchale princesse d'Eckmühl.

22020. — AU MARÉCHAL DAVOUT, PRINCE D'ECKMÜHL,
MINISTRE DE LA GUERRE, À PARIS.

Paris, 6 juin 1815.

Mon Cousin, donnez les ordres les plus précis pour qu'au 10 juin il y ait à Château-Thierry, à Langres, à Vitry, à Laon, à Soissons, sur les remparts, au moins la moitié de l'artillerie qui est destinée à l'armement de ces places, et que les batteries soient approvisionnées. Assurez-vous que des mesures soient prises pour que, au plus tard le 20 juin, toute l'artillerie destinée à ces places soit en batterie.

On n'a pas encore commencé la défense de Meaux, de Nogent-sur-Seine, d'Arcis-sur-Aube, de Montereau et de Sens. Faites-moi connaître où en sont les projets.

NAPOLÉON.

D'après l'original comm. par Mme la maréchale princesse d'Eckmühl.

22021. — AU MARÉCHAL DAVOUT, PRINCE D'ECKMÜHL,
MINISTRE DE LA GUERRE, À PARIS.

Paris, 6 juin 1815.

Mon Cousin, j'approuve que le maréchal de camp Henry, ancien colonel du 24º de ligne, se rende en toute diligence à Lille, pour commander la garde nationale de cette place. Mais je voudrais pour lieutenant général un homme actif, entreprenant et connu pour la sûreté de ses principes, cette ville étant le but de toutes les intrigues de l'ennemi.

NAPOLÉON.

D'après l'original comm. par Mme la maréchale princesse d'Eckmühl.

22022. — AU GÉNÉRAL COMTE DROUOT,
AIDE-MAJOR DE LA GARDE IMPÉRIALE, À PARIS.

Paris, 6 juin 1815.

Monsieur le Général Drouot, la Garde a fait partir hier matin cinquante bouches à feu, c'est-à-dire six batteries. Ces six batteries avaient 400 chevaux de réquisition. Elles arriveront demain 7 à Soissons. Faites-moi connaître si, dans la journée du 9, les 400 chevaux du train qui vont relever les chevaux de réquisition seront arrivés. S'ils ne sont pas arrivés à cette époque, il faut que les 400 chevaux de réquisition soient donnés aux équipages militaires de la Garde, et que les chevaux des équipages de la Garde soient donnés à l'artillerie, de sorte que toute mon artillerie soit parfaitement attelée, sauf à relever les chevaux de réquisition par les chevaux du train quand ils arriveront.

Vous avez sans doute donné des ordres à Compiègne pour que tout en parte pour Soissons. Ainsi toute l'artillerie va se trouver demain 7 à Soissons; mon intention est de l'y laisser jusqu'au 9, pour s'y réorganiser. Elle partira le 9 au soir, ou le 10 au matin, pour se rendre à grandes marches sur l'armée. Faites-moi connaître quelle sera sa situation au 9, et quand elle aura rejoint.

NAPOLÉON.

D'après l'original. Dépôt de la guerre.

22023. — DISCOURS DE L'EMPEREUR
A LA SÉANCE D'OUVERTURE DES CHAMBRES.

Palais des Représentants, 7 juin 1815.

Messieurs de la chambre des Pairs et Messieurs de la chambre des Représentants, depuis trois mois, les circonstances et la confiance du peuple m'ont revêtu d'un pouvoir illimité. Aujourd'hui s'accomplit le désir le plus pressant de mon cœur : je viens commencer la monarchie constitutionnelle.

Les hommes sont impuissants pour assurer l'avenir; les institutions seules fixent les destinées des nations. La monarchie est nécessaire en France pour garantir la liberté, l'indépendance et les droits du peuple.

Nos constitutions sont éparses : une de nos plus importantes occupations sera de les réunir dans un seul cadre et de les coordonner dans une seule pensée. Ce travail recommandera l'époque actuelle aux générations futures.

J'ambitionne de voir la France jouir de toute la liberté possible; je dis possible, parce que l'anarchie ramène toujours au gouvernement absolu.

Une coalition formidable de rois en veut à notre indépendance; ses armées arrivent sur nos frontières.

La frégate *la Melpomène* a été attaquée et prise dans la Méditerranée, après un combat sanglant contre un vaisseau anglais de 74. Le sang a coulé pendant la paix!

Nos ennemis comptent sur nos divisions intestines. Ils excitent et fomentent la guerre civile. Des rassemblements ont lieu. On communique avec Gand, comme en 1792 avec Coblenz. Des mesures législatives sont indispensables : c'est à votre patriotisme, à vos lumières et à votre attachement à ma personne, que je me confie sans réserve.

La liberté de la presse est inhérente à la Constitution actuelle; on n'y peut rien changer sans altérer tout notre système politique; mais il faut des lois répressives, surtout dans l'état actuel de la nation. Je recommande à vos méditations cet objet important.

Mes ministres vous feront successivement connaître la situation de nos affaires.

Les finances seraient dans un état satisfaisant sans le surcroît de dépenses que les circonstances actuelles ont exigé.

Cependant on pourrait faire face à tout, si les recettes comprises dans le budget étaient toutes réalisables dans l'année; et c'est sur les moyens d'arriver à ce résultat que mon ministre des finances fixera votre attention.

Il est possible que le premier devoir du prince m'appelle bientôt à la tête des enfants de la nation pour combattre pour la patrie. L'armée et moi nous ferons notre devoir.

Vous, Pairs et Représentants, donnez à la nation l'exemple de la confiance, de l'énergie et du patriotisme, et, comme le sénat du grand peuple de l'antiquité, soyez décidés à mourir plutôt que de survivre au déshonneur et à la dégradation de la France. La cause sainte de la patrie triomphera!

Extrait du *Moniteur* du 8 juin 1815.

22024. — AU MARÉCHAL DAVOUT, PRINCE D'ECKMÜHL,
MINISTRE DE LA GUERRE, À PARIS.

Paris, 7 juin 1815.

Mon Cousin, l'armement de Paris ne me paraît pas bien détaillé: la ligne de défense ne doit pas s'appuyer à Clichy, mais à Saint-Denis. La ligne de Saint-Denis a l'avantage d'être appuyée par la ville de Saint-Denis, qui, étant susceptible d'inondation, est un poste de la plus grande force. Ce poste, qui appuie la gauche, se lie aux hauteurs de Paris par un long canal plein d'eau, ayant derrière un rempart et en avant des flèches. Rien ne peut avoir ce degré de force entre Clichy et Montmartre : Clichy ne peut pas être inondé; le canal, qui existe sur Saint-Denis, ne peut pas exister là, et enfin la ligne de Saint-Denis met en seconde ligne tout Montmartre, les quatre moulins, etc. Je vous renvoie donc cet état, pour que le général d'artillerie rectifie son armement en conséquence, numérote toutes les flèches en avant du canal et les arme toutes.

Avant de travailler à la seconde ligne entre Clichy et Montmartre, il faut que la rive gauche soit fortifiée.

Jamais armée ne s'engagera entre Montmartre et Saint-Denis, quand même le canal et les redoutes qui doivent le couvrir n'existeraient pas. Une deuxième ligne sur Clichy sera cependant nécessaire, mais elle est d'un ordre inférieur, et, avant, il faut travailler à la rive gauche.

Il faut, dans ces changements, placer à chaque barrière de Paris deux pièces de canon. Ces pièces flanqueront les promenades autour des murailles, battront les principales avenues de Paris, et d'ailleurs seront là à portée pour aller en avant sur les positions qui appuient les ouvrages avancés.

NAPOLÉON.

D'après l'original comm. par Mme la maréchale princesse d'Eckmühl.

22025. — AU MARÉCHAL DAVOUT, PRINCE D'ECKMÜHL,
MINISTRE DE LA GUERRE, À PARIS.

Paris, 7 juin 1815.

Mon Cousin, je suppose que le prince Jérôme et les généraux Girard et Berthezène sont partis pour l'armée du Nord; assurez-vous-en. Je suppose que le général Pajol, le comte de Valmy et le maréchal Grouchy sont partis pour commander la cavalerie; s'ils ne le sont pas, il est indispensable qu'ils partent demain, dans la journée.

Donnez ordre au maréchal Mortier d'être rendu à Soissons le 9 à midi, où il prendra le commandement général de toute la cavalerie de la Garde. Mon intention est de lui confier plus spécialement le commandement des trois divisions de la jeune Garde, aussitôt qu'elles seront formées.

Donnez ordre au général Duhesme de se rendre à Soissons; il prendra le commandement de la 1re division de la jeune Garde. Le général Barrois sera sous ses ordres; il aura le commandement de la 2e division lorsqu'elle sera formée; mais, en attendant, il suivra la 1re division.

Ordonnez au général Bonet de partir demain pour Metz; il prendra le commandement des 3e et 4e divisions militaires, et il manœuvrera avec toutes les troupes qu'il pourra réunir et les gardes nationales de Nancy, pour appuyer le général Rapp. Cette mission est délicate et de la plus haute importance.

Je suppose que le général Gazan est parti pour se rendre sur la Somme.

Tenez la main à ce que le général Dulauloy parte demain pour Lyon.

NAPOLÉON.

D'après l'original comm. par Mme la maréchale princesse d'Eckmühl.

22026. — AU MARÉCHAL DAVOUT, PRINCE D'ECKMÜHL,
MINISTRE DE LA GUERRE, À PARIS.

Paris, 7 juin 1815.

Mon Cousin, donnez ordre que, à dater de demain 8, on travaille aux quatre points principaux sur la rive gauche de la Seine, car il est indispensable de se mettre un peu en équilibre. Faites-moi connaître quand ces ouvrages seront tracés, parce qu'alors je les parcourrai à cheval.

Réitérez les ordres pour que, tous les jours, on mette des pièces en batterie à Paris, afin qu'il n'y ait pas de secousse et qu'insensiblement tous les ouvrages soient garnis. D'ailleurs, cette vue donnera confiance au peuple.

Il serait à souhaiter qu'avant le 25 il puisse y avoir quarante pièces en batterie sur les ouvrages de la rive gauche, et qu'à cet effet les ouvrages soient assez avancés.

NAPOLÉON.

D'après l'original comm. par M*** la maréchale princesse d'Eckmuhl.

22027. — AU MARÉCHAL SOULT, DUC DE DALMATIE,
MAJOR GÉNÉRAL, À PARIS.

Paris, 7 juin 1815.

Donnez les ordres les plus positifs pour que, sur toute la ligne du Nord, du Rhin et de la Moselle, toutes communications soient fermées, et qu'on ne laisse passer aucune voiture ni diligence.

Recommandez qu'on exerce la plus grande surveillance pour qu'aucune lettre ne puisse passer, si cela est possible. Voyez le ministre de la police et des finances pour qu'ils écrivent à leurs agents, pour intercepter absolument toutes communications.

D'après la minute. Archives de l'Empire.

22028. — AU MARÉCHAL SOULT, DUC DE DALMATIE,
MAJOR GÉNÉRAL, À PARIS.

Paris, 7 juin 1815.

Je pense qu'il serait convenable que vous partissiez demain soir. Vous vous rendrez droit à Lille et le plus incognito possible, afin de faire toutes les dispositions pour que les places de première ligne soient assurées, et faire sortir ce qui reste encore de troupes de ligne à Calais. Vous pourrez faire faire les versements qu'exigent les circonstances, soit en hommes, soit en armes, et vous verrez à donner une destination aux bataillons qui doivent arriver d'ici au 13. Il sera convenable que vous preniez bien au bureau de la guerre tous les départs des bataillons pour le Nord. Assurez-vous bien surtout de leur habillement et armement. Cela vous prendra le 10. Voyez s'il y a suffisamment de commandants généraux et s'il y a un bon commandant de citadelle. Enfin prescrivez au général Lapoype tout ce qui est nécessaire.

Le 11 vous pourrez vous rendre à Maubeuge et à Avesnes.

Vous viendrez à ma rencontre sur la route de Laon, où il est probable que je serai le 12. Vous prendrez tous les derniers renseignements sur la position de l'ennemi; vous tâcherez de monter un bureau d'espionnage à Lille, et une compagnie d'hommes qui connaissent bien les chemins de la Belgique. Il y a des gardes-forestiers des Ardennes qui communiquent par les forêts jusque derrière Bruxelles. Procurez-vous un officier intelligent qui nous procure des hommes qui puissent nous servir.

D'après la minute. Archives de l'Empire.

22029. — AU MARÉCHAL SOULT, DUC DE DALMATIE,
MAJOR GÉNÉRAL, À PARIS.

Paris, 7 juin 1815.

Donnez ordre au comte Lobau de porter, le 9, son quartier général à Marle ou à Vervins, et d'évacuer entièrement Laon et les environs, parce que, le 9 et le 10, toute la Garde arrive à Laon.

D'après la minute. Archives de l'Empire.

22030. — AU GÉNÉRAL COMTE BERTRAND,
GRAND MARÉCHAL DU PALAIS, À PARIS.

Paris, 7 juin 1815.

Donnez ordre que toute ma Maison qui se trouve à Compiègne se rende demain à Soissons, où sera mon quartier général.

Concertez-vous avec le grand écuyer et le maître de ma garde-robe, afin que, s'il me manque quelque chose, on le fasse partir. Comme je camperai souvent, il est important que j'aie mes lits de fer et mes tentes. Veillez à ce que mes lunettes soient en état.

Il est nécessaire que le grand écuyer me fasse connaître quel est l'écuyer qui sera de service auprès de moi lorsqu'il sera absent comme ministre des relations extérieures. Il est nécessaire aussi que les voitures de voyage soient prêtes sans qu'on le sache, afin que je puisse partir deux heures après en avoir donné l'ordre. Il est probable que je me rendrai en droite ligne à Soissons.

Donnez ordre que tous mes aides de camp, mes officiers d'ordonnance, les aides de camp de mes aides de camp fassent partir leurs chevaux pour Soissons. Il est indispensable qu'ils soient partis demain.

D'après la minute. Archives de l'Empire.

22031. — AU GÉNÉRAL COMTE DROUOT,
AIDE-MAJOR DE LA GARDE IMPÉRIALE, À PARIS.

Paris, 7 juin 1815.

Faites partir demain à la pointe du jour, de manière à arriver le 10 de bonne heure à Soissons, les deux régiments de la Garde. S'ils peuvent aller en deux jours à Soissons, qu'ils y aillent; ils y seraient le 9; sans quoi, qu'ils approchent de manière à aller le 10, s'ils en reçoivent l'ordre, entre Soissons et Laon. Toute la Garde doit être arrivée le 9 au soir à Soissons, hormis les deux régiments qui partent demain. Remettez-moi demain matin un petit état à colonnes qui me fasse connaître le jour du départ de chaque colonne et de son arrivée à Soissons, et proposez-moi de faire partir le 9 au matin tout ce qui serait en séjour à Soissons, pour se rendre à Laon, et le 10 au matin tout ce qui serait arrivé le 9; de manière que le 10 au soir toute ma Garde serait entre Laon et Avesnes, hormis les deux régiments qui partent demain, qui auront dépassé Soissons. En faisant partir les 1ers bataillons de chasseurs et de grenadiers demain, retenez 100 hommes par bataillon (ce qui fera 400 hommes ici, à Paris; cela fera 25 hommes par compagnie), en prenant les plus jeunes et les plus dispos pour former un bataillon provisoire, qui sera chargé de fournir ma Garde.

Vous donnerez ordre que, le 12, les deux 4ᵉˢ de voltigeurs et tirailleurs, avec le général de brigade qui doit les commander, partent pour Laon, où ils arriveront le 15 au soir. Cette brigade appartiendra à la 2ᵉ division, que le général Barrois commandera.

J'ai vu avec peine que les deux régiments qui étaient partis ce matin n'avaient qu'une paire de souliers; il y en a en magasin: il faut leur en procurer deux dans le sac et une aux pieds.

D'après la minute. Archives de l'Empire.

22032. — AU GÉNÉRAL BARON DEJEAN,
AIDE DE CAMP DE L'EMPEREUR, À PARIS.

Paris, 7 juin 1815.

Partez cette nuit pour vous rendre à Amiens, à Doulens, à Aire, à Saint-Omer, à Dunkerque. Restez quelques heures dans chaque place pour m'en faire connaître la situation, et écrivez-moi en détail de Dunkerque. Faites-moi connaître qui commande, combien il y a de pièces en batterie, l'état des approvisionnements et enfin tout ce que vous croirez nécessaire que je sache. Donnez-moi également des renseignements sur Calais et sur Bergues. Revenez ensuite par Lille, Douai, Condé, Valenciennes et toutes nos places de première ligne, et venez m'attendre à Avesnes. Ayez soin de m'écrire tous les jours.

D'après la minute. Archives de l'Empire.

22033. — ORDRE.

Paris, 7 juin 1815.

L'officier d'ordonnance [1]..... se rendra à Saint-Valery-sur-Somme et de là à Abbeville, à Amiens et dans toutes les places de la Somme jusqu'à Saint-Quentin. Il marquera tous les endroits où il y a des ponts en pierre ou en bois, les travaux qu'il faudrait y faire, quel parti on pourrait tirer de postes sur la Somme, tels que Corbie, etc. et enfin tout ce qu'il serait nécessaire de faire pour défendre la Somme. De Saint-Quen-

---

[1] Le nom est resté en blanc sur la minute.

tin il se rendra à Guise et de là à Avesnes, où il attendra de nouveaux ordres. Il écrira tous les jours tout ce qu'il apprendra de la situation des corps et des places, combien il y a de pièces en batterie, qui est-ce qui y commande, combien il y a de gardes nationales, combien on en attend, etc.

<small>D'après la minute. Archives de l'Empire.</small>

22034. — AU COMTE CARNOT,
MINISTRE DE L'INTÉRIEUR, À PARIS.

<small>Paris, 8 juin 1815.</small>

Monsieur le Comte Carnot, témoignez mon mécontentement au préfet de Laval. Il n'a rien fait dans ces circonstances pour se mettre en défense. C'est le peuple qui a été obligé de tout faire. Le préfet a même été sur le point de tout abandonner, si on ne l'avait retenu. Il paraît que le maréchal de camp qui est à Laval est faible et nul.

NAPOLÉON.

<small>D'après l'original. Archives de l'Empire.</small>

22035. — NOTE DICTÉE AU DUC DE VICENCE,
EN CONSEIL DES MINISTRES.

<small>Paris, 8 juin 1815.</small>

Le ministre des affaires étrangères communiquera aux ministres d'état son rapport[1] et les pièces jointes. Ce rapport portera pour intitulé : *Extrait du procès-verbal du conseil des ministres du 8 juin.* On indiquera, à la suite de ce rapport, que le conseil a été d'avis qu'il ne devait être rendu public que le jour où l'armée, repoussant la force par la force, se mettrait en mouvement, afin de ne pas donner l'éveil à l'ennemi par une publicité anticipée.

Les ministres d'état proposeront à l'Empereur un projet de message aux deux Chambres, de dix à douze lignes.

Le ministre des affaires étrangères rédigera, indépendamment de son

---

[1] Voir dans *le Moniteur* du 17 juin le rapport dont il s'agit, adressé par le duc de Vicence à l'Empereur; voir aussi la note de la pièce n° 22055.

rapport, un véritable manifeste, où il se bornera à présenter l'enchaînement des faits.

L'Empereur juge convenable que l'article du rapport du ministre des affaires étrangères qui concerne l'Espagne soit réduit à très-peu de mots, dans lesquels on évitera tout ce qui pourrait agir sur cette nation et la tirer de son apathie.

En terminant son rapport, il est bon que le ministre fasse entendre, par des phrases de prévoyance, que, quelles que puissent être les chances probables de la guerre, comme dans toute circonstance on ne doit négliger aucun de ses avantages, il paraît convenable de prévenir et de ne pas laisser arriver les Russes qui sont en pleine marche et qui se trouvaient à telle époque dans tels et tels endroits; que, si le désir de conserver la paix et la nécessité d'attendre l'Assemblée du Champ de Mai et l'ouverture des Chambres ont fait différer jusqu'à présent de marcher à l'ennemi, aujourd'hui que les moyens de l'Empereur sont réunis, il importe de ne plus différer et d'ouvrir immédiatement la lutte qui décidera de l'indépendance de la nation, et pour laquelle elle fera tous les sacrifices nécessaires, etc.

D'après l'original. Archives des affaires étrangères.

22036. — AU MARÉCHAL DAVOUT, PRINCE D'ECKMÜHL,
MINISTRE DE LA GUERRE, A PARIS.

Paris, 9 juin 1815.

Mon Cousin, je crois que les ordres pour le départ des dépôts d'infanterie des places fortes ne sont pas encore donnés, qu'on a dit seulement de les faire partir aussitôt que les hostilités commenceraient. Mon intention est que vous les fassiez partir le 12, chacun pour se rendre dans les directions qui sont déjà désignées. Il est important de refaire un état général de tous les dépôts, afin de mettre du système dans cette opération et de retirer les dépôts des endroits qui n'offrent pas assez de ressources. Le principe doit toujours être, en les étendant, de les rapprocher de Paris.

NAPOLÉON.

D'après l'original communiqué par Mme la maréchale princesse d'Eckmühl.

22037. — AU MARÉCHAL DAVOUT, PRINCE D'ECKMÜHL,
MINISTRE DE LA GUERRE, À PARIS.

Paris, 9 juin 1815.

Mon Cousin, envoyez-moi l'état des partisans qu'on a formés dans les différents départements, parce qu'il faudrait donner l'ordre à tous ceux qui auraient été formés dans les 15°, 14°, 1°, 16°, 10° et 2° divisions militaires, de se mettre en mouvement pour se rendre sur les frontières du Nord. Il serait surtout important, s'il y en a dans les Ardennes, que j'en fusse instruit, afin qu'ils se glissassent par les forêts jusqu'au cœur de la Belgique. Il faudrait également des partisans dans le pays Messin et la Sarre, pour se glisser par les montagnes dans l'intérieur du pays.

Il est bien important qu'au 13 juin, pour tout délai, toutes les gardes nationales des places de première ligne du Nord, du Rhin, du Jura, soient parfaitement armées, surtout celles du Nord et de la Meuse.

Il est important aussi que vous me fassiez connaître si, au 13 juin, il se trouvera des convois de poudre, armes, canons, etc. à portée des frontières du Nord, et qui soient exposés à être enlevés par des partis ennemis.

NAPOLÉON.

D'après l'original comm. par Mme la maréchale princesse d'Eckmühl.

22038. — RÉPONSE
A L'ADRESSE DE LA CHAMBRE DES PAIRS[1].

Palais des Tuileries, 11 juin 1815.

Monsieur le Président et Messieurs les députés de la chambre des

[1] ADRESSE DE LA CHAMBRE DES PAIRS.

« Sire, votre empressement à soumettre aux formes et aux règles constitutionnelles le pouvoir absolu que les circonstances et la confiance du peuple vous avaient imposé, les nouvelles garanties données aux droits de la nation, le dévouement qui vous conduit au milieu des périls que va braver l'armée, pénètrent tous les cœurs d'une profonde reconnaissance. Les Pairs de France viennent offrir à Votre Majesté l'hommage de ce sentiment.

« Vous avez manifesté, Sire, des principes qui sont ceux de la nation : ils doivent être les nôtres. Oui, tout pouvoir vient du peuple, est institué pour le peuple. La monarchie constitutionnelle est nécessaire au peuple français comme garantie de sa liberté et de son indépendance.

« Sire, tandis que vous serez à la frontière, à la tête des enfants de la patrie, la chambre des

Pairs, la lutte dans laquelle nous sommes engagés est sérieuse. L'entraînement de la prospérité n'est pas le danger qui nous menace aujourd'hui. C'est sous les *Fourches Caudines* que les étrangers veulent nous faire passer !

La justice de notre cause, l'esprit public de la nation et le courage de l'armée sont de puissants motifs pour espérer du succès ; mais, si nous avions des revers, c'est alors surtout que j'aimerais à voir déployer toute l'énergie de ce grand peuple ; c'est alors que je trouverais dans la chambre des Pairs des preuves d'attachement à la patrie et à moi.

C'est dans les temps difficiles que les grandes nations, comme les grands hommes, déploient toute l'énergie de leur caractère et deviennent un objet d'admiration pour la postérité.

Monsieur le Président et Messieurs les députés de la chambre des Pairs, je vous remercie des sentiments que vous m'exprimez au nom de la chambre.

Extrait du *Moniteur* du 12 juin 1815.

22039. — RÉPONSE
À L'ADRESSE DES REPRÉSENTANTS[1].

Palais des Tuileries, 11 juin 1815.

Monsieur le Président et Messieurs les députés de la chambre des Pairs concourra avec zèle à toutes les mesures législatives que les circonstances exigeront pour forcer l'étranger à reconnaître l'indépendance nationale et faire triompher dans l'intérieur les principes consacrés par la volonté du peuple.

«L'intérêt de la France est inséparable du vôtre. Si la fortune trompait vos efforts, des revers, Sire, n'affaibliraient pas notre persévérance et redoubleraient notre attachement pour vous.

«Si les succès répondent à la justice de notre cause et aux espérances que nous sommes accoutumés à concevoir de votre génie et de la bravoure de nos armées, la France n'en veut d'autre fruit que la paix. Nos institutions garantissent à l'Europe que jamais le gouvernement français ne peut être entraîné par les séductions de la victoire.»

Extrait du *Moniteur* du 19 juin 1815.

ADRESSE
DE LA CHAMBRE DES REPRÉSENTANTS.

«Sire, la chambre des Représentants a recueilli avec une profonde émotion les paroles émanées du trône dans la séance solennelle où Votre Majesté, déposant le pouvoir extraordinaire qu'elle exerçait, a proclamé le commencement de la monarchie constitutionnelle.

«Les principales bases de cette monarchie protectrice de la liberté, de l'égalité, du bonheur du

Représentants, je retrouve avec satisfaction mes propres sentiments dans ceux que vous m'exprimez. Dans ces graves circonstances, ma pensée est absorbée par la guerre imminente, au succès de laquelle sont attachés l'indépendance et l'honneur de la France.

Je partirai cette nuit pour me rendre à la tête de mes armées : les mouvements des différents corps ennemis y rendent ma présence indispensable. Pendant mon absence, je verrais avec plaisir qu'une commission nommée par chaque chambre méditât sur nos constitutions.

La Constitution est notre point de ralliement; elle doit être notre étoile polaire dans ces moments d'orage. Toute discussion publique qui tendrait à diminuer, directement ou indirectement, la confiance qu'on doit avoir dans ses dispositions serait un malheur pour l'état; nous nous trouverions au milieu des écueils, sans boussole et sans direction. La crise où nous sommes engagés est forte. N'imitons pas l'exemple du Bas-Empire, qui, pressé de tous côtés par les Barbares, se rendit la risée de

---

peuple, ont été reconnues par Votre Majesté, qui, se portant d'elle-même au-devant de tous les scrupules comme au-devant de tous les vœux, a déclaré que le soin de réunir nos constitutions éparses et de les coordonner était une des plus importantes occupations réservées à la législature. Fidèle à sa mission, la chambre des Représentants remplira la tâche qui lui est dévolue dans ce noble travail ; elle demande que, pour satisfaire à la volonté publique ainsi qu'aux vœux de Votre Majesté, la délibération nationale rectifie le plus tôt possible ce que l'urgence de notre situation a pu produire de défectueux ou laisser d'imparfait dans l'ensemble de nos constitutions.

« Mais en même temps, Sire, la chambre des Représentants ne se montrera pas moins empressée de proclamer ses sentiments et ses principes sur la lutte terrible qui menace d'ensanglanter l'Europe. A la suite d'événements désastreux, la France envahie ne parut un moment écoutée sur l'établissement de sa Constitution que pour se voir presque aussitôt soumise à une charte royale émanée du pouvoir absolu, à une ordonnance de réformation toujours révocable de sa nature, et qui, n'ayant pas l'assentiment exprimé du peuple, n'a jamais pu être considérée comme obligatoire pour la nation.

« Reprenant aujourd'hui l'exercice de ses droits, se ralliant autour du héros que sa confiance investit de nouveau du gouvernement de l'état, la France s'étonne et s'afflige de voir des souverains en armes lui demander raison d'un changement intérieur qui est le résultat de la volonté nationale, et qui ne porte atteinte ni aux relations existantes avec les autres gouvernements ni à leur sécurité. La France ne peut admettre les distinctions à l'aide desquelles les puissances coalisées cherchent à voiler leur agression. Attaquer le monarque de son choix, c'est attaquer l'indépendance de la nation. Elle est armée tout entière pour défendre cette indépendance et pour repousser sans exception toute famille et tout prince qu'on oserait vouloir lui imposer. Aucun projet ambitieux n'entre dans la pensée du peuple français; la volonté même du prince victorieux

la postérité, en s'occupant de discussions abstraites au moment où le bélier brisait les portes de la ville.

Indépendamment des mesures législatives qu'exigent les circonstances de l'intérieur, vous jugerez peut-être utile de vous occuper des lois organiques destinées à faire marcher la Constitution; elles peuvent être l'objet de vos travaux publics sans aucun inconvénient.

Monsieur le Président et Messieurs les députés de la chambre des Représentants, les sentiments exprimés dans votre adresse me démontrent assez l'attachement de la chambre à ma personne et tout le patriotisme dont elle est animée. Dans toutes les affaires, ma marche sera toujours droite et ferme. Aidez-moi à sauver la patrie. Premier représentant du peuple, j'ai contracté l'obligation, que je renouvelle, d'employer, dans des temps plus tranquilles, toutes les prérogatives de la Couronne et le peu d'expérience que j'ai acquise, à vous seconder dans l'amélioration de nos institutions.

Extrait du *Moniteur* du 12 juin 1815.

serait impuissante pour entraîner la nation hors des limites de sa propre défense. Mais aussi, pour garantir son territoire, pour maintenir sa liberté, son honneur, sa dignité, elle est prête à tous les sacrifices. Que n'est-il permis, Sire, d'espérer encore que cet appareil de guerre, formé peut-être par les irritations de l'orgueil et par des illusions que chaque jour doit affaiblir, s'éloignera devant le besoin d'une paix nécessaire à tous les peuples de l'Europe, et qui rendrait à Votre Majesté sa compagne, aux Français l'héritier du trône? Mais déjà le sang a coulé, le signal des combats préparés contre l'indépendance et la liberté française a été donné au nom d'un peuple qui porte au plus haut degré l'enthousiasme de l'indépendance et de la liberté. Sans doute, au nombre des communications que nous promet Votre Majesté, les Chambres trouveront la preuve des efforts qu'elle a faits pour maintenir la paix du monde. Si tous ces efforts doivent rester inutiles, que les malheurs de la guerre retombent sur ceux qui l'auront provoquée!

« La chambre des Représentants n'attend que les documents qui lui sont annoncés pour concourir de tout son pouvoir aux mesures qu'exigera le succès d'une guerre aussi légitime. Il lui tarde, pour énoncer son vœu, de connaître les besoins et les ressources de l'état; et, tandis que Votre Majesté, opposant à la plus injuste agression la valeur des armées nationales et la force de son génie, ne cherchera dans la victoire qu'un moyen d'arriver à une paix durable, la chambre des Représentants croira marcher vers le même but en travaillant sans relâche au pacte dont le perfectionnement doit cimenter encore l'union du peuple et du trône et fortifier aux yeux de l'Europe, par l'amélioration de nos institutions la garantie de nos engagements. »

Extrait du *Moniteur* du 12 juin 1815.

22040. — AU MARÉCHAL DAVOUT, PRINCE D'ECKMÜHL,
MINISTRE DE LA GUERRE, À PARIS.

Paris, 11 juin 1815.

Mon Cousin, vous ferez connaître, par estafette et par le télégraphe, au maréchal Suchet[1], que les hostilités commenceront le 14, et que de ce jour il peut s'emparer de Montmélian. S'il est indispensable qu'il le fasse avant ce temps, à cause des mouvements de l'ennemi, il y est autorisé. Cependant il serait à désirer qu'il ne le fît pas avant le 15.

NAPOLÉON.

D'après l'original comm. par Mme la maréchale princesse d'Eckmühl.

22041. — AU MARÉCHAL DAVOUT, PRINCE D'ECKMÜHL,
MINISTRE DE LA GUERRE, À PARIS.

Paris, 11 juin 1815.

Mon Cousin, cent cinquante-huit canons de la marine sont arrivés à Paris : faites en sorte qu'ils se trouvent en batterie vers le 20. Il en arrivera quatre-vingts d'ici au 20. J'attache une grande importance à ce que ces deux cent quarante pièces de canon se trouvent en batterie à peu près à cette époque, afin que je sois absolument sans sollicitude pour la ville de Paris. Recommandez qu'on ne mette pas de pièces de 8 et de 6 en fer ensemble. Comme on a mis de préférence les pièces de 8 sur la rive gauche, il faut aussi mettre les pièces en fer.

NAPOLÉON.

D'après l'original comm. par Mme la maréchale princesse d'Eckmühl.

22042. — AU MARÉCHAL DAVOUT, PRINCE D'ECKMÜHL,
MINISTRE DE LA GUERRE, À PARIS.

Paris, 11 juin 1815.

Mon Cousin, faites appeler le maréchal Ney; s'il désire se trouver aux

---

[1] Commandant l'armée des Alpes.

premières batailles qui auront lieu, dites-lui qu'il soit rendu le 14 à Avesnes, où sera mon quartier général.

NAPOLÉON.

D'après l'original comm. par Mᵐᵉ la maréchale princesse d'Eckmühl.

22043. — AU MARÉCHAL DAVOUT, PRINCE D'ECKMÜHL,
MINISTRE DE LA GUERRE, À PARIS.

Paris, 11 juin 1815.

Mon Cousin, faites venir le maréchal Masséna. S'il désire se rendre à Metz, donnez-lui le gouvernement de Metz et le commandement supérieur des 3ᵉ et 4ᵉ divisions militaires.

Veillez à ce que Belliard se rende à l'armée du Nord.

NAPOLÉON.

D'après l'original comm. par Mᵐᵉ la maréchale princesse d'Eckmühl.

22044. — ORDRE GÉNÉRAL DE SERVICE
PENDANT L'ABSENCE DE L'EMPEREUR.

Paris, 11 juin 1815.

Nous avons réglé, pour être exécutées pendant notre absence, les dispositions suivantes :

Tous les ministres correspondront avec nous pour les affaires de leur département.

Néanmoins ils se rassembleront tous les mercredis de chaque semaine au palais des Tuileries, dans la salle du trône, et sous la présidence de notre frère le prince Joseph, pour les objets relatifs à leurs attributions respectives. Les affaires concernant les opérations des Chambres y seront également traitées ; elles le seront également dans les conseils des ministres, qui se tiendront, sur l'ordre du président, plusieurs jours par semaine et toutes les fois que les circonstances l'exigeront.

Notre frère Lucien prendra séance dans tous les conseils et y aura voix délibérative.

Les ministres d'état, membres de la chambre des Représentants, siégeront aux conseils des ministres, conformément à notre décret de ce jour.

Les ministres porteront au conseil du mercredi les objets de détail et du contentieux de leur administration, lesquels seront remis au secrétaire du conseil pour nous être transmis. Ils seront, à cet effet, portés à notre secrétaire d'état par un officier qui sera désigné par notre ministre de la guerre, et qui se rendra chez les princes et les ministres pour prendre leurs ordres et partir dans les vingt-quatre heures.

Nous entendons, en général, que toutes les affaires qui, dans l'ordre du gouvernement et de l'administration, ont besoin de notre signature, continuent à nous être présentées.

Néanmoins, et dans les cas urgents où il y aurait une détermination à prendre excédant les bornes de l'autorité ministérielle, et sans qu'il soit possible d'attendre notre décision, l'urgence de cette détermination sera mise en délibération, et, si elle est reconnue, l'objet à déterminer sera délibéré à la majorité des voix. En cas de partage, la voix de notre frère le prince Joseph sera prépondérante.

En conséquence du procès-verbal qui sera dressé par le secrétaire du conseil, et revêtu de la signature du président et des ministres présents, le ministre du département que l'affaire concerne sera autorisé à exécuter les dispositions qui auront été délibérées par le conseil.

Nous entendons nous réserver les décisions sur l'initiative des lois et sur les déterminations à prendre dans le cas où la demande de la présentation d'un projet de loi aurait été faite par l'une des Chambres et adoptée par l'autre.

Quant à ce qui pourra concerner les amendements à faire à une loi proposée aux Chambres, le conseil prononcera par une délibération qui aura lieu comme il a été dit ci-dessus pour les affaires urgentes.

Le ministre du trésor nous enverra, le 15 de chaque mois, la distribution des fonds pour le mois suivant.

Il ne pourra être fait aucune disposition de fonds que sur une ordonnance ministérielle délivrée en conséquence de la distribution.

Les dépêches télégraphiques transmises à Paris ou à transmettre de

Paris seront portées à notre frère le prince Joseph, avant qu'il puisse y être donné cours.

Nos ministres nous écriront aussi souvent qu'ils auront à nous entretenir des affaires importantes de leur département.

Dans le cas où ils auraient des craintes sur la sûreté des dépêches, et dans ceux où nos ministres auraient à nous rendre compte d'une affaire très-secrète et d'une importance extraordinaire, ils pourront faire usage du chiffre du secrétaire d'état.

Notre ministre de la guerre fera choix, chaque jour, pour porter à franc étrier les dépêches qui nous seront adressées, d'un officier assez intelligent et assez adroit pour se diriger de manière à éviter les partis ennemis.

NAPOLÉON.

D'après la copie. Archives de l'Empire.

22045. — DÉCRET.

Palais de l'Élysée, 11 juin 1815.

ARTICLE PREMIER. Il est accordé à la veuve du général de division d'artillerie Aubry[1] une pension de 2,000 francs.

ART. 2. Nos ministres de la guerre, des finances et du trésor sont chargés de l'exécution du présent décret.

D'après la copie commun. par M. le comte Daru.

22046. — AU MARÉCHAL DAVOUT, PRINCE D'ECKMÜHL,
MINISTRE DE LA GUERRE, À PARIS.

Laon, 12 juin 1815.

Mon Cousin, il y a 500 chevau-légers polonais à Soissons, qui n'ont pas de chevaux; il serait bien important de leur en procurer promptement; ils sont tous anciens et bons cavaliers. Il y a aussi un dépôt d'in-

---

[1] Le général Aubry est le membre du Comité de salut public qui, en 1795, avait retiré le commandement de l'artillerie de l'armée d'Italie au général Bonaparte, et l'avait mis en réforme. Voir dans le tome I de la *Correspondance*, n° 55, la lettre écrite à ce sujet par le général Bonaparte au citoyen Sucy, le 30 thermidor an II (17 août 1795).

fanterie polonaise de 500 hommes, qui m'ont paru dans le désordre : envoyez un inspecteur aux revues qui sera chargé de l'organiser. Il en formera deux bataillons; tous les soldats disponibles seront dans le 1er bataillon; on se servira, pour le 2e, des prisonniers polonais qu'on fera. Il faudrait, pour ce régiment, un colonel polonais intelligent, qui pût envoyer des officiers dans les dépôts de prisonniers pour recruter des Polonais, en leur défendant de recruter des Allemands. J'attache une grande importance à avoir les 500 Polonais à cheval le plus tôt possible. Ils ont 300 selles. L'importance que j'y attache est, en les plaçant aux avant-postes, d'aider beaucoup la désertion des Polonais.

NAPOLÉON.

D'après l'original comm. par Mme la maréchale princesse d'Eckmühl.

22047. — AU MARÉCHAL DAVOUT, PRINCE D'ECKMÜHL,
MINISTRE DE LA GUERRE, À PARIS.

Laon, 12 juin 1815.

Mon Cousin, le préfet du département de l'Aisne a 1,500 hommes de la conscription de 1815 qui sont partis. Il y a ici plusieurs dépôts de régiments qui n'ont pas d'hommes et ont des habits, ou en confectionnent, entre autres le 34e, qui est à Soissons. Je pense que, si vous répartissiez cette conscription dans les dépôts qui sont dans ce département, en proportion des habits qu'ils ont, cela ferait des renforts considérables pour l'armée, et vous épargneriez huit jours qu'ils mettent pour aller à Paris et huit jours qu'ils mettent pour revenir; et encore aura-t-on des habits à leur donner à Paris?

Je pense qu'il faut diriger la conscription de l'Alsace sur les dépôts de l'armée du Rhin; l'idée qu'ils reviendront en Alsace quand ils seront habillés sera un nouveau motif de zèle pour les citoyens. La même chose pour l'armée de la Moselle.

Vous prendrez la moitié de toute la conscription pour la Garde et laisserez l'autre moitié dans les dépôts les plus voisins; vous dirigerez celle du Nord et du Pas-de-Calais sur les dépôts de la Somme.

Le Dauphiné est menacé; si vous en retiriez la conscription, cela ferait un mauvais effet. Il faut en laisser la moitié pour les dépôts de l'armée des Alpes; la moitié de celle de la 8e division pour les dépôts de l'armée du Var.

Indépendamment des sept bataillons qu'a fournis le département de l'Aisne, ce département a, prêts à entrer dans Laon, 2,000 fusiliers, et à entrer dans Saint-Quentin, 2,000 fusiliers. Il est hors de doute que, dans ce département, on trouverait autant d'hommes qu'il y aurait d'armes. Je réitère la demande de 12,000 fusils, qu'on répartirait entre Avesnes, Guise, Soissons et Laon. Faites-moi connaître quand ils y seront rendus. Ordonnez, dans ces quatre places, l'établissement d'une salle d'armes.

Les gardes nationales du Nord continuent à arriver. Le maréchal Soult, qui en a fait la revue, me mande qu'il leur manque 10,000 fusils. Il faut faire les dispositions pour en avoir le plus tôt possible, car des gardes nationales sans fusils ne servent à rien.

NAPOLÉON.

D'après l'original comm. par Mme la maréchale princesse d'Eckmühl.

22048. — AU MARÉCHAL DAVOUT, PRINCE D'ECKMÜHL,

MINISTRE DE LA GUERRE, À PARIS.

Laon, 12 juin 1815.

Mon Cousin, Laon est beaucoup plus susceptible de faire une bonne place que Soissons; mais l'avantage de Soissons est de se trouver sur l'Oise.

Le génie a demandé 40 pièces pour armer Laon; il faut activer l'arrivée de ces pièces.

Je ne trouve ni à Laon ni à Soissons les approvisionnements que l'on m'avait promis pour l'armée.

NAPOLÉON.

D'après l'original comm. par Mme la maréchale princesse d'Eckmühl.

22049. — ORDRE DU JOUR.

Avesnes, 13 juin 1815.

POSITION DE L'ARMÉE LE 14.

Le grand quartier général sera à Beaumont.

L'infanterie de la Garde impériale sera bivouaquée à un quart de lieue en avant de Beaumont et formera trois lignes : la jeune Garde, les chasseurs et les grenadiers. M. le duc de Trévise reconnaîtra l'emplacement de ce camp. Il aura soin que tout soit à sa place, artillerie, ambulances, équipages, etc.

Le 1er régiment de grenadiers à pied se rendra à Beaumont.

La cavalerie de la Garde impériale sera placée en arrière de Beaumont, mais les corps les plus éloignés n'en doivent pas être à une lieue.

Le 2e corps prendra position à Leers[1], c'est-à-dire le plus près possible de la frontière, sans la dépasser. Les quatre divisions de ce corps d'armée seront réunies et bivouaqueront sur deux ou quatre lignes : le quartier général au milieu, la cavalerie en avant, éclairant tous les débouchés, mais aussi sans dépasser la frontière et la faisant respecter par les partisans ennemis qui voudraient la violer. Les bivouacs seront placés de manière que les feux ne puissent être aperçus de l'ennemi; les généraux empêcheront que personne ne s'écarte du camp; ils s'assureront que la troupe est pourvue de 50 cartouches par homme, quatre jours de pain et une demi-livre de viande; que l'artillerie et les ambulances sont en bon état, et les feront placer à leur ordre de bataille. Ainsi le 2e corps sera disposé à se mettre en marche le 15, à trois heures du matin, si l'ordre en est donné, pour se porter sur Charleroi et y arriver avant neuf heures.

Le 1er corps prendra position à Solre-sur-Sambre, et il bivouaquera aussi sur plusieurs lignes: observant, ainsi que le 2e corps, que ses feux ne puissent être aperçus de l'ennemi, que personne ne s'écarte du camp, et que les généraux s'assurent de l'état des munitions, des vivres de la

---

[1] Leers-Fosteau.

troupe, et que l'artillerie et les ambulances soient placées à leur ordre de bataille. Le 1er corps se tiendra également prêt à partir le 15, à trois heures du matin, pour suivre le mouvement du 2e corps, de manière que, dans la journée d'après-demain, ces deux corps manœuvrent dans la même direction et se protégent.

Le 3e corps prendra demain position à une lieue en avant de Beaumont, le plus près possible de la frontière, sans cependant la dépasser, ni souffrir qu'elle soit violée par aucun parti ennemi. Le général Vandamme tiendra tout le monde à son poste, recommandera que les feux soient cachés et qu'ils ne puissent être aperçus de l'ennemi. Il se conformera d'ailleurs à ce qui est prescrit au 2e corps pour les munitions, les vivres, l'artillerie et les ambulances, et pour être prêt à se mettre en mouvement le 15, à trois heures du matin.

Le 6e corps se portera en avant de Beaumont, et sera bivouaqué sur deux lignes, à un quart de lieue du 3e corps. M. le comte de Lobau choisira l'emplacement, et il fera observer les dispositions générales qui sont prescrites par le présent ordre.

M. le maréchal Grouchy portera les 1er, 2e, 3e et 4e corps de cavalerie en avant de Beaumont, et les établira au bivouac entre cette ville et Walcourt, faisant également respecter la frontière, empêchant que personne ne la dépasse et qu'on se laisse voir, ni que les feux puissent être aperçus de l'ennemi; et il se tiendra prêt à partir après-demain, à trois heures du matin, s'il en reçoit l'ordre, pour se porter sur Charleroi et faire l'avant-garde de l'armée. Il recommandera aux généraux de s'assurer si tous les cavaliers sont pourvus de cartouches, si leurs armes sont en bon état, s'ils ont les quatre jours de pain et la demi-livre de viande qui ont été ordonnés.

L'équipage de ponts sera bivouaqué derrière le 6e corps et en avant de l'infanterie de la Garde impériale.

Le parc central d'artillerie sera en arrière de Beaumont.

L'armée de la Moselle prendra demain position en avant de Philippeville. M. le comte Gérard la disposera de manière à pouvoir partir après-demain 15, à trois heures du matin, pour y joindre le 3e corps et appuyer son mouvement sur Charleroi, suivant le nouvel ordre qui lui sera donné. Mais le général Gérard aura soin de bien garder son flanc droit et en avant de lui sur toutes les directions de Charleroi et de Namur.

Si l'armée de la Moselle a des pontons à sa suite, le général Gérard les fera avancer le plus possible, afin de pouvoir en disposer.

Tous les corps d'armée feront marcher en tête les sapeurs et les moyens de passage que les généraux auront réunis.

Les sapeurs de la Garde impériale, les ouvriers de la marine et les sapeurs de la réserve marcheront après le 6ᵉ corps et en tête de la Garde.

Tous les corps marcheront dans le plus grand ordre et serrés. Dans le mouvement sur Charleroi, on sera disposé à profiter de tous les passages, pour écraser les corps ennemis qui voudraient attaquer l'armée ou qui manœuvreraient contre elle.

Il n'y aura à Beaumont que le grand quartier général; aucun autre ne devra y être établi, et la ville sera dégagée de tout embarras.

Les anciens règlements sur le quartier général et les équipages, sur l'ordre des marches, la police des voitures et bagages et sur les blanchisseuses et vivandières, seront remis en vigueur. Il sera fait à ce sujet un ordre général. Mais, en attendant, MM. les généraux commandant les corps d'armée prendront des dispositions en conséquence, et le grand prévôt de l'armée fera exécuter ces règlements.

L'Empereur ordonne que toutes les dispositions contenues dans le présent ordre soient tenues secrètes par MM. les généraux.

Par ordre de l'Empereur.
Le maréchal de l'Empire, major général,
Duc de Dalmatie.

D'après l'original. Dépôt de la guerre.

22050. — AU PRINCE JOSEPH,
PRÉSIDENT DU CONSEIL DES MINISTRES, À PARIS.

Avesnes, 14 juin 1815, au matin.

Mon Frère, je porte ce soir mon quartier impérial à Beaumont. Demain 15, je me porterai sur Charleroi, où est l'armée prussienne; ce qui donnera lieu à une bataille ou à la retraite de l'ennemi. L'armée est belle et le temps assez beau; le pays parfaitement disposé.

J'écrirai ce soir si l'on doit faire les communications le 16[1]. En attendant, il faut que l'on se prépare.

Adieu.

D'après l'original non signé comm. par le cabinet de S. M. l'Empereur.

22054. — AU MARÉCHAL DAVOUT, PRINCE D'ECKMÜHL,
MINISTRE DE LA GUERRE, À PARIS.

Avesnes, 14 juin 1815, au matin.

Mon Cousin, je passerai la Sambre demain 15. Si les Prussiens n'évacuent pas, nous aurons une bataille.

Suchet doit s'emparer de Montmélian et s'y fortifier.

Recommandez qu'il y ait 10,000 fusils à Lyon pour armer la garde nationale, et que les pièces soient en batterie.

Faites mettre les trois cents pièces de la marine en batterie à Paris; qu'elles y soient avant le 25 de ce mois. Faites instruire les compagnies de canonniers des lycées; faites-les aller au polygone à Vincennes, le jeudi.

Ne prodiguez pas les fusils aux fédérés; nous en avons grand besoin partout. Je dirige la manufacture de Maubeuge sur Paris; si vous la croyez mieux à Soissons, vous pouvez la retenir là.

Écrivez à Lecourbe qu'il doit s'opposer au passage du Rhin; après, au passage des Vosges et du Jura. D'abord, il doit soutenir la position de Belfort; après, il doit soutenir Langres et la Saône; après, l'Aube et la Seine; enfin, l'Yonne.

Suchet doit, en dernière analyse, défendre Lyon, la Saône et le Rhône.

Rapp doit défendre l'Alsace le plus possible; ensuite les Vosges; ensuite la Meurthe et la Moselle; enfin la Meuse, la Marne, etc.

NAPOLÉON.

D'après l'original comm. par Mme la maréchale princesse d'Eckmühl.

[1] Voir la pièce n° 22054.

22052. — À L'ARMÉE.

Avesnes, 14 juin 1815.

Soldats, c'est aujourd'hui l'anniversaire de Marengo et de Friedland, qui décidèrent deux fois du destin de l'Europe. Alors, comme après Austerlitz, comme après Wagram, nous fûmes trop généreux; nous crûmes aux protestations et aux serments des princes que nous laissâmes sur le trône! Aujourd'hui, cependant, coalisés contre nous, ils en veulent à l'indépendance et aux droits les plus sacrés de la France. Ils ont commencé la plus injuste des agressions. Marchons donc à leur rencontre : eux et nous ne sommes-nous plus les mêmes hommes?

Soldats, à Iéna, contre ces mêmes Prussiens aujourd'hui si arrogants, vous étiez un contre trois; à Montmirail, un contre six.

Que ceux d'entre vous qui ont été prisonniers des Anglais vous fassent le récit de leurs pontons et des maux affreux qu'ils ont soufferts!

Les Saxons, les Belges, les Hanovriens, les soldats de la Confédération du Rhin, gémissent d'être obligés de prêter leurs bras à la cause des princes ennemis de la justice et des droits de tous les peuples. Ils savent que cette coalition est insatiable. Après avoir dévoré douze millions de Polonais, douze millions d'Italiens, un million de Saxons, six millions de Belges, elle devra dévorer les états de deuxième ordre de l'Allemagne.

Les insensés! Un moment de prospérité les aveugle. L'oppression et l'humiliation du peuple français sont hors de leur pouvoir. S'ils entrent en France, ils y trouveront leur tombeau.

Soldats, nous avons des marches forcées à faire, des batailles à livrer, des périls à courir; mais, avec de la constance, la victoire sera à nous : les droits, l'honneur et le bonheur de la patrie seront reconquis.

Pour tout Français qui a du cœur, le moment est arrivé de vaincre ou de périr!

NAPOLÉON.

D'après la copie. Dépôt de la guerre.

22053. — ORDRE DE MOUVEMENT.

Beaumont, 14 juin 1815.

Demain 15, à deux heures et demie du matin, la division de cavalerie légère du général Vandamme montera à cheval et se portera sur la route de Charleroi. Elle enverra des partis dans toutes les directions pour éclairer le pays et enlever les postes ennemis; mais chacun de ces partis sera au moins de 50 hommes. Avant de mettre en marche la division, le général Vandamme s'assurera qu'elle est pourvue de cartouches.

A la même heure, le lieutenant général Pajol réunira le 1er corps de cavalerie et suivra le mouvement de la division du général Domon, qui sera sous les ordres du général Pajol. Les divisions du 1er corps de cavalerie ne fourniront point de détachements; ils seront pris dans la 3e division. Le général Domon laissera sa batterie d'artillerie pour marcher après le 1er bataillon du 3e corps d'infanterie; le lieutenant général Vandamme lui donnera des ordres en conséquence.

Le lieutenant général Vandamme fera battre la diane à deux heures et demie du matin; à trois heures, il mettra en marche son corps d'armée et le dirigera sur Charleroi. La totalité de ses bagages et embarras seront parqués en arrière, et ne se mettront en marche qu'après que le 6e corps et la Garde impériale auront passé. Ils seront sous les ordres du vaguemestre général, qui les réunira à ceux du 6e corps, de la Garde impériale et du grand quartier général, et leur donnera des ordres de mouvement.

Chaque division du 3e corps d'armée aura avec elle sa batterie et ses ambulances; toute autre voiture qui serait dans les rangs sera brûlée.

M. le comte de Lobau fera battre la diane à trois heures et demie, et il mettra en marche le 6e corps d'armée à quatre heures pour suivre le mouvement du général Vandamme et l'appuyer. Il fera observer, pour les troupes, l'artillerie, les ambulances et les bagages, le même ordre de marche qui est prescrit au 3e corps.

Les bagages du 6e corps seront réunis à ceux du 3e, sous les ordres du vaguemestre général, ainsi qu'il est dit.

La jeune Garde battra la diane à quatre heures et demie, et se mettra en marche à cinq heures; elle suivra le mouvement du 6e corps sur la route de Charleroi.

Les chasseurs à pied de la Garde battront la diane à quatre heures, et se mettront en marche à cinq heures et demie pour suivre le mouvement de la jeune Garde.

Les grenadiers à pied de la Garde battront la diane à cinq heures et demie, et partiront à six heures pour suivre le mouvement des chasseurs à pied.

Le même ordre de marche pour l'artillerie, les ambulances et les bagages, prescrit pour le 3e corps d'infanterie, sera observé dans la Garde impériale.

Les bagages de la Garde seront réunis à ceux des 3e et 6e corps d'armée, sous les ordres du vaguemestre général, qui les fera mettre en mouvement.

M. le maréchal Grouchy fera monter à cheval, à cinq heures et demie du matin, celui des trois autres corps de cavalerie qui sera le plus près de la route, et il lui fera suivre le mouvement sur Charleroi; les deux autres corps partiront successivement à une heure d'intervalle l'un de l'autre. Mais M. le maréchal Grouchy aura soin de faire marcher la cavalerie sur les chemins latéraux de la route principale que la colonne d'infanterie suivra, afin d'éviter l'encombrement et aussi pour que sa cavalerie observe un meilleur ordre.

Il prescrira que la totalité des bagages restent en arrière, parqués et réunis, jusqu'au moment où le vaguemestre général leur donnera l'ordre d'avancer.

M. le comte Reille fera battre la diane à deux heures et demie du matin, et il mettra en marche le 2e corps à trois heures; il le dirigera sur Marchienne-au-Pont, où il fera en sorte d'être rendu avant neuf heures du matin. Il fera garder tous les ponts de la Sambre, afin que personne ne passe; les postes qu'il laissera seront successivement relevés par le 1er corps; mais il doit tâcher de prévenir l'ennemi à ces ponts pour qu'ils ne soient pas détruits, surtout celui de Marchienne, par lequel il sera probablement dans le cas de déboucher, et qu'il faudrait faire aussitôt réparer s'il avait été endommagé.

À Thuin et à Marchienne, ainsi que dans tous les villages sur sa route, M. le comte Reille interrogera les habitants, afin d'avoir des nouvelles des positions et forces des armées ennemies. Il fera aussi prendre les lettres dans les bureaux de poste et les dépouillera pour faire aussitôt parvenir à l'Empereur les renseignements qu'il aura obtenus.

M. le comte d'Erlon mettra en marche le 1er corps à trois heures du matin, et le dirigera aussi sur Charleroi, en suivant le mouvement du 2e corps, duquel il gagnera la gauche le plus tôt possible, pour le soutenir et l'appuyer au besoin. Il tiendra une brigade de cavalerie en arrière, pour se couvrir et pour maintenir par de petits détachements ses communications avec Maubeuge. Il enverra des partis en avant de cette place, dans les directions de Mons et de Binche, jusqu'à la frontière, pour avoir des nouvelles des ennemis et en rendre compte aussitôt; ces partis auront soin de ne pas se compromettre et de ne pas dépasser la frontière.

M. le comte d'Erlon fera occuper Thuin par une division; et, si le pont de cette ville était détruit, il le ferait aussitôt réparer, en même temps qu'il fera tracer et exécuter immédiatement une tête de pont sur la rive gauche. La division qui sera à Thuin gardera aussi le pont de l'abbaye d'Aulne, où M. le comte d'Erlon fera également construire une tête de pont sur la rive gauche.

Le même ordre de marche prescrit au 3e corps pour l'artillerie, les ambulances et les bagages, sera observé aux 2e et 1er corps, qui feront réunir et marcher leurs bagages à la gauche du 1er corps sous les ordres du vaguemestre le plus ancien.

Le 4e corps (armée de la Moselle) a reçu ordre de prendre aujourd'hui position en avant de Philippeville. Si son mouvement est opéré et si les divisions qui composent ce corps d'armée sont réunies, M. le lieutenant général Gérard les mettra en marche demain, à trois heures du matin, et les dirigera sur Charleroi. Il aura soin de se tenir à hauteur du 3e corps, avec lequel il communiquera, afin d'arriver à peu près en même temps devant Charleroi; mais le général Gérard fera éclairer sa droite et tous les débouchés qui vont sur Namur. Il marchera serré en ordre de bataille, et fera laisser à Philippeville tous ses bagages et embarras, afin que son corps d'armée, se trouvant plus léger, se trouve à même de manœuvrer.

Le général Gérard donnera ordre à la 14e division de cavalerie, qui a dû aussi arriver aujourd'hui à Philippeville, de suivre le mouvement de son corps d'armée sur Charleroi, où cette division joindra le 4e corps de cavalerie.

Les lieutenants généraux Reille, Vandamme, Gérard et Pajol se mettront en communication par de fréquents partis, et ils régleront leur marche de manière à arriver en masse et ensemble devant Charleroi. Ils mettront, autant que possible, à l'avant-garde des officiers qui parlent flamand, pour interroger les habitants et en prendre des renseignements; mais ces officiers s'annonceront comme commandant des partis, sans dire que l'armée est en arrière.

Les lieutenants généraux Reille, Vandamme et Gérard feront marcher tous les sapeurs de leurs corps d'armée (ayant avec eux des moyens pour réparer les ponts) après le premier régiment d'infanterie légère, et ils donneront ordre aux officiers du génie de faire réparer les mauvais passages, ouvrir des communications latérales et placer des ponts sur les courants d'eau où l'infanterie devrait se mouiller pour les franchir.

Les marins, les sapeurs de la Garde et les sapeurs de la réserve marcheront après le premier régiment du 3e corps. Les lieutenants généraux Rogniat et Haxo seront à leur tête; ils n'emmèneront avec eux que deux ou trois voitures; le surplus du parc du génie marchera à la gauche du 3e corps. Si on rencontre l'ennemi, ces troupes ne seront point engagées, mais les généraux Rogniat et Haxo les emploieront aux travaux de passages de rivière, de têtes de pont, de réparation de chemins et d'ouverture de communications, etc.

La cavalerie de la Garde suivra le mouvement sur Charleroi et partira à huit heures.

L'Empereur sera à l'avant-garde, sur la route de Charleroi. MM. les lieutenants généraux auront soin d'envoyer à Sa Majesté de fréquents rapports sur leurs mouvements et les renseignements qu'ils auront recueillis. Ils sont prévenus que l'intention de Sa Majesté est d'avoir passé la Sambre avant midi, et de porter l'armée à la rive gauche de cette rivière.

L'équipage de ponts sera divisé en deux sections; la première section se subdivisera en trois parties, chacune de 5 pontons et 5 bateaux d'avant-garde, pour jeter trois ponts sur la Sambre. Il y aura à chacune de ces subdivisions une compagnie de pontonniers.

La première section marchera à la suite du parc du génie après le 3ᵉ corps.

La deuxième section restera avec le parc de réserve d'artillerie à la colonne des bagages; elle aura avec elle la 4ᵉ compagnie de pontonniers.

Les équipages de l'Empereur et les bagages du grand quartier général seront réunis et se mettront en marche à dix heures. Aussitôt qu'ils seront passés, le vaguemestre général fera partir les équipages de la Garde impériale, du 3ᵉ corps et du 6ᵉ corps; en même temps, il enverra ordre à la colonne d'équipages de la réserve de cavalerie de se mettre en marche et de suivre la direction que la cavalerie aura prise.

Les ambulances de l'armée suivront le quartier général et marcheront en tête des bagages; mais, dans aucun cas, ces bagages, ainsi que les parcs de réserve de l'artillerie et la seconde section de l'équipage de ponts, ne s'approcheront à plus de trois lieues de l'armée, à moins d'ordres du major général, et ils ne passeront la Sambre aussi que par ordre.

Le vaguemestre général formera des divisions de ces bagages, et il y mettra des officiers pour les commander, afin de pouvoir en détacher ce qui sera ensuite appelé au quartier général ou pour le service des officiers.

L'intendant général fera réunir à cette colonne d'équipages la totalité des bagages et transports de l'administration, auxquels il sera assigné un rang dans la colonne.

Les voitures qui seront en retard prendront la gauche, et ne pourront sortir du rang qui leur sera donné que par ordre du vaguemestre général.

L'Empereur ordonne que toutes les voitures d'équipages qui seront trouvées dans les colonnes d'infanterie, de cavalerie ou d'artillerie, soient brûlées, ainsi que les voitures de la colonne des équipages qui quitteront leur rang et intervertiront l'ordre de marche sans la permission expresse du vaguemestre général.

A cet effet, il sera mis un détachement de 50 gendarmes à la disposition du vaguemestre général, qui est responsable, ainsi que tous les officiers de la gendarmerie et les gendarmes, de l'exécution de ces dispositions, desquelles le succès de la campagne peut dépendre.

Par ordre de l'Empereur :
Le maréchal de l'Empire, major général
DUC DE DALMATIE.

D'après l'original. Dépôt de la guerre.

22054. — AU PRINCE JOSEPH,
PRÉSIDENT DU CONSEIL DES MINISTRES, À PARIS.

Beaumont, 15 juin 1815, trois heures du matin.

Mon Frère, l'ennemi faisant des mouvements pour nous attaquer, je marche à sa rencontre. Les hostilités vont donc commencer aujourd'hui ; ainsi je désire que l'on fasse les communications qui ont été préparées[1]. Informez-en le duc Vicence.

NAPOLÉON.

D'après l'original. Archives des affaires étrangères.

22055. — AU PRINCE JOSEPH,
PRÉSIDENT DU CONSEIL DES MINISTRES, À PARIS.

Charleroi, 15 juin 1815, neuf heures du soir.

Monseigneur, il est neuf heures du soir. L'Empereur, qui est à cheval depuis trois heures du matin, rentre accablé de fatigue. Il se jette sur son lit pour s'y reposer quelques heures. Il doit remonter à cheval à minuit. Sa Majesté ne pouvant écrire à Votre Altesse me charge de lui mander ce qui suit :

---

[1] Communications à faire aux Chambres ; elles comprenaient un rapport du duc de Vicence à l'Empereur sur l'hostilité des puissances coalisées contre la France, et sur les tentatives vainement faites par le gouvernement de l'Empereur pour arriver à des négociations. (Voir le Moniteur du 17 juin, où se trouve le rapport du duc de Vicence. Voir aussi les pièces nos 22035 et 22050.)

« L'armée a forcé la Sambre près Charleroi et placé des avant-gardes à moitié chemin de Charleroi à Namur et de Charleroi à Bruxelles. Nous avons fait 1,500 prisonniers et enlevé six pièces de canon. Quatre régiments prussiens ont été écrasés. L'Empereur a perdu peu de monde. Mais il a fait une perte qui lui est très-sensible : c'est son aide de camp, le général Letort, qui a été tué sur le plateau de Fleurus en commandant une charge de cavalerie. L'enthousiasme des habitants de Charleroi et de tous les pays que nous traversons ne peut se décrire. Ce sont les mêmes sentiments qu'en Bourgogne. »

L'Empereur désire, Monseigneur, que vous fassiez part de ces nouvelles aux ministres et que vous voyiez l'usage qu'il convient d'en faire.

Il est possible qu'il y ait demain une affaire très-importante.

Le premier secrétaire du cabinet,
Baron FAIN.

D'après l'original comm. par le cabinet de S. M. l'Empereur.

22056. — BULLETIN DE L'ARMÉE.

Charleroi, 15 juin 1815, au soir.

Le 14, l'armée était placée de la manière suivante :

Le quartier impérial à Beaumont.

Le 1er corps, commandé par le général d'Erlon, était à Solre, sur la Sambre.

Le 2e corps, commandé par le général Reille, était à Ham-sur-Heure.

Le 3e corps, commandé par le général Vandamme, était sur la droite de Beaumont.

Le 4e corps, commandé par le général Gérard, arrivait à Philippeville.

Le 15, à trois heures du matin, le général Reille attaqua l'ennemi et se porta sur Marchienne-au-Pont. Il eut différents engagements dans lesquels sa cavalerie chargea un bataillon prussien et fit 300 prisonniers.

A une heure du matin, l'Empereur était à Jamioulx-sur-Heure.

La division de cavalerie légère du général Domon sabra deux bataillons prussiens et fit 400 prisonniers.

Le général Pajol entra à Charleroi à midi. Les sapeurs et les marins de la Garde étaient à l'avant-garde pour réparer les ponts; ils pénétrèrent les premiers en tirailleurs dans la ville. Le général Clary, avec le 1er de hussards, se porta sur Gosselies, sur la route de Bruxelles, et le général Pajol sur Gilly, sur la route de Namur.

A trois heures après midi, le général Vandamme déboucha avec son corps sur Gilly.

Le maréchal Grouchy arriva avec la cavalerie du général Exelmans.

L'ennemi occupait la gauche de la position de Fleurus. A cinq heures après midi, l'Empereur ordonna l'attaque. La position fut tournée et enlevée. Les quatre escadrons de service de la Garde, commandés par le général Letort, aide de camp de l'Empereur, enfoncèrent trois carrés; les 16e, 27e et 28e régiments prussiens furent mis en déroute. Nos escadrons sabrèrent 4 ou 500 hommes et firent 1,500 prisonniers.

Pendant ce temps, le général Reille passait la Sambre à Marchienne-au-Pont, pour se porter sur Gosselies avec les divisions du prince Jérôme et du général Bachelu, attaquait l'ennemi, lui faisait 250 prisonniers et le poursuivait sur la route de Bruxelles.

Nous devînmes ainsi maîtres de toute la position de Fleurus.

A huit heures du soir, l'Empereur rentra à son quartier général à Charleroi.

Cette journée coûte à l'ennemi cinq pièces de canon et 2,000 hommes, dont 1,000 prisonniers. Notre perte est de 10 hommes tués et de 80 blessés, la plupart, des escadrons de service, qui ont fait les charges, et des trois escadrons du 20e de dragons, qui ont aussi chargé un carré avec la plus grande intrépidité. Notre perte, légère quant au nombre, a été sensible à l'Empereur, par la blessure grave qu'a reçue le général Letort, son aide de camp, en chargeant à la tête des escadrons de service. Cet officier est de la plus grande distinction. Il a été frappé d'une balle au bas-ventre, et le chirurgien fait craindre que sa blessure ne soit mortelle.

Nous avons trouvé à Charleroi quelques magasins. La joie des Belges ne saurait se décrire. Il y a des villages qui, à la vue de leurs libérateurs, ont formé des danses, et partout c'est un élan qui part du cœur.

Dans le rapport de l'état-major général, on insérera les noms des officiers et soldats qui se sont distingués.

L'Empereur a donné le commandement de la gauche au prince de la Moskova, qui a eu le soir son quartier général aux Quatre-Chemins[1], sur la route de Bruxelles.

Le duc de Trévise, à qui l'Empereur avait donné le commandement de la jeune Garde, est resté à Beaumont, malade d'une sciatique qui l'a forcé de se mettre au lit.

Le 4e corps, commandé par le général Gérard, arrive ce soir à Châtelet. Le général Gérard a rendu compte que le lieutenant général Bourmont, le colonel Clouet et le chef d'escadron Villoutreys ont passé à l'ennemi. Un lieutenant du 11e de chasseurs a également passé à l'ennemi. Le major général a ordonné que ces déserteurs fussent sur-le-champ jugés conformément aux lois.

Rien ne peut peindre le bon esprit et l'ardeur de l'armée. Elle regarde comme un événement heureux la désertion de ce petit nombre de traîtres, qui se démasquent ainsi.

Extrait du *Moniteur* du 18 juin 1815.

22057. — AU PRINCE JOSEPH,
PRÉSIDENT DU CONSEIL DES MINISTRES, À PARIS.

Charleroi, 16 juin 1815.

Mon Frère, le bulletin vous fera connaître ce qui s'est passé. Je porte mon quartier général à Fleurus. Nous sommes en grand mouvement. Je regrette beaucoup la perte du général Letort. La perte de la journée d'hier est peu considérable et porte presque toute sur les quatre escadrons de service.

[1] Les Quatre-Bras.

La confiscation des biens des traîtres qui forment des rassemblements à Gand est nécessaire.

NAPOLÉON.

Letort va mieux.

D'après l'original remis par le cabinet de S. M. l'Empereur.

22058. AU MARÉCHAL NEY, PRINCE DE LA MOSKOVA,
COMMANDANT L'AILE GAUCHE DE L'ARMÉE DU NORD.

Charleroi, 16 juin 1815.

Mon Cousin, je vous envoie mon aide de camp le général Flahault, qui vous porte la présente lettre. Le major général a dû vous donner des ordres, mais vous recevrez les miens plus tôt, parce que mes officiers vont plus vite que les siens. Vous recevrez l'ordre de mouvement du jour, mais je veux vous en écrire en détail, parce que c'est de la plus haute importance.

Je porte le maréchal Grouchy avec les 3e et 4e corps d'infanterie sur Sombreffe; je porte ma Garde à Fleurus, et j'y serai de ma personne avant midi. J'y attaquerai l'ennemi si je le rencontre, et j'éclairerai la route jusqu'à Gembloux. Là, d'après ce qui se passera, je prendrai mon parti : peut-être à trois heures après midi, peut-être ce soir. Mon intention est que, immédiatement après que j'aurai pris mon parti, vous soyez prêt à marcher sur Bruxelles. Je vous appuierai avec la Garde, qui sera à Fleurus ou à Sombreffe, et je désirerais arriver à Bruxelles demain matin. Vous vous mettriez en marche ce soir même, si je prends mon parti d'assez bonne heure pour que vous puissiez en être informé de jour et faire ce soir trois ou quatre lieues et être demain à sept heures du matin à Bruxelles.

Vous pouvez donc disposer vos troupes de la manière suivante :
Première division, à deux lieues en avant des Quatre-Chemins[1], s'il n'y a pas d'inconvénient; six divisions d'infanterie autour des Quatre-Chemins,

---

[1] Les Quatre-Bras.

et une division à Marbais, afin que je puisse l'attirer à moi à Sombreffe, si j'en avais besoin; elle ne retarderait d'ailleurs pas votre marche;

Le corps du comte de Valmy, qui a 3,000 cuirassiers d'élite, à l'intersection du chemin des Romains et de celui de Bruxelles, afin que je puisse l'attirer à moi si j'en avais besoin. Aussitôt que mon parti sera pris, vous lui enverrez l'ordre de venir vous rejoindre.

Je désirerais avoir avec moi la division de la Garde que commande le général Lefebvre-Desnoëttes, et je vous envoie les deux divisions du corps du comte de Valmy pour la remplacer. Mais, dans mon projet actuel, je préfère placer le comte de Valmy de manière à le rappeler si j'en avais besoin, et ne point faire faire de fausses marches au général Lefebvre-Desnoëttes, puisqu'il est probable que je me déciderai ce soir à marcher sur Bruxelles avec la Garde. Cependant couvrez la division Lefebvre par les divisions de cavalerie d'Erlon et de Reille, afin de ménager la Garde : s'il y avait quelque échauffourée avec les Anglais, il est préférable que ce soit sur la ligne que sur la Garde.

J'ai adopté comme principe général, pendant cette campagne, de diviser mon armée en deux ailes et une réserve. Votre aile sera composée des quatre divisions du 1er corps, des quatre divisions du 2e corps, de deux divisions de cavalerie légère et de deux divisions du corps du comte de Valmy. Cela ne doit pas être loin de 45 à 50,000 hommes.

Le maréchal Grouchy aura à peu près la même force et commandera l'aile droite.

La Garde formera la réserve, et je me porterai sur l'une ou l'autre aile, selon les circonstances.

Le major général donne les ordres les plus précis pour qu'il n'y ait aucune difficulté sur l'obéissance à vos ordres lorsque vous serez détaché, les commandants de corps devant prendre mes ordres directement quand je me trouve présent.

Selon les circonstances, j'affaiblirai l'une ou l'autre aile, en augmentant ma réserve.

Vous sentez assez l'importance attachée à la prise de Bruxelles. Cela pourra d'ailleurs donner lieu à des incidents, car un mouvement aussi prompt et aussi brusque isolera l'armée anglaise de Mons, Ostende, etc.

Je désire que vos dispositions soient bien faites, pour qu'au premier ordre vos huit divisions puissent marcher rapidement et sans obstacle sur Bruxelles.

NAPOLÉON.

D'après la copie. Dépôt de la guerre.

22059. — AU MARÉCHAL COMTE GROUCHY,
COMMANDANT L'AILE DROITE DE L'ARMÉE DU NORD.

Charleroi, 16 juin 1815.

Mon Cousin, je vous envoie Labédoyère, mon aide de camp, pour vous porter la présente lettre. Le major général a dû vous faire connaître mes intentions; mais, comme il a des officiers mal montés, mon aide de camp arrivera peut-être avant.

Mon intention est que, comme commandant l'aile droite, vous preniez le commandement du 3ᵉ corps que commande le général Vandamme, du 4ᵉ corps que commande le général Gérard, des corps de cavalerie que commandent les généraux Pajol, Milhaud et Exelmans; ce qui ne doit pas faire loin de 50,000 hommes. Rendez-vous avec cette aile droite à Sombreffe. Faites partir en conséquence, de suite, les corps des généraux Pajol, Milhaud, Exelmans et Vandamme, et, sans vous arrêter, continuez votre mouvement sur Sombreffe. Le 4ᵉ corps, qui est à Châtelet, reçoit directement l'ordre de se rendre à Sombreffe sans passer par Fleurus. Cette observation est importante, parce que je porte mon quartier général à Fleurus et qu'il faut éviter les encombrements. Envoyez de suite un officier au général Gérard pour lui faire connaître votre mouvement, et qu'il exécute le sien de suite.

Mon intention est que tous les généraux prennent directement vos ordres; ils ne prendront les miens que lorsque je serai présent. Je serai entre dix et onze heures à Fleurus; je me rendrai à Sombreffe, laissant ma Garde, infanterie et cavalerie, à Fleurus; je ne la conduirais à Sombreffe qu'en cas qu'elle fût nécessaire. Si l'ennemi est à Sombreffe, je veux l'attaquer; je veux même l'attaquer à Gembloux et m'emparer aussi de cette position, mon intention étant, après avoir connu ces deux positions, de partir cette nuit, et d'opérer avec mon aile gauche, que commande le maréchal Ney, sur les Anglais. Ne perdez donc point un moment, parce que plus vite je prendrai mon parti, mieux cela vaudra pour la suite de mes opérations. Je suppose que vous êtes à Fleurus. Communiquez constamment avec le général Gérard, afin qu'il puisse vous aider pour attaquer Sombreffe, s'il était nécessaire.

La division Girard est à portée de Fleurus; n'en disposez point à moins de nécessité absolue, parce qu'elle doit marcher toute la nuit. Laissez aussi ma jeune Garde et toute son artillerie à Fleurus.

Le comte de Valmy, avec ses deux divisions de cuirassiers, marche sur la route de Bruxelles; il se lie avec le maréchal Ney, pour contribuer à l'opération de ce soir, à l'aile gauche.

Comme je vous l'ai dit, je serai de dix à onze heures à Fleurus. Envoyez-moi des rapports sur tout ce que vous apprendrez. Veillez à ce que la route de Fleurus soit libre. Toutes les données que j'ai sont que les Prussiens ne peuvent point nous opposer plus de 40,000 hommes.

NAPOLÉON.

D'après la copie. Dépôt de la guerre.

22060. — ORDRE
À CHAQUE COMMANDANT DE CORPS D'ARMÉE.

18 juin 1815, onze heures du matin.

Une fois que toute l'armée sera rangée en bataille, à peu près à une heure après midi, au moment où l'Empereur en donnera l'ordre au maréchal Ney, l'attaque commencera pour s'emparer du village de Mont-Saint-Jean, où est l'intersection des routes. A cet effet, la batterie de 12 du 2ᵉ corps et celle du 6ᵉ se réuniront à celle du 1ᵉʳ corps. Ces vingt-quatre bouches à feu tireront sur les troupes de Mont-Saint-Jean, et le comte d'Erlon commencera l'attaque, en portant en avant sa division de gauche et la soutenant, suivant les circonstances, par les divisions du 1ᵉʳ corps.

Le 2ᵉ corps s'avancera à mesure pour garder la hauteur du comte d'Erlon.

Les compagnies de sapeurs du 1ᵉʳ corps seront prêtes pour se barricader sur-le-champ à Mont-Saint-Jean.

D'après la copie. Dépôt de la guerre.

22061. — BULLETIN DE L'ARMÉE.

Laon, 20 juin 1815.

BATAILLE DE LIGNY, SOUS FLEURUS.

Le 16 au matin l'armée occupait les positions suivantes :

L'aile gauche, commandée par le maréchal duc d'Elchingen, et composée du 1ᵉʳ et du 2ᵉ corps d'infanterie et du 2ᵉ de cavalerie, occupait les positions de Frasnes.

L'aile droite, commandée par le maréchal Grouchy, et composée des 3ᵉ et 4ᵉ corps d'infanterie et du 3ᵉ corps de cavalerie, occupait les hauteurs derrière Fleurus.

Le quartier général de l'Empereur était à Charleroi, où se trouvaient la Garde impériale et le 6ᵉ corps.

L'aile gauche eut l'ordre de marcher sur les Quatre-Bras, et la droite sur Sombreffe. L'Empereur se porta à Fleurus avec sa réserve.

Les colonnes du maréchal Grouchy étant en marche aperçurent, après avoir dépassé Fleurus, l'armée ennemie, commandée par le feld-maréchal Blücher, occupant les plateaux du moulin de Bussy, par la gauche le village de Sombreffe, et prolongeant sa cavalerie fort en avant sur la route de Namur; sa droite était à Saint-Amand et occupait ce gros village avec de grandes forces, ayant devant elle un ravin qui formait sa position.

L'Empereur fut reconnaître la force et les positions de l'ennemi, et résolut d'attaquer sur-le-champ. Il fallut faire un changement de front, la droite en avant et en pivotant sur Fleurus.

Le général Vandamme marcha sur Saint-Amand, le général Gérard sur Ligny et le maréchal Grouchy sur Sombreffe. La troisième division du 2ᵉ corps, commandée par le général Girard, marcha en réserve derrière le corps du général Vandamme. La Garde se rangea à la hauteur de Fleurus, ainsi que les cuirassiers du général Milhaud.

A trois heures après midi ces dispositions furent achevées. La division du général Lefol, faisant partie du corps du général Vandamme, s'engagea la première et s'empara de Saint-Amand, d'où elle chassa l'ennemi à la baïonnette. Elle se maintint, pendant tout le combat, au cimetière et au clocher de Saint-Amand. Mais ce village, qui est très-étendu, fut le théâtre de différents combats pendant la soirée; tout le corps du général Vandamme y fut engagé, et l'ennemi y engagea des forces considérables.

Le général Girard, placé en réserve du corps du général Vandamme, tourna le village par sa droite et s'y battit avec sa valeur accoutumée. Les forces respectives étaient soutenues de part et d'autre par une soixantaine de bouches à feu.

A la droite, le général Gérard s'engagea avec le 4e corps au village de Ligny, qui fut pris et repris plusieurs fois.

Le maréchal Grouchy, à l'extrême droite, et le général Pajol combattirent au village de Sombreffe. L'ennemi montra de 80 à 90,000 hommes et un grand nombre de pièces de canon.

A sept heures, nous étions maîtres de tous les villages situés sur le bord du ravin qui couvrait la position de l'ennemi; mais celui-ci occupait encore avec toutes ses masses le plateau du moulin de Bussy.

L'Empereur se porta avec sa Garde au village de Ligny; le général Gérard fit déboucher le général Pécheux avec ce qui lui restait de réserve, presque toutes les troupes ayant été engagées dans ce village. Huit bataillons de la Garde débouchèrent à la baïonnette, et derrière eux les quatre escadrons de service, les cuirassiers du général Delort, ceux du général Milhaud et les grenadiers à cheval de la Garde. La vieille Garde aborda à la baïonnette les colonnes ennemies qui étaient sur les hauteurs de Bussy, et en un instant couvrit de morts le champ de bataille. L'escadron de service attaqua et rompit un carré, et les cuirassiers poussèrent l'ennemi dans toutes les directions. A sept heures et demie, nous avions quarante pièces de canon, beaucoup de voitures, des drapeaux et des prisonniers, et l'ennemi cherchait son salut dans une retraite précipitée. A dix heures, la bataille était finie, et nous nous trouvions maîtres de tout le champ de bataille.

Le général Lützow, partisan, a été fait prisonnier. Les prisonniers assurent que le feld-maréchal Blücher a été blessé. L'élite de l'armée prussienne a été détruite dans cette bataille. Sa perte ne peut être moindre de 15,000 hommes; la nôtre est de 3,000 hommes tués ou blessés.

A la gauche, le maréchal Ney avait marché sur les Quatre-Bras avec une division qui avait culbuté une division anglaise qui s'y trouvait placée. Mais, attaqué par le prince d'Orange avec 25,000 hommes, partie Anglais, partie Hanovriens à la solde de l'Angleterre, il se replia sur sa position de Frasnes. Là s'engagèrent des combats multipliés; l'ennemi s'attachait à le forcer, mais il le fit vainement. Le duc d'Elchingen attendait le 1er corps, qui n'arriva qu'à la nuit; il se borna à garder sa position. Dans un carré attaqué par le 8e régiment de cuirassiers, le drapeau du 69e régiment d'infanterie anglais est tombé entre nos mains. Le prince de Brunswick a été tué. Le prince d'Orange a été blessé. On assure que l'ennemi a eu beaucoup de personnages et de généraux de marque tués ou blessés. On porte la perte des Anglais à 4 ou 5,000 hommes; la nôtre, de ce côté, a été très-considérable : elle s'élève à 4,200 hommes tués ou blessés. Ce combat a fini à la nuit. Lord Wellington a ensuite évacué les Quatre-Bras et s'est porté sur Genappe.

Dans la matinée du 17, l'Empereur s'est rendu aux Quatre-Bras, d'où il a marché pour attaquer l'armée anglaise; il l'a poussée jusqu'à l'entrée de la forêt de Soigne, avec l'aile gauche et la réserve. L'aile droite s'est portée par Sombreffe, à la suite du feld-maréchal Blücher, qui se dirigeait sur Wavre, où il paraissait vouloir se placer.

A dix heures du soir, l'armée anglaise, occupant Mont-Saint-Jean par son centre, se trouva en position en avant de la forêt de Soigne; il aurait fallu pouvoir disposer de trois heures pour l'attaquer; on fut donc obligé de remettre au lendemain.

Le quartier général de l'Empereur fut établi à la ferme du Caillou, près Plancenoit. La pluie tombait par torrents. Ainsi, dans la journée du 16, la gauche, la droite et la réserve ont été également engagées à une distance d'à peu près deux lieues.

BATAILLE DE MONT-SAINT-JEAN.

A neuf heures du matin, la pluie ayant un peu diminué, le 1er corps se mit en mouvement et se plaça, la gauche à la route de Bruxelles et vis-à-vis le village de Mont-Saint-Jean, qui paraissait le centre de la position de l'ennemi. Le 2e corps appuya sa droite à la route de Bruxelles, et sa gauche à un petit bois, à portée de canon de l'armée anglaise. Les cuirassiers se portèrent en réserve derrière, et la Garde en réserve sur les hauteurs. Le 6e corps, avec la cavalerie du général Domon, sous les ordres du comte Lobau, fut destiné à se porter en arrière de notre droite, pour s'opposer à un corps prussien qui paraissait avoir échappé au maréchal Grouchy et être dans l'intention de tomber sur notre flanc droit, intention qui nous avait été connue par nos rapports et par une lettre d'un général prussien que portait une ordonnance prise par nos coureurs. Les troupes étaient pleines d'ardeur.

On estimait les forces de l'armée anglaise à 80,000 hommes; on supposait que le corps prussien, qui pouvait être en mesure vers le soir, pouvait être de 15,000 hommes. Les forces ennemies étaient donc de plus de 90,000 hommes; les nôtres étaient moins nombreuses.

A midi, tous les préparatifs étaient terminés, et le prince Jérôme, commandant une division du 2e corps, destinée à en former l'extrême gauche, se porta sur le bois dont l'ennemi occupait une partie. La canonnade s'engagea; l'ennemi soutint par trente pièces de canon les troupes qu'il avait envoyées pour garder le bois. Nous fîmes aussi de notre côté des dispositions d'artillerie. A une heure, le prince Jérôme fut maître de tout le bois, et toute l'armée anglaise se replia derrière un rideau. Le comte d'Erlon attaqua alors le village de Mont-Saint-Jean et fit appuyer son attaque par quatre-vingts pièces de canon. Il s'engagea là une épouvantable canonnade, qui dut beaucoup faire souffrir l'armée anglaise. Tous les coups portaient sur le plateau. Une brigade de la 1re division du comte d'Erlon s'empara du village de Mont-Saint-Jean; une seconde brigade fut chargée par un corps de cavalerie anglaise, qui lui fit éprouver beaucoup de pertes. Au même moment, une division de cavalerie anglaise chargea la batterie du comte d'Erlon par sa droite, et désorganisa plusieurs pièces; mais les cuirassiers du général Milhaud chargèrent cette division, dont trois régiments furent rompus et écharpés.

Il était trois heures après midi. L'Empereur fit avancer la Garde pour la placer dans la plaine, sur le terrain qu'avait occupé le 1er corps au commencement de l'action, ce corps se trouvant déjà en avant. La division prussienne, dont on avait prévu le mouvement, commença alors à s'engager avec les tirailleurs du comte Lobau, en plongeant son feu sur tout notre flanc droit. Il était convenable, avant de rien entreprendre ailleurs, d'attendre l'issue qu'aurait cette attaque. A cet effet, tous les moyens de la réserve étaient prêts à se porter au secours du comte Lobau et à écraser le corps prussien lorsqu'il se serait avancé.

Cela fait, l'Empereur avait le projet de mener une attaque par le village de Mont-Saint-Jean, dont on espérait un succès décisif; mais, par un mouvement d'impatience si fréquent dans nos annales militaires, et qui nous a été souvent si funeste, la cavalerie de réserve, s'étant aperçue d'un mouvement rétrograde que faisaient les Anglais pour se mettre à l'abri de nos batteries, dont ils avaient déjà tant souffert, couronna les hauteurs de Mont-Saint-Jean et chargea l'infanterie. Ce mouvement, qui, fait à temps et soutenu par les réserves, devait décider de la journée, fait isolément et avant que les affaires de la droite fussent terminées, devint funeste. N'ayant aucun moyen de le contremander, l'ennemi montrant beaucoup de masses d'infanterie et de cavalerie, et les deux divisions de cuirassiers étant engagées, toute notre cavalerie courut au même moment pour soutenir ses camarades. Là, pendant trois heures, se firent de nombreuses charges qui nous valurent l'enfoncement de plusieurs carrés et six drapeaux de l'infanterie anglaise, avantage hors de proportion avec les pertes qu'éprouvait notre cavalerie par la mitraille et les fusillades. Il était impossible de disposer de nos réserves d'infanterie jusqu'à ce qu'on eût repoussé l'attaque de flanc du corps prussien. Cette attaque se prolongeait toujours et perpendiculairement sur notre flanc droit. L'Empereur y envoya le général Duhesme avec la jeune Garde et plusieurs batteries de réserve. L'ennemi fut contenu, fut repoussé et recula ; il avait épuisé ses forces et l'on n'en avait plus rien à craindre. C'est ce moment qui était celui indiqué pour une attaque sur le centre de l'ennemi.

Comme les cuirassiers souffraient par la mitraille, on envoya quatre bataillons de la moyenne Garde pour protéger les cuirassiers, soutenir la position, et, si cela était possible, dégager et faire reculer dans la plaine une partie de notre cavalerie. On envoya deux autres bataillons pour se tenir en potence sur l'extrême gauche de la division qui avait manœuvré sur nos flancs, afin de n'avoir de ce côté aucune inquiétude ; le reste fut disposé en réserve, partie pour occuper la potence en arrière de Mont-Saint-Jean, partie sur le plateau, en arrière du champ de bataille qui formait notre position de retraite.

Dans cet état de choses, la bataille était gagnée ; nous occupions toutes les positions que l'ennemi occupait au commencement de l'action ; notre cavalerie ayant été trop tôt et mal employée, nous ne pouvions plus espérer de succès décisifs. Mais le maréchal Grouchy, ayant appris le mouvement du corps prussien, marchait sur le derrière de ce corps, ce qui nous assurait un succès éclatant pour la journée du lendemain. Après huit heures de feu et de charges d'infanterie et de cavalerie, toute l'armée voyait avec satisfaction la bataille gagnée et le champ de bataille en notre pouvoir.

Sur les huit heures et demie, les quatre bataillons de la moyenne Garde qui avaient été envoyés sur le plateau au delà de Mont-Saint-Jean pour soutenir les cuirassiers, étant gênés par la mitraille de l'ennemi, marchèrent à la baïonnette pour enlever ses batteries. Le jour finissait ; une charge faite sur leur flanc par plusieurs escadrons anglais les mirent en désordre ; les fuyards repassèrent le ravin ; les régiments voisins, qui virent quelques troupes appartenant à la Garde à la débandade, crurent que c'était de la vieille Garde et s'ébranlèrent : les cris *Tout est perdu ! La Garde est repoussée !* se firent entendre. Les soldats prétendent même que sur plusieurs points des malveillants apostés ont crié *Sauve qui peut!* Quoi qu'il en soit, une terreur panique se répandit tout à la fois sur tout le champ de bataille; on se précipita dans le plus grand désordre sur la ligne de communication; les soldats, les canonniers, les caissons se pressaient pour y arriver; la vieille Garde qui était en réserve en fut assaillie, et fût elle-même entraînée.

Dans un instant, l'armée ne fut plus qu'une masse confuse, toutes les armes étant mêlées, et il était impossible de reformer un corps. L'ennemi, qui s'aperçut de cette étonnante confusion, fit déboucher des colonnes de cavalerie; le désordre augmenta; la confusion de la nuit empêcha de rallier les troupes et de leur montrer leur erreur.

Ainsi une bataille terminée, une journée finie, de fausses mesures réparées, de plus grands succès assurés pour le lendemain, tout fut perdu par un moment de terreur panique. Les escadrons de service même, rangés à côté de l'Empereur, furent culbutés et désorganisés par ces flots tumultueux, et il n'y eut plus d'autre chose à faire que de suivre le torrent. Les parcs de réserve, les bagages qui n'avaient point repassé la Sambre, et tout ce qui était sur le champ de bataille, sont restés au pouvoir de l'ennemi. Il n'y a eu même aucun moyen d'attendre les troupes de notre droite; on sait ce que c'est que la plus brave armée du monde, lorsqu'elle est mêlée et que son organisation n'existe plus.

L'Empereur a passé la Sambre à Charleroi le 19, à cinq heures du matin. Philippeville et Avesnes ont été donnés pour point de réunion. Le prince Jérôme, le général Morand et les autres généraux y ont déjà rallié une partie de l'armée. Le maréchal Grouchy, avec le corps de la droite, opère son mouvement sur la basse Sambre.

La perte de l'ennemi doit avoir été très-grande, à en juger par les drapeaux que nous lui avons pris et par les pas rétrogrades qu'il avait faits; la nôtre ne pourra se calculer qu'après le ralliement des troupes. Avant que le désordre éclatât, nous avions déjà éprouvé des pertes considérables, surtout dans notre cavalerie, si funestement et pourtant si bravement engagée. Malgré ces pertes, cette valeureuse cavalerie a constamment gardé la position qu'elle avait prise aux Anglais, et ne l'a abandonnée que quand le tumulte et le désordre du champ de bataille l'y ont forcée. Au milieu de la nuit et des obstacles qui encombraient la route, elle n'a pu elle-même conserver son organisation.

L'artillerie, comme à son ordinaire, s'est couverte de gloire.

Les voitures du quartier général étaient restées dans leur position ordinaire, aucun mouvement rétrograde n'ayant été jugé nécessaire. Dans le cours de la journée, elles sont tombées entre les mains de l'ennemi.

Telle a été l'issue de la bataille de Mont-Saint-Jean, glorieuse pour les armées françaises, et pourtant si funeste.

Extrait du *Moniteur* du 21 juin 1815.

22062. — MESSAGE À LA CHAMBRE DES REPRÉSENTANTS[1].

Palais de l'Élysée, 21 juin 1815.

Monsieur le Président, après les batailles de Ligny et de Mont-Saint-Jean, et après avoir pourvu au ralliement de l'armée à Avesnes et à Philippeville, à la défense des places frontières et à celle des villes de Laon et de Soissons, je me suis rendu à Paris pour concerter avec mes ministres les mesures de la défense nationale, et m'entendre avec les Chambres sur tout ce qu'exige le salut de la patrie.

J'ai formé un comité du ministre des affaires étrangères, du comte Carnot et du duc d'Otrante, pour renouveler et suivre des négociations avec les puissances étrangères, afin de connaître leurs véritables intentions, et de mettre un terme à la guerre, si cela est compatible avec l'indépendance et l'honneur de la nation. Mais la plus grande union est nécessaire, et je compte sur la coopération et le patriotisme des Chambres et sur leur attachement à ma personne.

J'envoie au milieu de la Chambre, comme commissaires, le prince

---

[1] Extrait du procès-verbal de la séance de la chambre des Pairs, du 21 juin.

« ..... A huit heures et demie, le prince archichancelier déclare que la séance est reprise. Il donne la parole au prince Lucien.

« Le prince est à la tribune, comme commissaire extraordinaire de l'Empereur; il apporte un Message de Sa Majesté; il demande à le communiquer en comité secret..... »

Ce Message n'a pas été retrouvé aux Archives de l'Empire.

Lucien et les ministres des affaires étrangères, de la guerre, de l'intérieur et de la police générale, pour porter le présent Message, et donner les communications et les renseignements que la Chambre pourra désirer.

NAPOLÉON.

D'après l'original. Archives du Corps législatif.

22063. — DÉCLARATION AU PEUPLE FRANÇAIS.

Français, en commençant la guerre pour soutenir l'indépendance nationale, je comptais sur la réunion de tous les efforts, de toutes les volontés, et sur le concours de toutes les autorités nationales; j'étais fondé à espérer le succès, et j'avais bravé toutes les déclarations des puissances contre moi.

Les circonstances paraissent changées.

Je m'offre en sacrifice à la haine des ennemis de la France. Puissent-ils être sincères dans leurs déclarations et n'en avoir jamais voulu qu'à ma personne!

Ma vie politique est terminée, et je proclame mon fils, sous le titre de Napoléon II, Empereur des Français.

Les ministres actuels formeront provisoirement le conseil de gouvernement. L'intérêt que je porte à mon fils m'engage à inviter les Chambres à organiser, sans délai, la régence par une loi.

Unissez-vous tous pour le salut public, et pour rester une nation indépendante.

Au Palais de l'Élysée, le 22 juin 1815.

NAPOLÉON.

D'après la copie. Archives de la justice.

22064. — A M. BARBIER,

BIBLIOTHÉCAIRE DE L'EMPEREUR.

Paris, 25 juin 1815.

Le grand maréchal prie M. Barbier de vouloir bien apporter, demain, à la Malmaison :

1° La liste des 10,000 volumes et des gravures, comme celles des voyages de Denon et de la commission d'Égypte, dont l'Empereur avait plusieurs milliers;

2° Des ouvrages sur l'Amérique;

3° Un état particulier de tout ce qui a été imprimé sur l'Empereur pendant ses diverses campagnes.

Il faut compléter la bibliothèque de voyage, qui doit se composer de toutes les bibliothèques de campagne, et y joindre plusieurs ouvrages sur les États-Unis.

Dans la grande bibliothèque, il faut une collection complète du *Moniteur*, la meilleure encyclopédie, les meilleurs dictionnaires.

La grande bibliothèque devra être consignée à une maison américaine, qui la fera passer en Amérique par le Havre.

Par ordre de l'Empereur :
Le grand maréchal du palais,
BERTRAND.

D'après l'original comm. par M. Louis Barbier.

22065. — A L'ARMÉE.

La Malmaison, 25 juin 1815.

Soldats, quand je cède à la nécessité qui me force de m'éloigner de la brave armée française, j'emporte avec moi l'heureuse certitude qu'elle justifiera, par les services éminents que la patrie attend d'elle, les éloges que nos ennemis eux-mêmes ne peuvent pas lui refuser.

Soldats, je suivrai vos pas, quoique absent. Je connais tous les corps, et aucun d'eux ne remportera un avantage signalé sur l'ennemi, que je ne rende justice au courage qu'il aura déployé. Vous et moi, nous avons été calomniés. Des hommes indignes d'apprécier vos travaux ont vu, dans les marques d'attachement que vous m'avez données, un zèle dont j'étais le seul objet : que vos succès futurs leur apprennent que c'était la patrie par-dessus tout que vous serviez en m'obéissant, et que, si j'ai quelque part à votre affection, je le dois à mon ardent amour pour la France, notre mère commune.

Soldats, encore quelques efforts et la coalition est dissoute. Napoléon vous reconnaîtra aux coups que vous allez porter.

Sauvez l'honneur, l'indépendance des Français; soyez jusqu'à la fin tels que je vous ai connus depuis vingt ans, et vous serez invincibles[1].

NAPOLÉON.

Extrait des Mémoires de Napoléon.

22066. — AU PRINCE RÉGENT D'ANGLETERRE.

Ile d'Aix, 14 juillet 1815.

Altesse Royale, en butte aux factions qui divisent mon pays et à l'inimitié des puissances de l'Europe, j'ai terminé ma carrière politique, et je viens, comme Thémistocle, m'asseoir au foyer du peuple britannique. Je me mets sous la protection de ses lois, que je réclame de Votre Altesse Royale, comme du plus puissant, du plus constant et du plus généreux de mes ennemis.

NAPOLÉON.

D'après le fac-simile de la lettre autographe.

22067. — PROTESTATION.

En mer, à bord du *Bellérophon*, 4 août 1815.

Je proteste solennellement ici, à la face du ciel et des hommes, contre la violation de mes droits les plus sacrés, en disposant, par la force, de ma personne et de ma liberté. Je suis venu librement à bord du *Bellérophon* : je ne suis pas prisonnier; je suis l'hôte de l'Angleterre. J'y suis venu moi-même à l'instigation du capitaine, qui dit avoir des ordres du gouvernement de me recevoir et de me conduire en Angleterre avec ma suite, si cela m'était agréable. Je me suis présenté de bonne foi pour venir me mettre sous la protection de ses lois.

Aussitôt que j'eus mis le pied sur *le Bellérophon*, je fus au foyer du peuple britannique. Si le gouvernement, en donnant des ordres au capitaine du *Bellérophon* de me recevoir ainsi que ma suite, n'a voulu que tendre un piége, une embûche, il a forfait à l'honneur et flétri son pavillon.

[1] Le gouvernement provisoire interdit la publication de cette proclamation.

Si un tel acte se consommait, ce serait en vain que les Anglais viendraient à l'avenir parler de leur loyauté, de leurs lois et de leur liberté : la foi britannique se trouverait perdue dans l'hospitalité du *Bellérophon*.

J'en appelle à l'histoire; elle dira qu'un ennemi, qui fit vingt ans la guerre au peuple anglais, vint librement, dans son infortune, chercher un asile sous ses lois; et quelle plus éclatante preuve pouvait-il donner de son estime, de sa confiance? Mais comment répondit l'Angleterre à une telle magnanimité? Elle feignit de tendre une main hospitalière à cet ennemi, et, quand il se fut livré de bonne foi, elle l'immola!

Napoléon.

Extrait des *Récits de la Captivité*, etc. par M. de Montholon.

FIN DU VINGT-HUITIÈME VOLUME.

TABLE ANALYTIQUE
DU TOME XXVIII[1].

Nota. — Les dates inscrites entre parenthèses sont les dates des lettres de l'Empereur. Les chiffres placés à la fin des phrases indiquent les pages.

A

ACTE ADDITIONNEL. — (22 avril 1815.) Préambule : efforts de l'Empereur, pendant tout son règne, pour perfectionner les lois politiques de la France; tous les actes qui ont formé les constitutions de l'Empire ont été soumis à l'acceptation du peuple; le but de l'Empereur était d'organiser un «système fédératif européen;» causes qui ont fait ajourner l'établissement de plusieurs institutions intérieures, destinées plus spécialement à protéger la liberté des citoyens; l'Empereur soumet ces nouvelles institutions à la sanction du peuple, sous le titre d'*acte additionnel*; — modifications apportées à la constitution de la chambre des Pairs : le nombre de ses membres est illimité; ils sont héréditaires; ils prennent séance à vingt et un ans et ont voix délibérative à vingt-cinq; extension des pouvoirs de la chambre des Pairs : droit d'amendement; faculté d'inviter le gouvernement à proposer des lois sur des objets déterminés; pouvoir discrétionnaire attribué à la chambre des Pairs pour le jugement des ministres; — constitution de la seconde chambre dite des Représentants : mode de nomination et inamovibilité des présidents des colléges électoraux; élection directe; condition d'éligibilité; la limite d'âge est fixée à vingt-cinq ans au lieu de quarante; suppression du cens électoral; indemnité accordée aux Représentants pendant les sessions et pour les frais de voyage; — représentation spéciale de l'industrie et de la propriété manufacturière et commerciale; mode d'élection de cette nouvelle catégorie de Représentants; — renouvellement de droit et intégral de la Chambre tous les cinq ans; extension des pouvoirs de la chambre des Représentants : nomination du président par la Chambre; droit d'amendement; faculté d'inviter le gouvernement à proposer des lois sur des objets déterminés; droit de prononcer la mise en accusation des ministres; aucun impôt direct ou indirect ne peut être perçu, aucun emprunt ne peut être fait, aucun domaine de l'état ne peut être aliéné, aucune levée d'hommes ne peut être ordonnée, aucune partie du territoire ne peut être échangée sans une loi préalable; vote annuel du budget; inviolabilité des Représentants pendant les sessions; publicité des séances; — nécessité d'un contre-seing ministériel pour

[1] Cette table a été rédigée par M. Blandeau.

tous les actes du gouvernement; termes d'après lesquels la responsabilité des ministres est établie; extension de la responsabilité aux commandants d'armée de terre et de mer; promesse de modifier par une loi l'article 75 de la constitution de l'an VIII sur la nécessité d'une autorisation préalable pour la poursuite des agents du gouvernement; — liberté de la presse; suppression de toute censure préalable; compétence exclusive du jury pour les délits de presse; règlement de ce droit; — conditions restrictives pour les déclarations d'état de siége. — Le peuple français interdit au gouvernement, aux Chambres, aux citoyens toute proposition tendant au rétablissement des Bourbons, de l'ancienne noblesse, des droits féodaux, d'aucun culte privilégié, et de toute mesure contraire à l'irrévocabilité de la vente des domaines nationaux, 139 à 147. — V. Chambre des Pairs, Chambre des Représentants, Champ-de-Mai et Napoléon I".

Angémont (Baron d'), maréchal de camp, 289.

Ajaccio, chef-lieu du département de la Corse. — (20 mai 1815.) Armement de cette place; projet de l'Empereur de fortifier les hauteurs d'Ajaccio, 232, 233. — V. Corse (Île de).

Alexandre I", empereur de Russie. — (12 mai 1815.) Le duc de Rovigo est chargé de publier dans le *Journal de l'Empire* le récit de ce qui se passa après la bataille d'Austerlitz lorsque l'empereur Alexandre fut coupé par le maréchal Davout; billet de l'empereur Alexandre autorisant le général Merveldt à affirmer au maréchal Davout l'existence d'un armistice entre les armées de France et de Russie; documents démontrant que l'armistice invoqué n'existait pas encore avec l'armée russe, 208 à 210.

Alfort (École vétérinaire d'). — (30 avril 1815.) Chargés du service de deux batteries d'artillerie de la réserve de Paris, 165. — (1" mai.) Ordre d'organiser deux compagnies d'artillerie à l'École d'Alfort, 168.

Allent (Chevalier), maître des requêtes, major du génie, 81.

Andréossy (Comte), lieutenant général, président de la section de la guerre au Conseil d'état. — (3 avril 1815.) Chargé de proposer à l'Empereur un projet de décret pour l'organisation des gardes nationales; bases de cette organisation, 81 à 85.

Andrieux, lieutenant de vaisseau, commandant le brick *le Zéphyre*, en croisière à l'Île d'Elbe, 11 et 12.

Angers, chef-lieu du département de Maine-et-Loire. — (22 mai 1815.) Ordre de mettre le château d'Angers en état de défense; troupes réunies à Angers pour combattre l'insurrection de la Vendée, 246 à 247.

Angleterre (Royaume d'). — (7 avril 1815.) Le ministre des affaires étrangères est chargé de préparer un rapport sur les relations de la France avec l'Angleterre et les réponses du gouvernement anglais, 90. — (18 mai.) Le comte Chaptal propose à l'Empereur de remettre en vigueur le décret de Milan sur les droits des neutres, si les Anglais renouvellent leurs arrêts du Conseil de 1807; observations de l'Empereur sur le préjudice que l'application de ce système causerait au commerce; demande de renseignements sur les stipulations des traités de Paris et de Gand relatives au droit maritime de l'Angleterre, et le système suivi par cette puissance depuis l'existence de ces traités, 228 à 230. — (21 mai.) L'Angleterre favorise l'insurrection de la Vendée par des envois d'armes, de munitions et d'artillerie, et par le débarquement d'anciens chefs vendéens, 244. — (14 juillet.) L'Empereur annonce au prince régent qu'il vient se mettre sous la protection des lois britanniques, 348. — (4 août.) Protestation de l'Empereur contre la conduite du gouvernement anglais, 348, 349. — V. Caulaincourt et Chaptal.

Antibes, chef-lieu de canton du département du Var. — (1" mars 1815.) Accueil hostile fait au détachement envoyé pour occuper cette ville, 12. — V. 127.

Approvisionnements. — (27 avril 1815.) Formation de magasins à Avesnes pour 100,000 hommes et 20,000 chevaux, pendant dix jours; ordre d'établir des magasins à Guise, Laon, Soissons, etc.; ordre de faire partir pour Laon six compagnies d'équipages pour le service des vivres, 153. — (3 mai.) Instructions pour l'approvisionnement de l'armée et des places, 181 à 183. — (16 mai.) Plaintes de l'Empereur sur le service des vivres dans le Nord; nouveaux ordres pour la formation de magasins à Soissons, Laon et Avesnes; instructions données à l'intendant général pour l'approvisionnement de l'armée du Nord, 222 à 225. — V. Davout.

Approvisionnements de guerre. — (27 avril 1815.) Ordre pour l'approvisionnement des places d'Avesnes, Guise, Soissons, Maubeuge, Landrecies, Valenciennes, Condé et Philippeville, 153. — (26 mai.) Allocation pour l'approvisionnement des places fortes, 264.— (30 mai.) Approvisionnement de Paris et de Lyon, 294. — V. Davout.

Armée (*Organisation de l'*). — (26 mars 1815.) Formation de huit corps d'observation; leur composition; lieux où ils se réunissent; généraux chargés de leur commandement; création d'un comité de défense du territoire; sa composition; ses attributions, 40, 41. — (27 mars.) Projet d'organisation de la cavalerie : formation de trois divisions de cuirassiers et de quatre divisions de dragons; leur artillerie; la cavalerie légère est attachée aux différents corps d'armée; ordre pour la remonte de la cavalerie; — rappel des militaires en semestre et en congés illimités; organisation des 3⁰, 4⁰ et 5⁰ bataillons; — projet de formation de l'armée du Nord, 45 à 49. — (28 mars.) Création de six régiments de tirailleurs et de six régiments de voltigeurs de la jeune Garde, 51 à 53. — (29 mars.) Nouveaux ordres pour la remonte de la cavalerie, 54, 55. — (30 mars.) Composition des six premiers corps d'armée; nomination des commandants de ces corps, 61 à 64. — (2 avril.) Instructions pour l'équipement et la remonte de la cavalerie; organisation de la cavalerie du 4⁰ corps d'observation; — projet d'organisation du génie de l'armée, 70 à 73. — (3 avril.) Composition des 6⁰, 7⁰ et 8⁰ corps; généraux chargés de leur commandement; formation de cinq régiments étrangers; organisation de la cavalerie légère, 76 à 80. — (10 avril.) Appel de 100,000 gardes nationaux pour garder les frontières; — création de trois comités de défense pour les frontières du Nord, des Vosges, du Jura et des Alpes; — mesures à prendre pour la rentrée sous les drapeaux des anciens soldats de la rive gauche du Rhin, de la Belgique et d'Italie, 96 à 100. — (14 avril.) Ordre pour la formation de trois équipages de pont et l'organisation du service des pontonniers, 110. — (15 avril.) Instructions pour la remonte de la cavalerie; — création de nouveaux ateliers pour la fabrication des armes, 112 à 115. — (17 avril.) Organisation du 7⁰ corps; formation d'un 9⁰ corps en Provence; composition de ce corps, 120, 121. — (30 avril.) Décret pour la formation de quatre armées et trois corps d'observation, savoir : l'*Armée du Nord* occupant les 2⁰ et 16⁰ divisions militaires, l'*Armée de la Moselle* occupant les 3⁰ et 4⁰ divisions, l'*Armée du Rhin* et l'*Armée des Alpes*, le corps d'observation du Jura, celui du Var et celui des Pyrénées; composition de ces armées et de ces corps, 163, 164. — (3 mai.) Projet de formation de quatre autres armées de réserve, à Paris, à Lyon, à Bordeaux et à Toulouse, 184, 185. — (12 mai.) Mesures prises pour le recrutement de l'armée du Nord, 204, 205. — (15 mai.) Nouvelles instructions pour la remonte et l'équipement de la cavalerie, 219, 220. — (20 mai.) Composition de l'armée des Alpes, 238. — (3 juin.) Plusieurs généraux reçoivent ordre de se rendre au quartier général de l'armée du Nord; le maréchal Grouchy est nommé commandant en chef de la cavalerie; formation de son état-major, 289. — (16 juin.) Organisation définitive de l'armée, 334, 335. — V. Davout et Napoléon I⁰.

Armée (*Opérations de l'*). — (27 mars 1815.) Étude des positions de la Moselle et du Rhin qui peuvent permettre aux différents corps de combiner leurs opérations, 49. — (27 avril.) Ordre éventuel donné aux 1ᵉʳ, 2ᵉ, 3ᵉ et 4ᵉ corps de se réunir et de prendre position derrière la Sambre, si l'ennemi commençait les hostilités, 152, 153. — (15 mai.) Instructions données aux lieutenants généraux chargés de la défense des frontières, 220, 221. — (7 juin.) Le duc de Dalmatie reçoit ordre de partir pour l'armée afin de prendre les dispositions nécessaires pour la défense des places de première ligne, achever l'organisation des différents corps et prendre des renseignements sur la position de l'ennemi; ordre de fermer toutes les communications sur les lignes du Nord, du Rhin et de la Moselle, 304, 305. — (12 juin.) Départ de l'Empereur pour l'armée, 317. — (13 juin.) Ordre du jour indiquant aux différents corps les positions qu'ils doivent occuper autour de Beaumont, 320 à 322. — (14 juin.) Marche de l'armée sur Charleroi; ordre de mouvement des différents corps, 325 à 330. — (15 juin.) L'armée force le passage de la Sambre près Charleroi et met en déroute quatre régiments prussiens; l'ennemi perd 1,500 prisonniers et six pièces de canon; — le général Reille, en se portant sur Morchiennes avec les divisions du prince Jérôme et du général Bachelu, rencontre un corps prussien à Montigny-le-Tilleul et le met en déroute; pertes de l'ennemi, 331, 332. — (Du 16 au 20 juin.) L'Empereur divise l'armée en deux ailes et une réserve formant le centre; l'aile gauche, composée des quatre divisions du 1ᵉʳ corps, des quatre divisions du 2ᵉ corps, de deux divisions de cavalerie légère et des deux divisions du corps du comte de Valmy (environ 45,000 hommes), est placée sous les ordres du prince de la Moskova; l'aile droite, à peu près de même force, est confiée au maréchal Grouchy; la Garde et le 6ᵉ corps forment la réserve; — le prince de la Moskova reçoit ordre d'attaquer la position des Quatre-Bras et de se tenir prêt à marcher sur Bruxelles, occupé par les Anglais; le maréchal Grouchy se porte sur Sombreffe et Fleurus pour attaquer l'armée prussienne; l'Empereur, qui occupe Charleroi avec le centre de l'armée, se tient prêt à appuyer l'une ou l'autre aile, selon les circonstances; — *bataille de Ligny*, sous Fleurus: positions occupées par les armées française et prussienne; attaque des villages situés sur le bord du ravin qui couvre la position de l'ennemi: prise de ces villages; Blücher occupe encore avec toutes ses forces le plateau du moulin de Bussy, lorsque l'Empereur débouche avec sa Garde et la grosse cavalerie au-dessus du village de Ligny et enlève la position de l'ennemi; pertes de l'armée prussienne dans cette bataille; — *combat des Quatre-Bras*: pendant que le centre et l'aile droite de l'armée française gagnent la bataille de Ligny sur les Prussiens, le prince de la Moskova attaque les Anglais aux Quatre-Bras, et, malgré son infériorité numérique, maintient sa position; — le lendemain de ces deux batailles, l'Empereur porte l'aile droite sur Sombreffe et Wavre, à la suite de Blücher, et se rend lui-même avec sa réserve aux Quatre-Bras pour attaquer l'armée anglaise, qui occupe Mont-Saint-Jean; circonstance qui force l'Empereur à remettre l'attaque au lendemain; — *bataille de Mont-Saint-Jean*: positions occupées par les différents corps; enthousiasme des troupes; forces de l'armée anglaise; le prince Jérôme se porte sur le bois de Goumont occupé par les Anglais et les Hanovriens et s'en empare; prise du village de Mont-Saint-Jean par le comte d'Erlon et le général Milhaud; l'armée française est maîtresse de toutes les positions de l'ennemi; panique occasionnée par une charge de la cavalerie anglaise; confusion qui se répand dans l'armée; conséquences de cette bataille; retraite de l'armée sur Philippeville et Avesnes, 334 à 345. — V. Davout et Napoléon Iᵉʳ.

Arrighi, duc de Padoue, lieutenant général. —

(10 avril 1815.) Envoyé en Corse avec des pouvoirs extraordinaires; instructions qu'il reçoit pour l'organisation de la garde nationale, le remplacement des employés nommés par le roi, la formation d'un bataillon corse pour la défense de l'île d'Elbe et la distribution de récompenses aux habitants qui se sont distingués par leur patriotisme, 100, 101. — (12 mai.) Il reçoit ordre de diriger sur Toulon les régiments qui sont dans cette île, en y joignant deux bataillons de volontaires corses, 204. — V. Corse (Île de).

Artillerie (de l'armée). — (25 mars 1815.) Formation d'un équipage de 150 bouches à feu, 29. — (27 mars.) Une batterie d'artillerie légère est attachée à chacune des divisions de cavalerie et une batterie à pied aux divisions d'infanterie, 45, 46. — (27 avril.) Nomination du général Ruty au commandement de l'artillerie de l'armée; projet d'organisation de l'artillerie et du parc de réserve de Vincennes; emploi du personnel de l'artillerie de marine pour le service de l'armée; organisation de l'artillerie des 1er, 2e, 3e et 6e corps d'armée, 153 à 157. — (14 mai.) Organisation de l'artillerie de la Garde; ordre de porter toutes les batteries à pied et à cheval à six pièces de 12 et deux obusiers, 212, 213. — V. Armée (Organisation de l').

Artillerie (des places). — (24 avril 1815.) Armement et approvisionnement de guerre de Paris, 149. — (30 avril.) Organisation de 30 batteries d'artillerie pour la défense de Paris, 165. — (10 mai.) Le ministre de la marine reçoit ordre de faire expédier du Havre à Paris trois cents bouches à feu en fer, pour compléter l'armement de Paris et des places de Soissons, Reims, Vitry, Laon, Château-Thierry, Langres, etc. 196, 197. — (27 mai.) Ordres pour l'armement des travaux de défense de Paris, 267, 268. — (5 juin.) Projet de formation de dix compagnies d'artillerie composées d'élèves de l'École de médecine et des lycées et destinées à la défense de Paris, 153, 294, 295. — V. Davout.

Araby, lieutenant général d'artillerie. — (11 juin 1815.) Concession d'une pension de 2.000 fr. à sa veuve, 317.

Augereau, duc de Castiglione, maréchal de France. — (1er mars 1815.) Conséquences de sa défection, 1 et 2. — (10 avril.) Le ministre de la guerre reçoit ordre de le rayer de la liste des maréchaux; demande de renseignements sur sa position de fortune pour lui accorder une pension de retraite, 99.

Aultanne (Baron d'), lieutenant général, 126.

Auxonne, chef-lieu de canton du département de la Côte-d'Or. — (27 avril 1815.) Ordre de mettre cette place en état de défense; la garde nationale d'Auxonne est chargée de la défense des ponts de la Saône, 156.

Avesnes, chef-lieu d'arrondissement du département du Nord. — (27 avril 1815.) Ordre de former dans cette ville des magasins pour 100,000 hommes et 20,000 chevaux, pendant dix jours; le général Reille reçoit ordre de porter le quartier général du 2e corps à Avesnes; approvisionnement de guerre de cette place, 151, 153. — (20 juin.) Retraite de l'armée sur Avesnes, 344.

B

Bachelu (Baron), lieutenant général. — (15 juin 1815.) La division Bachelu concourt au combat de Montigny-le-Tilleul; pertes de l'ennemi, 332.

Bade (Grand-duché de). — (3 avril 1815.) Le duc de Vicence reçoit ordre d'adresser des réclamations au gouvernement badois à cause de son refus de laisser passer les courriers diplomatiques, et de lui faire observer que cette conduite est contraire au droit des gens, 74.

Bailly de Saint-Pol (Baron), maréchal de camp du génie, 289.

Balensai, capitaine des chevau-légers de la Garde impériale, 7.

45.

BARBIER, bibliothécaire de l'Empereur. — (25 juin 1815.) Chargé de composer une bibliothèque de voyage et une grande bibliothèque pour l'Empereur; mesures qu'il doit prendre pour l'expédition de la grande bibliothèque en Amérique, 347.

BARROIS (Baron), lieutenant général. — (14 mai 1815.) Chargé du commandement de la 1re division de la jeune Garde; départ de cette division pour Compiègne; son organisation, 212.

BAUBUS (Jean-Louis-Amable DE). — (19 avril 1815.) Chargé de se rendre auprès du roi de Naples après l'insuccès du mouvement offensif de l'armée napolitaine en Italie, et de l'engager à fixer pendant quelque temps sa résidence entre Grenoble et Sisteron, jusqu'à ce que les circonstances lui permettent de venir à Paris, 127, 128. — V. JOACHIM MURAT.

BAVAY, chef-lieu de canton du département du Nord. — (27 avril 1815.) Travaux de défense de cette place, 151.

BEAUMONT, place forte du département du Nord. — (27 avril.) Ordre pour les travaux de défense de cette place, 151.

BEDOCH (Chevalier), député de la Corrèze. 129 et 207.

BELLÉROPHON (Le), vaisseau anglais à bord duquel l'Empereur se rendit, après sa seconde abdication, pour demander l'hospitalité britannique, 348, 349.

BELLIARD (Comte), lieutenant général de cavalerie. — (11 juin.) Reçoit ordre de se rendre à l'armée du Nord, 315.

BERNARD (Chevalier), colonel du génie, aide de camp de l'Empereur. — (20 avril 1815.) Nommé membre du comité de défense du territoire de l'Empire, 130.

BERNOTTI, capitaine, officier d'ordonnance de l'Empereur, 22.

BERTEZÈNE (Baron), lieutenant général. — (3 juin 1815.) Reçoit ordre de se rendre au quartier général de l'armée du Nord, 289.

BERTHIER, prince de Neuchâtel et de Wagram, maréchal de France. — (10 avril 1815.) Intention de l'Empereur de le rayer de la liste des maréchaux; demande de renseignements sur sa position de fortune pour lui accorder une pension de retraite, 99.

BERTRAND (Comte), lieutenant général du génie, grand maréchal du Palais. — (13 mars 1815.) Chargé de prendre les mesures nécessaires pour la publication du décret de dissolution de la chambre des Pairs et de la chambre des Communes; — investi des fonctions de major général de l'armée, 9. — (25 mars.) Instructions qui lui sont données pour l'organisation du personnel de la Maison de l'Empereur, 32. — (27 avril.) Chargé de faire partir pour Compiègne un service de guerre de la Maison de l'Empereur, 158. — (5 mai.) Observations qui lui sont adressées sur le budget des théâtres, 185, 186. — (7 mai.) Le général Bertrand est chargé d'envoyer des secours à des habitants de l'île d'Elbe, 187. — (19 mai.) Il reçoit ordre de remettre à l'Empereur une liste de cent vingt personnes pour la composition de la chambre des Pairs, 231. — (7 juin.) Ordre de départ de la Maison de l'Empereur pour le quartier général de l'armée, 305, 306.

BESSIÈRES (Baron), lieutenant général, 290.

BIGNON (Baron), sous-secrétaire d'état au ministère des affaires étrangères. — (28 mars 1815.) Chargé de faire une histoire du congrès de Vienne; instructions qui lui sont données à ce sujet, 53.

BIGOT DE PRÉAMENEU (Comte), directeur général des cultes. — (17 avril 1815.) Reçoit ordre d'accepter la démission de l'évêque de Vannes et de veiller à ce que le chapitre donne ses pouvoirs à un homme bien intentionné, 119.

BLÜCHER, général de cavalerie, commandant en chef l'armée prussienne. — (20 juin 1815.) Battu par l'armée française à Ligny; pertes de son armée, 340.

BOISSY-D'ANGLAS, pair de France, 129.

BONNY (Comte), lieutenant général. — (7 juin 1815.) Chargé du commandement des 3e et 4e divisions militaires; instructions qui lui sont données, 303.

BORDEAUX, chef-lieu du département de la Gironde. — (30 mars 1815.) Instructions données aux généraux Clausel et Morand pour l'occupation de cette ville, 59. — (5 avril.) Pacification de Bordeaux; embarquement de la duchesse d'Angoulême, 88. — V. CLAUSEL et MORAND.

BORDESOULLE (Baron), lieutenant général, 122.

BOURCIER (Comte), lieutenant général de cavalerie. — (2 avril 1815.) Chargé du commandement du dépôt de remonte de Versailles; instructions qui lui sont données, 70 à 72. — (22 mai.) Plaintes de l'Empereur sur le service de la remonte, 259. — V. 70, 192, 209 et 275. — V. VERSAILLES.

BOURMONT (Comte de), lieutenant général. — (15 juin 1815.) Déserte à l'ennemi; ordre de le mettre en jugement, 333.

BOYER (Baron), premier chirurgien de l'Empereur, 32, 33.

BRAYER (Baron), lieutenant général. — (11 mars 1815.) Reçoit ordre de se diriger avec sa division sur Paris, 15. — (3 avril.) Nommé commandant de la 19ᵉ division; composition de cette division, 76. — (16 avril.) Les gardes nationales réunies à Lyon sont placées sous son commandement, 118. — (22 mai.) Il est envoyé dans la Vendée avec deux régiments de la jeune Garde, 253, 254.

BREST, port français sur l'Océan. — (9 avril 1815.) Remplacement du préfet maritime; instructions données au duc Decrès pour le choix des commandants de la marine qui doivent être envoyés à Brest, 93. — V. DECRÈS et MARINE IMPÉRIALE.

BRICHE (Baron), lieutenant général, 126.

BRON (Baron), maréchal de camp, 290.

BRUNE, maréchal de France. — (16 avril 1815.) Nommé gouverneur des départements de la Provence, 118. — (12 mai.) Chargé de la formation du corps d'armée des Alpes, 204. — (22 mai.) Mesures de sûreté publique qu'il est chargé de prendre à Marseille; ordres qu'il reçoit pour la formation du corps d'observation du Var, 251, 252. — V. ARMÉES (Organisation de l') et MARSEILLE.

BRUNI (Baron), maréchal de camp. — (22 mai 1815.) Ordre d'arrestation de ce général, 250, 251.

BRUSLART (Chevalier DE), maréchal de camp. — (23 mars 1815.) Ordre de le mettre en arrestation, 24. — (11 mai.) L'Empereur demande un rapport sur le projet d'assassinat imputé à ce général, 199.

BOUTRAY (Chevalier), maître des requêtes, chargé de la direction des travaux publics de la Seine, 31.

BUDGET. — (14 avril 1815.) Ressources extraordinaires du budget: vente des biens des communes et des bois de l'état; centimes extraordinaires de guerre; emploi de ces ressources pour liquider l'arriéré des ministères et les dettes contractées par les villes pendant l'invasion, 108, 109. — V. GAUDIN et MOLLIEN.

BUQUET, maréchal de camp, 60.

C

CAFFARELLI (Comte), lieutenant général, aide de camp de l'Empereur. — (27 mars 1815.) Instructions qui lui sont données pour la réorganisation des gardes nationales de la 13ᵉ division militaire, 43, 44. — (11 mai.) Il est chargé de faire un rapport sur l'emploi des crédits accordés pour l'habillement des troupes en 1815; observations de l'Empereur sur la qualité des draps, 199.

CAISSE DE L'EXTRAORDINAIRE. — (6 avril 1815.) Création de cette caisse pour secourir les habitants des départements de la Champagne, de la Lorraine et de l'Alsace, victimes de l'invasion; fonds dont se compose cette caisse; le comte Defermon en est nommé directeur. 90. — V. DEFERMON.

CALVI, chef-lieu d'arrondissement du département de la Corse. — (20 mai 1815.) Importance de cette place; ordre d'y concentrer toutes les ressources militaires de l'île, 232, 233. — V. Corse (Île de).

CAMBACÉRÈS (Prince), duc de Parme, archichancelier de l'Empire, chargé du portefeuille de la justice. — (14 avril 1815.) Reçoit ordre de faire un rapport sur les émigrés, 106. — (18 avril.) Il est chargé de proposer à l'Empereur des mesures répressives contre les individus qui font acte d'hostilité au gouvernement, 121, 122.

CAMBRONNE (Baron), maréchal de camp, commandant le 1er régiment de chasseurs de la Garde, 7, 18.

CANNES, chef-lieu de canton du département du Var, 12.

CARNOT (Comte), lieutenant général du génie, ministre de l'intérieur. — (25 mars 1815.) Ordres qui lui sont donnés pour la reprise des travaux publics à Paris, 30, 31. — (26 mars.) Il est chargé de présenter à l'Empereur un projet de décret pour la réorganisation de l'Université, 41. — (27 mars.) La direction des gardes nationales est remise dans les attributions de son ministère; instructions générales pour l'organisation de ces corps, 43, 44. — (6 avril.) Réorganisation des municipalités et des gardes nationales de la 19e division militaire, 89. — (12 avril.) Formation d'une commission pour examiner la question des entrepôts et des ports francs, 104, 105. — (14 avril.) Instructions données au comte Carnot pour l'administration de la Corse et l'organisation de quatre bataillons de chasseurs destinés à la défense de cette île, 106, 107. — (30 avril.) Projet de décret pour le renouvellement des municipalités et des sous-préfets de l'Empire; mode de nomination des nouveaux titulaires; même opération pour le remplacement des commandants et officiers des gardes nationales; enquête sur les administrations et régies; instructions spéciales à donner aux commissaires extraordinaires chargés de l'exécution de ces ordres, 128 à 130. — (29 avril.) Décret pour la formation de deux régiments de lanciers de garde nationale dans les départements du Haut-Rhin et du Bas-Rhin; instructions pour le recrutement, l'équipement et la remonte de ces corps, 134. — (24 avril.) Le ministre de l'intérieur reçoit ordre de faire fabriquer dans chaque département une certaine quantité de piques pour suppléer à l'insuffisance du nombre de fusils et de faux, 148. — (29 avril.) Ordres qui lui sont donnés pour l'évaluation et le payement des indemnités dues aux communes et aux particuliers victimes de l'invasion; mode de liquidation de ces indemnités, 159 à 161. — (10 mai.) Mutations indiquées par l'Empereur dans le personnel des préfets, 198. — (12 mai.) Répartition de la levée des bataillons de garde nationale d'après la population des départements, 207, 208. — (21 mai.) Autorisation accordée aux préfets d'organiser, comme en 1814, des compagnies de réserve, 242. — V. 63, 64, 179, 231 et 255. — V. Corse (Île de), Gardes nationales et Université.

CAROLINE. — V. Marie-Annunciade-Caroline.

CASALTA, maréchal de camp. — (20 mai 1815.) Intention de l'Empereur de l'employer dans la 23e division militaire, 234.

CAULAINCOURT, duc de Vicence, général de division, ministre des affaires étrangères. — (28 mars 1815.) Instructions qui lui sont données pour la publication d'une histoire du congrès de Vienne, des traités de Campo-Formio, Lunéville, Amiens, Presbourg, Tilsit, et des affaires d'Espagne, avec les pièces originales et les lettres à l'appui; — il reçoit ordre de publier chaque jour dans le Moniteur des articles destinés à éclairer l'opinion publique sur les conflits d'intérêts des diverses puissances européennes, 53, 54. — (3 avril.) Réclamations qu'il doit adresser au gouvernement badois à cause de son refus de laisser passer les courriers diplomatiques; — envoi d'agents secrets auprès des puissances restées fidèles à la France pour leur faire connaître les intentions et les bonnes dispositions de l'Empereur à leur égard, 73, 74. — (7 avril.) Intention de l'Empereur de faire publier dans *le Moniteur* les documents relatifs aux rapports de la France avec l'Angleterre, la Suisse et le roi de Naples, 90, 91. — (10 avril.) Ordre d'envoyer un chargé d'affaires à Constantinople et un ministre à Naples, 95. — (15 avril.) Demande d'un rapport sur la conduite du roi de Naples pendant la campagne de 1814; note de l'Empereur pour la rédaction de ce rapport, 111, 112. — (19 avril.) Envoi de M. Banslos auprès du roi de Naples après l'insuccès du mouvement offensif de l'armée napolitaine en Italie; instructions qui lui sont données, 127, 128. — V. Murat.

Cavalerie. — V. Armée (*Organisation de l'*).

Chabert, lieutenant général. — (17 avril 1815.) — Chargé du commandement d'une division de gardes nationales du Dauphiné attachée au 7° corps; composition de cette division, 120.

Chalon-sur-Saône, chef-lieu d'arrondissement du département de Saône-et-Loire. — (14 mars 1815.) Arrivée de l'Empereur dans cette ville, 16. — (27 avril.) Formation de l'artillerie de la garde nationale, 156. — (1ᵉʳ mai.) Éloge du patriotisme des habitants de cette ville, 173. — (22 mai.) Décret autorisant la ville de Chalon-sur-Saône à placer l'aigle de la Légion d'honneur dans ses armes, 256. — V. Napoléon Iᵉʳ.

Chambarlhac (Baron aa), lieutenant général, 260.

Chambéry, chef-lieu du département du Mont-Blanc. — (26 mars 1815.) Réunion du 6° corps d'observation près de cette ville pour couvrir les Alpes, 40.

Chambre des Pairs. — (13 mars 1815.) Décret de dissolution de cette chambre; motifs de cette dissolution, 8, 9. — (22 avril.) Institution par l'*Acte additionnel* d'une nouvelle chambre des Pairs : hérédité de la pairie; les Pairs prennent séance à vingt et un ans et ont voix délibérative à vingt-cinq; inviolabilité des Pairs pendant la durée des sessions; compatibilité de la qualité de Pair avec toutes fonctions publiques, hors celles de comptables; publicité des séances; extension des pouvoirs de la chambre des Pairs; droit d'amendement; faculté d'inviter le gouvernement à proposer des lois sur des objets déterminés; pouvoir discrétionnaire attribué à la chambre des Pairs pour caractériser les délits commis par les ministres et infliger la peine, 139 à 147. — (19 mai.) L'Empereur charge le prince Joseph de lui remettre une liste de cent vingt personnes pour la composition de la chambre des Pairs; pareille demande est adressée aux ministres, au général Bertrand et au comte de Montesquiou-Fezensac, 231. — (7 juin.) Discours de l'Empereur à la séance d'ouverture des Chambres, 301 à 302. — (8 juin.) Demande d'un projet de message à la chambre des Pairs pour annoncer l'ouverture prochaine des hostilités, 308, 309. — (11 juin.) Adresse de la chambre des Pairs; réponse de l'Empereur à cette adresse, 310, 311. — (15 juin.) Le prince Joseph reçoit ordre de communiquer à la chambre des Pairs un rapport du duc de Vicence sur l'hostilité des puissances coalisées contre la France, et les tentatives vainement faites pour arriver à des négociations, 330. — (21 juin.) Le prince Lucien porte un message de l'Empereur à la chambre des Pairs, 345. — V. Acte additionnel.

Chambre des Représentants. — (13 mars 1815.) Décret de dissolution de la chambre des Communes; motifs de cette dissolution, 8, 9. — (22 avril.) Constitution par l'*Acte additionnel* de la nouvelle chambre des *Représentants* : élection directe; conditions d'éligibilité; la limite d'âge des candidats est fixée à vingt-cinq ans au lieu de quarante; suppression du cens électoral; indemnité accordée aux Représentants durant les sessions; — représentation spéciale de l'industrie et de la propriété manufacturière et commerciale; — renouvellement de droit et intégral de la chambre des Représentants tous les cinq ans; extension des pouvoirs de cette Chambre; nomination du président par la Chambre; droit d'amendement; faculté d'inviter le gouvernement à proposer des lois sur des objets déterminés; droit de prononcer la mise en accusation des ministres; aucun impôt direct ou indirect ne peut être perçu, aucun emprunt ne peut avoir lieu, aucun domaine de l'État ne peut être aliéné, aucune levée d'hommes ne peut être ordonnée sans une loi préalable; vote annuel du budget; — inviolabilité des Représentants pendant les sessions; publicité des séances. 139 à 147. — (30 avril.) Convocation des députés à l'assemblée du Champ-de-Mai, 163. — (7 juin.) Discours de l'Empereur à la séance d'ouverture des Chambres, 300 à 302. — (8 juin.) Demande d'un projet de message à la chambre des Représentants pour annoncer l'ouverture prochaine des hostilités, 308, 309. — (11 juin.) Adresse de la chambre des Représentants; réponse de l'Empereur à cette adresse, 311 à 313. — (15 juin.) Le prince Joseph reçoit ordre de communiquer à la chambre des Représentants un rapport du duc de Vicence sur l'hostilité des puissances coalisées contre la France, et les tentatives vainement faites pour arriver à des négociations, 330. — (21 juin.) Message de l'Empereur à la chambre des Représentants, 345, 346. — V. ACTE ADDITIONNEL, CHAMP-DE-MAI et COLLÉGES ÉLECTORAUX.

CHAMP-DE-MAI. — (13 mars 1815.) Convocation des colléges électoraux, à Paris, en *Assemblée extraordinaire du Champ-de-Mai*, 9. — (30 avril.) Les dispositions hostiles des puissances étrangères décident l'Empereur à ne pas attendre l'acceptation de l'*Acte additionnel* par le peuple; les colléges électoraux sont convoqués à bref délai pour l'élection des députés, et les nouveaux élus sont appelés à l'assemblée du Champ-de-Mai, 161 à 163. — (1ᵉʳ juin.) Assemblée du Champ-de-Mai : discours de l'Empereur aux électeurs des colléges de département et d'arrondissement; l'Empereur prête serment d'observer les constitutions de l'Empire; serment du prince archichancelier répété par toute l'assemblée; discours que l'Empereur adresse à la garde nationale et aux troupes de terre et de mer, en leur confiant l'aigle impériale, 283 à 286. — V. ACTE ADDITIONNEL, COLLÉGES ÉLECTORAUX et NAPOLÉON Iᵉʳ.

CHAPTAL, comte de Chanteloup, ministre d'état, directeur général du commerce et des manufactures. — (18 mai 1815.) Propose à l'Empereur de remettre en vigueur le décret de Milan sur les droits des neutres; observations de l'Empereur sur le préjudice que l'application de ce système causerait au commerce, 228, 229. — V. COMMERCE.

CHARBONNIER (Louis), lieutenant général. — (22 mai 1815.) Nommé commandant d'armes à Givet, 249.

CHARTRAND, maréchal de camp. — (14 mai 1815.) Chargé du commandement d'une brigade de la 1ʳᵉ division de la jeune Garde; composition de cette brigade, 212.

CHASTEL (Baron), lieutenant général, 26.

CHÂTEAU-THIERRY, chef-lieu d'arrondissement du département de l'Aisne. — (27 mars 1815.) Plan de défense de cette ville, 44, 45.

CHAUVOT, lieutenant d'infanterie de la Garde, 7.

CHAUTARD, capitaine de frégate, commandant la flottille de l'île d'Elbe, 11.

CLAAT, maréchal de camp de cavalerie, 332.

CLAUSEL (Baron), lieutenant général. — (26 mars 1815.) Chargé du commandement du 7ᵉ corps d'observation; instructions qui lui sont données; composition de ce corps, 40. — (27 mars.) Ce général est chargé de réorganiser les gardes nationales des 11ᵉ et 21ᵉ divisions militaires, 43, 44. — (30 mars.) Il reçoit ordre de marcher sur Bordeaux pour occuper cette ville, 59. — (3 avril.) Le corps d'armée placé sous les ordres du général Clausel prend le nom de *Corps d'observation des Pyrénées* ou *8ᵉ corps*, 77, 78. — (22 mai.) Ce général est chargé de concourir à la répression des troubles de la Vendée, 247. — V. 54, 92, 259. — V. BORDEAUX.

CLOUET, colonel, chef d'état-major du général Bourmont. — (15 juin 1815.) Déserte à l'ennemi; ordre de le mettre en jugement, 333.

COLLÉGES ÉLECTORAUX. — (13 mars 1815.) Convocation des colléges électoraux à Paris en assemblée extraordinaire du Champ-de-Mai, 9. — (22 avril.) Mode de nomination et inamovibilité des présidents des colléges électoraux, à partir de 1816; élection directe; conditions d'éligibilité; représentation spéciale de l'industrie et de la propriété manufacturière et commerciale; renouvellement de droit et intégral de la Chambre tous les cinq ans, 139 à 147. — (30 avril.) Motifs qui déterminent l'Empereur à faire procéder à l'élection des députés sans attendre l'acceptation de l'*Acte additionnel* par le peuple, 163. — V. ACTE ADDITIONNEL et CHAMBRE DES REPRÉSENTANTS.

COLLIN DE SUSSY (Comte), ministre d'état, premier président de la Cour des comptes, 91 et 104.

COMBE, capitaine d'infanterie de la Garde, 7.

COMITÉ DE DÉFENSE. — (20 avril 1815.) Membres qui le composent; le comité de défense reçoit ordre de s'occuper d'abord de l'exécution des ouvrages de campagne nécessaires sur les frontières du Nord et du Rhin, ensuite de ceux de la Somme et des Vosges, enfin de ceux du Jura et des Alpes; il est chargé, en outre, de remettre à l'Empereur une description des frontières, des places fortes et des inondations, 130. — V. GÉNIE MILITAIRE.

COMMERCE. — (18 mai 1815.) Proposition du comte Chaptal de remettre en vigueur le décret de Milan sur les droits des neutres, si les Anglais renouvellent leurs arrêts du Conseil de 1807; observations de l'Empereur sur le préjudice que l'application de ce système occasionnerait au commerce; demande de renseignements sur les stipulations des traités de Paris et de Gand relatives au droit maritime de l'Angleterre, et sur le système appliqué par cette puissance depuis la signature de ces traités, 228 à 230. — V. CHAPTAL.

COMMISSAIRES EXTRAORDINAIRES. — (20 avril 1815.) Envoi de commissaires extraordinaires dans les divisions militaires; attributions qui leur sont confiées pour le renouvellement des municipalités et le remplacement des sous-préfets, des commandants et officiers des gardes nationales, des fonctionnaires et employés des diverses administrations, 128 à 130.

CONDÉ-SUR-L'ESCAUT, place forte et chef-lieu de canton du département du Nord. — (27 avril 1815.) Approvisionnement de guerre de cette place, 153.

CONSEIL D'ÉTAT. — (26 mars 1815.) Adresse du Conseil d'état : consécration de la légitimité du gouvernement impérial par les votes du peuple; illégalité des actes qui se sont accomplis en présence des armées ennemies et sous la domination étrangère; l'Empereur, en remontant sur le trône, en vertu du seul principe de légitimité que la France ait reconnu, rétablit le peuple dans ses droits; — réponse de l'Empereur, 34 à 36.

CONSEIL MUNICIPAL DE PARIS. — (26 mars 1815.) Réponse de l'Empereur à l'adresse du Conseil municipal de Paris, 38.

CONSTANTINOPLE, capitale de la Turquie. — (10 avril 1815.) Le ministre des affaires étrangères reçoit ordre d'envoyer un chargé d'affaires à Constantinople, 95.

CORBINEAU (Baron), lieutenant général de cavalerie, aide de camp de l'Empereur. — (3 avril 1815.) Envoyé à Lyon pour seconder le général Grouchy et combattre l'insurrection des Marseillais, 85, 86. — (21 mai.) Mission qui lui est donnée dans la Vendée; troupes placées sous ses ordres pour combattre l'insurrection des départements de l'Ouest, 242, 243.

CORNUEL, capitaine d'artillerie de la Garde, 7.

CORPS FRANCS. — (22 avril 1815.) Décret pour l'organisation des corps francs; mode de nomination des commandants; conditions exigées des candidats; recrutement des corps francs; leur organisation; leur armement et leur équipement; ordre de service des corps francs, en cas d'envahissement du territoire; dispositions spéciales pour les prises; sommes allouées par l'État pour les prisonniers ennemis, suivant leur grade; répartition de ces sommes et profits, d'après les principes de partage adoptés pour les armements en course dans les guerres maritimes, 131 à 133. —

(1er mai.) Faculté donnée aux généraux commandants d'armée de confier la direction des corps francs aux lieutenants généraux commandants des ailes, aux commandants des départements ou aux commandants des places sur lesquelles ces corps doivent s'appuyer, mais en laissant à ces corps l'indépendance de leurs mouvements, 172. — (25 mai.) Mesures prises pour le casernement et l'entretien du corps franc de Paris; appel des corps francs des 1re, 3e, 4e, 5e et 16e divisions militaires; positions que ces corps doivent occuper sur les frontières du Nord et du Rhin, 263, 264. — (9 juin.) Instructions spéciales pour le service des corps francs des 1re, 2e, 10e, 14e, 15e et 16e divisions militaires, 310. — V. Davout et Napoléon Ier.

Corse (Île de), dans la Méditerranée. — (23 mars 1815.) Rappel des troupes françaises; formation de quatre bataillons corses pour la garde de l'île; instructions pour la croisière; le général de Launay est nommé gouverneur de la Corse, 23 à 25. — (10 avril.) Dissolution de la junte; — le duc de Padoue est envoyé en Corse avec des pouvoirs extraordinaires; instructions qui lui sont données pour l'organisation de la garde nationale, le remplacement des employés nommés par le roi, la formation d'un bataillon corse destiné à la défense de l'île d'Elbe et la distribution de récompenses aux habitants qui se sont distingués par leur patriotisme, 100, 101. — (14 avril.) Instructions pour l'administration et la défense de la Corse, 106, 107. — (12 mai.) Le duc de Padoue reçoit ordre de diriger sur Toulon les régiments qui sont dans l'île, et d'y joindre deux bataillons de volontaires corses, 204. —

(20 mai.) Nouvelles mesures ordonnées pour la défense de la Corse; concentration des ressources militaires à Ajaccio et à Calvi; armement de ces places; opinion de l'Empereur sur les autres places de l'île; projet d'organisation de la gendarmerie; recommandation de ne pas négliger l'exportation des bois; utilité de cette exportation pour le pays et pour l'approvisionnement de la marine, 232 à 237. — (21 mai.) Projet d'incorporer 500 Corses dans la jeune Garde et 300 dans la vieille Garde, 240, 241. — V. Ajaccio.

Corsin (Baron), maréchal de camp, 97, 232.

Corvisart (Baron), premier médecin de l'Empereur, 32.

Cosmao Kerjulien (Baron), contre-amiral, 94.

Cotty, colonel d'artillerie, directeur général des forges d'artillerie. — (15 avril 1815.) Chargé d'organiser de nouveaux ateliers pour la fabrication des armes, 114.

Cour de cassation. — (26 mars 1815.) Réponse de l'Empereur à l'adresse de la Cour de cassation, 37.

Cour des comptes. — (26 mars 1815.) Réponse de l'Empereur à l'adresse de la Cour des comptes, 37.

Cour impériale de Paris. — (26 mars 1815.) Réponse de l'Empereur à l'adresse de la Cour impériale de Paris, 38.

Cuneo d'Ornano, colonel, commandant de place à Antibes, 98.

Curely (Baron), maréchal de camp, 289.

Curial (Baron), lieutenant général, commandant la 19e division militaire. — (2 mai 1815.) Intention de l'Empereur de lui confier la défense de Lyon, 176.

Curto (Baron), maréchal de camp, 126

D

Dalesme (Baron), lieutenant général. — (10 avril 1815.) Nommé gouverneur de l'île d'Elbe; instructions qui lui sont données, 96, 97. — V. 25, 106, 107. — V. Elbe (Île d').

Dambray (Charles-Henry), ancien garde des sceaux, 122.

Darricau (Baron), lieutenant général. — (12 mai 1815.) Désigné pour commander les tirailleurs de la garde nationale de Paris (fédérés), 201.

DAVID (Chevalier), membre de l'Institut, premier peintre de l'Empereur, 3a.

DAVOUT, prince d'Eckmühl, maréchal de France. — (21 mars 1815.) Nommé ministre de la guerre; instructions qui lui sont données pour la réorganisation de la 1re division militaire et les mouvements de troupes, 19, 20. — (23 mars.) Ordre pour la fabrication des armes; — organisation militaire de la Corse, 24 à 26. — (25 mars.) Formation d'un équipage de 150 bouches à feu, 29. — (26 mars.) Instructions pour l'organisation de huit corps d'observation à Lille, Valenciennes, Mézières, Thionville, Strasbourg, Chambéry, Bayonne et Paris; composition de ces corps; — création d'un comité de défense du territoire, 39 à 41. — (27 mars.) Ordres divers : mise en état de défense des places de la Fère, Soissons et Château-Thierry; rappel des militaires en semestre et en congés illimités; formation des 3es, 4es et 5es bataillons; organisation de l'artillerie de l'armée; impulsion donnée à la fabrication des armes; armement des places fortes; travaux de défense de Lyon et de Grenoble; projet d'organisation de l'armée du Nord; étude des positions de la Moselle et du Rhin pour combiner les opérations éventuelles des différents corps, 44 à 49. — (29 mars.) Mesures militaires pour la pacification des mouvements insurrectionnels du Midi; — instructions pour la remonte de la cavalerie, 53 à 55. — (2 avril.) Ordre de centraliser à Versailles toute l'opération des remontes et de concentrer les approvisionnements de guerre entre Paris et la Loire; instructions pour l'habillement des corps; formation de la 5e et de la 7e division de cavalerie; — projet d'organisation du génie de l'armée; — nouvel ordre d'accélérer la fabrication et la réparation des armes, 68 à 73. — (3 avril.) Composition des 6e, 7e et 8e corps; — formation de cinq régiments étrangers; — organisation de la cavalerie légère, 76 à 81. — (8 avril.) Ordres pour les mouvements de troupes, 91 à 93. — (10 avril.) Appel de 100,000 gardes nationaux pour garder les frontières; mesures pour leur armement; — organisation militaire de l'île d'Elbe; — formation de trois comités de défense des frontières des Vosges, du Jura et des Alpes; — réorganisation de la 8e division militaire; — nomination des commandants et officiers des gardes nationales de la 16e division militaire; — mesures à prendre pour la rentrée sous les drapeaux des anciens soldats de la rive gauche du Rhin, de la Belgique et d'Italie, 96 à 100. — (11 avril.) Instructions pour la défense des frontières : garnisons des places; étude des positions stratégiques, passages de rivières, lignes de canaux, débouchés de forêts; système d'inondation dans le Nord; emploi des gardes nationales sédentaires des 2e, 3e, 4e, 5e, 6e et 7e divisions militaires, 101 à 103. — (14 avril.) Ordre pour la formation de trois équipages de pont et l'organisation du service des pontonniers, 110. — (15 avril.) Instructions pour la remonte de la cavalerie; — organisation de nouveaux ateliers pour la fabrication des armes, 112 à 115. — (18 avril.) Ordre de diriger sur les corps d'armée les troupes disponibles aux dépôts; — avis de la destitution de plusieurs généraux, 122 à 127. — (22 avril.) Décret pour l'organisation des corps francs, 131 à 133. — (27 avril.) Ordres divers : formation de magasins pour l'armée à Avesnes, Guise, Laon et Soissons; envoi de compagnies d'équipages militaires à Laon pour le service des vivres; organisation des ambulances des 1er, 2e et 3e corps; approvisionnement de guerre des places d'Avesnes, Maubeuge, Landrecies, Condé, Valenciennes et Philippeville; travaux de défense de Maubeuge, Bavay, Beaumont et des têtes de pont de la Sambre; reconnaissance des positions militaires de la frontière; positions que doivent occuper les 1er, 2e, 3e et 4e corps; réunion de ces corps en cas d'attaque de l'ennemi; projet d'organisation de l'artillerie de l'armée et du parc de réserve de Vincennes; travaux de défense de

Lyon et de Langres; armement de Sisteron et d'Auxonne; organisation de l'artillerie des 1er, 2e, 3e, 6e corps, et des gardes nationales de Dijon, Saint-Jean-de-Losne, Chalon-sur-Saône, Mâcon, Tournus et Villefranche, 151 à 157. — (29 avril.) Demande d'un projet de décret pour l'envoi du duc de Trévise en mission extraordinaire dans les départements du Nord; objet de cette mission, 158, 159. — (30 avril.) Intention de l'Empereur de confier au prince d'Eckmühl, pendant la durée de la guerre, outre le portefeuille de la guerre, le gouvernement de Paris et le commandement en chef des gardes nationales, des levées en masse et des troupes de ligne réunies à Paris; instructions de l'Empereur pour la défense de cette capitale : organisation du personnel et du matériel de l'artillerie; construction de redoutes sur les hauteurs de Paris; troupes placées sous les ordres du prince d'Eckmühl pour la défense de cette capitale; — ordre de mettre Montbéliard en état de défense et de faire armer Pierre-Châtel, Salins, le passage des Échelles et le fort de l'Écluse; même ordre pour Sisteron et Pont-Saint-Esprit : travaux de défense des passages des Vosges et du Jura, 163 à 167. — (1er mai.) Ordres pour l'organisation et la mobilisation des gardes nationales; formation des régiments et des divisions de réserve; leur destination; instructions pour l'organisation et le service de la levée en masse, 168 à 175. — (2 mai.) Ordres pour l'armement et les travaux de défense de Lyon, 175 à 178. — (3 mai.) Instructions pour le service des vivres de l'armée; — projet de formation de quatre armées de réserve : à Paris, Lyon, Bordeaux et Toulouse, 181 à 185. — (9 mai.) Ordres pour l'évacuation des places fortes par les troupes de ligne et leur remplacement par les gardes nationales; nouvelles mesures à prendre pour fortifier les passages des Vosges et du Jura, l'armement et l'approvisionnement des places fortes; — ordre pour le payement de la solde des troupes, 188 à 195. —

(12 mai.) Projet de décret pour annuler l'ordonnance royale relative à la dotation et à l'administration des Invalides et rétablir l'ancienne organisation; — emploi des officiers de l'armée pour la formation des bataillons de gardes nationales; — instructions générales à donner aux lieutenants généraux commandant les divisions militaires et aux généraux commandant les gardes nationales; — mesures à prendre pour la défense du territoire; — ordre de rendre aux régiments les numéros qu'ils avaient en 1813, 200 à 206. — (13 mai.) Intention de l'Empereur de faire publier dans le *Journal de l'Empire* le récit de ce qui se passa après la bataille d'Austerlitz, lorsque l'empereur Alexandre fut coupé par le maréchal Davout, 209, 210. — (14 mai.) Organisation de l'artillerie et des ambulances de la jeune et de la vieille Garde, 213. — (15 mai.) Décret pour la formation de vingt-quatre bataillons de fédérés à Paris; — ordres pour la mise en état de défense des places de la Somme et la reconnaissance des ponts qu'il faudrait garder ou couper; travaux de défense de Laon, Saint-Quentin et Reims; — remonte et équipement de la cavalerie; — instructions pour les lieutenants généraux chargés de la défense des frontières, 216 à 221. — (16 mai.) Ordre pour la formation d'hôpitaux dans les places fortes et sur la ligne d'évacuation de l'armée; — instructions pour le service des vivres de l'armée du Nord; — mouvements de troupes pour protéger la frontière du Rhin et celle de Suisse, 222 à 225. — (20 mai.) Mesures à prendre pour la défense de la Corse; — modifications à introduire dans le Code pénal militaire conformément aux dispositions de l'*Acte additionnel*, 232 à 235. — (22 mai.) Ordre de fortifier et d'armer Dijon; — formation de l'armée de la Loire; armement des châteaux d'Angers et de Saumur; — ordre de mettre en état de défense les forts Saint-Nicolas et Saint-Jean, à Marseille; même ordre pour Montreuil et Dunkerque, 245 à 248. — (23 mai.) Observations

de l'Empereur sur l'inexécution des règles relatives aux dépenses de la guerre; ordre de ne jamais disposer d'un officier général sans l'approbation de l'Empereur; plaintes sur le service de la remonte, 256 à 259. — (27 mai.) Ordre d'employer les officiers de marine dans les places fortes ou à la suite des parcs, 270. — (29 mai.) Projet de décret pour l'appel de 80 à 90,000 hommes sur la classe de 1815, 277. — (3 juin.) Ordre de réunir la Garde à Soissons, 292. — (5 juin.) Organisation de l'artillerie destinée à la défense de Paris, 294, 295. — (9 juin.) Instructions pour le service des corps francs, 310. — V. 26, 28, 64, 88, 105, 117, 120, 131, 135, 148, 179, 186, 192, 240, 251, 271, 288, 314 et 318. — V. Armée (*Organisation de l'*) et Napoléon Ier.

Decrès (Duc), vice-amiral, ministre de la marine. — (23 mars 1815.) Reçoit ordre de retarder le départ des expéditions pour Terre-Neuve jusqu'à ce que l'Angleterre se soit déclarée; instructions qui lui sont données pour les croisières, 23, 24. — (27 mars.) Mesures qu'il est chargé de prendre pour la défense de Brest, Rochefort, Toulon et Cherbourg, 42. — (5 avril.) Il est chargé d'ouvrir des négociations avec Saint-Domingue et de renouveler le personnel des agents de la Guadeloupe et de la Martinique, 87. — (6 avril.) Il reçoit ordre de mettre les Iles Saint-Marcouf en état de défense, 88, 89. — (9 avril.) Instructions qui lui sont données pour le choix des commandants de la marine; remplacement du préfet maritime de Brest et du commandant de Dunkerque, 93. — (14 avril.) Instructions pour l'emploi des ressources de la marine; ordre pour l'armement éventuel d'une partie des escadres; emploi d'une partie des officiers de vaisseaux et d'artillerie de marine à la défense des côtes et des établissements maritimes, 110, 111. — (17 avril.) Ordre de mettre en commission une escadre de cinq vaisseaux et de trois frégates, et d'envoyer des bâtiments légers à Constantinople, Naples, Alger, Tunis et Maroc pour porter des nouvelles de France aux agents diplomatiques, 119. — (22 avril.) Intention de l'Empereur d'employer le budget de la marine au profit de l'armée de terre et de la défense de l'état; projet de décret pour la formation de bataillons d'ouvriers de marine pour la défense des ports, l'emploi de l'artillerie de marine pour la défense des frontières, et pour l'organisation de quarante à soixante bataillons d'équipages; — rappel des instructions données pour la Guadeloupe, la Martinique et Saint-Domingue, 137, 138. — (3 mai.) Plaintes de l'Empereur à cause des retards apportés au recrutement des marins et à l'organisation des compagnies, bataillons et régiments destinés à la défense du territoire, 185. — (20 mai.) Ordre de ne pas négliger les exportations de bois de la Corse; utilité de ces exportations pour le pays et pour l'approvisionnement de Toulon, 237. — (25 mai.) Préparation d'un plan de campagne pour les bâtiments légers de la marine; révision des règlements sur la course pour la répartition des prises entre les officiers et les hommes d'équipages, 262. — (30 mai.) Ordre d'approvisionner l'Ile d'Elbe, 280, 281. — (3 juin.) Demande d'un rapport sur les insultes faites à notre marine par les Anglais et l'attaque de la frégate *la Melpomène* sans qu'il y eût déclaration de guerre, 292, 293. — V. 22, 57, 157, 158, 236 et 279. — V. Marine française.

Defermon (Comte), ministre d'état, président de la section des finances au Conseil d'état. — (6 avril 1815.) Nommé directeur de la caisse de l'extraordinaire créée pour secourir les départements de la Champagne, de la Lorraine et de l'Alsace victimes de l'invasion; instructions qui lui sont données, 90. — V. Caisse de l'extraordinaire.

Dejean (Jean-François-Aimé), comte, lieutenant général, premier inspecteur général du génie. — (26 mars 1815.) Nommé président du comité de défense du territoire; composition de ce comité, ses attributions, 40, 41. —

(2 mai.) Somme mise à la disposition du général Dejean pour l'exécution des travaux de défense de Paris; instructions qui lui sont données pour ces travaux, 180. — V. 97, 130. — V. GÉNIE MILITAIRE.

DEJEAN (Pierre-François-Marie-Auguste), baron, lieutenant général, aide de camp de l'Empereur. — (24 avril 1815.) Envoyé en mission dans les départements de l'Oise, de la Somme, du Pas-de-Calais et du Nord, pour inspecter les places fortes et les corps d'armée de la frontière du Nord; instructions qui lui sont données, 149 à 151. — (7 juin.) Nouvelle mission qui lui est confiée pour l'inspection des places de la frontière du Nord, 307.

DELABORDE (Comte), lieutenant général. — (27 mars 1815.) Instructions qu'il reçoit pour la réorganisation des gardes nationales des 9e et 10e divisions militaires, 43, 44. — (12 mai.) Il est chargé de former des colonnes mobiles pour dissiper les bandes insurgées de la Vendée, 204. — (15 mai.) Troupes placées sous ses ordres pour pacifier la Vendée, 218. — (17 mai.) Demande d'un projet de décret lui attribuant les pouvoirs de haute police dans la Vendée, 227, 228. — V. 246, 252, 254.

DELAITRE (Baron), préfet de Seine-et-Oise. 198.

DELAPOINTE (Baron), maréchal de camp, 290.

DELORT (Baron), lieutenant général de cavalerie. — (20 juin 1815.) Prend part à la bataille de Ligny, 339.

DEMONS, lieutenant d'artillerie de la Garde, 7.

DENNIÉE (Baron), intendant général, 39.

DENON (Baron), membre de l'Institut, directeur général des musées, 32.

DROUOT, lieutenant d'infanterie de la Garde impériale. 7.

DESBUREAUX (Baron), lieutenant général. — (15 mai 1815.) Instructions qui lui sont données pour la défense du département du Bas-Rhin, 220.

DESMAZIS, auditeur au Conseil d'état, administrateur des palais impériaux, 32.

DESSAIX (Comte), lieutenant général. — (26 mars 1815.) Chargé du commandement du 6e corps d'observation; composition de ce corps, 40. — (27 mars.) Instructions qu'il reçoit pour la réorganisation des gardes nationales de la 19e division militaire, 43, 44. — (30 mars.) Il est chargé d'occuper le pont de la Drôme et d'arrêter les bandes insurgées de la Provence, 59. — V. 81, 117.

DESSOLES (Comte), lieutenant général, 126.

DEYEUX, membre de l'Institut, premier pharmacien de l'Empereur, 33.

DIJON, chef-lieu du département de la Côte-d'Or. — (22 mai 1815.) Ordre de fortifier et d'armer cette ville, 245.

DOMONT (Baron), lieutenant général de cavalerie. (15 juin 1815.) Met en déroute deux bataillons prussiens qui défendaient le passage de la Sambre et leur fait 400 prisonniers, 332.

DROUET (Comte d'Erlon), lieutenant général. — (21 mars 1815.) Rétabli dans le commandement de la 16e division militaire, à Lille, 20. — (26 mars.) Chargé du commandement du 1er corps d'observation; composition de ce corps, 39. — (27 avril.) Il reçoit ordre de porter son quartier général à Valenciennes et de réunir ses troupes entre Condé et Valenciennes; instructions qui lui sont données, 159. — (14 juin.) Marche du 1er corps sur Marchiennes et sur Thuin pour s'emparer des passages de la Sambre, 327. — (20 juin.) L'éloignement du 1er corps compromet les résultats du combat des Quatre-Bras; ce corps prend part à la bataille de Mont-Saint-Jean, 340 à 343. — V. 48, 50, 61, 150, 274. — V. ARMÉE (Opérations de l') et NEY.

DROUOT (Comte), lieutenant général d'artillerie, aide de camp de l'Empereur, aide-major de la Garde impériale. — (28 mars 1815.) Chargé de l'organisation de six régiments de tirailleurs et de six régiments de voltigeurs de la jeune Garde; instructions qui lui sont données, 52, 53. — (17 mai.) Il reçoit ordre de faire partir les cadres de deux régiments de tirailleurs de la jeune Garde pour Rouen et Amiens; instructions qui lui sont données pour le recrutement et l'équipement de ces deux régiments; mesures générales qu'il doit prendre pour le recrutement de la Garde, 226, 227. — (30 mai.) Il reçoit ordre de préparer le départ de la Garde pour l'armée; effectif de l'infanterie et de la cavalerie; organisation de l'artillerie, 281, 282. — V. 202, 255, 306, 307. — V. Armée (*Organisation de l'*), Garde impériale et Napoléon Ier.

Dubois (Baron), chirurgien-accoucheur de l'Impératrice, 33.

Dubois (Comte), conseiller d'état, 179.

Dufour (Baron), lieutenant général. — (30 mars 1815.) Chargé du commandement de la 5e division du 2e corps d'observation, 61.

Duhesme (Comte), lieutenant général. — (3 juin 1815.) Chargé du commandement de la 11e division de l'armée du Nord, 288. — (7 juin.) Nommé commandant de la 1re division de la jeune Garde, 303.

Dulauloy (Comte), lieutenant général d'artillerie. — (5 juin 1815.) Nommé gouverneur de Lyon; instructions qui lui sont données pour activer les travaux des fortifications, approvisionner la ville, organiser et armer la garde nationale, 293, 294. — V. Génie militaire et Lyon.

Dumont (André). — (10 mai 1815.) Désigné pour la préfecture du Pas-de-Calais, 198.

Dumoulin, capitaine, officier d'ordonnance de l'Empereur. — (27 mars 1815.) Mission politique qui lui est confiée dans les départements de l'Ouest, 51.

Dunkerque, port sur la Manche et chef-lieu d'arrondissement du département du Nord. — (9 avril 1815.) Remplacement du commandant de la marine, 93.

Dupont (Comte), lieutenant général, 126.

Durosnel (Comte), lieutenant général, commandant la garde nationale de Paris, 268.

E

Écluse (Fort de l'), département de l'Ain. — (30 avril 1815.) Travaux de défense et armement de ce fort, 166.

École de médecine. — (5 juin 1815.) Projet de former six compagnies d'artillerie composées de jeunes gens de l'École de médecine, 294, 295. — V. Paris.

École polytechnique. — (27 avril 1815.) Chargée du service d'une partie des batteries du parc de réserve de Vincennes destinées à la défense de Paris, 154. — (1er mai.) Ordre d'exercer les élèves de cette École à la manœuvre des pièces de campagne, 167. — V. Artillerie et Paris.

Elbe (Île d'), dans la Méditerranée. — (23 mars 1815.) Relation de la marche de l'Empereur de l'île d'Elbe à Paris, 11 à 18. — (10 avril.) Envoi d'une frégate à Porto-Ferrajo pour y prendre Madame Mère; — nomination du général Dalesme au commandement de l'île, témoignage de satisfaction donné par l'Empereur aux habitants de l'île d'Elbe; garnison de cette île; mesures ordonnées pour sa défense; — armement de Porto-Ferrajo, 95 à 97. (30 mai.) Ordre d'approvisionner cette île, 280, 281. — V. Bertrand, Dalesme et Napoléon Ier.

Elisa Napoléon, princesse, 107.

Esclavage. — (29 mars 1815.) Décret pour la suppression de la traite des noirs; peines édictées contre les contrevenants, 57.

Évain (Baron), maréchal de camp, 282.

Exelmans (Baron), lieutenant général de cavalerie. — (16 juin 1815.) Le corps de cavalerie commandé par ce général fait partie de l'aile droite de l'armée et prend part à la bataille de Ligny, 336. — V. 27, 50, 332. — V. Armée (*Opérations de l'*).

F

Fédérés. — (14 mai 1815.) Adresse lue à l'Empereur par les fédérés des faubourgs Saint-Antoine et Saint-Marceau; réponse de l'Empereur, 214, 215. — (15 mai.) Décret pour la formation de vingt-quatre bataillons de fédérés à Paris; composition de ces bataillons; leur organisation en régiments et en brigades; un lieutenant général et six maréchaux de camp doivent être chargés de l'inspection et du commandement de ce corps; choix des colonels, lieutenants-colonels et officiers parmi les officiers en activité; ordre de désigner d'avance à chaque brigade les hauteurs et fortifications qu'elle aura à défendre; armement et équipement de ce corps, 216, 217. — (3 juin.) Ordre donné au duc d'Albuféra et au maréchal Brune d'organiser la fédération dans les villes du Midi, 287. — V. Drouot, Napoléon Ier et Paris.

Fère (La), chef-lieu de canton du département de l'Aisne. — (27 mars 1815.) Le ministre de la guerre reçoit ordre de présenter à l'Empereur un plan de défense de cette place et d'y établir des ateliers pour la réparation des armes, 44 à 47.

Ferrier, directeur général des douanes, 104.

Finances. — (27 mars 1815.) Réorganisation du personnel des finances, 40. — V. Gaudin.

Flahault (Comte de), lieutenant général, aide de camp de l'Empereur, 194, 334.

Fontaine, membre de l'Institut, premier architecte de l'Empereur. — (26 mars 1815.) Instructions qui lui sont données pour les travaux du Louvre, 41.

Fontainebleau, chef-lieu d'arrondissement du département de Seine-et-Marne. — (20 mars 1815.) Arrivée de l'Empereur dans cette ville, 16.

Fouché, duc d'Otrante, ministre de la police générale. — (21 mars 1815.) Reçoit ordre de surveiller les princes de la famille des Bourbons, 18, 19. — (11 mai). Chargé de remettre à l'Empereur un rapport sur les affaires Maubreuil et Bruslart, 198, 199. — (17 mai.) Mesures qu'il doit prendre pour la sûreté publique dans la 9ᵉ division militaire, 227, 228. — (20 mai.) Instructions qui lui sont données pour la répression des troubles de l'Ouest, 237. — V. 56, 212, 221, 230.

Fouriez (Baron), lieutenant général, 232.

François Iᵉʳ, empereur d'Autriche. — (1ᵉʳ avril 1815.) L'Empereur lui annonce sa rentrée à Paris et le prie de hâter le retour de l'Impératrice et du Roi de Rome, 67, 68.

Frère (Comte), lieutenant général, 273.

Fresia (Baron), lieutenant général, 290.

Froussinet, maréchal de camp, 26.

Friant (Comte), lieutenant général, commandant les grenadiers à pied de la Garde, 209.

Friron (Baron), lieutenant général, chargé du commandement des dépôts de la 1ʳᵉ division militaire. — (10 mai 1815.) Reçoit ordre d'activer l'organisation des 3ᵉ, 4ᵉ et 5ᵉ bataillons, 206.

G

Galeazzini, commissaire général à l'île d'Elbe. — (25 mars 1815.) Nommé préfet du département de Maine-et-Loire; instructions qui lui sont données, 30, 31.

Gamot, préfet de l'Yonne, 16.

Ganteaume (Comte), vice-amiral, gouverneur de Toulon, 25.

Gap, chef-lieu du département des Hautes-Alpes. — (6 mars 1815.) Arrivée de l'Empereur à Gap; proclamation adressée aux habitants des Hautes et Basses-Alpes, 7.

Garde impériale. — (1ᵉʳ mars 1815.) Proclamation de la Garde à l'armée, 5 à 7. — (21 mars.) Remise des aigles à la Garde, 18. — (28 mars.)

Création de six régiments de tirailleurs et de six régiments de voltigeurs de la jeune Garde; le général Drouot est chargé de leur organisation, 52, 53. — (12 mai.) Formation de quatre nouveaux régiments de la Garde, 205. — (14 mai.) Départ de la 1ʳᵉ division de la jeune Garde pour Compiègne; — formation des ambulances de la jeune et de la vieille Garde. 219. — (17 mai.) Envoi de cadres de tirailleurs de la jeune Garde à Rouen et à Amiens. mesures à prendre pour le recrutement et l'habillement de ces régiments; instructions générales pour faciliter le recrutement de la Garde. 226, 227. — (21 mai.) Intention de l'Empereur d'incorporer 500 Corses dans la jeune Garde et 300 dans la vieille Garde, 240, 241. — (22 mai.) Envoi de deux régiments de la jeune Garde dans la Vendée, 253. — (30 mai.) Le général Drouot reçoit ordre de préparer le départ de la Garde pour l'armée; effectif de l'infanterie et de la cavalerie; organisation de l'artillerie, 281, 282. — (7 juin.) Le duc de Trévise est chargé du commandement de la cavalerie de la Garde; le général Duhesme est nommé commandant de la 1ʳᵉ division de la jeune Garde, 303. — (13 juin.) Ordre du jour indiquant les positions que les différents corps de la Garde doivent occuper autour de Beaumont, 320 à 322. — (14 juin.) Marche de la Garde sur Charleroi; ordre de mouvement des différents corps, 325 à 330. — (15 juin.) Les escadrons de service de la Garde mettent en déroute trois régiments prussiens et leur font 1,500 prisonniers, 332. — (16 juin.) La Garde forme la réserve de l'armée; elle est placée entre l'aile droite (Grouchy) et l'aile gauche (Ney) pour se porter sur l'une ou l'autre, selon les circonstances, 335. — (20 juin.) Position occupée par la Garde à la bataille de Ligny; la prise du village de Ligny par la Garde assure le succès de la bataille; la Garde à la bataille de Mont-Saint-Jean, 338 à 345. — V. Armée (*Organisation de l'*), Drouot et Napoléon Iᵉʳ.

Gardes nationales. — (27 mars 1815.) La direction des gardes nationales est replacée dans les attributions du ministère de l'intérieur; instructions générales pour la réorganisation des gardes nationales; faculté donnée aux commandants des divisions militaires de faire tous les changements d'officiers qu'ils croiront utiles; — ordre de remplacer toutes les garnisons des places fortes par les gardes nationales. 43 à 48. — (3 avril.) Projet de décret pour l'organisation des gardes nationales; bases de cette organisation; mode de recrutement; nomination des officiers; habillement et armement; mise en activité de la garde nationale des places fortes; instructions spéciales pour les gardes nationales du département du Nord, 81 à 85. — (6 avril.) Réorganisation des gardes nationales de la 19ᵉ division militaire en y incorporant le dixième de la population. 89. — (10 avril.) Appel de 100,000 gardes nationaux pour garder les frontières; mesures à prendre pour leur armement, 96. — Le général Sebastiani est chargé de l'organisation des gardes nationales de la 16ᵉ division militaire; instructions qui lui sont données; généraux et officiers placés sous ses ordres pour cette organisation, 98. — (16 avril.) Allocution de l'Empereur à la garde nationale, 116, 117. — (17 avril.) Organisation des gardes nationales du Dauphiné; une division composée de seize bataillons de grenadiers ou chasseurs est attachée au 7ᵉ corps; les autres bataillons reçoivent ordre d'occuper Grenoble, Briançon et les autres places de la frontière. 120, 121. — (20 avril.) Projet de décret pour le renouvellement de tous les officiers et commandants des gardes nationales de l'Empire; mode de nomination des nouveaux officiers, 129. — (22 avril.) Décret pour la formation de deux régiments de lanciers de gardes nationales dans les départements du Haut-Rhin et du Bas-Rhin; mesures ordonnées pour la formation de pareils corps dans les 2ᵉ, 3ᵉ, 4ᵉ, 6ᵉ, 7ᵉ et 19ᵉ divisions militaires; instructions pour l'équipement et la remonte de ces corps, 134. — (27 avril.) Ordre pour l'organisation des gardes nationales de la 2ᵉ division; leur destination; leur équipement; formation de l'artillerie des gardes nationales de Dijon, Chalon-sur-Saône, Saint-Jean-de-Losne, Tournus et Villefranche; envoi de maréchaux de camp et d'officiers dans la 18ᵉ division militaire pour commander les gardes nationales sédentaires, 153, 156. — (30 avril.) Divisions de gardes nationales attachées aux armées du Nord, de la Moselle, du Rhin et des Alpes pour aider aux opérations militaires; — intention de l'Empereur de donner au prince d'Eckmühl le commandement des gardes nationales réunies à Paris; — la défense du Jura est confiée aux gardes nationales des 6ᵉ, 18ᵉ et 19ᵉ divisions militaires, 164. — (1ᵉʳ mai.) Ordre pour la répartition des bataillons de gardes nationales entre les diverses armées; formation de régiments et de divisions de gardes nationales; effectif des bataillons destinés au service des places, 168 à 172. — (2 mai.) Instructions pour le choix des officiers de la garde nationale de Paris, 179. — (9 mai.) Les commandants d'armée reçoivent ordre de retirer toutes les troupes de ligne des places fortes et de les remplacer par les gardes nationales, 188 à 190. — (12 mai.) Emploi des officiers de l'armée pour la formation des bataillons de gardes nationales; organisation de vingt-quatre bataillons à Paris; projet de formation de douze bataillons pour la défense de Lyon; — ordre de répartir la levée des trois mille bataillons de gardes nationales d'après la population des départements, 200 à 208. — (22 mai.) Désarmement et réorganisation de la garde nationale de Marseille, 251. — (6 juin.) Formation d'un camp de gardes nationales entre Genève et Lyon pour couvrir cette dernière ville et menacer la Suisse, 297. — V. Clarke et Davout.

Gaudin, duc de Gaëte, ministre des finances. — (27 mars 1815.) Chargé de réorganiser le personnel des finances, 62. — (31 mars.) Il reçoit ordre de présenter à l'Empereur un rapport sur la situation financière, 66. — (3 avril.) Instructions qui lui sont données pour le règlement du budget et la vente des biens nationaux; — il est chargé de présenter à l'Empereur un travail général sur les biens de la famille des Bourbons pour régler les dettes des différentes branches de cette famille, 74 à 76. — V. 109, 110, 118.

Gautherin (Baron), maréchal de camp, 289.
Gauthier, maréchal de camp, 209.
Gazan de la Peyrière (Comte), lieutenant général. — Chargé du commandement du département de la Somme; instructions qui lui sont données pour la défense d'Abbeville, Amiens, Péronne, Ham et Saint-Quentin, 297.

Gendarmerie. — (15 mai 1815.) Envoi de gendarmes d'élite dans la Vendée, 218. — (20 mai.) Projet d'organisation de la gendarmerie de la 23ᵉ division militaire (Corse). 234. — (22 mai.) Formation de trois escadrons et de quatre bataillons de gendarmerie dans les départements de l'Ouest, 246, 247. (3 juin.) Organisation de la gendarmerie de l'armée du Nord, 291. — (14 juin.) Un détachement de gendarmes est mis à la disposition du vaguemestre général de l'armée du Nord pour l'exécution des mesures d'ordre. 330.

Génie militaire. — (27 mars 1815.) Plan de défense de la Fère, Soissons et Château-Thierry; travaux de défense de Lyon et de Grenoble. 44 à 49. — (2 avril.) Projet d'organisation du génie de l'armée, 72, 73. — (11 avril.) Formation de trois commissions pour la défense des frontières; étude des positions importantes; passages de rivières, ligne de canaux, débouchés de forêts, etc.; établissement de fortifications de campagne; système d'inondation dans le Nord, 101, 102. — (20 avril.) Formation du comité de défense du territoire; ordre des travaux de ce comité; il doit s'occuper d'abord des ouvrages de campagne des frontières du Nord et du Rhin, ensuite de ceux de la Somme et des Vosges, enfin de ceux du Jura et des Alpes; il est chargé en outre de remettre à l'Empereur une description des frontières, des places fortes et des inondations, 130. — (27 avril.) Travaux de défense du camp retranché de Maubeuge; ordres pour les travaux de défense de Lyon, de Langres, d'Auxonne et des ponts de la Saône, 155, 156. — (1er mai.) Les généraux Haxo et Rogniat reçoivent ordre de tracer des redoutes sur les hauteurs de Montmartre, Ménilmontant, Belleville, et de reconnaître les autres positions à fortifier pour compléter la défense de Paris, 174, 175. — (2 mai.) Ressources mises à la disposition du génie pour l'exécution immédiate des travaux de défense de Paris et des environs, 180. — (15 mai.) Le général Rogniat est chargé de l'inspection des places de la Somme et de la reconnaissance des ponts; ordres pour les travaux de défense de Saint-Quentin, Laon et Reims, 218. — (20 mai.) Projet de construction d'ouvrages de défense sur les hauteurs d'Ajaccio; — nouveaux ordres pour les travaux de défense de Lyon, 233, 238. — (22 mai.) Ordre d'attacher à l'état-major général de l'armée six ingénieurs des ponts et chaussées qui connaissent toutes les routes et localités de la Belgique et de la rive gauche du Rhin, 254. — (30 mai.) Ordre de disposer les plates-formes des ouvrages destinés à la défense de Paris, de telle sorte qu'ils puissent recevoir sur chaque face douze ou quinze pièces de canon, 282. — (7 juin.) Importance de la position de Saint-Denis pour la défense de Paris; ordre de numéroter et d'armer toutes les flèches placées en avant du canal; fortifications de la rive gauche, 302. — (14 juin.) Les troupes du génie commandées par les généraux Rogniat et Haxo suivent le mouvement de l'armée sur Charleroi; instructions qui leur sont données pour les travaux de passage de rivières, les fortifications des têtes de pont et l'ouverture des communications de l'armée, 328. — V. Dejean et Rogniat.

Georges IV, prince régent d'Angleterre. — (14 juillet 1815.) L'Empereur annonce à ce prince qu'il vient se mettre sous la protection des lois britanniques, 348. — (4 août.) Protestation de l'Empereur contre la conduite du gouvernement anglais, 348, 349.

Gérard (Baron), lieutenant général. — (26 mars 1815.) Chargé du commandement du 4e corps d'observation; composition de ce corps, 40. — (27 mars.) Instructions données au général Gérard pour la réorganisation des gardes nationales des 3e et 4e divisions militaires, 43, 44. — (2 avril.) Organisation de la cavalerie du 4e corps, 72. — (9 mai.) Le général Gérard reçoit ordre de faire évacuer par ses troupes toutes les places fortes, en y laissant pour garnison les gardes nationales et l'artillerie nécessaires, et d'assurer ses moyens de communication avec le général Rapp, 189. — (14 juin.) Marche du 4e corps sur Charleroi, 328. — (16 juin.) Ce corps fait partie de l'aile droite de l'armée et prend part à la bataille de Ligny, 336 à 339. — V. Armée (Opérations de l').

Girard (Baron), lieutenant général. — (30 mars 1815.) Nommé commandant de la 2e division de cuirassiers, 63. — (3 avril.) Chargé du commandement de la 18e division d'infanterie; composition de cette division, 76. — (3 juin.) Nommé commandant de la 7e division de l'armée du Nord, 288. — (20 juin.) Le général Girard à la bataille de Ligny; éloge de sa bravoure, 338, 339. — V. 86, 118, 120.

Girardin (Alexandre-Louis-Robert, comte de), lieutenant général de cavalerie, 289.

Girardin (Cécile-Stanislas-Xavier, comte de), préfet de la Seine-Inférieure. — (18 mai 1815.) Intention de l'Empereur de le rappeler auprès du prince Joseph, comme premier écuyer, 198.

Grenoble, chef-lieu du département de l'Isère. — (9 mars 1815.) Arrivée de l'Empereur dans cette ville; proclamation aux habitants de l'Isère, 7, 8. — (27 mars.) Travaux de défense de Grenoble, 49. — (2 mai.) Armement de cette place, 179. — V. 14, 72.

Grouchy (Comte), lieutenant général de cavalerie. — (30 mars 1815.) Chargé du comman-

47.

dement supérieur de la 7ᵉ et de la 19ᵉ division militaire; instructions qui lui sont données, 65. — (8 avril.) Nommé commandant du corps d'observation des Alpes; composition de ce corps, 92. — (11 avril.) Chargé de faire embarquer le duc d'Angoulême à Cette et d'exiger de lui la promesse de restituer les diamants de la couronne, 103. — (16 avril.) Il reçoit ordre de porter son quartier général à Chambéry, 118. — (17 avril.) Le général Grouchy est nommé maréchal de France; instructions qui lui sont données pour les opérations du 7ᵉ corps, 121. — (26 avril.) Il est remplacé dans son commandement par le duc d'Albufera et rappelé à Paris, 151. — (3 juin.) Nommé commandant en chef de la cavalerie de l'armée du Nord; composition de son état-major; il reçoit ordre de se rendre à Laon pour y passer la revue de ses troupes et pourvoir à leur organisation, 289. — (14 juin.) Marche de l'armée sur Charleroi; ordre de mouvement de la cavalerie, 326. — (20 juin.) Le maréchal Grouchy est chargé du commandement de l'aile droite de l'armée, composée des 3ᵉ et 4ᵉ corps d'infanterie, et du 3ᵉ corps de cavalerie; bataille de Ligny livrée aux Prussiens par l'aile droite et le centre de l'armée française; résultats de cette bataille; pertes de l'ennemi; — l'Empereur compte sur l'arrivée du corps du maréchal Grouchy à Mont-Saint-Jean pour obtenir un succès décisif, 338 à 343. — V. 81, 97, 120, 303. — V. Armée (*Opérations de l'*) et Napoléon Iᵉʳ.

Gautier, maréchal de camp, 289.

Guadaloupe (La), île d'Amérique, une des Antilles françaises. — (5 avril 1815.) Le ministre de la marine reçoit ordre de renouveler le personnel des agents de cette colonie, 87. — V. Decrès.

Gudin (Comte), lieutenant général, 209.

Guillaume-Frédéric, duc de Brunswick-Œls. — (20 juin 1815.) Tué à la bataille de Ligny, 34n.

Guilleminot (Comte), lieutenant général. — (3 juin 1815.) Attaché au quartier général de l'armée du Nord, 288.

Guise, chef-lieu de canton du département de l'Aisne. — (27 avril 1815.) Approvisionnement de guerre de cette place, 153. — V. Artillerie (des places).

Guyot (Comte), lieutenant général, commandant les grenadiers à cheval de la Garde impériale, 28.

H

Hastrel (Baron d'), lieutenant général, 205.

Haxo (Baron), lieutenant général du génie. — (1ᵉʳ mai 1815.) Chargé de tracer les ouvrages de défense des hauteurs de Montmartre, Ménilmontant et Belleville, et de reconnaître les autres positions à fortifier pour compléter la défense de Paris, 174, 175. — (14 juin.) Le général Haxo est attaché à l'armée du Nord; troupes placées sous ses ordres pour les travaux de passage des rivières, les fortifications des têtes de pont et l'ouverture des communications, 328. — V. Génie militaire.

Henry (Baron), maréchal de camp. — (6 juin 1815.) Nommé commandant de la garde nationale de Lille, 299.

Himbert de Flégny (Baron), 115, 116.

Hogendorp (Comte), lieutenant général, aide de camp de l'Empereur. — (22 mai 1815.) Nommé gouverneur du château de Nantes, 246.

Hortense-Eugénie, reine, 119.

Hulin (Comte), lieutenant général, commandant la 1ʳᵉ division militaire, 265. — V. Davout et Paris.

I

IMPÔTS. — (22 avril 1815.) Dispositions de l'*Acte additionnel* pour les lois d'impôt, 144. — V. ACTE ADDITIONNEL.

INDUSTRIE. — (22 avril 1815.) Représentation spéciale de l'industrie et de la propriété manufacturière et commerciale à la chambre des Représentants; mode d'élection de ces Représentants. 143. — V. ACTE ADDITIONNEL.

INSURRECTION NATIONALE. — V. LEVÉE EN MASSE.

INVALIDES. — (12 mai 1815.) Intention de l'Empereur d'annuler l'ordonnance royale relative à la dotation et à l'administration des Invalides, et de rétablir l'ancienne organisation, 200. — (27 mai.) Ordre de former aux Invalides quatre compagnies d'artillerie pour la défense de Paris, 268.

J

JEANNET, maréchal de camp, 289.

JERMANOWSKI (Baron), major des chevau-légers de la Garde, 7.

JÉRÔME NAPOLÉON, roi. — (3 juin 1815.) Reçoit ordre de se rendre à l'armée du Nord et d'y prendre le commandement de la 6ᵉ division, 288. — (5 juin.) Décret relatif aux aides de camp et à l'écuyer de ce prince, 295. — (15 juin.) La division du roi Jérôme concourt à la défaite des Prussiens à l'entrée du bois de Montigny-le-Tilleul et les poursuit sur la route de Bruxelles; pertes de l'ennemi, 332. — (20 juin.) Cette division prend part au combat des Quatre-Bras; — bataille de Mont-Saint-Jean : le roi Jérôme se porte sur le bois de Goumout, occupé par les Anglais et les Hanovriens, et s'en empare, 341. — V. 303, 344. — V. ANNÉE (*Opérations de l'*).

JOACHIM MURAT, roi des Deux-Siciles. — (30 mars 1815.) L'Empereur l'informe de son retour à Paris, 58. — (10 avril.) Envoi d'un ambassadeur à Naples; mesures à prendre pour informer le roi de Naples de l'heureux état des affaires en France, 95. — (15 avril.) Le ministre des affaires étrangères reçoit ordre de rédiger un rapport sur la conduite du roi de Naples pendant la campagne de 1814; note de l'Empereur à ce sujet : ses griefs contre le roi de Naples; recommandation de la favoriser en parlant du congrès, et de relever l'injustice de la conduite de l'Angleterre et de l'Autriche envers ce prince, 111, 112. — (19 avril.) M. Bondus est envoyé auprès du roi de Naples après l'insuccès du mouvement offensif de l'armée napolitaine en Italie; il est chargé de l'engager à fixer pendant quelque temps sa résidence entre Grenoble et Sisteron, jusqu'à ce que les circonstances lui permettent de venir à Paris, 127, 128. — V. CAULAINCOURT et NAPOLÉON Iᵉʳ.

JOSEPH NAPOLÉON, roi, grand électeur. — (22 avril 1815.) Reçoit communication du projet de constitution, avec autorisation d'y consigner ses observations, 138. — (19 mai.) Chargé de remettre à l'Empereur une liste de cent vingt personnes pour la composition de la chambre des Pairs, 231. — (2 juin.) Le roi Joseph est autorisé à prendre séance à la chambre des Pairs, en qualité de prince français, 286. — (11 juin.) Il est chargé de la présidence du conseil des ministres pendant l'absence de l'Empereur, 315. — (14 juin.) Nouvelles de l'armée, 322, 323. — (15 juin.) Le roi Joseph reçoit ordre de communiquer aux Chambres un rapport du duc de Vicence sur l'hostilité des puissances coalisées contre la France, et les tentatives vainement faites pour arriver à des négociations; — nouvelles de l'armée qui lui sont adressées; avis du passage de la Sambre et de la défaite de quatre régiments prussiens, 330, 331. — V. NAPOLÉON Iᵉʳ.

JOUAN (Golfe), dans la Méditerranée, sur la côte

sud-est du département du Var. — (1ᵉʳ mars 1815.) Débarquement de l'Empereur au golfe Jouan; proclamations adressées au peuple français et à l'armée, 1 à 7.

K

Kellermann, duc de Valmy, maréchal de France. — (10 avril 1815.) Intention de l'Empereur de le rayer de la liste des maréchaux; demande de renseignements sur sa position de fortune pour lui accorder une pension de retraite, 99.

Kellermann, comte de Valmy, lieutenant général de cavalerie. — (7 juin 1815.) Chargé du commandement d'un corps de cavalerie à l'armée du Nord, 303. — (16 juin.) Ce corps fait partie de l'aile gauche de l'armée, sous les ordres du prince de la Moskova, 337. — (20 juin.) Il prend part à la bataille de Mont-Saint-Jean, 342, 343. — V. Armée (Opérations de l').

Klain (Comte), lieutenant général, 209.

Koutouzof-Smolenskoi (Michel), feld-maréchal de l'armée russe, 209, 210.

L

Labédoyère, colonel du 7ᵉ de ligne. — (7 mars 1815.) Quitte la division de Grenoble pour se porter à la rencontre de l'Empereur; il réunit son régiment aux troupes impériales, 14. — (16 juin.) Nommé maréchal de camp et aide de camp de l'Empereur; chargé de porter les ordres de l'Empereur au maréchal Grouchy, avant la bataille de Ligny, 336.

Laetitia. — V. Marie Laetitia.

Lagrange (Comte), lieutenant général, 290.

Lahoussaye (Baron de), lieutenant général, 290.

Lamarque (Comte), lieutenant général. — (22 mai 1815.) Nommé commandant en chef de l'armée de la Loire; formation de cette armée, 245 à 247. — (27 mai.) Pouvoirs exceptionnels confiés à ce général pour le remplacement des fonctionnaires, employés et officiers des gardes nationales de l'Ouest, 272.

Lameth (Alexandre, baron de). — (15 avril 1815.) Nommé préfet de la Somme; chargé de l'organisation des gardes nationales de ce département, 115. — (10 mai.) Intention de l'Empereur de l'appeler au Conseil d'état, 198.

Lamouratte, capitaine d'infanterie de la Garde impériale, 7.

Landrecies, place forte et chef-lieu de canton du département du Nord. — (27 avril 1815.) Approvisionnement de guerre de cette place, 153.

Langres, chef-lieu d'arrondissement du département de la Haute-Marne. — (20 avril 1815.) Ordre d'armer, de fortifier et d'approvisionner cette place, 130.

Langue, lieutenant d'artillerie de la Garde, 7.

Laon, chef-lieu du département de l'Aisne. — (27 avril 1815.) Formation dans cette ville de magasins pour l'armée; envoi de six compagnies d'équipages militaires pour le service des vivres, 153. — (15 mai.) Le génie du 6ᵉ corps est chargé de mettre cette place en état de défense, 218.

Lapi, général de brigade, à l'île d'Elbe. — (10 avril 1815.) Placé sous les ordres du général Dalesme; éloge de sa conduite, 96.

Lapoype (Comte de), lieutenant général, gouverneur de la 16ᵉ division militaire. — (22 mai 1815.) Reçoit ordre d'organiser la garde nationale de Lille, 255.

Lasalcette (Baron), lieutenant général. — (27 mars 1815.) Instructions qu'il reçoit pour l'organisation des gardes nationales de la 7ᵉ division militaire, 43, 44. — (30 mars.) Il est chargé de défendre le Dauphiné contre les insurgés de la Provence; troupes placées sous son commandement, 59. — (3 avril.) Il reçoit ordre de manœuvrer pour garantir Lyon, 81.

LAUNAY (Baron DE), maréchal de camp. — (23 mars 1815.) Nommé gouverneur de la Corse, 24.

LAURISTON (Law, comte DE), lieutenant général, 64.

LEBRUN, prince, duc de Plaisance. — (15 mai 1815.) Paroles bienveillantes de l'Empereur en rendant au duc de Plaisance le titre d'architrésorier, 291.

LEBRUN (Charles), duc de Plaisance, lieutenant général. — (26 mars 1815.) Chargé provisoirement du commandement du 3° corps d'observation; composition de ce corps, 40. — (27 mars.) Instructions qu'il reçoit pour la réorganisation des gardes nationales de la 2° division militaire, 43, 44.

LECLERC DES ESSARTS (Comte), maréchal de camp, 126.

LECOURBE, lieutenant général. — (27 mars 1815.) Chargé du commandement de la 6° division militaire et du corps d'observation du Jura, 49. — (9 mai.) Il reçoit ordre de réunir son corps d'armée devant Belfort, de manière à être protégé par cette place; travaux de défense qu'il doit faire exécuter pour protéger son camp; ordres qui lui sont donnés pour la mise en état de défense des passages du Jura, l'armement et l'approvisionnement des places fortes de la 6° division, 190 à 194. — (15 mai.) Il est chargé d'observer les bords du Rhin et les débouchés de Bâle; concours éventuel qu'il doit donner aux généraux Molitor et Desbureaux pour la défense des gorges des Vosges, 220. — (16 mai.) Il reçoit ordre de faire venir à Belfort la division de gardes nationaux réunie à Vesoul, et de transférer son quartier général à Altkirch, en plaçant son artillerie mobile aux passages du Rhin, 223. — (14 juin.) Instructions qui lui sont données pour les opérations de son corps d'armée, 323.

LEFOL, lieutenant général, commandant une division du 3° corps. — (20 juin.) Cette division s'empare du village de Saint-Amand à la bataille de Ligny, 339.

LEMAROIS (Comte), lieutenant général, aide de camp de l'Empereur. — (24 mars 1815.) Chargé du commandement de la 15° division militaire, 26. — (27 mars.) Instructions qui lui sont données pour la réorganisation des gardes nationales des 14° et 15° divisions militaires, 43, 44. — (12 mai.) Il reçoit ordre de former des colonnes mobiles pour faire rejoindre les réfractaires, 205.

LEMOINE, lieutenant général, 288.

LETELLIER, maréchal de camp, 290.

LETORT (Baron), lieutenant général de cavalerie, aide de camp de l'Empereur. — (15 juin 1815.) Blessé mortellement au combat de Gilly, sur le plateau de Fleurus; éloge de ce général, 331 à 333.

LEVÉE EN MASSE. — (1" mai 1815.) Son organisation par département; elle se compose de la garde nationale, des gardes forestiers, de la gendarmerie et de tous les citoyens qui veulent s'y joindre; les généraux commandant en chef les armées sont chargés de la direction des levées en masse; ils doivent indiquer, dans chaque département, les ponts, défilés et villes fermées que les levées en masse doivent plus spécialement défendre, et désigner les positions qui peuvent servir de point d'appui pour la défense du pays, 172, 173. — V. CORPS FRANCS.

LHERMITTE (Baron), contre-amiral, 119.

LIBERTÉ DE LA PRESSE. — V. ACTE ADDITIONNEL.

LIBERTÉ DES CULTES. — V. ACTE ADDITIONNEL.

LIBERTÉ INDIVIDUELLE. — V. ACTE ADDITIONNEL.

LILLE, chef-lieu du département du Nord. — (26 mars 1815.) Le 1" corps d'observation se réunit dans cette ville, 39. — (3 avril.) Instructions relatives à l'organisation et au service de la garde nationale du département du Nord, 82 à 85. — (22 mai.) Le général Lapoype est chargé de l'organisation de la garde nationale de Lille, 255. — (6 juin.) Nomination du général Henry au commandement de cette garde nationale, 299.

LION (Comte), lieutenant général, 289.

LOURRES, capitaine d'infanterie de la Garde impériale, 7.

Louis-Antoine, duc d'Angoulême. — (11 avril 1815.) Générosité de l'Empereur envers ce prince; le général Grouchy reçoit ordre de veiller à la sûreté du duc d'Angoulême et de le faire embarquer à Cette en se bornant à exiger de lui la promesse de restituer les diamants de la Couronne. 103.

Louis-Napoléon, roi, connétable de l'Empire. — (14 avril 1815.) Règlement des arrérages de son apanage. 107, 108.

Louise-Marie-Thérèse-Batilde d'Orléans, duchesse de Bourbon. — (3 avril 1815.) L'Empereur accorde une pension de 150,000 francs à la duchesse de Bourbon; conditions auxquelles cette pension est accordée. 75.

Lostanges (Comte de), maréchal de camp. — (24 mai 1815.) Ordre de le traduire en jugement. 261.

Lucien, prince de Canino. — (11 juin 1815.) Autorisé à prendre séance aux conseils des ministres. 315. — (21 juin.) Ce prince porte un message de l'Empereur à la chambre des Pairs et à celle des Représentants. 345.

Lyon, chef-lieu du département du Rhône. — (13 mars 1815.) Arrivée de l'Empereur dans dans cette ville; il y signe le décret de dissolution de la chambre des Pairs et de la chambre des Communes, proclamation aux Lyonnais; réponse à une députation de Lyonnais, 8 à 11. — (27 mars.) Travaux de défense de Lyon; projet de fortifier les hauteurs qui l'environnent. 49. — (6 avril.) Le comte Roederer est chargé de réorganiser la municipalité et la garde nationale de Lyon. 89. — (27 avril.) Ordres pour les travaux de défense de cette ville. 156. — (2 mai.) Ordre de disposer un parc de dix batteries pour défendre Lyon; emploi de l'École vétérinaire, d'un bataillon d'artillerie de marine et de deux compagnies de gardes nationales pour le service de ces batteries; troupes chargées de la défense de cette ville; intention de l'Empereur de confier au général Curial le commandement de cette place; nouveaux ordres pour l'exécution de travaux de défense à Lyon; établissement d'un pont-levis au pont de la Guillotière; construction d'une tête de pont aux Brotteaux; réparations aux murs d'enceinte; constructions de redoutes sur les hauteurs entre la Saône et le Rhône; ordre d'armer sans retard ces ouvrages de défense. 177, 178. — (10 mai.) Le ministre de la marine reçoit ordre de diriger sur Lyon un parc de cent bouches à feu de la marine pour compléter l'armement de cette place. 197. — (12 mai.) Nouvelles instructions pour les fortifications de Lyon; opinion de l'Empereur sur la facilité de défendre le Rhône. 200. — (20 mai.) Ordre d'armer les ouvrages de défense entre la Saône et le Rhône. 238. — (30 mai.) Armement des têtes des ponts Morand, Perrache et de la Guillotière. 280. — (5 juin.) Le général Dulauloy est nommé gouverneur de Lyon; instructions qui lui sont données pour activer les travaux des fortifications, approvisionner cette ville pour un long siège, organiser et armer la garde nationale. 294. — (6 juin.) Ordre d'incorporer dans la jeune Garde un bataillon de volontaires lyonnais qui en a fait la demande; nouveaux ordres pour l'armement, l'approvisionnement de guerre et les fortifications de Lyon; formation d'un camp de gardes nationales entre Genève et Lyon pour couvrir cette dernière ville et menacer la Suisse. 296 à 298. — V. 14, 15, 80, 81, 85, 86 et 168. — V. Génie militaire et Napoléon Ier.

M

Macdonald, duc de Tarente, maréchal de France. 27.

Mâcon, chef-lieu du département de Saône-et-Loire. — (13 mars 1815.) Arrivée de l'Empereur dans cette ville, 16. — (27 avril.) Formation de l'artillerie de la garde nationale, 156.

Maison (Comte), lieutenant général. 122, 126, 131.

Mallet (Chevalier), lieutenant-colonel de la Garde impériale, 7.

Mallet, lieutenant d'infanterie de la Garde, 7.

Marchant (Baron), intendant général de l'armée. — (6 avril 1815.) Nommé commissaire extraordinaire à Dijon; instructions qui lui sont données. 89.

Marescot (Comte de), lieutenant général du génie. — (10 avril 1815.) Nommé président d'un des trois comités de défense des frontières; instructions qui lui sont données, 97.

Maret, duc de Bassano, ministre secrétaire d'état. — (5 avril 1815.) Chargé de faire connaître à Lyon la pacification de Bordeaux et l'embarquement de la duchesse d'Angoulême. 88.

Marie-Annunciade-Caroline, reine des Deux-Siciles, 119.

Marie-Lætitia, Madame Mère. — (10 avril 1815.) Envoi d'une frégate à Porto-Ferrajo (île d'Elbe) pour y prendre Madame Mère, 95.

Marie-Louisa, Impératrice des Français. — (30 mai 1815.) Rapport demandé au baron Meneval sur la conduite tenue par l'Autriche et les autres puissances à l'égard de l'Impératrice, l'état de captivité dans lequel cette princesse est retenue et la séparation du Prince Impérial de sa mère, 283.

Marie-Pauline, princesse Borghèse, duchesse de Guastalla. — (10 avril 1815.) Envoi d'une frégate à Viareggio, près Lucques, pour s'informer des nouvelles de cette princesse, et l'embarquer si elle y est, 95.

Marie-Thérèse-Charlotte, duchesse d'Angoulême. — (5 avril 1815.) Son embarquement à Bordeaux, 88.

Marine française. — (23 mars 1815.) Instructions pour les croisières; les commandants reçoivent ordre d'user d'une grande circonspection et de s'abstenir de tout acte d'hostilité; état des croisières de la Corse et de l'Ile d'Elbe; instructions spéciales données à leurs commandants; ordre de retarder le départ des expéditions pour Terre-Neuve jusqu'à ce que l'Angleterre se soit déclarée, 23, 24. — (27 mars.) Mesures prises pour la défense des établissements maritimes, 42. — (9 avril.) Remplacement du préfet maritime de Brest et du commandant de Dunkerque; instructions pour le choix des commandants de la marine, 93. — (10 avril.) Envoi d'une frégate à Porto-Ferrajo (île d'Elbe) pour y prendre Madame Mère, 95. — (14 avril.) Instructions pour l'emploi des ressources de la marine; ordre pour l'armement éventuel d'une partie des escadres; emploi des officiers de vaisseaux et d'artillerie de marine à la défense des côtes et des établissements maritimes, 110, 111. — (17 avril.) Ordre de mettre en commission une escadre de cinq vaisseaux et de trois frégates, 119. — (22 avril.) Intention de l'Empereur d'employer le budget de la marine au profit de l'armée de terre et de la défense de l'état; projet de décret pour la formation de bataillons d'ouvriers destinés à la défense des ports, l'emploi de l'artillerie de marine à la défense des frontières et l'organisation de quarante à soixante bataillons d'équipages, 137. 138. — (27 avril.) Un bataillon d'artillerie de marine et plusieurs compagnies d'équipages de marins sont chargés de servir, avec l'école polytechnique, les batteries du parc de Vincennes destinées à la défense de Paris, 154. — (3 mai.) Plaintes de l'Empereur à cause du retard apporté à l'organisation des régiments de marins, 185. — (10 mai.) Le ministre de la marine reçoit ordre de diriger sur Paris trois cents bouches à feu en fer et cent bouches sur Lyon pour compléter l'armement de ces villes et des places de Soissons, Reims, Vitry, Laon, Château-Thierry, Langres, etc. 196, 197. — (20 mai.) Ordre de ne pas négliger l'exportation des bois de la Corse; utilité de cette exportation pour l'approvisionnement de la marine, 237. — (25 mai.) Étude d'un plan de campagne pour les bâtiments légers de la marine; révision des règlements sur la course pour la répartition des prises, 262. — (3 juin.) Demande d'un rapport sur les insultes faites à la marine française depuis le retour de l'Empereur et l'attaque de la frégate la Melpomène, sans qu'il y eût déclaration de guerre, 292, 293. — V. Decrès et Napoléon Ier.

Marmont, duc de Raguse, maréchal de France. — (1er mars 1815.) Conséquences de sa défection, 1, 2. — (10 avril.) Ordre de le rayer de la liste des maréchaux, 99.

Marseille, chef-lieu du département des Bouches-du-Rhône. — (12 avril 1815.) Nomination d'une commission pour concilier les intérêts des fabriques de France avec les franchises du port de Marseille, 103 à 105. — (16 avril.) Pacification de cette ville, 116. — (22 mai.) Ordre d'armer les forts Saint-Nicolas et Saint-Jean, à Marseille; dissolution et réorganisation de la garde nationale; mesures de sûreté publique prises dans cette ville, 248 à 521.

Martinique (La), île d'Amérique, une des Antilles françaises. — (5 avril 1815.) Le ministre de la marine reçoit ordre de renouveler le personnel des agents de cette colonie, 87. — V. Decrès.

Masséna, prince d'Essling, maréchal de France, commandant les troupes de la 8e division militaire, 20. — (27 mars 1815.) Instructions qu'il reçoit pour la réorganisation des gardes nationales de sa division, 43, 44. — (18 avril.) L'Empereur le félicite d'avoir résisté aux ordres du duc d'Angoulême qui lui enjoignaient de livrer Toulon et Antibes aux Anglais et d'avoir conservé ces villes à la France; intention de l'Empereur d'utiliser les services de ce maréchal, 127. — (11 juin.) Le ministre de la guerre est chargé de proposer au prince d'Essling le gouvernement de Metz et le commandement supérieur des 3e et 4e divisions militaires, 315. — V. 25, 97.

Maubeuge, place forte et chef-lieu de canton du département du Nord. — (27 avril 1815.) Travaux ordonnés pour la défense de cette place; le général Reille reçoit ordre de placer une division du 2e corps à Maubeuge et en avant de cette ville, de reconnaître toutes les positions de cette place et de la frontière, et de fortifier les têtes de pont sur la Sambre; travaux de défense et d'armement du camp retranché de Maubeuge, 151, 155.

Maubreuil (Marie-Armand-Guerri de), marquis d'Orvault. — (11 mai 1815.) L'Empereur demande un rapport sur l'affaire Maubreuil, avec toutes les pièces à l'appui; intention de publier ces pièces dans le Moniteur, 198, 199.

Maurice Mathieu de la Redorte (Comte), lieutenant général. — (5 avril 1815.) Nommé commandant de la 10e division militaire, à Toulouse, 87, 88.

Meaux, chef-lieu d'arrondissement du département de Seine-et-Marne. — (27 mai 1815.) Ordre d'arrêter un plan pour la défense de cette ville, 270.

Merval (Baron), secrétaire des commandements de l'impératrice Marie-Louise. — (30 mai 1815.) Chargé de faire un rapport sur la conduite tenue par l'Autriche et les autres puissances à l'égard de l'Impératrice et du Roi de Rome, 282.

Mervelot (Comte de), commandant en chef la réserve autrichienne, 209, 210. — V. Davout.

Mézières, place forte, chef-lieu du département des Ardennes. — (26 mars 1815.) Réunion du 3e corps d'occupation dans cette place, 40.

Milhaud (Comte), lieutenant général. — (30 mars 1815.) Chargé du commandement de la 1re division de cavalerie, 63. — (16 juin.) Placé sous les ordres du maréchal Grouchy; prend part à la bataille de Ligny, 336 à 339.

Molitor (Comte), lieutenant général. — (15 mai 1815.) Instructions qui lui sont données pour la défense de l'Alsace; il reçoit ordre de défendre les gorges des Vosges, si l'évacuation de l'Alsace devenait nécessaire, et de s'entendre avec les généraux Lecourbe et Desbureaux pour la défense de cette partie du territoire, 220.

MOLLIEN (Comte), ministre du trésor public. — (14 avril 1815.) Ordre qu'il reçoit pour le payement des rentes dues aux princes et princesses de la famille de l'Empereur; — il est chargé de faire un rapport sur le produit de la vente des biens des communes, sur celle des bois de l'état et sur les centimes extraordinaires de guerre; instructions qui lui sont données pour l'emploi de ces ressources, 107 à 109.— (9 mai.) Ordre qu'il reçoit pour le payement des dépenses de l'armée, 195. — V. 74, 211.

MOMPEZ, capitaine d'infanterie de la Garde, 7.

MONCEY (Adrien), duc de Conegliano, maréchal de France, 21.

MONCEY (Comte), colonel, commandant le 3ᵉ régiment de hussards. — (25 mars 1815.) Remplacé dans son commandement, 28.

MONNIER (Comte), lieutenant général, 126.

MONTALIVET (Comte DE), intendant général de la Couronne. — (25 mars 1815.) Reçoit ordre de réintégrer le personnel de la Maison de l'Empereur; instructions qui lui sont données pour les travaux du Louvre et des autres propriétés de la Couronne, 32, 33. — (9 avril.) Il est chargé de remettre à Carle Vernet un témoignage de satisfaction de l'Empereur pour le tableau de la bataille de Marengo, 94.

MONTBRUN (Chevalier DE), maréchal de camp, 290.

MONTESQUIOU-FEZENSAC (Comte DE), lieutenant général, grand chambellan de l'Empereur. — (25 mars 1815.) Nommé surintendant des théâtres, 32. — (19 mai.) Il est chargé de remettre à l'Empereur une liste de cent vingt personnes pour la composition de la chambre des Pairs, 231.

MONTFORT (Baron), maréchal de camp, 177.

MONTPELLIER, chef-lieu du département de l'Hérault. — (5 avril 1815.) Le général Morand reçoit ordre de se rendre dans cette ville pour la pacifier, 88.

MONTREUIL-SUR-MER, chef-lieu d'arrondissement du département du Pas-de-Calais. — (10 mai 1815.) Ordre de mettre cette place en état de défense, 196.

MORAND (Comte), lieutenant général. — (26 mars 1815.) Chargé de centraliser à Nantes une armée active pour la répression des troubles des départements de l'Ouest, 39. — (27 mars.) Instructions qu'il reçoit pour la réorganisation des gardes nationales de la 12ᵉ division militaire, 43, 44. — (30 mars.) Il est investi de pouvoirs extraordinaires pour pacifier les départements de l'Ouest et du Midi; troupes placées sous son commandement; instructions qui lui sont données, 59, 60. — (3 avril.) Latitude qui lui est laissée pour les mouvements des troupes, 77. — (5 avril.) Il reçoit ordre de se porter sur Toulouse pour pacifier cette ville; même ordre pour Montpellier, 87, 88. — V. 28, 54, 81, 92 et 344.

MORONI, maréchal de camp, 234.

MORTIER, duc de Trévise, maréchal de France. — (29 avril 1815). Demande d'un projet de décret pour l'envoi du duc de Trévise en mission extraordinaire dans les départements du Nord; objet de cette mission : prendre toutes les mesures nécessaires pour la défense des places, assurer leurs approvisionnements, accélérer les travaux du génie et de l'artillerie, opérer les déplacements nécessaires dans le personnel des commandants, officiers, etc.; passer la revue des gardes nationales et stimuler le zèle et le patriotisme des populations, 158, 159. — (7 juin.) Le duc de Trévise est chargé de commander provisoirement la cavalerie de la Garde; intention de l'Empereur de lui confier le commandement de trois divisions de la jeune Garde, 303. — (15 juin.) Le duc de Trévise, à qui l'Empereur avait donné le commandement de la jeune Garde, reste malade à Beaumont, 333. — V. GARDE IMPÉRIALE.

MOUTON, comte de Lobau, lieutenant général. — (21 mars 1815.) Chargé du commandement de la 1ʳᵉ division militaire, 19. — (3 avril.) Nommé commandant du 6ᵉ corps; composition de ce corps, 76, 77. — (7 juin.) Il reçoit ordre de porter son quartier général à Vervins ou à Marle, 305. — (14 juin.) Marche du 6ᵉ corps sur Charleroi, 325. — (20 juin.) Le 6ᵉ corps prend part aux batailles de Ligny et de Mont-Saint-Jean, 338 à 345. — V. 40, 412. — V. Armée (*Opérations de l'*).

Mouton-Duvernet, lieutenant général. — (3 juin 1815.) Reçoit ordre de se rendre au quartier général de l'armée du Nord, 289. — V. Armée (*Organisation de l'*).

Murat. — V. Joachim Murat.

N

Nantes, chef-lieu du département de la Loire-Inférieure. — (23 mai 1815.) Armement du château de Nantes; mesures militaires prises dans cette ville pour combattre l'insurrection de la Vendée, 246, 247.

Naples, capitale du royaume des Deux-Siciles. — (10 avril 1815.) Envoi d'un ministre à Naples, 95. — V. Joachim Napoléon.

Napoléon Iᵉʳ, Empereur des Français. — (Du 1ᵉʳ au 20 mars 1815.) Arrivée de l'Empereur au golfe Jouan; proclamation qu'il adresse au peuple et à l'armée; son départ pour Grenoble; accueil enthousiaste qu'il reçoit à Cannes, Grasse, Barrême, Digne, Gap et Saint-Bonnet; incident de la Mure : un bataillon du 5ᵉ de ligne envoyé de Grenoble pour arrêter sa marche court à lui en criant *Vive l'Empereur!* et se réunit au bataillon de l'île d'Elbe; rencontre du 7ᵉ de ligne entre Vizille et Grenoble : ce régiment, commandé par le colonel Labédoyère, se réunit aussi aux troupes impériales; entrée de l'Empereur à Grenoble; réception des autorités de l'Isère; revue des troupes de la division militaire; marche de l'Empereur de Grenoble à Lyon; son avant-garde, composée d'un détachement du 4ᵉ de hussards, arrive au faubourg de la Guillotière et fraternise avec le 13ᵉ de dragons et les autres troupes qui gardent le pont; arrivée de l'Empereur à Lyon; acclamations enthousiastes de la population; revue des troupes; l'Empereur dirige sur Paris les nouveaux régiments qui viennent de l'accueillir et donne un peu de repos à ceux qui l'ont suivi; décrets de Lyon : dissolution des chambres du roi; convocation du Champ-de-Mai; proclamation aux Lyonnais; ordre expédié au prince de la Moskova de rejoindre l'Empereur à Chalon-sur-Saône; promesse de l'Empereur de recevoir ce maréchal comme le lendemain de la bataille de la Moskova; départ de Lyon; marche sur Mâcon et Chalon; l'Empereur trouve dans la Bourgogne les mêmes sentiments sympathiques que dans les montagnes du Dauphiné; il est rejoint à Auxerre par le prince de la Moskova; arrivée de l'Empereur à Fontainebleau; l'armée qui l'accompagne est forte de quatre divisions; entrée de l'Empereur à Paris; l'armée tout entière se porte spontanément à sa rencontre; l'Empereur passe, le lendemain, la revue de l'armée de Paris; allocution qu'il lui adresse; enthousiasme des troupes et du peuple; réflexions sur la marche de l'Empereur de Cannes à Paris, 11 à 18. — (Du 21 au 30 mars.) Nomination du prince d'Eckmühl au ministère de la guerre; — réorganisation de la 1ʳᵉ division militaire; — réponses de l'Empereur aux adresses des ministres, du Conseil d'état, de la Cour de cassation, de la Cour des comptes, de la Cour impériale et du Conseil municipal de Paris; — création de travaux d'utilité publique; — mutations dans le personnel des préfets; — abolition de la traite des noirs; — circonspection recommandée au commandant de la croisière du Levant pour ne rien préjuger et éviter tout ce qui pourrait faire croire à des intentions hostiles; — ordres donnés pour la garde des frontières; — plan de l'Empereur pour l'armement de la France; — formation de six corps d'armée sur les frontières, sous le titre de corps d'observation; projet de former ultérieurement un 7ᵉ et un 8ᵉ corps;

— formation des 4es et 5es bataillons; — rappel sous les drapeaux de tous les sous-officiers et soldats éloignés de l'armée; — reconstitution de la Garde impériale; — ordres relatifs aux troubles de la Vendée et du Midi, 19 à 64. — (Du 1er au 10 avril.) L'Empereur informe son beau-père, François d'Autriche, de sa rentrée en France et le prie de hâter le retour de l'impératrice Marie-Louise et du Roi de Rome; — il annonce aussi son retour aux divers souverains; — envoi d'agents près des cours qu'il suppose restées fidèles à la France pour leur faire connaître ses intentions et ses bonnes dispositions à leur égard; — mesures à prendre pour rallier la Suède à la France; — plaintes à adresser au gouvernement du grand-duché de Bade à cause du refus de laisser passer les courriers de cabinet; — création de la caisse dite de l'extraordinaire pour secourir les habitants de la Champagne, de la Lorraine et de l'Alsace victimes de l'invasion; — projet de décret relatif aux biens de la famille des Bourbons; intention de l'Empereur d'accorder une pension de 150,000 francs à la duchesse de Bourbon; — projet d'organisation et de mobilisation des gardes nationales; — allocution de l'Empereur à l'armée pour annoncer la pacification du Midi, 67 à 94. — (Du 10 au 20 avril.) Envoi d'une frégate à l'île d'Elbe pour y prendre Madame Mère; — l'Empereur ne voulant pas user de représailles avec la famille des Bourbons ordonne que le duc d'Angoulême, fait prisonnier dans le Midi, soit embarqué à Cette, et que des mesures soient prises pour sa sûreté; — nomination d'une commission pour examiner la question des entrepôts et des ports francs; — mesures financières employées pour couvrir les dépenses publiques; — règlement des arrérages de rente dus aux membres de la famille impériale; — opinion de l'Empereur sur la conduite du roi de Naples en 1814 et en 1815; preuves d'intérêt qu'il lui donne après l'insuccès du mouvement offensif de l'armée napolitaine en Italie; — demande d'un rapport sur les émigrés et sur les mesures à prendre pour réprimer leur hostilité; — allocution de l'Empereur à la garde nationale de Paris, 95 à 128. — (Du 20 au 30 avril.) Envoi de commissaires extraordinaires dans les divisions militaires, pour renouveler les municipalités, réorganiser les gardes nationales et remplacer les fonctionnaires et employés qui n'offrent pas les garanties nécessaires; — droit nouveau créé par l'*Acte additionnel*; dispositions de cet Acte; — convocation des colléges électoraux pour la nomination des députés; — mesures à prendre pour les indemnités dues par l'état aux départements et aux communes pour les réquisitions de 1813 et 1814; — ordres divers : organisation des corps francs dans tous les départements de l'Empire; — emploi des ressources de la marine à la défense du territoire; — formation de magasins pour l'armée; — mise en état de défense des places fortes; — travaux du camp retranché de Maubeuge; — mesures pour la défense de Paris; la marine est appelée à concourir à cette défense; — intention de confier au prince d'Eckmühl le gouvernement de Paris et le commandement des gardes nationales, des levées en masse et des troupes réunies dans cette capitale; — organisation définitive de l'armée : décret pour la formation de quatre armées et de trois corps d'observation, 129 à 165. — (Du 1er au 5 mai.) Détails d'organisation de ces armées; communication faite aux généraux qui les commandent du système adopté pour la défense du territoire; — organisation de la levée en masse; — emploi des gardes nationales pour la défense des places fortes et rendre les troupes de ligne disponibles; — travaux du génie pour la défense des frontières; — instructions pour le service des vivres de l'armée; — projet de formation de quatre armées de réserve avec la conscription de 1815; création d'ateliers d'habillement pour ces armées, 165 à 185. — (Du 7 au 14 mai.) Envoi de secours à des habitants de l'île d'Elbe; — Ordre de rendre aux régiments les numéros qu'ils avaient en 1813; — mesures prises par l'Empereur pour assurer le payement des services de l'armée; — répartition des levées de gardes nationales d'après la population des départements; — organisation du service des pontonniers, 186 à 211. — (Du 14 au 22 mai.) Réponse de l'Empereur à l'adresse du collége électoral de Seine-et-Oise; — décret d'organisation de vingt-quatre bataillons de fédérés à Paris; réponse de l'Empereur à l'adresse des fédérés des faubourgs Saint-Antoine et Saint-Marceau; — mesures nécessitées par les troubles de la Vendée; ordre de former une armée de la Loire; — organisation des services administratifs de l'armée du Nord; nomination du duc de Dalmatie aux fonctions de major général de cette armée; — observations de de l'Empereur sur la proposition du comte Chaptal de remettre en vigueur le décret de Milan relatif aux neutres; intention de l'Empereur de ne prendre une détermination sur ce point important que lorsqu'il connaîtra l'application que l'Angleterre veut faire de son code maritime et les stipulations qui ont pu intervenir dans les traités de Paris et de Gand; — avis demandés pour le choix des membres de la nouvelle chambre des Pairs, 213 à 252. — (Du 25 au 30 mai.) Rapport demandé au baron Meneval sur la conduite tenue par l'Autriche et les autres puissances à l'égard de l'Impératrice et du Roi de Rome; — demande d'un plan de campagne pour la marine; intention de l'Empereur d'armer les bâtiments légers pour la course; libre disposition des prises laissée aux équipages; ordre pour leur répartition. — instructions générales pour les travaux de défense et l'armement de Paris; note de l'Empereur pour la défense de Paris, 253 à 283. — (Du 1er au 6 juin.) Assemblée du Champ-de-Mai : discours de l'Empereur aux députés des colléges électoraux; serment qu'il prononce d'observer et de faire observer la Constitution; allocution qu'il adresse à la garde nationale et aux troupes de terre et de mer; — rapport demandé au ministre de la marine sur les insultes faites à notre pavillon depuis le débarquement de l'Empereur; — complément d'organisation de l'armée du Nord; nomination du roi Jérôme au commandement de la 6e division de l'armée; décret relatif aux aides de camp et à l'écuyer de ce prince; ordre de départ de la Garde pour Soissons; — instructions données au duc d'Albufera pour les opérations de l'armée des Alpes, 283 à 295. — (Du 7 au 11 juin.) Discours de l'Empereur à la séance d'ouverture des Chambres; — Demande d'un projet de message aux Chambres pour leur annoncer l'ouverture des hostilités; intention de l'Empereur de prévenir l'ennemi et de profiter de ses moyens d'action; — ordre général de service pendant l'absence de l'Empereur; le prince Joseph est chargé de la présidence du Conseil des ministres; — adresses de la chambre des Pairs et de la chambre des Représentants; réponses de l'Empereur à ces adresses; — ordre de fermer les communications sur toute la ligne du Nord, du Rhin et de la Moselle; — nouvelles instructions pour l'armement et les travaux de défense de Paris; — départ de la Garde pour Soissons, 3 ou à 317. — (Du 12 au 20 juin.) Départ de l'Empereur pour l'armée; son arrivée à Avesnes; ordre du jour indiquant les positions que les différents corps doivent occuper autour de Beaumont; proclamation à l'armée; ordre de mouvement de l'armée; l'Empereur culbute les corps prussiens qui défendent le passage de la Sambre, enlève Charleroi et prend position entre les deux armées ennemies; — combat de Gilly; défaite des Prussiens; — plan de campagne de l'Empereur consistant à porter l'aile droite et le centre de l'armée contre les Prussiens en faisant occuper par son aile gauche la position des Quatre-Bras pour tenir en échec l'armée anglaise; exécution de ce plan : le prince de la Moskova, chargé du commandement de l'aile gauche, reçoit ordre d'occuper les Quatre-Bras, pendant que le maréchal Grouchy, avec l'aile droite, se porte sur Sombreffe et Fleurus; le centre, sous les ordres directs de l'Empereur, se tient prêt à soutenir le mouvement de l'aile droite; instructions données au prince de la Moskova et au maréchal Grouchy; troupes placées sous le commandement de ces deux maréchaux; — *bataille de Ligny*, sous Fleurus: description du champ de bataille; dispositions prises par l'Empereur pour l'attaque des villages de Saint-Amand, Sombreffe et Ligny; prise de Saint-Amand et de Sombreffe; résistance que le général Gérard rencontre au village de Ligny; l'Empereur débouche sur ce village avec sa Garde et la grosse cavalerie et culbute l'armée prussienne; résultats de la bataille de Ligny; — l'Empereur charge le maréchal Grouchy de suivre les mouvements de l'armée de Blücher et de la contenir, pendant qu'il se porte lui-même, avec sa réserve, sur les Quatre-Bras pour y attaquer l'armée anglaise; l'heure avancée de la journée le force à différer la bataille jusqu'au lendemain; il établit son quartier général à la ferme du Caillou, près Plancenoit; — *bataille de Mont-Saint-Jean* (Waterloo): position occupée par l'armée anglaise autour du village de Mont-Saint-Jean; évaluation des forces de cette armée; dispositions ordonnées par l'Empereur; prise du bois de Goumont et du village de Mont-Saint-Jean; la bataille paraît gagnée, lorsqu'une charge de quelques escadrons anglais occasionne une panique parmi les troupes qui gardent le plateau de Mont-Saint-Jean; cette panique, en se répandant, amène une confusion générale dans l'armée; désastre qui en résulte; ses résultats; — l'Empereur repasse la Sambre à Charleroi et indique Philippeville et Avesnes comme points de réunion à ses troupes, 317 à 345. — (Du 21 au 25 juin.) Message de l'Empereur à la chambre des Représentants; autre message porté par le prince Lucien à la chambre des Pairs; — déclaration au peuple français; — abdication de l'Empereur; il proclame son fils sous le nom de Napoléon II; il charge les ministres de former provisoirement un Conseil de gouvernement; invitation qu'il adresse aux Chambres d'organiser sans délai la régence par une loi; — proclamation à l'armée, 345 à 348. — (14 juillet.) L'Empereur annonce au prince régent d'Angleterre qu'il vient se mettre sous la protection des lois britanniques, 348. — (4 août.) Il se rend sur *le Bellérophon*, où on le retient captif; protestation qu'il adresse au gouvernement anglais, 348, 349. — V. Acte additionnel et Armée (*Opérations de l'*).

Napoléon-François-Charles-Joseph, prince impérial, roi de Rome. — (30 mai 1815.) Rapport demandé au baron Meneval sur la conduite tenue par l'Autriche et les autres puissances à l'égard du Roi de Rome et l'enlèvement de ce prince à sa mère et à Mme de Montesquiou, sa gouvernante, 283. — (22 juin.) L'Empereur proclame son fils Empereur des Français sous le nom de Napoléon II, 346. — V. Napoléon Ier.

Neigre (Baron), maréchal de camp, inspecteur général d'artillerie. — (2 mai 1815.) Mention d'un rapport fait par ce général sur le calibre des pièces du parc de Vincennes, 179.

Ney, prince de la Moskova, duc d'Elchingen, maréchal de France. — (13 mars 1815.) Reçoit ordre de rejoindre l'Empereur à Chalon-sur-Saône, 10, 11. — (27 mars.) Chargé de l'inspection des places fortes de la frontière du Nord, 50. — (11 juin.) L'Empereur fait inviter le prince de la Moskova à se rendre sans délai au quartier général de l'armée, à Avesnes, « s'il veut assister à la première bataille, » 314, 315. — (15 juin.) Le prince de la Moskova est nommé commandant de l'aile gauche de l'armée, 333. — (20 juin.) Il reçoit ordre de marcher sur la position des Quatre-Bras et d'y attaquer l'armée anglaise; combat des Quatre-Bras, dont le succès reste indécis; — le prince de la Moskova à la bataille de Mont-Saint-Jean, 340 à 344. — V. Armée (*Opérations de l'*) et Napoléon Ier.

Nogent-sur-Seine, chef-lieu d'arrondissement du département de l'Aube. — (27 mai 1815.)

Ordre d'arrêter un plan pour la défense de cette ville, 270.

Noirot, colonel de la gendarmerie de la 22ᵉ division militaire, 227.

P

Pajol (Baron), lieutenant général de cavalerie. — (25 mars 1815.) Chargé du commandement des troupes réunies à Orléans, 28. — (27 mars.) Instructions qui lui sont données pour la réorganisation des gardes nationales de la 22ᵉ division militaire, 43, 44. — (7 juin.) Nommé commandant du 1ᵉʳ corps de cavalerie de l'armée du Nord, 303. — (16 juin.) Le 1ᵉʳ corps fait partie de l'aile droite de l'armée et prend part à la bataille de Ligny, 336. — V. 253, 325 et 332.

Paris, capitale de l'Empire français. — (20 mars 1815.) — Arrivée de l'Empereur dans cette capitale, 17. — (25 mars.) Il ordonne au ministre de l'intérieur d'y organiser des travaux publics, 31. — (27 mars.) Création d'ateliers pour la réparation des armes, 47, 48. — (2 avril.) Ordre de réunir le matériel de guerre de l'armée aux environs de Paris, 68. — (24 avril.) Armement et approvisionnement de guerre de cette capitale, 149. — (27 avril.) Organisation d'un parc d'artillerie à Vincennes pour la défense de Paris; le service des batteries est confié à l'École polytechnique et à l'artillerie de marine, 154. — (30 avril.) Intention de l'Empereur de confier au prince d'Eckmühl, en cas de guerre, le gouvernement de Paris; instructions qui sont données à ce maréchal pour la défense de cette ville; effectif des troupes destinées à être placées sous son commandement, 165, 166. — (1ᵉʳ mai.) Les généraux Haxo et Rogniat sont chargés de tracer des redoutes à Montmartre, Ménilmontant, Belleville, et de reconnaître les autres positions à fortifier pour compléter la défense de Paris, 174, 175. — (2 mai.) Instructions pour le choix des officiers de la garde nationale; — allocation pour l'exécution immédiate des travaux de défense, 180. — (10 mai.) Le ministre de la marine reçoit ordre de diriger sur Paris trois cents bouches à feu en fer pour compléter l'armement de cette capitale, 196, 197. — Adresse des fédérés des faubourgs Saint-Antoine et Saint-Marceau; réponse de l'Empereur, 214 à 216. — (15 mai.) Décret pour la formation de vingt-quatre bataillons de fédérés à Paris; composition de ces bataillons; leur organisation en régiments et en brigades; ordre de désigner d'avance à chaque brigade les hauteurs et fortifications qu'elle aura à défendre; armement et équipement de ce corps, 216, 217. — (27 mai.) Instructions générales pour la défense de Paris: mesures à prendre pour la sûreté des villes qui environnent cette capitale; organisation de la garde nationale et des tirailleurs des arrondissements de Sceaux et de Saint-Denis; ordre de tracer les ouvrages de défense de l'embouchure du canal Saint-Denis; armement de Montmartre et de la redoute de la barrière du Trône; confection de palissades pour fermer les barrières de la rive gauche de la Seine, 265 à 270. — (30 mai.) Note de l'Empereur pour la défense de Paris: calcul des forces nécessaires pour défendre l'enceinte; ordre de disposer des ouvrages de campagne de telle sorte qu'ils puissent recevoir sur chaque face douze ou quinze pièces de canon, 282. — (5 juin.) Projet de formation de dix compagnies d'artillerie composées d'élèves de l'École de médecine et des lycées de Paris, 294, 295. — (7 juin.) Importance de la position de Saint-Denis pour la défense de Paris; ordre de rectifier l'armement, en appuyant la ligne de défense à Saint-Denis; armement des flèches placées en avant du canal; ordre de fortifier la rive gauche, 302. — V. 40, 69, 105, 167, 168 et 303. — V. Génie militaire et Napoléon 1ᵉʳ.

Pauline. — V. Marie-Pauline.

Pécheux (Baron), lieutenant général, commandant une division du 4ᵉ corps. — (20 juin 1815.) Prend part à la bataille de Ligny, 339.

PÉRIGNON (Comte), maréchal de France. — (10 avril 1815.) Intention de l'Empereur de le rayer de la liste des maréchaux; demande de renseignements sur la position de fortune de ce maréchal pour lui accorder une pension de retraite, 99.

PÉRIGORD (Comte de), maréchal de camp. 126.

PERRIN (Victor), duc de Bellune, maréchal de France, 99 et 122.

PIERRE-CHÂTEL (Fort de), département de l'Ain. — (30 avril 1815.) Travaux de défense et armement de ce fort, 166.

PIRÉ (Baron), lieutenant général. — (27 avril 1815.) Chargé du commandement de la 6ᵉ et de la 19ᵉ division de l'armée; instructions qui lui sont données, 152, 153, 165 et 223.

POLICE. — V. FOUCHÉ.

PONTÉCOULANT (Comte de), pair de France, 129.

PONTONNIERS. — (13 mai 1815.) Organisation des équipages de pont de l'armée du Nord; demande de renseignements sur la largeur des canaux de Condé, de Bruges, de Bruxelles, de la Sambre, de la Meuse, de l'Escaut, et sur le nombre de pontons nécessaire pour jeter des ponts sur ces cours d'eau, 210, 211. — — (17 mai.) Organisation d'un équipage à Douai, 225. — V. DAVOUT et GÉNIE MILITAIRE.

PORTO-FERRAJO, port et chef-lieu de l'île d'Elbe. — (23 mars 1815.) Envoi d'un bataillon de 600 hommes à Porto-Ferrajo, 23. — (10 avril.) Ordre d'envoyer une frégate à Porto-Ferrajo pour y prendre Madame Mère, 95. — V. ELBE (Île d').

PORTO-LONGONE, port de l'île d'Elbe. — (10 avril 1815.) Ordre de désarmer cette place, 97.

PORTS FRANCS. — (12 avril 1815.) Formation d'une commission pour examiner la question des entrepôts et des ports francs, 103 à 105.

PRÉVAL (Comte), lieutenant général. — (23 mai 1815.) Désigné par l'Empereur pour diriger les bureaux de la cavalerie au ministère de la guerre, 259.

PULLY (Comte de), lieutenant général, 290.

Q

QUINETTE DE ROCHEMONT (Baron), conseiller d'état, directeur général de la comptabilité des communes et des hospices au ministère de l'intérieur. — (10 mai 1815.) Désigné par l'Empereur pour la préfecture de la Somme, 198.

R

RADET (Baron), lieutenant général de gendarmerie, 66.

RAMEL DE NOGARET (Jacques). — 10 mai 1815. Intention de l'Empereur de l'appeler à la préfecture de Seine-et-Oise, 198.

RAOUL, capitaine d'artillerie de la Garde, 7.

RAPP (Comte), lieutenant général. — (30 mars 1815.) Chargé du commandement du 5ᵉ corps d'observation; composition de ce corps, 62. — (9 mai.) Instructions pour la réunion des troupes, la surveillance du Rhin et la défense des places fortes; positions que le 5ᵉ corps doit occuper; effectif de ce corps, 189. — (14 juin.) Ordres donnés au général Rapp pour ses opérations militaires : il doit défendre l'Alsace le plus longtemps possible, ensuite les Vosges, et enfin la Meurthe, la Moselle, la Meuse, la Marne, etc. 323. — V. 192, 194, 220 et 223. — V. ARMÉE (Organisation de l').

RAYMOND, maréchal de camp, 289.

RAZOUT (Baron de), lieutenant général, 27.

RÉAL (Comte), conseiller d'état, 179.

REGNAUD DE SAINT-JEAN-D'ANGELY (Comte), ministre d'état, président de la section de l'intérieur au Conseil d'état, 179.

REILLE (Comte), lieutenant général. — (26 mars

1815.) Chargé du commandement du 2ᵉ corps. 4n. — (30 mars.) Composition de ce corps; positions qu'il occupe sur la frontière du Nord. 61. 64. — (27 avril.) Le général Reille reçoit ordre de porter son quartier général à Avesnes et de réunir ses cinq divisions derrière la Sambre; instructions qui lui sont données, 151, 152. — (14 juin.) Marche du 2ᵉ corps sur Marchiennes pour s'emparer des passages de la Sambre, 326, 327. — (15 juin.) Le général Reille a plusieurs engagements avec l'ennemi et lui fait 300 prisonniers, 331. — (20 juin.) Le 2ᵉ corps prend part au combat des Quatre-Bras et à la bataille de Mont-Saint-Jean, 338 à 344. — V. 48, 50, 53, 150 et 151. — V. Armée (*Opérations de l'*).

Reims, chef-lieu d'arrondissement du département de la Marne. — (15 mai 1815.) Le génie du 6ᵉ corps est chargé de mettre cette ville en état de défense, 218.

Responsabilité ministérielle. — V. Acte additionnel.

Revest (Baron), maréchal de camp. — (3 juin 1815.) Nommé chef d'état-major du 3ᵉ corps d'armée, 388.

Roederer (Comte), sénateur, commissaire extraordinaire dans les 7ᵉ, 8ᵉ et 19ᵉ divisions militaires. — (6 avril 1815.) Ordres qui lui sont donnés, 89.

Rogniat (Baron), lieutenant général du génie. — (20 avril 1815.) Nommé membre du comité de défense du territoire de l'Empire, 130. — (1ᵉʳ mai.) Chargé de tracer des redoutes sur les hauteurs de Montmartre, de Ménilmontant, de Belleville, et de reconnaître les autres positions à fortifier pour compléter la défense de Paris, 174, 175. — (15 mai.) Chargé d'inspecter les travaux de défense des places de la Somme et de reconnaître les ponts qu'il faut garder ou couper, 217, 218. — (14 juin.) Il reçoit ordre de s'emparer du pont de Charleroi; instructions qui lui sont données pour les travaux de passage de rivières, de réparation de chemins et d'ouverture de communications, 328. — V. Génie militaire.

Rouxoux (Baron de), préfet du Pas-de-Calais. — (10 mai 1815.) Désigné pour la préfecture d'Eure-et-Loir, 198.

Roul, chef d'escadron de cavalerie, officier d'ordonnance de l'Empereur, 13.

Roussel (Baron), lieutenant général. — (2 avril 1815.) Chargé du commandement du dépôt de remonte de Versailles; instructions qui lui sont données, 70 à 72.

Ruty (Baron), lieutenant général d'artillerie. — (27 avril 1815.) Chargé du commandement de l'artillerie de l'armée, 153. — V. Artillerie (de l'armée.)

S

Saint-Cyr (École militaire de). — (1ᵉʳ mai 1815.) Ordre de former à cette école quatre compagnies pour le service de quatre batteries d'artillerie, 167, 168.

Saint-Denis, chef-lieu d'arrondissement du département de la Seine. — (27 mai 1815.) Organisation de la garde nationale et des bataillons de tirailleurs de cet arrondissement; travaux de défense de l'embouchure du canal de Saint-Denis, 265 à 270. — (7 juin.) Importance de la position de Saint-Denis pour la défense de Paris; ordre d'armer toutes les flèches placées en avant du canal, 302. — V. Génie militaire et Paris.

Saint-Domingue, île d'Amérique. — (5 avril 1815.) Le ministre de la marine reçoit ordre d'ouvrir des négociations avec l'île Saint-Domingue, 87.

Saint-Jean-de-Losne, chef-lieu de canton du département de la Côte-d'Or. — (1ᵉʳ mai 1815.) Éloge du patriotisme de ses habitants, 173. — (22 mai.) Décret autorisant la ville de Saint-Jean-de-Losne à placer l'aigle de la Légion d'honneur dans ses armes, 256.

SAINT-MARCOUF, îles de la Manche, arrondissement de Valognes. — (6 avril 1815.) Le ministre de la marine reçoit ordre de mettre ces îles en état de défense, 88, 89.

SAINT-QUENTIN, chef-lieu d'arrondissement du département de l'Aisne. — (15 mai 1815.) Le génie du 1ᵉʳ corps est chargé de mettre cette place en état de défense, 218.

SAINT-YON, capitaine, officier d'ordonnance de l'Empereur. — (27 mars 1815.) Mission politique qui lui est confiée dans les départements de l'Est et du Nord, 51.

SALINS, chef-lieu de canton du département du Jura. — (30 avril 1815.) Travaux de défense et armement de cette place forte, 166.

SANTÉ (Service de). — (27 avril 1815.) Formation des ambulances des 1ᵉʳ, 2ᵉ et 3ᵉ corps d'armée, 153. — (14 mai.) Organisation des ambulances de la jeune et de la vieille Garde, 212. — (16 mai.) Ordre de former des hôpitaux dans les places fortes et sur la ligne d'évacuation par Soissons, 222. — (14 juin.) Instructions pour le service des ambulances de l'armée, 329.

SAUMUR, chef-lieu d'arrondissement du département de Maine-et-Loire. — (22 mai 1815.) Ordre de mettre le château de Saumur en état de défense, 246.

SAVARY, duc de Rovigo, lieutenant général, premier inspecteur général de la gendarmerie. — (12 mai 1815.) Chargé de publier dans le *Journal de l'Empire* le récit de l'incident qui se passa après Austerlitz lorsque l'empereur Alexandre fut coupé par le maréchal Davout, 208 à 210. — V. DAVOUT.

SÉZY (Comte DE), ancien préfet, 129, 131.

SCHULTZ, capitaine des chevau-légers de la Garde impériale, 7.

SEBASTIANI (Comte), lieutenant général. — (1ᵉʳ avril 1815.) Chargé de l'organisation des gardes nationales de la 16ᵉ division militaire; instructions qui lui sont données, 98.

SIMMER (Baron), lieutenant général. — (27 avril 1815.) Nommé commandant de la 19ᵉ division, 152.

SIMON DE LA MORTIERE (Chevalier), maréchal de camp. — (20 mai 1815.) Témoignage de satisfaction qui lui est donné par l'Empereur, 233, 234.

SISTERON, chef-lieu d'arrondissement du département des Basses-Alpes. — (5 mars 1815.) Le général Cambronne s'empare du pont et de la citadelle de Sisteron, 12. — (27 avril.) Importance de cette position, 156.

SOISSONS, chef-lieu d'arrondissement du département de l'Aisne. — (27 mars 1815.) Ordre de mettre cette place en état de défense, 44, 45. — V. 153, 222, 299, 303, 306 et 319.

SOUHAM (Comte), lieutenant général, 126.

SOULT, duc de Dalmatie, maréchal de France, major général de l'armée. — (21 mai 1815.) Fixation de son traitement comme maréchal et comme général en chef; indemnité qui lui est accordée pour dépenses d'état-major, frais de bureau et de poste, 241, 242. — (22 mai.) Il reçoit ordre d'attacher à l'état-major général six ingénieurs des ponts et chaussées qui connaissent la Belgique et la rive gauche du Rhin, 254. — (3 juin.) Il est chargé de préparer un projet de mouvement du corps de la Moselle sur Philippeville, en masquant ce mouvement à l'ennemi, et de remettre à l'Empereur un état général de la situation des corps d'armée du Nord, de la Moselle, du Rhin et du Jura, 290, 291. — (7 juin.) Le duc de Dalmatie reçoit ordre de partir pour l'armée afin de prendre les dispositions nécessaires pour la défense des places de première ligne, achever l'organisation des différents corps et prendre des renseignements sur la position de l'ennemi, 304, 305. — V. 255 et 304. — V. ARMÉE (Opérations de l').

STRASBOURG, chef-lieu du département du Bas-Rhin. — (26 mars 1815.) Réunion du 5ᵉ corps d'observation près de cette ville, 40.

SUCHET, duc d'Albufera, maréchal de France. — (26 avril 1815.) Nommé commandant de l'armée des Alpes et des 7ᵉ et 19ᵉ divisions militaires; il établit son quartier général à Chambéry, 151. — (16 mai.) Il reçoit ordre de

49.

placer la division de réserve de Lyon aux débouchés de Genève, pour couvrir Lyon et établir une communication avec la division de Besançon chargée de garder les débouchés du Jura, 223. — (20 mai.) Composition de l'armée des Alpes; appui qu'elle doit trouver dans les corps d'observation du Var et du Jura; — ordre de presser les travaux de défense de Lyon, 238. — (6 juin.) Le duc d'Albufera reçoit ordre de réunir l'armée des Alpes dans une position retranchée en avant de Chambéry, et de former un camp de gardes nationales entre Genève et Lyon pour couvrir cette dernière ville et menacer la Suisse, 297, 298. — (11 juin.) Il est informé de l'ouverture prochaine des hostilités; instructions qui lui sont données pour les opérations de l'armée des Alpes, 314. — V. 39, 40, 50, 64, 259, 287 et 323.

SUCHY, lieutenant général d'artillerie. — (10 mai 1815.) Chargé de la direction du parc d'artillerie des Invalides, 197.

SUISSE. — (7 avril 1815.) Le ministre des affaires étrangères est chargé de préparer un rapport sur les relations de la France avec le gouvernement suisse, 90.

T

TALLEYRAND (Comte Auguste DE), ex-ministre en Suisse. — (21 avril 1815.) Poursuites dirigées contre lui, 131.

TESTE (Baron), lieutenant général, 97.

THÉÂTRES. — (5 mai 1815.) Observations sur le budget des théâtres, 185, 186.

THIBAUDEAU (Comte), conseiller d'état. — Nommé commissaire extraordinaire à Dijon; instructions qui lui sont données, 89.

THIBAULT, lieutenant d'infanterie de la Garde, 7.

THIONVILLE, chef-lieu d'arrondissement du département de la Moselle. — (26 mars 1815.) Réunion du 4° corps d'observation dans cette place, 40.

TOULON, port français sur la Méditerranée. — (18 avril 1815.) L'Empereur félicite le maréchal Masséna d'avoir résisté aux ordres du duc d'Angoulême qui lui enjoignaient de livrer cette ville aux Anglais, et de l'avoir conservée à la France, 127.

TOULOUSE, chef-lieu du département de la Haute-Garonne. — (5 avril 1815.) Le général Morand reçoit ordre de se diriger sur cette ville pour la pacifier, 88.

TOURNUS, chef-lieu de canton du département de Saône-et-Loire. — (14 mars 1815.) Éloge de la conduite des habitants de cette ville pendant l'invasion des alliés, 16. — (22 mai.) Décret autorisant la ville de Tournus à placer l'aigle de la Légion d'honneur dans ses armes, 256. — V. 156 et 173.

TRAVOT (Baron), lieutenant général, 247.

TROUDE (Baron), contre-amiral, 93.

TULLE, chef-lieu du département de la Corrèze. — (23 mars 1815.) Impulsion donnée à la fabrication des armes dans cette ville, 26.

U

UNIVERSITÉ. — (26 mars 1815.) Demande d'un projet de décret pour la réorganisation de l'Université, 41.

V

VALENCIENNES, chef-lieu d'arrondissement du département du Nord. — (26 mars 1815.) Réunion du 2° corps d'observation dans cette ville, 40. — (27 avril.) Approvisionnement de guerre de cette place, 153.

VANDAMME (Comte), lieutenant général, commandant le 2ᵉ corps d'armée. — (27 avril 1815.) Reçoit ordre de réunir le 2ᵉ corps entre Rocroy et Mézières; instructions en cas d'ouverture des hostilités, 152, 153. — (9 mai.) Il reçoit ordre de réunir toutes ses troupes et de laisser la garde des places fortes aux gardes nationales; position que son corps d'armée doit occuper entre Rocroy et Philippeville pour pouvoir se réunir à l'armée du Nord, dont il fait partie, 190. — (15 mai.) Mesures éventuelles que ce général doit prendre pour la défense des ponts de la Meuse et des débouchés de la Marne, 220, 221. — (14 juin.) Marche du 2ᵉ corps sur Charleroi, 325. — (16 juin.) Ce corps fait partie de l'aile droite de l'armée et prend part à la bataille de Ligny, 326 à 339. — V. ARMÉE (Opérations de l').

VEAUX (Baron), maréchal de camp. — (27 avril 1815.) Chargé de concourir à la défense de la Saône; opinion de l'Empereur sur ce général, 156.

VEDEL (Comte), lieutenant général, gouverneur de la 14ᵉ division militaire. — (12 mai 1815.) Reçoit ordre de former des colonnes mobiles pour faire rejoindre les réfractaires, 205.

VEILAND (Baron), maréchal de camp, 289.

VELLINGTON (Arthur Wellesley, duc DE), commandant en chef l'armée anglaise. — (20 juin 1815.) Pertes de son armée au combat des Quatre-Bras; — position occupée par l'armée anglaise à la bataille de Mont-Saint-Jean; évaluation des forces de cette armée; bataille de Mont-Saint-Jean, 340 à 344.

VERDIER (Comte) lieutenant général. — (12 mai 1815.) Chargé du commandement de la 8ᵉ division militaire, 251.

VERNET (Carl), peintre, membre de l'Institut. — Témoignage de satisfaction qu'il reçoit de l'Empereur pour son tableau de la bataille de Marengo. 94.

VERSAILLES, chef-lieu du département de Seine-et-Oise. — (23 mars 1815.) Impulsion donnée à la fabrication des armes dans cette ville. 16. — (2 avril.) Ordre de centraliser à Versailles toute l'opération des remontes, 68. — (14 mai.) Adresse du corps électoral de Seine-et-Oise; réponse de l'Empereur. 213, 214.

VICTOR. — V. PERRIN.

VILLEFRANCHE-SUR-SAÔNE, chef-lieu d'arrondissement du département du Rhône. — (13 mars 1815.) Arrivée de l'Empereur dans cette ville. 15. — (27 avril.) Formation de l'artillerie de la garde nationale, 156.

VILLOUTREYS, chef d'escadron. — (15 juin 1815.) Déserte à l'ennemi; ordre de le mettre en jugement. 333.

VINCENNES (Fort de), près Paris. — (23 mars 1815.) Instructions pour l'approvisionnement de guerre de Vincennes. 25. 26. — (27 mars.) Ordre de diriger sur cette place tous les fusils qui se trouvent dans les manufactures d'armes, 46. — (27 avril.) Organisation du parc d'artillerie de Vincennes. 154.

VIOLETTE, contre-amiral. 94.

VIOMÉNIL (Baron DE), maréchal de camp, 6.

VITRY-LE-FRANÇOIS, chef-lieu d'arrondissement du département de la Marne. — (22 avril 1815.) Ordre d'armer cette place, 135.

VIZILLE, chef-lieu de canton du département de l'Isère. — (7 mars 1815.) Arrivée de l'Empereur dans cette ville; accueil enthousiaste qu'il y reçoit. 14.

W

WALMODEN (Comte DE), colonel autrichien, 209.

WOLFF (Baron), maréchal de camp, 290.

LISTE DES PERSONNES

A QUI LES LETTRES SONT ADRESSÉES.

Andréossy (Comte), lieutenant général, président de la section de la guerre au Conseil d'état. 81.

Barbier, bibliothécaire de l'Empereur, 346.

Bertrand (Comte), lieutenant général, grand maréchal du Palais, 22, 39, 158, 185, 187 et 305.

Bigot de Préameneu (Comte), directeur général des cultes, 119.

Caffarelli (Comte), lieutenant général, aide de camp de l'Empereur, 199.

Cambacérès (Prince), duc de Parme, archichancelier de l'Empire, chargé du portefeuille de la justice, 106 et 121.

Carnot (Comte), lieutenant général, ministre de l'intérieur, 30, 31, 41, 43, 89, 100, 106, 115, 128, 134, 148, 179, 198, 207, 231, 242, 255, 272, 293 et 308.

Caulaincourt, duc de Vicence, lieutenant général, ministre des affaires étrangères, 53, 73, 74, 90, 95, 111, 127, 283 et 308.

Collin, comte de Sussy, ministre d'état, premier président de la Cour des comptes, 21.

Corbineau (Baron), lieutenant général, aide de camp de l'Empereur, 85 et 249.

Davout, prince d'Eckmühl, maréchal de France, ministre de la guerre, 19, 26 à 29, 39, 44 à 48, 53 à 55, 58, 61, 64 à 66, 68 à 72, 76, 80, 87, 88, 91, 94, 96 à 99, 101, 102, 105, 110, 112, 114, 116, 117, 120, 122, 123, 125, 126, 130, 134, 135, 148, 149, 151, 153, 155, 157, 158, 165 à 184,

186, 188, 191 à 196, 201 à 206, 210, 212, 213, 217 à 220, 222 à 225, 232 à 236, 240, 241, 245 à 252, 256 à 280, 287 à 289, 293 à 299, 302, 303, 309, 310, 314, 315, 317 à 319 et 323.

Decrès (Duc), vice-amiral, ministre de la marine, 23 à 24, 42, 57, 87, 88, 94, 95, 100, 119, 136, 138, 157, 185, 236, 237, 262, 279, 280 et 292.

Defermon (Comte), conseiller d'état, 90.

Dejean (Jean-François-Aimé), comte, lieutenant général, premier inspecteur général du génie, 180.

Dejean (Pierre-François-Marie-Auguste), baron, lieutenant général, aide de camp de l'Empereur, 149 et 307.

Drouot (Comte), lieutenant général, aide-major de la Garde impériale, 226, 281, 291, 300 et 306.

Dumoulin, capitaine, officier d'ordonnance de l'Empereur, 51.

Fontaine, membre de l'Institut, premier architecte de l'Empereur, 42.

Fouché, duc d'Otrante, ministre de la police générale, 18, 56, 198, 212, 221, 227, 230 et 237.

François Ier, empereur d'Autriche, 67.

Gaudin, duc de Gaëte, ministre des finances, 42, 66, 74 à 76, 109, 110 et 118.

Georges IV, prince régent d'Angleterre, 348.

Grouchy (Comte), maréchal de France, 193 et 336.

JOACHIM NAPOLÉON, roi de Naples, 58.

JOSEPH NAPOLÉON, roi, 138, 231, 286, 322, 330 et 333.

LEBRUN, prince, duc de Plaisance, architrésorier de l'Empire, 222.

MARET, duc de Bassano, ministre secrétaire d'état, 27 et 88.

MASSÉNA, prince d'Essling, maréchal de France, 127.

MOLLIEN (Comte), ministre du trésor public, 107, 108, 195 et 211.

MONCEY, duc de Conégliano, maréchal de France, 92.

MONTALIVET (Comte de), intendant général de la couronne, 32, 33 et 94.

MONTESQUIOU-FEZENSAC (Comte de), lieutenant général, grand chambellan de l'Empereur, 32.

NEY, prince de la Moskova, duc d'Elchingen, maréchal de France, 10, 50 et 334.

RAPP (Comte), lieutenant général, 239.

SAVARY, duc de Rovigo, lieutenant général, premier inspecteur général de la gendarmerie, 208.

SOULT, duc de Dalmatie, maréchal de France, major général de l'armée, 254, 289, 290, 304 et 305.

SUCHET, duc d'Albufera, maréchal de France, 50 et 238.

TABLE

DES MATIÈRES DU TOME XXVIII.

	Pages.
Correspondance du 1er mars au 4 août 1815....................	1
Table analytique...	351
Liste des personnes à qui les lettres sont adressées..............	391

CPSIA information can be obtained
at www.ICGtesting.com
Printed in the USA
BVHW070923050722
641280BV00002B/126